ullstein

JULIE HEILAND

DIANA

KÖNIGIN der HERZEN

Roman

Ullstein

Besuchen Sie uns im Internet:

www.ullstein.de

Wir verpflichten uns zu Nachhaltigkeit

- Klimaneutrales Produkt
- Papiere aus nachhaltiger Waldwirtschaft und anderen kontrollierten Quellen
- ullstein.de/nachhaltigkeit

MIX
Papier
FSC FSC® C083411

Originalausgabe im Ullstein Taschenbuch

1. Auflage Dezember 2021

Umschlaggestaltung: bürosüd° GmbH, München

Titelabbildung: © SZ Photo / Teutopress / Bridgeman Images (Prinzessin Diana); www.buerosued.de (Stadt)

Gesetzt aus der Quadraat Pro powered by pepyrus.com

Druck und Bindearbeiten: CPI books GmbH, Leck

ISBN 978-3-548-06520-5

Auch wenn dieser Roman auf wahren Begebenheiten basiert, handelt es sich um eine fiktionale Erzählung von Lady Dianas Geschichte. Nicht alle Szenen, die geschildert werden, sind auch so passiert. Manche Ereignisse sind in der Realität anders verlaufen oder wurden von der Autorin dem Roman zuliebe angepasst. Ebenso sind die Dialoge weitgehend erfunden.

»Für die wunderbaren gefühlsbetonten,
unkonventionellen, warmherzigen,
rebellischen und leidenschaftlichen
Frauen dort draußen.
Ihr alle tragt eine Krone.«

Prolog

1996

Wie anders London am späten Abend doch war. Wenn die Metropole nach einem langen Tag langsam zur Ruhe kam. Hier und da ein paar Menschen. Junge Leute, auf dem Weg zu einem Restaurant oder einer Bar. Eine Dame, die mit ihrem Hund Gassi ging. Ein Geschäftsmann, der ein Taxi herbeipfiff. Vorhin hatte es ein bisschen geregnet. Diana liebte den goldenen Schimmer der Straßenlaternen auf dem feuchten Asphalt und das leise Rauschen, wenn ein Wagen an ihrer Limousine vorbeifuhr. Manchmal erhaschte sie einen Blick in eine Wohnung, sah Menschen, die vor dem Fernseher saßen, Sport machten, kochten oder am offenen Fenster eine Zigarette rauchten. Auch in den eleganten Wolkenkratzern brannten noch vereinzelt Lichter. Ja, in diesen Stunden wurde London magisch.

»In etwa zwei Minuten sind wir da«, sagte ihr Chauffeur.

Diana dankte ihm und versank wieder in Gedanken. Warum lastete der Druck auf ihrer Brust so schwer, wo sie doch nun endlich von den Fesseln der letzten Jahre befreit war? Und wie konnte etwas, das so wundervoll begonnen hatte, so wehtun?

»Das ist das Paradoxon der Natur.« So ungefähr hätte Charles auf diese Frage geantwortet.

Diana schmunzelte. Auch dafür hatte sie ihn mal geliebt. Für diese Art, selbst große Gefühle rational erklären zu wollen.

Es hatte keine drei Minuten gedauert, die Ehe des Jahrhunderts in einem kleinen Gerichtssaal in Somerset House zu beenden. Was für eine Ironie, dass das Gebäude weniger als drei Kilometer von der St. Paul's Cathedral entfernt lag, wo sie einst an jenem unvergesslichen Julitag dem Prinzen von Wales das Jawort gegeben hatte.

Vieles tat noch weh, aber allmählich heilten die Wunden. Dass ihr Traum nicht mehr in Erfüllung gehen würde, wusste sie schon lange, und auch ihr Leben hatte sich in den letzten Jahren grundlegend geändert. Aber der heutige Tag setzte einen endgültigen Schlusspunkt. Und einen Neuanfang.

Vordergründig ging Diana nur zu einem Dinner mit Mitgliedern des Englischen Nationalballetts. Doch es war kein Zufall, dass dieses Treffen genau an dem Tag stattfand, an dem ihre Scheidung mit Charles besiegelt worden war. Sie wollte der Welt zeigen, dass sie auch als geschiedene Frau glücklich sein konnte und sich nicht verbittert und frustriert zu Hause verkroch. Ihr Outfit hatte sie bewusst gewählt: ein schicker Hosenanzug, in dem sie elegant und selbstbewusst wirkte. Das Blassblau erinnerte an einen grenzenlosen Sommerhimmel.

Der Wagen hielt.

Zwei, drei Kameralichter blitzten hinter den verdunkelten Scheiben auf.

»Einen Moment noch«, sagte sie zum Fahrer.

Sie würde sich niemals daran gewöhnen, ihr Leben mit der Öffentlichkeit zu teilen. Aber inzwischen wusste Diana die Presse für ihre Zwecke zu nutzen. Sie stieg auf der linken Seite der Limousine aus, sodass die Fotografen sie besser ablichten konnten. Ihr glückliches Lächeln sollte auf allen Titelseiten zu sehen sein.

Von überallher hagelte es nun Lichtblitze. »Diana, wie geht es Ihnen als geschiedene Frau? Was haben Sie nun vor? Diana!«

Bewusst hielt sie ihre Tasche in der linken Hand. So würde man sehen, dass sie nicht nur ihren Ehering trug, sondern auch den mit Diamanten und Saphiren besetzten Verlobungsring. Auf diese Weise wollte sie die Welt an die Versprechen in der St. Paul's Cathedral erinnern, die Charles und sie sich dort gegeben hatten.

Nie würde sie ihn vergessen, diesen Tag im Juli vor sechzehn Jahren, als sie, die scheu lächelnde zwanzigjährige Braut, in einem wogenden weißen Kleidertraum auf ihren Prinzen zuschritt, der sie am Altar erwartete.

Egal, was die Zeitungen schrieben, egal, was die Leute redeten, egal, was Charles behauptete: Er hatte sie geliebt, das hatte sie in seinen Augen gesehen. Und sie hatte ihn geliebt. Mit jeder Faser ihres Herzens. Und trotz allem, was er ihr angetan hatte, würde sie ihn immer in ihrem Herzen tragen. Dagegen wehrte sie sich schon lange nicht mehr, das tat nur unnötig weh. Schließlich war er der Vater ihrer Kinder. Und sie wollte endlich Frieden finden. Deshalb würde sie ihn als den zurückhaltenden und melancholischen jungen Mann in Erinnerung behalten, der er bei ihrer ersten Begegnung gewesen war.

Teil 1

1

1977

»Sie können sich auf mich verlassen«, sagte er.

Ein einziger Satz und dahinter eine ganze Welt.

Er kam an einem Samstagvormittag. Sarah hatte seinen Besuch groß angekündigt. »Halte dich tagsüber von ihm fern«, hatte sie Diana befohlen. »Sei froh, wenn du beim Dinner dabei sein darfst. Wie siehst du überhaupt schon wieder aus?«

Diana trug eine weiße blickdichte Strumpfhose, dazu einen schwarzen Body und einen federleichten Seidenschal. Ihr Ballettoutfit.

Sie hätte alles dafür getan, mit dem Prinzen und ihrer Schwester ausreiten zu dürfen. Sogar gebettelt hatte sie. Aber das hatte Sarah nur darin bestätigt, dass ihre kleine Schwester viel zu kindisch für den Prinzen war. Also hatte Diana eine große Portion Milchpudding für sich und die Bediensteten gekocht, sich damit in ihr Zimmer aufs Bett verkrochen und sich in einem der Schmachtfetzen von Barbara Cartland verloren.

»Es schwang so viel Zärtlichkeit in seiner Stimme, dass sie ihre Wange an seine Schulter presste … Dann sagte er: ›Heute Nacht, mein Liebling, bist du nur ein Kind und noch keine Frau, und darum möchte ich für dich der Prinz deines Herzens sein, so wie du die Königin des meinen bist.‹

›Ich liebe dich‹, flüsterte sie, und ihr Kopf fiel auf die weichen Kissen zurück.«

Diana rollte sich auf den Rücken, legte *Bride to the King* auf ihrem Bauch ab und schob eine Hand unter den Kopf. »Wie wundervoll es sein muss, eine Prinzessin zu sein«, seufzte sie. »Finden Sie nicht auch, Ms Harmony?«

Ms Harmony war ein rosafarbenes Meerschweinchen und Teil von Dianas riesiger Stofftierfamilie, die nahezu den gesamten Kopfteil des Betts beanspruchte.

In den Romanen von Barbara Cartland war das Leben immer so herrlich leicht. Die Heldinnen waren wunderschön, nur ein wenig einsam. Doch dann begegnete ihnen die Liebe ihres Lebens, sie blühten auf, und nach ein paar dramatischen Höhen und Tiefen fanden die beiden endlich zusammen und waren glücklich bis ans Ende ihrer Tage.

Glich ihr eigenes Leben nicht vielleicht auch ein bisschen einer dieser literarischen Seifenopern? Oder vielleicht eher einem unglücklichen Märchen?

Wie auf Kommando schrillte Raines Stimme den Flur entlang. »Nun passen Sie doch auf! Das ist eine Kommode aus der georgianischen Epoche! Wissen Sie eigentlich, was die wert ist?«

Raine, die böse Stiefmutter, die mit den Hausangestellten schimpfte. Und Diana war Aschenputtel, ein sechzehnjähriges Mädchen, das eigentlich ein Junge hätte werden sollen. Nach zwei Töchtern hatte sich die Familie Spencer sehnlichst einen Stammhalter gewünscht. Stattdessen hatte Diana das Licht der Welt erblickt. Eine herbe Enttäuschung. Das konnte auch ihr kleiner Bruder Charles nicht mehr gutmachen, der drei Jahre später geboren wurde. Und so ließen ihre Eltern sich vier Jahre später scheiden.

Diana schwang sich aus ihrem Bett und schaute nachdenklich hinaus. »Traumhaft«, schwärmte ihr Vater oft, wenn er beim Ausreiten den Blick über die weite, leicht hügelige Ackerlandschaft schweifen ließ. Im Herbstlicht leuchteten die Bäume rostrot und gelb. Weit und breit nichts als kleine Cottages und Schafe.

»Ach, und dieses furchtbare Gemälde dort drüben können Sie auch für die Auktion mitnehmen.«

Seit Dianas Vater Raine im letzten Jahr geheiratet hatte, spielte sie sich als Herrin von Althorp House auf. Alles, was ihr in die Finger kam, verhökerte Raine auf Auktionen. Möbel, die seit Generationen im Besitz der Spencer-Familie waren, ersetzte sie durch glänzenden Kitsch. Diana hasste Raine wie die Pest – obwohl sie die Tochter ihrer Lieblingsautorin Barbara Cartland war. Wie konnte ihr Vater es seinen Kindern nur antun, diese schrille und lächerliche Frau heimlich zu heiraten?

Da war es wieder, dieses Gefühl … Als würde sich eine eiserne, kalte Faust um Dianas Herz schließen. Als hätte sie gar keinen richtigen Platz auf dieser Welt. Die leuchtenden Herbstfarben verschwanden hinter dem grauen Dunst, der von den halb gefrorenen Feldern aufstieg, und der Palast aus dem 16. Jahrhundert mit seinen insgesamt 121 Zimmern erschien ihr erdrückend groß und wie eine einsame Insel mitten im Nirgendwo.

Immer wenn dieses Gefühl Diana befiel, tanzte sie. Denn wenn sie tanzte, schüttelte sie allen Ballast ab. Dann vergaß sie Raine, vergaß ihre schlechten Schulnoten, vergaß sogar, dass Sarah ihr unter Androhung der Todesstrafe verboten hatte, ihr Zimmer zu verlassen. In dem endlos langen Flur drehte sie Pirouetten und streckte vor lauter Übermut ihren Ahnen, die von den Gemälden streng auf sie herabblickten, die Zunge heraus. Ihre Mutter Frances hatte sich in Althorp House nie wohlgefühlt, wie sie Diana mal gestanden hatte. »Es ist dort wie in einem Museum nach Ende der Öffnungszeiten«, hatte sie gesagt.

In der hohen, eindrucksvollen Wootton Hall, deren schwarz-weiß gefliester Boden an ein Schachbrett erinnerte, tanzte sie am liebsten. Vor allem Stepptanz, denn der Lärm, den Diana damit machte, trieb Raine in den Wahnsinn.

Das Schnurren eines Motors ließ Diana innehalten. Leicht außer Atem trat sie ans Fenster. Zwei Wagen kamen vorgefahren. Ein schwarzer Jaguar sowie ein schicker Sportflitzer. Er stieg aus.

Seine verwegenen Abenteuer an Skihängen, seine Fallschirmsprünge und seine Erfolge beim Polo bewunderte Diana regelmäßig am Bildschirm.

Sein Foto hing in ihrem Internatszimmer über dem Spiegeltisch.

Der wohl begehrteste Junggeselle der Welt stieg vor ihrem Elternhaus aus seinem Wagen.

Sarah begrüßte ihn mit einem koketten Knicks. »Eure Königliche Hoheit.«

Sie sah gut aus in ihrer eng anliegenden Reithose und dem figurbetonten Jackett darüber, das für November eigentlich zu dünn war. Endlich ging es ihr wieder besser. Vor zwei Jahren war sie unerwartet von ihrem Freund verlassen worden, seitdem hatte sie kaum noch etwas gegessen. Nun aber hatte sie genug Selbstvertrauen zurückerlangt, um den Prinzen von Wales zu einem Jagdausflug auf dem Familienanwesen einzuladen.

Sarah führte den Prinzen in das Landgut. Schnell huschte Diana in die benachbarte Galerie.

»Warten Sie bitte in der Eingangshalle«, hörte sie Sarah sagen. »Ich gebe dem Stallburschen Bescheid, die Pferde zu satteln.«

Statt sich in ihr Zimmer zurückzuziehen, wie sie es ihrer Schwester versprochen hatte, warf Diana einen Blick um die Ecke. Der Anblick des Prinzen übte eine magische Anziehungskraft auf sie aus.

In seinem edlen Tweedsakko hatte er etwas von einem Landedelmann aus dem vergangenen Jahrhundert. Interessiert betrachtete er die Gemälde, die die Wände vom Fußboden bis zur Decke schmückten und die allesamt dasselbe zeigten: die Fuchsjagd. Er wandte sich dem nächsten Kunstwerk zu, sodass Diana nun sein Profil sehen konnte. Sie wusste, sie sollte jetzt schleunigst verschwinden, aber sie konnte nicht. Etwas an ihm ließ sie nicht los. Wie er so dastand, eine Hand auf den Rücken gelegt, vor diesem wuchtigen Ölbild, auf dem ein Reiter einen Fuchs verfolgte, wirkte er irgendwie ... einsam. Verloren. Sogar traurig.

Auf einmal, als hätte er Dianas Anwesenheit gespürt, drehte er sich zu ihr um und sah sie an.

Weil der Blick seiner blauen Augen Diana bis ins Mark traf, weil sie nicht wusste, was sie sagen sollte, und weil Sarah sie umbringen würde, sah sie keine andere Möglichkeit, als zu fliehen. Sie hastete die breite, mit rotem Teppich ausgelegte Treppe hinauf, deren Stufen lauter knarzten als je zuvor.

Vielleicht hätte Diana entkommen können, hätte sie sich etwas mehr beeilt.

Doch da wurde sie von seiner Stimme gebremst. Eine Stimme, die sie schon Hunderte Male im Fernsehen oder Radio gehört hatte, die aber hier und jetzt noch viel aufregender klang, obwohl er nur ein Wort sagte. »Hallo?«

»Ich bin's nur«, antwortete sie. »Diana. Sarahs kleine Schwester.« Sie wagte nicht, ihn anzusehen, sondern senkte den Blick auf ihre Ballettschuhe – zumindest, bis sie sich siedend heiß daran erinnerte, dass sie vor einem Mitglied der königlichen Familie zu knicksen hatte. »Eure Königliche Hoheit.«

Er lächelte ein bisschen.

»Bitte tun Sie so, als wäre ich gar nicht hier.«

»Warum sollte ich?«, fragte er.

»Das darf ich nicht verraten«, erwiderte sie und legte den Kopf dabei leicht schräg.

»Auch nicht, wenn ich Ihnen dafür Ihren Schal wiedergebe?«

Überflüssigerweise fasste Diana sich an den Hals, obwohl er ihren Schal in den Händen hielt. Vielleicht hatte sie ihn sogar absichtlich verloren, aber das würde sie natürlich niemals zugeben.

»Also?«, sagte er.

»Versprechen Sie mir, dass es unser Geheimnis bleibt, wenn ich es Ihnen verrate?«

»Sie können sich auf mich verlassen.« Und auf einmal war sein Blick gar nicht mehr einsam und traurig, sondern einladend wie eine Blumenwiese im Frühling, in deren weiches Gras man sich fallen lassen konnte. Seine warme Stimme und der klare Blick seiner Augen beruhigten sie, sodass alle Befangenheit von ihr abfiel.

»Ich musste meiner Schwester schwören, dass ich mich tagsüber nicht blicken lasse«, gestand sie. »Sie hatte Angst, dass ich Sie verschrecken könnte.«

»Wie könnten Sie mich verschrecken?«, fragte er.

»Indem ich beispielsweise in der Galerie Ballett übe. Aber ich tanze hier gerne. Oder in der Eingangshalle. Oder draußen auf den Mauern.« Wie um es zu beweisen, drehte sie eine Pirouette, was ihn zum Lachen brachte. »Tanzen Sie gerne, Sir?«

»Wenn ich rhythmische Musik höre, kann ich mich kaum halten«, antwortete er. »Nur kann ich es mir leider nicht erlauben, auf Mauern zu tanzen.«

»Sie sollten es mal versuchen. Es ist wundervoll.«

Sie sahen einander an, und auf einmal wurde sie sich all ihrer Schwächen bewusst. Wie kindisch sie in der Strumpfhose und dem Body auf ihn wirken musste und mit ihren geröteten Wangen.

»Ich übe für eine Schulaufführung«, erklärte sie hastig. »Wir führen ein Stück von Shakespeare auf.«

»Shakespeare ist einer meiner liebsten Dramatiker. Und auch Theaterspielen hat mich immer gereizt.«

»Ehrlich?«

Auf einmal machte er einen Buckel und verzog sein Gesicht zu einer schauerlichen Grimasse. »Und darum, weil ich nicht als ein Verliebter kann kürzen diese fein beredten Tage, bin ich gewillt, ein Bösewicht zu werden!«, zitierte er und fügte lachend als Erklärung hinzu: »Einmal habe ich im Schultheater den Herzog von Gloucester gespielt, den missgestalteten Thronfolger aus dem 15. Jahrhundert. Vielleicht sollte es mir zu denken geben, dass der Regisseur diese Rolle mit mir besetzt hat.«

Diana war ganz bezaubert davon, wie er sich selbst auf die Schippe nahm, und kicherte hinter hervorgehaltener Hand.

»Welches Stück führen Sie auf?«, fragte er.

»Romeo und Julia.«

»Und bestimmt spielen Sie die Julia.«

Schmeichelte er ihr? Oder war er nur höflich? Diana hatte keinerlei Erfahrungen mit Männern. Aber ihr Bauch kribbelte, und ihre Knie wurden weich.

»Nein, ich stehe nicht gerne im Vordergrund«, gestand sie. »Ich mache bei den Aufführungen nur mit, wenn ich keinen Text sprechen muss. Ich bewundere Sie dafür, wie souverän Sie in der Öffentlichkeit auftreten. Sie wirken immer so selbstbewusst und gelassen. Sie scheinen nie vor etwas Angst zu haben.« Diana dachte an das Fallschirmspringen und die riskanten Abfahrten und seine Karriere als Polospieler. Er war eine perfekte Kombination aus Action-Held und Prinz.

»Nun, es ist die Angst, die Grenzen setzt. Und wenn man mit dem Presserummel aufgewachsen ist, kennt man es nicht anders«, sagte er bescheiden und sah sich um. »Dann ist das also die berühmte Galerie von Althorp House, von der alle schwärmen?«

Diana nickte.

Er kam ihr zwei Stufen entgegen und reichte ihr den Seidenschal. Doch als sie ihn nehmen wollte, hielt er ihn fest. »Vielleicht hätten Sie ja Lust, mir nach dem Dinner die Galerie zu zeigen?«

Nur zu gerne, hätte sie erwidert, aber sie kam nicht dazu, denn auf einmal stand ihre Schwester im Raum. Wie hatte Diana sie überhören können, so laut wie die Absätze ihrer Reitstiefel auf den Boden hämmerten? »Hier stecken Sie, Sir. Die Pferde ...« Sarahs Lächeln verschwand, als sie Diana entdeckte. »Das hätte ich mir ja denken können.« An den Prinzen gerichtet, sagte sie: »Verzeihen Sie, wenn meine kleine Schwester sich aufgedrängt hat. Manchmal weiß sie nicht, wo ihre Grenzen sind. Sie hält sich für was Besseres, deshalb nennen wir sie auch ›Die Herzogin‹.«

»Ich halte mich nicht für was Besseres!«

»Wolltest du nicht in deinem Zimmer in einem dieser Liebesromane lesen?«

Diana himmelte ihre Schwester an und hatte gleichzeitig einen Heidenrespekt vor ihr. Deshalb war sie selbst überrascht, als sie stolz ihr Kinn reckte. »Der Prinz hat mich darum gebeten, ihm die Galerie zu zeigen.«

2

Als Diana am Sonntagabend die Stufen zu ihrem Schlafzimmer im West-Heath-Mädcheninternat in Kent hochstieg, hatte sie ein kleines bisschen das Gefühl zu schweben.

Wenn die Anzahl der Stufen gerade ist, dann denkt Prinz Charles an mich.

Oder hatte sie am Ende alles nur geträumt?

Zweiundzwanzig Stufen. Diana lächelte.

Ohne anzuklopfen, betrat sie den Raum. Carolyn saß im Schneidersitz auf ihrem Bett und war umgeben von Süßigkeiten. »Drei Tafeln Schokolade, eine Packung Gummibärchen und zwei Packungen von diesen unglaublich leckeren Pralinen«, zählte sie auf.

»Was machst du denn da?« Dianas Grinsen wurde noch breiter.

»Man könnte es Inventur nennen. Wenn die teuren Pralinen von meiner Mutter sind – heißt das, dass sie mich lieber mag als mein Vater?« Carolyn tat so, als würde sie ernsthaft darüber nachdenken, und riss dann die Packung Gummibärchen auf. »Entweder, meine Eltern wollen mich mästen, oder sie sind tatsächlich der Meinung, dass ihr Scheidungskrieg mir nichts ausmacht, wenn ich genug Schokolade in mich reinstopfe.«

Vielleicht war es nur ein Zufall gewesen, dass man Carolyn zu

Diana ins Schlafzimmer gesteckt hatte. Vielleicht hatte sich aber auch irgendein Pädagoge gedacht, dass sie gut zusammenpassen würden, wo sie doch die einzigen Scheidungskinder im Internat waren. Seit sie mit Carolyn befreundet war, fühlte Diana sich nicht mehr wie eine Außerirdische unter ihren Schulkameraden. Carolyn wusste, wie es sich anfühlte, wenn man immer wieder zwischen die Fronten geriet und mit Geschenken überhäuft wurde, als könnten Eltern sich auf diese Weise die Liebe ihres Kindes erkaufen.

»Viel wichtiger ist aber die Frage, warum du grinst wie ein Honigkuchenpferd«, sagte Carolyn und sah Diana aus zusammengekniffenen Augen an, als würde sie versuchen, ihre Gedanken zu lesen.

»Ich habe ihn getroffen!«, rief Diana aus, drehte sich einmal und warf dabei ihre kleine Handtasche aufs Bett. »Endlich habe ich *ihn* getroffen!«

Carolyns Augen wurden groß. »*Ihn*? Sag bloß!«

Ihr Blick fiel auf das Foto, das die Mädchen eines Nachts im Zuckerrausch aus einer Zeitschrift ausgeschnitten und über den weiß lackierten Spiegeltisch geklebt hatten. Das Foto zeigte den stolzen Prinz Charles nach einem Polospiel auf einem galoppierenden Pferd, den Schläger wie eine Lanze erhoben. Es war eine ungemein starke, männliche und heldenhafte Aufnahme. Darunter standen zwei gerahmte Fotos von Dianas Hamstern Little Black Muff und Little Black Puff.

Carolyn konnte es kaum glauben. »Du hast wirklich Prinz Charles getroffen?«

»Ja, endlich! Er stand direkt vor mir!« Diana ließ sich neben Carolyn auf deren Bett fallen, das mit seinem weißen verschnörkelten Gestell nicht mädchenhafter hätte sein können. Vorhänge, Bettwäsche, ja sogar die Tapete waren geblümt. *Wir behüten eure*

Töchter!, versprach die Einrichtung des West-Heath-Mädcheninternats den Eltern. *Hier wird kein Rock'n'Roll gehört, hier gehen die Röcke noch übers Knie, und hier lernen die Mädchen, ihrem zukünftigen Gatten ein saftiges Cordon Bleu zuzubereiten!*

»Und beim Dinner saßen wir am selben Tisch. Wir haben dieselbe Luft geatmet! Er … Ich kann gar nicht beschreiben, wie toll es war. Er hat einfach eine ganz besondere Ausstrahlung!«

»Ich kann dir ganz genau sagen, was er ausstrahlt«, meinte Carolyn trocken. »Nämlich, dass er der zukünftige König Großbritanniens ist.«

»Das ist es nicht …«, sagte Diana. »Er ist in echt noch viel beeindruckender als auf den Fotos in all den Zeitungen und Zeitschriften. Einfach alles an ihm ist beeindruckend!«

»Auch seine Segelohren?«

»Es sind perfekte Segelohren«, seufzte Diana und ließ sich von Carolyn die Packung Gummibärchen in die Hand drücken.

»Mal von vorne: Wo hast du ihn überhaupt getroffen?«, fragte Carolyn, die von ihrem Bett aufgesprungen und darunter abgetaucht war.

Diana erzählte ihrer Freundin, dass Sarah den Prinzen zu einem Jagdwochenende eingeladen hatte. »Er wollte, dass ich ihm die Galerie zeige, aber Sarah hat mir einen Strich durch die Rechnung gemacht. Sie meinte, er sei ihr Gast, also würde selbstverständlich sie ihn durch die Galerie führen.«

»Und das hast du zugelassen?«

»Was sollte ich denn tun? Aber ich konnte es mir nicht verkneifen zu sagen: ›Lass mich dir wenigstens zeigen, wo du die Lichtschalter findest.‹«

Diana hörte Carolyn unter dem Bett kichern. »Geschieht ihr recht! Aber mach dir nichts draus. Sarah hat bloß Angst, dass der Prinz sich am Ende für dich interessieren könnte. Sie weiß genau, wie hübsch du bist. Nicht mehr lang, und du wirst sämtlichen Männern den Kopf verdrehen.«

Diana richtete sich im Bett auf, legte den Kopf schief und betrachtete sich im Spiegel. Im Vergleich zu ihren schönen, talentierten und lustigen Schwestern fühlte sie sich wie das hässliche Entlein.

»Guck nicht so.« Carolyn war mit einem Stapel Zeitschriften, die sie unter ihrem Bett sammelte, wieder aufgetaucht. »Schau dich doch mal an! Deine blauen Augen lassen sämtliche Herzen schmelzen. Mein Gott, was würde ich für deine Pfirsichhaut geben! Und immer hast du diese leicht geröteten Wangen, als kämst du gerade von einem Spaziergang.« Stöhnend tauchte sie ein zweites Mal ab. »Hast du die beiden wenigstens belauscht, als Sarah ihm die Galerie gezeigt hat?«

Diana musste grinsen. »Natürlich! Ach, Carolyn ... Er ist ja so gebildet! Er kannte jeden Künstler in der Galerie! Er wusste, welches Bild von diesem ... van Dyck ist oder wie der heißt.«

»Na klar, er ist ja dreizehn Jahre älter als du. Mein Vater weiß auch total viel.«

»Aber im Vergleich zu ihm bin ich doch dumm wie Bohnenstroh. Meine Noten sind miserabel.«

Diana war nicht so fleißig wie ihre Schwester Jane oder so zielstrebig wie Sarah. Anstatt die Tage im stickigen Klassenzimmer zu verbringen, machte sie lieber Schulausflüge nach Darenth Park, in ein Krankenhaus für geistig und körperlich Behinderte.

Erneut wuchtete Carolyn einen Stapel Zeitschriften aufs Bett. Sie sah Diana eindringlich an. »Dass deine Noten schlecht sind, heißt nicht, dass du dumm bist. Du bist einfach nur faul. Dafür hast du mehrere Schwimm- und Stepptanzpokale gewonnen.«

»Was bedeutet das schon?«

»Viel! Das heißt, dass du – wenn es dir um etwas geht – sehr ehrgeizig sein kannst. Außerdem kenne ich niemanden, der so wunderbar mit Menschen umgehen kann wie du.« Carolyn setzte sich ans Kopfende, schnappte sich eine der Zeitschriften und begann, darin zu blättern, als würde sie etwas ganz Bestimmtes suchen. »Sind Sarah und der Prinz denn jetzt zusammen?«

Dianas verträumtes Lächeln bröckelte. »Ich weiß nicht. Sie wirkten nicht so. Sie haben zwar miteinander geflirtet, aber verliebt wirkten sie nicht. Vor allem Charles nicht. Er wirkte eher ...« Diana zuckte mit den Schultern, » ... traurig.«

»Traurig? Prinz Charles ist definitiv kein Kind von Traurigkeit. Hat nicht erst letztens sein heiß geliebter Großonkel Lord Mountbatten in einem Interview gesagt, dass sein Neffe mit nichts anderem beschäftigt sei, als von einem Bett ins nächste zu hüpfen?«

»Selbst wenn, Männer können sich ändern«, sagte Diana halbherzig, denn eigentlich hatte sie absolut keine Ahnung von Männern. »Was machst du da überhaupt?«

»Ich bin dir einen Schritt voraus und recherchiere«, murmelte Carolyn, die hoch konzentriert weiter in der Zeitschrift blätterte und Schlagzeilen wie *»Skandal um die Rolling Stones: Keith Richards wegen Drogenbesitzes verhaftet«* oder *»Mamma Mia! ABBA begeistern auf ihrer Welttournee!«* überflog. Manchmal, wenn die Nachmittage im Internat lang waren, kuschelten sich Diana und Carolyn zusammen in eines ihrer Betten und lasen in Klatschblättern. »Wusste ich's doch, dass der Tag kommen wird, an dem ich froh bin, all diese Zeitschriften aufgehoben zu haben. Da gibt's doch nämlich diese eine ... Wie heißt sie noch mal?«

»Fiona Watson?«, schlug Diana vor.

»Nein ... Die war doch so dumm und hat in einem dieser Männermagazine eine schlüpfrige Fotostrecke von sich veröffentlichen lassen.«

»Stimmt. Und was ist mit der Prinzessin von Luxemburg?«

»Vergiss es. Die ist römisch-katholisch. Die darf er gar nicht heiraten, das erlaubt das Gesetz nicht. Nur eine protestantische Braut kommt infrage. Da!« Carolyn deutete auf ein Foto. Es zeigte den Prinzen in seiner Polokleidung sowie eine eher herbe Schönheit vor einem Baumstamm mit eingeritzten Initialen. Sie schien sich nicht sonderlich viel aus Mode zu machen, trug ein schlichtes rotes Shirt und hatte die Hände in ihren Hosentaschen versenkt.

»Camilla Parker-Bowles«, sagte Carolyn.

»Die beiden sind doch nur miteinander befreundet«, sagte Diana. »Ist sie nicht verheiratet? Ich glaube, sie hat sogar schon Kinder!«

»Na und? Charles' Onkel Edward VII. hat sich doch auch an seine Liebe zu einer verheirateten Frau geklammert und das Königshaus in eine Krise gestürzt. Außerdem ist es kein Geheimnis, dass sowohl Camillas Mann als auch sie selbst es mit der Treue nicht so ernst nehmen. Und genau das wird von Anfang an das Problem gewesen sein: Camilla hat schon Erfahrungen gesammelt und sich ausgetobt. Die Krone wünscht sich für Charles aber ein Mädchen, das nicht nur jung und hübsch ist, sondern auch protestantisch, von adeliger Abstammung und jungfräulicher als die Jungfrau Maria. Die interessiert nicht die Bohne, dass wir im Jahr 1977 leben, wo Frauen keine BHs mehr tragen und die Nächte auf Konzerten der Rolling Stones durchtanzen! Die Krone sucht eine Märchenprinzessin für den Thronfolger.«

Dianas Blick fiel erneut in den Spiegel.

3

1979

An ihrem achtzehnten Geburtstag ließ Diana die Bombe platzen. Beim nachmittäglichen Kuchenessen verkündete sie, dass sie gemeinsam mit ihren Freundinnen aus dem Internat nach London ziehen wolle.

»Kommt nicht infrage!«, polterte Johnnie Spencer, legte seine Serviette auf seinem Teller ab und erklärte Diskussion und Kuchenessen damit für beendet. Diana vermutete, dass er deshalb so streng reagierte, weil sie zweimal durch alle fünf Abschlussprüfungen gefallen war und er befürchtete, sie würde auf der Straße landen, hätte er nicht ein Auge auf sie. Doch dann dämmerte ihr, dass er nur so eilig den Sonnenschirm einklappte, um zu verbergen, dass Tränen in seinen Augen standen. Hatte er am Ende Angst, auch noch Diana zu verlieren? Seit Jane und Sarah in London lebten, bekam er die beiden kaum noch zu Gesicht.

Letztendlich willigte er zähneknirschend ein. Vielleicht war ihm klar geworden, dass Diana sich in Althorp nicht mehr zu Hause fühlte, seit Raine alles im Palast an sich gerissen hatte. Vielleicht hatte es Raine ihm auch schöngeredet, um Diana endlich los zu sein.

Gemeinsam mit ihren Freundinnen Carolyn, Virginia und

Anne bezog Diana in South Kensington ein herrschaftliches Apartment, das ihrer Mutter gehörte. Der Wohnkomplex hatte Mahagoniaufzüge, und es gab sogar einen gemeinschaftlich genutzten Garten. Mit vereinten Kräften richteten sie das Apartment in einem einfachen ländlichen Stil ein und strichen die Wände pastellfarben. Diana nahm eine Stelle als Kindergärtnerin an, um etwas Geld zu verdienen. Wie viel Spaß es machte, mit den Kleinen herumzualbern! Kinder verstellten sich nie und sagten ehrlich, was sie dachten. Abends, wenn Diana nach Hause kam, legte sie als Erstes eine Platte auf. Manchmal kochten ihre Freundinnen und sie gemeinsam, um aufzufrischen, was man ihnen in langweiligen Kochkursen beigebracht hatte. Ihre Eltern hatten Diana dazu angemeldet. Ein anständiges Mädchen musste doch wissen, wie man Roastbeef und Yorkshire Pudding zubereitete! Diese Kurse waren Diana ein Graus gewesen, und sie hatte die anderen Mädchen mit den samtenen Haarbändern und dem falschen Lächeln nicht sonderlich leiden können. Letztendlich war sie jedes Mal verwarnt worden, weil sie ständig ihre Finger in den Soßentöpfen gehabt hatte.

Mit ihren Freundinnen ernährte Diana sich fast ausschließlich von Schokolade und Cornflakes. Nicht selten machten sie sich den Spaß und riefen Leute aus dem Telefonbuch mit verrückten Namen an. Aber meistens kuschelten sie sich aufs Sofa, guckten romantische Komödien wie *Grease* oder *Saturday Night Fever* und schwärmten für John Travolta, während es draußen Herbst wurde und schließlich die ersten Schneeflocken fielen. Hin und wieder gingen sie aus, und die Mädels verloren ihre Herzen und durchlebten all die Dramen, die die erste Liebe mit sich brachte. Auch Diana hatte Verehrer, und ein paarmal ging sie sogar mit einem aus. Aber sie bemühte sich jedes Mal zu zeigen, dass sie eigentlich kein Interesse hatte.

Doch auch sie hatte ihr Herz verloren, und zwar an London. Diana liebte es, in den Menschenstrom einzutauchen, in das sonore Rauschen des Stimmendurcheinanders, dann und wann durchbrochen von Bauarbeiten, Straßenmusik oder dem Brummen der Doppeldeckerbusse, die die Touristen zum Big Ben oder zum Buckingham Palace kutschierten. Sie liebte die weihnachtlich dekorierten Schaufenster mit der neuesten Mode. Oder mit ihren glatten Sohlen über die feuchten Pflastersteine zu schlittern. Hier der deftige Geruch von Fish and Chips auf einem Markt, dort ein angenehmer Hauch aus einer Parfümerie, ein Stück weiter der unwiderstehliche Duft aus einem Teehaus, vermischt mit der Süße von Scones, Marmelade und Clotted Cream. Diana liebte sogar die vollgestopften U-Bahnen oder die Hupkonzerte, wenn sie mit dem kleinen roten Flitzer ihrer Mutter im Londoner Stau stand.

Die Zeit verging nur so im Flug, der Schnee schmolz, die ersten Blumen sprossen im Vorgarten, und endlich konnte Diana wieder mit den Kleinen im Kindergarten draußen spielen. Noch nie hatte sie sich so frei, so unbeschwert gefühlt.

Irgendwie wurde es ihr zur Angewohnheit, sich früh hinzulegen. Dann zog sie ihren Pyjama an, kuschelte sich ins Bett und blätterte ein paar Zeitschriften durch.

Eines Freitagabends klopfte Carolyn an ihre Zimmertür. »Wir wollen noch was trinken gehen. Es hat eine neue Bar aufgemacht. Kommst du mit?«

»Das nächste Mal.«

Carolyn lehnte sich an den Türrahmen und verschränkte die Arme vor der Brust.

»Was ist denn?«, fragte Diana, als Carolyn nicht aufhörte, sie anzustarren.

»Du hast so viele Verehrer, aber du lässt sie alle abblitzen. Ich verstehe einfach nicht, wieso du dich so ... Ich weiß auch nicht ...«

Diana ließ die Zeitschrift sinken. »Was mache ich?«

»Manchmal habe ich den Eindruck, als würdest du dich ... aufbewahren.«

Diana lachte. »Aufbewahren? Weil ich abends lieber lese?«

Carolyn runzelte die Stirn. Sie wollte sich abwenden, hielt aber noch mal inne und sagte dann: »Ist es wegen des Prinzen?«

»Was meinst du?«

»Denkst du noch an Charles?«

»Nein!«

»Du blätterst jede Zeitschrift, die du in die Hände bekommst, nach ihm durch.«

Diana mochte es, sich Bilder von ihm anzuschauen und neue Details an ihm zu entdecken, wie beispielsweise, dass seine Wangen genau wie ihre oft leicht gerötet waren oder wie perfekt stets sein Scheitel gezogen war. Am liebsten sah sie Fernsehinterviews mit ihm und lauschte seiner tiefen, warmen Stimme. Er wählte seine Worte mit Bedacht, und um ihnen Nachdruck zu verleihen, verschränkte er oft die Hände, wenn er sprach, oder gestikulierte mit dem rechten Zeigefinger.

Trotzdem sagte sie zu ihrer Freundin: »Tue ich nicht. Ich habe keine Ahnung, was in seinem Leben los ist.«

»Ach nein?« Carolyn setzte sich ans Fußende von Dianas Bett. »Ist er nicht gerade mit dieser Sabrina Guinness zusammen?«

»Ach, doch schon eine ganze Weile nicht mehr. Sie war wohl seinen Eltern ein Dorn im Auge, weil sie im Tross der Rolling Stones mitgefahren ist und eine Affäre mit Mick Jagger hatte. Außerdem war sie mal mit Jack Nicholson und Rod Stewart zusammen.«

»Ach ja, stimmt. Ich meinte auch eigentlich Anna Wallace ...«

»Sie haben sich getrennt.«

Auch das undefinierbare Techtelmechtel von Dianas Schwester Sarah mit dem Prinzen war vorbei gewesen, nachdem Sarah in einem Interview mit zwei Boulevardreportern behauptet hatte, nicht in den Thronfolger verliebt zu sein.

Carolyn zog die Augenbrauen hoch. »Die Platte, die da läuft ... Sind das nicht die Three Degrees?«

»Ja, und?«

»Das ist doch die Band, die auf Charles' dreißigstem Geburtstag gespielt hat, wie du erzählt hast. Ehrlich, die Beweislage gegen dich ist erdrückend.«

Diana hatte ihr Glück kaum fassen können, als sie eine Einladung zu Charles' dreißigstem Geburtstag erhalten hatte. Immerhin war ihre Begegnung in Althorp House zu diesem Zeitpunkt schon ein Jahr her gewesen. Sarah hatte das natürlich gar nicht gepasst. »Warum hat er dich auch eingeladen?«

Diana hatte mit den Schultern gezuckt. »Ich weiß nicht. Aber ich würde wirklich wahnsinnig gerne hingehen.«

»Na schön, von mir aus«, hatte Sarah herablassend erwidert.

Doch abgesehen von den leckeren Häppchen und den Three Degrees, zu deren rockiger Livemusik Diana wunderbar getanzt hatte, war die Party für sie ein Reinfall gewesen. Charles war die ganze Zeit über nur von Schönheiten umgeben gewesen, deren Gesichter man auf Werbeplakate für Perlen oder Parfüm hätte drucken können. Abgesehen von »Alles Gute zum Geburtstag« hatte sie kein Wort mit dem Prinzen gewechselt und war schließlich maßlos enttäuscht nach Hause gefahren. Warum war sie nicht einfach zu ihm gegangen und hatte ihn zum Tanzen aufgefordert? Danach hatte sie zwei Tage lang im Bett gelegen und zu nichts Lust gehabt. Dieses Stechen in ihrer Brust, dieses Gefühl, versagt zu haben, wollte sie nie wieder spüren.

»Kommst du, Carolyn?«, rief Virginia. »Die Jungs warten schon unten.«

»Ich fürchte, du musst gehen«, sagte Diana und grinste.

»Einmal noch lasse ich es dir durchgehen. Aber das nächste Mal entkommst du mir nicht. Versprichst du mir, dass du James Gilbey eine Chance gibst? Er ist nämlich ganz verzaubert von dir.«

»Ich verspreche es«, erwiderte Diana.

»Gut. Denn ich begreife einfach nicht, wie du dich der Welt vorenthalten kannst.«

Diana begriff es selbst erst, als sie ihn an einem Wochenende im Juli 1980 wiedersah. Ihren Prinzen. Einer der Typen aus ihrer Londoner Clique, Philip de Pass, hatte Diana für ein Wochenende auf den Wohnsitz seiner Eltern in New Grove eingeladen. Zu einem Polospiel. »Auch der Prinz wird anwesend sein«, hatte er beiläufig gesagt.

Diana hielt sich am weiß lackierten Holzzaun fest, der das Spielfeld abgrenzte. Mit ihrer gelben Latzhose und der lockeren Strickjacke passte sie nicht zu den Damen in schicken Cocktailkleidern mit extravaganten Hüten. Während die Pferde über den weiten Rasen galoppierten, wurde im Pavillon mit Champagner angestoßen. Und während die Reiter hoch konzentriert spielten, lachte und plauderte man dort bei Häppchen. Diana wollte die Sonne im Gesicht spüren, das frische Gras riechen und die von den harten Hufschlägen aufgewühlte Erde. Sie wollte die Rufe der Reiter hören und das Schnaufen der Pferde, nicht das Klirren der Champagnergläser. Noch nie zuvor war ihr ein Polospiel so faszinierend erschienen, und das, obwohl sie nicht mal wusste, wie es stand! Sie hatte nur Augen für Charles. Für die Anspannung seines Körpers. Die Kraft seiner Bewegungen. Wie er das Pferd mit der linken Hand antrieb, in der rechten Hand den Schläger hielt, ausholte und – die Menge jubelte! Ein Treffer! Diana hüpfte vor Begeisterung, und ebenso ihr Herz.

Kaum hatte Charles das Spielfeld verlassen, wurde er von der Presse belagert. Höflich und charmant stand er Rede und Antwort. Die Aufmerksamkeit schien ihm zu schmeicheln.

Diana seufzte und zog die Ärmel ihrer Strickjacke über die Handgelenke. Es war wie auf der Party zu seinem dreißigsten Geburtstag. Stunden hatte sie mit Carolyn vor dem Spiegel verbracht und hin- und herüberlegt, was sie anziehen sollte. Und am Ende hatte der Prinz sie kaum wahrgenommen.

Nun bot sich ihr eine zweite Chance. Beim anschließenden Barbecue zog Charles sich unauffällig aus dem Trubel zurück und ließ sich auf einen der Heuballen nieder, die etwas abseits lagen. Wahrscheinlich wollte er in Ruhe durchatmen, aber es würde ohnehin keine zwei Minuten dauern, bis ihn wieder jemand belagerte. Es war ihre Chance. Sie erneut verstreichen zu lassen, würde Diana sich nicht verzeihen.

Doch was, wenn er sich am Ende schon gar nicht mehr an sie erinnerte?

Und dann stand sie vor ihm. »Eure Königliche Hoheit«, sagte sie und machte einen Knicks. Ihr Herz schlug so heftig und laut in ihrer Brust, dass sie kaum ihre eigene Stimme hören konnte.

»Sie haben so einsam ausgesehen, da dachte ich, ich leiste Ihnen etwas Gesellschaft«, fuhr sie fort.

»Ich hatte gehofft, hier jemanden zu treffen«, antwortete er und klang erschöpft, »aber diese Hoffnung wurde nicht erfüllt.«

Charles sah sie an. Sein Blick wanderte an ihr hinab und wieder hinauf. Er öffnete den Mund, wie um noch etwas zu sagen, und schwieg dann doch.

»Diana«, sagte sie tapfer. »Ich bin Sarah Spencers kleine Schwester. Wir haben uns vor etwa drei Jahren kennengelernt, als Sie unser Anwesen in Althorp besucht haben. Sie hatten mich auch auf Ihren Geburtstag eingeladen.«

»Ich weiß«, erwiderte er. »Sie ... Sie sehen nur so verändert aus.«

Schon ein paarmal hatten ihre Freundinnen Diana gesagt, dass sie aufgeblüht war, seit sie in London lebte. Doch wenn Diana in den Spiegel blickte, wollte sich ihr nicht erschließen, was die Mädels meinten. Sie selbst sah nur, dass ihren blauen Augen der freudige Glanz fehlte. Und wie sie sich für ihre stets leicht geröteten Wangen schämte.

»Seit wir uns das letzte Mal gesehen haben, ist auch viel Zeit vergangen«, sagte Diana. »Es ist einiges passiert. Ich wohne jetzt in London. Und meine beiden Schwestern haben geheiratet. Janes Ehemann ist Robert Fellowes, er ist ...«

» ... der stellvertretende Privatsekretär meiner Mutter«, vollendete er den Satz für sie. »Ein netter Mann.«

»Und Ihr Großonkel Lord Mountbatten ist gestorben«, sagte sie nach einem kurzen Moment des Schweigens. »Mein Beileid.«

Lord Mountbatten war bei einem Attentat der irischen Terrororganisation IRA ums Leben gekommen. Sein Fischerboot war gerade am Hafen ausgelaufen, als eine an Bord versteckte Bombe per Fernsteuerung gezündet wurde. Sein vierzehn Jahre alter Enkel Nicholas Knatchbull, Charles' Patenkind, und der fünfzehnjährige Bootsmann Paul Maxwell waren ebenfalls sofort tot gewesen.

Seit Diana denken konnte, wurde Großbritannien von der religiös motivierten Gewalt zwischen irischen Katholiken und Protestanten erschüttert. Die Katholiken strebten die Einheit der von ihnen dominierten unabhängigen Republik Irland mit dem von Protestanten dominierten Nordirland an, jenen sechs Grafschaften, die im Vereinigten Königreich verblieben waren, als die britische Regierung die Insel im Jahr 1922 geteilt hatte.

Charles war bemüht, sich seinen Schmerz nicht anmerken zu lassen, doch seine Augen konnten Diana nicht täuschen. »Danke«, sagte er.

Vielleicht wäre es besser, das Thema zu wechseln. Diana wollte ihm nicht wehtun. Aber er tat ihr so leid. Nur zu gut erinnerte sie sich daran, wie einsam sie sich gefühlt hatte, als ihre über alles geliebte Oma Cynthia, die Countess Spencer, gestorben war. So viele Menschen hatten ihre Hand geschüttelt und ihr Beileid ausgesprochen, aber niemand hatte sie in den Arm genommen und gedrückt.

Deshalb fuhr sie fort. »Sarah hat erzählt, dass Sie Ihrem Großonkel sehr nahestanden.«

Er nickte. »Ja. Er war wie ein Vater für mich.«

Diana wagte es, sich neben ihn zu setzen.

Charles zögerte kurz und fuhr dann fort zu erzählen. »Ich war gerade auf einem Angelurlaub in Island, mitten im Nirgendwo, als ich die Nachricht erhielt.«

»Wie schrecklich das für Sie gewesen sein muss. Sie haben so traurig gewirkt, als Sie bei der Beerdigung in der Kirche nach vorne gegangen sind. Das hat mich sehr berührt.«

Er sah sie an, und etwas in seinem Blick sagte ihr, dass sie fortfahren sollte. »Mir blutete das Herz, als ich Sie so gesehen habe.«

»Dabei habe ich mich bemüht, mir meine Trauer nicht allzu sehr anmerken zu lassen. Hätte ich geweint, hätte mein Vater das nur als erneuten Beweis meines schwachen Charakters ausgelegt. Mit Onkel Dickie konnte ich ganz offen über alles reden, ohne Angst haben zu müssen, dass er mich verurteilt oder auslacht.«

Für einen Moment herrschte Schweigen zwischen ihnen.

Diana legte eine Hand auf seine geballte Faust. Charles sah auf ihre Hand und dann in ihre Augen.

»Sie müssen schrecklich einsam sein. Ich denke oft an Sie.« Diana spürte, wie ihre Wangen heiß wurden. »Ich meine, wir alle tun das.«

Sein Lächeln war, als würde etwas von ihm abfallen. Ganz anders als jenes Lächeln, das er eben noch den Journalisten geschenkt hatte. Er nahm den Anhänger ihrer Kette in die Hand und betrachtete ihn gedankenversunken. Es war das goldene D, das ihre Freundinnen ihr zum Geburtstag geschenkt hatten. »Diana«, sagte er und wandte sein Gesicht ganz nah ihrem zu, fast so, als wollte er sie küssen. Ihr ganzer Körper bestand nur aus Herzschlag.

»Sir.«

»Müssen Sie zurück nach London? Ich würde Sie gerne in meinem Wagen mitnehmen.«

Diana errötete. »Das ist sehr freundlich. Sie sind ein wahrer Gentleman.«

»Prinz«, verbesserte er sie.

»Prinz«, wiederholte sie und lächelte entschuldigend, um sich dann von dem Heuballen zu erheben. »Das nächste Mal vielleicht.«

Sosehr sie eine Spritztour mit Charles in seinem flotten Sportwagen genossen hätte, so wenig sollte er denken, sie wäre leicht zu haben. Diana wollte nicht nur eine Nacht in königlichen Gemächern. Sie wollte mehr. Sie wollte das Herz des Prinzen von Wales.

»Gibt es denn ein nächstes Mal?«, fragte er und stand ebenfalls auf.

»Wenn Sie das möchten.«

»Wie kann ich Sie erreichen?«

»Sie sind der zukünftige König«, erwiderte Diana, machte einen tiefen Knicks und sah ihn dabei von unten ehrfürchtig an. Sein Mund öffnete sich, seine Augen wurden dunkel. Ihre Demut schien ihm zu gefallen.

»Ich bin mir sicher, Sie finden einen Weg«, sagte sie und ging. Jedoch nicht, ohne ihm einen letzten koketten Blick über die Schulter zuzuwerfen.

4

Auf etwas zu warten, von dem sie nicht mal wusste, ob es eintreten würde, und das sie sich doch sehnlichst wünschte, war qualvoller als alles, was sie bisher erlebt hatte. Noch nie hatte sich Diana so schlaff, so träge, so lustlos gefühlt. Noch nie war eine Woche so endlos gewesen. Warum meldete sich Prinz Charles nicht bei ihr? Hatte sie sich nach dem Polospiel doch zu sehr aufgedrängt? War sie nicht hübsch genug? Oder hatte sie es zu kompliziert gemacht, indem sie ihm ihre Telefonnummer nicht gegeben hatte? Natürlich, sie war ja so dumm! Sie hatte mysteriös erscheinen wollen und damit alles von vornherein kaputt gemacht. Dabei wusste sie, dass es für ihn natürlich kein Problem darstellte, ihre Nummer herauszubekommen …

Als ihre Schwester Jane Diana fragte, ob sie Lust hätte, mit ihr und ihrem Ehemann Robert ein paar Tage in einem gemütlichen Cottage in Balmoral zu verbringen, zögerte Diana nicht lange. Jane hatte gerade ihr erstes Kind geboren, und Diana war völlig vernarrt in die kleine Laura. Etwas Abstand von allem würde ihr guttun.

Am zweiten Morgen ihres Aufenthalts saß Diana draußen auf der breiten Fensterbank und beobachtete Jane, wie sie die kleine Laura stillte. Robert hatte seiner Frau einen Tee gemacht, den er vor ihr auf den Terrassentisch stellte und noch einen Schuss Milch hinzugab. Dabei erzählte er von seinem Arbeitsalltag und welche Termine in den nächsten Tagen mit der Königin auf Schloss Balmoral anstanden. Es war schön zu sehen, wie eingespielt die beiden miteinander waren. Ein richtiges Team. Aber der Anblick versetzte Diana auch einen Stich. Mal wieder war sie überflüssig. Sie sollte in London bei ihren Freundinnen sein und nicht den Urlaub dieser frischgebackenen Familie als fünftes Rad am Wagen stören ... Zwar hatte Jane ausdrücklich gesagt, dass sie und Robert sich über Dianas Gesellschaft freuten, aber wahrscheinlich wollte sie nur nett sein und fühlte sich ihrer kleinen Schwester verpflichtet.

Diana blickte hinaus auf das weite Feld, das hinter dem Cottage lag. Nachts wurde es schon recht kalt, weshalb sich die ersten Sonnenstrahlen morgens im mystischen Nebel brachen, der über der Landschaft lag.

»Gestern Mittag ist der Prinz von Wales auf Schloss Balmoral angekommen«, hörte sie Robert sagen. »Die Königinmutter war ganz außer sich vor Freude.«

Diana sah ihn an. Hatte sie sich verhört? »Er ist hier?«

»Aber ja. Wie jedes Jahr am Ende des Sommers ist die gesamte königliche Familie anwesend«, erklärte Robert.

»Wie schön«, erwiderte Diana, blickte auf die Teetasse in ihren Händen und konnte sich dann doch nicht verkneifen zu fragen: »Weiß er, dass ... dass wir hier sind?« Und dabei meinte sie: »Weiß er, dass *ich* hier bin?«

»Ich habe die Königinmutter ihm gegenüber erwähnen hören, dass ich gemeinsam mit meiner Frau und deren jüngster Schwester Diana ein Cottage in Balmoral bewohne.«

Das war die perfekte Vorlage für ihn, sich endlich zu melden. Diana nahm einen Schluck von ihrem Schwarztee. Er schmeckte bitter.

Sie sah den Wolken dabei zu, wie sie langsam über den Himmel hinwegzogen wie Treibgut auf einem Fluss. Wenn nur ihre Gedanken an Charles ebenso davontreiben würden – auf Nimmerwiedersehen. Dann wäre sie frei, könnte munter nach London zurückkehren und mit James Gilbey ausgehen, der sich aufrichtig für sie zu interessieren schien.

Da klingelte das Telefon.

Auf einmal war Diana hellwach. Sie richtete sich auf.

Robert war hineingegangen. Leise drang seine Stimme durch die offene Terrassentür nach draußen. »Natürlich, Eure Königliche Hoheit. Wenn Sie bitte warten würden. Ich hole sie.«

Schritte.

Dann Robert, der sagte: »Diana, für dich. Es ist der Prinz von Wales.«

Diana sah Robert an, blickte zu Jane. Im nächsten Moment war sie aufgesprungen und eilte nach drinnen, bremste sich, um nicht zu sehr außer Atem zu sein, holte noch mal tief Luft, und dann hatte sie den Hörer am Ohr und sagte: »Eure Königliche Hoheit.«

»Diana«, sagte diese warme, tiefe, charmante Stimme, die sie unter hundert anderen erkannt hätte. Ihre Knie wurden ganz weich. »Wie schön, Sie zu hören.«

Er fragte sie, ob sie das Wochenende gemeinsam mit ihm auf dem Schloss verbringen wollte. Diana sagte zu, natürlich sagte sie zu. Vergessen waren die Ausflüge, die sie mit Jane geplant hatte.

Noch am selben Tag wurde Diana von einem eleganten Land Rover abgeholt, der sie zum Schloss der königlichen Familie brachte. Kaum hatten der Prinz und sie aufgelegt, hatte Diana die Nummer ihrer Schwester Sarah gewählt, denn die war ebenfalls einst von Charles nach Schloss Balmoral eingeladen worden, bevor sie ihre Beziehung zu ihm durch ihr Interview mit den Boulevardreportern vermasselt hatte.

»Oh, kleine Schwester. Mach dich auf was gefasst«, hatte Sarah unheilvoll gesagt.

»Ist das denn nicht wundervoll? Freust du dich denn nicht für mich?«

»Doch. Aber ein Wochenende auf Balmoral ist die reinste Tortur. Nirgendwo nimmt die königliche Familie das Protokoll so ernst wie dort. Man kann nur alles falsch machen. Ich hoffe, du hast Abendkleidung eingepackt, ansonsten sieht's schlecht für dich aus.«

Diana hatte ein hübsches rosafarbenes Kleid mit gepolsterten Schulterpartien dabei, dessen Rock bei jedem Schritt herrlich um ihre Knie schwang. Das sollte doch angemessen sein, oder etwa nicht?

»Und dann Prinzessin Anne …«, hatte Sarah geseufzt.

»Was ist mit ihr?«

»Wie soll ich sagen? Wärst du ein Pferd, wäre sie vielleicht nett zu dir.«

»Es wird schon nicht so schlimm werden …«

»Ach nein? Glaub mir, sie werden dich auf Herz und Nieren prüfen.«

»Aber warum sollten sie mich prüfen wollen?«

Sarah hatte gelacht, als wäre Diana ein kleines, naives Mädchen. »Oh, Diana. Weißt du das denn wirklich nicht? Sie wollen rausfinden, ob du als Ehefrau des zukünftigen Thronfolgers taugst.«

Dianas Hände waren feucht vor Aufregung. Sie kurbelte das Fenster des Land Rovers runter, vielleicht würde die frische Luft sie beruhigen. Sie fuhren durch einen Wald, der sich schon bald lichtete, und auf einmal erschien das Schloss in seiner ganzen

Pracht vor ihr. Es war ein märchenhafter Bau, verziert mit Türmen und Giebeln. Wilder Wein kletterte an den grauen Mauern hoch. Die Sonne stand inzwischen schräg und ließ die unzähligen Fenster golden glänzen. Der Duft von frisch gemähtem Gras strömte in den Wagen.

Ein Butler nahm sie freundlich in Empfang. »Sie kommen genau zum rechten Zeitpunkt. Ihre Majestät ist gerade mit der königlichen Familie von der Pirsch zurückgekehrt.«

Diana atmete auf, als sie ein bekanntes Gesicht vor der hohen Eingangstür aus massivem Holz stehen sah. Ihre Oma Lady Fermoy. Sie war die Hofdame der Königinmutter.

»Hallo, Großmutter«, begrüßte Diana sie. Wie gerne hätte sie ihre Oma umarmt, aber deren herablassende Miene bremste sie. Auch, dass Diana sie auf die Wange küsste, schien sie mehr zu erdulden, als zu erfreuen.

Ohne Umschweife kam sie zum Punkt. »Ich habe ein gutes Wort bei der Königinmutter für dich eingelegt. Ich habe betont, dass du nicht nach Frances kommst, die mit einem Liebhaber auf und davon ist, sondern dass du die Loyalität und Stärke deines Vaters in dir trägst.«

Diana legte den Kopf schief und sah sie lächelnd an, als ob sie ausdrücken wollte, dass jetzt wohl nicht der richtige Zeitpunkt war, um ihre Mutter schlechtzumachen. Abgesehen davon, dass es ihr wehtat.

Mit unveränderter Miene wanderte der Blick ihrer Großmutter an Dianas offener Regenjacke hinab, über den dicken Pullover, die Cordhose und die robusten Wanderschuhe. »Das Protokoll in Balmoral untersagt Hosen bei Frauen.«

»Sarah meinte, die königliche Familie würde viel Zeit im Hochmoor verbringen«, rechtfertigte Diana ihre Kleiderwahl. »Da dachte ich mir, bin ich lieber gut ausgerüstet.«

»Jetzt ist es wohl zu spät, dich umzukleiden. Deine Ankunft wurde bereits angekündigt«, entgegnete ihre Großmutter. Sie sah Diana eindringlich an. »Ich hoffe, du weißt, wie bedeutend dieses Wochenende für dich ist.«

»Es ist doch nur ein Kurzbesuch.«

»Es ist die Chance deines Lebens«, erwiderte ihre Großmutter, wandte sich um und ging hinein.

Das Schloss zu betreten war wie eine Zeitreise in die Vergangenheit. Die dunkle Holzverkleidung der Wände schien jegliches Licht aufzusaugen. Obwohl es draußen taghell war, brannten drinnen sämtliche Kronleuchter. Eine Reihe ausgestopfter Hirschköpfe starrte mit leeren Augen auf Diana herab.

»Ein Diener wird dein Gepäck auf dein Zimmer bringen, die Hausmädchen packen es aus«, fuhr ihre Großmutter fort, die schon am anderen Ende der Halle war. Schnell eilte Diana hinterher.

»Man hat dir ein Zimmer im hinteren Bereich des Schlosses zugeteilt. Wegen des eventuellen Interesses der Presse hielt der Prinz von Wales das für eine gute Idee. Vergiss nicht, du sprichst erst, wenn Ihre Majestät das Wort an dich gerichtet hat«, ermahnte sie Diana. »Und du stehst auch erst von deinem Platz auf, wenn sie sich erhoben und damit den Nachmittagstee für beendet erklärt hat. Keine Sekunde früher. Verstanden?«

Diana nickte. »Verstanden.«

Zu Hause hatte sich niemand je besonders für Förmlichkeiten interessiert. Erst als ihr Vater den Titel des achten Grafen Spencer und das über 5 000 Hektar große Anwesen Althorp House geerbt hatte, war ihrem kleinen Bruder Charles und Diana selbst die privilegierte Stellung ihrer Familie bewusst geworden. Wer hätte ihnen auch das höfische Protokoll nahebringen sollen? Ihre Mutter hatten sie höchstens an den Wochenenden gesehen, und ihr Vater hatte die Erziehung lieber den ständig wechselnden Kindermädchen überlassen.

Munteres Geplauder war zu hören, eigentlich wie in einem Londoner Teehaus. Ein Butler öffnete eine Flügeltür, und im nächsten Moment stand Diana vor der königlichen Familie. Ihr Kopf war wie leer gefegt. Hätte der Butler nicht ihren Namen laut verkündet, sie hätte ihn nicht sagen können. Sie fühlte sich, als hätte man sie auf eine Theaterbühne geschoben und würde von ihr erwarten, einen Text aufzusagen – aber sie wusste nicht, welchen. Ihr Publikum starrte sie erwartungsvoll an. Da waren Ihre Majestät, die Königin Elizabeth. Die Königinmutter. Der Prinzgemahl. Prinzessin Anne. Und wer waren all die anderen? Dazu aus jeder Ecke die seelenlosen Blicke ausgestopfter Tiere.

In Dianas Vorstellung hatte die Königin in einem adretten Kostüm etwas Kandiszucker in ihren Tee gerührt und Prinzessin Anne ein bodenlanges wunderschönes Kleid getragen, das der Sanduhrform ihres Körpers schmeichelte. Doch bis auf die Königinmutter steckten ausnahmslos alle in legerer Reitkleidung aus robustem Tweed. Selbst Ihre Majestät. Charles' zwei Jahre jüngere Schwester hing mit von der frischen Luft geröteten Wangen in ihrem Sessel, als wollte sie gleich ein Nickerchen halten. Drei Corgis kläfften und wuselten der Königin um die Beine. Abgesehen vom Duft des Tees und der Gurkensandwiches, roch es nach Erde, Moos und Pferden. Hatte der Butler am Eingang nicht gesagt, dass die königliche Familie gerade von der Pirsch zurückgekehrt war?

»Eure Majestät«, brachte sie hervor und hatte zum Glück die Eingebung, einen tiefen, ehrfürchtigen Knicks zu machen.

Charles lächelte ihr aufmunternd zu, und sie erwiderte sein Lächeln schüchtern. Wusste er nicht, wie sehr er sie durcheinanderbrachte, wenn er sie so ansah?

Jemand räusperte sich. Diana erinnerte sich daran, dass sie nicht allein waren. Ohne nachzudenken, was sie da tat, und weil sie einfach nicht den Blick von ihm lösen konnte, knickste Diana vor Charles.

»Falsch«, kommentierte Prinzessin Margaret, die Schwester der Königin. Sie verstand sich hervorragend auf die Kunst, ebenso elegant wie lässig in einem Sessel zu sitzen. »Nächster Versuch.«

»Verzeihung«, stammelte Diana.

Dieser Raum hatte etwas Erdrückendes. Die Polstermöbel, die Gardinen, ja sogar der Teppichboden war schottisch kariert. Und überall standen wuchtige Kerzenhalter, als gäbe es im Schloss noch keinen Strom.

Ihr Zögern währte wohl zu lang, Prinzessin Margaret seufzte dramatisch und richtete sich in ihrem Sessel auf, sodass die Eiswürfel in ihrem Whisky klirrten. »Also gut, helfen wir Ihnen auf die Sprünge, ich würde mich nämlich vor dem Dinner gerne noch etwas ausruhen. Zuallererst haben Sie vor Ihrer Majestät, der Königin zu knicksen, das sollte wohl klar sein, dann vor der Königinmutter und dann erst vor diesem jungen Mann hier.« Sie wies mit ihrem Glas auf Charles.

Diana tat, wie ihr geheißen. Hätte sich vor ihr ein Erdloch aufgetan, sie wäre bereitwillig hineingesprungen und nie wieder herausgekommen.

»Wie schön, einen weiteren Gast im Schloss zu empfangen«, sagte die Königin munter. Trotz Reitkleidung war sie eine echte Erscheinung. Ihr braunes Haar war ordentlich aufgedreht, und sie hatte einen dezenten Lippenstift aufgelegt, der ihrer Natürlichkeit nichts abtat. Sie hatte etwas sehr Mütterliches an sich, wirkte aber gleichzeitig wie ein wertvolles Museumsrelikt, das man nicht anfassen durfte. Ihr Blick war freundlich, aber auch wachsam. »Haben wir damit gerechnet?« Die Frage galt ihrem Ehemann, Prinz

Philip, dem Herzog von Edinburgh, der lässig an der Fensterbank lehnte und offenbar gerade mit ein paar Gästen geplaudert hatte.

»Ich wusste von nichts«, erwiderte er.

»Es war auch eher eine spontane Entscheidung«, sagte Prinz Charles. »Ich dachte, ihr würdet euch freuen.« Eine versteckte Botschaft schwang in seinen Worten mit, das konnte selbst Diana nicht überhören.

»Gab es keine Kandidatin mehr in deinem Alter?«, neckte Prinzessin Anne ihren Bruder mit gesenkter Stimme, aber Diana hörte sie dennoch.

»Und wie wir uns freuen«, erwiderte die Königin. Es war Diana unmöglich herauszuhören, ob sie ihre Worte ernst meinte. »Bitte, setzen Sie sich doch.«

Setzen. Aber wohin? Diana konnte sich ja schlecht neben die Königin auf das Sofa quetschen. Der einzige Sessel, der noch frei war, stand etwas abseits.

Zielstrebig steuerte Diana darauf zu und wurde prompt von Prinzessin Margaret zurückgepfiffen. »Das würde ich nicht tun. Das war der Stuhl von Königin Victoria. Niemand darf ihn benutzen.«

»Verzeihung«, sagte Diana nun schon zum zweiten Mal. So langsam dämmerte ihr, was Sarah gemeint hatte ... Bei der königlichen Familie glich ein simpler Nachmittagstee einem Minenfeld.

Charles erhob sich aus seinem Sessel. »Hier bitte, nehmen Sie doch meinen Platz.«

Diana dankte ihm mit einem Lächeln und setzte sich. Am liebsten hätte sie sich wie ein kleines Kind hinter ihm versteckt.

»Spencer«, wiederholte die Königin ihren Nachnamen und hatte noch immer dasselbe undurchschaubare Lächeln, das ein bisschen dem Lächeln einer Sphinx glich. »Dann sind Sie Johnnie Spencers Tochter?«

»Ja«, sagte Diana und lächelte, erleichtert, ein dankbares Thema zu haben.

»Ihr Vater hat König George VI., meinem Mann, und nach seinem Tod der Königin, meiner Tochter, als Kammerherr gedient«, erzählte die Königinmutter. »Ich habe ihn sehr geschätzt.«

»Wenn ich mich recht entsinne, haben wir uns früher schon einmal gesehen, als Sie noch mit Ihrer Familie in dem Gästehaus auf dem Anwesen in Sandringham gelebt haben«, sagte die Königin.

»Ja, bei Spaziergängen auf dem Anwesen sind wir Ihnen manchmal beim Ausreiten begegnet. Hin und wieder haben wir auch mit Ihren Kindern auf Ihrem Landsitz gespielt. Aber dann ist mein Großvater gestorben, mein Vater hat seinen Titel geerbt, und wir sind auf das Anwesen nach Althorp gezogen. Inzwischen sind meine beiden Schwestern schon verheiratet, und ich bin nach London gezogen.«

»Und womit verbringen Sie dort Ihre Zeit?«, wollte Prinz Philip wissen.

»Ich arbeite als Kindergärtnerin.«

»Wie schön! Haben Sie das gelernt?«, erkundigte sich die Königin.

»Nein, aber ich liebe Kinder über alles. Ich wünsche mir später selbst eine große Familie. Und nebenbei kümmere ich mich bei meiner Schwester um den Haushalt.«

»Bei Sarah?«, fragte Charles. »Bezahlt sie denn gut?«

»Ein Pfund die Stunde.«

»Ist das viel?«, kam es von Prinzessin Margaret.

»Nein.« Diana musste schmunzeln. »Das ist sogar die reinste Ausbeutung.«

»Warum machen Sie es dann?«, insistierte diesmal Prinzessin Anne. Es war wie im Kreuzverhör.

Diana zuckte mit den Schultern. »Es macht mir nichts aus. Ich helfe gerne im Haushalt. Es beruhigt mich, wenn alles hübsch und ordentlich ist.«

»Ich erinnere mich nur zu gut daran, als ich Sie das letzte Mal sah«, meldete sich nun wieder die Königinmutter zu Wort. »Es war auf der Hochzeit Ihrer Schwester Jane. Sie sahen reizend aus in Ihrem rosafarbenen Kleid.«

»Offenbar hat sich Ihr Geschmack seitdem verändert«, sagte Prinzessin Margaret und nippte an ihrem Whisky.

»Ich habe gehört, es gäbe hier wundervolle Wandermöglichkeiten, und wollte vorbereitet sein«, entschuldigte Diana ihre Kleidung und spürte, wie ihre Wangen heiß wurden.

»Ein Naturkind! Wie erfreulich!«, rief die Königin aus. »Dann können Sie uns gleich morgen früh auf die Pirsch begleiten, die letzten Male waren wir leider nicht sonderlich erfolgreich. Das wäre doch eine wunderbare Gelegenheit, einander besser kennenzulernen.«

»Das wäre schön«, erwiderte Diana, lächelte tapfer und biss die Zähne zusammen.

»Alles Weitere besprechen wir dann heute Abend beim Dinner.« Die Königin erhob sich. Damit war der Nachmittagstee offiziell beendet.

Hilflos sah Diana mit an, wie alle Anwesenden an ihre vorher geführten Gespräche anknüpften und dabei nach und nach den Raum verließen. Sie schienen Diana völlig vergessen zu haben. »Es wäre doch längst wieder Zeit für ein ordentliches Barbecue«, hörte sie Prinz Philip noch sagen.

Charles war der Einzige, der blieb. Er wirkte, als wäre er jederzeit darauf gefasst, sich in sein Schneckenhaus zurückzuziehen. Das Lächeln, das er ihr schenkte, war zögerlich und kam nicht von Herzen. Dennoch munterte es Diana ein wenig auf. Sie wusste nicht, was sie sagen sollte, und der Prinz schien es ebenso wenig zu wissen.

»Wir sehen uns heute Abend beim Dinner«, meinte er schließlich.

Damit ging auch er und ließ Diana allein zurück.

5

Ein Klopfen riss Diana aus dem Schlaf.

»Guten Morgen«, sagte eine Frauenstimme. Im nächsten Moment wurden die Vorhänge aufgezogen.

Diana blinzelte. Draußen war noch nicht mal die Sonne aufgegangen. Sie verspürte den Impuls, ihre Decke über den Kopf zu ziehen, denn die war unglaublich weich und kuschelig.

Das Bett knarzte, als sie sich auf den Rücken drehte. Sie öffnete die Augen. Vor ihr stand ein junges Hausmädchen, das sie freundlich anlächelte. »Es ist fünf Uhr. Die königliche Familie erwartet Sie zur Pirsch.«

Als der Tag dämmerte und die Umrisse des Schlosses und des nahe liegenden Waldes langsam zu erkennen waren, kam Diana in Regenjacke, Cordhose und Wanderschuhen in den Schlosshof. Es herrschte bereits reger Betrieb. Zwei Pferde sowie drei Land Rover standen bereit, die Geländewagen wurden mit Proviant beladen. Es sah nach Regen aus. Diana fröstelte. Am liebsten hätte sie sich mit einer Tasse Tee vor den Kamin gekuschelt.

»Guten Morgen«, begrüßte Prinz Philip sie freundlich. »Ich hoffe, Sie haben gut geschlafen.«

»Danke, sehr gut«, log sie, aber was sollte sie auch sagen? Dass sie fast die ganze Nacht an seinen Sohn gedacht, deshalb kaum ein Auge zugetan hatte und erst in den frühen Morgenstunden eingeschlafen war? Müde war sie aber nicht, dafür jagte zu viel Adrenalin durch ihren Körper.

»Wir teilen uns in Gruppen auf. Sie kommen mit mir und Anne«, sagte Prinz Philip und klatschte in die Hände. »Dann mal los!«

Dianas Blick suchte den von Charles. Sein Lächeln drückte aus, dass er machtlos war. Sie bemühte sich, nicht allzu enttäuscht zu sein. Prinz Philip wirkte vielleicht streng, vor allem, wenn er mit Charles sprach, aber die Falten um seine Augen verrieten einen vergnügten Charakter. Es würde schon nicht so schlimm werden, dachte sie und verdrängte Sarahs Worte, die in ihrem Kopf nachhallten. *»Die königliche Familie wird dich auf Herz und Nieren prüfen.«*

Eine halbe Stunde später stand sie mitten im Nirgendwo. Um sie herum nichts als weites schottisches Hochmoor. Sie blickte auf ihre Wanderschuhe hinab, die halb in den feuchten Heidekrautboden eingesunken waren.

»Ich hoffe, Sie haben nichts gegen einen frühmorgendlichen Jagdausflug«, sagte Prinz Philip.

»Ganz und gar nicht«, antwortete Diana und bemühte sich, einen möglichst munteren Eindruck zu machen. »Der frühe Vogel fängt den Wurm.«

»Nun, um Würmer zu jagen, ist das hier allerdings etwas übertrieben«, sagte er zwinkernd und holte das Gewehr aus dem Kofferraum. »Konzentrieren wir uns lieber auf das Wild.«

Sogar Anne, die sonst eher mürrisch dreinblickte, konnte sich ein Lächeln nicht verkneifen. Sie war ungemein hübsch, wie Diana fand, vor allem wenn sie ihr dunkelblondes Haar offen trug. Jetzt hatte sie es jedoch zu einem praktischen Pferdeschwanz zusammengebunden. Ihre Gesichtszüge waren weich und ebenmäßig, ihre Haut wie Alabaster und ihre Lippen sinnlich.

Ein sogenannter Stalker wies sie ins Revier ein. Immer wieder blieben sie stehen, um mit dem Fernglas die Landschaft auszukundschaften. Rehe und Hirsche gab es – die Herausforderung war, nahe genug an sie heranzukommen.

In dieser Gegend waren die Highlands recht flach, was die Jagd erschwerte, denn die ebene Heidelandschaft bot weder Schutz noch Deckung. Oft mussten sie sich auf allen vieren oder gar kriechend fortbewegen. Hin und wieder umrundeten sie kleinere Hügelkuppen, damit der Wind günstig stand und das Wild sie nicht wittern konnte. Dianas Schritte lösten schmatzende Geräusche aus.

»Bereuen Sie Ihre Entscheidung schon?«, fragte Prinz Philip. »Wir werden noch Stunden auf den Beinen sein.«

»Überhaupt nicht. Ich bin ein echtes Landei.«

Das stimmte so nicht ganz, aber Diana wollte dem Prinzgemahl unbedingt gefallen. Sie mochte ihn. Er versteckte sich nicht hinter aufgesetzten, kühlen Höflichkeiten, sondern war ganz er selbst und ließ sogar dann und wann einen eher unangebrachten Witz vom Stapel. Sein Blick war tapfer, klug und aufrichtig. Für sein Alter war er ein sehr attraktiver Mann, auf den man sich verlassen konnte. Ein Vater wie aus dem Bilderbuch.

»Dann mögen Sie auch die Jagd?«, wollte Anne wissen.

»Sagen Sie jetzt lieber nichts Falsches«, meinte Philip. »Anne liebt die Jagd. Wie wir alle.«

»Was gefällt Ihnen so daran?«, wich Diana aus.

»Ich mag es, wie die Natur die Sinne schärft«, antwortete Anne. »Wie der Kopf die zitternde Hand zur Ruhe zwingt. Man muss die ganze Zeit über hoch konzentriert sein und darf sich keinen Fehler erlauben, vor allem darf man nicht zögern oder Zweifel haben. Verstehen Sie mich nicht falsch, ich liebe Tiere und habe großen Respekt vor ihnen. Aber wenn man darüber nachdenkt, dass man auf Leben schießt, hat man schon verloren.« Sie sah Diana aufmerksam an. »Also, wie stehen Sie denn nun zur Jagd?«

»Um ehrlich zu sein, streichle ich Tiere lieber«, antwortete Diana.

»Müssen wir also damit rechnen, dass Sie in Tränen ausbrechen, sollten wir heute etwas vor die Flinte bekommen?«, fragte Philip.

»Keine Sorge, ich habe meinen Vater schon oft auf der Jagd begleitet.«

»Gut. Dann kennen Sie die Regeln ja. Wenn ich es sage, laufen Sie hinter mir. Sie geben dann keinen Mucks mehr von sich und machen sich so klein wie möglich. Verstanden?«

»Verstanden.« Diana nickte. »Man merkt, dass Sie bei der Armee waren«, wagte sie zu sagen. Ihr charmantes Lächeln entkräftete ihren provokanten Kommentar.

Tatsächlich hob sich sein rechter Mundwinkel. »Bei der Navy«, verbesserte er sie. »Das waren noch Zeiten.« Ihm war anzusehen, dass sich schöne Erinnerungen vor seinem inneren Auge abspielten.

»Warum haben Sie Ihre Karriere beendet?«, fragte Diana.

»Weil ich geheiratet habe.«

»Und wie haben Sie Ihre Frau kennengelernt?«

»Die Königin«, verbesserte Anne sie.

»Natürlich, entschuldigen Sie.«

»Das war während meiner militärischen Ausbildung«, erzählte Philip. »Sie war gerade mal dreizehn Jahre alt und ich achtzehn.«

Jäh blieb er stehen. »Als wir geheiratet haben, habe ich meine Karriere beim Militär aufgegeben, um der Königin den Rücken stärken zu können. Und das tue ich gerne. Wir alle bringen auf irgendeine Weise ein Opfer für die Krone. Ein Mitglied der königlichen Familie zu sein bedeutet, sein Leben in den Dienst der Monarchie zu stellen. Und das fordert Zähigkeit, Geduld und grenzenlose Loyalität.«

»Und Liebe?«, fragte Diana.

»Vermutlich auch das«, antwortete Prinz Philip. »Aber verraten Sie das bloß niemandem.«

Zwei Stunden waren sie schon unterwegs, als der Stalker ihnen ein Zeichen gab, sich klein zu machen. Durch das Fernglas erspähten sie unterhalb eines Hügelkamms einen Hirsch, der im Heidekraut lag und sie nicht bemerkt zu haben schien. Nur sein Geweih war zu sehen.

»Ein Sechsender«, flüsterte der Prinzgemahl. »Er muss sich vom Boden erheben, sonst kann ich nicht schießen.«

Das Gelände war sehr flach, deshalb robbten sie einen Trampelpfad entlang, dessen Rand ein wenig Deckung bot, und kamen nur langsam voran. Der Stalker hatte einen niedrigen Grashügel vor Augen, auf dem sie ideal aufliegen könnten. Von dort aus war der Hirsch keine zweihundert Meter von ihnen entfernt.

Als sie nah genug heran waren, legten sie sich flach auf das würzig duftende Heidekraut und richteten sich auf der Bodenwelle ein. Prinz Philip machte sich bereit für den Schuss. Ging in Anschlag. Auch Anne war hoch konzentriert.

Diana spürte, dass Philip sie aus dem Augenwinkel ansah. *Soll ich schießen?*, fragte sein Blick.

Diana war angespannt und fasziniert zugleich. Wie kraftvoll und edel der Hirsch war. Vor ihr lag ein Leben, auf das der Prinzgemahl zielte. Man würde dieses wunderschöne Tier töten, nur um sich sein Geweih aufzuhängen und damit eine Lücke zwischen all den anderen Jagdtrophäen zu füllen.

Und doch nickte Diana. *Schießen Sie.*

Philips Mundwinkel hoben sich zu einem dezenten Lächeln, das Diana erwiderte.

In diesem Moment richtete sich der Hirsch vom Boden auf.

Ein Schuss knallte. Der Hirsch taumelte. Fiel.

Am späten Nachmittag, als alle von der Pirsch heimgekehrt waren und sich mit windzerzaustem Haar und geröteten Wangen im Hof des Schlosses austauschten, war die Aufregung groß, als die Runde machte, dass der Prinzgemahl mit Diana einen Hirsch erlegt hatte.

»Dann wart ihr ja überaus erfolgreich!«, rief die Königin aus.

»Das waren wir«, antwortete Prinz Philip, wobei er Charles eindringlich ansah. »Eine lange Pirsch hat ein erfolgreiches Ende genommen.«

6

Charles hatte Diana am frühen Morgen in ihrem Zimmer angerufen, um sie zu fragen, ob sie Lust hätte, ihn zum Lachsfischen an den Fluss Dee zu begleiten. Natürlich wollte sie das, sie konnte sich nichts Schöneres vorstellen.

Als sie die Treppe hinunterkam, hörte sie Charles' aufgebrachte Stimme. »Lass Dickie aus dem Spiel!«

Diana hielt inne.

»Wenn mich nicht alles täuscht, war er es aber, der dir geraten hat, dich auszutoben«, hörte sie Prinz Philip sagen. Sie schienen im Empfangsraum zu sein. »Dein Großonkel mit seinen ständigen Amouren war kaum ein geeignetes Vorbild für dich, das macht sich jetzt bemerkbar! Sie ist verheiratet, Charles, was denkst du dir dabei?! Du riskierst nicht nur deinen Ruf, sondern auch den deiner Eltern!«

»Sie ist eine Seelenverwandte.«

»Das ändert nichts an der Situation. Glaub mir, wir schätzen Camillas bodenständige und unkomplizierte Art.«

»Ach ja? Ihr ladet sie zu keiner einzigen Veranstaltung mehr ein! Ihr bittet sie ja nicht mal mehr bei Pferderennen in die königliche Loge, sondern nur Andrew, ihren nichtsnutzigen Mann! Ist das eure Art, ihr zu zeigen, dass ihr sie schätzt?«

»Führ dich nicht auf wie ein bockiges Kind, Charles. Camilla und ihr Mann waren hier immer gern gesehene Gäste. Wir finden nur, dass in diesen Tagen deine Aufmerksamkeit einer anderen Person gelten sollte.«

»Ich will aber, dass Camilla Diana kennenlernt! Ich lege Wert auf ihre Meinung. Nur deshalb habe ich sie nach Balmoral eingeladen.«

»Camillas Meinung ist wohl kaum relevant, wenn deine Mutter, deine Großmutter und ich dir sagen, dass wir Diana goutieren.«

Da war sie wieder: Camilla Parker-Bowles. Charles' engste Freundin.

Warum verspürte Diana plötzlich diesen Druck auf der Brust?

Als sie an den Türrahmen klopfte, fuhren beide herum. Sie lächelte betont fröhlich, als hätte sie nichts gehört. »Ich wäre dann so weit«, sagte sie.

»Sie kommen gerade recht«, begrüßte sie der Prinzgemahl. »Wir waren dabei, einen geeigneten Platz für unsere neue Jagdtrophäe zu suchen. Vielleicht würde sich das Geweih im Speisesaal besser in die Sammlung einreihen. Was meinst du, Charles?«

»Ich befürchte, ich habe in dieser Angelegenheit nicht viel zu sagen«, knurrte er.

Nicht unweit des Schlosses teilte der Fluss Dee einen malerischen Birkenwald. *Silber*birkenwald, wie Charles Diana verbesserte. Ebenso erklärte er ihr, dass das Auswerfen der Leine mit Fliege eine Kunst für sich sei. Auch die Auswahl und die richtige Positionierung der Fliege waren von großer Bedeutung. Diana staunte an den richtigen Stellen, sagte dann und wann »faszinierend«, weil ihr aufgefallen war, dass der Prinz dieses Wort gerne benutzte. Ansonsten wagte sie es kaum, einen Mucks zu machen, um die Fische nicht zu verschrecken.

Während Charles sich im Anblick des rauschenden Flusses verlor, gab Diana sich ihren Träumereien hin. Sie stellte sich vor, wie sie fröstelte und der Prinz ihr daraufhin seine Jacke um die Schultern legte. Wie sich dabei erst ihre Hände und dann ihre Blicke trafen ...

»Für mich hat jeder Baum, jede Hecke, jeder Berg und jeder nasse Ort einen besonderen, fast heiligen Charakter«, sagte Charles.

Sie hatten schon eine ganze Weile lang geschwiegen, sodass Diana nicht sicher war, ob der Prinz ein Gespräch beginnen wollte oder am Ende nur laut gedacht hatte. Deshalb nickte sie nur. Inzwischen hatte dieser »nasse Ort« für sie eher einen tödlich langweiligen Charakter. Die Sonne war vom Zenit in den Westen gewandert, und das ebenso träge wie die grauen Wolken, die über den Himmel krochen. Diana rieb die Spitzen ihrer robusten Schuhe aneinander. Inzwischen war ihr Körper ganz steif vor Kälte und dem ewigen Sitzen auf diesem unbequemen Klapphocker.

»Sie wirken sehr gedankenversunken«, wagte sie festzustellen.

»Entschuldigen Sie, Macht der Gewohnheit. Die Ruhe beim Fischen ist ideal, um nachzudenken.«

»Störe ich Sie dabei?«

»Nein ...«, sagte er, und dann noch einmal: »Nein.«

»Worüber denken Sie denn nach? Zwei Köpfe zusammen sind klüger als nur einer.«

»Ach, über alles. Über die Politik. Über die Gesellschaft. Die Industrialisierung, die den Menschen immer mehr von der Natur entfremdet. Das riesige Paradox des Lebens.«

Diana fragte sich, ob alle Dreißigjährigen so weise waren wie der Prinz oder ob er etwas ganz Besonderes war.

»Ich befürchte, ich kann nicht ganz folgen ...«, gestand sie.

»Alles hat ein Gegenteil in sich«, erklärte er. »Jeder Vorteil hat einen Nachteil, jeder Erfolg einen Misserfolg. Wir leben hier ein privilegiertes Leben, aber in Afrika hungern Kinder. Am meisten sehnt man sich nach der Zuneigung der Menschen, die einem am wenigsten Achtung entgegenbringen. Zwei Menschen lieben sich, dürfen aber nicht zusammen sein. Das ist das Paradox des Lebens.«

»Steckt am Ende ein Romantiker in Ihnen, Sir?«

»Ich bin ein hoffnungsloser Romantiker. Eine weiche Seele, und das wird mein Vater ewig als meine größte Schwäche ansehen.«

»Vielleicht ist aber genau das Ihre größte Stärke.«

Der Blick des Prinzen sagte ihr, dass sie den richtigen Punkt erwischt hatte.

»Vielleicht sehnen sich die Bürger Englands nach Mitgefühl und Verständnis. Nach Liebe«, sagte sie. »Denn ist es nicht das, was nahbar macht?«

»Die Krone muss Perfektion verkörpern. Unfehlbarkeit«, erwiderte Charles auf einmal trocken. »Gefühle machen schwach und fehlbar.« Er hielt den Blick auf seine Angel gerichtet. »Irgendwie beißt heute nichts an.«

Auf einmal knackte es hinter ihnen im Gebüsch. Sie fuhren herum – und sahen einen Mann.

»Die haben mir gerade noch gefehlt«, zischte Charles.

»Wer ist das?«

»Fotografen.«

»Was wollen die hier?«

»Sie wollen sehen, wer die hübsche junge Frau an meiner Seite ist«, antwortete er finster.

»Schmeichelt Ihnen das denn nicht?«, fragte Diana.

»Es würde mir mehr schmeicheln, würden sie sich für mein

Werk interessieren. Ich versuche, diese Welt nach bestem Wissen und Gewissen zu einem besseren Ort zu machen, aber alles, worauf die Journalisten sich stürzen, ist meine privilegierte Stellung und wann ich mich wo mit welcher Frau treffe.« Er atmete schwer aus. »Nun gut, geben wir ihnen, was sie von uns wollen«, sagte er und setzte im nächsten Moment ein charmantes Lächeln auf.

»Oder wir schlagen ihnen ein Schnippchen!«, schlug Diana vor.

Da blitzte etwas in Charles' Augen auf. »Wie meinen Sie das?«

»Vertrauen Sie mir«, antwortete Diana und grinste verwegen. »Ich habe eine Idee.«

Ausgelassenes Geschirrklappern und fröhliches Geplauder erfüllten den Garten von Schloss Balmoral.

»Wie wäre es mit einem Grillabend?«, hatte Prinz Philip am Nachmittag vorgeschlagen und damit allgemeine Begeisterung ausgelöst.

Diana war sich nicht sicher gewesen, ob sie sich vielleicht verhört hatte. Der Prinzgemahl am Grill, wie er mit der Zange das Fleisch wendete und in die Runde fragte, wer noch Rippchen mochte? Oder die Königin, die ihren Kindern Kartoffelsalat auf den Teller lud? Unvorstellbar. Vor allem nach dem förmlichen Dinner am Vorabend, bei dem sie, angeführt von zwei Dudelsackspielern, in Reih und Glied in den Speisesaal geführt worden waren und man Diana einen Platz zugewiesen hatte. Aber nun befand sie sich tatsächlich auf einer Grillparty, und es kam ihr vor, als sei sie zu Gast bei einer völlig normalen Familie. Die Königin wirkte vergnügt und zugänglich, wie sie mit ihrem Gin mit Dubonnet in der Hand auf ihrem Stuhl saß.

»Ich muss euch unbedingt etwas erzählen«, sagte Charles.

Eigentlich wäre es Diana lieber gewesen, wenn ihr Malheur

am Fluss ihr Geheimnis geblieben wäre, aber wie hätte sie so grausam sein können und Charles seinen Spaß verderben? Er war so locker, so unbeschwert, wie sie ihn noch nie erlebt hatte. Für nichts in der Welt hätte sie diesen Moment ruiniert. Und so lauschte auch sie ihm, wie er lebhaft und theatralisch ihr Abenteuer schilderte.

»Auf einmal hörten wir ein Geräusch aus dem Wald, als wäre jemand auf einen Ast getreten.« Er warf einen Blick über die Schulter, als stünde jemand hinter ihm. »Zwei Männer! Fotografen, getarnt in brauner Kleidung.«

Die Königinmutter schlug vor Schreck eine Hand vor den Mund.

Prinz Philip, der eine Platte mit gegrillten Würsten, Steaks und Rippchen auf den Tisch stellte, murmelte leise: »Wir hätten ihn nicht so viel Theater spielen lassen sollen«, aber er schmunzelte dabei und legte dann seiner Frau die Hände auf die Schultern.

»Sie wollten natürlich sehen, wer die Frau an meiner Seite ist«, fuhr Charles fort. »Aber Diana hatte eine geniale Idee: Sie hat sich hinter einem Baum versteckt, einen Taschenspiegel gezückt und damit beobachtet, wie die beiden Fotografen sich anschlichen. Und dann …« Der Prinz wurde von einem Lachanfall geschüttelt, sodass sogar Prinzessin Anne, die bisher meist einen eher gelangweilten Eindruck gemacht hatte, schmunzeln musste.

»Was ist dann passiert?!«, drängte die Königinmutter, die wie gebannt an Charles' Lippen hing. »Nun erzähl doch schon!«

»Dann …« Charles wischte sich Tränen aus dem Augenwinkel und prustete erneut los.

Diana, die bisher still auf ihrem Platz gesessen hatte, die Hände unter die Knie geschoben, und den Prinzen ganz verzaubert betrachtet hatte, fuhr an seiner Stelle fort. »Ich wollte unbedingt verhindern, dass die beiden ein Foto von mir schießen.

Im Spiegel habe ich gesehen, dass sie kurz abgelenkt waren. Die Chance habe ich genutzt und bin davongerannt, so schnell ich konnte, aber …«

»… aber sie übersah ein Moorloch«, ergriff der Prinz wieder das Wort, »und fiel der Länge nach hin. Als ich sie fand, war sie von oben bis unten voller Schlamm.«

Alle amüsierten sich prächtig. Auch Diana lachte, aber weniger über ihr Missgeschick, sondern weil sie so glücklich war. Sie war Teil eines wundervollen Abends. Der Duft von Holzkohle und gebratenem Fleisch hing in der Luft, der allen das Wasser im Mund zusammenlaufen ließ. Die Königinmutter hatte ihr gesagt, wie hübsch sie in ihrem Kleid mit den Puffärmeln aussah. Sie saßen an einem Tisch zusammen und redeten durcheinander, neckten sich, lachten, diskutierten. Diana durfte Teil einer richtigen Familie sein. Wie sie es sich seit ihrer Kindheit vorgestellt hatte.

»Auf Dianas Raffinesse«, sagte Prinz Philip, erhob sein Bier, und alle anderen taten es ihm gleich.

Auch Charles erhob sein Glas. Er sah sie an und lächelte, und Dianas Herz wurde warm. Sie konnte nichts dagegen tun. Mittlerweile war sie hoffnungslos in diesen Mann verliebt.

Am Sonntagabend hieß es Abschied nehmen. Diana versuchte, alles in sich aufzusaugen. Das Gefühl, wie ihre Hand über das Holzgeländer fuhr, wenn sie die breite Treppe hinabstieg. Das Hallen, wenn der kleine Absatz ihrer Schuhe auf den Steinboden schlug. Der Anblick des Prinzen, der draußen beim Land Rover auf sie wartete. Dieses einzigartige Lächeln, charmant und zurückhaltend zugleich.

Die linke Hand lag auf seinem Rücken, eine Haltung, die er von seinem Vater übernommen hatte, wie Diana an diesem Wochenende aufgefallen war. Am liebsten hätte auch sie sich diese

Eigenheit angeeignet. Wäre es nur möglich, seinen Duft, der ihr so viel Sicherheit schenkte, in einem Marmeladenglas einzufangen. Nur noch einmal mit dieser wunderbaren Familie grillen, nur noch einmal von der Königinmutter gelobt werden, weil Diana beim Abtragen des Geschirrs fleißig half, nur noch einmal mit allen am Tisch sitzen und lachen. Diana wäre sogar bereit gewesen, mit Anne auszureiten, obwohl sie sich nicht sonderlich wohl auf Pferden fühlte. Aber vor allem wünschte sie sich mehr Zeit mit Charles, dessen Anblick ihrem bisherigen Leben einen Sinn gab. Wie kitschig das klang, aber genau so war es. Das Schicksal hatte sie für Charles bestimmt, das spürte sie einfach. Nur deshalb war sie so rein und behütet aufgewachsen, nur deshalb hatte eine innere Stimme ihr geflüstert, dass all die anderen Männer sie nicht glücklich machen würden. Diana hatte auf ihren Prinzen gewartet.

»Danke«, brachte sie hervor. »Es war ein wundervolles Wochenende.«

»Sie haben alle verzaubert.«

Und was ist mit dir, Charles? Habe ich auch dich verzaubert?

Das Schweigen zwischen ihnen währte zu lange, sie lachten beide verlegen. Zeit zu gehen. War eine Umarmung zu viel verlangt? Nur einmal seinen Körper spüren. Die Wärme, mit der er sie ansah, in sich aufnehmen und für immer unter ihrer Haut speichern. Die Königinmutter hatte gesagt, wie beeindruckend ihre kobaltblauen Augen seien, und den Reiz ebendieser Augen versuchte Diana nun auf Charles wirken zu lassen. Sie sah, wie er schluckte.

»Ich befürchte, hinter diesen unzähligen Fenstern sind gerade ebenso viele Blicke auf uns gerichtet. Angefangen bei der königlichen Familie höchstpersönlich«, sagte er.

Diana legte den Kopf leicht schief. »Ihre Familie wird sicher wissen, wann etwas Privatsphäre angebracht ist.«

»Privatsphäre? Was ist das?«, scherzte der Prinz.

Sie lachten beide leicht unbeholfen. Schließlich streckte er ihr die Hand entgegen, die sie annahm. Sie versuchte, nicht allzu enttäuscht zu sein.

Sie wartete noch einen Atemzug, dann machte sie einen Knicks, ohne dabei den Blickkontakt abreißen zu lassen. Schließlich stieg sie in den Wagen. Schon wurde der Motor angelassen, und man brachte sie von ihm fort. Diana konnte nur noch sehen, wie der Prinz, ihr Prinz, im Rückspiegel kleiner und kleiner wurde und irgendwann nicht mehr zu sehen war.

Ihre Schwester hatte angedeutet, Balmoral sei ein Test.

Nun musste sie auf das Ergebnis warten.

7

»Er ist wieder verliebt! Lady Di ist Charles' neue Freundin!«, lautete die Schlagzeile der *Sun* am 8. September.

Diana konnte ihr Glück kaum glauben. Sie hatte nicht gewusst, dass das Leben so schön sein konnte. Es war also wirklich möglich, auf Wolke sieben zu schweben, denn genau so fühlte sie sich, als sie von ihrer Arbeit im Kindergarten oder ihrer Stelle als Babysitterin nach Hause spazierte, die Old Brompton Road entlang und vorbei an den freundlichen braunorangen Backsteinhäusern – zumindest bis sie jäh von Reportern umringt wurde wie von einem Schwarm Fliegen. Kameras blitzten auf, Mikrofone wurden ihr vors Gesicht gehalten. Fragen, so viele Fragen …

»Wie geht es mit Ihnen und dem Prinzen weiter?«

»Denken Sie, dass er Ihnen bald einen Antrag macht?«

»Sind Sie in den Prinzen verliebt?«

Diana hielt den Blick zu Boden gesenkt. »Ich werde nichts sagen«, erklärte sie so höflich wie möglich, immer und immer wieder. *Shy Di*, so nannte man sie schon bald in den Zeitungen und Zeitschriften. Manchmal wagte sie es, vom Fußgängerweg aufzuschauen, eingeschüchtert und verzaubert zugleich von all der Aufmerksamkeit, die man ihr schenkte. Es war wie früher, wenn ihr Vater sie fotografiert hatte. Das war für sie ein Beweis gewesen, dass sie ihm doch nicht gleichgültig war. Sie, das unerwünschte dritte Mädchen, für das man nach der Geburt fast drei Monate lang keinen Namen gefunden hatte, weil die ganze Familie Spencer doch eigentlich auf einen Jungen gehofft hatte.

Ende August hatte die Königin sie zu den Braemar Games eingeladen, und seitdem stürzte sich die Presse regelrecht auf *Charlie's Girl*. Ihre spektakuläre Flucht vor den Fotografen am Fluss Dee hatte die Belagerung nur aufgeschoben. Aber warum interessierten die Menschen sich überhaupt so sehr für sie? Sie hatte doch gar nichts Besonderes getan, hatte lediglich das Glück, dass Charles allem Anschein nach Gefallen an ihr fand. Wie auch immer, es zählte nur, dass ihr Vater die Zeitung durchblätterte, ein Foto von ihr sah und seine Augen vor Stolz glänzten. Und vielleicht, wenn Diana wirklich den zukünftigen König heiratete, würde ihre Mutter endlich aus ihrem Exil in Australien nach Hause zurückkehren, wohin sie mit ihrem neuen Mann Peter Shand Kydd ausgewandert war. Sie musste Diana doch helfen, ihren Kleiderschrank auszumisten und mit neuen schicken Outfits zu füllen, die der Ehefrau des Thronfolgers würdig waren.

»Wann werden Sie Prinz Charles wiedersehen?«

Woher sollte sie das schon wissen? Hoffentlich würde sie ihn überhaupt wiedersehen, es war ja schon Ende September, und sie hatte fast einen Monat lang nichts von ihm gehört. Hatte er am Ende schon das Interesse an ihr verloren? Nein, er hatte nur viel zu tun. Vor allem mit seiner Organisation Prince's Trust, die Jugendliche aus schwierigen Verhältnissen unterstützte. Außerdem war er Ehrenoberst von fünf Armeeregimentern und hatte das Amt des Ehrenpräsidenten der United World Colleges inne, einem Netzwerk von Schulen, die Führungskräftetrainings für Studenten aus der ganzen Welt anboten. Da war es doch logisch, dass er sich nicht so oft bei ihr melden konnte, oder?

Einmal klopfte ein Journalist des *Evening Standard* an die Tür des New England Kindergartens. »Nur ein Foto. Dann verschwinde ich auch gleich wieder!«, versprach er, und Diana gab nach, weil sie sah, dass ein paar der Kinder von dem fremden Mann eingeschüchtert waren. Je schneller er weg war, desto besser.

Für das Foto nahm sie ein kleines Mädchen auf den Arm, ein zweites an die Hand. »Haben Sie, was Sie wollen?«, fragte sie den Reporter. *Jetzt ist es genug, verschwinden Sie bitte wieder.*

»Oh ja, mehr, als ich mir erhofft hatte«, antwortete der Mann grinsend.

Als sie am nächsten Morgen in ihrer Wohnung hörte, dass der Schlüssel in der Tür umgedreht wurde, rannte sie in den Flur. Sie hatte Carolyn losgeschickt, um eine Ausgabe des *Evening Standard* zu kaufen. »Und?«

Carolyns Gesichtsausdruck sprach Bände. Diana riss ihr die Zeitung aus den Händen und suchte nach dem Artikel.

»Na ja, du siehst brav und ordentlich aus in deiner Bluse, dem hellblauen Pullunder und dem ...« Carolyn biss sich auf die Lippen. » ... dem Rock«, vollendete sie dann den Satz.

»Oh mein Gott«, entfuhr es Diana. Offensichtlich war just in dem Moment, in dem der Fotograf abgedrückt hatte, die Sonne herausgekommen, sodass ihr leichter Baumwollrock im Gegenlicht durchscheinend geworden war und ihre Beine in ihrer ganzen Länge erahnen ließ.

»Das ist mein Ende«, schluchzte sie. »Charles wird mich nach diesem Foto abservieren. Er kann gar nicht anders. Das Königshaus wird ...«

»Wenn er das tut, ist er ein Trottel«, unterbrach Carolyn sie. »Ehrlich, auf diesem Bild siehst du aus wie Marylin Monroe, nur mit Kind auf dem Arm. Es strahlt Sittsamkeit und Kinderliebe aus, aber es ist auch äußerst verführerisch. Charles ist auch nur ein Mann, was könnte er mehr wollen?«

Tatsächlich rief Charles noch am selben Tag bei ihr an. »Ich wusste, dass du schöne Beine hast, aber mir war nicht klar, dass sie so hinreißend sind«, schmeichelte er ihr.

Vergessen war, wie lange er sich nicht bei ihr gemeldet hatte.

»Es tut mir leid, dass diese Presseleute dich auch im Kindergarten belästigen«, sagte er. »Solche Ausmaße habe ich noch nie erlebt. Der ganze Medienrummel um dich scheint von Tag zu Tag zuzunehmen. Das ist ziemlich aufreibend, oder?«

»Ich komme schon klar«, antwortete sie. »Es ist nur etwas ungewohnt.«

Sie dachte daran, wie aufdringliche Reporter nachts an ihrer Wohnung geklingelt hatten, sogar bei den Nachbarn hatten sie geläutet. Andere riefen um zwei Uhr nachts an und erzählten irgendeine Geschichte, die mit ihr zu tun hatte, und sagten dann: »Können Sie das bestätigen oder dementieren?«

»Diese Aasgeier«, schimpfte Charles. »Sogar die arme Camilla ziehen sie mit rein. Heute Morgen haben vier Journalisten ihre Haustür belagert.«

Vier?, dachte Diana und blickte aus ihrem Fenster auf die Straße hinab. Dort standen vierunddreißig, sie hatte gezählt.

Da war es wieder, dieses Stechen in der Brust. *Du hast mit ihr telefoniert?*, wollte sie ihn fragen. *Du hast sie angerufen, bevor du mich angerufen hast?* Aber sie schwieg. Bei ihrem zweiten Besuch auf Schloss Balmoral hatte Diana Camilla persönlich kennengelernt. Camilla war unkompliziert und hatte einen derben Humor. Der Typ Frau, mit dem man Pferde stehlen konnte. Es war nicht zu übersehen, dass Charles und sie schon eine ganze Weile lang befreundet waren, so ungezwungen und vertraut, wie die beiden miteinander umgingen. »Lass ihm Zeit«, hatte Camilla ihr während eines Spaziergangs geraten. »Dräng ihn nicht. Wenn du ihn drängst, wird er sich zurückziehen.«

Also ertrug sie schweigend und sah mit an, wie Carolyn erst den Oktober vom Kalender riss und in den Müll warf und dann den November.

Ihre Freundin war ihr eine riesige Stütze. »Ich überlebe es nicht, wenn er mir keinen Antrag macht«, gestand Diana ihr eines Abends unter Tränen.

Damit meinte sie eigentlich: *Es macht mir Angst, dass sich in der Wohnung gegenüber ein Reporter eingemietet hat. Er kann von dort direkt in mein Zimmer blicken. Es macht mir Angst, dass mich heute ein Wagen voller Fotografen bei einem riskanten Manöver ausgebremst hat. Ich fühle mich erbärmlich, weil ich dünnhäutig bin und das ständige Belagern der Presse mich fertigmacht. Ich bin einsam, weil ich mich kaum noch nach draußen wage, weil ich mit niemandem darüber sprechen kann, weil sogar die Presseabteilung des Buckingham Palace gesagt hat: »Damit müssen Sie alleine klarkommen, da können wir nichts tun.«*

Was, wenn all diese Strapazen umsonst waren? Wenn Charles sie fallen ließ und die Presse sie in der Luft zerriss?

Auch Charles konnte sie ihre Ängste nicht anvertrauen. Wenn sie mit ihm zusammen war, wollte sie mit ihm lachen und über schöne Themen sprechen und ihn nicht mit ihren Sorgen belasten. Er sollte denken, dass sie alles problemlos meisterte und wie gemacht dafür war, ein Mitglied der königlichen Familie zu werden. Wenn er sie anlächelte, war ohnehin alles nur halb so schlimm. Dann erzählte sie ihm, wie abenteuerlich sie den Reportern ausgebüxt war, um ungesehen zu ihm zu gelangen: Mithilfe ihrer Freundinnen hatte sie sich an einem Bettlaken aus dem Küchenfenster abgeseilt, das auf eine Seitenstraße hinausging.

Es wurde Winter. Die Laubbäume im Hyde Park warfen ihre Blätter ab. Pärchen schlitterten Hand in Hand über die schneebedeckten Pflastersteine und küssten sich unter Mistelzweigen, die die Eingänge der bunt gestrichenen Häuser in Notting Hill schmückten. Abends, wenn es früh dunkel wurde, konnte man in die Wohnungen glücklicher Familien hineinblicken und förmlich den Plätzchenduft riechen, der aus dem Ofen strömte. Dianas Gesicht spiegelte sich in den mit Kunstschnee, Lametta und Strohsternen dekorierten Schaufenstern, und sie dachte daran, dass Charles diesen Zauber nicht miterleben konnte, weil er irgendwo in Indien war. So unerreichbar weit weg von ihr ...

Dann kam Silvester. Carolyn wollte gemeinsam mit Diana zu Hause bleiben, aber ein Typ aus ihrer Clique feierte die Party des Jahres, und Diana bestand darauf, dass ihre Freundin hinging und sich amüsierte. »Ich komme schon klar«, sagte sie und schaffte es zu lächeln.

Sie setzte sich auf die Fensterbank in ihrem Zimmer und wartete auf das Feuerwerk. Ihr Atem beschlug die kalte Scheibe. Mit dem Zeigefinger malte sie ein Herz in den weißgrauen Beschlag und beobachtete, wie es langsam verschwand. Da entdeckte sie den Mann, der auf dem Fußgängerweg in der Kälte von einem Fuß auf den anderen trat und dabei an seiner Zigarette zog. Ken Lennox. Inzwischen kannte sie die Namen der meisten Reporter und Fotografen. Das machte für sie die Situation erträglicher, denn so konnte sie sich zumindest einreden, sie wäre von alten Bekannten umgeben. Charles hingegen nannte die Presseleute die »Feinde«.

Hatte Mr Lennox vor, schon wieder eine Nacht im Wagen zu verbringen? An Silvester? Und das nur, um ein Foto von ihr zu ergattern? Diana zog sich einen Bademantel über ihren Pyjama, machte eine heiße Schokolade und brachte sie ihm.

»Einen guten Rutsch ins neue Jahr«, wünschte sie und reichte ihm die Tasse.

Der ältere, kleine Mann mit dem lichten Haar und den warmherzigen Maulwurfaugen war so überrascht, dass er sogar vergaß, Danke zu sagen. Eilig ließ er den Stummel seiner Zigarette zu Boden fallen und trat ihn aus. »Schlechte Angewohnheit«, sagte er.

»Danke nochmals, dass Sie mir geholfen haben, den Franzosen abzuwimmeln.«

Der französische Journalist war eine echte Plage. Oft jagte er ihr halsbrecherisch auf einem Motorrad hinterher und war kaum abzuhängen.

»Wissen Sie, ich habe zwei Töchter in Ihrem Alter, und es hat mir in der Seele wehgetan, Sie so aufgelöst zu sehen. Da musste ich einschreiten.«

Mr Lennox hatte den Franzosen kurzerhand mit seinem Wagen ausgebremst. So hatte sie wenigstens einmal zu ihrer Großmutter Ruth Fermoy fahren können, ohne belästigt zu werden.

»Verzeihen Sie die Frage«, setzte der Fotograf zögerlich an, »aber wie ist es möglich, dass das meistfotografierte Mädchen Englands – ach, was sage ich, vermutlich der ganzen Welt! – keine Verabredung für Silvester hat?«

Weil ich die ganze Zeit darauf gehofft habe, dass Charles mich fragt, ob ich den Abend mit ihm verbringen möchte, und mir deshalb nichts anderes vorgenommen habe. Aber er hat nicht gefragt. Weil er überhaupt nicht hier ist, sondern in Indien, Tausende Kilometer von mir entfernt … Und ich habe gehofft, dass er wenigstens anruft.

»Warten Sie deshalb vor meiner Tür?«, wich Diana aus. »Hoffen Sie, dass doch noch jemand aufkreuzt?«

»Na ja, Sie sind ein junges, hübsches Mädchen, das im Herzen von London lebt. Es wäre keine Überraschung, wenn vor Ihrer Tür ein bisher unbekannter Liebhaber mit einem Strauß Rosen auftaucht. Oder Sie könnten betrunken nach Hause kommen. Sie könnten sogar Drogen nehmen. Wir leben im Zeitalter von Sid

Vicious, da ist alles möglich. Aber Ihre Weste ist so reinweiß, dass meine Kollegen und ich uns schon fragen, ob Sie irgendeiner frommen Geheimgesellschaft angehören.«

Diana mühte sich an einem Lächeln ab. »Ich werde nie begreifen, weshalb alle sich so sehr für mich interessieren.«

»Weil dieses Land sich nach einem Märchen sehnt. Sie sind so natürlich. Deshalb warte ich hier: weil ich ein Foto schießen will, das genau diese Natürlichkeit festhält. Ich will mehr als ein flüchtiges Bild, auf dem Sie schauen wie ein scheues Reh. Ich will ein Close-up von Ihrem hübschen Gesicht. Das perfekte Bild, das ganz England verzaubert, wenn die Verlobung bekannt gegeben wird.«

»Ich weiß nichts von einer Verlobung«, erwiderte Diana. »Ich gehe dann mal wieder rein.«

Mr Lennox lachte. »Und ich dachte, Sie würden mich vielleicht hineinbitten.«

»Damit ich morgen früh eine genaue Beschreibung der Wohnung in der Zeitung lesen kann? Halten Sie mich für blöd, Mr Lennox?«

»Ganz im Gegenteil«, erwiderte er und betrachtete sie fasziniert. »Ich glaube sogar, dass Sie etwas Entscheidendes begriffen haben.«

»Und das wäre?«

»Na ja, Sie bringen einem Journalisten mitten in der Silvesternacht eine heiße Schokolade. Sie sind immer freundlich und zuvorkommend zu uns und haben uns noch nie angelogen.«

Diana verstand nicht recht, worauf er hinauswollte, also erklärte er es ihr. »Wenn die Presse Sie liebt, dann liebt Sie ganz England. Das hat Ihr Prinz nie wirklich verstanden. Machen Sie nur so weiter, dann wird er gar nicht mehr anders können, als Sie zu heiraten.«

Sie schwiegen einen Moment lang, und Diana dachte über seine Worte nach.

»Ich sollte nun wirklich reingehen«, sagte sie schließlich und schenkte ihm ein verschwörerisches Lächeln. »Ich muss morgen um Punkt sieben Uhr das Haus verlassen und sollte hübsch aussehen.« Sie zwinkerte ihm zu. »Gute Nacht, Mr Lennox.«

Lichterketten und Strohsterne wichen in den Schaufenstern allerlei Herzen und Rosensträußen, die den Valentinstag ankündigten. Diana sah all den wunderbar romantischen Kitsch und spürte, dass etwas in ihr zu brodeln begonnen hatte. Wie lange wollte Charles noch darüber sinnieren, ob sie die Richtige für ihn war? Und wie wollte er es überhaupt herausfinden, wenn sie sich kaum sahen? Wenn doch, dann durfte bloß die Presse nichts davon mitbekommen, oder sie waren umgeben von seinen Freunden, unter anderem Camilla, die ihn immer voll und ganz für sich beanspruchte. Gerade amüsierte er sich in der Schweiz in Klosters beim Skifahren, während sie in London schmorte.

Jetzt war endgültig Schluss damit. An diesem Abend tauschte Diana die Platte der Three Degrees, die in den letzten Monaten rauf und runter gelaufen war, gegen das neue Album der Sex Pistols aus. Sie packte Carolyn an den Händen und tanzte mit ihr und ihren Freundinnen durch die Wohnung. Endlich atmete es sich wieder etwas leichter.

Da klingelte das Telefon.

»Diana, für dich«, rief Carolyn, die den Hörer abgenommen hatte, über die Musik hinweg.

Von einer Sekunde auf die andere war Dianas Herz in Aufruhr. Es war, als wüsste es etwas, das ihrem Verstand noch verborgen war.

Es war Charles. »Diana«, hauchte er. »Hättest du Zeit für ein Treffen? Ich würde dich gerne etwas fragen.«

8

Keine Ahnung, wie sie die letzten vier Tage überstanden hatte, aber sie war sich sicher gewesen, vor Aufregung umzukommen. Sie hatte an nichts anderes mehr denken können als daran, was Charles sie wohl fragen würde.

Und nun, endlich, saß sie in der eleganten schwarzen Limousine, die sie nach Schloss Windsor bringen sollte. Sie fuhren gerade die kilometerlange, kastaniengesäumte Allee entlang, die zum Märchenschloss führte. Zu dieser Jahreszeit waren die Zweige fast ganz kahl. Kaum zu glauben, dass diese riesige Steinfestung die Wochenend-Residenz der Königin war und damit so etwas wie Elizabeths privates Zuhause! Was hatte ihre Großmutter Ruth noch mal gesagt, wie alt das Schloss war? Über neunhundert Jahre, wenn sie sich recht erinnerte. Jedenfalls war es wohl das älteste und größte bewohnte Schloss der Welt. Gar nicht auszumalen, wie viele Räume es hatte. Bestimmt um die tausend.

Doch so beeindruckend dieser jahrhundertealte, gigantische Bau auch war, so einschüchternd war er zugleich. Es war ihr, als würde er sie kalt anlächeln und sagen: »Wer bist du schon? Mich gibt es schon seit über neunhundert Jahren. Ich habe Kriege und Aufstände überstanden. Und du bist nur eine Eintagsfliege.«

Oder war sie mehr als eine Eintagsfliege? Vielleicht würde sie hier ebenfalls bald ihre Wochenenden verbringen, wagte sie zu träumen.

Diana fiel auf, wie perfekt gepflegt die Grünanlage war. Nicht ein Blatt lag auf dem Boden, nicht ein Grashalm tanzte aus der Reihe. Selbst das Rotwild, das vor ihnen die Straße überquerte, lief in Reih und Glied.

Die Allee schien gar kein Ende zu nehmen. Dianas Herz klopfte heftig. Sie rieb ihre feuchten Handflächen aneinander. Seit Tagen war sie ganz hibbelig und hatte diesen Druck im Bauch, aber das war bestimmt nur die Nervosität. Vielleicht würde es helfen, die Nase in die kühle Luft zu halten, sagte sie sich und kurbelte die verdunkelte Scheibe runter.

Endlich erreichten sie das Haupttor. Ein Soldat in Paradeuniform aus rotem Jackett und schwarzer Hose marschierte davor auf und ab. Mit seiner Bärenfellmütze sah er geradezu drollig aus, aber die »Queen's Guards«, wie man diese Art von Soldaten nannte, durfte man nicht unterschätzen, sie waren bestens ausgebildet und hatten sogar militärische Kampferfahrung. Nach einem kurzen Blick in die Limousine ließ er sie passieren.

Auf einmal ging alles ganz schnell. Sie hielten vor dem Flügel mit den privaten Gemächern der königlichen Familie. Ein Lakai öffnete die Wagentür, und sie hörte noch, dass irgendjemand sagte: »Ihre Königliche Hoheit, der Prinz von Wales, erwartet Sie.«

Der Anblick der hohen Eingangshalle mit den üppigen Kronleuchtern und den vergoldeten Polstermöbeln, auf denen wahrscheinlich noch nie jemand gesessen hatte, verschlug ihr den Atem – oder war es am Ende doch nur der enge Kragen ihres hochgeschlossenen Kleides, um den sie zusätzlich ein gelbes Band zu einer Schleife gebunden hatte? Sie wollte besonders brav und ordentlich aussehen und hatte sich deshalb für ein schlichtes gepunktetes Modell entschieden. Ein ähnliches hatte sie vor Kurzem in einer Modezeitschrift gesehen, aber an dem bildschönen gertenschlanken Model hatte es natürlich noch besser ausgesehen als an ihr.

Irgendwo in einem der unzähligen Räume schlug es fünf Uhr. Und auf einmal stand Charles vor ihr. Die Hände hinter dem Rücken, ein scheues Lächeln auf den Lippen.

»Eure Königliche Hoheit.« Sie machte einen tiefen Knicks und befürchtete kurz, dass ihre weichen Knie ganz nachgeben würden.

»Diana.« Charles schien nicht recht zu wissen, was er sagen sollte. Schließlich brachte er ein »Du siehst hübsch aus« hervor. Sie fand ihn ungemein liebenswert.

»Danke.« Sie senkte das Kinn und richtete den Blick auf den Marmorboden, denn bestimmt war ihr Kopf hochrot geworden.

»Wie ich bereits am Telefon erwähnt habe, habe ich dich aus einem bestimmten Grund hergebeten«, begann er. »Aber komm erst einmal mit.«

Wirklich alles in diesem Schloss war golden. Die Wandverzierungen, die Tische, Stühle, ja sogar die Luft schien durch diese üppige Pracht leicht golden zu flimmern. Eine einzige Schatzkiste. Kaum zu glauben, dass hier wirklich jemand wohnte! Vor ihrem inneren Auge sah sie Königin Victoria in einem wunderschönen schillernden Ballkleid mit stramm geschnürtem Korsett darunter die langen Flure entlangschreiten. Aber bei Königin Elizabeth in ihren schlichten Kostümen und umwuselt von unzähligen Corgis, ihren geliebten Hunden, tat sie sich schon etwas schwerer. Gar nicht auszumalen, wie fehl am Platz sie selbst in ihrem gepunkteten Kleid wirken musste! Vielleicht hätte sie ihre Ballerinas vor ihrem Besuch hier noch mal putzen sollen. Nicht, dass sie schmutzig waren, aber trotzdem hatte sie das Gefühl, sie waren zu dreckig für den makellosen roten Teppich, der ihre Schritte dämpfte.

Sie liefen an unzähligen Gemälden vorbei mit Männern wie Frauen darauf, die arrogant auf sie herabzublicken schienen. Die Einzigen, die Diana erkannte, waren Königin Victoria und ihr Ehemann Prinz Albert, weil deren Liebesgeschichte so ungemein romantisch war.

Diana nahm alles überdeutlich wahr. Wie der Saum ihres Kleides bei jedem Schritt ihre Unterschenkel streifte. Den Duft nach geschmolzenem Wachs, denn überall brannten Kerzen. Wer die wohl anzünden musste? Wahrscheinlich war das ein spezieller Job: Kerzenanzünder im Schloss Windsor. Diana biss sich auf die Lippen, um nicht zu kichern. Sie war völlig überdreht, aber sie war nun mal schrecklich aufgeregt und hatte die ganze Nacht kein Auge zugetan!

Schließlich hielt Charles ihr eine der unzähligen Türen auf. Sie trat ein – und prustete los. Das Zimmer war voller Stofftiere, Kuscheldecken und Kinderbücher. »Du wolltest mir das Kinderzimmer zeigen?«

Das war kein Scherz, es war Charles ernst, denn seine Ohren wurden hochrot. »Ich habe mir lange den Kopf zerbrochen, welcher Raum eine gewisse Symbolik hätte, und da schien mir dieser der geeignetste zu sein.«

»Ja. Natürlich.« *Reiß dich zusammen! Denk an etwas Trauriges. An das Wochenende, als du von der Schule nach Hause kamst und eines deiner Meerschweinchen tot im Käfig lag.*

Charles räusperte sich. »Du hast mir sehr gefehlt.«

Sie war verwirrt. Er hatte sich doch kaum bei ihr gemeldet, und nun sagte er ihr, er hätte sie vermisst?

»Ja, okay«, hörte sie sich stammeln und hätte am liebsten den

Kopf zwischen den Teddybären vergraben. *Ja, okay?!* Mehr fiel ihr dazu nicht ein?

Charles trat näher und nahm ihre Hände. Sie spürte, dass auch er leicht zitterte. Sein Kehlkopf hüpfte mehrmals auf und ab. Dann sagte er etwas, das wie zeitverzögert, erst nach ein paar Atemzügen zu ihr durchdrang.

»Diana, willst du meine Frau werden?«

Sie dachte noch: *Warum kniet er nicht vor mir nieder?*

Weil er der Prinz von Wales ist, der zukünftige König Großbritanniens. Weil er über dir steht.

»Ja«, brachte sie hervor, aber es war, als hätte sich ihr Mund verselbstständigt, als würde nicht sie selbst sprechen.

»Dir ist bewusst, dass du dann eines Tages Königin sein wirst«, sagte er und sah sie dabei so ernst an, dass Diana auf einmal fror.

»Ja.«

Plötzlich war da diese warnende Stimme, die ihr zuflüsterte: *»Du wirst nicht Königin sein, aber du wirst eine schwierige Rolle zu erfüllen haben.«*

Was denkst du denn da? Bist du von allen guten Geistern verlassen? Vor dir steht der begehrteste Mann Englands, ach, der ganzen Welt! Der Mann, der dich glücklich machen wird! Also hör auf, solchen Unsinn zu denken!

»Ja, ich will«, sagte sie nun etwas bestimmter, und ein strahlendes Lächeln breitete sich in ihrem Gesicht aus. »Ich liebe dich so sehr.«

Ein wunderbar warmes Gefühl durchflutete sie. Charles würde auf sie aufpassen. Er würde sie glücklich machen. Ja, kein Zweifel, dieser Mann war die Liebe ihres Lebens.

An diesem Abend brauste Diana mit ihren Freundinnen im Auto durch London. Sie war wie berauscht. Sie saß auf dem Beifahrersitz, streckte den Kopf aus dem Fenster und dachte immerzu: So fühlt es sich also an, glücklich zu sein. *Lebendig* zu sein.

Carolyn drehte die Musik lauter, und sie lachten und sangen mit und malten sich aus, dass Diana von nun an jeden Morgen Buttercroissants und Marmelade ans Bett serviert bekommen würde.

Sie fuhren in einen Tunnel ein, das aufgeregte Geplauder ihrer Mädels und die Fahrgeräusche rückten in den Hintergrund, und auf einmal war Diana sich nicht sicher, ob die Tränen in ihren Augen wirklich vom Fahrtwind kamen. Über ihr zogen die Lichter hinweg, und am Ende leuchtete die goldene Stadt. In dieser Nacht gab es für sie keine Grenzen. Ja, sie war grenzenlos glücklich.

9

»Wie findest du die Bluse hier?«, fragte Diana.

»Ganz in Ordnung …«, murmelte ihre Mutter Frances, hielt ein sehr auffälliges, blau und lila gemustertes Kleid mit Puffärmeln vor sich und prüfte, ob es ihr stehen würde.

In Ordnung … Alles an Diana war lediglich in Ordnung.

Ihr Gesicht war in Ordnung.

Ihr Sinn für Mode war in Ordnung.

Dass sie existierte, war in Ordnung.

Aber schon bald würde sich das ändern, dann heiratete sie in die königliche Familie ein, und alles in ihrem Leben wäre perfekt!

»Und wie steht mir das hier?«, wollte sie nun wissen.

»Nett«, antwortete Frances, die noch immer in den Spiegel sah und ihr hellblondes Haar musterte.

»Mummy! Du hast gar nicht hingeschaut!« Diana hatte sich nämlich einen Seidenschal um den Kopf gebunden und sah damit aus wie die alten Farmerinnen auf dem Land.

»Entschuldige, Liebes, jetzt bin ich ganz bei dir.«

Sie hängte das lilablaue Kleid zum Anprobieren in die Kabine, sank dann elegant auf das Kanapee und schlug ihre langen, für ihr Alter noch immer ziemlich ansehnlichen Beine übereinander. »Ich kann es nur noch immer nicht glauben. Aber du erzählst ja auch nichts! Nun endlich raus mit der Sprache! Wie hat er dir den Antrag gemacht? Ich möchte jedes kleinste Detail wissen.«

»Psst«, machte Diana und sah sich um.

Die Augen der Verkäuferin waren groß geworden, als Diana sich an sie gewandt hatte. Natürlich hatte sie sich vage ausgedrückt und gesagt, sie suche etwas für einen feierlichen Anlass. Die Dame war davongeeilt unter dem Vorwand, ein Kostüm herbeizuholen, aber Diana könnte schwören, dass sie gerade atemlos ihren Kolleginnen erzählte, dass *Charlie's Girl* sich von ihr beraten ließ.

Sie waren bei Harrods in der Modeabteilung. Eine geeignete Garderobe musste her, und zwar eine, in der sie aussah wie die zukünftige Frau des Prinzen von Wales. In wenigen Tagen würde ihre Verlobung offiziell bekannt gegeben werden. Sie wollte hübsch für Charles aussehen, sich aber auch dem eleganten und schlichten Stil der Königin anpassen.

»Du willst deine arme Mutter doch nicht etwa noch länger auf die Folter spannen?!«

»Also gut. Aber schnell, bevor die Verkäuferin zurückkommt«, gab Diana mit gesenkter Stimme nach. »Charles hat mich auf Schloss Windsor eingeladen. Dort hat er mich dann ins Kinderzimmer geführt und …«

»Ins Kinderzimmer?« Ihre Mutter runzelte die Stirn, obwohl sie immer predigte, dass man davon nur Falten bekam. »Was um alles in der Welt hat er sich dabei gedacht?«

»Ich fand es irgendwie niedlich.« Diana legte den Kopf schief, lächelte verträumt und war drauf und dran, in der Erinnerung an diesen märchenhaften Nachmittag zu versinken – da riss die helle Stimme der Verkäuferin sie in die Gegenwart zurück.

»Da wäre ich wieder!« Wie eine Mutter ihren Säugling hielt sie ein stewardessenblaues Kostüm in den Händen. »Sehen Sie mal, was ich Hübsches für Sie gefunden habe. Es ist von der Marke *Cojana London*. Passt die Farbe nicht hervorragend zu Ihren schönen blauen Augen? Dazu noch eine schicke Bluse, und Sie werden bezaubernd aussehen.«

»Danke sehr«, sagte ihre Mutter und drängte sich mit Diana in die Umkleide. »Würden Sie uns bitte einen Moment allein lassen?« Ohne auf die Antwort der Verkäuferin zu warten, zog sie den Vorhang zu.

Diana war verwirrt. »Mummy, was soll das denn? Was schaust du so?«

Ihre Mutter hatte diesen ganz bestimmten Blick aufgelegt. Einen Blick, der so durchdringend war, dass man das Gefühl hatte, er könnte einem bis tief in die Seele schauen und jedes Geheimnis aufspüren. Auch wenn sie es vehement abstritt, hatte sie ihn zweifellos von ihrer Mutter Ruth Fermoy übernommen. »Sei ehrlich, steckt die alte Hexe hinter der Verlobung? Hat sie dir eingeredet, Charles zu heiraten?«

»Oma Ruth hat damit nichts zu tun!«

»Erzähl mir nicht, dass sie nicht ihre Finger im Spiel hat! Alles, worauf es dieser verbitterten Frau ankommt, sind Titel und das Ansehen der Familie. Sie hat sogar damals mich, ihre eigene Tochter, über die Klinge springen lassen! Allein aus Angst, ihren Ruf bei der königlichen Familie zu ruinieren.«

Oma Ruth hatte sich bei der Scheidung auf Johnnies Seite gestellt. Sie hatte ausgesagt, dass Frances nicht in der Lage sei, sich um die Kinder zu kümmern. Das Sorgerecht war daraufhin Dianas Vater zugesprochen worden.

»Mummy«, sagte Diana sanft. »Bei mir ist das anders. Oma Ruth hat mir sogar ehrlich gesagt, dass sie sich nicht sicher ist, ob ich in die Königsfamilie passe. Sie meinte, die Menschen im Buckingham-Palast wären einfach anders, allein der Humor und ihre Art, miteinander umzugehen. Wenn überhaupt, hat sie höchstens bei der Königinmutter ein gutes Wort für mich eingelegt.«

»Ha! Also doch!«

Diana zog Rock und Pullover aus. »Selbst wenn sie es eingefädelt hätte, so kann sie wohl kaum meine Gefühle für Charles beeinflussen. Mach dir also keine Sorgen.«

»Ich bin deine Mutter, natürlich mache ich mir Sorgen!«

»Aber warum? Ich heirate den Prinzen von Wales! Den wohl galantesten, klügsten und begehrtesten Mann auf diesem Planeten!«

»Eben deshalb.« Frances reichte ihr den Rock des Kostüms, und Diana schlüpfte hinein. »Meine Mutter hat mir damals auch eingeredet, dass dein Vater ein toller Fang wäre. Ich war fünfzehn, natürlich habe ich auf sie gehört!«

»Und ich bin fast zwanzig Jahre alt.«

»Ach, meine Kleine, was weiß man denn schon in dem jungen Alter?«

Sie wusste, dass Charles einen schrägen Humor hatte. Wusste, dass seine Ohren rot anliefen, wenn ihm etwas unangenehm war. Wusste, wie sich Starkstrom anfühlte, denn der durchströmte sie, wenn Charles seine Hand auf ihren Rücken legte. Mehr musste sie nicht wissen.

»Dein Vater hatte während unserer Ehe durch seinen Titel unzählige Verpflichtungen und kaum Zeit für mich«, fuhr ihre Mutter fort. »Das wird bei Charles nicht anders sein.«

Das war ja jetzt schon so. Aber waren sie erst mal verheiratet, würde das Interesse der Presse schon bald nachlassen. Dann müssten sie sich nicht mehr heimlich treffen und hätten mehr Zeit füreinander, könnten gemeinsam abends Filme ansehen und die Vormittage im Bett verbringen und eben einfach ein Ehepaar sein.

»Es war meiner Mutter egal, dass Johnnie und ich kaum gemeinsame Interessen hatten. Habt Charles und du denn gemeinsame Hobbys?«

»Ja, natürlich«, sagte Diana vehement. »Wir tanzen beide gerne und lesen viel und … Kannst du mir bitte die Bluse reichen?«

Der Blick ihrer Mutter war nun mitleidig. »Diana, ich bitte dich, begeh nicht denselben Fehler wie ich.«

Ihre Mutter vergaß eine entscheidende Sache: Ihre Ehe mit Charles würde niemals, niemals geschieden werden. Charles war der zukünftige König. Das Königshaus könnte sich einen solchen Skandal nicht erlauben. Wenn sie Probleme hätten, dann würde man gemeinsam eine Lösung finden. Sie würde niemals ihre gepackten Koffer in ein Taxi laden und für immer davonfahren.

»Versteh doch, Mummy, ich liebe ihn«, sagte Diana.

»Liebst du ihn, oder liebst du, was er ist?«

»Wo ist da der Unterschied?«

Ihre Mutter legte eine Hand auf Dianas Wange. »Wenn du das nicht weißt, dann weißt du auch nicht, was Liebe ist.«

Sie fühlte sich, als hätte man ihr ein Messer in den Bauch gerammt. Aber sie würde sich ihren Traum nicht kaputt machen lassen. »Es wird alles gut«, sagte sie und strich über das Kostüm. Es saß perfekt.

»Vergiss uns nicht!«, rief Carolyn.

Diana blickte die Treppe hinauf, wo sich ihre drei Freundinnen über das Geländer beugten. »Wie könnte ich? Ich werde doch eure Unterstützung brauchen!«

Hastig wandte sie sich ab, um keine Tränen zu vergießen.

Draußen wartete eine schwarze Limousine inklusive Leibwächter auf sie, der sie nach Clarence House bringen würde, dem Heim der Königinmutter. Morgen würde die Verlobung offiziell verkündet werden. Anschließend würde sie in den Buckingham-Palast ziehen. Eine Erlösung. Endlich wäre sie in Sicherheit vor den aufdringlichen Paparazzi.

Zum Glück war der Berufsverkehr schon vorüber, und sie kamen zügig durch die Stadt. Mit einem leisen Scheppern schloss sich das schmiedeeiserne Tor hinter der Limousine. Royales Gelände. Sie durchfuhren den Sicherheitskordon, vorbei am St. James's-Palast und hielten schließlich vor einem mit weißem Stuck verkleideten Gebäude: Clarence House. Drinnen war es wie ausgestorben. Der Leibwächter begleitete sie bis zu ihrem Zimmer im ersten Stock. Er sagte etwas zu ihr, aber sie hörte ihn kaum, es waren einfach zu viele Eindrücke, die sie überwältigten. Sie dachte, *Wahnsinn, das sind echt viele Fabergé-Eier, hoffentlich mache ich keines davon kaputt*, dann erst drangen seine Worte zu ihr durch: »Das ist die letzte Nacht in Freiheit, also machen Sie das Beste daraus.«

Doch da hatte sich die Tür bereits hinter ihm geschlossen, und sie war allein. Sie wandte sich um und entdeckte den Brief auf ihrem Bett. Ein paar aufmunternde Worte von Charles? Vielleicht sogar von der Königin, ihrer zukünftigen Schwiegermutter?

Camilla Parker-Bowles stand auf dem Kuvert.

»Was für eine aufregende Neuigkeit, diese Verlobung«, schrieb sie. *»Lassen Sie uns doch zusammen essen, wenn der Prinz von Wales nach Australien und Neuseeland reist. Ich würde so gerne den Ring sehen. Alles Liebe, Camilla.«*

Der Brief war zwei Tage zuvor datiert. Also zu einem Zeitpunkt, als noch streng geheim gewesen war, dass die Ankündigung der Verlobung unmittelbar bevorstand, geschweige denn, dass Diana in Clarence House untergebracht sein würde. Es lag auf der Hand, dass Charles ihr davon erzählt hatte. Aber warum?

10

»Mit Charles an meiner Seite kann ich nichts falsch machen«, antwortete Diana dem Mann von der BBC. Er hatte sie gefragt, ob sie nicht Angst hatte vor all den Herausforderungen, die ihr neues Leben bereithielt. Sie, eine neunzehnjährige Kindergärtnerin. »Charles ist für mich da.«

Ihre Schwester Sarah würde jetzt gekonnt mit der Kamera kokettieren. Sie würde alle mit ihrem Witz zum Lachen bringen. Diana hingegen hielt sich an Charles fest und wagte kaum, den Blick zu heben, es waren so viele Kameras auf sie gerichtet, und das ununterbrochen seit den frühesten Morgenstunden.

»Was war der erste Eindruck, den Sie von Diana hatten?«, wollte der Journalist von Charles wissen.

»Ich dachte mir, was für ein fröhliches, lustiges und attraktives Mädchen sie doch ist«, antwortete er.

Diana spürte, wie ihre Wangen ganz heiß wurden. Wie gut Charles dieses Interview meisterte! Seine Antworten waren durchdacht, charmant und witzig.

»War es für Sie eine schwere Entscheidung, den Antrag des Prinzen anzunehmen?«, wandte der Journalist sich wieder ihr zu.

»Charles zu heiraten ist, was ich gewollt habe«, antwortete sie. »Das ist, was ich will.«

Charles streichelte ihre Hand, und sie wurde sogleich ruhiger.

»Zum Abschluss noch eine Frage an Sie beide: Wie geht es Ihnen heute?«

»Ich bin überaus erfreut und offen gestanden überrascht, dass Diana es mit mir probieren will«, scherzte Charles.

»Und verliebt, nehme ich an?«, fragte der Journalist.

»Natürlich!«, erwiderte Diana sogleich verlegen.

»Was auch immer das heißen mag«, sagte Charles.

Es herrschte ein Moment des unangenehmen Schweigens.

»Interpretieren Sie das auf Ihre Weise«, fügte Charles schließlich hinzu.

»Du hast dich wacker geschlagen«, sagte er zu Diana, nachdem der Interviewtermin beendet war und sie den Flur entlangliefen.

»Danke.« Sie hielt sich an ihrer Handtasche fest.

Ihr wollte partout nichts Kluges oder Lustiges einfallen, sie war einfach zu erschlagen. Und auch Charles war mit seinen Gedanken irgendwo, nur nicht hier bei ihr, nicht mal hier im Buckingham-Palast, denn es dauerte einen Moment, bis er merkte, dass sie die Treppe erreicht hatten.

»Ich wünsche dir eine gute erste Nacht in deinem neuen Zuhause«, sagte er.

»Bist du denn heute Nacht gar nicht hier?«, fragte Diana.

»Nein, ich fahre nach Highgrove«, antwortete Charles.

»Ich dachte nur …« *Dass wir an diesem besonderen Tag auch gemeinsam etwas Besonderes machen. Dass du mich vielleicht mit einem romantischen Essen überraschst. Oder wir auf dem Sofa kuscheln und stundenlang reden. Oder einfach nur einen romantischen Film zusammen anschauen.* »Du bist doch schon bald für sechs Wochen fort«, sagte sie stattdessen.

»Ja, meine Reise nach Australien und Neuseeland steht bevor. Ich kann sie nicht absagen.«

»Das verlange ich doch auch nicht.« Diana zog einen Schmollmund. »Aber umso schöner wäre es, vorher noch etwas Zeit mit dir zu verbringen.«

»Mach dir keine Sorgen, Lady Hussey wird sich deiner annehmen und dich ins Protokoll einweisen. Und ehe du dich versiehst, bin ich schon wieder zurück.«

»Lady Hussey?«, wiederholte Diana, die diesen Namen das erste Mal hörte. »Ich hatte gehofft …«, setzte sie an, biss sich dann aber schnell auf die Unterlippe.

»Was dachtest du?«

»Na ja, ich hatte gehofft, dass vielleicht … du oder deine Tante Margaret oder deine Mutter mir helfen würde.«

»Die Königin?« Charles lachte. »Sie hat nicht mal ihre eigenen Kinder großgezogen! Nun schau nicht so traurig, dafür ist dieser Tag zu schön.«

Diana wollte so gerne geküsst werden, richtig geküsst werden, sodass sie den Boden unter den Füßen verlor und ihr ganzer Körper kribbelte. Aber Charles berührte nur sanft mit den Lippen ihre Wangen, mehr wagte er nicht.

Sie sah ihm nach, wie er die Treppe hinabging. Abschiede waren etwas Schreckliches. Jedes Mal hatte sie das Gefühl, etwas zu verlieren.

Auf einmal nahm sie eine Bewegung hinter sich wahr. Sie warf einen Blick über die Schulter und hatte sogleich das Gefühl, einen Fehler begangen zu haben, zumindest drückte das der strenge Gesichtsausdruck der Frau aus, die hinter ihr das Kinn reckte. Das musste wohl Lady Hussey sein.

»Sie zerren und ziehen so sehr an Charles«, sagte Diana, als sie neben Lady Hussey einen der unzähligen Flure entlanglief. Sie versuchte, sich den Weg zu ihrem Wohnbereich einzuprägen, doch immer wieder wurde sie von einem Gemälde, vergoldeten Möbelstücken oder üppigen Blumensträußen abgelenkt. Es würde ohnehin Jahre dauern, bis Diana sich hier im Palast auskennen würde, denn mit seinen sechshundert Räumen war er ein wahrhaftiges Labyrinth.

Lady Hussey schritt zügig voran und ging nicht auf Diana ein, sondern fuhr mit ihren Erläuterungen zum Palast fort. »Der Palast beherbergt die Büros der königlichen Beamten, Sekretäre, Buchhalter und Kammerherrn sowie die ganzen Kompanien von Lakaien, Butlern und Zofen. Außerdem eine eigene Polizeiwache und Berufsfeuerwehr, ein Postamt, eine Arztpraxis, eine Wäscherei, eine Kapelle samt Kaplan, Elektriker, Schreiner, Vergolder und einen Klempner.«

Verwirrt sah Diana sich um. Abgesehen von den Journalisten und der königlichen Familie war sie im Palast noch keiner Menschenseele begegnet. »Haben sie alle heute freibekommen?«

Lady Hussey maß sie mit einem Blick, als hätte Diana gefragt, ob auch der Weihnachtsmann hier wohnte. »Natürlich nicht. Sie arbeiten im Verborgenen, in Räumen, die durch unterirdische Gänge miteinander verbunden sind. Über der Erde sieht man selten einen Menschen.«

»Und die königliche Familie?«, fragte sie. »Wohnen denn auch Prinzessin Anne oder Charles' Brüder hier, Prinz Andrew und Prinz Edward?« Vielleicht könnte sie hin und wieder etwas mit seinen Geschwistern unternehmen.

»Jedes Mitglied der Familie hat hier seinen eigenen Wohnbereich und verfügt über seine eigene Dienerschaft. Aber Prinzessin Anne und ihr Ehemann Mark Phillips halten sich nur dann und wann in ihrer Palastwohnung auf. Sie residieren am liebsten in ihrem Landhaus. Prinz Andrew ist in seinem zweiten Jahr als Offizier bei der Royal Navy und meist auf See. Und der Jüngste, Prinz Edward, ist im Internat in Gordonstoun.«

Diana versuchte, nicht allzu enttäuscht zu sein.

»Ihre Wohnung befindet sich auf derselben Etage wie die des Prinzen von Wales«, fuhr Lady Hussey fort. »Sie liegt nur auf der anderen Seite. Hier, da wären wir. Morgen startet bereits Ihr Unterricht. Ich dachte mir, dass wir unsere Stunden in Politik, Konversation und Geschichte aufteilen. Beginn neun Uhr. Ich lege großen Wert auf Pünktlichkeit.«

»Was habe ich gerade gesagt?«, drang wie von fern Lady Husseys Stimme zu Diana durch.

»Tut mir leid, ich …« Sie lächelte entschuldigend. »Ich war wohl gerade nicht ganz anwesend.«

»Sie haben aus dem Fenster geschaut.« Lady Hussey ließ ihre Missbilligung deutlich heraushören. »Verhält sich so eine höfliche junge Dame?«

»Nein.« Diana bemühte sich, möglichst schuldbewusst dreinzuschauen.

»Sie haben sich ja auch gar keine Notizen gemacht, wie ich sehe. Sie können sich also all die Informationen merken, die ich Ihnen mühsam versuche näherzubringen?«

Brav notierte sich Diana auf ihrem Block, wie sie ihre Handtasche zu halten hatte. Es gab für wirklich alles eine Regel, wie beispielsweise, dass man Elizabeth nicht einfach ansprechen durfte, sondern stets Ihre Majestät das Gespräch begann.

Seit zwei Wochen wurde sie nun schon regelmäßig von Lady Hussey unterrichtet. Die letzte halbe Stunde hatten sie damit verbracht, den perfekten Knicks vor der Königin zu üben. Draußen schien die Sonne, während Diana den Tag in diesem stickigen Saal fristete, in dem es nach Holzpolitur roch. Was ihre Freundinnen wohl gerade trieben? Es war Samstag, vielleicht waren sie gemeinsam auf einem Flohmarkt oder gingen shoppen.

»Nehmen wir uns noch einmal Ihre Haltung vor«, beschloss Lady Hussey.

Diana seufzte. Sie neigte dazu, aus Unsicherheit die Schultern nach vorne fallen zu lassen, deshalb musste sie nun, zwei schwere Lexika auf dem Kopf balancierend, durch den Raum schreiten. Eigentlich hatte sie geglaubt, dass Übungen wie diese sonst nur in Historienfilmen zu sehen waren.

»Brust raus, Bauch rein«, wies Lady Hussey sie an. »Schultern in Richtung Hosentaschen. Kopf hoch. Und immerzu lächeln. Nicht zu viel. Elegant schreiten. Und jetzt stellen Sie sich vor, Ihre Majestät, die Königin, würde vor Ihnen stehen, die Frau, die dieses Land seit fast dreißig Jahren regiert. Ihr Knicks muss absolute Demut ausdrücken. Herrgott noch mal, halten Sie doch die Bücher fest, wenn Sie den Kopf neigen!«

Zu spät, die beiden Wälzer krachten zu Boden. »'tschuldigung«, stammelte Diana. Sie war müde, hatte Hunger, und ihr Kopf schwirrte von all dem, was Lady Hussey ihr heute schon eingetrichtert hatte.

»Das heißt ›Entschuldigung‹. Und jetzt konzentrieren Sie sich endlich! Uns läuft die Zeit davon! Nächste Woche ist bereits Ihr erster öffentlicher Auftritt als Verlobte des Prinzen von Wales. Und Sie haben noch viel zu lernen, um in der feinen Gesellschaft bestehen zu können.« Lady Hussey senkte das Kinn, schob ihre schmale Lesebrille auf die Nasenspitze und kräuselte die Lippen. »Apropos Gesellschaft. Mir kam zu Ohren, Sie hätten die Gesellschaft des Personals gesucht? In der Küche.«

Nur zu gerne dachte Diana an diesen Nachmittag zurück ... Es war Sonntag, der Palast wie ausgestorben, und sie hatte sich zu Tode gelangweilt. Zu Hause würde sie jetzt einfach ihre Ballettschuhe anziehen und tanzen, den Meerschweinchenkäfig sauber machen oder mit den Angestellten in der Küche plaudern ... Das war doch die Idee! Es war höchste Zeit, ein paar der Gesichter im Palast besser kennenzulernen. Kurzum ging sie von ihrer Wohnung im zweiten Stock in die Küche hinab. Zunächst nahmen die Bediensteten sie kaum wahr, vermutlich, weil sie in ihren Jeans und dem schlichten Strickpullover nicht gerade wie ein Mitglied der königlichen Familie aussah.

»Madam!«, rief auf einmal der Küchenchef erstaunt aus und trocknete seine nassen Hände an seiner Schürze ab. Nach und nach wurde es still. »Wie können wir Ihnen behilflich sein? Haben Sie vielleicht Hunger? Sie sind ja barfuß! Dabei ist der Steinboden hier doch ganz kalt. Wäre jemand so freundlich, der zukünftigen Prinzessin von Wales ein paar Hausschuhe zu besorgen?«

»Ach, machen Sie sich keine Umstände«, antwortete Diana munter, zog sich auf den Küchentresen und warf einen Blick in die Töpfe. »Um ehrlich zu sein, habe ich ein kleines bisschen Hunger. Haben Sie denn schon zu Mittag gegessen?«

»Wir kamen noch nicht dazu«, antwortete der Küchenchef zögerlich.

Diana nickte verständnisvoll. »Heute war der Empfang der Blaskapelle, nicht wahr? Das hat Sie sicher ordentlich auf Trab gehalten.«

»Ein wenig Stress schadet nicht«, entgegnete der Mann. Diana spürte sein Unbehagen. Dabei gab es dazu doch überhaupt keinen Anlass!

»Eine kleine Pause schadet gewiss auch nicht. Essen wir doch einfach gemeinsam eine Kleinigkeit!« Diana zwinkerte ihm zu, sprang vom Tresen und öffnete einen der riesigen Kühlschränke. »Wie wäre es mit einem Toast mit Butter? Simpel, aber unglaublich lecker.« Und ehe der Mann sich's versah, hatte Diana zwei

Scheiben aus der Packung in den Toaster gesteckt. »Ich bin Diana, und wie heißen Sie?«

»David«, murmelte er und sah sie dabei an, als wäre er nicht sicher, ob er das alles träumte. »David Adams.«

Ein junges Küchenmädchen brachte Diana Hausschuhe, die sie dankend annahm.

»So, hier gibt es nichts zu sehen«, trieb David seine Gehilfen und Gehilfinnen an. »Alle wieder an die Arbeit, damit das Abendessen pünktlich auf dem Tisch steht.«

Schon herrschte wieder eifrige Geschäftigkeit in der Küche. Doch Diana entging nicht, dass die Männer und Frauen ihr immer wieder verstohlene Blicke zuwarfen. Hoffentlich schnitt sich keiner in den Finger!

»Haben Sie Familie, David?«, fragte sie den etwa fünfzigjährigen Koch.

»Ja, eine Frau und zwei Kinder, Tom und Janine.«

»Ich stelle es mir ziemlich anstrengend vor, Küchenchef im Palast zu sein, bei all den Dinners und großen Empfängen, die ständig gegeben werden. Bestimmt arbeiten Sie sehr viel, auch am Wochenende. Vermisst Ihre Familie Sie nicht?«

»Doch, schon. Aber vor allem meine zwei Kinder sind unglaublich stolz, dass ich für die Königin arbeiten darf. Und in diesen Zeiten muss man froh sein, Arbeit zu haben.«

Diana kannte sich nicht sonderlich gut mit der aktuellen wirtschaftlichen oder politischen Lage Englands aus. Charles hatte mal erwähnt, dass die Arbeitslosenzahlen unter Margaret Thatcher rasant gestiegen waren.

Der Toast sprang hoch. Diana bestrich die beiden Scheiben großzügig mit Butter, legte sie auf einen Teller und reichte sie David. »Guten Appetit.«

Das war der erste Nachmittag, an dem Diana sich im Palast

wirklich wohlfühlte. Das Küchenmädchen, das ihr die Hausschuhe gebracht hatte, hieß Kate, wie sie herausfand. Kate war ganz offensichtlich in Prinz Andrew verliebt, sie wusste nämlich genau, dass er es nicht leiden konnte, wenn sich auf seinem Pudding eine Haut bildete, und dass er sein Steak am liebsten blutig aß. Andrew war ja auch sehr ansehnlich, wer konnte es ihr also verübeln?

»Sie träumen ja schon wieder!«, holte Lady Hussey Diana ins Hier und Jetzt zurück. »Ich muss Sie darauf hinweisen, dass Vertraulichkeit mit dem Personal als Vergehen gilt. Notieren Sie sich das am besten gleich.«

Regel Nummer eins, hielt Diana auf ihrem inneren Notizblock fest, *keine Tagträume.*

Regel Nummer zwei: Bloß keinen Spaß haben.

»Wenn sich die Bediensteten am Ende daran gewöhnen, ein lockeres oder gar freundschaftliches Verhältnis mit Mitgliedern der königlichen Familie zu pflegen, dann muss das mit Entlassung bestraft werden«, sagte Lady Hussey streng.

»Nein!«, rief Diana aus. »Ich war doch diejenige, die den Kontakt gesucht hat!«

»Dann unterlassen Sie das in Zukunft. Stellen Sie sich mal vor, was passieren könnte. Am Ende kommt der Koch aus seiner Küche hoch, um Ihrer Majestät einen guten Appetit zu wünschen.«

Die Vorstellung gefiel Diana eigentlich ganz gut. Aber das behielt sie lieber für sich.

11

Diana stand oben an der großen Treppe, die wie dafür gemacht war, sie in einem Abendkleid hinabzuschreiten. Alles funkelte und glänzte um sie herum. Das goldene Geländer. Die Wandverzierungen. Die üppigen Kronleuchter. In ihrem Kopf vernahm sie die mahnende Stimme von Lady Hussey: gerader Rücken, Brust raus, Schultern nach unten. Und immerzu lächeln.

Ihr erster öffentlicher Auftritt stand bevor. Sie würde Charles zu einem Ball in der Londoner Goldsmith Hall begleiten, einer Benefizveranstaltung für das Royal Opera House.

»Dir ist bewusst, dass sämtliche Augen auf dich gerichtet sein werden?«, hatte Charles zu ihr gesagt. »Auf dich, die Frau an meiner Seite, die baldige Prinzessin von Wales, die zukünftige Königin von England.«

Daraufhin hatte sie die ganze Nacht das Gefühl gehabt, angestarrt zu werden. Keine Chance, eine Mütze Schlaf zu bekommen.

Sie holte tief Luft, raffte mit einer Hand ihr Kleid, die andere legte sie auf das Geländer und setzte sich in Bewegung. Es war genauso, wie sie es sich ausgemalt hatte. Charles wartete am Fuß der Treppe auf sie. Er war sprachlos, als er sie sah – doch nicht sprachlos vor Begeisterung, wie ihr auf einmal siedend heiß bewusst wurde, sondern vielmehr vor Entsetzen.

»Was ist das für ein Kleid?«, war das Erste, was er sagte, nachdem er seine Sprache wiedergefunden hatte.

»Mein Abendkleid«, antwortete sie unsicher. »Gefällt es dir nicht?«

»Es ist schwarz.«

»Ist das keine gute Farbe?« Schwarz war für sie die eleganteste Farbe gewesen. Eine Farbe, die Erwachsene trugen.

»Hast du jemals meine Mutter, meine Tante oder meine Schwester in Schwarz auf einer Veranstaltung gesehen? Nein. Und das hat einen guten Grund. Schwarz ist die Farbe der Trauer. Man trägt sie auf Beerdigungen.«

Ihr schoss das Blut in die Wangen.

»Und offenbar hat dir niemand beigebracht, dass man mit seinen Reizen nicht hausieren gehen sollte.«

Ihr Kleid war schulterfrei und offenbarte dadurch recht viel von ihrem üppigen Dekolleté, doch genau das hatte sie aufregend gefunden. Und sie hatte gedacht, dass Charles es ebenso aufregend finden würde. Da hatte sie sich offenbar getäuscht.

»Warst du denn überhaupt schon mal auf einem richtigen Galadinner?«, fragte er und beantwortete die Frage gleich selbst. »Wahrscheinlich nicht. Sonst wüsstest du, dass man in schulterfreien Kleidern meist aussieht wie bei einem Sitzbad. Hat Lady Hussey dir nichts zu einer passenden Garderobe gesagt?«

»Nein …« Oder vielleicht schon, und Diana hatte mal wieder nur mit halbem Ohr zugehört.

Sie spürte Tränen aufsteigen. »Aber ich habe nur dieses Kleid.«

Charles atmete hörbar aus und rieb sich die Augen. Als er sie wieder ansah, hatte sein Blick fast etwas Spitzbübisches. »Nun gut, dann darfst du dich aber auch nicht beschweren, wenn sämtliche Männer ihre Blicke nicht von dir lassen können. Los jetzt. Machen wir das Beste draus.«

Den ganzen Abend über fühlte sie sich furchtbar unwohl, ausgeschlossen und lächerlich. Aber war es nicht egal, wie sie sich fühlte? Wichtig war doch nur die Vorstellung, die sich die Menschen um sie herum und die Menschen dort draußen von ihr machten. Wenn sie lächelte, dann würden sie glauben, sie meistere diesen Abend mit Leichtigkeit. Also lächelte sie. Wie durch ein Wunder überlebte sie den Abend ohne weitere Zwischenfälle. Weder stolperte sie in ihrem langen Kleid, noch ließ sie sich anmerken, wie eingeschüchtert sie von dem Blitzlichtgewitter war, oder sagte etwas Dummes. Was auch daran liegen konnte, dass sie die meiste Zeit über schwieg.

Am nächsten Tag konnte sie kaum erwarten, dass ihr die Zeitungen gebracht wurden. Bereits die erste hatte auf der Titelseite ein großes Foto von ihr in dem schwarzen Kleid und nur ein kleines, auf dem Charles und sie gemeinsam abgelichtet waren. *»Daring Diana – Die wagemutige Diana«*, lautete die Überschrift. *»Mit ihrem Kleid zeigt sie der Tradition im wahrsten Sinne des Wortes die kalte Schulter und ist dabei kühn und wunderschön.«*

Diana konnte ihr Glück kaum fassen. Sie musste den Artikel unbedingt Charles zeigen, jetzt sofort, hoffentlich hatte er ihn noch nicht gelesen! Sie wollte seine Reaktion mit eigenen Augen sehen!

Barfuß eilte sie den Flur entlang. Wie aufgeschreckte Hühner stob eine Gruppe Lakaien auseinander. Sie verbeugten sich und drückten dann ihre Rücken an die Wand. »Einen wunderschönen guten Morgen«, rief Diana voller Begeisterung und rannte weiter.

Als sie vor Charles' Tür stand, die geballte Faust schon zum Anklopfen bereit, hörte sie seine gedämpfte Stimme. »Wie kannst du mich das ernsthaft fragen? Natürlich habe ich noch Gefühle für dich.«

Auf einmal spürte sie, wie kalt es im Flur war und wie dünn ihr Kleid.

Sie ließ die Hand sinken.

Mit wem sprach er? Camilla?

Hatte sie sich verhört?

Sollte sie Charles zur Rede stellen?

Aber dann würde er denken, dass sie gelauscht hatte ...

Mechanisch lief sie zurück zu ihrem Zimmer. Den Zeitungsartikel warf sie in den Müll, legte sich aufs Bett, wo sie reglos liegen blieb und die Decke anstarrte.

Gegen Mittag klopfte ein Butler an ihre Zimmertür, die Limousine stehe bereit, die Charles zum Flughafen bringen würde. Irgendwie schaffte Diana es, aufzustehen, runterzugehen und in den Wagen zu steigen. Es regnete in Strömen. In Zickzackbahnen liefen die Tropfen die Scheibe hinab. Charles sagte, dass er sich auf die Sonne in Australien freue, und Diana dachte nur: *Wie kannst du mir das antun? Was soll ich denn jetzt tun? Wie soll ich vergessen, was ich gehört habe?*

Ihre Freundinnen würden es wahrscheinlich unglaublich aufregend finden, wie die Kolonne aus schwarzen Limousinen und Transportern das hohe Sicherheitstor am Flughafen passierte und vor der royalen Maschine hielt. Es hatte etwas von einem Mafiafilm. Diana aber fühlte sich wie betäubt.

Aussteigen. Abschied nehmen.

Laut prasselte der Regen auf den Asphalt, die Flugzeugflügel, das Dach der Limousine und den Schirm, den man über sie hielt.

»Ist das Regen in deinem Gesicht, oder weinst du?«, fragte Charles erstaunt, als er vor ihr stand. »Ist es denn so schlimm, dass ich dich allein lasse?«

Diana nickte stumm. Ihr graute wirklich vor der Zeit, die sie ohne Charles in diesem viel zu großen Palast verbringen würde. Mit einem Mal war sie wieder sieben Jahre alt und kauerte auf der Steintreppe in der Einfahrt ihres alten Zuhauses. Sah mit an, wie Koffer in ein Taxi geladen wurden. Ihre Mutter hielt im Türrahmen des Wagens inne, Tränen strömten über ihr Gesicht, und dennoch stieg sie in das Taxi, brach auf zu ihrem neuen Leben mit einem neuen Mann und ließ Diana mit ihrem Vater und ihren Geschwistern allein. Früher oder später zerbrach alles, was schön und gut im Leben war. Diese Lektion hatte sie bereits lernen müssen.

»Hast du vorhin noch mit Camilla telefoniert?«, fragte sie.

Für den Bruchteil einer Sekunde meinte sie so etwas wie Schuldbewusstsein in Charles' Augen zu sehen, aber vielleicht bildete sie sich das auch nur ein. »Ja, ich habe sie gebeten, sich in meiner Abwesenheit ein wenig um dich zu kümmern. Ich kenne wirklich niemanden, mit dem man mehr Spaß haben kann.«

Diana zog eine Grimasse.

Charles küsste sie auf die Wange und kniff sie dabei spielerisch in die Hüften. »Mhh«, machte er erstaunt. »Du fühlst dich ein bisschen pummelig an.«

Auf einmal hatte sie einen bitteren Geschmack im Mund. *Die wichtigste Regel von allen lautete: perfekt sein.*

Als Diana an jenem Abend in ihre Wohnung im Buckingham-Palast kam, war es draußen bereits stockdunkel. Sie war zu nichts fähig. Hatte das Gefühl, ein paar Zentimeter über dem Boden zu schweben. Aber nicht so, wie frisch Verliebte sich fühlten, sondern eher so, als würde sie jeden Moment hinabstürzen. Sie zitterte leicht. Ein Diener fragte, ob sie Hunger habe. Nein, danke, sie fühle sich nicht wohl. Wieder nur eine Mahlzeit, die sie alleine zu sich nahm. Zu Hause in Althorp hatte sie auch oft alleine gegessen, weil ihr Vater keine Zeit gehabt hatte. Meistens hatte sie sich einfach am Kühlschrank bedient.

Genau das brauchte sie jetzt. Sie wollte sich den Bauch vollschlagen, mit dem Zeigefinger aus einem Topf naschen, mit der Zunge den Teller ablecken, einfach ungehemmt sein in diesem riesigen Palast, in dem es für alles eine Regel gab. Vielleicht würde sie sich dann sogar ein wenig wie zu Hause fühlen.

Der Palast schlief. Der weiche Teppich im Flur dämpfte ihre Schritte. Diana stieg die Wendeltreppe hinab in den unteren Bereich des Palasts. Am Ende der Küche stand eine Reihe hoher Kühlschränke, in denen sich ihr ein wahres Schlaraffenland offenbarte. Angefangen von verschiedenen Pasteten über kalten Braten bis hin zu gefüllten Windbeuteln. Diana nahm eines der liebevoll verzierten Törtchen. Biss hinein. Schloss die Augen. Es war, als wäre mit diesem Bissen etwas von ihr abgefallen. Als hätte sie etwas von dem Schmerz in ihrer Brust heruntergeschluckt. Sie brauchte mehr davon.

Unter den Törtchen standen mehrere Gläser mit Vanillecreme. Sie schmeckte die Süßspeise kaum, dafür schlang sie zu sehr. Ein zweites Glas. Es war die reinste Völlerei, die reinste Raserei, ein Rausch, viel zu tosend, um irgendwie unterbrochen zu werden. Es war ein Sich-fallen-Lassen, ein Durchatmen.

Bis ihr übel war. Dann kam das schlechte Gewissen. Wie hatte sie nur so die Kontrolle über sich verlieren können?

Du fühlst dich ein bisschen pummelig an.

Sie musste all den Süßkram wieder loswerden. In ihrer Wohnung kniete sie sich vor die Toilettenschüssel, steckte sich Zeige- und Mittelfinger in den Mund. Ihr ganzer Körper bäumte sich auf, sträubte sich, bis die Törtchen und die Creme endlich hochkamen und sie erbrach. Es war abstoßend und tat weh, aber es war auch die reinste Wohltat, ein Beweis, dass sie sich unter Kontrolle hatte. Ein Triumph, der berauschend war, bis sie am Boden lag, viel zu erschöpft, um irgendetwas zu fühlen oder auch nur zu denken.

12

»Ich kann es kaum erwarten, dich in deinem Hochzeitskleid zu sehen!«, seufzte Carolyn ins Telefon. »Bestimmt ist es ein Traum!«

»Wie in einem Märchen«, antwortete Diana.

Sie saß mit dem Telefon auf der breiten Fensterbank und blickte in den grauen Himmel. Die Stimmen ihrer Mädels zu hören tat weh.

»Begleitet dich die Queen zu den Anproben?«, wollte Virginia wissen, die mit Carolyn am Hörer hing. »Oder Prinzessin Anne?«

»Na ja, bisher war ich eigentlich jedes Mal alleine dort«, gestand Diana. »Aber das ist schon in Ordnung.«

»Stimmt es denn, dass geheime Verbindungsgänge vom Buckingham-Palast zu den Houses of Parliament und zum Clarence House führen?«, wollte Virginia wissen. »Und dass es einen Tunnel gibt, der den Palast mit einer der Stationen der Tube verbindet?«

Diana lachte. »Ich werde die Augen offen halten.« Im Hintergrund lief Musik – eindeutig die ersten Klänge von »Tainted Love« von Soft Cell. »Geht ihr heute noch aus?«, fragte sie.

»Ja, in der Brick Lane hat diese neue Bar aufgemacht, die wir uns mal anschauen wollen.«

»Klingt super.«

Wie sehr Diana ihre Freundinnen beneidete. Sie konnte keine

Straße mehr entlangspazieren, ohne von Fotografen oder Passanten belagert zu werden. »Oh Mann, ich vermisse euch.« Sie schlang den freien Arm um ihre angewinkelten Knie.

Sie vermisste es, mit ihren Mitbewohnerinnen herumzualbern. Mit ihnen Klamotten zu tauschen, sich gemeinsam die Nägel bunt zu lackieren und dabei über Jungs zu lästern, Cornflakes mit Schokolade zu essen, den ganzen Sonntag einen Pyjama zu tragen, Telefonstreiche zu machen oder einfach nur ziellos durch London zu treiben, dem Rauschen der vorbeifahrenden Autos zu lauschen, wenn die Straßen regennass waren und im Licht der untergehenden Sonne silbern glänzten. Aber das konnte sie ihren Freundinnen nicht erzählen. Auch nicht, dass sie ständig das Gefühl hatte, etwas falsch zu machen. Nicht gut genug zu sein. Wie viele Mädchen träumten davon, im Buckingham-Palast zu leben? Und sie saß hier am Fenster und blies Trübsal.

»Wir vermissen dich auch schrecklich«, antwortete Carolyn. »Wir kommen dich ganz bald wieder besuchen.«

»Ja, das wäre schön.« Doch das dumpfe Gefühl in ihrer Brust sagte ihr, dass die Mädels ihr Versprechen nicht so schnell umsetzen würden.

Anfangs hatten sie den Besuchen noch entgegengefiebert. »Oh mein Gott, wir sind wirklich im Buckingham-Palast! Die Königin könnte uns über den Weg laufen!« Aber sie hatten recht schnell gemerkt, dass man von der Königin oder der königlichen Familie im Allgemeinen kaum etwas mitbekam. Dafür stand im Hintergrund jedes Mal ein ernst dreinblickender Lakai. Da wagten es ihre Freundinnen natürlich nicht, einen albernen Witz zu reißen.

»Ich soll dir übrigens Grüße von unserer Nachbarin sagen. Ihre Tochter hat ein Bild von dir gemalt, ihrer Lieblingsprinzessin«, berichtete Carolyn.

»Richte ihr ebenfalls ganz liebe Grüße aus.«

Diana hatte mehr Kontakt zu den Nachbarn in ihrem alten Mietshaus gehabt als zu ihren zukünftigen Schwiegereltern. Aber was erwartete sie auch? Das hier war keine normale Familie, die sich abends am Esstisch hungrig von der Lasagne auf die Teller lud, dabei wild durcheinanderredete und anschließend um den besten Platz vor dem Fernseher kämpfte. Verspürte Charles den Wunsch, mit seiner Mutter zu Mittag zu essen, ließ er ihr durch einen Pagen eine entsprechende Nachricht überbringen, und die Königin schickte ihm auf demselben Weg ihre Antwort. Dasselbe Prozedere galt auch für den Rest der Familie.

»Bestimmt hast du heute noch wichtige Verpflichtungen oder willst Fanpost beantworten«, sagte Carolyn. »Wir müssen jetzt eh los, die Jungs warten schon.«

Sie versprachen einander, ganz bald wieder zu telefonieren, dann hatte Carolyn schon eingehängt. Diana legte das Kinn auf die angewinkelten Beine. Ihr Leben im Palast als Verlobte des zukünftigen Königs hatte sie sich wahrhaftig anders vorgestellt. Aber bald schon würde alles besser sein, nämlich, wenn sie endlich mit Charles verheiratet und damit ein vollwertiges Mitglied der königlichen Familie war. Dann würden Charles und sie gemeinsam in eine Wohnung im Kensington-Palast ziehen, aus der Diana für sie beide ein schönes und gemütliches Nest bauen würde.

Sie bemerkte, dass draußen die Royal-Standard-Flagge mit den Wappen von Wales, Nordirland und England gehisst wurde – das Zeichen, dass die Königin im Buckingham-Palast anwesend war. Tatsächlich fuhr im nächsten Moment eine Limousine vor. Elizabeth stieg aus, zupfte ihr adrettes Kostüm zurecht und marschierte dann zielstrebig auf ihren niedrigen Absätzen die Steintreppe hinauf.

Vielleicht hätte ihre zukünftige Schwiegermutter ja Zeit für eine Tasse Tee? Erneut nahm Diana den Hörer von der Gabel und wählte die Nummer ihres Privatsekretärs. »Hallo, hier ist Diana. Ich würde gerne Ihre Majestät, die Königin sprechen.«

»Wenn Sie einen Moment warten würden, ich stelle die Verbindung her.«

Ein kurzes Klicken in der Leitung. »Die Königin ist gerade nicht zu sprechen. Kann ich sonst noch etwas für Sie tun?«

Diana überlegte. »Ist denn Prinzessin Margaret zufällig im Palast?«

»Ich erkundige mich für Sie.«

Wieder dieses Klicken.

Dann: »Leider nicht. Soll ich ihr eine Nachricht zukommen lassen?«

»Nein, danke.« Diana ließ den Hörer sinken.

Sie dachte nach. Sah dem Regen dabei zu, wie er auf den Pflastersteinen zerplatzte. Schließlich wählte sie erneut die Nummer ihres Privatsekretärs. »Ich hätte gerne die Telefonnummer von Mrs Parker Bowles.«

Camilla kam ein paar Minuten zu spät. Diana wartete bereits an einem der Tische im Innenhof des französischen Restaurants. Sie hatte sich bewusst in den Hof gesetzt, denn drinnen hatte es nach Zigarettenrauch gerochen. Alles hier war sehr vornehm: das wunderbare Spiel des Pianisten. Das imposante bunte Glasdach, das den Hof überspannte. Die exotischen Palmen. Die verspielten Wandverzierungen, die an Jugendstil erinnerten. Der Springbrunnen mit einer kurvenreichen Aphrodite in der Mitte. *Du fühlst dich ja ein bisschen pummelig an*, kamen ihr prompt Charles' Worte in Erinnerung.

Sie verschränkte die Hände im Schoß und lauschte dem beruhigenden Plätschern des Wassers.

Als sie Camilla am Eingang des Restaurants entdeckte, erhob sie sich von ihrem Platz. Camilla drückte am Eingang ihre Zigarette aus, steuerte zielstrebig auf sie zu und breitete dabei die Arme aus, als wären Diana und sie alte Freundinnen. Sie trug ein schlichtes Kostüm, dessen dunkles Grün an die Farbe von schottischem Heidekraut erinnerte. Diana hatte sich, nachdem sie sich dreimal umgezogen hatte, für ein schick geschnittenes cremefarbenes Kostüm mit Bolero entschieden. Aber sie war nicht hier, um sich mit Camilla zu vergleichen. Sie war hier, weil Charles viel von ihr hielt und ihren Optimismus und unvergleichlichen Humor gelobt hatte. Vielleicht könnte Diana in ihr eine gute Freundin finden, die ihr zur Seite stand.

»Wie schön, dass es geklappt hat«, begrüßte Camilla sie. Küsschen links, Küsschen rechts. »Entschuldigen Sie die Verspätung, aber meine Kinder …« Sie seufzte.

Camilla hatte zwei Kinder, wie Diana von Charles erfahren hatte. Einen Sohn namens Thomas, der sieben Jahre alt war, und eine dreijährige Tochter namens Laura. Sie selbst war vierunddreißig.

»Wie auch immer, ich brenne darauf, den Verlobungsring zu sehen!«

Stolz präsentierte Diana ihren Ring, in dessen Mitte ein großer Saphir saß, umgeben von achtzehn Brillanten in einer Fassung aus achtzehnkarätigem Gold. Mit einem Preis von fast neunundzwanzigtausend Pfund war es das teuerste Schmuckstück gewesen, aber es hatte ihr nun mal am besten gefallen.

Kaum hatten sie sich gesetzt, brachte der Kellner die Karte. Diana musste die Namen all der Speisen dreimal lesen, um eine Ahnung davon zu bekommen, was dahintersteckte. *Foie gras de ca-*

nard mit confit de citron. Hummer-Velouté mit glasierten Pfaffenstückchen. Chateaubriand auf Haselnuss-Sellerie-Mousseline …

»Ich hoffe, Sie mögen das *L'Escargot*«, hörte sie Camilla sagen.

»Ich bin das erste Mal hier«, gestand Diana.

»Na, dann ist es aber allerhöchste Zeit! So wie es allerhöchste Zeit war, dass wir uns endlich mal besser kennenlernen. Das letzte Mal, dass wir uns gesehen haben, ist schon viel zu lange her. Das war bei uns zu Hause in Wiltshire, nicht wahr?«

»Ja, als Charles mir sein Anwesen in Highgrove gezeigt hat.«

»Ach ja, lassen Sie mich raten, Sie kamen damals nicht an der zweihundert Jahre alten Zeder vorbei, von der er ganz hingerissen ist.«

»Das stimmt.« Camillas ungezwungene Art ließ Diana etwas auftauen, und sie erlaubte sich zu lachen.

»Ich habe ihm damals dazu geraten, Highgrove zu kaufen«, fuhr Camilla fort.

»Ach ja?«

»Ja, das weitläufige Anwesen ist wie für Charles' landwirtschaftliche Experimente gemacht. Dort kann er in Ruhe sein biologisches Obst und Gemüse anbauen.«

»Charles hat mich noch vor unserer Verlobung gebeten, mich der Inneneinrichtung anzunehmen«, entfuhr es Diana. Warum hatte sie das Gefühl, sich damit profilieren zu müssen? »Er sagt, ich hätte einen sehr guten Geschmack.«

Sie lächelten einander an.

»Ihr erster Auftritt als Charles' Verlobte war offenbar ein voller Erfolg«, wechselte Camilla das Thema. »In so ziemlich jeder Zeitung oder Zeitschrift war Ihr hübsches Gesicht zu sehen – und der gewagte Ausschnitt!«

Schon war der Kellner wieder da, um sich zu erkundigen, ob

die Damen gewählt hätten. Camilla bestellte das *Civet de lièvre*. »Oh, oder sind Sie noch nicht so weit?«, fragte sie Diana.

»Ich nehme dasselbe«, sagte Diana und presste die Kiefer zusammen.

»Dann haben wir wohl denselben Geschmack. Sie mögen Hase?«

Das war der Moment, in dem Diana bereute, nicht besser im Französischunterricht oder in den Kochkursen, zu denen ihre Mutter sie eingeschrieben hatte, aufgepasst zu haben. »Ja«, antwortete sie kurz angebunden.

»Hasen sind hübsch und niedlich, aber das hält einen trotzdem nicht davon ab, sie aufs Korn zu nehmen, nicht wahr?« Camillas Stimme war vom vielen Rauchen schon leicht heiser. »Wobei Charles mal eine Phase hatte, in der er sich geweigert hat zu jagen.«

»Ach ja?«

»Dazu hat ihm einer seiner spirituellen Gurus geraten. Eine Sie. Zoe Sallis. Wegen ihr wurde er sogar kurzzeitig zum Vegetarier und hat die Jagd aufgegeben. Bestimmt hat er Ihnen von ihr erzählt.«

»Nein, noch nicht.«

»Tatsächlich? Sein guter alter Freund Van der Post hat sie miteinander bekannt gemacht, so ziemlich all seine Gurus hat Charles über ihn kennengelernt. Er hat diese philosophische, spirituelle Seite ...«

»Er ist viel klüger als die Menschen in seinem Alter«, sagte Diana.

»Und grübelt gerne. Das zieht ihn runter. Da ist es oft schwer, ihn wieder aufzumuntern. Er hasst es, wenn die Medien ihn nur als Actionhelden und Casanova darstellen. Nun, eine gute Sache haben diese Gurus ...« Sie holte ein Etui aus ihrer Handtasche hervor, ließ es aufschnappen und eine Zigarette daraus hervorgleiten. »Charles verzeiht mir endlich, dass ich rauche. Eigentlich hatte er eine Abneigung dagegen, aber dann hat ihm einer von denen weisgemacht, beim Rauchen gehe es um das Anzünden der Flamme, das Symbol des Geistes.« Wie um dieses Symbol zu demonstrieren, zündete Camilla die Zigarette an und zwinkerte Diana zu. Kurz war Diana versucht, ihr zu sagen, dass sie Zigarettenrauch nicht leiden konnte, vor allem nicht beim Essen, aber Camilla fuhr schon fort: »Charles ist empfänglich für solchen Hokuspokus. Inzwischen haben ihm aber die Wildhüter in Gloucestershire klargemacht, dass das Anwesen auf die Jagdeinnahmen angewiesen ist, und Charles hat sich gefügt. Wie auch immer, manchmal habe ich das Gefühl, dass Charles mit älteren Menschen besser klarkommt als mit irgendwem in seinem Alter. Wenn ich mir allein die Damen anschaue, die ihm dabei helfen, seine Gärten auf Highgrove auf Vordermann zu bringen. Den Bauerngarten, den Rosengarten ...«

»Den Küchengarten«, warf Diana ein.

Camilla grinste. »Da wäre Mollie Salibury, die sechzigjährige Ehefrau des sechsten Marquis von Salisbury. Rosemary Verey, zweiundsechzig, seine Nachbarin. Oder Miriam Rothschild, dreiundsiebzig Jahre alt, die wallende Kleider trägt und passende Kopftücher und immer von ihrem Rudel Collies umgeben ist. Charles steht auf Frauen mit Erfahrung.« Nun hatte ihr Grinsen etwas Frivoles angenommen. »Haben Sie vor, auf die Jagd zu gehen, wenn Sie in Highgrove sind?«

»Nein. Weshalb fragen Sie?«

Camilla zuckte mit den Schultern. »Ich wollte es nur wissen.«

»Wie praktisch, dass das Anwesen meines Verlobten in Gloucestershire nur fünfzehn Minuten von Wiltshire entfernt ist, wo wiederum Sie wohnen, nicht wahr?«, sagte Diana. »Das war doch mit Sicherheit auch einer der Gründe, weshalb Sie ihm zum Kauf von Highgrove geraten haben, oder?«

Camilla lehnte sich in ihrem Stuhl zurück, nahm einen Zug an ihrer Zigarette und blies eine Strähne ihres fetzigen Ponys aus dem Gesicht. Ihr Haar reichte in etwa bis zu den Schultern, war hellbraun und mit blonden Strähnen durchzogen. »Ja, das war auch einer der Gründe.«

Camilla ging nicht als typische Schönheit durch. Sie war durchschnittlich hübsch, schlank und hatte einen üppigen Busen, mit dem Diana jedoch mithalten konnte. Es war vielmehr ihre Art, die sie so anziehend machte. Alles an ihr, wie sie lässig ein Bein über das andere schlug und sich Diana zuwandte, als wären sie nicht in einem vornehmen Restaurant, sondern in einer Cocktailbar, wie sie die Asche ihrer Zigarette in den Aschenbecher schnippte, mit dem Kellner scherzte, als wären sie alte Bekannte – all das verströmte Sex-Appeal. Diana fühlte sich neben ihr wie ein kleines Mädchen.

Das Hasenragout wurde gebracht.

»Und, wie geht es Ihrem Verlobten auf seiner Reise?«

»Ich habe noch nichts von ihm gehört.« Diana nahm ihr Besteck in die Hand. Sie verspürte keinerlei Appetit.

»Ach, wahrscheinlich sitzt er gerade in der Sonne und malt Meeresansichten und Strandszenen.«

»Charles malt?«

»Ja, das hilft ihm abzuschalten. Einmal haben wir zusammen am Fluss Dee gemalt, da ...«

»Sie malen also auch?«

»Ja, früher habe ich abstrakte Bilder gemalt, aber dank Charles habe ich zur Landschaftsmalerei gefunden.«

»Bemerkenswert, wie viele Gemeinsamkeiten Sie mit meinem Verlobten haben.« Diana hörte selbst, wie bitter sie klang.

»Wir kennen uns ja auch schon eine ganze Weile. Zehn Jahre etwa. Eine gemeinsame Freundin hat uns miteinander bekannt gemacht, Lucia Santa Cruz. Ich habe in demselben Mietshaus wie sie gewohnt. Eines Tages kam Charles bei ihr auf einen Drink zu Besuch, und Lucia hat mich gefragt, ob ich nicht dazustoßen will. Charles und ich haben uns auf Anhieb perfekt verstanden. Danach haben wir uns immer wieder mal getroffen, schon allein, weil er regelmäßig Polo spielt.«

»Wie Ihr Ehemann?«, sagte Diana.

Camilla lächelte, doch Diana entging nicht, dass ihr Blick sich leicht verfinsterte. »Ja, wie Andrew.«

Diana bekam kaum einen Bissen hinunter und war erleichtert, als endlich die Teller abgetragen wurden. Sie wollte nur noch nach Hause und ihre Bettdecke über den Kopf ziehen.

Aber da war ja noch der Nachtisch ... *Crème brûlée.*

»Bestimmt meldet er sich bald bei Ihnen«, sagte Camilla mit falscher Freundlichkeit. »Er hat sicher nur viel um die Ohren und besucht neben all seinen Verpflichtungen noch alte Bekannte. So ist das, wenn man längere Zeit in einem Land gelebt hat.«

»Charles hat in Australien gelebt?«

»Ja, er ist dort eine Zeit lang zur Schule gegangen. Herrje, Schätzchen, über was sprechen Sie denn bitte mit Ihrem zukünftigen Ehemann? «

»Ich dachte nur, er wäre in Schottland zur Schule gegangen. In Gordonstoun.« Diana durchstach mit dem Löffel die Zuckerkruste der Crème.

»Ja, das auch. Von seiner Zeit dort hat er übrigens seinen Tick, morgens kalt zu duschen. Natürlich zusätzlich zu dem heißen Bad, das ein Diener vorbereitet.«

Diana hielt inne. Holte Luft. Sagte dann: »Da ich noch keine Nacht mit Charles verbracht habe, weiß ich nicht, ob er morgens kalt duscht. Überhaupt habe ich ihn seit unserer Verlobung kaum zu Gesicht bekommen, was unter anderem auch daran liegt, dass er, wann immer es ihm möglich ist, nach Highgrove fährt.«

Es begann in Diana zu brodeln. Sie sollte Camilla direkt ins Gesicht sagen, dass ihre Zeit mit Charles passé war. Sie sollte Camilla klarmachen, dass sie von nun an die Frau an Charles' Seite war. Aber sie schwieg. In der Schule hatte man sie darauf vorbereitet, eine vorbildliche Ehefrau zu sein. All die Zeitschriften hatten ihr beigebracht, wie sie ihr Haar zu frisieren und welche Kleidung sie zu tragen hatte. Ihr Vater hatte ihr beigebracht, für seinen Fotoapparat hübsch zu lächeln. Sie hatte gelernt, niemandem zu zeigen, wie traurig es sie machte, dass man ihre Mummy von zu Hause verbannt hatte, und wie einsam sie war. Sie hatte nicht gelernt, wie man zu seinen Gefühlen stand. Nur, wie man sie unterdrückte. Deshalb lud sie eine große Portion *Crème brûlée* auf ihren Löffel und stopfte ihre Gefühle damit runter. Löffel für Löffel für Löffel, bis nichts mehr übrig war.

Dann sagte sie so freundlich wie möglich zu Camilla: »Sie entschuldigen mich?«, und zog sich zu den Restauranttoiletten zurück, wo sie alles erbrach.

Die Angst, die Wut, die Bitterkeit, mit der Charles' Freundin sie erfüllte.

Das elendige königliche Protokoll, das sie in einen goldenen Käfig sperrte.

Und Charles, der sich einen Dreck darum scherte, wie es ihr ging.

Sie kotzte sogar die Kommentare ihrer Schneiderin Elizabeth Emmanuel aus. »Nur noch achtundfünfzig Zentimeter – Ihre Taille ist ja schon wieder schmaler geworden! Ich kann doch nicht jedes Mal das Kleid enger schneiden. Das geht einfach nicht! Bis kurz vor der Hochzeit werde ich keine Änderungen mehr an den Maßen vornehmen.«

Als Diana sich das Gesicht wusch und abtrocknete, fiel ihr Blick in den Spiegel. Camilla hatte dieses Treffen nicht gewollt, um Diana eine Freundin zu werden. Sie hatte nur eine Gelegenheit gesucht herauszufinden, ob Diana eine Konkurrenz war.

»Warte ab, Camilla«, sagte Diana. »Du bist nur eine Frau mit Vergangenheit. Ich hingegen werde die Frau sein, die Charles zum Altar führt. Ich werde die Frau sein, der er den Ring an den Finger steckt.«

13

Es wurde tatsächlich Sommer. Die Beete des Buckingham-Palasts dufteten betörend nach bunten Tulpen und Ringelblumen. Diana hatte schon befürchtet, dass sie das nicht mehr erleben würde, weil sie vorher im Palast an Langeweile starb. Dabei hatte sie sogar ihre alte Tanzlehrerin Ms Mitchell regelmäßig in den Buckingham-Palast eingeladen, um ihre Zeit mit etwas Sinnvollem zu füllen. Wie sehr sie es liebte zu tanzen! Wie gut es sich anfühlte, sich der Musik hinzugeben, sich zur Melodie treiben zu lassen!

Dann und wann machte sie einen Abstecher zu Mr Colborne, Charles' Privatsekretär. Diana mochte ihn. Ihr Herz hatte er gewonnen, als er sie schelmisch angegrinst und zu ihr gesagt hatte: »Wenn Sie erst mit dem Prinzen von Wales verheiratet sind, werden Sie sich in eine Zicke verwandeln. Wenn Sie sechs Regenschirme haben wollen, dann bekommen Sie sechs Regenschirme.« Diese teils barsche Offenheit war ihr tausendmal lieber als der kühle Charme bei Hofe.

Aktuell war der Arme dazu abgestellt worden, die Flut an Hochzeitsgeschenken zu sortieren, die tagtäglich eintraf. Vielleicht könnte Diana ihm ja dabei zur Hand gehen und sich so ein wenig die Zeit vertreiben?

Vorsichtig klopfte Diana an. Nur nicht stören. Nur niemandem zur Last fallen. »Hereinspaziert«, freute sich Mr Colborne.

»Alles Gute nachträglich zum Geburtstag. Am 1. Juli ist Ihr großer Ehrentag, nicht wahr?«

»Ach, der ist doch schon fast wieder zwei Wochen her«, winkte sie ab.

»Ich hoffe, Sie haben schön gefeiert?«

»Ja«, log Diana. Charles war bei einer Ausstellung über Schulunterricht mit Behinderten in Newcastle-upon-Tyne gewesen. Im Anschluss war er zu einem Wohltätigkeitsball in Paris und dann wegen eines Umweltprojekts nach Cardiff in Wales geflogen. Gerade war er in New York City.

Auf ihren Vorschlag, beim Sortieren der Geschenke zu helfen, ging Mr Colborne gerne ein. Gleich aus dem ersten Päckchen zog sie das absolut grausame Ölbild eines Jagdhundes. »Was denken die Leute sich nur?«, lachte sie.

Auch Mr Colborne schmunzelte, mehr gestattete er sich nicht.

»Erzählen Sie mir wieder etwas von Ihrer gemeinsamen Zeit mit Charles bei der Marine?«, bat sie ihn.

»Hängen Ihnen meine Geschichten nicht langsam zum Hals heraus?«

»Keineswegs! Charles erzählt ja so gut wie nichts.« Was vor allem daran lag, dass sie sich kaum sahen. »Dabei würde ich so gerne mehr über seine Vergangenheit erfahren.«

»Nun gut. Wie jeder junge Nachwuchsoffizier musste auch der Prinz von Wales Marinetagebuch führen. Doch anstatt nur die trockenen Fakten zu notieren, füllte er die Seiten mit blumigen Beschreibungen von Ereignissen, Grübeleien oder teils auch bissigen Bemerkungen. Er war ein geradezu obsessiver Tagebuchschreiber.«

»Das passt zu ihm! Er ist ständig in Gedanken.«

»Um ehrlich zu sein, weiß ich nicht, wie er das Leben bei der Marine überstanden hat«, wagte Mr Colborne zu sagen. »Er konnte sich nur schwer in den Geist des Militärdienstes einfügen. Seine Persönlichkeit ist so stark.«

Diana nickte. »Das stimmt.« Da fiel ihr eine unverpackte Schmuckschatulle auf. »Was ist das?«

»Oh ... Ach ...« Mr Colborne wirkte ungewöhnlich nervös. »Das ...«

Diana nahm die Schatulle in die Hand. »Ja?«

» ... das sollten Sie sich nicht ansehen«, war alles, was Mr Colborne hervorbrachte.

Auf einmal kamen ihr die Worte ihrer Mutter in den Sinn: *»Begeh nicht denselben Fehler wie ich.«*

»Gut. Dann werde ich es mir ansehen.« Diana öffnete die Schatulle. Darin lag ein Goldarmband mit einem blauen Emailleanhänger, auf dem ineinander verschlungen die Initialen F und G eingraviert waren.

Die Welt schien zu schwanken. *Das kann nicht sein. Nein. Bitte nicht!*

»Fred und Gladys«, sagte Diana leise. Das waren die Kosenamen, die Camilla und Charles sich gegenseitig gegeben hatten. Diana war bereits hinter diesen kleinen Spaß gekommen, als Charles seiner Freundin vor geraumer Zeit Blumen ans Krankenbett geschickt hatte. Die Namen hatten sie aus der Radiosendung »The Goon Show« übernommen, die Charles so sehr liebte, wie er ihr widerstrebend erklärt hatte.

»Wann wird er es ihr geben?«, fragte sie.

Sie hielt die Luft an, als er antwortete: »Heute Abend, soweit ich weiß«, und als sie wieder Luft holte, sah sie alles verschwommen.

Sie ließ die Schmuckschatulle zuschnappen. Da war sie wieder, diese eiskalte Faust, die sich um ihr Herz schloss. Dieses Gefühl, dass alles früher oder später zerbrechen würde.

»Ist alles in Ordnung?«, fragte Mr Colborne besorgt. »Sie sind ganz blass.«

Sie versuchte, sich über ihre Gefühle klar zu werden. Leere? Angst? Wut?

Nein. Scham. Sie schämte sich. Warum schämte sie sich? Sie hatte doch nichts getan.

»Alles bestens«, erwiderte sie mechanisch. »Vielen Dank, Mr Colborne.«

Sie zwang das Adrenalin, sie aus dem Raum zu tragen, hinaus an die frische Luft. Sie lief einfach los, ohne Ziel. Sie wurde regelrecht von ihren Gefühlen überfallen. Es war wie ein Donnergrollen direkt unter der Haut. Ein Donnergrollen aus lodernder Wut, bitterer Verzweiflung, stechender Angst und brennendem Schmerz.

Das, was da gerade in ihr geschah, machte ihr Angst. Es fühlte sich stark genug an, um das märchenhafte Leben, das sie sich doch gerade erst aufbaute, zu zerstören. Es hätte die Kraft, ihre ganze Welt aus den Fugen zu hebeln.

Was sollte sie tun?

Ihr Innerstes unter Verschluss halten, wie sie es gelernt hatte?

Oder dem Donnergrollen freien Lauf lassen und ein Gewitter heraufbeschwören?

Einen Tag später fand sich die königliche Familie abgesehen von den beiden Prinzen Andrew und Edward zur Stellprobe unter den mächtigen Gewölben der Saint Paul's Cathedral zusammen.

»Charles hat sein Bestes gegeben, diese Hochzeit unvergesslich zu machen«, schwärmte die Königinmutter, die auf der vordersten Kirchenbank saß. In ihrem pfirsichfarbenen Kostüm sah sie so quietschvergnügt aus, wie Diana sich wohl eigentlich fühlen sollte. Immerhin würde sie bald die Liebe ihres Lebens heiraten.

Zu ihrer Rechten schmollte Prinzessin Anne, die Beine übereinandergeschlagen und die Arme vor der Brust verschränkt. Diana hatte nur am Rande mitbekommen, dass es mal wieder Streit mit ihrem Ehemann gegeben hatte. Zu ihrer Linken erweckte Prinzessin Margaret den Eindruck, als könnte sie es kaum erwarten, sich in ihren privaten Gemächern einen Whisky einzuschenken und eine Zigarette anzustecken. Sogar Dianas Großmutter, Lady Fermoy, die Hofdame der Königinmutter, war anwesend, verzog aber keine Miene und sprach nur, wenn man ausdrücklich das Wort an sie richtete.

»Er hat fast die gesamte Musik ausgewählt«, erzählte die Königinmutter begeistert. »Eine Sopranistin aus Neuseeland singt eine Arie, außerdem hat er drei unter seiner Schirmherrschaft stehende Orchester eingeladen. Es soll für alle eine großartige musikalische und emotionale Erfahrung werden.«

»Wir können es kaum erwarten«, erwiderte Prinz Philip trocken.

Er und die Königinmutter hatten nicht das innigste Verhältnis. Eigentlich ging das Diana nichts an, trotzdem machte es ihr zu schaffen. Zu Hause hatte ständig Spannung in der Luft gelegen. Warum konnte es nicht wenigstens in der königlichen Familie harmonisch zugehen?

Diana sprach kein Wort. Stand in ihrem hübschen hochgeschlossenen Kleid mit den langen Ärmeln auf dem für sie vorgesehenen Platz am Altar und wartete. In ihr arbeitete es. Ihr ganzer Körper war angespannt.

»Wo steckt Charles denn überhaupt?«, fragte Elizabeth. »Ich kann Unpünktlichkeit nicht leiden.«

Diana war selbst überrascht, als sie auf einmal sagte: »Ich vermute, er ist noch in Gloucestershire.«

Sie wussten es.

Wussten, dass Charles noch immer nicht von Camilla lassen konnte, das zeigten ihre Reaktionen. Prinzessin Margaret machte große Augen. Prinzessin Annes Mundwinkel hob sich zu einem schiefen Lächeln, das wohl hieß: »Habe ich es euch nicht gesagt? Das wird noch Ärger geben.« Prinz Philip richtete sich zu seiner vollen Größe auf, und ihre zukünftige Schwiegermutter formte mit ihren Lippen ein lautloses »Oh«.

Das Donnergrollen wurde lauter. Sie sah Elizabeth an, die leicht zusammenzuckte. Wahrscheinlich, weil in ihren Augen Blitze zu sehen waren.

»Deshalb würde ich dich gerne sprechen«, sagte sie. »Unter vier Augen.«

»Etwa jetzt? Wir sollten uns für die Stellprobe bereithalten«, entgegnete Elizabeth konsterniert.

Diana bemühte sich, mit fester Stimme zu sprechen. »Es ist aber wichtig. Diese Hochzeit …«

»Diana, hörst du denn nicht?«, schnitt ihre Großmutter ihr das Wort ab. Etwas leiser zischte sie: »Du musst lernen, dich zurückzunehmen.«

Reiß dich zusammen. Damit die anderen keinen Kummer mit dir haben und du ihnen nicht peinlich bist.

Diana ballte die Hände zu Fäusten. Es war, als würde sich etwas in ihr aufbäumen. Was, wenn sie einfach mit der Wahrheit herausplatzte? Konnte sie auf Verständnis, ein kleines bisschen Mitgefühl hoffen?

Ihre Kehle wurde eng. Tränen würden fließen, wenn sie auch nur ein Wort sagte. Deshalb drehte sich auf dem Absatz um und ging davon.

»Was hat sie denn?«, hörte sie Elizabeth noch fragen.

Nicht weit davon war ein Seitenteil der Kathedrale durch ein schmiedeeisernes Tor mit goldenen Verzierungen abgetrennt.

Dorthin zog sie sich zurück. Ihre Hände zitterten. Atmen. Alles würde gut werden. Sie erlebte gerade das, wovon unzählige jungen Frauen träumten. Ihre Familie war endlich stolz auf sie.

»Sie wird sich schon beruhigen. Das ist nur die Aufregung vor der Hochzeit«, antwortete die Königinmutter.

Reiß dich zusammen!

Reiß dich doch endlich mal zusammen!

Reiß dich doch einfach mal zusammen!

Als ob das so leicht wäre, wenn es in einem kochte und brodelte. Wie sollte das überhaupt gehen? Man riss etwas auseinander, nicht zusammen.

Die Königinmutter kümmerte sich schon nicht mehr um Dianas Befinden. »Jedenfalls ist dieses fröhliche Ereignis genau das, was dieses Land braucht«, sagte sie vergnügt. »Es ist wie damals, nachdem eure Verlobung verkündet worden war. Churchill hatte recht, als er sagte, eure Hochzeit würde dem trostlosen Nachkriegs-London einen Hauch von Farbe verpassen. Denselben Effekt wird die Heirat von Charles und Diana haben.«

»Interessant, dass du die Politik Margaret Thatchers mit dem Nachkriegszustand vergleichst.« Prinz Philip konnte es nicht lassen.

Wie immer war die Königin um Neutralität bemüht. »Mutters Absicht war es gewiss nicht, einen solchen Vergleich aufzustellen. Aber ich stimme ihr zu, dass die Menschen sich nach Aufmunterung sehnen. Da kommt der Glanz der bevorstehenden Hochzeit gerade recht. Und die Presse schwärmt von Diana.«

»Weil sie ein bezauberndes Püppchen ist«, kommentierte Prinzessin Anne spitz.

»Neid ist keine Tugend, Anne«, mahnte die Königin.

»Na und? Es nervt mich trotzdem, dass ein Blick ihrer scheuen Rehaugen genügt und die Presse dreht durch, während ich nie eine solche Aufmerksamkeit für meine Arbeit für den ›Save the Children Fund‹ bekommen habe.«

»Mach dir nichts draus, Anne«, munterte ihr Vater sie auf. »Dieses Land ist von Arbeitslosigkeit und Inflation geplagt. Die Menschen wollen nicht noch mehr Leid, indem sie von hungernden Kindern in Afrika lesen. Sie wollen ein junges, hübsches Mädchen.«

Lady Hussey hatte Diana in einer ihrer Prinzessinnen-Vorbereitungsstunden über die aktuelle politische Lage Großbritanniens aufgeklärt. Im Mai 1979 war Margaret Thatcher zur ersten britischen Premierministerin gewählt worden. Sie hatte ein Programm zur Sanierung der Wirtschaft in Gang gesetzt, in dessen Rahmen die Staatsausgaben gekürzt, die Gewerkschaften geschwächt und der freien Marktwirtschaft Tür und Tor geöffnet wurden.

»Ich für meinen Teil habe im Übrigen Respekt vor Mrs Thatchers Kampfgeist«, sagte die Königin. »Sie weiß sich unter all den Männern im Kabinett durchzusetzen.«

»Ihr beiden habt ja auch viel gemein. Abgesehen vom Alter führt ihr beide ein Land. Zwei Frauen an der Spitze der Macht. Ob das gut gehen kann?«, neckte Philip seine Frau. »Im Übrigen war sie selbst es, die all diese Männer ins Kabinett berufen hat. Sie scheint nicht sonderlich viel von ihrem eigenen Geschlecht zu halten. Hoffen wir mal, dass ihr Plan aufgeht. Bis jetzt hat sich die Lage im Land jedenfalls noch nicht entspannt.«

»Ein Land lässt sich auch nicht von einem Tag auf den anderen umkrempeln. Man kann nichts erzwingen.«

»Apropos erzwingen«, warf Prinzessin Margaret ein.

Diana sah durch die Gitterstäbe hindurch, wie die Königin sich erschöpft an die Stirn fasste. »Fang nicht schon wieder damit an.«

»Soll denn wirklich derselbe Fehler wieder und wieder begangen werden?«, fragte Margaret. »Sollen erneut zwei junge Menschen leiden?«

»Du dramatisierst, Margo.«

»Aber Charles hat immer noch die andere im Kopf.«

Kein Zweifel, sie sprach von Camilla. Da war es wieder, dieses Gefühl, als würde sie über einem Abgrund schweben. Vielleicht war jetzt der Augenblick gekommen, in dem sich endlich jemand für sie einsetzte oder zumindest ein wenig Verständnis für sie aufbrachte!

»Oder glaubst du etwa, er steht gerade mit Schaufel und Spaten auf seinem Acker in Highgrove und kümmert sich um seinen Rosengarten?«, ließ Margaret nicht locker. »Er ist bei ihr. Diana weiß das. Warum, meinst du, will sie mit dir sprechen?«

»Du schließt von deiner eigenen Geschichte auf andere«, sprang Philip seiner Frau zur Seite.

Auf einmal war Diana völlig erschöpft. Sie sank auf die Holzbank.

Jane, die dank der Stellung ihres Ehemanns bei Hofe recht gut über die Familienskandale informiert war, hatte ihr beim gemeinsamen Tee von Margarets dramatischem Leben erzählt. Offenbar hatte die jüngere Schwester der Königin eine Affäre mit Peter Townsend gehabt, einem sechzehn Jahre älteren und verheirateten Oberst, der als Stallmeister des Königs gearbeitet hatte. Nachdem Townsends Ehe geschieden worden war, hatte die damals dreiundzwanzigjährige Margaret vergebens dafür gekämpft, ihre große Liebe ehelichen zu dürfen. Doch der Wunsch wurde ihr verwehrt – von ihrer Schwester, der Königin. Margaret hatte keine Wahl. Sie verabschiedete sich offiziell von Townsend in einem Brief, den sie im Jahr 1955 unter Tränen im Radio vorlas. Fünf Jahre später heiratete sie einen Bürgerlichen, den Star-Fotografen

Anthony Armstrong-Jones, der vor der Hochzeit mit Margaret den Adelstitel Lord Snowdon verliehen bekam. Lord Snowdon führte Margaret in die Londoner Künstlerszene ein. Selbst nach der Geburt ihrer beiden Kinder genossen die beiden nach wie vor ihr Jetset-Leben. Aber in ihrer Ehe begann es schon bald zu kriseln. Beide flüchteten sich in Affären. Im Alter von dreiundvierzig Jahren verliebte sich Margaret in den siebzehn Jahre jüngeren Journalisten Roddy Llewellyn. Ihre Ehe mit Lord Snowdon wurde 1978 geschieden, doch Margarets Liebe zu Roddy hatte dennoch keine Chance. Er heiratete drei Jahre später eine andere.

Margarets Geschichte war für Diana nur ein weiterer Beweis dafür gewesen, wie traurig und ungerecht das Leben sein konnte.

»Ihr könnt Gefühle nicht an- und abschalten, wie ihr wollt«, sagte Margaret. »Wann begreift ihr das endlich?«

»Als ob romantische Gefühle eine Garantie für die Ehe wären«, warf Prinzessin Anne ein.

»Aber sie sind zumindest eine wünschenswerte Ausgangslage.« Margaret hustete.

»Hast du dich endlich untersuchen lassen?« Elizabeth wirkte besorgt.

»Noch nicht«, brummte die Prinzessin.

»Margo!«

»Ich werde jetzt rausgehen und eine Zigarette rauchen, bis dieses Theater hier beginnt.«

Gerade als sie sich von ihrem Platz erhoben hatte, ging die Tür der Kathedrale auf, und Charles' Silhouette zeichnete sich im Gegenlicht ab. Schnellen Schrittes kam er den Gang entlang. Der Absatz seiner Schuhe schlug auf den schwarz-weiß gefliesten Boden. Im Gehen prüfte er, ob die Manschettenknöpfe an seinem Hemd noch saßen. Das war so eine Angewohnheit von ihm, wie Diana festgestellt hatte. Charles begrüßte seine Mutter und die Königinmutter, dann den Rest der Familie, und fragte schließlich: »Wo ist Diana?«

»Sie ist einfach gegangen, ohne ein Wort zu sagen. Vielleicht ist sie draußen«, antwortete Elizabeth. »Man wird nicht aus ihr schlau. Sie spricht ja kaum.«

»Und schaut immerzu finster«, fügte Prinzessin Anne hinzu.

»Ich suche sie«, sagte Charles.

Diana glaubte schon, Charles würde an ihr vorbeilaufen, doch da hielt er auf einmal inne und warf einen Blick in den Seitenflügel. »Wusste ich's doch. Du bist immer nur so weit weg, dass du noch alles mitbekommst, nicht wahr? Wie damals, als wir uns das erste Mal gesehen haben. Bei euch zu Hause in Althorp, als du in der Galerie gelauscht hast.« Er lächelte sanft. »Haben sie dir in meiner Abwesenheit arg zugesetzt?«

Sie schaffte es nicht mal, den Blick zu heben und ihn anzusehen. »Es war eher deine Abwesenheit selbst, die mir zugesetzt hat. Du warst wieder in Highgrove.«

Charles zögerte. Sagte dann: »Du weißt doch, wie viel es dort noch zu erledigen gibt. Der Rosengarten und ...«

»Du hast Camilla getroffen.«

»Das ist richtig. Ich wollte ihren Rat als gute Freundin, weil ich mir Sorgen um dich mache. Du hast auffällig an Gewicht verloren.«

Wut kochte in ihr hoch und hob sie von der Bank. »Hör auf, mich für dumm zu verkaufen, Charles!«, fuhr sie ihn an. »Ich habe das Armband gefunden, das du für Camilla hast anfertigen lassen.«

Charles blickte auf die Spitzen seiner Lackschuhe hinab. »Es ist doch nur eine kleine Aufmerksamkeit.«

»Unsinn! Du schenkst deiner Ex-Geliebten ein Armband mit euren Initialen darauf. Wie, glaubst du, ist das für mich?!«

»Camilla hat in letzter Zeit einiges durchgemacht. Ich wollte ihr eine Freude machen.«

Wenn er sich weiterhin weigerte, ehrlich zu sein, fragte sie ihn eben direkt. »Liebst du sie noch?«

»Sie ist eine meiner intimsten Freundinnen gewesen«, wich er aus, »aber unsere Intimität ist beendet.«

»Das ist keine eindeutige Antwort. Warum hast du deinen Leibwächter nicht mitgenommen, als du in Highgrove warst? Weil du dich mit ihr ungestört treffen wolltest, so ist es doch!«

»Ja, ich wollte mit Camilla alleine reden«, antwortete Charles eindringlich. »Aber ich habe ihr gesagt, dass es vorbei ist. Endgültig. Außerdem war ich in Highgrove, um das hier zu holen.« Charles zog ein Schmuckschächtelchen aus der Innenseite seines Jacketts. Darin lag ein Siegelring. Das Wappen darauf zeigte drei Federn, die von einer Krone umfasst wurden. »Das ist mein Wappen, das Wappen des Prinzen von Wales. Und du wirst die Prinzessin von Wales sein.«

Diana sah den Ring an. *Nicht weich werden*, mahnte sie sich, doch dann sah sie Charles' Blick, der so viel war: warm, flehend und tief. Ihr Widerstand bröckelte.

»Dreizehn Mal, Charles«, sagte sie. »Nur dreizehn Mal habe ich dich gesehen seit unserer Verlobung im Februar. Und meistens waren wir dabei nicht mal allein, sondern es waren noch dein Privatsekretär, die Vorstände irgendwelcher Organisationen, Bedienstete oder deine Familie anwesend. Ist dir bewusst, wie schwer die letzten Wochen für mich waren?«

»Es tut mir leid«, sagte er leise. »Ich neige dazu, irgendwie eine idiotische Existenz zu führen. Ich beschäftige mich mit zu vielen verschiedenen Dingen und renne ständig durch die Gegend. Ich muss mir etwas überlegen, damit wir ein richtiges Familienleben haben können. Du und ich.«

»Versprich nichts, was du am Ende nicht halten kannst.«

»Das alles ist auch für mich neu. Ich habe versucht, es allen recht zu machen, und dich dabei übersehen. Es tut mir leid, mein wunderschönes Püppchen.«

Er nahm ihre Hand und steckte ihr den Siegelring an den rechten Ringfinger.

Nachzugeben war ja so viel leichter, als Widerstand zu leisten.

»Du musst immer ehrlich zu mir sein«, sagte sie. »Bitte.«

Ein Gefühl von Wärme und Sicherheit durchströmte sie, als er ihre Hände nahm. »Das bin ich. Und ich bin so stolz auf dich. Wenn du morgen den Gang heraufkommst, werde ich am Altar auf dich warten«, sagte er. »Ich empfinde so viel für dich. Ich brauche dich.«

Als sie gemeinsam zur Stellprobe zurückkehrten, spürte Diana, dass alle sie genau beobachteten. Sie hielt den Blick auf den Boden gesenkt, um nicht den gekreuzigten Jesus ansehen zu müssen. Die Scheinwerfer der aufgebauten Kameras blendeten sie.

Hatte sie zu schnell nachgegeben? Sie fühlte sich leicht, wie man sich fühlte, nachdem man einen weiten Weg etwas sehr Schweres getragen hatte, es endlich absetzte und einem die Arme fast wegflogen ohne die Last.

Der Erzbischof von Canterbury räusperte sich und riss Diana damit aus ihrer Grübelei. Offenbar war sie an der Reihe.

»Ich, Diana, nehme dich, Charles, zu meinem Ehemann, von jetzt an bis ans Ende unserer Tage«, sagte sie ihren Text auf. »Ich verspreche, dich zu lieben und zu ehren, in guten und in schlechten Zeiten, in Reichtum und Armut, in Krankheit und Gesundheit, bis dass der Tod uns scheidet.«

Einen Moment lang herrschte Stille.

Dann begriff der Erzbischof, dass Diana mit ihrem Ehegelübde fertig war. Er warf der Königin einen fragenden Blick zu.

»Fehlt da nicht etwas?«, hörte Diana Charles' Mutter sagen.

»Der Gehorsam, Eure Königliche Hoheit. Die Verlobte hat ihrem Mann keinen Gehorsam versprochen«, sagte der Erzbischof zögerlich.

»Diese Stelle erscheint mir nicht mehr ganz zeitgemäß«, sagte Diana mit all dem Selbstbewusstsein, das sie in diesem Moment aufbringen konnte, und wandte sich dann um. »Deshalb würde ich sie gerne weglassen.«

Was hätte sie dafür gegeben, könnte ihre Mutter hier sein und all die schockierten Blicke sehen! Fast hätte Diana losgeprustet.

Aber das hier war kein Spaß. Es war ihr zukünftiges Leben.

14

»Ich kann das nicht«, sagte Diana. Ihre Stimme zitterte. »Ich kann Charles nicht heiraten.«

Sie kauerte in ihrem Schlafzimmer auf dem Boden, zwischen Bett und Kleiderschrank, und hielt den Hörer an ihr Ohr.

Am anderen Ende der Telefonleitung atmete Sarah schwer aus. »Tja, zu spät, Herzogin«, erwiderte sie trocken. »Dein Gesicht ist schon auf sämtliche Souvenirs gedruckt.«

Sarahs Worte fühlten sich an wie ein Schlag in den Magen. Was hatte Diana sich auch erhofft? Etwa, dass ihre Schwester sagte: »Dann schmeiß alles hin! Egal, was passiert, ich stehe hinter dir!«? Sie hätte wissen müssen, dass Sarah noch immer gekränkt war. Der kleinen Schwester war gelungen, was sie selbst in den Sand gesetzt hatte: nämlich den Thronfolger für sich zu gewinnen. Abgesehen davon hatte Sarah ja recht ... Ein ganzes Land fieberte dieser Hochzeit entgegen.

Am Abend vor der Hochzeit wurde Diana nach Clarence House gebracht. Eigentlich lief es ab wie am Tag vor der offiziellen Verkündung ihrer Verlobung. Nur dass diesmal abends ein Feuerwerk über dem Hyde Park geplant war, um den morgigen Tag gebührend einzuläuten.

Sie spürte ihren heftigen Herzschlag. Hörte ihn sogar in ihren Ohren.

Sei still, Herz.

Sie nahm die Kopfhörer ihres Walkmans und hörte die Kassette, die Carolyn ihr bei ihrem letzten Besuch mitgebracht hatte. »Empty heart« von den Rolling Stones erklang. Sie schloss die Augen, bewegte die Hüften, dann die Arme, spürte den lässigen Gitarrenklängen nach. Aber nach wie vor tobte in ihr noch immer diese Unruhe. Wenn es so weiterging, würde sie kein Auge zumachen. Also tänzelte sie aus ihrem Zimmer, so wie sie es oft in Althorp getan hatte. Selbst wenn jemand sie so sah, dann wäre ihr das herzlich egal!

»An empty heart is like an empty life«, sang Mick Jagger.

Im Erdgeschoss lag der Musiksaal, den hatte sie bei einem ihrer ersten Besuche entdeckt und sich in ihn verliebt. Es war ein hoher Raum mit Steinsäulen aus hellem Marmor an den Seiten und mehreren üppigen Kronleuchtern, die von der Decke hingen. Diana legte den Walkman ab und stellte den Plattenspieler an. »Ein Sommernachtstraum« erklang. Nicht ganz ihr Geschmack, aber Charles liebte Shakespeare. Außerdem brauchte man zum Balletttanzen nun mal klassische Musik.

Wie sie es gelernt hatte, begann Diana mit einem »Port de bras«. »Préparation«, hörte sie die Anweisungen ihrer Ballettlehrerin Ms Mitchell in ihrem Kopf. »Demi Plié ... Die Arme leicht wie eine Feder anheben, sehr schön. Immer die Körperspannung halten. Dann Relevé, eine kleine Balance auf den Zehenspitzen. Diana, Konzentration!«

Diana schloss die Augen, holte Luft und setzte dann erneut an.

Halt! Was tat sie hier eigentlich?

War es etwa schon so weit gekommen, dass sie – selbst wenn sie allein war – tat, was andere von ihr verlangten? Ehe sie sich's versah, hatte sie die Platte gestoppt und stattdessen Carolyns Kassette in den Rekorder daneben eingelegt. Bereits die ersten Töne von »Heart of Glass« von Blondie durchfluteten sie mit Energie. Schon atmete es sich leichter. Sie wollte keine Vorgaben befolgen, sie wollte sich einfach treiben lassen, sich spüren. Ihr lockeres Kleid tanzte um ihre Knöchel. Ihr wurde ganz warm. Sie zog ihren Schal vom Hals und warf ihn achtlos auf den Boden. Weg damit!

Weg mit den Gedanken an Pliés und Relevés!

Weg mit den Vorschriften des verdammten Protokolls, das es den Bediensteten verbot, in der Mitte des roten Langflorteppichs zu gehen. Dieses Privileg war nur Mitgliedern der königlichen Familie oder Gästen gestattet.

Weg damit, dass auf einem Tablett Teekanne, Milchkännchen, Toast und Salz immer an derselben Stelle zu stehen hatten. Alles musste perfekt sein, bloß keine Abweichung von der Gewohnheit!

Weg damit, dass jeder hier darauf trainiert war, nichts zu hören und zu sehen. Dass die Zimmermädchen und Lakaien nie ein tröstendes Wort für sie hatten, obwohl sie genau mitbekamen, wie oft Diana weinte.

Weg mit dem Palast, der so riesig war und sich dennoch wie ein Käfig anfühlte.

Weg mit den schockierten und besorgten Blicken der königlichen Familie, als Diana darauf bestanden hatte, das Ehegelübde zu ändern.

Weg damit! Wegwegwegwegweg!

Es war ihr, als würde etwas in ihr befreit werden. Sie war wie im Rausch, bis sie irgendwann völlig erschöpft zu Boden sank.

Sie wollte Charles. Wenn sie nur an ihn dachte, war sie erfüllt von Liebe, Sehnsucht und Glück.

Sie würde alles dafür tun, ihm eine gute Ehefrau zu sein.

Aber gehorchen würde sie nur ihrem Herzen, das schwor sie sich.

In diesem Moment explodierte das Feuerwerk am Himmel über dem Hyde Park.

Und dann kam er, der schönste Tag ihres Lebens.

Diana war zu nichts anderem in der Lage, als sich einfach treiben zu lassen. Als wäre es nicht sie, die diesen Tag erlebte. Als wäre sie irgendwie losgelöst, von sich selbst, von ihrem Körper. Das, was heute passierte, war nicht zu fassen. Ihr Traum ging in Erfüllung. Ihr persönliches Märchen wurde wahr.

In aller Herrgottsfrühe hieß es aufstehen. Aber das war kein Problem, sie hatte ohnehin die ganze Nacht wach gelegen. Ein Page brachte sie in den Ankleideraum, wo man sie auf einen Stuhl drückte und sie langsam in eine Märchenprinzessin verwandelte. Ein Friseur, eine Visagistin und Elizabeth Emanuel, die Designerin des Brautkleides, sorgten dafür, dass sie strahlte. Im goldumrahmten Spiegel sah sie das Gesicht einer jungen, hübschen Frau. War das wirklich sie?

Sie dürfe jetzt aufstehen, man würde sie nun ankleiden, sagte man ihr. Wie eine Puppe hob sie die Arme und nahm kaum wahr, wie man an ihr herumzupfte.

Sie konnte nicht mal sagen, wie sie sich fühlte. Ob sie glücklich war oder aufgeregt oder eingeschüchtert von all dem Glanz. Sie wusste nur, dass sie zitterte. Sie hatte das Gefühl, von dem elfenbeinfarbenen Märchenkleid und der beinahe acht Meter langen Schleppe verschlungen zu werden. Auf ihrem handbestickten Schleier glitzerten unzählige Pailletten aus Perlmutt, und auf dem Kopf trug sie ein diamantenbesetztes Diadem der Familie Spencer.

Man würde sie nun zur Kutsche begleiten.

Sie zählte ihre Schritte, das half ihr, ruhig zu bleiben. Irgendwann nach hundertzwanzig verlor sie den Faden.

Ihr Vater wartete vor der Kutsche auf sie. Sein Anblick erdete sie ein wenig. »Du bist wunderschön. Ich …« Seine Stimme brach. Tränen glänzten in seinen Augen.

»Danke, Daddy.« Sie umarmte ihn. Dann hieß es einsteigen.

Ihre Schneider hatten zu spät bemerkt, dass sie beim Entwerfen des voluminösen Kleides die Größe der Kutsche nicht berücksichtigt hatten. Es war kaum möglich, all den Stoff irgendwo in dem royalen Gefährt unterzubringen. So viel Mühe Diana sich auch gab, der Taft und die Spitze wurden auf der kurzen Fahrt nach St. Paul's doch arg zerknautscht.

Sie fuhren die Mall entlang, Londons Prachtstraße. Seit Tagen sangen und jubelten hier begeisterte Menschen, doch heute übertraf die Menge alles, was Diana je gesehen hatte. Es war kaum zu begreifen … So viele, die sich mit ihr freuten, obwohl sie sie doch gar nicht kannten.

Inmitten von riesigen, modernen Bürokomplexen thronte die majestätische Kathedrale, ein gotisches Meisterwerk, das selbst Diana, die nicht viel mit Architektur anfangen konnte, ehrfürchtig stimmte. Und hier würde sie heute vor den Altar treten. In wenigen Augenblicken.

Ihr Herz beschleunigte.

Die Kutsche hielt.

Lächeln.

Die Tür wurde geöffnet. Irgendwie schaffte sie es auszusteigen. Zu winken.

Und auf einmal war sie schon die Treppen hochgestiegen und tauchte ein in das Dämmerlicht der Kathedrale. Zum Glück war ihr Vater neben ihr, der sie das lange Kirchenschiff hinunter zum Altar führte. Oder eigentlich war sie diejenige, die ihn führte. Er stützte sich schwer auf sie. Im September vor zwei Jahren hatte er eine Hirnblutung erlitten und war noch immer angeschlagen.

Aber jetzt bloß nicht an die Zeit zurückdenken, als ihr Vater wochenlang im Koma gelegen und ihre Stiefmutter Raine ihr verboten hatte, ihren Vater zu besuchen. Sie hatte sich schrecklich allein gefühlt. Ab heute würde sie nie wieder so empfinden. Ab heute war Charles an ihrer Seite.

Sie sah Carolyn, Virginia und Anne. Alle drei tupften sich mit Taschentüchern die Augen.

Sah ihre Mutter, die irgendwie glücklich und unglücklich zugleich aussah.

Daneben ihre wunderschönen Schwestern und ihr kleiner Bruder Charles, den Diana schrecklich vermisste.

Ihre verhasste Schwiegermutter Raine, die aussah, als wäre sie in einen Farbtopf gefallen mit ihrem bunt geblümten Kleid, dem dick aufgetragenen Rouge und den roten Lippen.

Erst als sie Camilla unter all den Gästen entdeckt hatte, begriff Diana, dass sie die ganze Zeit über nach ihr Ausschau gehalten hatte. Sie war ganz in Hellgrau gekleidet, ihr Gesicht wurde vom Schleier ihres kleinen Pillboxhuts verdeckt.

Triumphierend reckte Diana ihr Kinn. *Ich werde die Frau an Charles' Seite sein. Ich werde seine Kinder gebären, die zukünftigen Thronfolger, und nach und nach wird Charles dich vergessen.*

Dann sah sie ihn, Charles. Er füllte mit seiner Präsenz den gesamten Raum aus, die gesamte Kathedrale, das gesamte Universum. Er sah umwerfend aus in der blauen Galauniform eines Marinekommandanten. Vergessen war all das Leid der letzten Wochen und Monate. Ihr Herz floss über vor Liebe und Bewunderung.

Doch auch er wirkte erschöpft und verloren, wie er so allein vor dem Altar auf sie wartete. Sogar seine Augen waren leicht gerötet, als hätte er in der Nacht geweint. Warum? Fürchtete er sich ebenso wie sie? Am liebsten wäre sie zu ihm gerannt, um ihn zu umarmen und zu trösten. Sie lächelte ihn aufmunternd an, aber das konnte er nicht sehen, ihr Schleier verdeckte ihr Gesicht.

Endlich stand sie vor ihm. Charles hob ihren Schleier an. Sie nahm seinen einzigartigen Geruch wahr, der ihr Zuhause werden würde – männliches Aftershave gemischt mit warmer, gepflegter Haut, einem Hauch der Pomade in seinem Haar und etwas, das nach klugen Büchern roch, nach Erfahrung, nach der ganzen Welt.

Gemeinsam werden wir die Einsamkeit hinter uns lassen, versuchte sie ihm mit ihrem Blick zu vermitteln. *Wir werden uns gegenseitig retten.*

Tatsächlich, sein Gesicht hellte sich auf.

In diesem Moment war Diana sich sicher, das glücklichste Mädchen der Welt zu sein. Das hier war ein wahr gewordenes Märchen.

Und das würde sie sich von niemandem kaputt machen lassen.

15

Die Jacht *Britannia* schaukelte sanft auf dem Mittelmeer. Weit und breit nichts als funkelndes Wasser. Wie eine Fata Morgana erhob sich in der Ferne Zypern. Was würde sie dafür geben, wenn sie an Land gehen, sich in ein hübsches Café setzen, eine Einkaufsmeile entlangflanieren oder mit Charles ein paar Schnappschüsse vor irgendwelchen Sehenswürdigkeiten machen könnte! Aber nicht nur die Presse würde sich dann auf sie stürzen. Als sie im ägyptischen Hafen Port Said eingelaufen waren, hatte man ihnen einen großen Empfang bereitet. Am selben Abend hatten der Präsident des Landes und seine Gattin mit ihnen an Bord diniert. Diana hatte kaum die Augen offen halten können, so einschläfernd waren die Gespräche gewesen. Politik, Politik, immer nur Politik! Sie hatte so gut wie kein Wort beigesteuert.

Diana saß in einem hauchdünnen weißen Negligé an ihrem Schminktisch und tupfte sich dezentes Parfüm an Hals und Handgelenke. Sie war blass. Ihr Frühstück hatte sie erbrochen. An manchen Tagen steckte sie sich bis zu viermal den Finger in den Hals. Danach fühlte sie sich jedes Mal leer, aber auf angenehme Weise, als wenn sie sich beim Tanzen völlig ausgepowert hatte. Charles bekam davon nichts mit, weil er die meiste Zeit damit beschäftigt war, in seinen schlauen Büchern zu lesen. Bereits am zweiten Tag ihrer Flitterwochen hatte er sich die Romane von seinem guten

Freund Laurens van der Post nachschicken lassen, einem südafrikanischen Philosophen. Ganze sieben Stück. Jeden Tag las er beim Mittagessen daraus unerträglich lange Passagen vor, und dann sollte sie diese gemeinsam mit ihm analysieren. Größtenteils analysierte Charles allein, denn sie ließ sich leider ziemlich leicht ablenken und hörte nur mit halbem Ohr zu. Die Möwen am Himmel, das Flattern der Sonnenmarkise, ihre Fingernägel ... Wirklich alles war interessanter! So langsam begann Diana, van der Post zu hassen. Das hier waren ihre Flitterwochen und kein Vortrag an der Uni! Wenn Charles dann so vor ihr saß und über die katastrophalen Langzeitfolgen von Biotechnologie oder die wachsende Bedeutung des Islams in der westlichen Welt referierte, konnte sie sich manchmal kaum zurückhalten, ihm nicht sein dämliches Buch aus der Hand zu reißen und es über Bord zu werfen. Darüber erschrak sie selbst so sehr, dass sie zur Gabel griff und den flambierten Crêpe mit Orangensauce oder was auch immer John, der Küchenchef, gezaubert hatte, in sich hineinstopfte. Wie konnte sie so etwas auch nur denken? Sollte ihre Ehe wie die ihrer Eltern enden?

Außerdem liebte sie Charles doch eigentlich genau dafür, dass er so gebildet war. In ihren Augen war er so etwas wie der letzte lebende Gentleman. Und sie verstand seine Einsamkeit. In ihm steckte noch immer der kleine Junge, der von seiner Mutter nach Monaten der Trennung mit Händedruck begrüßt wurde und sich doch eigentlich nach einer innigen Umarmung sehnte. Das sah sie im sanften, sehnsuchtsvollen Blick seiner Augen. Ein Junge, der, seit er denken konnte, Manschetten und diesen stets perfekt sitzenden Seitenscheitel tragen musste, während der Rest der Jugend die Flower-Power-Ära feierte. Gemeinsam würden sie die Einsamkeit besiegen. Sie würde ihm einfach all ihre Liebe schenken.

Während sie ihr Haar bürstete, versank sie in der Erinnerung an ihre erste gemeinsame Nacht mit Charles. Noch immer sah sie das schmale Himmelbett genau vor sich. Es war dasselbe Bett, in dem auch die Königin und Prinz Philip vierunddreißig Jahre zuvor ihre Hochzeitsnacht verbracht hatten. Drei Tage waren Charles und sie auf dem Landsitz der Mountbattens auf Broadlands gewesen, abgeschieden von der Welt, ehe sie auf die *Britannia* gegangen waren.

Wie oft hatte Diana sich mit ihren Freundinnen ihr erstes Mal vorgestellt! Würde es wehtun? Wäre es romantisch wie in den Büchern von Barbara Cartland? *Er hob sie hoch, legte sie aufs Bett und sah ihr tief in die Augen. »Heute Nacht werde ich dich zu meiner Frau machen«, flüsterte er, ehe er sie langsam entblätterte.*

Letztendlich war es unspektakulär gewesen. Charles hatte sich auf sie gerollt, und dann war es schon recht schnell vorbei gewesen. Von wegen glühende Leidenschaft, geflüsterte Liebesbeschwörungen oder liebevolle Zärtlichkeiten. Am nächsten Morgen hatte er sich in aller Herrgottsfrühe aus dem Bett geschwungen und gesagt, er würde zum Forellenfischen aufbrechen.

Vielleicht musste sie sich mehr anstrengen? Hübscher, verführerischer sein. Sie legte noch etwas dezenten Lippenstift auf. Die rosa Satinschleife am Ausschnitt ihres Negligés zog sie auf und ließ die Bänder hinabfallen. »Du schaffst das schon«, sprach sie sich selbst Mut zu.

Sie erhob sich von ihrem Stuhl und ging nach draußen auf die Veranda, wo Charles einer seiner Lieblingsbeschäftigungen nachging: Tagebuch schreiben.

»Chulls, komm zu mir, und erfülle deine ehelichen Pflichten«, sagte sie in möglichst verführerischem Singsang. Dabei ließ sie die Hände über seine Schultern und unter den Kragen seines weißen Hemdes wandern, das wegen der Hitze etwas tiefer als üblich aufgeknöpft war.

»Gleich«, murmelte Charles gedankenversunken.

Sie strich über seine behaarte Brust. »Kannst du das nicht später erledigen?«

»Diana«, seufzte Charles, als spräche er mit einem kleinen Kind.

»Aber du hattest mir versprochen, dass wir während unserer Flitterwochen etwas Zeit für Zweisamkeit haben«, schmollte sie. »Nur du und ich, hattest du gesagt. Und jetzt sind wir ständig von Gästen, Marineoffizieren, zweihundert Mann Besatzung, Kammerdienern, Privatsekretären, meiner Ankleidedame und Stephen umgeben.«

Stephen Barry war Charles' persönlicher Diener und Diana ein Dorn im Auge. Während ihrer Verlobungszeit hatte er ihr einmal nicht gestattet, Charles' Privaträume im Buckingham-Palast zu betreten. »Seine Königliche Hoheit sagt, es dürfe niemand hinein. Befehl ist Befehl«, hatte er kühl entgegnet und Dianas Misstrauen geschürt.

»So ein Schiff wie die *Britannia* braucht nun mal eine ordentliche Besatzung. Oder hast du dir etwa vorgestellt, dass ich tagsüber am Steuer stehe, während du uns in der Küche eine Portion Spaghetti kochst?«

»Warum eigentlich nicht? Diese Vorstellung gefällt mir sogar recht gut.«

Endlich legte Charles den Stift nieder. »Ach, Diana, bitte! Mach dich nicht lächerlich. Als ob du Spaghetti kochen könntest. Du hast selbst gesagt, dass du in den Kochkursen lieber aus den Töpfen anderer genascht hast, als selbst in Suppen zu rühren.«

»Es geht mir doch darum, meinen Mann für mich allein zu haben. Nach der Kreuzfahrt fahren wir doch direkt weiter nach Balmoral.«

»Das ist Tradition. Wir sind jedes Jahr im Spätsommer dort.«

»Aber kann man diese Tradition nicht mal brechen?«

»Diana, man bricht Traditionen nicht. Dann wären es keine Traditionen mehr.«

Sechs lange Wochen mit der gesamten Familie standen ihr bevor: mit den Schwiegereltern, der Königinmutter, Prinzessin Margaret und deren beiden Kindern, Prinzessin Anne, den Prinzen Andrew und Edward sowie unzähligen Freunden und Bekannten oder irgendwelchen wichtigen Leuten. Sosehr sie sich immer gewünscht hatte, Zeit mit ihren Liebsten zu verbringen, das war dann doch etwas zu viel des Guten. »Wir werden dort keine Minute für uns allein haben.«

»Natürlich werden wir das. Und wenn nicht dort, dann spätestens, wenn wir unsere Wohnung im Kensington-Palast bezogen haben. Dort sind wir so gut wie nur für uns.«

»Dort wirst du von einem Termin zum nächsten hetzen.«

Charles hatte wieder zu schreiben begonnen. Hörte er ihr überhaupt zu? In einem Anflug von Übermut schnappte sie sich sein Tagebuch und hielt es in die Höhe.

»Was soll das denn?«, fuhr er sie an.

Auf einmal hatte Diana einen bitteren Geschmack im Mund. Fotos waren zwischen den Seiten herausgefallen. Sie bückte sich, um die Aufnahmen aufzusammeln. »Du hast Fotos von Camilla in deinem Tagebuch?«

»Das hat nichts zu bedeuten«, entgegnete Charles. *Nicht schon wieder*, mahnte sie sein Tonfall.

»Ebenso wenig wie die Manschettenknöpfe, die du erst vor Kurzem während unserer Flitterwochen getragen hast?«, entgegnete Diana aufgebracht. Es brodelte gefährlich in ihrem Bauch.

»Die mit den beiden Cs darauf, die ineinander verschlungen sind? Unzertrennlich und lasziv wie bei einem Liebesakt?! Verkauf mich nicht für dumm, Charles. Ich weiß, dass sie ein Geschenk von Camilla sind!«

»Du klagst mich an, harmlose Manschettenknöpfe zu tragen, und baggerst selbst in der Kombüse sämtliche Matrosen und Köche an! Sogar auf den Unterdeckpartys der Besatzung treibst du dich herum und spielst in einem Raum voller johlender Männer Klavier! Glaub nicht, dass ich das nicht mitbekomme.«

»Ich baggere nicht die Besatzung an! Ich freue mich über ihre Gesellschaft, weil ich mich langweile!«, schrie sie. Da war es wieder, das Donnergrollen. Es brodelte in ihr. »Du kümmerst dich nicht um mich! Du verschwendest ja nicht mal einen Gedanken daran, dass es mich verletzen könnte, wenn du sie am zweiten Tag unserer Hochzeitsreise anrufst!«

»Du bist doch vollkommen paranoid, was Camilla betrifft!«, stöhnte Charles.

Sie erschrak selbst, als sie das Geräusch hörte, das sie von sich gab. Halb Schrei, halb Knurren. Sie musste weg von Charles, ehe sie sich völlig vergaß. Sie knallte die Schlafzimmertür vor seiner Nase zu und sperrte ab.

»Diana!«, sagte Charles scharf. Es folgte ein Moment der Stille, aber sie spürte, dass er noch immer da war. »Das ist doch albern.« Seine Stimme war nun sanfter. »Komm raus, und sprich mit mir wie eine Erwachsene.«

Sie lehnte mit dem Rücken an der Tür. Schloss die Augen.

Wie konnte er ihr das nur antun? Sie hatte ihm vertraut. Er war ihr Zuhause. Ihr sicherer Hafen.

Es war wie damals, als sie schmerzhaft festgestellt hatte, dass ihr Daddy kein Held war, sondern auch nur ein Mann wie alle anderen. Früher hatte sie zu ihm aufgesehen. Hatte ihn bewundert.

Mühelos hatte er sie hochgehoben und auf seine breiten Schultern gesetzt. Und er war in ihren Augen der klügste Mann auf der ganzen Welt gewesen. Wenn sie ihm eine Frage gestellt hatte, so hatte er immer eine Antwort parat gehabt. *Wer war John Locke? Ein sehr kluger Mann. Warum muss ich ein Kleid tragen, wenn mein Bruder Hosen tragen darf? Damit du ordentlich und hübsch ausschaust. Warum wurden Adam und Eva aus dem Paradies vertrieben? Weil Eva sich nicht zügeln konnte und einen Apfel vom Baum der Erkenntnis gepflückt hat.*

Und dann hatte sie eines Tages das erste Mal gehört, wie er ihre Mutter anbrüllte, und das Bild ihres Helden hatte einen Riss bekommen.

Doch obwohl sie sich bei jedem Streit ihrer Eltern zitternd und weinend zu ihren Meerschweinchen zurückgezogen hatte und sich wie betrogen fühlte, weil ihr Daddy nicht der war, der er zu sein vorgegeben hatte, hatte sie dennoch immer alles dafür getan, dass er sie lieb hatte. Hatte sonntags ihre hübschesten Kleider für ihn angezogen und mit seiner Kamera kokettiert.

Und nun musste sie erkennen, dass Charles nicht der Traumprinz war, für den sie ihn gehalten hatte. Weil er noch immer *sie* im Kopf hatte. Camilla.

Sie musste endlich Camillas Schatten loswerden, sonst würde sie noch vor die Hunde gehen. Aber wie?

Sie wischte sich mit dem Handrücken die Tränen von der Wange.

Ihr Blick fiel auf die Zeitschrift, die auf ihrem Schminktisch lag. Es war die neueste *Vogue*. Das Model darauf war schlank, makellos, wunderschön. Eine Frau, die niemals abgewiesen wurde. Der sämtliche Männerherzen zu Füßen lagen.

Und auf einmal hatte sie eine Idee.

»C'est magnifique!«, rief Christian aus und legte theatralisch die

Hände auf sein Herz. »Wie gut diese Farbe zu Ihrer samtigen Haut passt! Wie ein Pfirsich mit Sahne! Und erst dieser Augenaufschlag! Was würde ich nur dafür geben!«

Er war einer der Stylisten, die Diana wie eifrige Bienen umschwärmten. Allesamt schillernde und heitere Persönlichkeiten – also so ziemlich das glatte Gegenteil von denen im Palast.

Nach ihren Flitterwochen hatte Diana angekündigt, sich in Sachen Mode beraten lassen zu wollen. Die allgemeine Empörung war groß gewesen, als sie sich geweigert hatte, mit den Stylisten im Kensington-Palast zusammenzuarbeiten. Aber sie war den kühlen, biederen Geschmack dieser Leute leid. Dann könnte sie sich ja auch gleich von Großmutter Fermoy einkleiden lassen!

Kurzerhand hatte sie sich ein Team mit Trendsettern von der *Vogue* zusammengestellt. Die hatten für sie einen der stylishen Redaktionsräume am Hanover Square zu einem Paradies mit den schönsten Designerstücken verwandelt.

Sie war umgeben von seidigen Stoffen, glänzendem Schmuck, bunten Hüten und Regalen voll mit Schuhen. Was gab es Schöneres, als wunderschöne Kleider und Kostüme überzustreifen, andere Stile auszuprobieren und sich auf diese Weise neu zu entdecken?

Besonders Anna Harvey, die Leiterin der Moderedaktion, bewies einen hervorragenden Blick dafür, welche Farben Diana standen und welche Schnitte ihrer schlanken Figur, den langen Beinen und dem vollen Busen schmeichelten.

»Im Oktober machen wir eine dreitägige Tour durch Wales, unser erster großer offizieller Auftritt als Ehepaar«, erzählte Diana ihr. »Es muss alles perfekt sein – immerhin ist Charles der Prinz von Wales.«

Anna nickte. »Verstehe. Da finden wir etwas. Sie sollen Aufmerksamkeit auf sich ziehen, aber auf eine Weise, die nicht auffällig ist.«

»Ist das nicht ein Paradox?«, lachte Diana. Paradox – das Wort hatte sie von Charles übernommen.

»Schätzchen, wir Frauen sind ein einziges Paradox!« Anna drehte Diana, die ein langes Abendkleid aus heller Seide trug, in Richtung des großen Spiegels. »Sie sehen umwerfend aus. Dabei betont das Kleid nur, was Sie ausmacht. Das Weiß hebt Ihre Unschuld hervor, der Schnitt ist jedoch raffiniert und modern.«

»Wichtig ist, dass mein Mann mich darin sexy findet«, murmelte Diana gedankenversunken.

»Wie könnte er Sie nicht sexy finden?« Anna lächelte. »Er wird Sie anbeten. Sie sehen atemberaubend aus. Eine moderne Prinzessin. Die Menschen werden Ihnen zu Füßen liegen.«

Einen Tag vor der Wales-Tour fand sie sich auf dem Boden ihres Badezimmerfußbodens wieder. Sie versuchte das, was der Arzt ihr gerade mitgeteilt hatte, zu verarbeiten.

Sie war schwanger.

Sie hatte damit gerechnet, dass es irgendwann mal so weit sein würde. Immerhin erwartete man von ihr, dass sie den nächsten Thronerben zur Welt brachte. Aber doch noch nicht jetzt!

Das kann nicht sein, dachte sie. Ich bin doch gerade mal zwanzig Jahre jung.

Sie war doch noch damit beschäftigt, sich in ihrer Rolle als Ehefrau zurechtzufinden.

Und als Prinzessin.

Der Umzug in den Kensington-Palast raubte ihr den letzten Nerv.

Mehrmals täglich litt sie unter Essanfällen, nach denen sie sich den Finger in den Mund steckte und erbrach.

Höchstwahrscheinlich betrog ihr Mann sie.

Sie war am Ende ihrer Kräfte.

Wie sollte ein Kind in ihr heranwachsen?

Sie konnte ja nicht mal mit ihren Freundinnen über dieses Thema sprechen und sich von ihnen Rat holen, denn weder Carolyn noch Virginia oder Anne waren schon mal schwanger gewesen, sie waren ja noch nicht mal verheiratet.

Es gab also keine ungeeignetere Kandidatin fürs Muttersein als sie. *Nicht ich. Bitte. Noch nicht.*

Und eine leise Stimme in ihr flüsterte: *Doch. Du.*

Sie verspürte den tiefen Wunsch in sich, ein Kind auszutragen, zur Welt zu bringen und großzuziehen. Warum? Wollte sie Charles dadurch an sich ketten? Oder brauchte sie die Wärme eines Babys in ihrem Leben, um in den viel zu großen, kalten Palästen nicht zu erfrieren?

Sie stand auf und warf einen Blick in den Spiegel, in ihr verweintes, gerötetes und verquollenes Gesicht. *Du willst ein Kind in dir heranwachsen lassen? Du bist doch selbst noch ein Kind. Du hast von nichts eine Ahnung. Du bist albern, das sagt sogar dein Mann. Du trägst diesen ständigen Schmerz in der Brust mit dir rum, der dich richtig runterzieht. Wenn du ehrlich zu dir selbst bist, dann weißt du, dass du im Leben nicht klarkommst.*

Warum also freust du dich so sehr auf dieses Kind?

Die Antwort darauf lautete: weil sie es jetzt schon bedingungslos liebte.

Und deshalb würde sie es auch schaffen, ihr Kind zu einem wunderbaren Menschen zu erziehen.

Sie sah bereits vor sich, wie sie ihr Baby wickelte. Ihm Gutenachtgeschichten vorlas. Wie sie ihr Kind zur Schule brachte. Einen Geburtstagskuchen nach draußen in den Garten balancierte, wo Charles mit einer Videokamera festhielt, wie ihr Sohn oder ihre Tochter die Kerzen ausblies. Eine richtige, glückliche Familie.

Sie wollte dieses Leben.

Aber wollte Charles es auch? Würde er ihr zur Seite stehen, wenn sie ihn brauchte?

Abends stand sie mehrere Atemzüge lang vor seinem Büro. Was, wenn er sich nicht ebenso freute wie sie? Sie stellte sich vor, wie er gerade eine Rede verfasste und sie ihn dabei störte. Dann wäre er wieder genervt.

Sie drückte die Wirbelsäule durch. Machte sich auf alles gefasst. Klopfte. »Herein«, rief er. Sie konnte schon am Klang seiner Stimme erkennen, dass er eigentlich nicht gestört werden wollte.

Als sie eintrat, sah er von dem Papier auf, auf dem er gerade kluge Worte festhielt. Sie legte die Hände auf ihren Bauch und sagte: »Ich bin schwanger. Wir werden Eltern.«

Er brauchte einen Moment, bis er die Neuigkeit verarbeitet hatte. Ein Lächeln breitete sich auf seinen Lippen aus, wurde immer größer, wuchs zu einem richtigen Strahlen, wie sie es noch nie bei ihm gesehen hatte, bis über beide Ohren. Da wusste sie, dass ihr Paradies aus all den Worten und schönen Dingen bestand, die diesem Mann ein solches Lächeln entlockten.

Schon war er bei ihr. »Ist das wahr? Ich kann es kaum glauben. Das ... das ist ein Geschenk des Himmels.«

»Ja«, hauchte sie, und ihre Hände fanden sich.

16

»Normalerweise enden Märchen bekanntlich damit, dass der Prinz und die Prinzessin heiraten. Diese Sensation durften wir im Sommer miterleben. Doch das Traumpaar Englands bringt auch weiterhin unsere Herzen zum Schlagen«, schwärmte die adrette Moderatorin des Frühstücksfernsehens.

»Vor allem Prinzessin Diana hat an der Seite ihres Ehemanns Prinz Charles Tausende von Menschen während der Rundreise durch Wales verzaubert«, fügte der charmante Moderator an ihrer Seite hinzu.

Diana sah sich selbst im Fernsehen, oder vielmehr eine völlig andere Version von sich. Eine glückliche und unbeschwerte Version. Die Diana auf dem Bildschirm nahm die Hand einer körperbehinderten Frau und drückte sie sanft.

»Sie frieren doch sicher«, sagte die Frau.

»Bestimmt nicht so sehr wie Sie«, erwiderte die Fernseh-Diana mitfühlend.

Ein anderes Bild zeigte sie, wie sie vor einem Mädchen mit niedlichen Zöpfen in die Hocke ging, um einen Blumenstrauß entgegenzunehmen. »Diolch yn fawr«, sagte Diana.

»Ist das nicht herzerwärmend?« Die Moderatorin legte eine Hand auf ihr Brustbein. »Die Prinzessin hat extra den walisischen Ausdruck für ›Danke‹ gelernt.«

Während der ganzen Wales-Tour hatte die Schwangerschaft Diana ordentlich zugesetzt. Ihr war so furchtbar schlecht gewesen! Und als wäre das schon nicht schlimm genug, hatte es die ganze Zeit über geregnet. Aber die Fans am Straßenrand schienen nicht zu bemerken, wie grau und ausgemergelt sie aussah. Sie hatte sich so viel Mühe gegeben, damit Charles stolz auf sie sein konnte! Sogar eine ganze Rede hatte sie auf Walisisch gehalten. Sie, die sich früher vehement geweigert hatte, bei Schulaufführungen auch nur eine kleine Sprechrolle zu übernehmen. Aber hatte sie dafür auch nur ein Wort des Lobes aus royalen Reihen erhalten? In der königlichen Familie nahm man lediglich stillschweigend zur Kenntnis. Vor allem, wenn es um Probleme ging. Man setzte darauf, dass sie sich schon irgendwann von selbst erledigten. Inzwischen wog Diana nur noch knapp fünfzig Kilo. Und seit Wochen litt sie unter Schlaflosigkeit. Wenn sie doch schlief, träumte sie von Camilla.

Sie war müde, so unendlich müde ... Alles fiel ihr schwer. Selbst die einfachsten Dinge, wie morgens einfach nur aufzustehen. Warum konnte es nicht wieder Abend sein? Dann könnte sie einfach liegen bleiben.

»Sie ist so anders als der Rest der königlichen Familie«, riss die Stimme des Moderators Diana ins Hier und Jetzt zurück. »Die Königin gibt sich im Angesicht der Menschenmenge würdevoll und förmlich, aber auch stets unnahbar. Prinzessin Anne mag sich zwar für das Kinderhilfsprojekt ›Save the Children‹ einsetzen, aber hat man sie schon mal gesehen, wie sie auf ihren zahlreichen Afrikareisen ein Kind auf den Arm genommen hat? Nicht dass ich wüsste. Prinzessin Diana hingegen geht auf die Menschen zu.«

»Die Tour in Wales war einer der letzten öffentlichen Auftritte des Ehepaars«, fuhr die Moderatorin fort. »Seit geraumer Zeit ist es recht ruhig um das Traumpaar geworden. Paparazzifotos haben vor ein paar Wochen endlich den Grund geliefert: Die Prinzessin ist schwanger! Mit sichtlich gerundetem Bauch hat Diana sich mit ihrem Ehemann auf den Bahamas vergnügt.«

Ein Foto von ihr wurde eingeblendet, nur im Bikini, mit gewölbtem Fünfmonatsbauch. Andere Fotos zeigten, wie Charles und sie sich umarmten und küssten. Endlich hatten sie Zeit füreinander gehabt. Nur hatten sie dabei übersehen, dass James Whitaker vom *Daily Star* und sein Kamera-Kumpan Ken Lennox mit Ferngläsern und Teleobjektiv über den Strand krochen und heimlich Fotos schossen, die groß auf der Titelseite des *Star* erschienen.

»Eine Person dürfte über diese Fotos wohl nicht amüsiert sein«, fuhr der Mann fort. »Die Königin. Es ist das erste Mal, dass ein weibliches Mitglied der königlichen Familie auf derart intime Weise abgelichtet wurde.«

Nicht amüsiert war stark untertrieben. Elizabeth war stocksauer gewesen. Sie hatte sogar eine Erklärung abgegeben, in der sie diesen Eingriff in die Privatsphäre ihrer Schwiegertochter als »stillos« bezeichnete. »Als ich mit meinen Kindern schwanger war, hätte sich die Presse niemals ein solches Vergehen erlaubt«, hatte sie gezürnt. Damals hatte man sich in den Zeitungen vage ausgedrückt und geschrieben, sie befinde sich »in einem interessanten Zustand«. Das Fotografieren jenes »Zustands« hatte sich niemand erlaubt.

»Sehen die beiden auf den Fotos nicht wie frisch verliebt aus?«, seufzte die Moderatorin.

»Ich muss gestehen, ich beneide Charles«, lachte der Moderator. »Auch ich habe mein Herz an die Prinzessin verloren.«

Diana schaltete den Fernseher aus. Es wollte ihr einfach nicht in den Kopf gehen. Wie war es möglich, dass die Menschen dort draußen sie derart bedingungslos ins Herz schlossen? Dass sie unzählige Briefe aus der ganzen Welt erhielt? Sie war doch nur Diana, die ehemalige Kindergärtnerin. Der einzige Unterschied zu früher war, dass die Menschen sie nun »Ma'am« oder »Eure Königliche Hoheit« nannten und vor ihr knicksten.

Sie beschloss, nach Charles zu sehen. Sie waren dieses Wochenende in Gloucestershire auf ihrem Landsitz. Sie versuchte, Highgrove zu mögen, weil Charles dieses Anwesen so sehr liebte. Doch während sie ihre neue Wohnung im Kensington-Palast mit Begeisterung eingerichtet hatte, hatte es sie Überwindung gekostet, sich auch Highgroves anzunehmen. Trotzdem hatte sie sich bemüht, der Residenz aus dem 18. Jahrhundert einen freundlichen, jungen Anstrich zu verleihen. Vielleicht würde sie sich dann hier wohler fühlen. Die Flure sowie die neun Schlafzimmer waren nun in einem sanften Korallenrosa gehalten, der Salon in einem frischen Hellgrün und das Wohnzimmer in einem freundlichen Hellgelb. Sämtliche Polstermöbel hatte sie mit hellem Chintz beziehen lassen. In der Eingangshalle lagen Orientteppiche, und Gemälde aus der königlichen Sammlung schmückten die Wände des offiziellen Salons.

Es war noch früh am Tag, und Charles war wahrscheinlich noch im Bad, das an ihr Schlafzimmer anschloss. Das leise Plätschern deutete darauf hin, dass er in der Wanne lag. Gerade als sie klopfen wollte, hörte sie seine Stimme. »Auch ich zähle die Stunden.«

Diese Sehnsucht in seiner Stimme ... *Nein. Nicht schon wieder Camilla. Bitte nicht.*

»Was auch geschieht, ich werde dich immer lieben.«

Sie ließ die Hand sinken.

Ihre Beine waren wie aus Gummi.

Sie konnte keinen klaren Gedanken fassen. Alles war ganz durcheinander.

Es war eisig im Schlafzimmer. Das Fenster stand ja auch offen.

Ein Stuhl ... Sie musste sich setzen ... Tastete sich irgendwie zum Bett vor.

Sie hatte keine Ahnung, wie viel Zeit vergangen war, ehe Charles nur in Unterhose bekleidet aus dem Bad kam. »Ah, gut, dass du da bist. Auf meinem Schreibtisch liegen Briefe, die du unterzeichnen musst. Und Mutter kommt gleich gemeinsam mit Großmutter nach Highgrove. Ich habe keine Ahnung, warum.« Er breitete die Arme aus, und wie aus dem Nichts tauchte sein Butler auf, um ihm in sein Hemd zu helfen. »Vielleicht will sie das bevorstehende Wochenende auf Schloss Balmoral besprechen.«

»Ich will nicht schon wieder nach Balmoral«, hörte Diana sich leise sagen. »Wir waren doch gerade erst dort.«

»Sei vernünftig, Diana. Die Königin wünscht es so. Was hast du nur immer dagegen?«

Balmoral – das waren für sie Gewaltmärsche durch das schottische Hochmoor mit anschließendem Familienpicknick. Das waren anstrengende Galadinner mit illustren älteren Herrschaften. Der qualvollste Teil dieser Dinner war jedes Mal, so lange am Tisch sitzen zu bleiben, bis die königlichen Dudelsackspieler aufgehört hatten, um den Tisch herumzumarschieren und traditionelle schottische Weisen zu spielen – das Signal für die Damen, die Herren bei Portwein und Zigarren allein zu lassen. Doch auch dann war noch nicht an Flucht zu denken, zumindest nicht, bis die Königin sich endlich zurückzog, was meist erst kurz vor Mitternacht der Fall war. Oft genug musste Diana dann doch noch bis zwei Uhr nachts ausharren, um den alten Schlagern zu lauschen, die Prinzessin Margaret am Klavier zum Besten gab.

Diana mochte Margo. Trotzdem unternahmen sie nur sehr selten etwas gemeinsam, obwohl die Schwester der Königin sich zu langweilen schien. Tagsüber saß sie manchmal stundenlang allein in ihrem Zimmer und klebte Fotos in ihre Alben. Abgesehen von alldem regnete und regnete es die ganze Zeit über. Ja, sogar Lachen war auf Balmoral verboten! Bei den Braemar Games hatte Charles es sich erlaubt, einen Witz zu reißen. Als mal wieder eine Horde Dudelsackspieler die Nationalhymne gespielt hatte, beugte er sich zu ihr und flüsterte: »Sie spielen unser Lied.« Diana hatte losgeprustet. Der Blick, den die Königin ihnen daraufhin zugeworfen hatte, war bitterböse gewesen.

»Ich bin erschöpft, Charles, von all den Terminen und Verpflichtungen. Ich brauche Ruhe. Und es ist bitterkalt auf Balmoral. Wenn ich die Heizung anstellen will, dann sagt deine Mutter, ich soll mir doch einfach einen zweiten Pullover drüberziehen.«

»Du solltest vorsichtig mit dem sein, was du über die Königin sagst«, wies Charles sie mit strengem Blick zurecht und schlüpfte in die Anzughose, die Stephen ihm reichte.

Aber zu spät, der Damm war gebrochen, nun strömte es aus ihr heraus. »Ich bin es müde, ununterbrochen funktionieren zu müssen. Wie kann ich vor deiner Familie entspannt sein, wenn sie mir ständig all meine Fehler vorhält?«

»Das bildest du dir ein.«

»So wie ich mir auch deine Affäre mit Camilla einbilde?«

Jetzt war es raus.

Charles' Blick war eine Mahnung. *Fang nicht schon wieder damit an!*

Sie holte tief Luft. Versuchte, so ruhig und besonnen wie möglich zu sagen: »Ich habe gehört, was du gerade am Telefon zu ihr gesagt hast.«

»Stephen, Herrgott noch mal, wo sind die Manschettenknöpfe?«, herrschte er seinen Butler an. Dann zu Diana: »Ich weiß nicht, wovon du sprichst.«

»Du hast gesagt, dass du sie liebst!« Diana fühlte sich, als ob sie gleich explodierte.

»Du bist doch vollkommen hysterisch!« Die Gewalt seines Tonfalls ließ sie zusammenzucken. Aber inzwischen wusste sie bereits, wie aufbrausend er sein konnte. Bei ihrem letzten Streit war sogar eine Fensterscheibe zu Bruch gegangen, als er vor lauter Wut einen Stuhl hinausgeworfen hatte.

»Ich bin deine ewigen Anklagen leid!« Er rauschte zurück ins Badezimmer, um im Spiegel den Kragen seines Hemdes zu richten. »Reiß dich doch einfach wie jeder normale Mensch zusammen!«

Der Spiegel war beschlagen vom Wasserdampf. Wie Tränen liefen einzelne Tropfen an der Scheibe hinab. Es roch herb nach Akazie, Charles' Lieblingsbadezusatz.

Reiß dich zusammen.

Keine Chance. Merkte er denn nicht, wie verzweifelt sie war? In ihr bäumte sich etwas mit einer Macht auf, die ihr Angst machte. Sie bekam kaum noch Luft. »Ich bin nicht hysterisch! Ich würde mir nur wünschen, dass du mir endlich zuhörst!«

Da fiel ihr Blick auf Charles' Rasiermesser. Und auf einmal hatte sie es in der Hand. Setzte die scharfe Klinge an ihrem Unterarm an. Im nächsten Moment quoll Blut aus ihrer Haut. »Wirst du mich jetzt ernst nehmen?«, hörte sie sich sagen.

Charles lag eine böse Bemerkung auf den Lippen, als er sich umwandte, aber dann bemerkte er das Blut, das auf die weißen Bodenfliesen tropfte. Panik flackerte in seinen Augen. Er riss das Handtuch von der Halterung und drückte es auf ihren Arm.

»Ich bin einsam und unglücklich, Charles«, wisperte sie.

Zwei Atemzüge. Dann hatte er sich wieder gefasst. »Und ich bin deine ständigen Dramen leid. Was du hier versuchst, ist Erpressung. Genau wie damals, als du dich vor der Königin die

Treppe runtergestürzt hast. Du lechzt so sehr nach Aufmerksamkeit, dass du sogar in Kauf nimmst, unserem Sohn, dem Thronfolger, zu schaden!«

Damit ließ er sie einfach stehen.

»Wohin gehst du?!«

»In meinen Garten!«, brüllte er. »Stephen, kümmern Sie sich um meine Frau.«

Im nächsten Moment knallte die Schlafzimmertür zu.

»Nein, weiter nach rechts, weg vom Buchsbaum«, hallte Charles' Stimme laut über das Grundstück in Highgrove. »Von mir aus gesehen rechts natürlich!«

Diana konnte förmlich vor sich sehen, wie er auf der Türschwelle des Landsitzes stand und mithilfe eines Megafons den Gärtnern Anweisungen zurief. Alles musste genau so sein, wie er es sich vorstellte. Stundenlang wanderte er auf dem Anwesen umher, prüfte jeden Grashalm, zog Bücher zurate oder suchte Inspiration in anderen Gärten, die sie gemeinsam mit ihm besichtigen musste.

Sie lag im Bett, streichelte ihren runden Bauch und ließ sich vom Fernseher berieseln. Es lief *Ein Herz und eine Krone*.

Inzwischen hasste sie Liebesfilme. Wenn sie im Fernsehen einen Liebesfilm sah, spürte sie Sehnsucht und Neid, als würde sie Fotos einer Party anschauen, zu der sie nicht eingeladen war. Sie versuchte, sich einzureden, dass diese romantischen Geschichten erfunden und damit nicht real waren, aber trotzdem spürte sie dieses eifersüchtige Ziehen. Mit glänzenden Augen lauschte sie den kitschigen Bekenntnissen von Audrey Hepburn und Gregory Peck, bis sie es nicht mehr aushielt und den Fernseher ausschaltete.

Schwerfällig erhob sie sich und ging zum Fenster. Just in diesem Moment fuhr ein Wagen vor. Elizabeth und ihre Mutter waren pünktlich auf die Sekunde.

»Charles«, begrüßte die Königin ihren Sohn. Wie konnte eine Umarmung nur so steif und förmlich sein? *Bringen wir es schnell hinter uns*, drückte sie aus.

Charles nahm die Hände seiner Großmutter, die ein türkisfarbenes Kostüm mit passendem Hut sowie üppigen Perlenschmuck trug. »Großmutter, wie immer bist du äußerst elegant gekleidet«, schmeichelte er ihr.

»Ach, du bist zu charmant!« Sie kicherte und legte den Kopf schief. Das tat sie oft, wie ein kleines Mädchen, dabei war sie stattliche dreiundachtzig Jahre alt.

»Du bist allein?«, fragte Elizabeth.

»Diana fühlt sich nicht wohl.«

Sie betrachtete den Verband um ihr Handgelenk. So konnte sie den beiden nicht vor die Augen treten.

»Noch immer nicht? Wie schade«, erwiderte Elizabeth.

»Sie ist sehr sensibel«, drückte sich Charles vage aus.

Diana schlüpfte in ihre Ballerinas und schlich, ohne ein Geräusch zu verursachen, die Treppe hinab in den Speisesaal. Oft genug hatte sie als Teenager die Streitereien ihrer Eltern heimlich belauscht. Sie wusste also, wie man unentdeckt blieb. Ihr Gefühl sagte ihr, dass die Königin und die Königinmutter ihnen nicht ohne triftigen Grund einen Besuch abstatteten, und sie wollte wissen, was dieser Grund war.

Charles führte die beiden auf die Terrasse, von wo aus man den spektakulärsten Blick hatte. Er reichte den langen, von wuchtigen goldenen Straucheiben gesäumten Weg entlang bis hin zum Taubenschlag, den der Sultan von Oman ihm geschenkt hatte.

»Du hast dir hier wirklich ein Paradies geschaffen«,

schwärmte die Königinmutter und schnupperte genießerisch in der Luft.

Das musste Diana zugeben: Es duftete wirklich ganz wunderbar in Charles' Garten. Hier nach Rosen, dort nach Lavendel, ein Stück weiter nach Salbei ...

»Danke«, seufzte Charles, pflückte eine Gerbera und steckte sie seiner Großmutter an den Hut. »Ich wünschte, auch Diana könnte all die Liebe und Zeit sehen, die ich in dieses Anwesen stecke.«

Das tat sie. Sie nahm all die Liebe und Zeit wahr, die er in Highgrove steckte, und wünschte sich, er würde ebenso viel Liebe und Zeit in sie investieren. Er war doch ohnehin so viel unterwegs!

Charles hatte einen Rosengarten sowie einen Bauerngarten hinter dem weinumrankten Haus anlegen lassen. Außerdem hatte er den ummauerten Küchengarten wiederaufleben lassen, der im Lauf der Zeit verwildert war. Gemüse, Kräuter und Obstbäume wuchsen darin bunt gemischt. Dann noch die große Wiese, auf der Charles allerlei Blumen säte. »Ich will eine Blütenflut schaffen wie auf Botticellis *Frühling*«, hatte er gesagt. Riesige Pflanzenamphoren und Skulpturen von Charles und verschiedener Freunde und Mentoren zierten den Garten – darunter selbstverständlich auch eine Skulptur seines heiß verehrten Laurens van der Post.

»Alles basiert auf den Grundlagen des biologischen Gartenbaus, und es wurden natürliche Düngemittelmischungen aus Gülle und Laubkompost verwendet«, erzählte Charles.

Diana hatte Mitleid mit den beiden Damen. Wie oft hatte sie sich diesen Vortrag schon anhören dürfen! Auch Elizabeth machte nicht den Eindruck, als würde sie sich sonderlich für Charles' Ausführungen interessieren, wohingegen die Königinmutter interessiert lauschte und Fragen stellte.

»Die Bewirtschaftungstechniken im industriellen Ausmaß

sind extrem beunruhigend und deprimierend«, meinte er. »Ich habe vor, seltene Nutztierrassen einzuführen und meine Landarbeiter dazu anzuhalten, Pferde und Sensen einzusetzen. Kunstdünger und Pestizide will ich vollständig abschaffen.«

Außerdem habe eine seiner botanischen Beraterinnen, Mollie Salisbury, ihm geraten, mit seinen Pflanzen zu sprechen. »Ich finde, sie antworten sogar«, sagte er.

»Ach, Charles, mach dich nicht lächerlich«, versetzte Elizabeth seiner Begeisterung einen Dämpfer und schlug nach einem Insekt, das vor ihr schwirrte.

»Das ist nicht lächerlich!«, schmollte Charles. »Meine Pflanzen sind ein verdammtes Stück größer, weil ich ihnen die Anweisung dazu gegeben habe. Ich fühle mich wie ein Mann mit einer Mission. Ich werde regelrecht von einem Gefühl der Dringlichkeit angetrieben.«

»Ach ja?« Elizabeth zog die Augenbrauen hoch. »Wie schön. Ich hoffe nur, du vergisst darüber hinaus nicht deine eigentliche Mission.«

»Der zukünftige König zu sein.« Charles atmete hörbar aus und verschränkte die Hände hinter dem Rücken.

»Und deiner Frau ein guter Ehemann«, ergänzte seine Mutter.

»Aber sollte nicht Diana mir eine Stütze sein? Sollte nicht sie mir den Rücken stärken?«, beschwerte sich Charles. »Stattdessen verkriecht sie sich oftmals den ganzen Tag im Bett. Ständig bricht sie in Tränen aus, schmollt, geht unerwartet auf mich los oder ...« Er sprach es nicht aus.

Die Königinmutter hakte sich bei ihm ein und tätschelte aufmunternd seine Hand. »Ist es noch immer so schlimm, wie du mir in deinem Brief berichtet hast?«

Charles nickte. »Es ist sogar noch schlimmer. An einem Tag denke ich, dass es mit ihr bergauf geht, nur um am nächsten Tag festzustellen, dass sie sich noch mehr zurückzieht. Ich verstehe sie einfach nicht.«

»Das klingt wahrlich aufreibend«, sagte die Königinmutter.

Charles holte Luft und fuhr dann etwas ruhiger fort: »Ich habe versucht, sie aufzumuntern. Ich war davon überzeugt, es würde ihr guttun, ihren Horizont zu erweitern, deshalb habe ich den Direktor von Eton gebeten, ihr die Dichtkunst und Shakespeare näherzubringen, aber es war vergebliche Liebesmüh. Sie ist intellektuell so schrecklich desinteressiert! Manchmal habe ich das Gefühl, dass sie aus reinem Trotz allem ablehnend gegenübersteht, was mir Spaß macht. Warum kann sie nicht mir zuliebe aufs Pferd steigen?«

Der Grund, weshalb Diana sich weigerte, mit Charles auszureiten, lautete: Camilla. Diana wusste, dass sie sich auf dem Pferd nicht so gut machen würde wie Charles' Geliebte.

»Und den Widerwillen, den sie Highgrove und Balmoral gegenüber hegt. Ich habe Diana hierhergebracht, weil ich dachte, die Natur würde ihr guttun. Sie hat doch immer gesagt, sie wäre ein Landkind. Aber stattdessen verlässt sie so gut wie nie das Haus und sperrt sich ein.«

»Vielleicht sagt ihr die Stadt einfach mehr zu«, mutmaßte Elizabeth. »Immerhin ist sie eine junge Frau, und soweit ich weiß, leben all ihre Freunde in London.«

Damit traf sie ins Schwarze. London war ihr natürlicher Lebensraum. Die Metropole war jung und modern – und dort würde Camilla in ihrem moosgrünen legeren Kostüm niemals den Ton angeben. In Highgrove oder Balmoral hing Diana die langen Nachmittage mit ihrem Sony-Walkman in den stickigen Räumlichkeiten fest, während Charles morgens um halb zehn im graugrünen Tweed auf die Jagd ging oder seine Zeit beim Fischen oder vor seiner Staffelei verbrachte.

»Warum lädt sie sich keinen dieser Freunde hierher ein oder schließt neue Freundschaften?«, fragte die Königinmutter.

Charles machte eine Handbewegung, die wohl heißen sollte: *Da fragst du mich was!* »Auch das ist mir ein Rätsel! Sie scheint eine Abneigung gegen all meine Bekannten zu haben. Wann immer ich Gäste habe, sitzt sie mit verdrossener Miene am Tisch, spricht kaum ein Wort und wirft mir finstere Blicke zu.«

Wie sollte sie auch sonst schauen, wenn man es ihr nicht gestattete, neben ihrem Mann zu sitzen? Und Charles dachte ja nicht daran, gegen die Etikette zu verstoßen. Stattdessen musste Diana neben steifen Aristokraten Platz nehmen und sich stundenlang Prinz Philips Tiraden über die bösen Gewerkschaften oder Prinzessin Annes lautstarke Berichte über ihre Jagdbeute des Tages anhören. Und ihre Freundinnen wollte sie nicht einladen, weil sie sich schämte. Dafür, wie schlecht sie mit ihrer Situation klarkam. Anstatt während ihrer Schwangerschaft vor lauter Glücksgefühlen zu erblühen, fühlte Diana sich überfordert. Klein. Einsam.

»Sei nachsichtig mit ihr«, versuchte Elizabeth Charles zu beruhigen. »Mit der Zeit wird sie sich in ihr neues Leben hineinfinden.«

»Camilla meinte, es sei der Altersunterschied.«

Die Königinmutter nickte. »Da stimme ich Camilla zu. Diana ist noch sehr jung, wohingegen du schon immer sehr reif für dein Alter warst.«

»Mrs Parker-Bowles hat eine eigene Ehe, um die sie sich kümmern sollte«, sagte Elizabeth. »Die Deine geht sie nichts an.«

»Fang du nicht auch noch damit an. Ständig regt sich Diana über meine Verbindung zu Camilla auf. Meine Freunde sagen alle, sie sei vollkommen hysterisch.«

»Du sprichst von den Freunden, die dich und auch Camilla seit

Jahren vom Polo kennen?«, fragte Elizabeth. »Die Freunde, die seit Urzeiten gemeinsam mit euch beiden auf die Jagd gehen?«

Charles atmete schwer aus. »Ich vertraue ihrer Einschätzung. Und ich kann nicht den ganzen Tag auf Diana aufpassen wie auf ein Kleinkind. Ich habe Wichtigeres zu erledigen.«

»Ach ja? Nach meinem Besuch hier habe ich vielmehr das Gefühl, als würdest du dich lediglich um deine Mission sorgen, einen hübschen Garten zu pflanzen – oder um das Wohlbefinden einer gewissen Mrs Parker-Bowles.«

Charles schwieg. Elizabeth auch.

Die Königinmutter sah die beiden an und wählte ihre nächsten Worte mit Bedacht: »So wie ich das sehe, durchlebt ihr beiden eine schwere Zeit, sowohl du als auch Diana. Aber vergiss nicht, dass ihr euch nach wie vor erst kennenlernt und aneinander gewöhnen müsst. Und jede Ehe ist mal schwer. Du weißt, dass mein geliebter Albert, König George VI. – Gott habe ihn selig –, bei seinen öffentlichen Auftritten unter einem schweren Sprachfehler litt. Er hat stark gestottert. Ich habe ihn damals mit dem australischen Sprachtherapeuten Lionel Logue zusammengebracht, der ihn bis zu seiner Thronbesteigung erfolgreich betreute. In einer Ehe muss man füreinander da sein, komme, was wolle.«

Charles schwieg einen Moment lang. Dann sagte er: »Auch in unserer heiklen Situation könnte vermutlich ein Außenstehender die beste Hilfe gewährleisten. Deshalb habe ich beschlossen, Diana in London zu einem Psychiater zu schicken.«

»Zu einem Psychiater?«, wiederholte die Königinmutter und schlug eine Hand vor den Mund. Das hatte sie mit ihren Worten wohl nicht erreichen wollen.

»Muss das sein?«, fragte Elizabeth konsterniert.

»Ich weiß mir nicht anders zu helfen. Ich hatte bereits meinen guten Freund Laurens van der Post gebeten, sich mit Diana zu befassen, aber auch bei ihm hat sie dichtgemacht.«

»Es ist gewiss nur eine kurzzeitige Verstimmung«, sagte Elizabeth. »Eine unerfreuliche Nebenwirkung einer anstrengenden Schwangerschaft.«

»Aber ich mache mir Sorgen um sie. Um unser Kind.«

Die Königin hielt den Blick wie ein Feldherr nach vorne gerichtet. »Noch nie war jemand in unserer Familie in Behandlung.«

»Das stimmt nicht. Tante Margaret ...«

»Das war eine Ausnahme«, schnitt die Königin ihrem Sohn das Wort ab, »weil sie nach ihrem Schlaganfall leicht geschwächt war. Deine Frau zu einem Psychiater zu schicken erscheint mir eher wie der Akt eines schuldbewussten Ehemanns.«

Charles machte ein unglückliches Gesicht. »Ich meine es nur gut mit Diana. Ich weiß mir ehrlich nicht mehr anders zu helfen.«

»Ach ja? Du weißt, ich mag es nicht sonderlich, mich in die Angelegenheiten anderer einzumischen, aber in diesem Fall sehe ich mich gezwungen, eine Ausnahme zu machen. Die Ehe deiner Schwester ist zerrüttet, Charles. Es ist nur noch eine Frage der Zeit, bis die Medien sich darauf stürzen. Das wirft ein schlechtes Bild auf unsere Familie und damit auch auf die Monarchie.«

»Und unser Ansehen leidet doch noch immer unter den Folgen, die der Skandal um Eduard losgetreten hat ...«, erinnerte die Königinmutter ihre Tochter und ihren Enkel.

Eduard war der Bruder von Albert gewesen, dem Ehemann der Königinmutter. Eigentlich war er der Thronfolger gewesen, aber er hatte es vorgezogen, eine zweifach geschiedene Amerikanerin zu heiraten. Die britische Regierung wollte dieser Heirat jedoch nicht zustimmen, und so hatte Eduard nach nur elf Monaten Regierungszeit auf die Krone verzichtet und abgedankt.

»Mutter hat recht«, sagte Elizabeth. »Die Monarchie ist bereits angeschlagen. Deshalb verlange ich von dir, dass du deine Eheprobleme in den Griff bekommst.«

Charles senkte den Blick, als würde er kapitulieren.

»Ich heiße es nicht gut, aber wenn du meinst, es wäre das Beste, Diana zu einem Psychiater zu schicken, dann werde ich dem nicht im Wege stehen«, vollendete Elizabeth ihre Standpauke.

Und damit war Dianas Schicksal besiegelt.

Schon bald fand sie sich auf der Couch von Dr. McGlashans Praxis wieder, einem Bekannten von Laurens van der Post. Sie war müde und nervös, weil sie die ganze Nacht wach gelegen und insgeheim geübt hatte, was sie sagen könnte. Oder was sie am besten sagen sollte.

Es war eine sehr weiße Couch, überhaupt war alles in dem Sprechzimmer sehr hell, nahezu steril. Diana bemühte sich, möglichst aufrecht zu sitzen. Die Hände hatte sie im Schoß gefaltet. Vor ihr auf dem flachen Tisch stand ein Glas stilles Wasser, daneben lag eine Packung Taschentücher.

Dr. McGlashan hatte ihr gegenüber Platz genommen, auf einem weißen Ledersessel, dessen Sitzfläche schon etwas abgenutzt war. Er trug eine geschmacklose bunte Krawatte und aufdringliches Aftershave. Hinter ihm ragte ein Regal voller Bücher und gerahmter Diplome in die Luft. Er schlug die Beine übereinander, sein gezückter Stift schwebte über dem ledernen Notizbuch auf seinem rechten Knie, bereit, Diana und ihre Sorgen schwarz auf weiß aufs Papier zu nageln.

»Also«, sagte er und lächelte, wobei er die Augen zusammenkniff, als würde ihn die Sonne blenden.

Sprich ruhig und selbstbewusst, ermahnte Diana sich. *Benimm dich wie eine Erwachsene.*

Sie sagte ihm, wie kalt Charles oftmals zu ihr war. Dass sie

Angst hatte, ihn zu verlieren, alles zu verlieren, was ihr etwas bedeutete. Sie erzählte ihm von ihrem Traum, in dem sie ein kleines Mädchen auf Steinstufen sitzen sah, und auf einmal kam jemand und streckte dem Mädchen die Hand hin, um ihr aufzuhelfen, aber sie sah nie, wer dieser Jemand war. Sie wusste auch nicht, ob das Mädchen die Hand annahm.

Die Wucht ihrer Gefühle überflutete sie regelrecht, als wäre ein Staudamm in ihr gebrochen. Sie weinte haltlos, ohne auch nur einen klaren Gedanken zustande zu bringen, ohne sich ausdrücken zu können. Und das machte sie wütend. Wütend auf sich selbst, weil sie in diesem Zustand steckte, aber nicht wusste, wie sie sich daraus befreien konnte.

Dr. McGlashan holte tief Luft, atmete aus und sagte: »Diana, Ihnen ist wohl bewusst, dass Sie sich in Ihrer Opferrolle festgefahren haben. In Ihnen tobt diese Wut, die Sie nicht beherrschen können.«

Es war ihr, als wäre sie in einen Glaskasten gesperrt. Die Menschen konnten von außen sehen, wie sie mit den Fäusten gegen das Glas hämmerte und schrie, aber sie hörten sie nicht. Stimmte am Ende doch etwas nicht mit ihr?

Dr. McGlashan zückte seinen Füller und notierte sich etwas in sein Notizbuch. Ganze sechs Diplome hingen hinter ihm, Diana hatte sie gezählt. »Ich verschreibe Ihnen ein harmloses Medikament, das diese unkontrollierbaren Dämonen, die in Ihnen wüten, zum Verstummen bringt«, sagte er.

Abends, nachdem sie sich im Badezimmer für die Nacht fertig gemacht hatte, holte Diana das Beruhigungsmittel aus ihrer Tasche hervor. Charles war mal wieder sonst wo, jedenfalls nicht bei ihr. Sie drückte eine Tablette aus dem Blister. Betrachtete das kleine, runde weiße Ding auf ihrer Handfläche. Vielleicht wäre dann wirklich alles ganz leicht. Vielleicht würde sie sich dann ins System einfügen, ein kleines Rädchen im royalen Getriebe werden, seelenlos lächelnd, aber alle wären endlich zufrieden mit ihr.

Seltsamerweise klangen noch immer ihre eigenen Worte, die sie Dr. McGlashan anvertraut hatte, in ihrem Kopf. »Mit meinem Leben stimmt etwas nicht. Ich bin unruhig und frustriert. Ich denke mir, dass mein Leben doch eigentlich viel schöner sein müsste. In meiner Vorstellung sehe ich mich mit meinen Freundinnen auf dem Bett kugeln vor Lachen. Ich sehe mich lauthals den neuesten Hit von Duran Duran unter der Dusche mitsingen. Ich sehe mich abends mit einem leichten Schwips aus einer Bar tänzeln. Und ich sehe mich, wie ich leidenschaftlich geküsst werde von einem Mann, der mich begehrt, von *meinem* Mann. Ich will tanzen und singen und lachen, und am besten alles gleichzeitig.«

Sie dachte an all die wunderschönen Kleider, die in ihrem Schrank hingen. An das feine Essen, das sie von vergoldeten Tellern essen durfte. An die Himmelbetten, in denen sie nachts schlief, und die vielen Länder, die sie bereisen würde. Sie sagte sich, sie sollte doch dankbar sein. Sie hatte ein gutes Leben, um das unzählige Frauen sie beneideten. Sie war verrückt, sich etwas anderes zu wünschen, sich noch mehr zu wünschen. Etwas, das vielleicht gar nicht existierte, das in Filmen vorgespielt wurde, in diesen völlig falschen Hollywoodstreifen.

Doch dann fing sie ihren Blick im Spiegel auf, ließ im nächsten Moment die Tablette ins Waschbecken fallen und spülte sie runter.

Diana. Du bist nicht verrückt, sagte dieser Blick.

Du bist eine junge, lebenshungrige Frau. Du hast jedes Recht der Welt, nach den Sternen zu greifen.

17

1982

»Ganz England im Rausch des patriotischen Triumphes«, las Charles aus der Zeitung vor. »Nachdem es den britischen Truppen vor nur wenigen Tagen gelungen ist, die Argentinier, die ohne Vorwarnung britisches Territorium besetzt hatten, von den Falklandinseln zu vertreiben, kam gestern, am 21. Juni, der englische Thronfolger zur Welt.«

Charles, der auf der einen Seite von Dianas Krankenhausbett saß, reichte seiner Mutter, die auf der anderen Seite saß, die Zeitung. Selbstverständlich war Elizabeth die Erste gewesen, die man zu ihnen ins Zimmer gelassen hatte. »Gott sei Dank hat er nicht die Ohren seines Vaters«, hatte sie dem typisch trockenen Windsor-Humor freien Lauf gelassen.

Alle hatten gelacht, erleichtert, glücklich und völlig verzaubert von diesem magischen Moment. Ab jetzt würde alles gut werden.

»Ich kann nur nicht nachvollziehen, warum du für die Geburt unbedingt in ein Krankenhaus gehen musstest.« Elizabeth konnte es einfach nicht lassen. Ihr Blick wanderte durch den Raum, über den billigen Druck einer Landschaftsmalerei, die verblassten Vorhänge, die Plastikstühle. »Alle Windsor-Frauen haben ihre Kinder in einem der königlichen Paläste zur Welt gebracht. Und noch keine Einzige hat die Geburt einleiten lassen.«

Diana hatte dem Druck der Presse nicht mehr standgehalten. Es hatte kein anderes Thema mehr gegeben. *»Prinzessin Di leidet unter Morgenübelkeit«*, *»Wird es ein Junge oder ein Mädchen?«* und sogar: *»Die Wahrheit hinter ihrem traurigen Lächeln: Hat Prinzessin Di schon jetzt den Babyblues?«*

»Es ist doch alles gut gegangen«, erwiderte sie erschöpft. Ganze sechzehn Stunden hatte die Geburt gedauert und sie an den Rand ihrer Kräfte gebracht. Elizabeth meinte es gewiss nicht böse. Aber warum konnte sie ihr nicht mal jetzt ein wenig Frieden gönnen?

Selig betrachtete Diana ihr Baby, das friedlich auf ihrer Brust schlief. Da war es, ihr Geschenk des Himmels. Ihr Wunder, das neun Monate lang in ihr herangewachsen war.

»Möchtest du William mal halten?«, fragte sie Charles.

Kurz wirkte er unsicher. »Ja …«

Diana legte ihm seinen Sohn in die Arme.

Als er ihn hochnahm, glänzten Tränen in seinen Augen, die er jedoch tapfer zurückhielt. »Ich bin so dankbar, dass ich die ganze Zeit an deiner Seite sein konnte.«

Auch ihre Augen waren feucht geworden. Aber gleichzeitig war ihre Kehle eng. *Wenn du so dankbar dafür bist, bei der Geburt deines Sohnes dabei gewesen zu sein, warum musste ich dann darum betteln? Warum hast du dich nur widerstrebend dazu bereit erklärt, von deinem Polo-Pferd zu steigen und einen Termin für das Einleiten der Geburt zu finden?* Philip hatte seinen Sohn auch noch verteidigt. »Ach, Diana«, hatte er geseufzt. »Es ist nun mal nicht üblich, dass ein männlicher Royal bei der Geburt anwesend ist.«

Sie hatte nicht nachgegeben. »Dann werden wir das eben ändern.«

Charles hielt William, als wäre er zerbrechlich. »Ich ... ich habe mich zutiefst in den Geburtsvorgang einbezogen gefühlt«, stammelte er.

Das wiederum brachte Diana zum Lachen. »Ach, Charles ...«

»Nun, die Verpflichtungen warten.« Elizabeth erhob sich von ihrem Stuhl. »Sobald Diana aus dem Krankenhaus kommt, sollten die Fototermine und die Taufe geplant werden. Ich rate euch, die Ruhe vor dem Sturm zu genießen. Ehe ihr's euch versieht, ist eure Schonzeit vorbei, und eure erste Überseereise nach Australien und Neuseeland steht bevor.«

Diana wurde flau im Magen. Sie sah schon vor sich, wie sie von einem Kreis steifer Berater des Buckingham-Palasts umzingelt wurde, die ihr rieten, welche Schrift für die Einladungskarten zur Taufe die richtige war.

Charles hatte angefangen, für William ein Schlaflied zu summen, und bewunderte seine winzigen Finger. Sie verspürte eine wohlige Wärme.

»Kommst du, Charles?«, fragte Elizabeth.

»Ja, natürlich, Mutter.« Vorsichtig reichte er Diana William, strich über ihr verschwitztes Haar und folgte seiner Mutter schließlich aus dem Krankenzimmer.

Diana küsste ihren Sohn auf seinen flaumigen Kopf. Sie würde alles dafür geben, dass William eine möglichst normale, warmherzige und liebevolle Kindheit verbrachte, schwor sie sich. Selbst wenn sie dafür wie eine Löwin kämpfen musste.

18

»Charles!«, rief Diana, während sie den Flur entlangeilte. Sie erreichte sein Büro und klopfte.

Niemand antwortete, dabei waren Stimmen zu hören. Vorsichtig öffnete sie die Tür. Charles saß an seinem Schreibtisch, hinter ihm stand Edward Adeane, sein Privatsekretär.

»Was ist denn?«, fragte Charles entnervt.

»Du hattest versprochen, dir mehr Zeit für William zu nehmen.«

Niemand hatte Diana auch nur ansatzweise darauf vorbereitet, wie kräftezehrend es sein würde, Mutter zu sein. Irgendwie war sie davon ausgegangen, dass ihr Leben mehr oder weniger weiterlaufen würde wie zuvor – nur eben als frischgebackene Familie. Anfangs waren ihre Freundinnen zu Besuch gekommen. Aber meistens war Diana dann fix und fertig, hatte Milchflecken auf ihrem hübschen Kleid, war ungeduscht, lief mit William durch den Raum, um ihn zu beruhigen, oder stillte ihn, während Carolyn, Anne und Virginia tapfer von ihrer Arbeit erzählten und ihnen anzusehen war, dass sie eigentlich viel lieber mit ihren Kollegen in einer Bar mit einem After-Work-Drink anstoßen würden. Es dauerte nicht lange, und ihre Freundinnen stellten ihre Besuche ein. Irgendwie war ihr das auch ganz recht. Ihr fehlte einfach die Kraft, zu plaudern und zu lachen oder auch nur zuzuhören.

Bald würde es besser werden, hatte sie sich gesagt, die Anfangszeit war für alle hart. Pustekuchen. Es war sogar schlimmer geworden. Mittlerweile litt sie wieder unter Schlafstörungen. Was absurd war, weil William sie nachts ohnehin kaum schlafen ließ. Vor Sonnenaufgang wachte sie auf, war total gerädert und gleichzeitig hellwach. Irgendwie schleppte sie sich durch den Tag und nickte nur, wenn es hieß: »Mittags musst du dort sein«, oder: »Denk daran, dass heute Abend …«

»Warum kümmert sich nachts nicht das Kindermädchen um ihn?«, war alles, was Charles dazu sagte.

»Weil ich seine Mutter bin«, antwortete sie. »Es ist meine Aufgabe, William zu trösten, wenn es ihm nicht gut geht.« *Und deine*, dachte sie.

Ein einziges Mal hatte Charles mit William gebadet. Seitdem rühmte er sich, welch aufopfernder Vater er war. Dass Diana schon hundertmal gemeinsam mit William in der Badewanne geplanscht hatte, interessierte hingegen niemanden.

»Dein Terminplan ist voller denn je!«, sagte sie und stemmte die Arme in die Taille. »Du musst welche absagen.«

Diana war sich nicht sicher, ob Charles ihr überhaupt zugehört hatte, jedenfalls schwieg er. Er wandte nicht mal den Blick vom Fernseher.

Mr Adeane antwortete an seiner Stelle. »Das ist ausgeschlossen. Die Öffentlichkeit könnte ansonsten den Eindruck gewinnen, der Prinz von Wales würde seine Pflichten vernachlässigen.«

»Sie schlagen also vor, er soll lieber sein Kind und seine Frau vernachlässigen?«

»Er ist nun mal der Prinz von Wales«, betonte Mr Adeane und reckte das Kinn. »Und ich sage damit lediglich, dass er gewisse Verpflichtungen hat, die leider Vorrang haben.«

Kein Wunder, dass Sie eingefleischter Junggeselle sind, dachte Diana.

Charles hob die Hand, um sie zum Schweigen zu ermahnen.

»Wenn Sie gewählt werden, wäre es eine Ihrer ersten Amtshandlungen, Prinz Charles und Prinzessin Diana sowie den kleinen Prinz William bei uns in Australien willkommen zu heißen«, sagte der Moderator im Fernsehen. »Erfüllt Sie diese Perspektive mit Begeisterung?«

»Nun, ich betrachte es nicht als das Wichtigste, was ich in meinem Amt zu tun haben werde, sollte ich denn gewählt werden«, antwortete sein Interviewpartner. In einer Leiste tauchte sein Name auf: *»Bob Hawke, Spitzenkandidat der Australian Labour Party.«*

»Ich hatte schon oft die Gelegenheit, Charles zu treffen«, sagte Mr Hawke. »Er ist ein netter Kerl.«

»›Ein netter Kerl‹«, äffte Charles ihn nach. »Ich bin der zukünftige König!«

»Aber das ändert nichts an meiner Meinung, dass wir uns irgendwann von der Nabelschnur der Monarchie lösen sollten«, fuhr Mr Hawke fort.

»Wer ist das?«, fragte Diana.

»Bob Hawke tritt in der kommenden Wahl in Australien gegen den amtierenden Premier Malcom Fraser an«, erklärte Mr Adeane.

»Was hat er gegen uns?«

Mr Adeane kräuselte die Lippen, als hätte sie eine besonders dumme Frage gestellt. »Nun, er ist Republikaner. Das verträgt sich mit der Monarchie nicht sonderlich gut.«

Charles rollte mit den Augen. »Ich kann kaum ein Wort verstehen.«

»Ich respektiere und bewundere die Königin sehr«, betonte Bob Hawke, »aber ich würde mir einfach ein Staatsoberhaupt wünschen, das die Werte und Traditionen Australiens repräsentiert. Ein Staatsoberhaupt, das wie wir aussieht, sich wie wir anhört, wie wir tickt. Ein nichtgewählter Nicht-Australier gehört trotz aller guter Absichten nicht hierher.«

Charles rieb sich über die Stirn. »Machen Sie den Fernseher aus.«

Mr Adeane tat wie ihm befohlen. »In Canberra sind Proteste geplant aus Wut über die hohen Kosten der bevorstehenden Reise«, erklärte er.

Wenigstens schien Charles auch ihm nicht wirklich zuzuhören. Er runzelte die Stirn: »Ich bin ein halbes Jahr im australischen Outback zur Schule gegangen. Ich habe in glühender Hitze an Querfeldmärschen teilgenommen, habe Gipfel erklommen und Nächte in der Wildnis im Schlafsack verbracht. Ich habe mich in dieses wilde Land verliebt. Wie kann er behaupten, ich wüsste nicht, wie die Australier ticken?«

»Hoffen wir einfach, dass er die Wahl nicht gewinnt«, sagte Mr Adeane.

Diana hätte so gern geholfen. Oder zumindest etwas Kluges, Aufmunterndes gesagt! Aber sie wusste nichts über diesen Bob Hawke oder davon, wie gut seine Chancen standen.

Offenbar standen seine Chancen ziemlich gut, denn ein paar Tage später gewann er die Wahl und wurde der neue Premierminister Australiens. Kaum waren die Ergebnisse bekannt gegeben, erhielten Charles und Diana von Elizabeth eine Einladung zum Tee auf Schloss Windsor.

Just in dem Moment, in dem sie das Vorzimmer betraten, rauschte ein junger, schneidiger Mann in der Uniform eines Marineoffiziers aus dem Empfangsraum der Königin.

»Andrew!«, freute Diana sich. Mit seiner lockeren Art schaffte Charles' jüngerer Bruder es meist, sie etwas aufleben zu lassen.

Nur heute nicht, denn er war so aufgebracht, dass er sogar William, den Diana hielt, erst auf den zweiten Blick bemerkte.

Doch dann hellte sich sein Gesicht schlagartig auf. »Hey Di, hey little Wills!« Den Kosenamen hatte er von Diana übernommen. Seinem älteren Bruder nickte er zu. »Charles.«

»Wie schön, dich mal wieder zu sehen«, freute sie sich. Meistens war er irgendwo auf hoher See, weit weg vom Buckingham-Palast mit all den stocksteifen Dinnern und Empfängen. Nicht nur einmal hatte Diana ihn darum beneidet.

»Leider muss ich auch schon wieder los. Eigentlich sollte ich gerade auf dem Atlantischen Ozean sein. Aber wenn meine Mutter sagt, sie wünsche ihren Drittältesten zu sehen, dann werden natürlich sofort alle Hebel in Bewegung gesetzt, ihrem Wunsch zu entsprechen.«

»Spar dir deinen Sarkasmus«, wies Charles ihn zurecht. »Du solltest lieber dankbar sein, dass man dir dein Lotterleben mit all den losen Partygirls so lange hat durchgehen lassen. Auch wenn du in der Thronfolge lediglich an vierter Stelle stehst, so repräsentierst du dennoch die Monarchie.«

Oh, darum ging es also.

»Koo war nicht nur eine Affäre. Ich habe sie aufrichtig gerngehabt.«

Die Art und Weise, wie Andrew das sagte, ließ Dianas Herz ganz warm werden. Koo war seine erste ernsthafte Beziehung gewesen, wie er ihr einmal anvertraut hatte.

»Natürlich, sie war ja auch Nacktmodel.«

»Schauspielerin!«, fuhr Andrew ihn an.

»Ist das heutzutage nicht das Gleiche?«

Andrew fasste sich an die Stirn und schüttelte den Kopf. »Diese Diskussion habe ich gerade hinter mir und muss sie sicher nicht noch einmal mit dir führen. Diana, hat mich gefreut.« Damit rauschte er davon.

»Wie schön, dass es heute geklappt hat«, begrüßte Elizabeth

sie, als wäre nichts vorgefallen. »Oh. Ihr habt William mitgebracht.« Ihr Blick sagte alles. Und schon wünschte Diana sich wieder mal, mit Andrew auf hohe See aufbrechen zu dürfen.

»Keine Sorge, er wird ganz ruhig sein«, versprach sie. »Um diese Zeit schläft er meistens.«

Immerhin beschäftigte Philip sich kurz mit William, indem er mit dem Zeigefinger über dessen winzige Hände streichelte, die sanft auf Dianas Brustbein auflagen.

»Hast du Andrew nahegelegt, endlich seine Beziehung zu diesem Nacktmodel zu beenden?«, wollte Charles von Elizabeth wissen.

»Ich habe ihm lediglich versucht zu erklären, dass auch andere Mütter hübsche und vor allem anständige Töchter haben«, erwiderte Elizabeth und wechselte dann das Thema: »Was haltet ihr von einem kleinen Spaziergang?«

»Das klingt wunderbar«, freute Diana sich. Ein wenig Bewegung war ihr allemal lieber, als bei Tee und Gebäck steif zusammenzusitzen. »Ich sage Ms Barnes Bescheid, sie soll den Kinderwagen vorbereiten.«

Wenig später spazierten sie durch den gepflegten Schlosspark. Die Königin und der Thronfolger vorneweg, Philip und Diana hinterher. Es war ein schöner Märztag, die Luft war angenehm warm und herrlich frisch. Aber Diana kannte das Londoner Wetter und wusste, dass die Wattewolken am Himmel recht schnell Regen bedeuten konnten. Elizabeths Corgis wuselten munter um sie herum, während William von alldem nichts mitbekam und friedlich in seinem Kinderwagen schlief.

»Ich finde, unser Spaziergang ist eine wunderbare Gelegenheit, um in Ruhe über eure erste Überseereise zu sprechen, zu der ihr schon bald aufbrechen werdet«, sagte Elizabeth.

Ganze sechs Wochen würde die Tour durch Australien und

Neuseeland dauern. Dahinter stand vor allem, die murrenden, zunehmend republikanisch gesinnten Australier davon zu überzeugen, dass sie die Monarchie noch wollten, wie Diana inzwischen begriffen hatte.

»Die Aussicht auf eure Reise hat uns an unsere damalige Australien- und Neuseelandtour denken lassen.« Dieser Plauderton war für Elizabeth ungewöhnlich. Inzwischen kannte Diana die königliche Familie gut genug, um zu wissen, dass hinter so ziemlich jedem vordergründig munteren Beisammensein Kalkül steckte. »Ich habe mir gestern ein altes Fotoalbum bringen lassen, um in Erinnerungen an damals zu schwelgen.«

»'54 waren wir dort, nicht wahr?«, sagte Philip zu seiner Frau und warf den Corgis ein Stöckchen zu, die sogleich hinterherjagten. »Einer deiner größten Erfolge.«

»*Unserer* größten Erfolge«, erwiderte sie. Ihre Augen glänzten verzückt.

»Ich habe nicht viel getan«, sagte er. »Mein Job war und ist es nach wie vor, dich hervorzuheben. Sie alle kamen nur, um ihre schöne junge Königin zu sehen.«

»Eine Million Menschen waren es in Sydney«, fügte Elizabeth nicht ohne Stolz hinzu.

»Ja, und du hast sie alle von dir überzeugt. Die Tour war ein Triumph. Und das nicht nur in politischer Hinsicht.«

Elizabeth nickte, hielt inne und wandte sich zu ihrem Mann um. »Sie hat uns auch einander nähergebracht. Die Reise war lang und oftmals sehr anstrengend, aber wir haben sie gemeistert, weil wir als Team zusammengearbeitet haben.« Sie sah erst Charles, dann Diana an.

Es herrschte ein Moment des Schweigens.

»Bestimmt hast du die Ergebnisse der australischen Parlamentswahl verfolgt«, wandte sich Elizabeth an Charles.

Ah ja, dachte Diana, nun kommen wir der Sache langsam näher.

»Ja. Bob Hawke hat gewonnen.«

»Ein Erdrutschsieg, wie man sagt«, ergänzte die Königin. »Er macht keinen Hehl daraus, uns vertreiben zu wollen. Meine Befürchtung ist nun, dass seine Wahl euch auf eurer bevorstehenden Reise noch stärker unter Druck setzen wird.«

»Ihr müsst euch keine Sorgen machen«, sagte Charles.

Elizabeths Lächeln drückte das Gegenteil aus. »Es ist mir wichtig, noch einmal die bedeutende Rolle Australiens für den Commonwealth zu betonen.«

So viel musste man Lady Hussey lassen: Es war ihr gelungen, Diana zu verklickern, was das Commonwealth of Nations war: nämlich eine lose Verbindung souveräner Staaten, die in erster Linie vom Vereinigten Königreich Großbritannien und Nordirland sowie dessen ehemaligen Kolonien gebildet wurde.

»Sollte dieses Land sich dazu entschließen auszutreten ...« Elizabeth machte eine dramatische Pause. » ... so könnte das einen Effekt auf die anderen Mitgliedsländer des Commonwealth haben. Es besteht die Gefahr, dass dieses wunderbare Werk, das mein Vater einst geschaffen hat, zerfällt.«

Charles ging weiter. »Seit Monaten planen wir diese Reise, Mutter. Es kann nichts schiefgehen. Wir haben sämtliche Termine untergebracht. Allein in Australien liegen vierzig Flüge zwischen den Bundesstaaten vor uns. An manchen Tagen haben wir bis zu acht Termine. Unser Programm ist straff und effektiv, genau wie du es magst. Bereits am Tag unserer Ankunft besichtigen wir eine Schule, danach geht es direkt weiter zum Ayers Rock und ...«

»Gleich nach dem langen Flug?«, fiel Diana ihm ins Wort. Diesmal war sie diejenige, die stehen blieb. »Wie soll das mit William möglich sein?«

»Ihr wollt euer Kind mitnehmen?« Elizabeth sah Diana an, als wäre sie von allen guten Geistern verlassen.

Charles' Kinn sank auf seine Brust. Er amtete hörbar aus. Nickte. »Richtig.«

»Herrgott noch mal, ist euch die Bedeutung dieser Reise bewusst?«, entfuhr es Philip. Er war so aufgebracht, dass er das Stöckchen, das die Corgis ihm zurückgebracht hatten, aus Versehen entzweibrach. »Offenbar nicht, denn sonst würdet ihr nicht auf eine solch schwachsinnige Idee kommen! Warum kannst du nicht einmal vorher um Rat fragen, bevor du etwas auf eigene Faust beschließt?«

»Diana bestand darauf«, sagte Charles leise.

William war nun aufgewacht. Er schien den drohenden Streit zu spüren und begann zu quengeln.

Trotzdem senkte Philip seine Stimme nicht, als er sich an seine Frau wandte. »Genau das meinte ich, als ich sagte: ›Schick Charles meinetwegen auf die Bahamas, aber nicht nach Australien und Neuseeland.‹ Diese Länder sind zu wichtig, um nur die Reserve einzusetzen.«

Die Königin hatte wieder mal dieses freundliche, aber undurchschaubare Lächeln der Sphinx. »Wir haben unsere Kinder nicht mitgenommen, als wir '54 nach Australien gereist sind.«

»Vielleicht wäre es strategisch aber sogar klug, William mitzunehmen«, wagte Charles einzuwenden. Er schien mit jedem Wort kleiner zu werden. »Die Australier werden hingerissen sein, wenn ich diesmal nicht nur mit einer Ehefrau, sondern sogar mit einem Sohn zurückkehre.«

Diana schüttelte den Kopf. »Es geht doch nicht darum, wie man die Australier bezirzen kann. Es geht darum, dass es William gut geht.«

William weinte jetzt. Sie strich ihm über seine kleine Hand, hoffte, dass er sich wieder beruhigen würde.

»Ein Säugling sollte durchaus dazu in der Lage sein, eine Weile lang auf seine Mutter zu verzichten, wenn ihm die optimale Fürsorge eines Kindermädchens zuteilwird«, entgegnete Elizabeth. »Wenn es denn die optimale Fürsorge ist. Ich verstehe einfach nicht, weshalb ihr eine gewisse Ms Barnes engagiert habt und nicht die treue Mabel Anderson, die bereits Charles und auch seine Geschwister großgezogen hat und unser Vertrauen genießt. Wie ich hörte, hat Ms Barnes keine einschlägige Ausbildung absolviert. Bei der Arbeit soll sie sogar auf die Uniform verzichten.«

»Ich schätze ihre bodenständige Art«, erwiderte Diana so ruhig wie möglich. »Ich habe ein gutes Gefühl bei ihr.«

»Nun, letztendlich ist es eure Entscheidung.« Dann konnte sie es sich aber doch nicht verkneifen, ihren Mann zu fragen: »Aber hattest du den Eindruck, es hätte unseren Kindern geschadet, dass wir sie nicht mit auf unsere Australien- und Neuseeland-Tour mitgenommen haben?«

»Keineswegs.«

In Momenten wie diesen hätte Diana den beiden gerne all das an den Kopf geworfen, was Charles auf dem Herzen lasten musste. Dass er als kleiner Junge seine Mummy und seinen Daddy natürlich vermisst hatte, wenn sie monatelang fort gewesen waren. Dass es schrecklich für ein Kind war, von seinen Eltern getrennt zu sein, da konnte das Kindermädchen so viel Liebe und Fürsorge aufbringen, wie es wollte. Ein Kindermädchen war kein Ersatz für die warmen Umarmungen einer Mutter und die Sicherheit, die ein Vater einem Kind schenkte. Aber würde sie auch nur ein Wort davon Elizabeth und Philip gegenüber andeuten, würde Charles sich für seine vermeintliche Schwäche schämen und ihr später Vorwürfe machen. Und so blieb ihr nichts anderes übrig, als ihm einen warmen Blick zu schenken, dem er jedoch auswich.

»Natürlich nicht«, fuhr Elizabeth fort. »Warum sollte es einem Kind auch schaden, in seiner gewohnten Umgebung zu sein, wo es seine Ruhe hat und all den Komfort erfährt, den ein Kind braucht?«

»Ein Kind braucht vor allem seine Eltern«, erwiderte Diana. »Abgesehen davon war es das Angebot des Premierministers, William mitzunehmen. Wie könnte ich es ablehnen?«

»Ich befürchte, du unterschätzt, was auf euch zukommt. Fototermine, Wohltätigkeitsbälle, Empfänge, Polospiele ... Charles kennt diese Fülle an Verpflichtungen nicht anders, aber für dich ist es das erste Mal. Du bist gerade mal einundzwanzig Jahre jung und ...« Elizabeth machte eine Pause. »Und bist geschwächt, wie man hört.«

Diana wurde ganz heiß. Alles in ihr zog sich krampfhaft zusammen. »Es geht mir gut. Ich bin nicht schwach. Und William braucht Stabilität. Er braucht seine Eltern.«

»Stabilität?«, wiederholte die Königin und lachte. »Wie sollte das Baby Stabilität erfahren, wenn es sechs Wochen mit euch quer durch Australien und Neuseeland reisen muss? Wie wollt ihr euch auf eure Arbeit konzentrieren?«

»William wird nicht mit uns quer durch Australien reisen«, warf Charles ein. »Er wird mit seinem Kindermädchen an einem sicheren Ort bleiben.«

»Was?!« Sie sah Charles entgeistert an. »Und wo?«

»In Woomargama«, antwortete Charles. »Das ist eine Schafsfarm in Zentralaustralien.«

Es fing nun tatsächlich an zu tröpfeln.

Elizabeth warf einen Blick in den Himmel und sagte dann: »So wie ich das sehe, wird William also ohnehin die meiste Zeit allein sein. Warum lasst ihr ihn nicht einfach hier?«

»Weil ich unter demselben Sternenhimmel wie er schlafen möchte.« Diana hätte sich am liebsten auf die Zunge gebissen. Aber das war nun mal die Wahrheit, so romantisch verklärt sie auch klingen mochte.

Prinz Philip lachte auf. »Unter demselben Sternenhimmel will sie mit ihm schlafen! Ist das zu glauben!« Er schüttelte fassungslos den Kopf. »Hast du überhaupt eine Ahnung von eurer Reise? Ihr werdet 30.000 Meilen zurücklegen! Du kannst nicht mal eben ins Auto steigen und zu William fahren.«

Diana sah vor sich, wie sie einsam und verlassen auf der Steintreppe von Park House saß und noch immer dem Taxi nachsah, das schon längst verschwunden war und ihre Mutter mitgenommen hatte. Etwas auch nur annähernd Ähnliches würde sie William niemals antun. »Ich werde nicht ohne mein Kind in dieses Flugzeug steigen«, sagte sie. »Das ist mein letztes Wort.«

19

1983

Es waren fast dreißig Stunden Reisezeit nach Australien, inklusive eines Zwischenstopps. Dreißig Stunden, in denen Dianas Gedanken unaufhörlich um die nächsten Wochen kreisten. Eine Entourage von sage und schreibe dreiundzwanzig Bediensteten sollte dafür sorgen, dass nichts schiefging. Aber diese dreiundzwanzig Menschen würden nicht verhindern können, dass sie in einem Interview vielleicht etwas Dummes sagte und Charles, ja das ganze Königshaus, blamierte! Die königliche Familie hatte deutlich gemacht, wie wichtig diese Tour für das Ansehen der Monarchie war. Diana hatte sogar angefangen, an ihren Fingernägeln zu kauen, so unruhig war sie.

Endlich landeten sie in Alice Springs. Noch immer hatte sie den Geschmack des starken Kaffees auf der Zunge, den sie getrunken hatte, um munter zu sein, wenn sie gleich aussteigen würden. Nichts erschien ihr himmlischer als ein richtiges Zimmer mit einer schönen Dusche und einem großen Bett, in dem man lange und tief schlafen konnte. Roch sie leicht nach Schweiß? Auf jeden Fall duftete sie leicht nach Babypuder, weil sie William vorhin im Flugzeug noch schnell frisch gewickelt hatte.

Schon öffnete sich die Tür des Flugzeugs. Diana trat aus dem künstlichen Flugzeuglicht hinaus auf die Rampe, hinein in den strahlenden Sonnenschein Australiens. Sie blinzelte. Dachte schon, dass ihr leicht schummrig war vom langen Flug, aber das waren nur die Kamerablitze, die ihre Augen reizten.

»Hundertsiebzig Journalisten und Fotografen aus England, Deutschland, Frankreich und Amerika verfolgen jeden Ihrer Schritte«, hatte Mr Adeane noch einmal betont, als die Reifen der Maschine den Boden berührt hatten. »Die australischen Reporter noch nicht mitgerechnet.«

Lächeln. Hände schütteln.

»Herzlich willkommen in Australien!«, begrüßte ein Mann sie freundlich. Wer auch immer das war …

Die Mittagssonne reflektierte vom heißen Teerboden, und Diana schwitzte unter dem hohen Kragen ihres türkisfarbenen Kleides. Bestimmt waren ihre Wangen unschön gerötet.

Dieser Lärm. Das Flugzeug, das Rumpeln der Schrankkoffer, die im Hintergrund ausgeladen wurden, das Klacken der Kameras … Von allen Seiten Rufe von Reportern. *Diana! Wo ist Prinz William? Haben Sie ihn doch zu Hause gelassen?*

Auf einmal ging ein Ruck durch die Reportermenge, wie bei wilden Tieren, denen man ein Stück Fleisch vorwarf. Ms Barnes kam mit William die Flugzeugrampe hinab und legte den Wonneproppen Diana vorsichtig in die Arme.

»Wir wollen ein Foto von Mutter und Sohn!«, rief jemand.

Tief atmete sie den Duft seiner weichen Babyhaut ein. Der Blick seiner blauen Augen war so keck, dass sie doch tatsächlich lachte, obwohl sie sich eigentlich unwohl fühlte. Sie war wohl von ihm abhängig und nicht andersherum.

Aber auch William war alles zu viel. Zu laut, zu hektisch, zu heiß … Er begann zu weinen.

»Wir müssen los«, drängte Charles.

Schon hatte Ms Barnes ihr William wieder abgenommen und stieg mit ihm die Rampe zum Flugzeug hinauf, in dessen Bauch sie mit ihm verschwand. Wann würde sie ihn wiedersehen?

Jemand übte leichten Druck auf ihren Rücken aus, schob sie in Richtung der schwarzen Limousine, die bereitstand. Diana stieg ein. Verschwand hinter den verdunkelten Fensterscheiben.

Zwölf Uhr mittags. Die Sonne brannte auf sie herab. Dann und wann ein trockener Wind, der Büschel über den aufgeplatzten roten Boden und Diana Staub in die Augen blies. Die Landschaft flirrte in der Ferne. Ein Glas Wasser erschien ihr das köstlichste Getränk der Welt. Wann hatte sie heute das letzte Mal etwas getrunken? Es war einfach keine Zeit gewesen. Kaum hatten sie sich nach dem langen Flug umgezogen und frisch gemacht, war es weitergegangen zu einer Schule in Alice Springs und dann direkt zum Ayers Rock.

»Dieser flache Inselberg, den Sie hier in der zentralaustralischen Wüste vor sich sehen, ist die berühmteste Touristenattraktion unseres Landes und heiliges Monument der Aborigines«, erklärte Scott gewichtig. Der junge, kräftige Mann mit dem langen Bart war der Führer des Ausflugs.

Fasziniert, aber auch eingeschüchtert betrachtete Diana den Eingeborenen, der schräg von ihr stand und sie unverhohlen zurückmusterte. Sein nackter Oberkörper war mit schwarz-weißen Bemalungen verziert. Der alte Mann sagte etwas in einer sehr fremd klingenden Sprache. Diana sah Hilfe suchend zu Scott.

»Das war Pitjantjatjara, die Sprache der Aborigines«, erklärte er. »Er sagte, dass je nach Sonnenstand und Wetter der Ayers Rock in unterschiedlichen Farbtönen erscheint, die von Braungrau über Braun bis Orange und kräftig Rot reichen.«

Was hätte Diana dafür gegeben, wenn sie sich mit dem Eingeborenen hätte unterhalten können, ihn über seine Kultur und die Traumgeschichten hätte ausfragen können, die die Ureinwohner mit der etwa dreihundertfünfzig Meter hohen Erhebung verbanden. Sein Blick war so weise und gütig, als hätte er auf alles im Leben eine Antwort. Aber sie musste sich wohl damit begnügen, ihm mit einem Lächeln dafür zu danken, dass er ihnen, zwei blassen, schwitzenden und verwöhnten Royals, seine Zeit schenkte.

Das Klicken der Fotoapparate machte Diana ganz kirre. Es verfolgte sie schon den ganzen Tag.

»Diana, wie gefällt Ihnen der Uluru?«, rief einer der Reporter.

Sie konnte nicht mal die Gesichter hinter all den Kameras ausmachen.

»Der was?«, fragte sie.

Charles lehnte sich leicht zu ihr rüber und flüsterte entnervt: »So nennt man den Ayers Rock in der Sprache der Aborigines.«

»Oh.« Sie lächelte entschuldigend. »Er ist beeindruckend.«

»Was sagen Sie zu den horrenden Kosten, die Ihre Australien-Tour verschlingt?«, kam es von einem anderen Journalisten.

»Ich ...«, setzte sie an. Wie sollte sie nur einen klaren Gedanken fassen, wo doch in ihrem Kopf ein Schwarm Fliegen zu schwirren schien?

»Ich befürchte«, antwortete Charles, weil ihr Zögern zu lange währte, »meine Frau kennt sich mit derlei Dingen nicht sonderlich gut aus. Wenn Sie hingegen Fragen zu aktuellen Modetrends haben, wird sie diese gerne beantworten.«

Dann ging es daran, den Berg zu besteigen. Dreihundertfünfzig Meter – das sollte doch machbar sein. Immerhin strömten tagtäglich unzählige Touristen die Erhebung hinauf, das würde doch wohl auch Diana schaffen! Aber ihr graute davor.

Charles hingegen war vollkommen in seinem Element. Er kannte das australische Outback von seiner Schulzeit und brannte darauf, es unter Beweis zu stellen. Das war Diana auch so ein Rätsel: Sämtliche Mitglieder der königlichen Familie waren unfähig, sich Zahnpasta auf ihre Zahnbürste zu streichen oder Kleidung aus dem Schrank zu holen, aber wenn es darum ging, durchs schottische Hochmoor zu stapfen oder in der prallen Mittagshitze einen Berg zu besteigen, waren sie robust wie Bergziegen.

Warum hatte sie sich ausgerechnet für dieses verfluchte Kleid entschieden? »Ist das dein Ernst?«, hatte Charles sie gefragt, als sie aus ihrem Hotelzimmer gekommen war. Inzwischen schliefen sie sogar in getrennten Betten. »Du willst in der australischen Wüste ein weißes Kleid und Ballerinas tragen?«

»Es werden doch einige Leute von der Presse anwesend sein«, verteidigte sie ihre Kleiderwahl. »Ich wollte hübsch aussehen.«

Charles selbst trug die beige Uniform eines Rangers. Camilla hätte wahrscheinlich ein praktisches Kostüm an, in schlichten Brauntönen, dazu robuste Wanderschuhe. Charles hatte ja recht. Was hatte sie sich nur dabei gedacht, sich für dieses leichte Blusenkleid zu entscheiden? Am Ende würde es in all dem Sonnenlicht noch durchscheinend sein! Außerdem bäumte es sich im Wind auf, entblößte ihren Petticoat und ihre Knie. Bestimmt war die Presse morgen voll mit Bildern ihrer nackten Beine. Ihr Hals und ihre Augen waren ganz trocken. Es war alles eine einzige Katastrophe ...

Schweiß lief ihren Rücken hinab. Wasser ... Was würde sie für ein Glas geben! Ihre Beine fühlten sich an, als wären sie aus Blei. Nur kurz stehen bleiben. Einmal durchatmen ... Sie legte eine Hand vor die Augen. Wie weit war es noch? Sie blinzelte zwischen ihren Fingern hindurch. Oh nein, es war noch eine Ewigkeit bis zum Aussichtspunkt! Wie war es möglich, dass sie nur ein paar Schritte bewältigt hatte?

»Charles«, rief sie. Kurz sah sie ihn doppelt. Ein Charles, der sie mahnend und unzufrieden ansah, war schon genug. Aber zwei?

»Was ist denn?«, fragten die beiden.

»Mir ist schwindelig«, sagte sie.

Er kam ihr entgegen. »Es ist nur noch ein kleines Stück.«

»Prinzessin Diana, geht es Ihnen nicht gut?«, hörte sie die Presseleute rufen.

»Reiß dich einfach zusammen«, sagte Charles mit gesenkter Stimme. Für die Kameras lächelte er, aber sein Kiefer mahlte dabei.

Reiß dich zusammen.

Sie wollte Charles um keinen Preis enttäuschen. Zu oft hatte sie Menschen, die ihr etwas bedeuteten, enttäuscht – angefangen bei ihrer bloßen Existenz. *Schon wieder kein Junge?! Was wollen wir mit noch einem Mädchen?!*

Charles sollte stolz auf sie sein. Sie selbst wollte stolz auf sich sein. Deshalb biss sie die Zähne zusammen. Setzte Schritt für Schritt für Schritt, bis sie den Aussichtspunkt erreichte.

»Macht Ihnen der Jetlag zu schaffen, Prinzessin?«, fragte ein Reporter, als sie endlich wieder unten angekommen waren.

»Das und auch ein wenig die Hitze. Daran muss ich mich noch gewöhnen«, gestand sie. Sie hatte einen sauren Geschmack im Mund. Nicht mal mehr zu lächeln wagte sie, aus Angst, sich sonst noch zu übergeben. Charles merkte nichts davon.

»Könnte ich vielleicht ein Glas Wasser haben?«, traute sie sich vorsichtig zu fragen. Dankbar nahm sie das Glas an, das man ihr reichte. »Ich glaube, mir hat Wasser noch nie so gut geschmeckt«, scherzte sie, und die Reporter lachten.

Sie blickte zu Charles, um zu sehen, ob auch er lachte, ob er zufrieden mit ihr war, doch seine Miene war versteinert.

Es war kaum zu begreifen. Diese Menschenmassen ... Wie ein Staudamm, der jeden Moment brechen und sie mit Tonnen Wasser überrollen könnte. Wie brachte Charles es nur fertig, so ruhig auf der Bühne zu stehen und seine Rede zu halten?

»Ich fühle mich wie ein guter alter Freund Australiens«, hallte seine Stimme über all die Fremden in Newcastle hinweg. »Inzwischen ist es schon sage und schreibe siebzehn Jahre her, dass ich, ein englischer Pom ...«

Die Menge war begeistert davon, dass Charles sich selbst auf die Schippe nehmen konnte. Pom oder Pommy war hier in Australien nämlich ein scherzhafter bis teilweise auch boshafter Spitzname für Engländer.

» ... hier ein halbes Jahr in diesem beeindruckenden Land leben durfte«, beendete er den Satz.

Diana bemühte sich zu schmunzeln, aber eigentlich war ihr mehr danach, das Gesicht in den Händen zu vergraben. Warum konnte Charles bei ihr nicht ebenso locker und selbstironisch sein? Jedes ihrer Worte wurde auf die Goldwaage gelegt. Nicht mal nach einem Glas Wasser durfte sie fragen, wie sie es beim Ayers Rock gewagt hatte. Damit hatte sie mal wieder gegen das Protokoll verstoßen, deshalb war Charles so wütend gewesen.

War er bei Camilla so unbeschwert wie gerade, wo er sich im Ruhm sonnte? Oder ließ er seine Launen auch an ihr aus?

Nahezu rund um die Uhr verfolgten unzählige Kameras jeden ihrer Schritte. Jede Sekunde hatte sie perfekt zu sein. Jede. Verfluchte. Sekunde. Manchmal schreckte sie nachts im Bett auf, weil sie das Gefühl hatte, ein Objektiv wäre auf sie gerichtet. Dabei hatte sie ja zum Glück nur eine kleine Nebenrolle, sie war das hübsche Püppchen, das sich immerzu im Hintergrund hielt. Niemals könnte sie so wie Charles auf einer Bühne stehen.

Sie bemühte sich, seinen Worten zu lauschen. Wie sie ihn

kannte, würde er sie heute Abend fragen, wie ihr seine Rede gefallen hatte, und dann sollte sie mindestens einen Satz zitieren können, das schmeichelte ihm immer besonders.

Ein Windhauch streifte sie, doch ehe sie ihn genießen konnte, spürte sie schon wieder die drückende Hitze. Es strengte sie sogar an, sich mit ihrem Fächer Luft zuzuwedeln ... Warum nur hatte sie sich für diese eng anliegende Perlenkette entschieden? Dann noch diese fiesen Bauchschmerzen. Beim Frühstück hatte sie keinen Bissen hinunterbekommen. Der Appetit war ihr vergangen, als Mr Adeane ihnen vorgetragen hatte, was heute alles auf dem Programm stand. Wenn es so weiterging, würde sie noch in Australien sterben.

Reiß dich zusammen.

Endlich. Charles kam zum Ende. Tosender Beifall. Jubelrufe. Die Luft schien zu vibrieren ... Wie konnte etwas derart berauschend und einschüchternd zugleich sein?

Ab jetzt hieß es wieder funktionieren. Möglichst elegant erhob sie sich von ihrem Stuhl. Ihr Leibwächter lotste sie zu einem Oldtimer-Cabriolet, das sie zum nächsten Termin bringen würde. Noch so eine Sache, die ihr sauer aufstieß: Man versuchte, sich volksnah zu geben, doch anstatt Nähe zu suchen, grüßte man lieber aus der Ferne aus einem schicken Wagen heraus.

»Diana, lächeln Sie doch mal!«

»Diana, macht Ihnen die Hitze noch immer zu schaffen?«

»Wie geht es William?«

William ... Allein seinen Namen zu hören tat weh. Sie vermisste ihn so sehr ...

Von irgendwoher kam Musik.

Warum machte Charles dieser Lärm nichts aus? Warum machten ihm diese Massen keine Angst? Diana hatte das Gefühl, dass sie immer näher kamen. Ihr wurde schwindelig. Am liebsten hätte sie sich aus dem Wagen gestürzt. Sie krallte sich in ihrem Sitz fest. Auf einmal flog etwas auf sie zu, landete auf ihrem Schoß. Nur ein Blumenstrauß, und trotzdem zitterte sie am ganzen Körper. Charles bekam davon nichts mit. Er winkte munter und vergnügt. Was machte sie nur falsch?

Reiß dich zusammen!

Lächeln, winken, lächeln.

Auf einmal schien ihre Welt einen Sprung zu machen, und sie brach in Tränen aus.

Ein Lichtblitz. Diana öffnete die Augen. Sah Ken Lennox, der seine Kamera sinken ließ. Ihm hatte sie einst in der Silvesternacht eine heiße Schokolade gebracht, als Dankeschön, weil er sie vor dem aufdringlichen französischen Reporter gerettet hatte. Er wirkte betroffen. Der Druck in Dianas Magen nahm zu. Hatte er ein Foto davon geschossen, wie sie weinte? Wenn die Aufnahme in den Medien auftauchte, wäre Charles schrecklich wütend, er würde ihr vorwerfen, wie labil sie war, dass sie mit ihrer Weinerlichkeit der Krone schadete …

»Bitte«, formten ihre Lippen stumm, dabei schüttelte sie den Kopf. *Bitte veröffentlichen Sie dieses Foto nicht.*

Ken Lennox zögerte. Nickte dann und schenkte ihr sogar noch ein tröstendes Lächeln.

Diana war noch immer dabei, den Vorfall im Oldtimer zu verdauen, als sie abends endlich im Hotel ankamen. Charles und Mr Adeane marschierten energisch vorneweg. Ihre Leibwächter folgten ihnen. Und irgendwo dazwischen war sie, wie ihr Schatten, ausgelaugt und einsam. Der Teppichboden des Hotels dämpfte ihre Schritte.

Die beiden Männer sprachen über das Programm der nächsten Tage. Sie verstand nur Bruchstücke dessen, was ihr morgen bevorstehen würde. »Um neun Uhr haben Sie ein Radiointerview, danach besuchen Sie die ortsansässige Feuerwehr.«

Sie erreichten den Aufzug. Mr Adeane drückte den Knopf und fuhr in diesem arroganten, leicht nasalen Tonfall, den Diana so gar nicht leiden konnte, fort: »Nachmittags steht ein Polospiel auf dem Programm ...«

Wie hingen ihr diese Polospiele inzwischen zum Hals heraus! Stundenlang stand sie am Spielfeldrand, nippte an ihrem Wasser und führte langweiligen Small Talk. Verlorene Zeit ... Zeit, die sie mit William verbringen könnte.

» ... Ihre Frau wird währenddessen bei der Eröffnung eines ...«

Ihre Frau wird. Als hätte sie keine Wahl. Als wäre sie eine Figur, die man auf dem Spielfeld hin- und herschieben konnte, wie es einem beliebte.

Tür auf. Sie stiegen ein. Tür zu.

Was stimmt nicht mit mir?, fragte sie sich. Wieso war sie den Ayers Rock hochgestiegen, obwohl sie fast zusammengebrochen wäre? Wieso hetzte sie seit Tagen von einem Termin zum nächsten, obwohl ihr Körper ihr klar zu verstehen gab, dass sie am Rande ihrer Kräfte war? Wieso ließ sie es zu, dass Charles gleich in seinem Hotelzimmer verschwinden würde, um Camilla anzurufen und ihr zu beteuern, wie sehr er sie vermisste?

Auf einmal hörte sie sich sagen: »Ich möchte zu William.«

Charles sah sie mit diesem ganz bestimmten Blick an, den er in letzter Zeit ihr gegenüber oft aufsetzte. Ein Blick, der von vornherein genervt und anklagend war. »Das würde ich auch gerne, doch er ist nun mal nicht hier.«

»Du hattest mir aber versprochen, dass ich ihn alle vier bis fünf Tage sehen kann«, beharrte Diana. »Mr Adeanes Ausführung klang mir gerade eher danach, als würden wir weiterhin nur von einem Ort zum nächsten hetzen.«

»Ich habe dir lediglich gesagt, wir bemühen uns, deinem Wunsch nachzukommen. Aber es war unmöglich. Nun sind es anstatt sechs Wochen Trennung nur zwei.«

»Zwei Wochen? Nein.« Diana schüttelte den Kopf. »Ich bestehe darauf, William zu sehen.«

»Das ist unmöglich«, entgegnete Charles scharf. »Die Pläne unserer Tour sind in Stein gemeißelt, wir können nicht einfach nach Belieben durchs Land reisen.«

»Aber du findest Zeit zum Surfen und Polospielen! Wie kann es sein, dass dir das wichtiger ist als dein Sohn?«

»Das sind ein, zwei Nachmittage, die dafür vorgesehen sind. Du aber verlangst, dass wir eine Planung, die seit Monaten besteht, über Bord werfen. Das hier ist kein Urlaub. Ist dir auch nur ansatzweise bewusst, wie wichtig diese Reise ist? Nicht nur für den Commonwealth, sondern auch für mich persönlich?«

»Aber ich kann nicht mehr, Charles. Ich muss ihn sehen.« Wenn nötig, würde sie betteln. Wenn nötig, würde sie sich morgen allein zu William durchschlagen, selbst wenn sie dafür auf ein Fahrrad steigen und die ganze Strecke strampeln müsste!

»Herrgott noch mal, Diana!«, herrschte er sie an. »Falls du es vergessen haben solltest: Du bist mit dem Prinzen von Wales verheiratet! Damit hast du dein Leben in den Dienst der Monarchie gestellt! Und du wusstest, was dich erwartet. Niemand hat dich dazu gezwungen. Ich hingegen hatte nie eine Wahl!«

»Ich versuche es ja! Ich versuche, dir eine demütige Ehefrau zu sein. Eine lächelnde und winkende Puppe. Aber ich habe *Gefühle*, Charles, und ob du's glaubst oder nicht, ich habe auch Geist und Verstand! Der größte Dienst, den ich der Monarchie erweisen kann, ist der, eine sorgende Mutter zu sein. Dieses Kind, das eines Tages König sein wird, sollte nicht allein die Kälte der Höflinge erfahren, die alles daransetzen werden, dass es immerzu perfekt funktioniert, wie eine Maschine. Es sollte in einem liebevollen Umfeld aufwachsen, und denn nur so wird William später, wenn er den Thron besteigt, ein Mensch aus Fleisch und Blut sein.«

Es herrschte Schweigen. Die Temperatur schien um mindestens fünf Grad runtergekühlt zu sein. Der Aufzug hielt. Die Türen glitten auf.

»Und deshalb verlange ich, morgen meinen Sohn wiederzusehen. *Unseren* Sohn«, sagte Diana und verließ den Aufzug.

20

Der Jeep stand noch nicht richtig, da war Diana schon aus dem Wagen gesprungen, eilte die drei Holzstufen zur Terrasse hinauf, öffnete die Fliegentür und stürzte ins Farmhaus. »William?!«

Das Dienstmädchen kam aus der Wohnstube. »Eure Königliche Hoheit«, sagte sie erstaunt und knickste beflissen.

»Little Wills«, sagte Diana atemlos. »Wo ist er? Ich will ihn sehen.«

»Er ist mit Ms Barnes auf der anderen Seite der Farm bei den Schafen.«

Diana rannte nach draußen. Dann endlich sah sie ihn, William, ihr Kind, ihr kleines Wunder, ihr inneres Zentrum, das sie erdete, und die Last der letzten Tage war vergessen. Sie nahm ihn Ms Barnes ab, drückte ihn an sich. Obwohl sie mitten im australischen Nirgendwo war, hatte sie das Gefühl, nach Hause gekommen zu sein. »Da bist du ja, mein Schatz. Ich habe dich so schrecklich vermisst.«

»William liebt die Schafe«, erzählte Ms Barnes. »Nur diese Fotografen sind wirklich eine Plage. Den ganzen kleinen Ort belagern sie und robben durchs Gras in der Hoffnung, ein Foto von der Farm oder gar William zu erhaschen.«

Diana nahm eine Bewegung hinter sich wahr. Charles war auf die Terrasse getreten, die Hände wie meist auf dem Rücken verschränkt. Er hatte etwas von einem Museumsbesucher, der ein Gemälde betrachtet und unerwartet berührt wird. *Das hier ist kein Gemälde*, wollte sie ihm sagen. *Das hier ist echt, du musst nur den Schritt wagen und zu uns kommen.*

Diana streckte eine Hand nach ihm aus. *Komm her. Komm zu uns.*

Charles lächelte sanft und trat näher, während Ms Barnes sich unauffällig zurückzog.

»Mama und Papa haben dich schrecklich lieb«, sagte Diana zu William.

Charles sah zurück zur Terrasse, doch zu spät. Sie hatte die Tränen in seinen Augen gesehen. »Wir könnten morgen ein kleines Picknick machen«, schlug er vor. »Wie auf Schloss Balmoral. Nur dass wir hier nicht von meiner gesamten Familie umgeben sind.«

Sein rechter Mundwinkel hob sich zu einem Schmunzeln. Er schmunzelte! Wie lange war es her, dass sie eine so schöne Reaktion bei ihm ausgelöst hatte!

»Wie klingt das?«

»Himmlisch«, seufzte sie.

William in ihren Armen, Charles an ihrer Seite – es war, als würde sie ihr persönliches Paradies erleben.

Am nächsten Tag suchten sie sich einen Platz unweit der Schafsfarm, von wo aus sie einen atemberaubenden Blick über die sanften Hügel der weitläufigen Landschaft hatten. Schnell war es Nachmittag, und die Sonne bekam eine satte Farbe. Der australische Himmel leuchtete in Charles' Augen. Er zeigte seinem Sohn jeden Strauch, jeden Stein und war ganz fasziniert, wenn William vor Freude gluckste. Bisher krabbelte William nur oder schaffte ein paar kleine Schritte mit Dianas Hilfe. Umso erstaunter waren sie, als er auf einmal seine ersten unbeholfenen Gehversuche unternahm.

»Ist das zu glauben!«, rief Charles aus. »Er ist doch gerade erst auf die Welt gekommen und läuft schon! Ein Naturtalent!«

In den frühesten Morgenstunden wachte Diana auf, weil die abgekühlte Luft das Holz zusammenzog und die Farm leise krachte und knarzte. Es zog sie nach draußen auf die Terrasse. Wie spät war es wohl gerade in London?

Sie ließ sich auf einer Holzschaukel nieder, atmete den würzigen Duft der Wildnis ein und lauschte dem Rascheln der Gräser und Büsche im leichten Wind. Atmete den Anblick des langsam verblassenden Sternenhimmels über ihr ein, versuchte, dieses Leuchten in ihrem Herzen zu speichern, diese Ruhe, diese Grenzenlosigkeit ...

Auf einmal wurde sie sanft auf der Schaukel angestoßen. »Wunderschön, nicht wahr?«, sagte Charles hinter ihr.

Sie nickte gedankenversunken. »Als wären wir die einzigen Menschen auf dieser Welt. Keine Fotografen. Keine Menschenmassen.« Keine steifen Lakaien. Keine kühlen Männer in grauen Anzügen. Keine Camilla.

Sie wandte ihm das Gesicht zu und sah, dass er nur einen leichten Morgenmantel trug. Nach wie vor war er für sie der schönste Mann auf diesem Planeten.

»Ich wollte noch sagen, dass ...« Er hielt den Blick auf seine nackten Füße gerichtet. »Das Picknick gestern ... Es war ein sehr schöner Tag.«

»Ja«, erwiderte Diana lächelnd. »Wills hält einen gut auf Trab, nicht wahr?«

»Das kann man wohl sagen.«

War jetzt der Moment gekommen? So konnte es doch nicht mit ihnen weitergehen. Einer musste den Anfang machen. »Charles, ich habe etwas auf dem Herzen«, sagte sie. »Darüber würde ich gerne mit dir reden.«

Charles verschränkte die Hände auf dem Rücken. Nickte. »Auch ich habe nachgedacht. Aber bitte, du zuerst.«

»Sehr zuvorkommend«, rutschte ihr heraus. Es war nicht böse gemeint, doch inzwischen hatte sich so viel zwischen ihnen angestaut, dass Charles sich sogleich angegriffen fühlte.

»Was soll das denn schon wieder bedeuten?«

»Du bist es nun mal gewohnt voranzuschreiten. Den Ton anzugeben.«

Charles fasste sich an die Stelle zwischen den Augenbrauen, wie so oft, wenn er gereizt war. »So sieht es das Protokoll nun mal vor.«

»Immer schiebt ihr das Protokoll vor, wenn ihr eine Rechtfertigung braucht. Aber wer hat dieses Protokoll gemacht, Charles?«

»Generationen für Generationen.«

»Diese Generationen haben etwas erschaffen, das Menschen einsperrt. Das keinen Raum für Wärme und Zuneigung zulässt.« Diana nahm innerlich Anlauf. »Ist dir eigentlich bewusst, wie sehr ich jeden Tag kämpfe? Wie schlecht es mir geht?«

»Das weiß ich«, erwiderte Charles. »Du bist nur noch Haut und Knochen. Du hast mehrmals versucht, dir etwas anzutun. Du hast dich die Treppe hinuntergestürzt und dir die Haut aufgeschnitten. Aber ich begreife einfach nicht, was in dir vorgeht. Warum du so unglücklich bist.«

Sie erhob sich. »Unglücklich? Ich fühle mich wie tot, Charles! Ich muss jeden Tag funktionieren, aber niemand fragt auch nur einmal, wie es mir geht, oder hat ein Wort des Lobes für mich. Du weißt nicht, wie sich das anfühlt.«

»Wie kannst du ernsthaft glauben, ich wüsste nicht, wie sich das anfühlt?«, entfuhr es ihm aufgebracht. »Seit ich denken kann, verbringe ich mein Leben auf diese Weise! Ohne Dank und Anerkennung. Alleingelassen. Du fühlst dich nicht verstanden, aber mir geht es doch genauso! Du wirfst mir vor, kalt zu dir zu sein – aber auch du ziehst dich zurück. Tagelang verkriechst du dich im Bett oder sperrst dich im Badezimmer ein, wo du …« Er konnte es nicht mal aussprechen.

Ihr Herz setzte einen Schlag lang aus.

»Glaub nicht, dass ich das nicht mitbekomme, Diana. Es will mir einfach nicht in den Kopf gehen: Du hast alles, was eine junge Frau sich wünschen kann. Aber anstatt es zu genießen, tust du dir selbst Leid an!«

»Das sind Hilfeschreie! Weil du mich nicht wahrnimmst!«

»Aber ich bin doch hier! Bei dir!«, rief er. »Was verlangst du denn noch?«

»Ich will, dass du mir sagst, dass mir an deiner Seite nichts geschehen kann. Dass ich bei dir sicher bin. Aber ich bin wie Luft für dich! Was kann ich tun, um deine Achtung, deine Zeit, deine Liebe zu bekommen? Wie muss ich sein?«

»Du bist sicher bei mir. Du hältst mich vielleicht für ignorant und gefühllos, aber das bin ich nicht. Ich habe nur gelernt, mich anzupassen. Du weißt ja nicht, wie es ist, in einer Familie aufzuwachsen, in der es einem nie gestattet wird, man selbst zu sein. Das zu tun, wonach einem der Sinn steht. Einfach mal albern und jung zu sein.«

»Dann sprich mit mir darüber! Ich kann dir helfen! Wir können uns gegenseitig helfen. Wir können uns gegenseitig heilen!«

»Wach endlich auf, Diana! Das hier ist nicht das Märchen, von dem alle gesprochen haben. Das hier ist nicht mal das normale Leben! Wir sind alle nur Figuren auf einem Schachbrett, die hin- und hergeschoben werden.«

»Das sind wir nur, wenn wir es zulassen.«

»Ach bitte! Ich weiß, dass du denkst, ich würde vor meinen Eltern kuschen. Ich habe das Gefühl, du siehst in mir einen alten, langweiligen Mann. Oder warum sonst zeigst du keinerlei Interesse für das, wofür ich mich begeistere?«

»Weil du all diese Dinge mit *ihr* machst! Weil ich in deinem Leben anscheinend überflüssig bin!«

»Geht es schon wieder um Camilla?«, stöhnte Charles.

»Natürlich geht es um sie! Du rufst sie jeden Abend an. Du hast in unseren Flitterwochen ihre Manschettenknöpfe getragen! Du hast sogar Fotos von ihr dabeigehabt! Du bist direkt nach unserem Urlaub zu ihr gefahren!«

»Selbst wenn!«, rief Charles. »Ich bin der zukünftige König, da gehören Affären zum guten Ton!«

»Ist es das, was dein vergötterter Onkel Dickie dir beigebracht hat?«

»Halt Dickie da raus!«

»Weißt du, was das Schlimmste ist?«, fuhr Diana fort. »Ich verstehe es sogar! Sie liebt die Jagd, sie liebt die Natur, sie hat deinen derben Humor, sie ist klug und reif und ... Sie ist in allem das glatte Gegenteil von mir. Sie ist wie für dich geschaffen.«

Charles sah sie an wie ein Reh, auf das ein Auto zurast.

Sie schmeckte Salz. Spürte, dass ihre Wangen feucht waren. Jeder Muskel in ihrem Körper war angespannt, ihr Herz schlug heftig. Alles in ihr wollte wegrennen und sich verstecken, bis jemand sie suchte. Aber sie war nicht mehr das kleine Mädchen. Deshalb holte sie tief Luft. »Und weil sie perfekt für dich zu sein scheint und du einfach nicht von ihr loskommst, frage ich mich: Wo ist in deinem Leben Platz für mich, Charles?«

Sag etwas, Charles, bitte ...

Er schwieg.

Sie befand sich im freien Fall. Sah in seinen Augen, wie er mit sich kämpfte. Ihr Leben hing von diesem Augenblick ab.

»Ich verliere dich und kann nichts dagegen tun«, weinte sie.

Da war er wieder, dieser tiefe Schmerz. Die Gewissheit, dass alles früher oder später zerbrechen würde.

»Ich befürchte, ich bin nicht sonderlich gut darin, Gefühle zu zeigen«, stammelte er.

Das war schon mehr als erhofft.

Da klingelte das Telefon.

»Eure Königliche Hoheit, Telefon für Sie«, sagte Mr Adeane.

Nicht jetzt, bitte nicht ...

Mr Adeane sprach den Namen des Anrufers nicht aus. Aber das musste er auch nicht. Sie wussten beide, wer am Telefon war. Camilla.

Dianas Herz zitterte. Es war ihr, als würde ihre Welt angehalten. Selbst die Geräusche der Wildnis schienen verstummt zu sein.

Vielleicht hörte sie deshalb so genau, was Charles sagte, obwohl er sehr leise sprach. »Nicht jetzt. Denn ...« Charles sah sie an. »Denn ich möchte meiner Frau sagen, dass ich ...« Er schluckte, » ... dass ich sie brauche. Und liebe.«

Es dauerte einen Augenblick, bis zu Diana durchdrang, was Charles gerade zu ihr gesagt hatte. »Ist das wahr?«

»Ja«, sagte Charles. Er wirkte erleichtert. Als hätte er lange Zeit Angst vor etwas gehabt, es endlich gewagt und wäre nun wie befreit. »Ich bewundere dich. Du bist eine strahlende Schönheit und hast ein riesiges Herz. Du verzauberst alle, wohin du nur kommst.«

»Und ich bewundere dich«, sagte Diana. »Deine Klugheit und deine großartigen Ideen, von denen die ganze Welt erfahren sollte.«

Diana sah etwas in seinen Augen aufleuchten. »Ich habe ja noch so viel mehr Ideen! Ich bin voller Tatendrang, aber die Königin will davon nichts wissen.«

»Ich will es aber wissen. Es tut mir leid, wenn ich dir meine Bewunderung nicht früher gezeigt habe. Du und William, ihr seid alles, was ich habe. Alles, was im Leben Bedeutung für mich hat.«

Sie küsste Charles. Und er erwiderte ihren Kuss. Zuerst war es nur eine Berührung ihrer Lippen, doch endlich waren keine Bediensteten im Hintergrund, endlich waren sie allein, deshalb wagte Diana es, eine Hand auf seinen Nacken zu legen und ihn näher an sich heranzuziehen. Ihre Zunge öffnete seinen Mund, und sie vertiefte den Kuss.

Außer Atem löste er sich von ihr. Gemeinsam setzten sie sich auf die breite Holzschaukel, er zog sie auf seinen Schoß, und sie lehnte ihre Stirn gegen seine.

»Wir hätten schon viel früher miteinander reden sollen«, sagte sie. »Dann hätten wir uns so viele Streitereien, so viel Kraft gespart.«

Charles nickte. »Ja, denn eigentlich verstehen wir einander ganz genau. Wir brauchen beide das Gleiche. Unterstützung, Ermutigung, Respekt und Wertschätzung.«

»Und Liebe«, sagte Diana.

21

Das also war Sydney.

Diana kurbelte das Fenster der Limousine runter und streckte den Kopf nach draußen. Gänsehaut überzog ihre Arme. Das musste die Sydney Harbour Bridge sein, von der Charles gesprochen hatte. Dahinter erhob sich majestätisch das Opernhaus, wie mehrere Segel ragte es in die Luft empor. Am Circular Quay hatte Charles heute Morgen eine Rede gehalten. Die Menschenmassen, die gekommen waren, um ihn zu sehen, waren überwältigend gewesen. Doch Diana hatte überhaupt keine Angst mehr gehabt, denn Charles hatte ihr vorher Mut zugesprochen und ihre Hand gehalten, wenn es möglich gewesen war. Sie hatte es sogar genossen, am Ende seiner Rede auf die Menschen zuzugehen, Hände zu schütteln, ein paar Worte zu wechseln und dankend Blumen entgegenzunehmen. Noch nie waren die Menschen eines Landes freundlicher gewesen. Noch nie war ihr eine Stadt aufregender erschienen. Noch nie hatte salzige Abendluft, die durch das offene Fenster in die Limousine hineinströmte, köstlicher geduftet.

Sie waren auf dem Weg zu einem Wohltätigkeitsball. Der Sonnenuntergang ließ alles funkeln. Das bewegte Wasser des Pazifischen Ozeans. Die Wolkenkratzer. Die Fenster des großen Kreuzfahrtschiffs, das im Hafen vor Anker lag. Wie modern und gleichzeitig elegant die Stadt war! *Kosmopolitisch*, wie Charles sagen würde. Diana lächelte ihn an. Er erwiderte ihr Lächeln und drückte sanft ihre Hand.

Noch nie hatte sie ihn lieber angesehen.

Diese Reise war bis gestern für sie die Hölle gewesen, aber sie hatte ihr den Himmel geschenkt.

Und deshalb war der bevorstehende Abend besonders wichtig. Sie wollte Charles verzaubern. Seit ihrem kurzen Aufenthalt auf der Woomargama-Schafsfarm turtelten sie wie frisch verliebt. Sie dachte an das Radiointerview heute Morgen zurück. Kinder aus dem Outback durften ihnen Fragen stellen.

»Hat Prinz William ein Lieblingsstofftier?«, wollte ein kleines Mädchen wissen.

»Oh, er mag alles, was Geräusche macht«, hatte Diana lachend geantwortet.

Charles hatte sich zu ihr gebeugt, ihr etwas ins Ohr geflüstert und sie mal wieder zum Kichern gebracht. »Ach ja, er hat einen Walfisch, der kleine Bälle wie eine Fontäne ausspucken kann. Aber seit wir in Australien sind, wurde er von einem Koalabären abgelöst, von dem William sich kaum noch trennen kann.«

So fühlte es sich also an, verliebt zu sein. Diana hatte gedacht, sie hätte es schon vorher gewusst, aber nein, das war nur eine Vorstellung davon gewesen. Eine Hoffnung. Jetzt erlebte sie es wahrhaftig.

»Was hat Ihnen in Australien bisher am … am besten ge … …gefallen?«, hatte ein Junge seine Frage leicht holprig von einem Zettel abgelesen.

»Die größte Freude war für mich, die Menschen hier kennenzulernen«, hatte Diana geantwortet. »Wir fühlen uns so herzlich willkommen.«

Nach diesem Interview hatte Charles sie doch tatsächlich gelobt! »Du bist so wunderschön«, hatte er gesagt. »Du verzauberst sie alle. Kannst du dir vorstellen, dass heute vierzigtausend Menschen bei der Rede anwesend waren? Am liebsten würde ich meine Mutter anrufen und sie fragen, was sie dazu sagt.«

Wie schön es war, miteinander zu lachen. Vielleicht würde Camilla nach ihrer Reise endlich Geschichte sein … Deshalb hatte sie sich für den heutigen Ball unzählige Male umgezogen, ehe sie endlich das richtige Kleid gefunden hatte. Sie wollte perfekt für ihn sein. Abgesehen davon stürzte sich die Presse inzwischen regelrecht auf ihre Outfits.

»Das ist doch nicht zu fassen«, hatte ihre Hofdame Anne Beckwith-Smith im Hotelzimmer verzweifelt ausgerufen und die Arme in die Seiten gestemmt. »Ich war sicher, dass die Kleidung, die wir eingepackt haben, reichen würde – aber offenbar sind noch nicht mal zweihundert Outfits genug. Die Massen sind ja wirklich unersättlich. Jeden Tag wollen sie Sie in etwas Neuem sehen.«

Es war ein märchenhafter Abend.

Süffiger australischer Wein, der schon bald angenehm in ihrem Blut zirkulierte. Die feinsten Delikatessen. Eine Liveband, die für Stimmung sorgte. Während des gesamten Essens konnte Diana nicht anders, als mit dem Fuß zur Musik mitzuwippen. Als die sanften Trompetenklänge von »Can't take my eyes off you« von Frankie Valli erklangen, richtete sie sich kerzengerade auf ihrem Stuhl auf – wie sie dieses Lied liebte! Fast wäre sie von ihrem Stuhl aufgesprungen und hätte die Tanzfläche gestürmt, notfalls auch allein!

»Darf ich bitten?«, fragte Charles sie.

Diana konnte ihr Glück kaum fassen. »Nichts lieber als das!«

Er führte sie zur Tanzfläche.

»Huch«, machte sie, als er sie unerwartet an sich zog.

Seine Hand auf ihrem unteren Rücken. Sie war elektrisiert.

Charles lächelte. Kein oberflächliches Lächeln, sondern eines, das sagte: *Komm, wir blenden alles aus. Nur du und ich.*

Geschickt führte er sie über das Parkett. »You're just too good to be true«, sang er leise mit. Sein warmer Atem streifte ihr Ohr.

Diana kicherte. Bestimmt waren ihre Wangen gerötet.

»Jetzt wollen wir den Leuten doch mal etwas bieten, oder nicht?«, witzelte er, dann legten schon die Trompeten los, und Charles wirbelte sie herum, bis ihr leicht schwindelte, aber sie konnte nicht aufhören zu lachen.

»I love you baby«, sangen die drei Frauen auf der Bühne.

Als das Lied endete, sahen sie einander tief in die Augen. Seine Hand ruhte noch immer auf ihrer Taille. Ihr ganzer Körper stand unter Strom. Sie hatte nicht geahnt, wie sehr sie sich nach Zärtlichkeit, nach Nähe, nach Liebe sehnte ... Sie wollte diesen Mann so sehr. Doch wollte er sie auch noch?

Später, als sie gemeinsam in ihrem Hotel in den Aufzug stiegen, knisterte die Luft nach wie vor zwischen ihnen.

»Es war ein schöner Abend«, sagte Charles vorsichtig.

»Das fand ich auch.« Inzwischen wusste sie um den Reiz ihrer blauen Augen und hoffte, dass sie auch diesmal ihre Wirkung nicht verfehlen würden. Sie legte all das, was sie sich von ihm wünschte, in ihren Blick.

Der Aufzug machte ein Geräusch, und die Türen glitten auf. Da waren auch schon ihre Suiten. Zwei Menschen, zwei Betten.

Charles warf einen Blick über die Schulter zu ihrem Leibwächter, der ihnen wie immer unauffällig gefolgt war. Er zog seinen Zimmerschlüssel aus der Hosentasche.

Nein! Bitte lass uns heute Nacht zusammenfinden! Gib mir die Chance, dich zu lieben, Charles!

Er zögerte. Sah sie an.

Mein Mann. Der einzige Mann, den ich jemals lieben werde.

Sie streckte die Hand aus, und er nahm sie. Dann sperrte er die Tür zu seiner Suite auf, führte sie hinein und schloss sie in die Arme. Sie verschmolzen miteinander, ihr Kopf an seiner Brust, sein Herz schlug durch sein Hemd an ihrer Haut. Sie zitterte, und auch er zitterte leicht, und eine Zeit lang standen sie einfach nur so da. Dann löste er sich von ihr und küsste sie. Ihre Stirn, ihre Schläfen, ihre Wangen, ihre Lippen und Schulterblätter.

Sie lockerte seine Krawatte. Weg damit.

Ihr Ballkleid landete auf dem Teppichboden des Hotelzimmers.

Diese Nacht war alles, was sie sich je erträumt hatte. Es gab keine Erwartungen, keine Hoffnungen, die enttäuscht werden konnten, nur Nähe, Zärtlichkeit und Verständnis.

Wie lange hatte sie sich gewünscht, morgens neben ihm aufzuwachen, nur mit einem weißen Laken bedeckt? Charles neben sich, die Haare bettzerzaust. Ein »Guten Morgen« zu murmeln, zu lächeln, weil sie so wunderbar entspannt war, den Duft seiner mit einem leichten Schweißfilm bedeckten Haut einzuatmen, das angenehme Kratzen seiner Bartstoppeln zu spüren, wenn sie ihn küsste, und sein Gewicht, wenn er sich auf sie rollte und sie instinktiv die Beine um ihn schlang.

Wie hatten sie so lange auf diese Nähe verzichten können?

»Kann es bitte für immer so bleiben?«, wisperte sie an seinem Kinn.

»Das wäre zu schön, um wahr zu sein«, antwortete Charles.

22

»Herzlich willkommen!« Bob Hawke kam mit ausgebreiteten Armen auf Charles und Diana zu. Neben ihm stand seine Frau.

Als sie vor dem eleganten hellen Gebäude aus der Limousine stieg, pochte ihr Herz kräftig. Das Treffen mit dem australischen Premierminister fand im Government House in Canberra statt, der offiziellen Residenz des Generalgouverneurs von Australien, dem Vertreter der britischen Krone.

Hoffentlich war ihre Hand nicht feucht. Sie war angespannt, weil Charles im Wagen noch einmal mit Nachdruck erklärt hatte, wie wichtig dieses Treffen war und wie viel auf dem Spiel stand. Die Stimmen, die forderten, dass Australien eine unabhängige Republik werden sollte, wurden immer lauter. Dadurch sei der ganze Commonwealth bedroht. »Sollte Australien aussteigen, so könnten auch die anderen Länder fallen wie Dominosteine. Wenn wenigstens dieser Bob Hawke ein Mann von Format wäre. Aber er ist ein unangenehmer und rüpelhafter Kerl, der dafür bekannt ist, gerne mal ein Bier zu exen. Er soll sogar einen Weltrekord im Schnelltrinken aufgestellt haben! Es ist mir ein Rätsel, wie so jemand der Vorsitzende eines Gewerkschaftsdachverbandes sein konnte, und noch mehr, wie die Australier ihn zum Premierminister wählen konnten.«

Oh Gott, was erwartete sie? Den Rest der Fahrt über hatte sie sich das Schlimmste ausgemalt. Obwohl sie Mr Hawke schon im Fernsehen gesehen hatte und wusste, dass er schlank war, gerne lachte und allgemein recht bodenständig wirkte, hatte er nach Charles' Schwarzmalerei in ihrer Vorstellung einen Bierbauch gehabt und nach Schweiß gerochen. Was, wenn er auf die Monarchie schimpfte? Wenn er Diana direkt ins Gesicht sagte, dass sie mit ihren hübschen Kleidern und dem teuren Schmuck sein Land nur unnötig Geld kostete und doch eigentlich völlig überflüssig war?

Mr Hawkes Aftershave erinnerte sie an ein Erlebnis aus ihrer Kindheit, als ein Baum auf dem Anwesen in Althorp gefällt worden war und es nach frisch geschlagenem Holz geduftet hatte. »Ich bin Bob, und das ist meine Frau Hazel«, begrüßte er sie, als wären Charles und Diana ein völlig normales Ehepaar, das zum Barbecue bei einem anderen völlig normalen Ehepaar eingeladen war.

»Es ist wunderschön hier«, sagte Diana. »Vielen Dank für die Einladung.«

»Ihr Mann fand's hier mal so schön, dass er gleich das ganze Gelände kaufen und der nächste Generalgouverneur werden wollte«, lachte Bob und wandte sich dann Charles zu. »Erinnern Sie sich noch an unseren kleinen Ausritt damals?«

Man musste nicht mit Charles verheiratet sein, um ihm anzusehen, dass er sich unwohl fühlte. »Das war nur eine flüchtige Überlegung.«

»Ihre Mutter hat Ihnen damals einen Strich durch die Rechnung gemacht, nicht wahr?«

»Die Entscheidung haben wir gemeinsam getroffen«, entgegnete Charles.

»Wie auch immer, die Zeit verfliegt nur so, und auf einmal sind zehn Jahre vergangen, und Sie sind in Begleitung einer reizenden

Ehefrau, die ganz Australien verzaubert.« Bob hauchte einen Kuss auf ihren Handrücken und zwinkerte Diana dabei zu. »Wäre es nur Ihr Mann gewesen«, murmelte er mit gesenkter Stimme und verschmitztem Grinsen, als würde er ihr ein Geheimnis anvertrauen, »dann hätten sich meine Wünsche womöglich erfüllt und die Tage der englischen Krone wären hier in Australien gezählt gewesen. Aber Sie ... Sie sind ein richtiger royaler Superstar.«

Diana lächelte unsicher und spürte auf einmal sehr stark die Sonne auf ihre Wangen brennen. »Oh, das hoffe ich nicht. Superstars sind immer so schrecklich unnahbar.«

»Und Sie sind eine Prinzessin zum Anfassen«, erwiderte er und hielt ihre Hand etwas zu fest.

»Ich gehe nur auf die Menschen zu. Mein Mann muss all die Reden halten und Interviews geben«, versuchte Diana die Aufmerksamkeit auf Charles zu lenken.

»Mehr müssen Sie auch gar nicht tun. Sie sind von einem Zauber umgeben. Das ist die Macht eines Märchens, meine Schöne.«

Diana wollte ihn fragen, wie er das meinte, aber Hazel kam ihr zuvor. »Darling, wie wäre es mit einem Spaziergang über das Gelände? Das wäre doch eine nette Gelegenheit, sich besser kennenzulernen.«

»Das klingt wundervoll«, sagte Diana erleichtert.

Während die Männer voranspazierten, genoss Diana die Zeit mit Hazel. Sie strahlte eine angenehme Ruhe aus, und obwohl sie keine typische Schönheit war, sah man sie dennoch gerne an. Aufgrund ihrer untergeordneten Stellung als Ehefrau eines aufstrebenden Politikers hatte sie eine besondere Art der stillen Würde gewonnen.

»Wie geht es Little Wills?«, fragte sie und verfolgte lächelnd, wie Diana innerlich aufblühte. »Ich habe in einem dieser Klatschblätter gelesen, dass Sie ihm diesen Spitznamen gegeben haben.«

»Little Wills hat seine ersten Schritte gemacht«, erzählte Diana begeistert. »Das war einfach unglaublich.«

»Sie scheinen eine wunderbare Mutter zu sein.«

Diana winkte mit der Hand ab. »Danke, aber ich bin sicher nicht besser als andere Mütter. Es gibt gute wie schlechte Tage.«

»Ich war sehr neugierig darauf, Sie kennenzulernen. In den Friseursalons wollen sämtliche Damen Ihren Haarschnitt«, lachte Hazel. »In den Kindergärten schwärmen Mütter und Erzieherinnen davon, welch ein Vorbild Sie sind, und in jedem Provinzladen findet man Souvenirs mit Ihrem Gesicht darauf.«

»Das wird sich sicher schon bald wieder legen.« Diana senkte den Blick auf den Kiesweg. Seltsamerweise konnte sie sich gar nicht über Hazels gut gemeinte Worte freuen. Da war noch etwas, das sie beschäftigte. Konnte sie die Gattin des Premierministers danach fragen?

Es waren Hazels Augen, die Diana das Gefühl gaben, sich ihr öffnen zu können. Sie schienen alles Tragische erfahren zu haben, über Schmerz und Leiden gegangen zu sein wie über Stufen, bis hin zu einer hohen Sensibilität und einem außergewöhnlichen Verständnis. »Ich würde Sie gerne etwas fragen, Hazel«, begann sie.

»Alles, was Ihnen auf der Seele liegt, meine Liebe.«

»Was meinte Ihr Mann, als er sagte: ›Wäre nur Charles nach Australien gekommen, wären die Tage der Monarchie gezählt gewesen‹?«

Sie hatten nun das Ufer des Molonglo River erreicht, wo im Schatten eines hohen Baumes die Mücken über dem bewegten Wasser schwirrten. »Wissen Sie, was ›Terra nullius‹ bedeutet?«

Diana schüttelte den Kopf. »Leider nein.«

»Es bedeutet ›das Niemandsland‹. So haben die Engländer einst Australien genannt, um zu rechtfertigen, dass sie es sich zu eigen machen – obwohl es doch eigentlich das Land der Aborigines war. Im Jahr 1788 landete die erste englische Flotte in Sydney Cove. Zwei lange Jahrhunderte haben wir uns der Krone unterworfen, waren unfähig, auf eigenen Beinen zu stehen.«

Dianas Bauch zog sich zusammen. Worauf wollte Hazel hinaus? Sie konnte doch nichts dafür, dass die Engländer Australien einst besiedelt hatten. Trotzdem war sie unangenehm berührt, als wären grundsätzlich alle Engländer skrupellos und machthungrig.

»Verstehen Sie mich nicht falsch«, fuhr Hazel fort. »Mein Mann hat nichts gegen die Königin. Im Gegenteil, er schätzt sie. Er gibt lediglich zu bedenken, dass es doch seltsam ist, dass Australien ein Staatsoberhaupt hat, das auf der anderen Seite der Welt lebt und ganz anders ist als wir. Er war sich sicher, dass nun endlich der Zeitpunkt gekommen ist und Ihr Besuch Australien motivieren würde, auf eigenen Beinen zu stehen.«

Hazel sah Diana an. »Und dann kommen Sie.«

»Ich befürchte, ich kann noch immer nicht ganz folgen ...«

»Nun, dann will ich es Ihnen anhand eines Beispiels erklären. Während Ihr Gatte fehlendes Gespür beweist und beim Ayers Rock vor den Aborigines eine Uniform trägt, in der er aussieht wie ein englischer Besatzer, sehen Sie in Ihrem weißen Blusenkleid natürlich und zurückhaltend aus und erröten noch dazu, wenn Sie nur nach einem Glas Wasser fragen. Ich werde nun von Ehefrau zu Ehefrau ganz ehrlich zu Ihnen sprechen: Prinz Charles ist mit seiner Reserviertheit in meinen Augen ein typischer Royal. Sie aber sind die perfekte Ehefrau, die perfekte Prinzessin, die perfekte Mutter – und auf einmal dreht das gesamte Land durch.«

»Meinte Ihr Mann das, als er sagte: ›Die Macht eines Märchens‹?«

»In etwa, aber da stimme ich ihm nicht ganz zu. Es mag sein, dass Ihre Geschichte märchenhaft erscheint – Ihr Aufstieg von der Kindergärtnerin zur Prinzessin. Aber es gehört doch mehr dazu, um die Herzen der Menschen zu erreichen.«

»Ich befürchte, Sie trauen mir zu viel zu. Ich tue doch nichts anderes, als Blumen entgegenzunehmen, Danke zu sagen und ein paar Hände zu schütteln.«

»Und das ist schon viel mehr, als das königliche Ehepaar getan hat. Ihre Majestät, Königin Elizabeth, hat meist nur aus ihrem Wagen heraus gewunken. Sie gehen auf die Menschen zu.« Hazel schwieg einen Moment lang, und Diana spürte, dass sie mit sich rang. »Eine Sache bereitet mir nur Sorgen«, sagte sie schließlich.

»Und die wäre?«, fragte Diana.

»Nun, als Ehefrau eines Politikers habe ich so meine Erfahrungen gesammelt. Ihr Mann erweckt den Eindruck, als würde er gern im Mittelpunkt stehen.«

Diana wusste nicht recht, was sie darauf erwidern sollte. »Als Prinz von Wales und zukünftiger Thronfolger hat er gern das Zepter in der Hand, das stimmt. Diese Reise muss ein Erfolg werden.«

»Das wird sie, glauben Sie mir. Ihr Besuch hat den australischen Republikanismus wohl um Jahre zurückgeworfen. Doch das ist nicht das Verdienst des Thronfolgers. Denn es ist eindeutig die Prinzessin von Wales, die das Herz der Australier erobert hat.«

Diana konnte nicht glauben, was sie da hörte.

»Etwa acht von zehn Fotos in der Presse zeigen allein Sie. Das sagt alles. Sie wissen es vielleicht nicht, aber Sie sind eine starke Frau. Und Ihre Stärke ist nicht dafür gemacht, einen schönen Hintergrund für Ihren Mann darzustellen, wie es vielleicht bei Prinz Philip und der Königin ist. Die beiden sind eine charmante Paarung von Grazie und Granit, das funktioniert. Aber bei Prinz Charles und Ihnen ist es das Gegenteil. Sie betonen seine Defizite.

Sie legen seinen Mangel an Natürlichkeit, Spontaneität und Feingefühl bloß.«

Es war ihr, als würde ihr etwas nicht recht bekommen, sei es die Hitze oder der Geruch, der vom Fluss ausging, oder der Anblick des braunen Wassers.

»Verzeihen Sie mir, Sie sind auf einmal so blass. Ich wollte Sie nicht verunsichern.« Hazel nahm Dianas Hand. »Ich mache mir nur Sorgen. Das Leben hinter verschlossenen Türen ist oftmals völlig anders als die Version, die an die Öffentlichkeit gerät. Was, wenn Ihre Beliebtheit Ihnen zum Fallstrick wird?«

»Charles kann damit umgehen«, log Diana. Bereits bei ihrer Tour durch Wales hatte sie mehr Aufmerksamkeit als ihr Mann bekommen, weshalb Charles oft abends wütend gewesen war und seinen Frust an ihr ausgelassen hatte. Sie senkte den Kopf. »Was also soll ich tun?«, fragte sie leise.

»Man erwartet wohl von Ihnen, sich zurückzunehmen.«

»Also soll ich wieder unsichtbar werden«, übersetzte Diana und sah Hazel dann an. »Und wenn ich das nicht möchte?«

»Dann, befürchte ich«, sagte Hazel, und auf einmal legte sich ein dunkler Schatten über ihr Gesicht, »werden Sie das zu spüren bekommen.«

23

Es war unglaublich. Menschen, so weit das Auge reichte ... Fahnen wurden geschwenkt, bunte Plakate hoch gehalten. Jubelrufe von allen Seiten, von rechts, links, sogar von oben! Diana legte eine Hand auf ihren weißen Hut und den Kopf in den Nacken und blinzelte erst einmal, da ihre Augen sich an all das Sonnenlicht gewöhnen mussten, das von den Wolkenkratzern reflektierte. Wolkenkratzer, die nur aus Menschen zu bestehen schienen. Sie winkten von Balkonen oder aus den Fenstern und skandierten ihren Namen. In Wales waren es schon unüberschaubare Fanmassen gewesen, doch dieses Meer an Menschen war einfach nur überwältigend. Nicht nur an Land, sondern auch im Hafen drängten sich die Boote. Doch inzwischen schüchterte sie diese Wucht kaum noch ein. Sie wurde gemocht. Geschätzt. Von so vielen Menschen.

Charles war inzwischen schon ein ganzes Stück weiter, schüttelte hier und da mal eine Hand, wie Diana es ihm geraten hatte.

»Man hatte bereits mit einem großen Menschenaufkommen gerechnet, doch diese Massen übertreffen alles«, hörte sie eine Moderatorin in ihr Mikrofon sprechen. »Der Verkehr in der Stadt ist völlig zum Erliegen gekommen. Über vierhunderttausend Menschen warten gespannt darauf, den Worten des Thronfolgerpaars live zu lauschen. Doch eigentlich gibt es keinen Zweifel, wen die Menschen wirklich sehen wollen.«

»Sie sehen so schön aus«, schwärmte die Frau mit glänzenden Augen. »Ich liebe Ihr Kleid!«

Dabei war ihr blaues, mit weißen Margeriten gemustertes Kleid eigentlich schlicht. Diana, die gerade in der Hocke saß und von einem Mädchen einen Strauß Blumen entgegengenommen hatte, richtete sich auf. »Danke, und ich mag Ihr Kleid!«

»Ehrlich? Oh mein Gott, danke!« Die Frau schien ihr Glück kaum fassen zu können. »Sie sind ganz anders als erwartet. Nicht, wie man sich eine Prinzessin vorstellt.«

»Ich betrachte mich auch in erster Linie nicht als Prinzessin, sondern vor allem als Ehefrau und Mutter«, antwortete Diana.

Schon bald konnte sie all die Blumensträuße nicht mehr tragen und gab einen Teil an Charles ab. »Es scheint, als wäre ich nichts weiter als dein Blumenträger«, bemerkte er.

Ihr Herz quoll über vor Dankbarkeit und Liebe für all diese Menschen. Am meisten Zeit versuchte sie sich für diejenigen zu nehmen, die im Schatten standen: die Alten, die Schüchternen, die ganz Jungen, die Kranken. Sie alle lächelten. Und doch sah sie den Frust in den Augen einer jungen Frau. Die Wut in den Augen einer Mutter. Die Trauer in den Augen einer älteren Dame. Diana spürte eine tiefe Verbindung zu diesen Leidgeplagten. Sie blühte auf, weil sie ihnen zumindest für kurze Zeit eine kleine Freude schenken konnte. Bei all den arroganten Aristokraten und Politikern, mit denen sie so oft am Tisch sitzen musste, fühlte sie sich dumm und unbedeutend. Die Menschen hier dankten es ihr, wenn sie nur ein paar Worte mit ihnen wechselte, und ahnten nicht, dass doch eigentlich sie ihnen danken musste.

Spürte auch Charles, wie einzigartig, wie besonders dieser Moment war? Dass hier gerade etwas Großartiges geschah? Doch ein Blick genügte, um zu begreifen, dass etwas nicht in Ordnung war.

Eine Frau rief: »Wir sind wegen Ihrer Frau hier. Sagen Sie ihr, dass sie auf unsere Seite kommen soll!«

Diana bewunderte ihn dafür, wie charmant er darauf reagierte, obwohl sie ahnte, wie getroffen er davon war. »Sie sollten Ihr Geld zurückverlangen«, scherzte er matt.

Es wurde immer schlimmer. Irgendwann konnte er nicht mal mehr Witze reißen, schob die Hände in die Hosentaschen und kickte einen Stein vor sich her. »Tut mir wirklich leid, sie kommt gleich. Ihr müsst wohl erst mit mir vorliebnehmen.«

Hazels Worte kamen ihr in den Sinn. »Tun Sie doch bitte etwas«, flehte sie Mr Adeane an, der seinem Vorgesetzten mit bedröppeltem Blick folgte. »Irgendwas, damit auf der Seite meines Mannes mehr Enthusiasmus aufkommt.«

Oh nein, was war das? Da hatte jemand Charles ausgebuht! Schnell eilte sie zu ihm, doch schon äußerten die Menschen auf der anderen Seite ihre Enttäuschung und verlangten, dass sie zurückkam. Es war wie verhext! Sie müsste sich zweiteilen, um alle glücklich zu machen.

Charles hatte offenbar einen ähnlichen Gedanken, nur formulierte er ihn etwas anders, als er sich mit gesenkter Stimme an Mr Adeane wandte. »Ich bin zu dem Entschluss gekommen, dass es für mich leichter wäre, zwei Frauen zu haben. Dann könnten sie beide auf einer Seite der Parade laufen, und ich würde in der Mitte spazieren und Anweisungen geben.«

Ein Messer in ihrer Brust.

Etwas begann in Diana zu brodeln. Warum freute er sich nicht einfach für sie? Sie war es leid, immer zu versuchen, es ihm recht zu machen. Er nahm es doch ohnehin nicht wahr.

Auf einmal hielt die Absperrung dem Druck der Menschen

nicht mehr stand. Die Security-Männer versuchten noch, all die Menschen von ihr fernzuhalten, aber keine Chance. Im nächsten Moment war sie von einer Traube Menschen umgeben. Doch sie hatte keine Angst. Sie spürte, dass diese Menschen sie aufrichtig mochten. Es gut mit ihr meinten. Es war ihr, als würde sie in einem Meer aus Liebe, Zuneigung und Bewunderung baden. *»Prinzessin Diana, Sie sind mein Vorbild.« »Ich bewundere Ihren Stil!«*

Sie kam kaum hinterher, Unterschriften zu geben und sich zu bedanken. Ihr Herz glühte vor Glück.

Wo steckte Charles? Sie stellte sich auf die Zehenspitzen, um nach ihm Ausschau zu halten. Als ihre Augen ihn fanden, setzte ihr Herz einen Schlag aus. Sein Gesicht war versteinert.

Da war sie wieder, die eiskalte Faust, die sich um ihr Herz schloss.

Diese Liebe, die man ihr hier entgegenbrachte, würde sie zu Hause teuer zu stehen kommen.

»Wie kannst du es wagen?«, fuhr Charles sie an, kaum hatte er Mr Adeane und sie zu sich in seine Suite gebeten und die Tür hinter ihnen zugedrückt. »Warum tust du mir das an?«

»Was habe ich jetzt schon wieder getan?«, erwiderte sie. Sie warf ihre Handtasche aufs Bett, legte ihren Hut ab und schlüpfte aus ihren engen Riemchenschuhen. Ihr Rücken schmerzte vom langen Stehen. Sie wollte nur noch unter die Dusche und den anstrengenden Tag abwaschen.

Im Wagen hatte sich ihre Ahnung bereits bestätigt, dass ein Drama folgen würde. Charles hatte kein Wort mit ihr gesprochen, stattdessen die ganze Zeit über aus den verdunkelten Scheiben gestarrt und still und leise vor sich hin gebrodelt.

»Würde mich jemand bitte aufklären?«, hakte sie nach.

Mr Adeane räusperte sich und antwortete an Charles' Stelle:

»Nun, Ihnen ist gewiss nicht entgangen, dass der Prinz von Wales nicht mit demselben Enthusiasmus empfangen wurde, der Ihnen entgegengebracht wurde.«

»Ich bin der zukünftige König!« Charles lief im Raum auf und ab. »Die Menschen sollten mir zujubeln! Das sollte meine Tour sein!«

»Es war mal die Rede von ›unserer Tour‹ «, entgegnete sie.

»Deine Aufgabe war es, mich in dieser heiklen Lage zu unterstützen, damit ein wichtiges Land dem Commonwealth nicht den Rücken kehrt. Aber dank dir werden meine Reden in den Medien nicht mal erwähnt!«

Er gab Mr Adeane ein Zeichen, der daraufhin die Fernbedienung nahm und willkürlich eine Nachrichtensendung anschaltete. Gerade sagte eine Frau mit Kind auf dem Arm in die Kamera: »Sie scheint eine wundervolle Mutter zu sein. Man hat irgendwie das Gefühl, als könnte sie eine gute Freundin sein, obwohl sie doch zur königlichen Familie gehört. Man muss sie einfach ins Herz schließen!«

»Ich liebe ihren Stil!«, schwärmte eine andere. »Er ist so außergewöhnlich. Gewagt, aber doch immer stilvoll und elegant.«

»Fällt dir was auf?« Charles presste den Kiefer zusammen.

»Ja. Die Leute sagen nur Gutes.«

»Sie ist so ungekünstelt«, meinte eine junge Frau. »Sie ist nicht so spießig wie der Rest des Königshauses.«

»Du schaffst es, dass das Königshaus schlechtgemacht wird. Man hat mich ausgebuht!«

»Und das tut mir schrecklich leid, Charles, aber dafür kann ich nichts. Ich habe versucht, dir zu helfen!«

»Ach ja? Inszeniert hast du dich!«, brüllte er mit geballten Fäusten.

Diana konnte nicht glauben, was sie da hörte. Das war so ungerecht! »Ich habe mich nicht inszeniert, ich habe eine Verbindung zu den Menschen hergestellt! Dank mir sind die Menschen scharenweise zu den Veranstaltungen gekommen«, erwiderte sie aufgebracht. »Sie schwärmen für das Thronfolgerpaar! Und damit habe ich dich sehr wohl in deiner Aufgabe unterstützt, Australien wieder für die Monarchie zu begeistern.«

»Geh jetzt«, war alles, was Charles daraufhin sagte. »Mr Adeane und ich müssen uns beratschlagen, wie wir vorgehen, damit nicht auch in Neuseeland dasselbe Desaster passiert.«

Er wandte sich von ihr ab und sah aus dem Fenster.

Wie hatte es nur wieder so weit kommen können? Die letzten Tage waren doch harmonisch gewesen ... Ein Traum, der wie eine Seifenblase zerplatzt war.

»Charles, bitte!«, flehte sie. »Lass uns darüber in Ruhe sprechen! Ich will doch ebenso wie du, dass diese Reise ein Erfolg wird. Willst du mich jetzt wirklich ignorieren? Es liegen doch noch zwei ganze Wochen vor uns.«

Doch Charles schwieg. Sie hatte keine andere Wahl, als sich niedergeschlagen in ihre Suite zurückzuziehen und auf ihr Bett fallen zu lassen. Sie wollte doch nur, dass Charles stolz auf sie war. Hätten die Menschen sie nicht gemocht, hätte sie ebenso Ärger bekommen. Egal, was sie tat, es war falsch.

Ihr Körper fühlte sich unendlich schwer an. Es war grausam, wenn Charles sie wie Luft behandelte. Als wäre sie völlig wertlos. Das würde sie keine zwei Wochen aushalten. Sollte sie sich wieder mal bei ihm entschuldigen? Er würde es mit einem Nicken hinnehmen, das ausdrückte: »Gut, dass du zur Vernunft gekommen bist.«

Das Problem war nur: Sie hatte kurzzeitig erfahren, wie schön das Leben sein konnte. Sie hatte am himmlischen Nektar geleckt und den süßen Geschmack noch auf der Zunge.

Sie konnte nicht mehr zurück zu ihrem alten Ich, das Selbstlosigkeit als Gipfel der Weiblichkeit definierte.

Was sollte sie tun?

Sie musste endlich jemandem ihren Kummer anvertrauen. Und zwar der einzigen Person, die Charles wirklich etwas zu sagen hatte.

Elizabeth.

24

Nur noch wenige Minuten, dann würden sie in London landen.

Charles saß schräg von ihr, aber er hatte sie den ganzen Flug über nicht angesehen, geschweige denn auch nur ein Wort mit ihr gewechselt.

Zu zweit. Und doch allein.

Diana versuchte, aus dem Leuchten Londons unter sich Kraft zu schöpfen. Die Nacht zog langsam herauf, aber die Stadt hielt mit dem Funkeln unzähliger Lichter dagegen. Sie nippte an ihrem Schwarztee. Bitter und schwach. In wie viele Flugzeuge würde sie dieses Jahr noch steigen? Fünfzig? Hundert?

Am Flughafen erwarteten sie zwei Wagen. Einer für sie, einer für Charles. Sechs Wochen ohne Camilla waren wohl zu viel gewesen. Jetzt musste sie im Bett schleunigst wieder sein Ego aufpolieren. Fast hätte Diana aufgelacht. Aber dann hätte Charles sie nur wieder angesehen, als würde er sie am liebsten in eine Zwangsjacke stecken.

Keine Umarmung, kein Abschiedswort, nicht mal ein reuevoller Blick.

»Zum Buckingham-Palast bitte«, wies Diana den Fahrer ihrer Limousine an. »Ich muss die Königin sprechen.«

Sie hatte sich eingeredet, dass es schon in Ordnung wäre, Elizabeth zu so ungewöhnlicher Stunde zu stören, mehr noch, dass ihre Schwiegermutter sich vielleicht sogar sorgen würde. *Liebes, komm, setz dich doch, ist denn etwas vorgefallen?*

Elizabeth saß auf dem Sofa, die Lichter des Fernsehers erhellten ihr Gesicht. Vor ihr stand auf einem Tabletttisch ein Teller mit einem Rest blanchierter Möhren und Kartoffelpüree darauf. Vor ihren Füßen schliefen zwei ihrer Corgis, einer lag neben ihr auf dem Sofa. Warum war Philip nicht bei ihr? Ging es ihr am Ende ähnlich, und sie war gefangen in einer unterkühlten, lieblosen Ehe?

Elizabeth tupfte sich mit einer Stoffserviette den Mund ab, stellte den Fernseher stumm, rollte den Tisch beiseite, erhob sich und lächelte schließlich, und das alles ziemlich langsam, als wollte sie zum Ausdruck bringen, dass Diana sie bei etwas gestört hatte, das sie nur ungern unterbrach. »Willkommen zurück von eurer ersten Überseetour.«

Diana machte einen Knicks. »Danke, Mutter.«

Blitzte so etwas wie Unbehagen in Elizabeths Blick auf? Oder bildete sie sich das nur ein? »Du hast mir damals, nach unserer Hochzeit, angeboten, dass ich dich so nennen darf«, fügte Diana sicherheitshalber hinzu.

»Ja, natürlich.« Elizabeth deutete auf das Sofa. Sie selbst setzte sich an die Kante, so als würde sie jeden Moment wieder aufstehen. »Dein Besuch überrascht mich, zu so ungewöhnlicher Zeit und direkt nach eurer langen Reise. Du musst doch erschöpft sein.«

Den Blick auf ihre im Schoß gefalteten Hände gerichtet, sagte Diana: »Ich konnte nicht länger warten und musste sofort mit dir sprechen. Ich brauche jemanden, dem ich mein Herz ausschütten kann. Ich bin verzweifelt …«

»Verzweifelt?«, wiederholte Elizabeth verwundert. »Aber eure Reise war doch ein voller Erfolg!«

»Na ja, es ist wohl kein Erfolg, wenn mein Ehemann und ich kaum noch ein Wort miteinander wechseln.«

»Aber die Bilder, die ich in der Presse sehen durfte, zeigen allesamt ein glückliches Ehepaar.«

»In der Öffentlichkeit mag es sein, dass wir wie ein glückliches Paar wirken«, erklärte Diana. »Doch hinter verschlossenen Türen ist es anders.«

»Nun, hinter verschlossenen Türen ist so einiges anders, als es den Anschein hat.« Elizabeth zog wissend die Augenbrauen hoch. »Man soll ja nicht auf Klatsch hören, aber neulich habe ich mit Prinzessin Margaret gesprochen, die ja ebenfalls im Kensington-Palast wohnt. Sie berichtete mir, dass du – wenn man den Gerüchten glauben darf – … dir selbst etwas antust.«

Diana fühlte sich angegriffen. Ihr wurde heiß. Ein Gefühl, als hätte sie die Kontrolle verloren. Sie hielt die Luft an, und alles in ihr zog sich krampfhaft zusammen.

Sie sah ihre Schwiegermutter an. Jetzt war der Augenblick gekommen, Elizabeth zu belügen und zu beteuern, die Gerüchte wären komplett aus der Luft gegriffen!

Doch Elizabeth wertete ihr Schweigen bereits als stumme Zustimmung. »Dein Zustand belastet Charles.«

Dieses Gespräch lief falsch, es entglitt ihr … »Aber schon seit unserer Verlobung bin ich so gut wie Luft für Charles! Er trifft sich heimlich mit Camilla. Du weißt das. Ihr alle wisst das!«

»Untreue ist eine bedauerliche Schwäche, die es auszusitzen und zu ignorieren gilt. Eine vorrübergehende Zerstreuung.«

Hatte sie richtig gehört? Verlangte Elizabeth von ihr, tatenlos hinzunehmen, dass Charles zu einer anderen ins Bett stieg? »Du denkst also, es ist in Ordnung, dass er mich wissentlich verletzt? Ich leide darunter!«

»Du leidest? Von hundert Fotos, die geschossen wurden, zeigen dreiundneunzig allein dich, die strahlende Prinzessin. Charles sehnt sich nur nach etwas Bestätigung. Ihm wurde in der Presse kaum Beachtung geschenkt, während du dich in Aufmerksamkeit gesonnt hast.«

Sie kam kaum noch mit. »Das stimmt nicht. Ich habe mich nicht in Aufmerksamkeit gesonnt. Ich habe mich nur wahrgenommen gefühlt. Es war, als hätten die Menschen gespürt, dass ich Aufmunterung brauche. Als hätten sie eine Verbindung zu mir gehabt.«

»Wie sollen die Menschen dort draußen sich auch nur annähernd mit uns verbunden fühlen? Du täuschst dich, wenn du glaubst, sie würden unsere Situation begreifen und hätten so etwas wie Verständnis oder gar Mitgefühl für uns.«

»Ich täusche mich nicht. Ich weiß, was ich wahrgenommen habe«, entgegnete Diana.

Ihre Blicke führten einen stummen Kampf.

»Ich bin wirklich enttäuscht von dir, Diana. Anstatt dich über euren Triumph in Australien und Neuseeland zu freuen, klagst du nur. Und anstatt darüber nachzudenken, ob auch du Schuld an euren Eheproblemen hast, kommst du zu mir und fällst deinem Mann in den Rücken.«

Elizabeths Worte waren wie Säure. So hatte sie noch nie mit ihr gesprochen. »Es ist nicht meine Absicht, Charles in den Rücken zu fallen.«

Kurz kam ihr der erbärmliche Gedanke, sich vor Elizabeths Füße zu werfen und zu flehen. *Bitte, begreif doch, ich gehe hier zugrunde, und ihr seht alle zu!*

»Ich verlange doch nicht viel«, sagte Diana. »Ich will nur das Gefühl haben, auch etwas wert zu sein. Ich wünsche mir nur etwas Wärme und Zuneigung.«

»Ach«, seufzte Elizabeth. »Diese ganze Theatralik ist doch nur eine Schaunummer.«

Schaunummer. Eines der Worte, die die Königin gern benutzte. Alles, was emotional war, war für sie eine »Schaunummer«. Elizabeth erhob sich vom Sofa, strich den Rock ihres Kostüms glatt. Sofort sprangen auch die Corgis auf und wuselten um sie herum. Sie lächelte verzückt und kraulte die quirligen Vierbeiner. Dabei huschte ihr Blick zu dem Glöckchen auf dem Tablett. *Ruf nur den Butler*, dachte Diana, *ich werde noch nicht aufgeben. Dafür habe ich mich schon zu weit vorgewagt.*

»Alles, was ich will, ist dazuzugehören«, bettelte sie und stand ebenfalls vom Sofa auf. »Ich würde so gern ein Teil dieser Familie sein.«

»Du bist ein Teil dieser Familie«, erwiderte Elizabeth.

»Ich fühle mich aber eher als … als hätte ich nur eine Rolle zu erfüllen. Als wäre ich gar kein lebendiger Mensch mehr.«

Elizabeth ließ sich von einem der Corgis Pfötchen geben. Selbst zu ihren Hunden war die Königin herzlicher, als sie es jemals zu Diana gewesen war … »Wenn du mich fragst, so stehst du sehr lebendig vor mir. Ich weiß nicht, was du dir von mir erhoffst, Diana.«

Tränen brannten in ihren Augen. Hinter ihr lag diese lange und aufwühlende Reise. Sie war verletzt und einsam. »Ein wenig Trost wäre schön.«

Tu es einfach, was hast du zu verlieren? Einen winzigen Rest Stolz, ein paar Krümel Hoffnung.

Sie ging auf Elizabeth zu und umarmte sie. Das erste Mal, seit sie in diese Familie eingeheiratet hatte, spürte Diana den weichen Körper der Frau, die die Last eines ganzen Landes trug. Wie eine Ertrinkende hielt sie sich an ihr fest.

Einer der Corgis bellte, als wollte er sein Frauchen beschützen. Elizabeth versteifte sich. Tätschelte Diana zweimal die Schulter. *Genug jetzt, lass mich los.*

Wie eine Ohrfeige traf Diana die Erkenntnis, dass sie ihr gerade Gewalt antat. Erschrocken wich sie zurück. Elizabeth betastete ihr Haar.

Wie hatte sie ernsthaft glauben können, dass die Königin sich vielleicht sogar auch nach etwas Nähe sehnte und sich ihr öffnen würde? Dies war die Frau, die seit fast dreißig Jahren an der Spitze eines Landes stand. Die Frau, die nicht mal aus der Fassung geraten war, als im Juli 1981 ein verrückter Siebzehnjähriger bei einer Militärparade sechs Platzpatronen auf sie abgefeuert hatte. In Sekundenschnelle hatte sie ihr Pferd wieder unter Kontrolle gehabt, ihm den Hals getätschelt und war weitergeritten.

Ein Jahr später war um sieben Uhr morgens ein einunddreißigjähriger Arbeitsloser ein Regenrohr am Buckingham-Palast hochgeklettert und in das Schlafgemach der Königin eingedrungen. Elizabeth lag noch im Bett und wartete auf ihren Morgentee. Sie war aufgestanden, hatte sich ihren Morgenmantel und Hausschuhe angezogen und streng zu dem Mann gesagt: »Machen Sie, dass Sie hier rauskommen.« Da niemand vom Sicherheitspersonal aufgetaucht war, hatte sie sich auf die Bettkante gesetzt und geschlagene fünf Minuten höflich mit ihm über seine familiären Probleme geplaudert, bis sich endlich ein Polizist blicken ließ. »Bringen Sie ihn hinaus, und geben Sie ihm eine Zigarette«, hatte sie gesagt.

Elizabeth war aus Granit.

Alle Frauen der königlichen Familie waren aus Granit.

Nur Diana nicht.

»Entschuldige die späte Störung«, sagte sie. »Ich gehe jetzt besser.«

Kurz bevor sie aus dem Raum war, warf sie einen letzten Blick zu Elizabeth, die wieder ihren Platz auf dem Sofa eingenommen hatte. Die bunten Lichter des Fernsehers erhellten ihr Gesicht. Es war, als hätte ihr Gespräch nie stattgefunden.

Da erkannte sie, dass die Königin die vielleicht einsamste Frau der Welt war. Und dass sie, wenn sich nicht bald etwas in ihrem Leben ändern würde, genauso enden würde.

Mitten in der Nacht fand Diana sich in der Küche des Kensington-Palasts wieder, umgeben von leeren Tellern, auf denen Reste von Vanillepudding trockneten. Vanillepudding hatte etwas Tröstliches an sich. Als würde sie jemand in den Arm nehmen.

Als sie sich später träge auf den Weg zu ihrer Wohnung machte, ließ ein Geräusch sie innehalten. War da eine Tür zugefallen? Vorsichtig warf sie einen Blick in den spärlich beleuchteten Flur. Sie atmete auf. Es war nur Margo, die einen leichten Schwips zu haben schien. Zumindest ließ ihr leicht schwankender Gang darauf schließen. Wie Diana trug sie ihre Stöckelschuhe in der Hand.

»Erwischt«, lachte Diana. »Das ist also der geheime Seiteneingang, durch den du dich unbemerkt rein- und rausschleichst.«

»Er ist als Einziger nicht videoüberwacht«, gestand die Diva. »Ich will doch nicht, dass das Personal etwas zum Tratschen hat.« Sie spitzte die Lippen, klemmte ihre Handtasche unter die Achsel und stolzierte in Richtung Treppe. Eine Hand bereits auf dem Geländer, hielt sie auf einmal inne. »Seid ihr nicht erst heute Abend von eurer Triumph-Tour nach Hause gekommen? Wo steckt Charles?«

Diana musste es nicht mal aussprechen. Margaret las die Antwort offenbar in ihrem Gesicht. »Verstehe.«

»Und mir bleibt nichts anderes übrig, als das naive Dummchen zu spielen, das nichts hört und sieht.« Obwohl sie gerade noch Vanillepudding genascht hatte, spürte sie auf einmal einen bitteren Geschmack im Mund. »Im Grunde habt ihr gehofft, dass ich mich anpasse, ist es nicht so?«

»Das wäre wohl für alle Beteiligten der leichteste Weg gewesen«, erwiderte Margo trocken.

»Ich soll mich also beugen, so wie Philip es getan hat. Wie du es getan hast. Und wenn ich dazu nicht bereit bin?«

Margarets Blick war eine Mahnung. »Vergiss nicht, wer du bist. Und mit wem du es hier zu tun hast. Du bist von uns abhängig.«

Für einen kurzen Moment ließ Margaret es zu, dass Diana einen Blick hinter die kühle, sarkastische Fassade bekam, wo all der Schmerz, die Verluste, die Demütigungen und die zerplatzten Hoffnungen lagen, die die einst so bildschöne Frau in ihrem Leben hatte ertragen müssen. »Du wirst daran zerbrechen«, sagte sie fast sanft.

Etwas Ähnliches hatte Hazel Hawke auch zu Diana gesagt. Nur hatten sowohl sie als auch Margaret ein entscheidendes Detail vergessen. Während ihrer Australien- und Neuseelandreise hatte Diana erfahren dürfen, wie sehr die Menschen dort draußen sie schätzten. Mehr als Charles. Vielleicht sogar mehr als die Königin. Weil sie sich mit ihr identifizieren konnten. Es war ihr zu verdanken, dass die Australien- und Neuseelandtour ein Erfolg geworden war.

Und deshalb reckte sie ihr Kinn. »Ich glaube, euch unterläuft ein Denkfehler. Was, wenn ich diejenige bin, die euch mit dem modernen Leben verbindet? Die dafür sorgt, dass ihr mit der Zeit geht und relevant bleibt?« Sie machte eine Pause, um ihre Worte wirken zu lassen, und sagte dann: »Was, wenn ich diejenige bin, die euch überleben lässt?«

Teil 2

25

1991

Das würde ihr Untergang sein.

Das grenzte an Selbstmord.

Aber welchen Unterschied machte es schon? Sie fühlte sich sowieso wie tot.

Außerdem: Niemand würde erfahren, dass es ihre Idee gewesen war. Sie würde die Entsetzte spielen, inzwischen war sie abgebrüht genug. *Wenigstens in dieser Hinsicht habe ich mich euch angepasst.*

Sie blickte auf das Aufnahmegerät, das vor ihr auf dem Tisch lag. Dieses kleine, unscheinbare Gerät würde schon bald ihr ganzes Leben beinhalten. Problemlos hatte sie es in ihrer Handtasche in den Palast geschmuggelt. Daneben ein Blatt mit Fragen darauf, sorgsam getippt auf einer Schreibmaschine. Von Noah. Ein Deckname. Dahinter stand Andrew Morton, ein junger aufstrebender Journalist, der schon ein paarmal in der *Sunday Times* über sie berichtet hatte. Ihm würde sie die Tür zu ihrem Innersten öffnen. Er würde ihre Geschichte veröffentlichen. Ihre *wahre* Geschichte.

Mortons Artikel über sie hatten bewiesen, dass er ein einfühlsamer Mann war, der genauer hinsah als die anderen Reporter, die in ihr nicht mehr als ein hübsches, in Watte gepacktes Püppchen sahen. Eine amerikanische Zeitung hatte ihn als »notable author and historian« bezeichnet, einen »angesehenen Autor und Historiker«. Aus dieser Beschreibung hatte sie das Akronym Noah gebildet. Viel wichtiger war jedoch, dass Morton vom Buckingham-Palast unabhängig war.

Über ihre Verlobungszeit hatte sie bereits gesprochen. Darüber, dass das Königshaus eine Jungfrau für den Thronfolger gesucht hatte. Hübsch und protestantisch sollte sie außerdem sein und natürlich aus gutem Hause stammen. Sie hatte dem Aufnahmegerät anvertraut, dass Charles seit Jahren eine andere Frau liebte. Hatte zu ihren Hilfeschreien gestanden: dass sie sich die Treppe runtergestürzt und Verletzungen mit einer Rasierklinge zugefügt hatte.

Wer hätte das gedacht, aber es fühlte sich gut an, endlich zu reden! Auch wenn es sie nach wie vor Überwindung kostete, Mortons Fragen so offen und ehrlich wie möglich zu beantworten. Auch jetzt schlug ihr Herz heftig, als sie den Zeigefinger auf die Starttaste legte. Als wäre es eine Bombe und kein Aufnahmegerät.

Du rammst deiner Familie ein Messer in den Rücken. Wer bist du nur?

Aber sie wusste sich nicht mehr anders zu helfen. Sie ging unter, und alle sahen ihr tatenlos beim Ertrinken zu.

Ein weiterer Hilfeschrei also.

Diesen hier würde die königliche Familie nicht mehr ignorieren können.

Ein Zwischenträger überbrachte ihr, wann immer es möglich war, neue Fragen von Morton oder ließ ihm die von ihr besprochenen Tonbänder zukommen. Wenn man so wollte, war es wie in einem Hollywoodstreifen.

Es war Sonntag, der Himmel strahlend blau. Der Palast wie ausgestorben. Trotzdem hatte Diana sich mehrmals vergewissert, dass niemand in der Nähe war, und die Bediensteten angewiesen, sie in der nächsten Stunde nicht zu stören.

Los jetzt.

Sie drückte auf Aufnahme. Brauchte ein paar Atemzüge, ehe sie begann.

»Als junges Mädchen hatte ich so viele Träume. Am meisten habe ich mir gewünscht, irgendwann einen Mann zu haben, der sich um mich kümmert. Eine Vatergestalt, die mich unterstützt und ermutigt. Tja ...

Nach der gemeinsamen Australien- und Neuseelandreise haben Charles und ich versucht, uns zusammenzuraufen. Kurzzeitig wurde es wie durch ein Wunder besser, und irgendwie haben wir es geschafft, Harry zu bekommen. Charles hatte sich immer einen Jungen und ein Mädchen gewünscht. Ich wusste, dass es ein Junge werden würde, weil ich es bei der Ultraschalluntersuchung gesehen hatte. Ich habe es ihm verschwiegen. ›Oh Gott‹, hat sein erster Kommentar gelautet, ›es ist ein Junge. Und er hat sogar rote Haare.‹ Damals hat sich etwas in mir verschlossen.

Meine Freunde sah ich kaum noch. Es war mir peinlich, sie zum Lunch in den Palast einzuladen. Wahrscheinlich hätte ich mich die ganze Zeit über entschuldigt. Dafür, dass mein Mann sich mal wieder nicht blicken ließ. Dafür, dass ich so erschöpft war und nicht erklären konnte, weshalb – ich hatte doch all das, wovon Frauen träumten. Manchmal dachte ich, ich würde irgendwann daran sterben, so einsam zu sein.

Aber dann ... Dann kam Fergie. Und auf einmal war ich nicht mehr allein ...«

26

1985

Fergie. Eigentlich Sarah Ferguson, aber wenn man sie kannte, war es unmöglich, sie Sarah zu nennen, so quirlig und rebellisch, wie sie war.

Hin und wieder waren sie sich schon beim Polo über den Weg gelaufen, hatten ein bisschen geplaudert, aber nicht näher Kontakt geknüpft. Das änderte sich jedoch an einem jener endlosen Nachmittage, während Charles auf einem Pferderücken über den Rasen jagte und Diana mit William und Harry die Pferde bewunderte, die abseits gefüttert und getränkt wurden. Die anwesende Presse konnte kaum genug bekommen von Harry in seinen gestreiften Pluderhosen. Er sah auch zum Fressen aus. Diana trug ihn die meiste Zeit über, er war ja noch nicht mal ein Jahr alt. Ms Barnes schob den Kinderwagen, dahinter folgten ihnen unauffällig zwei Leibwächter. Die Armen schwitzten bestimmt in ihren dunklen Anzügen bei dieser Hitze.

Diana versuchte, die Fotografen auszublenden. Wahrscheinlich würde sie sich nie an die Paparazzi gewöhnen. Genauso wenig wie an die Leibwächter. Williams Anblick, der sich an den stolzen Pferden und den noch stolzeren Spielern kaum sattsehen konnte, der wolkenlose Himmel und der Duft des frisch gemähten Grases entschädigten sie wenigstens etwas für diese Strapazen. Trotzdem hätte sie lieber im Bikini die Sonne genossen. Ganz im Gegensatz zu den feinen Damen, die sich wie Hühner unter den weißen Pavillon drängten, um ihre vornehme Blässe zu schützen.

Als Diana für William eine Cola holen wollte, hörte sie, wie ebenjene feinen Damen über Fergie herzogen.

»Schau dir den Rotschopf an«, lästerte eine dieser typischen Frauen, die nach einem ausgiebigen Shoppingtrip bei Harrods glaubten, sich eine Massage redlich verdient zu haben. Und während man ihnen den Rücken knetete, beschwerten sie sich, dass man den unzähligen Touristen doch bitte den Zutritt zum Luxus-Kaufhaus verwehren sollte. Zumindest ließen die bitteren Falten um den Mund dieser Schnepfe darauf schließen, dass sie an allem etwas auszusetzen hatte. »Die hat ja Haare, als hätte sie in die Steckdose gefasst!«, sagte sie über Fergie. »Ein paar Pfund weniger würden auch nicht schaden. Wer ist das überhaupt?«

»Sarah Ferguson«, wusste eine andere zu berichten. Sie machte einen Schritt zur Seite, fort von einem Sonnenstrahl, der ihrer Haut gefährlich nah gekommen war.

»Haben ihre Eltern ihr keinen Sinn für Mode beigebracht?«

»Die Mutter wohl kaum, die ist nämlich mit ihrem Liebhaber, dem Polospieler Hector Barrantes, nach Argentinien durchgebrannt.«

»Das sagt ja schon alles über die Verhältnisse. Dann wundert es mich auch nicht, dass die Bluse so eng sitzt. Offenbar versucht sie, in die mütterlichen Fußstapfen zu treten.«

»Ein Kind von Traurigkeit ist diese Sarah jedenfalls nicht, wie man hört. In Nachtklubs oder auf Après-Ski-Partys soll sie herumstreunen wie eine räudige Katze. Wohl in der Hoffnung, sich einen reichen Gönner zu krallen. Sie soll auch mit einem Rucksack durch Südamerika gereist sein. Welche Lady mit Stil und Verstand macht denn bitte so etwas?«

Diana empfand tiefes Mitgefühl für diese quirlige junge Frau, die sich gegen die Holzumzäunung drängte, als hätte sie am liebsten das Spielfeld gestürmt. Sie war ständig in Bewegung, wie ein Gummiball, da hatte auch der französische Zopf keine Chance, ihre Mähne zu bändigen. Fergie hüpfte, winkte, feuerte die Spieler an und sah sich immer wieder um, ganz offensichtlich in der Hoffnung, einen Kavalier unter den Zuschauern ausfindig zu machen. Wie konnte Diana sie dafür verurteilen?

»Schaut mal, wer da drüben ist!«, sagte Diana lauter als nötig zu William und Harry. »Unsere liebe Freundin Sarah Ferguson.« Sollte den feinen Pavillon-Hühnern ruhig das Kinn runterklappen!

Fergie hatte ihren Namen gehört und sich umgewandt. »Diana!« Ihr Gesicht leuchtete auf, vor allem, als sie die kleinen Prinzen sah. Sie herzte die beiden so innig, dass Diana sich bei dem Gedanken ertappte, ebenso von Fergie umarmt werden zu wollen.

Mit Fergie zu plaudern war leicht. Es war fast so, als würde sie mit einer Freundin aus Kindheitstagen das Polospiel verfolgen.

»Ich habe aufgeschnappt, dass du mit dem Rucksack allein durch Südamerika gereist bist«, rutschte es Diana heraus. Sie hätte sich auf die Zunge beißen können.

»Lass mich raten: Diese frustrierten Gänse da hinten haben schon wieder über mich hergezogen.«

Lediglich über sie gesprochen, log Diana.

»Die sollen sich doch an ihrem Champagner verschlucken«, zischte Fergie. »Ich war schon in Ländern, die müssen die erst mal auf der Karte suchen.«

Über so viel Selbstbewusstsein konnte man nur staunen.

»Wahrscheinlich würde ich mich das nie trauen«, gab Diana zu. »Allein, nur mit dem Rucksack durch Länder zu reisen, deren Sprache ich nicht beherrsche und deren Kultur mir fremd ist.«

»Sag das nicht. Glaub mir, du wärst überrascht, wie gut du das meistern würdest. Man darf sich nur nicht von seiner eigenen Angst abschrecken lassen.«

»Hat sich deine Familie denn keine Sorgen gemacht?«, wagte Diana zu fragen.

»Schön wär's.« Fergie hielt den Blick auf das Spielfeld gerichtet. »Was für ein Glück du hast«, seufzte sie auf einmal. »Ich meine, Charles ist ein so gebildeter, charmanter und attraktiver Mann. Du hast es geschafft, dir Englands begehrtesten Junggesellen zu schnappen.«

Diana hielt es für das Beste, darauf nicht einzugehen. »Gibt es in deinem Leben denn jemanden, den du gernhast?«, fragte sie stattdessen.

»Du meinst einen Mann? Oh Gott, hör mir bloß damit auf!«

Diana schmunzelte. War es unhöflich nachzuhaken?

Mit einem dramatischen Seufzer pustete Fergie sich eine Strähne ihres wilden Ponys aus dem Gesicht und fing von selbst zu erzählen an. »Meine letzte Beziehung war die reinste Katastrophe, und trotzdem hat's irgendwie drei Jahre gehalten. Er war Witwer, stolze fünfundzwanzig Jahre älter als ich und hatte zwei halbwüchsige Söhne. Nicht falsch verstehen, die beiden haben mir wirklich schrecklich leidgetan. Trotzdem waren sie verzogene Rotzlöffel. Kein Wunder, die Familie schwimmt im Geld.«

Diana war neugierig. »Dann bist du jetzt also gern allein?«

»Ja.« Fergie nickte. Erst voller Überzeugung, doch dann wurde daraus nach und nach ein Kopfschütteln. »Weißt du, ich kann wirklich gut allein sein. Ehrlich. Aber die Wahrheit ist: Ich wünschte, ich würde dieses Polospiel mit einem Mann ansehen, der mich daran erinnert, meinen Sonnenhut aufzuziehen, und mich fragt, ob er mir etwas zu trinken bringen soll. Der mich morgens im Bett anlächelt und mir sagt, dass ich die tollste Frau auf der ganzen Welt bin und dass mein zerzaustes Haar und mein zerknautschtes Gesicht mich nur noch schöner machen.«

Das war so entwaffnend ehrlich, dass Diana nicht anders konnte, als diese junge Frau bedingungslos ins Herz zu schließen. Sie legte einen Arm um Fergies Schultern. »Bis dieser jemand kommt, bringe ich dir einfach etwas zu trinken. Und ehe du dich's versiehst, taucht schon der Richtige auf.«

Und auf einmal hatte sie eine Idee ...

Diana war stolz auf sich. Alles lief genau so, wie sie es sich ausgemalt hatte. Das Royal Ascot stand bevor: das gesellschaftliche Ereignis des Jahres schlechthin.

Vordergründig mochte es ein Pferderennen sein, aber eigentlich war es ein einziges Sehen und Gesehenwerden. Alles, was royal, reich und schön war, traf sich im etwa zwei Stunden von London entfernt liegenden Berkshire. Für gewöhnlich konnte Diana derart oberflächliche Veranstaltungen nicht ausstehen, aber das Royal Ascot hatte seinen ganz besonderen Zauber, dem auch sie sich nicht entziehen konnte. Abgesehen davon hatte sie ein Faible für Mode, und eigentlich war das Royal Ascot ein einziger Laufsteg. Wochen im Voraus verbrachten die Damen damit, ihre Outfits zusammenzustellen, was natürlich auch zum Teil daran lag, dass – wie üblich in royalen Kreisen – ein bestimmter Dresscode vorgeschrieben war. Kleider und Kostüme hatten dezent und elegant zu sein, was jedoch einige modebewusste Ladys mit extravaganten Hüten auszugleichen wussten. Eine breite Krempe war ein modisches Muss, ebenso hübsche Bänder oder bunte Stoffblüten. Hin und wieder übertrieben es die Damen auch und trugen ganze Blumenbeete über den Frisuren. Der Kopfschmuck eines jungen Fräuleins bestand sogar aus zwei riesigen aus blauen Federn zusammengesetzten Schmetterlingsflügeln!

Die Männer mussten einen schwarzen Anzug mit Weste und Hut sowie Socken in den Schuhen tragen, was bei den Temperaturen im Juni dem ein oder anderen den Schweiß auf die Stirn trieb.

Insgesamt dauerte das Royal Ascot fünf Tage, wobei um den Eröffnungstag am meisten Wirbel gemacht wurde. Nur auserlesene Gäste wurden in den royalen Bereich geladen. Die Auswahlkriterien waren eine undurchschaubare Mischung aus sozialem Status, Kontakten, Referenzen und Ambitionen. Diana hatte durchgesetzt, dass Fergie eine der heiß begehrten Einladungskarten erhielt.

»Ich werde dir auf ewig dankbar sein«, sagte Fergie mit vor Aufregung geröteten Wangen. Ihre Augen glänzten. Sie konnte sich kaum sattsehen am Streichorchester, den festlichen Tischgedecken und den Kutschen, die vorfuhren und weitere prominente Gäste brachten.

Sie hielten sich draußen im gepflegten Grünbereich mit Blick auf die Rennbahn auf. Als einer der Lakaien Fergie Hummer-Häppchen auf einem Silbertablett anbot, dankte sie ihm schüchtern und wagte es, sich eines zu nehmen. Die Delikatessen glichen allesamt kleinen Kunstwerken.

»Und das Beste ist«, sagte Diana, »du wirst beim Lunch mit Andrew an einem Tisch sitzen.«

Fergie sah hübsch aus in ihrem schlichten cremefarbenen Kostüm, das Diana mit ihr für diesen Anlass ausgesucht hatte. Auf ihrem Hut saßen zwei rote Stoffblumen, die wunderbar zu ihrem leuchtenden Haar passten.

Es duftete nach Parfüm und dem üppigen Blumenschmuck, und dann und wann wehte es dezent von den Stallungen herüber, in denen die wunderschönen Pferde standen, deren Muskeln unter dem glänzenden Fell zitterten. Kurzum: Es roch nach Geld. Viel Geld. Es war Mittag, und die Sonne hatte ihre volle Kraft entfaltet. Diana schwindelte. Ihr Frühstück hatte sie heute Morgen erbrochen.

Schon bald hatte Fergie einen leichten Schwips und keinerlei Hemmungen mehr, sich nach dem Fünf-Gänge-Menü immer weiter über den Tisch zu beugen, bis sie und Andrew irgendwann die Dekoration aus weißen Kerzen und Efeu beiseiteschoben, alles fort, was sie unnötig voneinander trennte. Dieser selbstbewusste Rotschopf wusste genau, wo seine Reize lagen. Sie zeigte ihr Dekolleté, kräuselte beim Kichern ihre sommersprossenbetupfte Nase, wickelte eine Haarsträhne um den Zeigefinger – alles Signale eines Körpers, der auf Teufel komm raus flirtete. Als Andrew sie mit Windbeuteln fütterte und kaum noch ein Lufthauch zwischen sie passte, überlegte Diana schon, ob sie die beiden daran erinnern sollte, dass die Königin am anderen Ende des Tisches saß. Aber es war viel zu faszinierend.

Charles' Platz war schräg gegenüber von ihr. Er hatte den für ihn typischen hoch konzentrierten, ernsten, aber auch leicht niedergeschlagenen Gesichtsausdruck, typisch für Menschen, die an etwas verzweifeln. Ein junger, alter Mann.

Und auf einmal war Diana ganz elend zumute. Warum hatte Charles nie so mit ihr geflirtet? Warum hatte es bei ihnen nicht derart geknistert? Und warum war sie zu blind gewesen, um zu bemerken, dass da etwas Entscheidendes fehlte? Sie war so schrecklich naiv gewesen, hatte nichts von der Liebe gewusst. Und ihre Mutter hatte sie noch gewarnt … Aber gegen ein hoffendes Herz vermochte man vermutlich kaum etwas auszurichten.

Auf einmal sah sie überall nur noch glückliche Paare. Eheleute, die sich gemeinsam durch die Häppchen probierten und aufeinander vertrauten: »Das wird dir nicht schmecken, Darling, da ist Mayonnaise drauf«, oder frisch Verliebte, die sich nicht ums Essen scherten, sondern nur Augen füreinander hatten.

»Entschuldigt mich kurz.« Sie musste raus an die Luft, musste für sich sein und durchatmen.

Sie fühlte sich wie von Charles betrogen – *ha! Wird dir das auch endlich mal klar?!*

Diese drückende Hitze ... Sie schwitzte in ihrem lachsfarbenen Kleid, das an der Taille sehr eng geschnitten war. Zum Glück fand sie einen ruhigen Schattenplatz abseits des Trubels. Hier sah sie lediglich die Lakaien wie Ameisen zwischen Küche, Speisesaal und Garten hin- und herflitzen, um die hungrigen Gäste mit frischen Häppchen zu versorgen.

Nicht mal in den Anfängen ihrer Beziehung hatte Charles Zeit für sie gefunden. War es denn so schwer, sie zu lieben? Sie sehnte sich danach, einen Mann mit ihrem Blick zum Schmelzen zu bringen. Wollte im Glanz seiner Augen erkennen, dass er sich nach ihr verzehrte. Wollte, dass er sich kaum beherrschen konnte, dass sie ihn mit ihren Küssen um den Verstand brachte!

Atmen. Beruhige dich, Diana.

»Hier steckst du.« Fergie war neben der Garderobe aufgetaucht und trat zu ihr nach draußen. »Stimmt etwas nicht?«

»Doch, alles in Ordnung!« Sie klang viel zu aufgebracht. Etwas beherrschter fügte sie hinzu: »Alles bestens.«

»Habe ich etwas falsch gemacht?«, fragte Fergie besorgt.

»Du hast sogar alles richtig gemacht. Andrew liegt dir zu Füßen.«

Da strahlte Fergie bis über beide Ohren. »Meinst du wirklich? Er ist so ein schneidiger Mann! Das klingt vielleicht kitschig, aber ich bin der festen Überzeugung, dass es in der Liebe auf den ersten Augenblick ankommt. Das erste Aufeinandertreffen. Da entscheidet sich alles. Dass Andrew und ich schon als Kinder ein-, zweimal miteinander gespielt haben, zählt nicht. Nur der heutige Tag zählt. Und der war perfekt.« Sie konnte kaum aufhören zu schwärmen.

»Liebe!«, entfuhr es Diana. »Ich befürchte, das Wort musst du dieser Familie erst mal beibringen.«

Zu sehen, wie Fergies Lächeln bröckelte, tat Diana im Herzen weh.

Sie fuhr sich mit einer Hand über die Stirn. »Tut mir leid. Ich weiß auch nicht, was mit mir los ist. Vergiss, was ich gesagt habe. Als ich dich mit Andrew gesehen habe, wie süß ihr zusammen seid, wie sehr er dich vergöttert, da ist bei mir eine Sicherung durchgebrannt. Du solltest schleunigst zu ihm zurückgehen. Andrew ist wunderbar, ehrlich. Ich glaube, in diesem Haufen ist er mir der Liebste.«

Fergie nahm Dianas Hand. »Ich habe dich und Charles beobachtet. Wenn man nicht wüsste, dass ihr euch gernhabt, dann würde man da wohl nicht so leicht draufkommen.«

»Dass wir uns gernhaben? Charles verachtet mich!«, rief Diana aus. »Ständig heißt es: ›Du machst alles falsch. Du bist hysterisch. Du dramatisierst. Warum kommst du nicht besser klar?!‹«

»Warum kommst du denn nicht klar?«

Wow. Diana hatte mit ein paar tröstenden Worten gerechnet. Mit Standardfloskeln. »*Kopf hoch, es wird schon besser werden.*« Aber nicht damit.

»Willst du das wirklich wissen?«, fuhr sie Fergie an. »Ich ... ich versuche es doch! Aber diese Familie tickt anders. Du kannst sie nicht mit normalen Familien vergleichen. Überall lauern Tretminen. Anne ist wütend auf mich, weil ich sie nicht gefragt habe, ob sie Harrys Patin werden will. Aus verletztem Stolz ist sie der Taufe ferngeblieben und hat stattdessen eine Parallelparty geschmissen und Freunde zu einer Jagdpartie auf ihrem Landsitz eingeladen. Und Philip verlässt inzwischen den Raum, sobald Charles ihn betritt, so wenig können die beiden sich leiden. Und auch Charles und ich streiten immer öfter und so heftig, dass sogar sein Privatsekretär Mr Adeane gekündigt hat. Nicht, dass ich ihm nachweine. Aber seine Familie hat der Monarchie seit Königin Victorias Zeiten gedient. Dass er das Handtuch wirft, sagt doch alles!«

Fergie ließ sich davon nicht schockieren. Diese Frau war wirklich aus hartem Holz geschnitzt. »Ja, das klingt nervenaufreibend. Aber da musst du nun mal durch.«

»Leichter gesagt als getan.«

»Du hast keine andere Wahl. Das hier ist dein Leben. Und – um deine Wortwahl zu verwenden – dieser Haufen mit all seinen Ecken und Kanten hat dich zu einer starken, wundervollen Frau werden lassen, die Wohltätigkeitsveranstaltungen organisiert und Schirmherrschaften übernimmt.«

Das war doch nichts. »Anne ist wesentlich engagierter als ich«, sagte Diana.

»Hör auf, dich kleinzureden. Du inspirierst Frauen weltweit. Ich kannte dich schon, da warst du frisch mit Charles verlobt. Damals warst du scheu wie ein Reh und hast kaum in die Kameras schauen können. Und jetzt? Jetzt bist du die beste Publicity-Expertin aller Zeiten. Du bist ein Genie im Umgang mit der Presse. Also nutze diese Gabe, und mach für dich das Beste draus, anstatt immerzu auf andere zu achten.«

Fergie hatte recht. Sie war nicht mehr das junge, naive Ding, das man beliebig auf dem Spielbrett hin- und herschieben konnte, wie einem der Sinn stand. Sie stand jeden Tag pünktlich um sieben Uhr auf, erledigte ihre Korrespondenz, wälzte Zeitungen und Zeitschriften, um die Berichterstattung über sie im Blick zu behalten und auszuloten, was sie in Zukunft besser machen konnte. Sogar mit dem ständigen Blitzlichtgewitter kam sie inzwischen gut klar. Sie spürte, wenn Licht auf sie fiel, und reagierte instinktiv.

Es war an der Zeit, dass sie ihre Erfahrungen unter Beweis stellte.

»Danke«, sagte sie und nickte. »Es muss sich endlich etwas ändern.«

27

Ein letzter Blick in den Spiegel des Toilettenvorraums. Die Frisur saß, ihren dezenten Lippenstift hatte sie aufgefrischt. Sie sollte sich aufmachen, um sich ihren Platz am Tisch zu suchen, der entspannenden Musik der Marinekapelle zu lauschen und mit ihrem Sitznachbarn darüber zu plaudern, wie vornehm dieser Saal war mit seinen Marmorsäulen, den Kronleuchtern aus funkelnden Kristallen und dem hellen Schachbrettmuster des Bodens. Sie war auf dem Staatsbankett im Weißen Haus in Washington, zu dem Ronald und Nancy Reagan geladen hatten.

Sogar John Travolta war hier. Ein echter Filmstar! Es war Ewigkeiten her, dass sie sich mit Carolyn, Anne und Virginia auf das Sofa gekuschelt und *Grease* oder *Saturday Night Fever* angeschaut hatte. Der Disco-König mit dem dunklen Haar und den markanten Gesichtszügen hatte ihnen mit seinem Hüftschwung ordentlich eingeheizt! Die Zeit damals erschien ihr jetzt wie aus einem anderen Leben. Sie würde unfassbar gerne mit ihm tanzen. Aber wahrscheinlich würde sie sich schrecklich blamieren …

Rede dich nicht immer klein. Du hattest mehrere Jahre lang Tanzunterricht. Du weißt, was du tust.

Die Tür ging auf, und Nancy Reagan betrat den Toilettenvorraum. Diana bewunderte die First Lady, die – obwohl sie klein und sehr zierlich war – den Eindruck erweckte, sich problemlos durchsetzen zu können. Im Spiegel überprüfte die Präsidentengattin, ob ihre flotte wie elegante Kurzhaarfrisur noch saß, und legte etwas dezenten Lippenstift auf. Margaret Thatcher mit ihrem Oma-Haarschnitt könnte sich von dieser stilvollen Frau eine Scheibe abschneiden!

Diana begriff selbst erst, dass sie Mrs Reagan bewundernd angestarrt hatte, als die First Lady sie anlächelte. »Eines sage ich Ihnen«, begann sie. »Wir Frauen haben jedes Recht der Welt, uns hübsch zu machen – solange es für uns selbst ist. Es gibt keinen Mann, der gut aussehend oder interessant genug ist, uns vorzuschreiben, wie wir aussehen müssen oder was gut für uns ist. Wenn ich mich nur darum gekümmert hätte, wer mich mag oder süß findet, würde mein Mann mich vielleicht gerne ansehen, aber er würde mir nicht gern zuhören. Und einander zuzuhören ist das Geheimnis einer jeden guten Ehe.«

»Da haben Sie recht«, erwiderte Diana, die bereits davon gehört hatte, dass Nancy die wichtigste Beraterin ihres Gatten war. Wenn es nur in ihrer eigenen Ehe ähnlich wäre ... Auch sie sollte sich wohl eine Scheibe von der First Lady abschneiden!

»Geht es Ihnen nicht gut?«, fragte Mrs Reagan. »Sie sehen aus, als würde Sie etwas bedrücken.«

»Ich habe nur über ein Zitat von Ihnen nachgedacht, das ich mal in einer Zeitschrift gelesen habe«, erwiderte Diana. »Dass Frauen wie Teebeutel sind. Man weiß erst, wie stark sie sind, wenn man sie in heißes Wasser getan hat.«

Nancy lachte. »Ach, es ist schon ein paar Jahre her, dass ich das gesagt habe.«

»Es hat mich inspiriert.«

»Ich bin mir sicher, dass Sie ebenso eine Inspiration für viele Frauen sind. Und genau so soll es sein. Wir Frauen sollten uns gegenseitig Mut machen, anstatt aufeinander rumzuhacken.«

Diana empfand immer mehr Bewunderung für diese Frau. »Ich habe all Ihre Filme gesehen. *The next voice you hear* hat mir besonders gut gefallen.«

Nancy Reagan war einst Schauspielerin gewesen. Bereits in den Anfängen ihrer Karriere hatte sie einen Studiovertrag in Hollywood ergattert und war somit schon früh finanziell unabhängig gewesen.

»Ach, das war meine erste Hauptrolle! Damals kannte ich meinen Mann schon, er war ja ebenfalls Schauspieler. Ein paar Jahre später haben wir geheiratet. Er wurde Gouverneur von Kalifornien, und ich habe mich darauf konzentriert, für Wohltätigkeitsorganisationen zu arbeiten und ihm den Rücken zu stärken – und trotzdem habe ich nie aufgehört, die Hauptrolle zu spielen. Und zwar die Hauptrolle in meinem eigenen Leben.« Sie sah Diana aufmerksam an. »Und Sie? Spielen Sie in Ihrem Leben denn die Haupt- oder die Nebenrolle?«

»Ich …« Diese Frage war so simpel wie genial und traf Diana wie ein Pistolenschuss. »Ich befürchte, ich spiele die Nebenrolle«, antwortete sie und schüttelte dabei den Kopf, weil sie es selbst nicht glauben konnte. Wie war es möglich, dass sie in ihrem eigenen Leben nicht weiter wichtig war?

»Dann sollten Sie das schleunigst ändern.«

Das war genau die Art von Ermutigung, die sie gebraucht hatte. »Mrs Reagan, dürfte ich Sie um einen Gefallen bitten?«, fragte Diana.

»Alles, was Sie wünschen, Liebes.«

»Glauben Sie, es wäre möglich, mit John Travolta zu tanzen? Nur einen Tanz. Ein Traum würde für mich in Erfüllung gehen.«

Nancys Lächeln nahm nun etwas Komplizenhaftes an. »Ich gehe gleich zu ihm und frage ihn. Ich bin mir sicher, es wird ihm eine große Freude sein.«

Dann hieß es warten. Was, wenn John ablehnte? Oder schlimmer noch: Wenn er eigentlich keine Lust hatte, sich aber verpflichtet fühlte?

Der Nachtisch war gerade gegessen, da hörte Diana auf einmal hinter sich eine tiefe Männerstimme fragen: »Würden Sie mir die Ehre erweisen und mit mir tanzen?«

Von einer Sekunde auf die andere raste ihr Herz. Wie damals, als sie in Wales eine ihrer ersten großen Reden vor Publikum gehalten hatte.

»Aber ja, sehr gerne doch«, erwiderte sie und brachte es erst dann fertig, sich zu John umzudrehen und seinen Blick zu erwidern. Er sah zum Anbeißen gut aus.

Am liebsten hätte sie ein Foto von Charles' verblüfftem Gesichtsausdruck gemacht. Diana legte ihre Hand in Johns und erhob sich von ihrem Stuhl.

Für einen Rückzieher war es jetzt zu spät, sie erreichten nämlich schon die Tanzfläche. Die tanzenden Paare wichen zur Seite und bildeten einen Kreis um sie herum. Es war ein geradezu magischer Moment – wie im Film.

Sanft drückte John ihre Hand, bestimmt spürte er ihr Zittern. Obwohl er sie nur sehr vorsichtig am unteren Rücken berührte, als fürchtete er, zu weit zu gehen, nahm sie die Berührung überdeutlich und am ganzen Körper wahr. Was war nur los mit ihr? Egal, dieses Gefühl war einfach herrlich! Als würde ihr gleich das Herz aus der Brust springen! Die Marinekapelle spielte die ersten flotten Töne von »You're the One that I Want«. Diana konnte ihr Glück kaum glauben. Das war ihr absolutes Lieblingslied aus *Grease*!

Der Rhythmus ging sofort ins Blut. Man hätte schon tot sein müssen, um nicht die Begeisterung zu spüren, die von den Zuschauern ausging. Die Presse würde sich nur so darauf stürzen!

Sie sah die Bilder in der Zeitung schon vor sich: Sie, in ihrem langen mitternachtsblauen Samtkleid, und John in seinem eleganten schwarzen Anzug, wie er sie gekonnt über die Tanzfläche führte.

Kurz kam sie aus dem Takt, weil ihr Blick auf Charles gefallen war. Er wirkte regelrecht zusammengesunken. Keine Frage, sie konnte sich auf eine Standpauke gefasst machen. Ihr Magen zog sich zusammen. Aber da wirbelte John sie unerwartet herum. Und gleich noch mal, war das zu glauben? Wären nur all die steifen Menschen um sie herum nicht hier, würde sie noch viel ausgelassener tanzen!

Nein, von Charles' finsterer Miene ließ sie sich nicht abschrecken. Das würde sie nie wieder tun!

Die Magie dieses Augenblicks entfaltete ihre volle Kraft. Die Musik, die Zuschauer um sie herum, das begeisterte Klatschen im Takt – all das rückte in den Hintergrund. Da war nur noch das goldene Funkeln der Kronleuchter, die in diesem Moment allein für sie leuchteten. Ihr Herz war auf einmal ganz leicht, als hätte es allen Ballast abgeworfen, als würde es seine Flügel ausbreiten und sie über dem Marmorboden schweben lassen.

Tosender Beifall setzte ein. Sie kam wieder im Hier und Jetzt an. Das Lied war vorbei. Sie verneigten sich, und Diana warf Luftküsse in die Menge.

Es war ihr unbegreiflich: Wie hatte sie nur so lange ihr Glück von Charles abhängig machen können? Wie hatte sie sich nur so lange mit der Nebenrolle in ihrem eigenen Leben zufriedengeben können?

Das würde sich ab heute ändern.

Ab heute spielte sie die Hauptrolle.

28

1986

Man konnte nur staunen, wie leicht sich das mit Fergie und Andrew entwickelte. Es war wie in einem der Kitschromane von Barbara Cartland, die Diana früher verschlungen hatte. Die beiden kannten einander kaum, da brannten sie schon für ein Wochenende nach Schottland durch, wo sie auf Floors Castle ein paar romantische Tage verbrachten. Eines Nachts sank Andrew auf die Knie und machte Fergie einen Antrag.

»Ich dachte, Andrew würde scherzen!«, erzählte Fergie Diana am Telefon. »Erst habe ich gelacht, aber dann habe ich begriffen, dass es ihm ernst ist. Ich habe ihn angesehen und gesagt: ›Wenn du morgen in der Früh noch genauso denkst und den Antrag wiederholen kannst, dann nehme ich ihn an.‹ Tatsächlich ging er am nächsten Morgen noch mal auf die Knie.«

»Ich freue mich wirklich sehr, dass du meine Schwägerin wirst!«, sagte Diana. »Ich hätte mir keine bessere wünschen können.«

Es war bereits später Abend. Diana war im Dunkeln aufgestanden und im Dunkeln nach Hause gekommen. Ihr Tag hatte morgens mit ein paar Bahnen im Pool begonnen. Anschließend war sie beim Friseur gewesen, hatte die Krebsstation eines Krankenhauses besucht, mit den Mitgliedern des London City Ballets zu Mittag gegessen, dessen Schirmherrin sie war, und einen Termin bei ihrem Therapeuten wahrgenommen. Um nach diesem emotionalen und durchgetakteten Tag runterzukommen, hatte sie noch eine Stunde Tai Chi Chuan praktiziert. Sie liebte die langsamen graziösen Bewegungen dieser chinesischen Kampfkunst, durch die sich Geist, Körper und Seele harmonisch miteinander verbanden. Nach einer anschließenden Dusche hatte sie sich in ihren weichen Bademantel gehüllt und konnte es nun kaum erwarten, sich ins Bett zu kuscheln.

Da fiel ihr etwas Wichtiges ein. »Eins noch: Erzähl lieber keinem von eurer Verlobung, bis Andrew mit seiner Mutter gesprochen hat.«

Noch wusste niemand von dem Antrag. Das würde Ärger geben, keine Frage. Andrew hatte offenbar versäumt, sich vorab Elizabeths Segen zu holen, wie es verlangt wurde. Es war wie in einem anderen Jahrhundert.

»Man weiß nicht, wem man in Palastkreisen trauen kann und wem nicht«, sagte sie. »Und die Wände in den Palästen haben Ohren, das wirst du noch früh genug feststellen.«

Charles und Diana bewohnten die Wohnungen Nummer acht und neun an der Nordseite des Kensington-Palasts. Es war ein bisschen wie in einem schicken Hotel, denn sie hatten ihren eigenen Butler, eine Hausdame, einen Chauffeur sowie Kammerdiener, Köche, Putzkräfte und Polizeibeamte. Die Fenster gingen auf einen ummauerten Privatpark hinaus, dessen friedliche Ruhe kaum vermuten ließ, dass er im Zentrum einer lebhaften Metropole lag. In den Sommermonaten liebte Diana es, sich dort zu sonnen. Was sie jedoch nicht sonderlich liebte, war, dass sie dabei oftmals von ihrer neugierigen Nachbarin, der Prinzessin von Kent, durch die Vorhänge hindurch beobachtet wurde. Manchmal sogar mit einem Opernglas. Das größte Hobby der Prinzessin von Kent – alias Princess Pushy, wie Diana sie insgeheim nannte – war nämlich, sich über andere Palastmitglieder zu ereifern. Gemeinsam mit ihrer Familie bewohnte sie die Wohnung Nummer zehn.

Wohnung Nummer eins gehörte Prinzessin Margaret. Nach ihrer turbulenten Beziehung zu Roddy Llewellyn, mit dem sie sich nur zu gerne in der Karibik gebräunt hatte, verlief ihr Leben nun in weitgehend ruhigen Bahnen. Sie stand um elf Uhr vormittags auf und suchte erst einmal ihren Friseur in der Berkeley Street auf, um anschließend frisch gestylt mit einem ihrer homosexuellen Freunde ein alkoholseliges Mittagessen im Ritz einzunehmen. Diana mochte Margo. Aber sie war nun mal die Schwester der Königin, und Diana hatte oft das Gefühl, dass Margo sie genau im Blick behielt.

Es gab also einen stetigen Strom von Klatsch und Tratsch im Kensington-Palast. Da war man lieber vorsichtig mit dem, was man sagte oder tat.

»Ich weiß«, erwiderte Fergie. »Ich wollte es auch nur dir erzählen. Du bist doch meine Freundin.«

Ein simpler Satz. Und doch ungemein herzerwärmend. »So, wie du meine Freundin bist. Sobald es offiziell ist, helfe ich dir, deine Garderobe zusammenzustellen. Ich weiß noch sehr gut, wie überfordert ich damals war.«

Im Nachhinein schämte sie sich für ihr Verlobungskostüm. Wie altbacken sie darin ausgesehen hatte!

Fergie dankte ihr überschwänglich, dann legten sie auf.

Auf einmal hörte Diana ein Geräusch. Sie hatte geglaubt, allein in ihrer Wohnung zu sein, aber war am Ende doch noch jemand anwesend? Vielleicht ein Zimmermädchen, das ihr Bett neu bezog? Katastrophal wäre es, wenn Charles ihr Telefonat belauscht hätte, denn er würde den spontanen Heiratsantrag seines kleinen Bruders mit Sicherheit sofort bei seiner Mutter petzen!

Der Teppich dämpfte ihre Schritte. Vorsichtig näherte sie sich dem Schlafzimmer, aus dem das Rascheln gekommen war. Kicherte da jemand?

Ab da war alles klar. Zwei verdächtige Hügel zeichneten sich unter ihrer Bettdecke ab.

»Wo stecken eigentlich William und Harry?«, überlegte sie laut. »Wie gerne würde ich jetzt mit den beiden im Bett schmusen.«

Wieder dieses niedliche Kichern.

Sie warf die Decke zurück. »Hab ich ein Glück!«, rief sie. »Da sind die beiden ja!«

Schon hatte sie sich zwischen die zwei Wonneproppen gekuschelt. Würde sie ihre Kinder noch ein bisschen mehr lieben, würde sie vermutlich daran sterben.

»Mummy«, sagte William auf einmal unerwartet traurig. »Wo ist Daddy?«

»Daddy ist in Highgrove«, antwortete sie und küsste ihn auf sein weiches Haar.

»Wann kommt er wieder?«

»Ich weiß es nicht.«

»Wir vermissen Daddy.«

Williams Worte zerrissen ihr das Herz. »Ich weiß«, sagte sie. »Ich vermisse Daddy auch.«

Zwischen Fergie und ihr liefen die Telefonleitungen heiß. Ob sie schon gehört hatte, dass Prinzessin Margaret mit der Prinzessin von Kent im Streit lag? Princess Pushy war nämlich der festen Überzeugung, dass Margo im Zuge einer rücksichtslosen Kampagne zur Ausrottung der Palast-Eichhörnchen um ein Haar ihre geliebte Katze vergiftet hätte! Aber das war ja noch gar nichts: Hatte Fergie denn nicht mitbekommen, wie aufgebracht alle waren? Man vermutete, dass Prinzessin Anne eine Affäre mit einem der Stallmeister der Königin hatte! Was deshalb so pikant war, da Anne erst vor zwei Jahren ihren Mann mit ihrem Leibwächter Peter Cross betrogen hatte. Cross war daraufhin versetzt worden. So löste man hier am Hofe Probleme.

Natürlich sprachen sie zudem ständig über die bevorstehende Hochzeit: Im Juli würden Fergie und Andrew in der Westminster Abbey als Herzog und Herzogin von York getraut werden.

Auch die anderen Mitglieder der königlichen Familie kamen gut mit Fergie aus. Die Königin plauderte mit ihr über ihre über alles geliebten Corgis, und nicht mal Anne konnte sich Fergies Art verschließen, sich breitbeinig in einen Sessel fallen zu lassen und derbe Witze zu erzählen.

Jeder anderen hätte Diana das übel genommen. Aber die Tatsache, dass alle Gefallen an Fergie fanden und auch die Presse neuerdings ihre Objektive auf das zukünftige Familienmitglied richtete, war für sie wie eine Oase des Friedens. Eine Verschnaufpause. Außerdem: Dass Fergie innerhalb kürzester Zeit einen solchen Narren an Diana gefressen hatte, musste doch auch für die königliche Familie Bestätigung sein, dass Charles' hysterische Ehefrau gar nicht so furchtbar sein konnte, oder?

Fergie hatte noch einen weiteren wunderbaren Nebeneffekt: Mit ihren paar Pfund zu viel auf den Hüften und ihrer lauten, tollpatschigen Art war sie alles andere als perfekt – und dennoch wurde sie akzeptiert, ja sogar geschätzt. Vielleicht war es also doch möglich, im königlichen Getriebe zu überleben, ohne sich jeden Tag aufs Neue abzumühen.

29

Das fröhliche Zwitschern der Vögel, der Duft des frisch gemähten Rasens, die leichte Süße der ersten Blüten, die dann und wann von den Beeten herüberwehten ...

Noch war es eigentlich zu frisch, um barfuß zu laufen, aber Diana konnte nicht widerstehen. Sie hielt ihre Ballerinas in den Händen, lächelte in die Sonne und atmete tief ein. Dann noch ein letztes Mal, denn Momente wie diese, in denen alles leicht schien, waren flüchtig und deshalb kostbar.

Der Frühling war die schönste Jahreszeit. *Komm endlich herbei*, sagte ihr Seidenrock, *ich kann dich kaum erwarten*.

Fergie und sie waren ein wenig im Park des Buckingham-Palasts herumspaziert, um sich die Zeit zu vertreiben. Fergie wartete auf Andrew, der an einer Besprechung über die militärischen Feierlichkeiten anlässlich ihrer Hochzeit teilnahm. Diana kannte diese ewige Warterei nur zu gut und hatte deshalb ihrer Freundin versprochen, ihr Gesellschaft zu leisten.

»Komm, lass uns wieder reingehen«, sagte Fergie. »Sonst fange ich in der Sonne noch an zu schwitzen.«

Im Palast war es kühl, und eine leichte Gänsehaut überzog Dianas Arme, aber sie war noch nicht bereit, ihren Pullover überzuziehen. Sie setzten sich auf eine der untersten Stufen der Treppe, die in den ersten Stock führte, um Andrew abzufangen.

»Morgen bricht er wieder auf«, seufzte Fergie.

»Stört es dich, dass er so viel unterwegs ist?«

Fergie zuckte mit den Schultern. »Natürlich würde ich gern öfter morgens neben ihm aufwachen.«

Diana konnte sich nicht daran erinnern, wann sie das letzte Mal neben Charles aufgewacht war.

»Aber ich kann es nun mal nicht ändern«, fuhr Fergie fort. »Deshalb versuche ich, geduldig zu sein. Wie läuft's mit Charles?«

»Na ja. Polo. Highgrove. Camilla. Manchmal hat er noch Zeit für seine Kinder«, zählte Diana all das auf, was seine Aufmerksamkeit in Beschlag nahm.

»Du hast vergessen, dich selbst aufzuzählen.«

»Ich glaube nicht, dass ich ihm viel bedeute.«

Fergie war noch voll und ganz in ihrer romantischen Blase. »Er liebt dich. Er kann es nur nicht zeigen.«

»Liebe«, erwiderte Diana, lehnte sich zurück und stützte sich mit den Unterarmen auf einer Stufe ab. »Du meinst doch nicht etwa diese Erfindung, über die man in Romanen liest oder die man in kitschigen Filmen sieht?«

»Diese Bitterkeit passt nicht zu dir.«

»Du hast schon recht, es fehlt nicht mehr viel, und ich werde zu einer verbitterten alten Ziege.«

Fergie lehnte sich ebenfalls zurück.

»Weißt du, vielleicht sind manche Menschen nicht für die Liebe bestimmt«, sagte Diana mehr zu sich selbst. »Vielleicht hat das Universum eigentlich etwas ganz anderes mit mir vor.«

»Ach, und was?«

»Wenn ich das nur wüsste«, erwiderte Diana.

»Du solltest dich nicht abschreiben. Wenn Charles seit Jahren eine Affäre hat, dann hast du ja wohl ebenso das Recht, dich umzuschauen und mit anderen Männern zu flirten.«

»Ich weiß doch schon gar nicht mehr, wie man flirtet.«

Fergies Blick drückte aus: »Das glaube ich dir nicht.«

»Und mit wem bitte soll ich es probieren? Vielleicht mit Peter Settelen?« Das war ihr Sprechtrainer, den sie engagiert hatte, um ihre öffentlichen Reden zu perfektionieren. »Ich kann wohl kaum in London in eine Bar gehen, und hier im Palast trifft man so selten auf junge, attraktive Singlemänner.«

Fergie legte den Kopf schief. »Und was ist mit deinem Leibwächter Barry Mannakee? Ihr scheint euch außerordentlich gut zu verstehen und …«

Schnell legte Diana Fergie eine Hand auf den Mund. Ihre Freundin hatte noch viel zu lernen. Allem voran, dass die Wände in den Palästen Augen und Ohren hatten. »Er passt auf mich auf und ist für mich da, indem er mir dann und wann Mut zuspricht. Und manchmal, wenn mir alles zu viel ist, leiht er mir auch seine Schulter, an der ich mich ausweinen kann. Mehr nicht.«

Fergie schien nicht ganz überzeugt, ließ das Thema jedoch fallen. »Gut, aber versuch mir nicht weiszumachen, dass du nicht mehr an die Liebe glaubst. Deine Augen erzählen nämlich etwas anderes.«

»Ich …« Diana hob ihre Ballerinas vom Boden auf. Ihr war nach Bett und trauriger Musik und Vanillepudding zumute. Es tat so verdammt weh, sich einzugestehen, dass der Zug vielleicht abgefahren war. Dass sie noch jung war, aber da nichts mehr kommen würde. Sie war gefangen in einer lieblosen Ehe.

»Was wolltest du sagen?«, fragte Fergie sanft.

»Ich wüsste nur gern, wie es sich anfühlt«, gestand Diana leise.

»Wie sich was anfühlt?«

»Wahrhaftig zu lieben. Ich meine, ich liebe meine Kinder abgöttisch, ich würde, ohne zu zögern, mein Leben für sie geben.

Aber das ist etwas anderes. Ich würde gerne wissen, wie es sich anfühlt, in einem anderen Menschen aufzugehen, sich ihm völlig hinzugeben, sich fallen lassen zu können und ihm bedingungslos zu vertrauen.«

»Hab noch ein bisschen Geduld«, versuchte Fergie sie aufzumuntern.

Diana lächelte müde und erhob sich von der Stufe.

»Irgendwann kommt schon jemand«, sagte Fergie noch. »Das verspreche ich.«

Eine frische Brise wehte herein und spielte mit Dianas Seidenrock.

Auf einmal Schritte.

Im Licht der schräg stehenden Sonne konnte Diana zunächst nur die Silhouette eines Mannes ausmachen. Er schien in Eile zu sein, doch als er Diana sah, hielt er jäh inne. »Eure Königliche Hoheit.«

Diese Stimme. Wie flüssige Zartbitterschokolade.

Seine Verbeugung war tief und respektvoll.

»Schickes Outfit«, bemerkte sie mit Blick auf seine Uniform.

Seine Mundwinkel zuckten. »Danke. Sehr freundlich. Verzeihen Sie mir meine Eile. Aber ich bin etwas spät dran. Die militärische Besprechung«, erklärte er, ohne auch nur eine Sekunde die Verbindung zu ihr abreißen zu lassen.

Dieses Lächeln, das Leichtigkeit versprach.

»Nur zu«, sagte sie.

Er verneigte sich ein zweites Mal und eilte die Treppe hinauf, um dort über den Ablauf der Hochzeit zu sprechen. Oben drehte er sich noch einmal zu ihr um.

Schließlich war er verschwunden, während Diana noch immer dastand, durcheinander und irgendwie aufgewühlt.

»Jetzt hast du ja wohl den Beweis«, drang wie von fern Fergies Stimme zu ihr durch.

»Wofür?«, fragte sie, als sich das Durcheinander in ihrem Kopf gelichtet hatte und ihr siedend heiß bewusst wurde, dass sie keine Ahnung hatte, wer dieser Mann war.

Fergie lachte. »Na, dass du flirten kannst!«

30

Stundenlang hatte er an ihrem Bett gesessen und sie getröstet, wenn Charles und sie mal wieder gestritten hatten.

Er war ihr mehr ein Freund gewesen als ihr Leibwächter, ein notwendiges Übel, das sie auf Schritt und Tritt verfolgte.

Sie vermisste seine warmherzigen braunen Augen. Seine Spontaneität.

Sie hatte ihn aufrichtig gerngehabt. So gern, dass sie sogar einmal mit ihm in ihrem privaten Wohnzimmer Tee getrunken hatte.

Und trotzdem – oder vielleicht gerade deswegen – hatte man Barry Mannakee einfach versetzt, ohne Diana auch nur vorzuwarnen.

Trompeten setzten ein. Diana zuckte vor Schreck zusammen, wofür sie prompt einen bösen Seitenblick von Charles kassierte. Sie war so in Gedanken gewesen, dass sie sogar vergessen hatte, wo sie gerade war: auf der Parlamentseröffnung! Eine Zeremonie, bei der die jeweils neue Legislatur- oder Sitzungsperiode des Parlaments formell eröffnet wurde.

Jedes Jahr aufs Neue schwankte Diana zwischen kindlichem Staunen und tödlicher Langeweile. Einerseits war die Parlamentseröffnung so etwas wie der glanzvolle Jahreshöhepunkt der Königin, andererseits war es aber auch ein altbackenes und zähes politisches Spektakel mit alten Männern in langen Roben und seltsamen weißen Perücken. Die Ursprünge lagen im 16. Jahrhundert, wie Charles ihr mal erklärt hatte. Diana hätte damals am liebsten erwidert: »Und seitdem hat sich offenbar rein gar nichts geändert.« Die ganze Zeremonie war eine ewige Abfolge von »So war's schon immer, und so wird's auch immer bleiben«, manche Rituale davon mehr, andere weniger unterhaltsam.

Es fing damit an, dass sie in einem feierlichen Zug in Kutschen von den königlichen Haushaltstruppen vom Buckingham-Palast nach Westminster eskortiert wurden und dabei den Schaulustigen am Straßenrand zuwinkten. Nach ihrer Ankunft betrat Elizabeth das Parlamentsgebäude durch einen eigenen Eingang, den Sovereign's Entrance, und verschwand erst einmal im Ankleideraum. So weit so gut, diesen Teil hatten sie für heute schon mal hinter sich gebracht.

Ein Raunen ging durch die Menge, als die Tür sich nun öffnete und Elizabeth heraustrat. Ihr Anblick in ihrer königlichen Gewandung verschlug Diana jedes Jahr aufs Neue den Atem. Anstelle des Diadems saß nun die Imperial State Crown auf ihrem Haupt. Die Krone wog ein stattliches Kilo, da sich über der violetten Samthaube vier zusammentreffende Halbbügel wölbten, die mit Diamanten, Perlen, Saphiren, Smaragden und Rubinen besetzt waren. Vier Pagen, die alle kleiner zu sein hatten als die Königin, trugen ihre lange hermelinbesetzte Schleppe.

Und während Diana nicht aufhören konnte, Elizabeth anzusehen, hatte sie nur noch ein Wort im Kopf: majestätisch. An ihrer aufrechten und würdevollen Haltung meinte Diana all die Skandale zu sehen, die diese Frau wie ein Schutzschild von ihrer Familie abgewendet hatte. An ihrem ernsten, klugen Ausdruck erkannte sie die Höhen und Tiefen, durch die Elizabeth das Vereinigte Königreich geführt hatte. In ihren Augen stand all die

Anstrengung, die sie unternommen hatte, um die Monarchie am Leben zu erhalten. Da begriff Diana, dass all der Glanz des heutigen Tages – das mit Diamanten besetzte Kleid, die purpurfarbene Schleppe, die Krone –, dass all das nur ein Rahmen war, der Elizabeths Würde, ihre Weisheit und Führungsstärke hervorhob. Voller Ehrfurcht machte Diana einen Knicks, als die Königin an ihr vorbeischritt.

Elizabeth führte die Prozession durch die Royal Gallery, einen beeindruckenden Saal mit wandfüllenden Gemälden. Überall glänzte Gold, sodass man schon fast geblendet wurde, und die Decke war so hoch, dass Diana leicht schwindelte. Sie schritten vorbei an Hunderten von Gästen, darunter einige Staatsoberhäupter weit entfernter Commonwealth-Länder, und betraten schließlich das House of Lords, das Oberhaus, ein ebenso pompöser, aber dunkler Saal mit uralten Holzverkleidungen, die einen schweren Duft verströmten. Auf beiden Seiten gab es mehrere Reihen ziemlich bequemer, rot gepolsterter Lederbänke, die für ausgewählte Gäste vorgesehen waren. Eigentlich fehlte nur eine große Leinwand, dann hätte der Saal mit seinem weichen Teppichboden fast etwas von einem heimeligen Kino gehabt. Voller Anmut nahm die Königin auf ihrem Thron Platz. Philip gebührte der Sitz an ihrer Seite, während Charles und Diana sich etwas abseits auf den vorgesehenen Plätzen niederließen, Sinnbild der nächsten Generation in Warteposition.

Jetzt mussten die Mitglieder des House of Commons geholt werden, des Unterhauses. Diese Aufgabe fiel dem sogenannten Black Rod zu. Wie es die Tradition verlangte, wurde dem Armen erst einmal die Tür vor der Nase zugeschlagen. Also klopfte er noch einmal mit seinem schwarzen Stock, der seinem Amt den Namen gab, an die Tür des House of Commons, und das seit Jahrhunderten an die gleiche Stelle, weshalb sich dort mittlerweile deutliche Spuren zeigten. Endlich durfte der Black Rod eintreten, um zu verkünden, dass Ihre Majestät, die Königin, das House of Commons erwartete.

Nun folgte Dianas Lieblingsteil: Auf ihrem Weg ins Oberhaus machten die Commons ordentlich Lärm. Es hatte ein bisschen was von Halbstarken, die auf dicke Hose machten. Was hätte Diana dafür gegeben, wenn sie sich hätte anschließen dürfen! Sinn und Zweck der Randale war zu zeigen, dass eigentlich die Commons es waren, auf die es ankam, allem Prunk des Monarchen zum Trotz. Im House of Lords mussten sie dann aber trotzdem stehen, während sie der Rede der Königin lauschten. Diese Rede war von der Regierung geschrieben worden, Elizabeth las sie nur mit ihrer klaren, weichen Stimme vor.

Das war leider der langweilige Teil, und es dauerte nicht lange, bis Dianas Gedanken erneut abschweiften. Sie warf Charles einen verstohlenen Blick zu. Ob er hinter Barry Mannakees Versetzung steckte? Vielleicht. Zuzutrauen wäre es ihm. Barry war ein attraktiver Mann ...

Konzentrier dich!, ermahnte sie sich. Immerhin war das hier ein bedeutender Moment für ihre Schwiegermutter!

Sie ließ den Blick über die Gäste schweifen und verharrte bei Prinzessin Margaret. Schon immer hatte Margo im Schatten ihrer älteren Schwester gestanden. Man hatte sie gezwungen, ihre große Liebe aufzugeben. Sie war vom Leben gezeichnet und dennoch wunderschön und strahlte mindestens ebenso viel Würde und Stärke aus wie ihre Schwester Elizabeth, die auf dem Thron saß. Nicht weit davon entdeckte Diana Fergie, die während des furchtbaren Scheidungskriegs ihrer Eltern versucht hatte, ihre Trauer mit Süßigkeiten hinunterzuschlucken. Die in der Schule wegen ihres Übergewichts gehänselt worden war, aber dennoch nie ihr Dauerlächeln und ihre heiteren Sommersprossen verloren hatte und mit ihrem roten Haar ebenso strahlte wie die Königin. Eigentlich hatten all diese Frauen etwas Majestätisches an sich, dachte Diana. Sie alle verdienten eine Krone.

Fergie wagte es doch tatsächlich, hinter hervorgehaltener Hand zu gähnen. Als ihr dämmerte, dass Diana sie ertappt hatte, zwinkerte sie ihr spitzbübisch zu. Und auf einmal war es gar nicht mehr so schwer, die Zeremonie mit all ihren verstaubten Traditionen zu überstehen. Erstaunlich, was es ausmachte, eine Freundin zu haben, die ihre Situation verstand.

Mit Fergie an ihrer Seite fühlte sie sich nahezu unbesiegbar. Nie hatte Diana eine Fahrt mit der Kutsche mehr genossen als die vom Parlamentsgebäude zurück zum Buckingham-Palast. Nie hatten die Menschen hinter der Absperrung ihr mit mehr Begeisterung gewunken, nie war sie von den Palastangestellten, deren Gesichter ihr sonst so ausdruckslos erschienen, freundlicher willkommen geheißen worden. Das sonore Summen der zu Elizabeths Ehren geladenen Gäste erschien ihr keineswegs belastend, sondern eigentlich recht fröhlich, und die Gänge kamen ihr nicht mehr gar so endlos vor, als sie gemeinsam mit Fergie auf dem Weg zum Festsaal war. Sie lachte über eine Geschichte, die Fergie ihr erzählte.

»Jedenfalls habe ich diesem aufdringlichen Typen die Schlüssel von seinem Porsche geklaut und damit eine kleine Spritztour gemacht. Er hat nichts davon mitbekommen.«

»Ganz schön mutig«, erwiderte Diana. Sie fühlte sich schön und stark, als sie ihr langes Kleid raffte, um die Treppe hinabzuschreiten – da hörte sie auf einmal ihren Namen.

»Wie kann Diana es wagen, Elizabeth derart in den Rücken zu fallen?«, zischte die Königinmutter. »Diese neue Frisur …«

Diana hielt inne. Bedeutete Fergie, ebenfalls still zu sein.

»Die Fotografen haben heute fast nur sie mit ihrem neuen fetzigen Kurzhaarschnitt vor die Linse genommen.« Das war Margo. »Damit wird sie die Königin morgen von der Titelseite der *Times* fegen. Dabei war es Lilibets großer Tag!«

Fergies tröstliches Lächeln erreichte Diana nicht.

Etwas in ihr versuchte, sie anzutreiben: *Stell die beiden Schlangen zur Rede. Hier und jetzt!*

Aber sie konnte nicht. Auf einmal war sie tief erschöpft. Wie gelähmt.

Und sie fühlte nichts. Absolut gar nichts.

Warum war sie nicht wütend? Enttäuscht? Frustriert? Wo war das Donnergrollen von früher?

Und jetzt: nichts.

Sie war gerade noch dazu fähig, sich vor dem Festsaal in die Reihe einzuordnen und von der feierlichen Musikkapelle an den gedeckten Tisch führen zu lassen. Dort nahm sie ihren Platz ein, der irgendwo war, nur nicht neben Charles. Zerkaute penibel das Rinderfilet, damit es nicht so schmerzhaft wäre, wenn sie es später erbrach.

»Alles in Ordnung?«, fragte Fergie mitfühlend, die neben ihr saß.

Diana hatte kaum noch ein Wort gesprochen. »Ja. Natürlich.«

Halt!, sagte auf einmal die Stimme in ihr. *Das ist doch genau das, was alle immer von dir wollten. Wenn du still und leise leidest und behauptest, du wärst in Ordnung, dann machst du es ihnen leicht. Und dir unendlich schwer. Du drückst dir selbst die Luft ab, bis die Flamme in dir erstickt. Bis du nichts mehr fühlst und irgendwann verschwunden bist.*

Auf einmal hörte Diana sich zu Fergie sagen: »Lass uns von hier abhauen.«

»Was?« Der Blick ihrer Freundin huschte zu Elizabeth, aber die war in ein Gespräch vertieft.

»Ich muss hier weg«, sagte Diana.

»Aber wohin?«

»Ist doch egal. Also, was ist mit dir? Kommst du mit?«

Fergie zögerte. »Klar doch«, sagte sie dann endlich.

Diana scherte sich nicht darum, dass sie ihre Plätze unerlaubt verließen. Kaum waren sie außer Sichtweite, zog sie die hohen Schuhe von ihren Füßen, raffte ihr Ballkleid und rannte barfuß den langen Korridor entlang. Sie vertraute einfach darauf, dass Fergie es ihr gleichtun würde, und so war es auch. Es war, als würde sich etwas in ihr entfalten, immer weiter ausdehnen, bis die Fesseln um ihre Brust gesprengt wurden.

»Und jetzt?«, fragte Fergie, die ganz schön außer Atem war.

Diana wurde übermütig. »Ich hab da eine Idee ...«

Zehn Minuten später saßen sie im Daimler der Königinmutter, Diana mit einer Chauffeurmütze auf ihrer neuen Kurzhaarfrisur. Sie startete den Motor.

»Bist du dir sicher, dass ...?«, fragte Fergie.

» ... dass wir keinen Ärger bekommen? Oh, glaub mir, das werden wir, wenn wir erwischt werden. Wir dürfen uns einfach nur nicht erwischen lassen. Aber wer sollte etwas mitbekommen? Abgesehen vom Chauffeur, aber dem haben wir ja gesagt, dass wir die Erlaubnis der Königinmutter haben, mit ihrem Wagen eine Spritztour zu machen. Und wir drehen doch auch nur eine kleine Runde.«

Und dann gab sie einfach Gas. Mit Schwung aus der Garage und einmal im Affenzahn um den Park. Kalte Novemberluft strömte durch die offenen Fenster zu ihnen hinein, aber trotzdem war ihr warm.

Fergie schüttelte fassungslos den Kopf, lachte, streckte den Arm aus dem Fenster, ließ den Fahrtwind ihr Haar zerzausen und rief: »Du bist verrückt!«

»Das hat Charles auch schon oft gesagt. Nur war es bei ihm als Beleidigung gedacht. Wenn du es sagst, klingt es wie ein Kompliment.«

»Das ist es auch.«

Nach einer Weile bemerkte Diana, dass Fergie fror. Sie hielt den Wagen an, um ihr Fenster hochzukurbeln. Vor ihnen lag der riesige Palast, in dem unzählige Lichter brannten.

»Was würde ich dafür geben, wenn wir die Palasttore hinter uns lassen und einfach drauflosfahren könnten, ohne zu wissen, wo wir landen«, dachte Diana laut.

»Wir könnten doch zumindest London ein wenig unsicher machen«, schlug Fergie vor.

»Schön wär's! Ich habe es einmal gewagt, einen Spaziergang zu machen, ohne vorher Bescheid zu geben. Ich wollte nur kurz raus. Es wurde ein ganzer Polizeitrupp losgeschickt, um mich zu suchen. Darauf kann ich heute Nacht verzichten.« Sie atmete tief ein und aus und hatte trotzdem noch nicht das Gefühl, genügend Sauerstoff zu bekommen. »Ich hätte die Königinmutter vorher fragen sollen, wie mein Friseur mir die Haare schneiden darf«, sagte sie ironisch, und Fergie prustete los.

»Das Schlimme ist«, fuhr sie fort, »dass es mich nicht mal schockiert, wie niederträchtig die Königinmutter und Margo über mich denken. Missgunst und Neid gehören hier schon fast zum guten Ton. Die Königinmutter soll sogar eifersüchtig auf ihre eigene Tochter gewesen sein, als Elizabeth den Thron bestiegen hat.«

»Letztens hat sie mich zum Tee eingeladen und mir auf der Einladungskarte vorgeschrieben, wie ich mich zu kleiden habe«, erzählte Fergie. »Kann ich denn nicht einfach anziehen, was ich will?«

Dianas Lächeln war eine Mischung aus Aufmunterung und

Mitleid. »Als Andrews Ehefrau wirst du nie wieder einfach tun können, was du willst. Hier läuft alles so, wie die Institution es will.«

Fergie sah auf einmal ganz traurig aus. »Das habe ich schon bei unserer Hochzeit gemerkt. Mein Vater wollte eine Rede halten, aber man hat ihm freundlich nahegelegt, es sein zu lassen. Dabei wäre es bestimmt lustig geworden.«

Diana suchte nach tröstenden Worten, aber »Kopf hoch, bald wird es leichter« wäre nur eine leere Hülle. Also sagte sie: »Ich befürchte, irgendwann wirst du dich einfach daran gewöhnen.« Ihre Worte hinterließen einen bitteren Geschmack. *Wozu sich auf ewig an den Stäben deines Käfigs wund reiben? Nimm deine Situation doch einfach hin.* Aber war diese Bitterkeit nicht eigentlich ein Ausdruck dafür, dass sie sich noch nicht mit ihrer Situation abfinden wollte? Etwas in ihr schien zu ahnen, dass es eigentlich viel schöner sein konnte, an einem Ort ohne Gitterstäbe und Überwachungskameras und verstimmte Blicke. Ein Ort, an dem es warm war. Nur wusste dieses Etwas nicht, wie es dorthin gelangen sollte. Und das ließ sie bitter werden.

»Woran muss ich mich denn noch gewöhnen?«, wollte Fergie wissen.

Das war doch eine gute Möglichkeit, um die Stimmung wieder anzuheben. »Ich habe beispielsweise eine Ewigkeit gebraucht, mich an Charles' Ticks zu gewöhnen. Er kann sich nicht mal Zahnpasta auf die Zahnbürste streichen, das muss sein Butler für ihn erledigen.«

Der Plan ging auf, Fergie lachte.

»Er schaut auch nicht auf die Uhr«, fuhr Diana fort, »sondern lässt sich die Zeit von seinem Butler sagen. Ich erinnere mich noch gut an den Tag, an dem sein Butler unzählige Male hin- und herlaufen musste, weil kein Hemd Charles recht war. Da habe ich ihn gefragt, warum er nicht selber geht, das wäre doch einfacher. Da meinte er nur: ›Dafür bezahle ich den Mann doch!‹ Oder ist dir mal aufgefallen, dass Elizabeth die Heizungen abdreht, um zu sparen? Egal, wie sehr man friert. Aber Hauptsache, ihre geliebten Corgis haben einen eigenen Koch, der ihnen frisches Rind und Kaninchen kredenzt.«

»Sie ist ja immerhin die Königin!«

Ab da gab es kein Halten mehr.

Als sie sich wieder beruhigt hatten, sagte Fergie: »Wenn wir hier mal das Sagen haben, dann schaffen wir das alles ab, dieses ganze steife Getue.«

»Du planst eine Revolution?«

»Ein Rebell zu sein ist besser als unterzugehen, oder etwa nicht?«

»Wir sind also Rebellen?«, fragte Diana.

»Klar. Und wir werden uns nicht unterkriegen lassen.«

Und auf einmal spürte sie ihn wieder, diesen Funken in ihrer Brust. Er war nie vollständig weg gewesen. Er hatte nur tief in ihr verborgen geglommen.

Aber jetzt, in diesem Moment, in diesem Daimler, in dem es nach altem Leder roch, erinnerte sie sich daran, dass auch sie ihren Stolz hatte. Dass sie ein Recht darauf hatte, glücklich und erfüllt zu sein.

»Wir werden zusammenhalten wie Pech und Schwefel«, versprach Fergie.

Diana blinzelte Tränen fort. Waren sie vom Lachen gekommen oder erst jetzt in ihre Augen gestiegen? »Das wäre wundervoll.«

»Du klingst, als würdest du mir nicht glauben.«

»Doch, aber ich mache mir nur Sorgen. Ich weiß doch, wie's läuft. Früher oder später werden sie dich beeinflussen und ...«

»Und ich werde dagegenhalten«, versprach Fergie. »Denn du und ich, wir haben dieselben Narben. Wir haben beide schwer unter dem Scheidungskrieg unserer Eltern gelitten. Wir verstehen einander.«

Auf einmal erschienen ihr die Narben an ihrem Herzen gar nicht mehr tragisch oder schlimm. Im Gegenteil. Ohne sie hätte sie nicht diese einzigartige Verbindung zu der jungen Frau auf dem Beifahrersitz. Das erinnerte sie an den Gedanken, den sie heute während der Parlamentseröffnung gehabt hatte. »Soll ich dir was sagen? Die Krone, die heute bei der Parlamentseröffnung auf Elizabeths Kopf saß, ist letztendlich auch nur ein Ding. Zwar ein goldenes, mit Diamanten besetztes Ding, aber ein Ding. Viel wichtiger ist doch die Krone, die jeder trägt.«

»Wir alle tragen eine Krone?«, lachte Fergie. »Das ist mir noch nicht aufgefallen.«

»So ist es. Du kannst sie nur nicht sehen. Und wir dürfen uns diese Krone niemals nehmen lassen. Von niemandem.«

Darüber schien Fergie eine Weile lang nachzudenken. »Ich danke dir«, sagte sie schließlich. »Für alles. Ich war ein Nichts, als wir uns kennengelernt haben, und dank dir habe ich den wundervollsten Mann der ganzen Welt geheiratet.«

»Ich habe doch nichts getan, außer euch miteinander bekannt zu machen.«

»Du hast viel mehr getan. Du hast meine Krone aus dem Dreck aufgehoben, abgeklopft und wieder auf meinen Kopf gesetzt. Aber das Wichtigste war: Du hast niemandem davon erzählt, dass sie mal auf dem Boden lag.«

Dianas Herz wurde leicht und warm, und gleichzeitig war da noch ein anderes Gefühl, dieser leichte Schmerz in ihrer Brust, das Wissen, dass alles früher oder später enden würde. Das Wissen darum, wie zerbrechlich die Welt war.

Hoffentlich würde man ihr wenigstens die einzige Freundin lassen, die das Leben in ihren goldenen Käfig gesteckt hatte, dachte sie.

31

1991

Wenn sie an jenen Tag der Parlamentseröffnung zurückdachte, dann war sie fast wieder da, in dem alten Daimler, auf dem weichen Ledersitz hinter dem Lenkrad, meinte, den Kies unter den Reifen knirschen zu hören, den kalten Fahrtwind zu spüren und das feurige Funkeln in Fergies Augen zu sehen. Indem sie Andrew Mortons Fragen beantwortete, durchlebte sie all diese Erinnerungen erneut. Das tat einerseits weh, andererseits war es aber auch berauschend, sich so völlig zu entblößen. Ihre Seele fühlte sich danach jedes Mal herrlich klar an, wie die frische Luft nach einem Gewitter.

Sie drückte auf die Pausentaste des Aufnahmegeräts und trank einen Schluck Wasser. Ihr Hals war vom vielen Sprechen ganz trocken.

Fergie war nicht der einzige Mensch, der unverhofft in ihr Leben getreten war und ihr Leben auf den Kopf gestellt hatte. Doch dieser Teil ihrer Geschichte hatte auf der Kassette nichts verloren.

Sie erhob sich vom Sofa und ging zum Bücherregal. Ihr Zeigefinger fuhr über die rauen Rückseiten von Charles' klugen Büchern und verharrte bei einem Wälzer von Laurens van der Post. Sie zog ihn heraus, schlug ihn auf – und da war es noch immer, sicher aufbewahrt: ein Foto. Darauf James und sie. Ein Pokal zwischen ihnen, den sie ihm nach einem Polospiel überreichte. Seine Mannschaft hatte gewonnen. Im Nachhinein fand sie, dass sie hübsch an jenem Tag ausgesehen hatte, aber damals hatte sie sich geärgert, sich nicht mehr hergerichtet zu haben. Ihr sommerlicher Rock war einfach nur weiß, dazu trug sie ein Shirt mit schwarzen Punkten. Sie war unglaublich nervös gewesen, als sie James gratuliert und die Hand geschüttelt hatte. Damals hatte sie noch keine Ahnung gehabt, dass er sie ebenso begehrte wie sie ihn. Er war ja ihr Reitlehrer gewesen! Und spielte noch dazu hin und wieder gegen ihren Mann Polo!

Aber sie musste dieses Foto nur ansehen und spürte sogleich wieder die Anziehung, die von der ersten Sekunde an zwischen ihnen geherrscht hatte.

Das erste Mal mit James gesprochen, *richtig* mit ihm gesprochen, hatte sie auf der Cocktailparty ihrer Kammerzofe Hazel. Obwohl sie sich eigentlich nicht gern schminkte, hatte sie Ewigkeiten vor dem Spiegel zugebracht. Sie wusste noch genau, wie sie ihre halterlosen, hauchdünnen Strümpfe ihre Oberschenkel hochrollte, in ihr figurbetontes cremefarbenes Cocktailkleid schlüpfte, einen Hauch ihres dezenten Parfüms auf Hals und Dekolleté sprühte. Alles nur für ihn, obwohl sie nicht mal sicher gewusst hatte, ob er kommen würde.

Sie schloss die Augen, hörte auf einmal wie von fern entspannte Klaviermusik und tauchte ab in die Erinnerung an einen Abend, der ihr Leben in völlig neue Bahnen gelenkt hatte …

32

1986

Möglichst beiläufig fragte Diana ihre Kammerzofe Hazel, wen diese denn zu ihrer Cocktailparty eingeladen hatte. Sie hatte gehofft, den Namen Hewitt zu hören. Inzwischen hatte sie ein paar Recherchen angestellt und herausgefunden, wie der fremde Hauptmann hieß, der vor einer Woche von einer frühlingshaften Brise in den Buckingham-Palast hereingeweht worden war und sie atemlos zurückgelassen hatte. Als sein Name nicht fiel, ertappte sie sich bei dem Gedanken, am Abend der Party Kopfschmerzen oder eine Erkältung vorzutäuschen und abzusagen. Tatsächlich fühlte sie sich auf einmal ein wenig schlapp …

»Fällt dir noch jemand ein?«, fragte Hazel.

Diana sah in ihr viel mehr eine Vertraute als ihre Kammerzofe, deshalb hatte sie ihr angeboten, auf die formelle Ansprache zu verzichten. »Nenn mich einfach Diana«, hatte sie zu ihr gesagt. Auch wenn dieser freundschaftliche Umgang vor allem der Königinmutter sauer aufstieß.

Sie tat so, als müsste sie überlegen. »Wie wäre es mit dem freundlichen Hauptmann? Wie war noch mal sein Name?«

»Hauptmann Hewitt?«

»Ja, genau der. Er legt sich bei der Hochzeit von Fergie und Andrew ordentlich ins Zeug. Da wäre es doch nur angemessen, ihn zum Dank einzuladen.«

Hazels schmale Lippen hoben sich zu einem dezenten, aber dennoch vielsagenden Schmunzeln. »Natürlich. Ich werde ihm noch heute eine Einladung zukommen lassen.«

Diana sah ihn als Erste, als er an jenem Abend den Raum betrat.

Sie stand gerade mit einigen anderen Gästen am schwarzen Flügel und lauschte verzaubert dem Spiel des Pianisten. Liszts »Liebestraum«, wie Diana dank Charles wusste. Das musste man ihm lassen: Er hatte in ihr die Freude an klassischer Musik geweckt. Der junge Pianist entlockte den Tasten so viel Sehnsucht, dass ihr Herz ganz schwer wurde.

Auf magische Weise zog es ihren Blick auf einmal zur offenen Flügeltür. Dort stand, wo eben noch das blanke Nichts gewesen war, ein Mann. Hauptmann Hewitt. Er sah sich um und schien eine Bestandsaufnahme des Raums vorzunehmen. Sie starrte ihn an und nahm eine Bestandsaufnahme ihres Lebens vor.

Jede Faser ihres Körpers sagte: *Da ist er.*

Er sah zu ihr herüber, zog die Augenbrauen hoch und lächelte sie an.

Er lächelte.

Lächelte sie einfach so an. Und ihr Herz drehte durch.

Er setzte sich in Bewegung in Richtung Bar. Sein Gang, so aufrecht, so natürlich männlich. Er trug auch heute wieder seine Uniform, was ihn unfassbar attraktiv machte. Es kostete sie Überwindung, nicht auf seinen Hintern zu starren.

»Er sieht gut aus, nicht wahr?«, hörte sie auf einmal Hazel neben sich sagen.

»Von wem sprichst du?«

Hazel konnte man nichts vormachen. Sie ging gar nicht erst

auf Dianas Frage ein. »Er ist siebenundzwanzig, also zwei Jahre älter als du.«

Diana lächelte. Wie sollte sie auch sonst darauf reagieren?

»Er stammt aus einer Offiziersfamilie, hat ein renommiertes Internat besucht und bewegt sich zwanglos am Rande höfischer Kreise«, fasste Hazel für Diana zusammen.

»Das glaube ich gerne, er macht einen ebenso athletischen wie kultivierten Eindruck.«

»Und attraktiv ist er, nicht wahr? Ich finde, er hat eine ganz außergewöhnliche Ausstrahlung. Er ist wohl galant und unkompliziert im Umgang, wie man sich über ihn erzählt. Was man ja nicht von allen Männern behaupten kann.« Das sollte wohl eine Anspielung auf Charles sein. »Ein richtiger Bilderbuchtyp. Es war eine gute Idee von dir, ihn einzuladen.«

»Als gute Gastgeberin solltest du deinen Bilderbuchtypen begrüßen«, sagte Diana. *Schluss damit! Ich weiß ganz genau, was du vorhast!*

»Genau das werde ich tun«, erwiderte Hazel und klimperte unschuldig mit den Wimpern. »Möchtest du mich begleiten?«

Auf keinen Fall. Es war schon peinlich genug, dass man ihr offenbar ihre eskalierenden Hormone so leicht ansah. Hatte auch Mr Hewitt bemerkt, dass sie ihre Augen nicht von ihm lassen konnte? Sie sollte sich zusammenreißen, sie wusste ja nichts über diesen Mann. Lediglich, dass er Hauptmann in der Windsor-Kaserne war und keinen Ehering trug. Vielleicht hatte er eine Freundin und konnte es kaum erwarten, diese öde Cocktailparty zu verlassen, zu ihr zu fahren und sich im Bett an sie zu schmiegen.

Sie wandte sich wieder der unverfänglichen Plauderei mit anderen Gästen zu. Nur diesmal mit einem Mann im Raum, der es ihr unmöglich machte, sich zu konzentrieren.

Auf einmal führte Hazel Mr Hewitt direkt auf sie zu. In Sekunden schnellte ihr Puls nach oben.

»Darf ich dich mit Hauptmann Hewitt bekannt machen?«, sagte Hazel.

»Es ist mir eine außerordentliche Freude.« Der Hauptmann verneigte sich tief.

Diana spürte die volle Größe ihres Körpers, der sich auf einmal ungeschickt anfühlte. Ihr Kopf war wie leer gefegt. *Reiß dich zusammen, du hast zwei Kinder zur Welt gebracht und Reden vor Hunderten von Menschen gehalten!*

Aber dann war es ganz vorbei, nämlich, als er ihre Hand nahm und einen Kuss darauf hauchte, und zwar, ohne den Blickkontakt abreißen zu lassen. Das war schon fast unverschämt, denn er brachte sie damit zum Erröten, und das wusste er ganz genau.

»Hauptmann Hewitt, wie schön, Sie wiederzusehen«, sagte sie.

Ihr war heiß. Sie verbrannte. Schweiß durchtränkte schon jetzt ihr Unterkleid.

Als perfekte Gastgeberin hatte Hazel gleich ein Gesprächsthema parat. »Mr Hewitt spielt leidenschaftlich gerne Polo.«

»Hin und wieder spiele ich auch gegen Ihren Mann«, sagte Mr Hewitt zu Diana.

»Er ist ein ganz hervorragender Reiter«, schwärmte Hazel.

Hauptmann Hewitt spielte den Bescheidenen. »Sie übertreiben. Und Sie?«, wandte er sich wieder an Diana. »Reiten Sie gerne?«

»Früher habe ich es geliebt«, erzählt sie. »Ich bin oft in Sandringham ausgeritten. Aber eines Tages scheute mein Pony, ich stürzte und brach mir den Arm. Damals war ich neun Jahre alt. Seitdem fühle ich mich auf einem Pferderücken unwohl. Dabei würde ich meine Angst gern besiegen. Sie wissen ja vermutlich, wie sehr die ganze königliche Familie es liebt auszureiten.«

Ihr Körper flirtete von selbst. Dieser Augenaufschlag, dieses bezirzende Lächeln – wo kam das auf einmal her?

»Als Stabshauptmann der Haustruppen liegen die Stallungen in meinem Verantwortungsbereich. Wenn Sie möchten, könnte ich Sie in der Kaserne unterrichten.«

»Das würden Sie tun? Aber Sie müssen sich nicht verpflichtet fühlen. Gewiss haben Sie viel um die Ohren.«

»Für Sie finde ich Zeit. Es wäre mir eine Ehre«, erwiderte er.

Er war charmant, das musste man ihm lassen.

»Ich rufe Sie an«, sagte sie und schenkte ihm ihren bezauberndsten Augenaufschlag.

»Ich freue mich.« Er lächelte wie ein Filmstar.

»Ich mich auch«, erwiderte sie, aber bei ihr klang es mehr wie eine Kapitulation. Sie war seinem Charme hoffnungslos erlegen.

33

Als sie durch das große rote Eingangstor der Windsor-Kaserne fuhr, wo Mr Hewitt in Uniform vor der hellen Queen-Victoria-Statue auf sie wartete, und ihr Herz einen Sprung machte, da wusste sie, dass die Aussicht, durch den Reitunterricht ihren Mann zu beeindrucken und Camilla auszustechen, nichts mit dem zu tun hatte, was sie sich eigentlich von James ersehnte.

Er war völlig fasziniert von ihrem moosgrünen Jaguar-Cabriolet. »Ich dachte, den gibt's nur als Zweisitzer.«

Gott, selbst ihr Jaguar war auf Charles ausgerichtet, wurde ihr auf einmal schmerzhaft bewusst, als sie James dabei bewunderte, wie er wiederum ihren Wagen bewunderte. Er hatte dasselbe Grün wie Charles' Aston Martin, und die Sitze waren mit Leder und Harris-Tweed gepolstert, ganz nach seinem Geschmack.

»Ich habe ihn umbauen lassen, um die Kinder mitzunehmen«, erwiderte sie. »Das wurde natürlich im Palast nicht gern gesehen, aber ich liebe diesen Wagen zu sehr, um ihn aufzugeben, und meine Kinder lieben ihn ebenso.«

Er sah sie an, als würde er versuchen, aus ihr schlau zu werden. »Aufopfernde Mutter, Stilikone und Rebellin zugleich, nicht wahr?«

Sie war Schmeicheleien gewohnt, aber wenn sie von ihm kamen, trafen sie Diana direkt in den Unterleib. Sie fixierte ihre glänzend polierten Reitstiefel, um ihre geröteten Wangen vor ihm zu verbergen.

»Also dann, lassen Sie uns keine Zeit verlieren«, sagte er.

Mr Hewitt war ein hervorragender Reitlehrer. »Exzellent, Prinzessin«, lobte er sie immer wieder. »So wie ich das sehe, brauchen Sie eigentlich gar keinen Unterricht.«

»Es muss an Ihrer Anwesenheit liegen, dass ich mich neuerdings sicher im Sattel fühle«, erwiderte sie.

Nicht zu fassen, wie locker der Umgang mit ihm war. Zu keiner Sekunde hatte sie das Gefühl, etwas Dummes zu sagen oder ein unangenehmes Schweigen überbrücken zu müssen. Wenn er von langen Ausritten im Nirgendwo schwärmte, konnte sie auf einmal nachvollziehen, was daran so wunderbar war, und als er vom Polospielen erzählte, entflammte ihre alte Begeisterung für diesen Sport. Doch nach einer Weile schweifte ihre Aufmerksamkeit ab zu den Bewegungen seiner Lippen, auf denen meist ein Lächeln lag. Faszinierend war auch seine blasse Haut mit den vielen Sommersprossen. Als hätte ein Künstler gesagt: Dieses Gesicht perfektionieren wir, indem wir hier und da noch ein paar feine Akzente setzen. Hätte sie doch auch nur Sommersprossen, aber vielleicht hätte sie dann seine nicht mehr so faszinierend gefunden.

Die Spannung, die zwischen ihnen knisterte, war spätestens dann nicht mehr zu leugnen, als er eine Hand auf ihre Taille legte. Es geschah aus einem Reflex heraus, nämlich, als sie absteigen wollte und dabei das Gleichgewicht verlor.

Mr Hewitt wich sofort zurück. »Vorsichtig, Prinzessin«, sagte er, als würde er noch mal betonen wollen, dass er sie nur vor einem Sturz hatte bewahren wollen, mehr nicht.

Sie erschrak über die Berührung, aber nicht, weil sie ihr unangenehm war. Ganz im Gegenteil, alles in ihr schrie: *Mehr davon.* War es, weil sie schon so lange keinen Mann mehr gespürt hatte?

Früher hatte sie wenigstens alle drei, vier Wochen eine Nacht mit Charles verbracht, aber selbst daran konnte sie sich kaum noch erinnern.

»Vielen Dank, dass Sie sich Zeit für mich genommen haben«, sagte sie am Ende des Unterrichts.

»Es war mir ein Vergnügen, und das meine ich aufrichtig.« Er nahm ihre Hand, hauchte einen Kuss darauf, und wie auch immer er das anstellte, es gelang ihm, dass alles um ihn herum unwichtig wurde, die Reithalle mit dem sandigen Boden, das schnaubende Pferd, das zur Belohnung gefüttert und getränkt werden wollte, das Backsteingebäude im Hintergrund mit den schmalen, hohen Fenstern, an dem eine Reihe Soldaten vorbeimarschierte. Nur noch ihn nahm sie wahr, sein unverschämt attraktives Gesicht, seinen angenehmen Duft nach Aftershave, seine leicht rauen Handballen.

»Prinzessin«, sagte er zum Abschied.

Sie nahm all ihren Mut zusammen. »Wenn wir unter uns sind, dann nennen Sie mich doch bitte Diana.«

Ein schiefes Lächeln breitete sich auf seinen Lippen aus. Noch immer hielt er ihre Hand. »James.«

»Also, James«, sagte sie. *Oh Gott, ich habe ihn bei seinem Vornamen genannt.* Schockwellen jagten durch ihren Körper. »Ich würde mich gerne erkenntlich zeigen. Womit könnte ich dir eine Freude machen?«

Er erwarte nichts, sagte er, es sei ihm eine Ehre, ihr Reitunterricht zu geben. »Außerdem habe ich auch etwas davon. Meine Mutter ist dein größter Fan und stolzer auf mich denn je, seit sie weiß, dass ich dich unterrichten darf«, scherzte er.

»Dann richte ihr liebe Grüße von mir aus. Trotzdem würde ich mich gern revanchieren. Wie wäre es, wenn ich dich im Palast zum Essen einlade?«

»Nimm's mir nicht übel, aber für gewöhnlich versuche ich, die Paläste zu meiden. Ich nenne sie insgeheim ›die Orte der langen Flure und des Flüsterns‹.«

Ahnte er, wie sehr er ihr damit aus dem Herzen sprach?

»Der Ausdruck gefällt mir«, meinte sie. »Darf ich ihn übernehmen?«

»Weil du es bist.« Er blinzelte in die schräg stehende Nachmittagssonne. »Ich bin eher für die Einfachheit des Landes gemacht als für schicke Paläste.«

»Dann musst du die Jungs und mich unbedingt mal auf unserem Landsitz Highgrove besuchen kommen. Er ist etwas über eine Stunde vom Kensington-Palast entfernt. William und Harry würden sich gewiss freuen.«

Sie hatte vor sich selbst zu verdrängen gewusst, was hinter diesem Angebot steckte. Es wurde ihr erst klar, als er den Blick ins Unbestimmte schweifen ließ und dabei fragte: »Und dein Ehemann hat nichts dagegen?«

»Er ist oft auf Reisen.« Damit wagte sie sich angsteinflößend weit vor.

»Gibt es denn in Highgrove keine langen Flure, in denen geflüstert wird?«

»Ein paar schon, aber zumindest haben die Wände nicht so viele Augen.«

Sie konnte seinen Kiefer mahlen sehen. »Klingt verlockend«, sagte er. »Dann sehen wir uns nächsten Samstag dort?«

»Ich muss erst einen Blick in meinen Terminkalender werfen.« Alles nur Show. Sie wusste, dass sie Zeit hatte. Sie hatte ihren Privatsekretär darum gebeten, ihr die nächsten Wochenenden so gut wie möglich freizuhalten. Für ihren Reitunterricht, wie sie betont hatte. Aber ein klein wenig konnte sie James schon hinhalten. Außerdem hatte sie so einen Anlass, ihn anzurufen und seine Stimme zu hören.

Sie war nicht mal traurig darüber, James an diesem Tag zu verlassen. Sie freute sich sogar, mit ihrem Jaguar davonzuflitzen, weil sie dann an ihn denken konnte. Noch nie hatte sie sich so lebendig gefühlt. Sie wollte einfach nur raus in die Welt, den Fahrtwind spüren, glücklich sein, diese Leichtigkeit genießen. Sie wollte sofort anfangen, der neue Mensch zu sein, zu dem sie an diesem Nachmittag geworden war.

Kaum fiel die Tür ihrer Wohnung im Kensington-Palast hinter ihr zu, kamen die Zweifel. All die zukünftigen Stunden und Nachmittage mit James, die sie sich auf der Fahrt nach Hause in den buntesten Farben ausgemalt hatte und kaum hatte erwarten können, zerplatzten wie Seifenblasen. *Wie alt bist du?*, schalt sie sich selbst. *Sechzehn? Du hängst dich zu schnell an Menschen. Was weißt du denn schon von ihm?*

Dass sein Haar im Nacken ordentlich ausrasiert war und er schöne Hände hatte. Dass er zärtlich war. Jemand, der so feinfühlig den Hals eines Pferdes streichelte, der musste doch ein aufmerksamer Liebhaber sein! Sie schämte sich dafür, dass sein Anblick sie mit einem Prickeln erfüllt hatte.

Siehst du, du weißt gar nichts. Du malst ihn dir in deiner Fantasie mit den schillerndsten Farben aus, aber am Ende ist er auch nur ein Mann, der nachts schnarcht und Löcher in den Socken hat.

Sie würde einfach weiterhin so tun, als wüsste sie nicht, dass sie in ihrem Eheleben einsam war. Würde bis ans Ende ihrer Tage so tun, als wüsste sie nicht, dass etwas nicht stimmte. Und wenn sie doch an James dachte, dann würde sie die aufkommenden Gefühle unterdrücken. Sie würde Charles nie verlassen, würde immer an ihrer Liebe zu ihm festhalten. Sie war Mutter. Und sie war die Prinzessin von Wales. Sie trug Verantwortung. Sie würde ihre Gefühle für James aussitzen wie eine lästige Grippe, die früher oder später vorbeigehen würde.

Fergie hatte genug Energie für sie beide. Wenn Diana absagte, weil sie erschöpft war oder das Gefühl hatte, von ihren Aufgaben und Pflichten erdrückt zu werden, ließ Fergie nicht locker. »Das wird nicht akzeptiert! Du bist nur einmal jung. Komm, wir fahren einfach kreuz und quer durch London und versuchen, unsere Leibwächter abzuhängen.«

Das war gut, das lenkte sie ab. So jemanden brauchte man im Leben. Vor allem, weil Diana mit ihren alten Freundinnen nur noch wenig zu tun hatte. Sie schämte sich zu sehr dafür, dass sie alles, wirklich alles im Leben hatte und es dennoch nicht schaffte, glücklich zu sein.

Fergie verstand ihre Situation. Und sie erzählten einander alles. Es war wundervoll, eine Freundin zu haben, vor der man keine Geheimnisse hatte.

Wobei ... Ein paar Dinge gab es, die nicht mal Fergie wusste.

Ein Geheimnis war, dass sie nach fast jedem Essen ins Bad verschwand, um sich den Finger in den Hals zu stecken.

Ihr zweites Geheimnis lautete, dass sie nach wie vor einfach nicht aufhören konnte, an einen attraktiven Mann in Uniform zu denken. Keine Chance, sich zu zügeln. Wenn sie morgens aufwachte, schaffte sie es noch, sich zu rekeln, und schon waren da Fragen über Fragen, die sie James am liebsten sofort gestellt hätte und es doch nicht wagen würde. Wie trank er seinen Kaffee? Hatte er ein Lieblingslied? Wie sah es mit Geschwistern aus?

Punkt sieben Uhr stand sie nach wie vor jeden Tag auf, um ihre Korrespondenz zu erledigen. Das war ihr Ritual. Ihr Beweis, dass sie ihr Leben unter Kontrolle hatte. Dass sie *sich* unter Kontrolle hatte. Sie hatte sich die Art von Leben aufgebaut, wie es von ihr erwartet worden war. Sie war gut in dem, was sie tat. Sie war eine gute Ehefrau, Mutter, Tochter, Protestantin, Prinzessin ... Doch während sie den Terminaufzählungen ihres Privatsekretärs lauschte, zerrte immerfort eine spannungsgeladene Rastlosigkeit an ihr.

Und dann fuhr James' Wagen an jenem Samstag in der Einfahrt von Highgrove vor. Er stieg aus, und sein Blick pumpte ihr frisches Leben durch die Adern. Und sie begriff, dass sie rein gar nichts unter Kontrolle hatte.

»Bereit, die Zügel in die Hand zu nehmen?«, fragte er.

Und sie sagte: »Ich kann es kaum erwarten.«

James stellte ihr während ihres Ausritts viele Fragen, so als könnte er gar nicht genug über sie erfahren. Die meisten betrafen ihre Kindheit. »Du musst mir nicht antworten, wenn du nicht willst«, sagte er.

»Es macht mir nichts aus. Ich finde es sogar heilsam, von früher zu sprechen.«

Charles hatte sie all dies nie gefragt.

Sie erzählte James von ihrer wunderschönen Mutter Frances mit den Modelbeinen, die gerade mal fünfundzwanzig Jahre jung gewesen war, als sie Diana, ihr drittes Kind, bekam. Dass ihre früheste Erinnerung der Geruch nach dem warmen Kunststoff ihres Kinderwagens war. Und sie erzählte ihm von der Trennung ihrer Eltern. Sie war sechs Jahre alt gewesen, saß still und leise auf der letzten kalten Steinstufe vor Park House, klammerte sich an dem gedrechselten Eisengeländer fest, während um sie herum entschlossene Betriebsamkeit herrschte. Sie konnte hören, wie Gepäck im Kofferraum eines Autos verstaut wurde und wie ihre Mutter über den knirschenden Kies im Vorhof schritt, wie eine

Autotür zugeschlagen wurde, der Motor ansprang und der Wagen davonrollte und durch die Tore verschwand.

Als sie über eine uralte, wildromantische Brücke ritten, deren Stein schon schwarz verfärbt von der Witterung war, fragte sie ihn: »Inwiefern meinst du, meine Ehe mit Charles wäre der Ehe meiner Eltern ähnlich?« Er hatte vorher so eine Andeutung gemacht.

»Nun, du hattest erzählt, dass dein Vater zwölf Jahre älter als deine Mutter war, und Charles ist …«

»Dreizehn Jahre älter als ich«, vollendete sie James' Satz. »Wie aufmerksam du mir zuhörst.« Das gefiel ihr. Sehr sogar. »Meine Mutter war fünfzehn, als sie ihren Zukünftigen kennenlernte, ich war sechzehn.«

»Deine Mutter hat es vorgezogen, in der Stadt zu wohnen, so wie du. Auch wenn du meinetwegen immer wieder behauptest, das Land zu lieben.«

»Es ist die Wahrheit.«

Die malerische Weite erfüllte sie mit einer tiefen, nahezu meditativen Ruhe. Sie ließ den Blick über die sanften Erhebungen und Senkungen der Landschaft schweifen, über der in diesen frühen Morgenstunden ein zauberhafter Nebel lag. Hier und da grasten ein paar Schafe. Früher war die Natur oft ihre Zuflucht vor den Streitereien ihrer Eltern gewesen. »Mein Vater wollte unbedingt einen Erben. Nach meinen zwei Schwestern wurde er ungeduldig«, vertraute sie ihm an. »Er hat von meiner Mutter verlangt, sich mehreren Untersuchungen zu unterziehen, um herauszufinden, weshalb sie keine Söhne bekommen kann. Dann endlich sollte sich sein Wunsch erfüllen – aber John, so wollten sie ihn nennen, war nicht lebensfähig. Kaum war er auf der Welt, brachte man ihn aus dem Zimmer. Meine Mutter weinte, schrie, bettelte, ihn sehen zu dürfen, aber man hat sie nicht gelassen. Elf Stunden später ist er gestorben. Es vergingen ein paar Monate, und meine Mutter wurde erneut schwanger. Sie hatte aber eine Fehlgeburt, von der sie meinem Vater nie erzählt hat. Ein Jahr danach kam ich zur Welt, eine herbe Enttäuschung für meinen Daddy. Wieder ein Mädchen. Es sollten noch drei Jahre vergehen, ehe meine Mutter ihm endlich einen Jungen schenkte, meinen Bruder Charles. «

Sie sah James an. »Meine Eltern hatten eine furchtbare Ehe und haben eine schreckliche Scheidung durchgemacht. Und dann hat meine Mutter das Sorgerecht für ihre Kinder verloren. Mein Vater hatte wahrscheinlich selbst Affären, aber meine Mutter wurde vor Gericht niedergemacht, weil sie ihn für einen anderen Mann verlassen hat. Mein Vater hatte mehr Geld, mehr Macht, mehr Einfluss. Als meine Mutter fort war, legte sich ein riesiger Schatten über meine Geschwister und mich.«

Sie machten Rast unter einer alten Linde, breiteten die Picknickdecke aus, die sie eingepackt hatten, und verteilten Käse, Trauben, Weißbrot und Schinken darauf. Nur das leise Gluckern des Bachs war zu hören, der sich an ihnen vorbeischlängelte, und das Geräusch, wenn die Pferde Grasbüschel aus der Wiese rissen. Und obwohl ihr Herz ganz leicht war, so war sie doch auch traurig, weil der Mann neben ihr nicht Charles war.

Die Morgensonne zauberte in James' kupferfarbenes Haar goldene Pigmente. Sie hätte ihn ewig betrachten können. Faszinierend war auch, dass er nicht braun wurde, sondern einfach nur mehr Sommersprossen bekam.

Als er merkte, dass sie geblendet wurde, rutschte er ein Stück zur Seite, um sie vor der Sonne abzuschirmen. Das geschah ganz beiläufig, er machte keine große Sache draus, aber Diana nahm es dennoch wahr.

»Darf ich?«, fragte James auf einmal. »Du hast eine Wimper an der Wange.«

James näherte sich ihr langsam, so als wollte er ihr Zeit lassen, ihn doch noch in seine Schranken zu weisen. Sie bebte mit jeder Faser ihres Körpers. War ihm machtlos ausgeliefert. Mit einer Vorsicht, die ihren ganzen Körper prickeln ließ, legte er den Zeigefinger auf ihre Wange und präsentierte ihr schließlich die Wimper. »Du darfst dir etwas wünschen.«

Es ist dein Körper, den ich mir wünsche, und zwar Nacht für Nacht. Ich will deinen Duft auf meiner Haut. So wie an dem Tag, an dem du dein Jackett im Stall vergessen hattest und ich es mitgenommen und heimlich in meinem Schlafzimmer getragen habe. Das war das erste Mal, dass ich es mir erlaubt habe, mir vorzustellen, du würdest ganz nah bei mir liegen, nackt, deine Haut auf meiner.

Drei Atemzüge.

Eins. Ihr war nicht bewusst gewesen, wie gut sonnengewärmte Haut roch. Sie hob den Blick, wagte es, sich dem seinen auszuliefern.

Zwei. Er hatte ja sogar Sommersprossen in den Augen, ein paar grüne Sprenkel in dem hellen Braun, je nachdem, wie die Sonne stand. Er betrachtete ihr Gesicht, als gefiele ihm, was er sah.

Drei. Sie pustete die Wimper fort. Sandte ihren Wunsch ab.

Doch James legte den Stromschalter um, indem er sich räusperte und sagte: »Dein Leibwächter …«

»Wer …? Ach so, ja.« Sie fegte ein paar unsichtbare Krümel von ihrer Reithose. »Das nächste Mal soll er zu Hause bleiben. Ich fühle mich bei dir sicher und behütet. Ich brauche ihn nicht, wenn du bei mir bist.«

Seine Brust schwoll leicht an, sein Blick verdunkelte sich vor Verlangen, und dennoch erhob er sich von der Decke und reichte ihr die Hand, um ihr aufzuhelfen. Sie hatte Mühe, ihre Enttäuschung vor ihm zu verbergen.

»Möchtest du noch mit uns zu Abend essen?«, wagte sie zu fragen.

»Ich möchte keine Umstände machen«, antwortete er.

»Das tust du nicht.« Und als sie seinen Blick sah, fügte sie hinzu. »Hazel, meine Kammerzofe und Anstandsdame, ist ebenfalls anwesend.«

Nach dem Dinner saß James bei Harry und William am Bett und erzählte ihnen eine Gutenachtgeschichte von Rittern auf weißen Pferden und Heldentaten.

»Bist du auch ein Ritter?«, fragte Harry mit großen Augen.

»Er ist unser ganz persönlicher Ritter«, erwiderte Diana an James' Stelle und küsste Harry auf die Stirn. »Und jetzt macht die Augen zu, ihr beiden. Schlaft gut. Morgen frühstücken wir zusammen.«

»Die zwei sind wundervoll«, sagte James später, als sie allein waren und Diana ihnen Scotch einschenkte.

»Ja. Sie bedeuten mir alles. Ohne sie bin ich nichts.« Sie sank neben ihm auf das Sofa, wandte ihm den Oberkörper zu, reichte ihm sein Glas, legte eine Hand auf die Rückenlehne und schlug die Beine übereinander, und das alles in einer eleganten und verführerischen Abfolge, wie sie es sich bei den Hollywood-Schauspielerinnen abgeguckt hatte.

Aber er schaute hinter die Fassade. »Was bedrückt dich?«

»Es macht mir zu schaffen, wie sehr William und Harry unter Charles' ständiger Abwesenheit leiden«, gestand sie ihm. »Sein Privatsekretär hat Charles vor Kurzem angefleht, mehr Zeit mit seinen Söhnen zu verbringen, da selbst der Presse aufgefallen ist, dass er sich kaum mit ihnen beschäftigt. ›Versuchen Sie es doch einfach!‹, hat er gebettelt.« Sie ließ den Scotch in ihrem Glas kreisen. »Letztendlich ist ein Fototermin inszeniert worden, und Charles hat den liebevollen Vater gespielt. Am meisten hat es wehgetan zu sehen, wie sehr William und Harry sich dennoch darüber gefreut haben, Zeit mit ihrem Vater zu verbringen.«

»Was kann ich tun, um dich aufzumuntern?«, fragte er sie.

Sie überlegte einen Moment lang. »Da gibt es tatsächlich etwas, das mir Freude bereiten würde.«

»Alles, was du willst.«

Sie ließ dem Reiz ihres Augenaufschlags freien Lauf. »Würdest du mich in der Kaserne herumführen? Bisher kenne ich nur die Reithalle, und das Spannendste, was ich im Hof gesehen habe, war ein Panzer.«

Damit meinte sie eigentlich, dass sie nur die Orte kannte, an denen James sie »Prinzessin« nannte und sich förmlich vor ihr verneigte, weil dort ständig Soldaten herumliefen.

»Es gibt in der Kaserne nicht viel zu sehen. Das ist kein Ort für eine Dame«, sagte er.

»Ach nein?« Sie reckte das Kinn und zog dabei herausfordernd die Augenbrauen hoch. »Dann bin ich wohl keine Dame. Immerhin war ich schon im Hauptquartier der Special Air Services in Hereford und fand es dort sehr interessant.«

Er staunte nicht schlecht. »Und was hast du dort gemacht?«

»Einen Fahrkurs. Einen ›mörderischen‹ Fahrkurs, wie ich ihn insgeheim genannt habe. Ich will vorbereitet sein, sollte ich mal im Auto verfolgt werden. Außerdem habe ich dort gelernt, wie ich mich bei einem Terroranschlag oder Entführungsversuch verhalten muss. Man hat Knallkörper und Rauchbomben in meinen Wagen geworfen, meine Ausbildung sollte ja so realistisch wie möglich sein. Sogar ein Waffentraining habe ich absolviert.«

»Hat die Königin das für dich veranlasst?«

»Oh nein, das war ich selbst.«

Er betrachtete sie und sagte dann: »Du bist wirklich ganz anders, als ich erwartet habe.«

»Hattest du ein oberflächliches Püppchen erwartet?«

»Um ehrlich zu sein, ja.«

»Das denken die meisten von mir. Ich bin mir nur meiner Situation bewusst. Mitglieder der königlichen Familie leben in ständiger Gefahr. In nur kurzer Zeit wurden zwei Anschläge auf Elizabeth verübt. Und Prinzessin Anne wäre mal fast entführt worden, und das auf der Mall, also nur wenige Meter vom Buckingham-Palast entfernt. Ich trage Verantwortung. Als die zukünftige Königin, aber vor allem als zweifache Mutter.«

»Also gut«, sagte er schließlich. »Aber erwarte nicht zu viel. Ich will kein Jammern hören, wenn du dich langweilst.«

Wie sollte sie? Sie würde erfahren, wie sein Alltag war, wie er in seiner schicken Uniform Anweisungen gab, würde das Bett sehen, in dem er schlief.

In dieser Nacht träumte sie davon, mit ihm durchzubrennen, um irgendwo weit weg ein neues Leben aufzubauen. Am nächsten Morgen wachte sie auf, duschte kalt und dachte: *Du bist mit dem Thronfolger verheiratet, bist Mutter von zwei wundervollen Kindern und lebst in prächtigen Palästen.* Als sie sich ein Handtuch umwickelte, ihr nasses Haar kämmte und ihr Blick dabei in den Spiegel fiel, da sagte sie sich: *Vielleicht in einem anderen Leben.*

War das nicht eigenartig?

Als ob sie mehr als eines zur Verfügung hätte.

34

In der Kaserne war James' Gang noch aufrechter, noch männlicher.

Wo er mittags aß, wollte Diana wissen.

»In der Offiziersmesse.«

»Könnten wir dort auch gemeinsam essen? Von all den Eindrücken habe ich Hunger bekommen.«

»Schon.« Das »Aber« war deutlich herauszuhören, gleichzeitig kannte sie ihn inzwischen gut genug, um zu wissen, wie ungern er ihr etwas abschlug. »Stell dir aber bitte kein Restaurant vor. Es ist ein Raum mit mehreren langen Tischen mit Majo- und Ketchupflaschen darauf und Arbeitsplänen, die an ein Brett gepinnt sind. Zu essen gibt's Fish and Chips oder Toast mit Baked Beans.«

»Glaub mir, für mich ist der Gipfel des Luxus, mich mit Toast und Baked Beans vor den Fernseher zu hocken und meine Lieblingsserie anzuschauen. Bitte, ich würde mich wirklich freuen.«

James hatte nicht untertrieben, und trotzdem war sie selig. Es war schon nach zwei Uhr, und sie waren allein in der Offiziersmesse. Sie wies ihren Leibwächter an, draußen zu warten. *Ich bin bereit, die Zügel in die Hand zu nehmen, James.*

Er erzählte davon, dass er schon als Junge davon geträumt hatte, Major zu werden. Zunächst war sie ganz Ohr, aber irgendwann konnte sie nicht mehr anders, als seine Lippen zu bewundern, die feinen Rillen darauf, die Sommersprossen in seinem hübschen Gesicht, die er durch die vielen Ausritte mit ihr bekommen hatte. Das gefiel ihr, denn es war, als hätte sie ihm auf diese Weise einen Stempel aufgedrückt.

Er ahnte wohl, dass sie nicht mehr ganz bei der Sache war, aber ließ es ihr mit einem milden Lächeln durchgehen. »Jetzt weißt du, wie mein Alltag aussieht. Aber wie sieht deiner aus?«

Sie wollte nicht, dass er wusste, wie überfordert sie oft war und wie unsicher, deshalb erzählte sie ihm nur von den Annehmlichkeiten. Wie befreiend es war, in den großen, hohen Räumlichkeiten zu tanzen, und dass der Koch im Kensington-Palast immer Vanillepudding im Kühlschrank für sie bereithielt, wenn sie abends nach einer anstrengenden Veranstaltung nach Hause kam. Dann war sie wieder zehn Jahre alt und wusste noch nichts von Lockenwicklern, Diäten oder dem dämlichen Protokoll.

»Du hast es wirklich geschafft«, sagte James.

»Habe ich das?«, erwiderte sie.

»Hat nicht jede junge Frau davon geträumt, den Prinzen von Wales zu heiraten? In einem Palast zu wohnen, wo einem jeder Wunsch von den Lippen abgelesen wird, wunderschöne Kleider zu tragen, die Welt zu bereisen und sich von Kaviar und Hummer zu ernähren?«

Sie lehnte sich nach vorne, brachte ihr Gesicht dem seinen näher. »Aber all das macht mich nicht glücklich.«

»Und was macht dich glücklich?« Das war neu, dass er sich so weit vorwagte.

Ehe sie wusste, wie ihr geschah, rückte sie noch dichter an ihn heran. »Das weißt du doch.«

Dieselbe Angst, die auch sie empfand, flackerte in seinen Augen auf. Er warf einen Blick über die Schulter, aber sie waren nach wie vor allein. Er lachte verlegen, schüttelte den Kopf, fuhr sich durchs Haar, und das alles so schnell, dass man kaum hinterherkam. »Bist du nicht erschöpft? Du bist doch sicher heute Morgen wieder um sieben Uhr aufgestanden, um deine Korrespondenz zu erledigen.«

Auch das hatte er sich also gemerkt.

»Heute schon um vier«, erwiderte sie.

»Um vier?! Um Himmels willen! Warum denn das?«

»Was denkst du denn?« *Weil ich kein Auge zugemacht habe. Weil ich nur an dich denken konnte.*

Er mochte es, wenn sie den Kopf leicht schief legte und ihn von schräg unten ansah. Er brauchte dann jedes Mal einen Moment, um zu antworten, weil er damit beschäftigt war, leicht verklärt zu lächeln. »Diana«, hauchte er.

Sie liebte es, wenn er ihren Namen sagte. Aus seinem Mund klang er wie eine Gefahr. Als müsste er sich beherrschen, um nicht ... ja, um nicht was zu tun?

»Diana ...«, sagte er noch mal, aber sie hörte ihm an, wie sein Widerstand bröckelte. »Du ...«, setzte er an.

»Was ist mit mir?«, forderte sie ihn heraus.

»Ich kann verstehen, warum dir ganz England zu Füßen liegt ... Du machst es mir sehr schwer.«

»Schwer nur?«, erwiderte sie. »Unmöglich wäre mir lieber.«

Sie legte eine Hand an sein Gesicht und fuhr mit dem Daumen über seine Unterlippe. Alles ist möglich, dachte sie auf einmal erschrocken. Jetzt gab es nur noch sie und ihn und diesen Moment, den sie voll auskosten musste, sonst würde sie es ihr Leben lang bereuen, aber vielleicht bereute sie es auch, wenn sie es tat – zu spät, denn auf einmal lagen ihre Lippen auf seinen.

Sie ließ die Berührung auf sich wirken. Nach und nach erfasste sie ihren ganzen Körper.

»Einem Bürgerlichen, wie ich es bin, ist es nicht gestattet, Mitglieder der königlichen Familie zu berühren«, sagte er mit rauer Stimme. »Noch dazu stehe ich als Hauptmann im Dienst der Königin.«

Sie küsste ihn ein zweites Mal. Wünschte, sie könnte sich so zügeln wie er, aber die Leidenschaft, auf die sie all die Jahre hatte verzichten müssen, brach mit aller Macht aus ihr hervor. Sie öffnete seinen Mund mit der Zunge, vertiefte den Kuss. Es verlangte sie danach, auf seinen Schoß zu klettern, wäre da nicht dieser Tisch! Sie versuchte alles, was sie sich von ihm wünschte, in diesem Kuss offen darzulegen, brutal fast, während sie spürte, dass er noch Abstand wahrte.

»Bist du dir ganz sicher?«, sagte er an ihren Lippen. »Wenn man uns erwischt, dann ...«

Sie ließ ihn nicht ausreden. »Ich war mir noch nie in meinem Leben so sicher. Du gibst mir Kraft. Du machst mich glücklich. Ich brauche dich.«

»Und du bist es wert, alles zu riskieren«, erwiderte er. »Selbst wenn es mein Leben wäre.«

35

Fünf vor elf Uhr nachts.

Regen kratzte am Fenster, trommelte auf die Pflastersteine im Hof von Kensington Court. Diana liebte die Sonne, aber manchmal hatten auch Regentage ihren Reiz. Sie zündete eine Vanille-Duftkerze an, trat ans Fenster und versuchte, sich an den Tropfen abzulenken, die in Zickzackbahnen die Scheibe hinabwanderten. Bis auf den goldenen Schein der Außenbeleuchtung war es tiefe Nacht. Das Präludium von Bach verströmte leise Sehnsucht und Hoffnung.

Wie eine Kamera, die neu fokussiert, sah sie auf einmal ihr Gesicht im Fenster gespiegelt. War sie dabei, einen riesigen Fehler zu begehen? Sollte sie einen Rückzieher machen? Jetzt war es noch nicht zu spät. Wenn der Wagen erst mal vorgefahren war, James durch den unüberwachten Seiteneingang in den Palast huschte und die Wohnungstür öffnete, die sie nur angelehnt hatte, dann würde sie nicht widerstehen können, keine Chance.

Mit jedem Quadratmillimeter ihrer Haut spürte sie, dass sie drauf und dran war, zur Ehebrecherin zu werden. *Da kann auch dein unschuldiges hellblaues Kleid nicht drüber hinwegtäuschen!*

Alles an ihr war auf Verführung aus. Die Spitzenunterwäsche. Das dezente Parfüm. Die frisch rasierten Beine. Der Lidstrich auf den oberen Augenlidern. Der Ansatz ihres Seidenunterkleids, der verheißungsvoll unter ihrem Ausschnitt hervorlugte. Schmuck trug sie keinen, der würde nur stören.

Ihre Gedanken drehten sich im Kreis.

Sie hatte noch nie mit einem anderen Mann als mit Charles geschlafen.

Sie war fünfundzwanzig Jahre alt und wusste nichts über romantische Liebe. Sie liebte Charles, aber er erwiderte ihre Liebe nicht, und deshalb war diese Liebe nicht wahrhaftig. Irgendwann nach Harrys Geburt hatte sie aufgegeben, um seine Zuneigung zu kämpfen. Sie wusste einfach nicht mehr, wie. Hatte keine Kraft mehr.

Nichts ahnend hatte sie sich die Straße ihres Lebens entlangtreiben lassen – und auf einmal hatte James ihren Weg gekreuzt und ihr den Boden unter den Füßen weggezogen. Mit ihm fühlte sie sich wie berauscht. Schwebte in einer anderen Sphäre.

Die Pendule schlug dreiundzwanzig Uhr. William und Harry schliefen tief und fest. Hoffentlich blieb das auch so. Am Ende schlich noch einer der beiden zu ihr ins Zimmer, um mit ihr zu kuscheln. Hin und wieder kam das vor. Sie würde einfach zusperren, bis James wieder verschwunden war.

Das Prasseln des Regens wurde von Stimmen übertönt. »Wer ist da im Wagen?« »Ich kann nichts erkennen!« »Da hat sich jemand unter einer Decke versteckt!«

Diese lästigen Paparazzi. Sie wurden immer aufdringlicher. Inzwischen lauerten sie sogar bis spätnachts vor den Toren des Palasts. Sie hatte James angewiesen, sich im Wagen, den sie ihm geschickt hatte, unter einer Decke zu verstecken, damit man ihn nicht erkannte. Auch das Sicherheitspersonal sollte nichts zum Tratschen haben.

Gelbes Scheinwerferlicht erhellte den Hof. Eine dunkle Gestalt sprang aus dem Wagen, huschte zum Seiteneingang und war im nächsten Moment im Kensington-Palast verschwunden.

Sie betastete noch einmal ihr Haar. Schickte ein Stoßgebet in Richtung Himmel. *Gott, bitte hasse mich nicht.*

Ihr Herz würde ihr noch aus der Brust springen.

Obwohl die Tür nur angelehnt war, klopfte er leise. Dann trat er ein.

Dort war er. Wildlederschuhe. Beigefarbene Anzughose. Blütenweißes Hemd. Darüber ein dunkelbrauner Trenchcoat.

Er lächelte. Ein Lächeln, das ausdrückte, wie sehr er diesen Augenblick herbeigesehnt hatte. Noch nie hatte sie so ein Lächeln gesehen.

Und da wusste sie, dass sie diesem Mann bedingungslos ergeben war.

Er drückte die Tür hinter sich zu.

Fünf Schritte, dann war er bei ihr. Schloss sie in die Arme. Sie verschmolzen miteinander, nahmen einander auf. Sie bettete den Kopf an seine Brust, hörte seinen Herzschlag, atmete seinen Duft ein, nach warmer Haut und Aftershave und noch etwas, das sie an frische Luft und taufeuchtes Gras erinnerte – der Duft der Freiheit. Sie zitterte. Sie wollte diesen Mann so sehr!

Sie löste sich von ihm und sah ihm in die Augen. *Bitte rette mich.*

Er küsste sie. Erst sanft, dann drängend. Ihr Körper wurde unter seinen Händen zu Wachs. Sie schmeckte den Regen in seinem Gesicht, spürte, wie sich die Tropfen von seinem Mantel in ihr Kleid sogen. Das kühlte ihre heiße Haut.

»Versprich mir, dass du mich nicht fallen lässt«, wisperte sie. »Versprich mir, dass du immer für mich da bist.«

»Immer«, versprach er.

Sie knöpfte den Ausschnitt ihres Kleides auf, bis der Spitzenbesatz ihres Unterkleids freilag, und führte seine Hand zu ihrem

Brustbein. Erneut senkte er seine Lippen auf ihre, und sie schlang die Arme um ihn, als würde sie ihn nie wieder loslassen wollen.

»Ich war noch nie mit jemand anderem als meinem Ehemann zusammen«, sagte sie unter seinem Kuss.

»Und ich war noch nie mit jemandem wie mit dir zusammen. Du bist die schönste Frau, die ich je gesehen habe. Diese tiefblauen Augen, die in echt viel schöner sind als auf Fotos oder im Fernsehen. Deine durchscheinende Haut. Du bringst mich um den Verstand. Ich bete dich an. Ich will auf dich aufpassen und dich glücklich machen.«

Sie ergab sich ihm mit jeder Faser ihres Körpers.

Ihr hellblaues Kleid auf dem Teppichboden.

Das Himmelbett.

Das Gefühl zu leben.

36

1987

Buntes Licht glitt über das Menschenmeer unter ihr, über unzählige Hände, die im Takt des Schlagzeugs klatschten. Der Anblick war elektrisierend. Die E-Gitarre setzte ein. Ein paar Töne genügten, und es war klar, welcher Song folgen würde. »*Rebel Rebel*«. Die Menge war kaum noch zu halten.

Am liebsten wäre Diana von ihrem Platz aufgesprungen und hätte lauthals mitgesungen. Sie vergötterte Bowie! Als sie ihn vor zwei Jahren auf dem Live-Aid-Konzert kennenlernen durfte, hatte sie Mühe gehabt, nicht wie ein echtes Groupie die Nerven zu verlieren. Hätte dieser einzigartige Musiker ihr noch eine Minute mehr geschenkt, hätte sie sich nicht mehr halten können und ihm vorgeschwärmt, wie viel seine Musik ihr bedeutete, dass seine Texte ihr Kraft gaben, wenn ihr mal wieder alles zu viel war und sie sich schwach und unnütz und einfach nur erbärmlich fühlte. Damals hatte sie noch ein unschuldiges blaues Kleid getragen. Heute trug sie eine schwarze Lederhose, dazu einen schwarzen Satin-Blazer und darunter ein lockeres weißes Shirt.

Major David Waterhouse beugte sich zu Diana hinab und sagte etwas, aber keine Chance, ihn zu verstehen. Sie deutete auf ihre Ohren und schüttelte dabei den Kopf. David lachte. Mit seinen warmherzigen Knopfaugen war er Diana schnell ans Herz gewachsen und zu einem Freund geworden. Ebenfalls mit von der Partie waren Viscount David Linley, Margos Sohn, sowie zwei Hofdamen. Sie war also in guter Gesellschaft. Warum hatte sie dennoch das Gefühl, etwas Verbotenes zu tun? Sie wagte ja kaum, zur Musik zu klatschen. Als würde Elizabeth höchstpersönlich neben ihr sitzen und sie stumm verurteilen. Da hatte das Protokoll ganze Arbeit geleistet. Oder lag ihre Befangenheit daran, dass sie weder Charles noch Elizabeth um Erlaubnis gebeten hatte, das Konzert besuchen zu dürfen? Sie hätten es ihr nur wieder ausgeredet. Und sie war doch kein kleines Kind mehr! Wie sollte sie jemals lernen, selbst Entscheidungen zu treffen, wenn sie bei jeder Kleinigkeit auf die Meinung und den Rat anderer vertrauen musste?

Ihr Blick fiel auf eine Gruppe junger Frauen unweit von ihr. Ihre Jeans waren ausgefranst, ihre Shirts so kurz, dass man den Bauchnabel sehen konnte. Sie tanzten hemmungslos. Bestimmt hatten sie niemanden um Erlaubnis gebeten, das Bowie-Konzert besuchen zu dürfen. Diana war völlig fasziniert. *Und du? Du sitzt auf deinem Platz, als wärst du in der Oper. Du legst dich selbst an die Leine.*

David Bowie sang: »Rebel rebel, how could they know?«

Was sprach schon dagegen, mit dem Fuß zu wippen? Und wenn man schon dabei war, zusätzlich zu klatschen? Dann konnte man ebenso ein wenig tanzen. Aber wenn man tanzte, musste man auch singen. Diana vergaß all die Menschen um sich herum, vergaß die Presse und sang und tanzte und streckte die Hände in die Luft. Es war, als würde Musik durch ihren Körper fließen. Was war schon dabei? Junge Menschen gingen nun mal auf Konzerte und feierten, und sie war doch jung! Sie tat ja nichts Unrechtes.

Als sie mitten in der Nacht in ihr Bett fiel, war sie völlig erschöpft, verschwitzt und zerzaust, aber selbst das fühlte sich herrlich an. Kurz dachte sie, dass sie sich ausziehen musste, dass sie nach wie vor Lederhose und T-Shirt trug, aber keine Chance, noch mal aufzustehen. Schon fielen ihr die Augen zu, und im nächsten Moment war sie eingeschlafen.

Am nächsten Tag wurde William fünf Jahre alt. Sie feierten in Highgrove, weil Diana gehofft hatte, dass Charles ihnen vielleicht Gesellschaft leisten würde, wenn William seine Geschenke im geliebten Garten seines Vaters auspackte, zwischen duftenden Salbeibüschen, Jasminsträuchern und schwarzen Maulbeerbäumen. Pustekuchen. Charles zog es vor, Polo zu spielen.

Dafür hatte jedoch James ihre Einladung dankend angenommen, mit ihnen zu feiern. Er hatte nicht nur ein Geschenk für William, sondern auch eines für Harry: zwei Kinderuniformen, in denen die beiden ungemein niedlich aussahen. »So kommt ihr mich mal in der Kaserne besuchen«, sagte er.

Damit niemand ihr aus James' Anwesenheit einen Strick drehen konnte, hatte Diana auch Fergie und Hazel eingeladen. Inzwischen bereute sie es ein wenig, dass er hier war, denn nach dem gestrigen Konzert fehlte ihr eine ordentliche Mütze Schlaf. Eigentlich hatte sie vorgehabt, sich einen Schattenplatz zu suchen und dort still und leise zu leiden, aber Fergie sprudelte nur so vor Energie und schlug vor, Verstecken zu spielen.

Diana machte es sich leicht. Sie versteckte sich unter der Kletterrose an der Hauswand, streckte die Nase in die Sonne und schloss die Augen, den süßen Duft der Blüten und des frischen Kaffees in der Nase, der durch das gekippte Küchenfenster hinauszog, und auf einmal war da auch der Hauch eines angenehmen Aftershaves, das sie sofort erkannte. Ein sonnengewärmter Körper drückte sie gegen die Hauswand. Sie schmeckte James' Kuss, spürte, wie seine Hand ihren Oberschenkel hinaufwanderte. Augenblicklich stand ihr Körper in Flammen. Sie sog scharf die Luft ein.

»Stets zu Ihren Diensten«, raunte er und knabberte an ihrem Ohrläppchen.

»Sehr gut, denn ich habe viel nachzuholen.«

Ihre Lippen trafen aufeinander. Ein Geräusch holte sie ins Hier und Jetzt zurück. »Ist da gerade ein Wagen vorgefahren?«, dachte sie laut nach.

Autotüren schlugen zu. Hatte Charles es sich doch anders überlegt?

»Ihre Majestät, die Königin, Elizabeth die Zweite ...«, wurde kurz darauf angekündigt.

Mist. Diana hatte gehofft, dass Elizabeth ihr noch eine Schonfrist geben würde, bis sie wieder in London war. Immerhin war heute Williams Geburtstag.

» ... sowie Ihre Königliche Hoheit, die Duchess von York.«

Oh nein. Auch noch die Königinmutter. Das konnte nichts Gutes bedeuten. Zum Glück verdeckten Sonnenbrille und Strohhut ihre Augenringe.

Damit niemand Verdacht schöpfte, ließ sie James einen Vorsprung. Sie selbst betrat den Landsitz über den Lieferanteneingang, strich im Flur ihr Kleid glatt, warf einen Blick in den goldgerahmten Spiegel über der Kommode – ihre Lippen waren leicht geschwollen, und in ihren Augen lag dieses Funkeln, aber ansonsten war nichts weiter auffällig. »Was für eine schöne Überraschung!«, sagte sie, als sie auf die Terrasse trat.

Sie knickste ehrfürchtig und deutete bei beiden Küsse auf die Wangen an.

»Ich dachte mir, dass sich mein Enkel an seinem Ehrentag vielleicht über einen Besuch freut«, sagte Elizabeth.

»Wie ich sehe, feiert ihr in einer netten kleinen Runde mit ausgewählten Gästen«, stellte die Königinmutter mit Blick auf James fest, der Harry gerade das Gesicht mit Sonnenmilch eincremte. »Ich hoffe, wir stören nicht.«

»Wir freuen uns, dass ihr gekommen seid«, antwortete Diana.

Das war nicht mal gelogen, William und Harry waren ganz aus dem Häuschen darüber, dass ihre Oma und ihre Urgroßmutter mit ihnen Kuchen essen würden. Wie oft hatte Diana sich gewünscht, Geburtstage im kleinen, intimen Familienkreis zu feiern! Die Sache war nur: Sie kannte diese Familie inzwischen. Elizabeth und ihre Mutter waren aus einem bestimmten Grund hier, der nichts mit Williams Geburtstag zu tun hatte. Und sie ahnte auch schon, was dieser Grund war.

»Mutter und ich waren schon so lange nicht mehr hier«, sagte Elizabeth und ließ den Blick über die prächtige Gartenanlage schweifen. »Wärst du so lieb und würdest uns ein bisschen herumführen?«

Diana warf einen besorgten Blick in den Himmel. In der letzten Stunde hatten sich die Wolken zunehmend verdichtet. Ein Sommergewitter lag in der Luft. Aber Elizabeth wollte von ihren Bedenken nichts wissen. »Ach, nur ein kleiner Spaziergang«, meinte sie. Dabei war es recht stickig, und ihre Mutter atmete schon jetzt schwer.

Sie schafften es gerade mal bis zu den Marmorskulpturen von Charles und Laurens van der Post, als der Königinmutter die Puste ausging und sie sich auf die Steinbank unter einer Rosenarkade setzen musste.

»Möchtest du dich auch kurz ausruhen?«, fragte Diana Elizabeth.

»Nein, danke. Ich habe etwas mit dir zu klären und würde es vorziehen, dies im Stehen zu tun. Dann geht es erfahrungsgemäß schneller.«

Wenn es nur nicht so schwül wäre ...

»Mutter war so lieb, einen Zeitungsartikel auszuschneiden und aufzubewahren«, sagte Elizabeth.

Das war das Stichwort der Königinmutter. Aus ihrer Handtasche zog sie einen Ausschnitt aus dem *Daily Express*, den sie auseinanderfaltete und ihrer Tochter reichte, die ihn wiederum Diana wie ein Beweisstück präsentierte. Das Titelfoto zeigte eine kichernde Diana, die beim Royal Ascot ihrer Freundin Lulu Baker mit einem zusammengerollten Sonnenschirm in den Hintern pikte. »*Viel zu frivol*«, lautete die Überschrift.

Fergie war mit von der Partie gewesen, hatte Diana sogar noch angestachelt, aber das musste die Königin nicht unbedingt wissen. Es genügte, wenn eine von ihnen eine Standpauke bekam.

»Ich dachte mir, das dürfte dich interessieren«, sagte Elizabeth. »Immerhin berichtet man in dem Artikel über dich.«

»Danke, aber ich kenne den Artikel bereits«, entgegnete Diana. Sie war in Tränen ausgebrochen, nachdem sie ihn gelesen hatte.

So leicht ließen die beiden sie nicht davonkommen.

»Auch gestern scheinst du einen aufregenden Abend verbracht zu haben«, sagte Elizabeth und ließ sich von ihrer Mutter einen weiteren Artikel reichen. Diesmal zeigte das Foto Diana in hautenger Lederhose, eingeklemmt zwischen zwei attraktiven Männern. »Wie mir zugetragen wurde, war das nicht das einzige Konzert, auf dem du in letzter Zeit warst.«

Die Wolken wurden immer dunkler. Da braute sich was zusammen.

»Es ist aber auch nicht so, dass ich oft auf Konzerte gehe«, erwiderte Diana und zog ihren Sonnenhut vom Kopf, um sich etwas Luft zuzufächern. »Es hat mir gutgetan. Ich hatte Spaß. Und es war doch nichts dabei. Junge Leute gehen auf Konzerte.«

»Du bist aber nicht irgendeine junge Dame, die sich amüsieren kann, wie es ihr beliebt. Als Prinzessin von Wales und zukünftige Königin hast du eine besondere Stellung.«

»Und trotzdem bin ich eine junge Frau wie alle anderen.«

»Ich hatte auch nie die Chance, jung zu sein. Ich war fünfundzwanzig Jahre alt, als mein Vater starb und ich den Thron bestieg. Ich war mir jederzeit meiner Rolle und meiner damit verbundenen Verantwortung bewusst. Abgesehen von deiner Position, solltest du dich als verheiratete Frau nicht des Nachts mit zwei Männern herumtreiben.«

»Einer dieser beiden Männer ist der verheiratete Sohn deiner Schwester. Und Mr Waterhouse ist nicht mehr als ein treuer Freund. Wie kannst du mir die Freundschaft zu diesen beiden Männern vorwerfen, während Charles ...«

»Es geht hier wohl kaum um Charles«, fiel ihr die Königinmutter ins Wort. Auf ihren geliebten Enkel ließ sie nichts kommen.

Ihr wurde richtig heiß. Da war es wieder, das Grollen unter ihrer Haut, dieses Prickeln ... Als würde sich etwas Mächtiges in ihr aufbäumen.

»Offenbar scheinst du mit deinem Verhalten die Aufmerksamkeit der Presse auf dich ziehen zu wollen«, fuhr Elizabeth fort. »Das hat jedoch den unangenehmen Nebeneffekt, dass diese Aasgeier sich auch auf euer Privatleben stürzen. Charles sei ein schlechter Vater, heißt es. Eure Ehe würde Risse zeigen. Die Menschen dort draußen lesen diese Berichte und glauben, sie wüssten genau über uns Bescheid. Aus diesem Grund hatte die königliche Familie seit jeher einen sehr distanzierten Kontakt zur Öffentlichkeit. Wir sind stets freundlich, aber nicht mit den Menschen dort draußen befreundet. Ich habe nicht mal einer Biografie über mich zugestimmt.« Sie machte eine bedeutungsvolle Pause. »Wir wollen dir lediglich ans Herz legen aufzuhören, das Starlet zu spielen.«

»Ich spiele nicht das Starlet!«, verteidigte sich Diana. »Ich leide unter dem ständigen Presserummel! Er macht mir Angst!«

»Ach ja? Dann ist es mir ein Rätsel, welchen Zweck deine schillernden Outfits erfüllen, wenn nicht den, Paparazzi anzulocken«, mischte sich die Königinmutter wieder ein. Sie hatte ein Stofftuch aus ihrer Handtasche geholt und tupfte sich damit über die Stirn.

»Nochmals: Deine Stellung als Prinzessin von Wales bringt Verantwortung mit sich. Ich lege dir nahe, diese endlich zu übernehmen.« Elizabeth nickte einmal, wie sie es immer tat, wenn ihrer Meinung nach alles gesagt war.

»Ich bin mir sicher, ihr habt euch dazu bereits Gedanken gemacht«, sagte Diana trocken.

Ein Wind war aufgekommen. Diana sah, wie Fergie auf der Terrasse ein paar Servietten einsammelte, die vom Tisch gepustet worden waren.

»Das habe ich«, hörte sie die Königin sagen. »Wenn du schon die Öffentlichkeit suchst, wäre es von Vorteil, dein wohltätiges Engagement weiter auszubauen.«

»Die Veranstaltungen, die ich bisher besucht habe, wurden alle von Luxusmarken ausgerichtet«, erinnerte Diana sie. »Ich wurde lediglich als PR-Waffe benutzt. Das ist nicht das, was ich will. Es geht mir nicht darum, pressetaugliche Fotos mit Vorstandsvorsitzenden zu machen. Ich will vor Ort sein.«

»Dann nimm dir ein Beispiel an Anne oder Charles, die ihre eigenen Stiftungen gegründet haben.«

Diana straffte sich. »Es gibt da tatsächlich eine Sache, derer ich mich gerne annehmen würde.« Sie nahm innerlich Anlauf. »Aids.«

»Aids!«, rief die Königinmutter aus und schnappte nach Luft.

Elizabeth sah mit sorgenzerfurchter Stirn ihre Mutter an. Als sie sicher war, dass diese nicht in Ohnmacht fallen würde, sagte sie: »Das kommt nicht infrage. Das ist viel zu gefährlich.«

»Ist es nicht. Ich werde mich nicht mit HIV anstecken, wenn ich mit Aidskranken in einem Raum bin. Genau dieser Aberglaube muss endlich aus den Köpfen der Menschen verschwinden!«

»Ich habe bereits davon gehört, dass du Bekannte aus einem gewissen Milieu hast.« Elizabeth reckte ihr Kinn.

»Beispielsweise diesen an Aids erkrankten Balletttänzer«, steuerte die Königinmutter bei. »Ist er nicht …?« Sie brachte es nicht über die Lippen.

»Schwul?« Es hätte Diana nicht gewundert, wenn ihre Augen einen Blitz auf sie abgefeuert hätten.

Es machte sie unendlich wütend, dass es noch immer so viele Vorurteile gegen Homosexuelle gab! Sie hatte einige schwule Freunde, die meisten kannte sie aus der Modewelt. Sie liebte ihre Unbeschwertheit. Nicht zu vergessen die Tatsache, dass sie sich mit ihnen amüsieren konnte, ohne dass in den Zeitungen gleich wieder die Gerüchteküche hochkochte.

»Durch meine Bekannten habe ich feststellen dürfen, dass sich bisher niemand mit diesem Tabuthema auseinandersetzt«, rechtfertigte sie sich. »Diese Menschen sind nicht einfach nur krank, sie sind Ausgestoßene.«

»Umso mehr ein Grund, dich einer anderen Wohltätigkeit anzunehmen«, hielt Elizabeth dagegen. »Für diese Krankheit gibt es noch nicht mal die Hoffnung auf Heilung. Warum kannst du dich nicht etwas weniger Düsteren annehmen? Such dir doch etwas aus, worüber die Menschen dort draußen gerne lesen, und nicht etwas, das sie abstößt.«

»Waisenhäuser beispielsweise«, warf die Königinmutter ein.

»Ich soll also das tun, was schon immer alle in dieser Familie getan haben, damit auch alles schön beim Alten bleibt und sich niemals etwas ändert.«

Elizabeths Blick wurde scharf. »Diese Immunschwäche ist schlichtweg nicht salonfähig. Da geht es um ...«

»Sex?«, vollendete Diana den Satz.

»Um sexuelle Zwielichtigkeit.«

Die Königinmutter konnte Diana nicht mal mehr ansehen und hielt den Blick krampfhaft auf die Statue von Charles gerichtet. »Man nennt die Krankheit nicht ohne Grund ›schwule Seuche‹.«

»Ich hoffe, ich habe mich klar ausgedrückt«, sagte Elizabeth. »Die Prinzessin von Wales und zukünftige Königin Englands sollte nicht in Kontakt zu derlei Menschen stehen.«

Sie wollte gehen, aber Dianas Siedepunkt war erreicht – und zwar schon von dem Moment an, in dem sie James das erste Mal gesehen und jede Faser ihres Körpers gesagt hatte: *Du willst mehr im Leben.* Diesmal würde sie sich nicht geschlagen geben. »Verurteilung ist auch nur ein Käfig, in dem wir freiwillig leben, damit wir nichts fühlen, nichts lernen und nichts wissen müssen. Wer über andere urteilt, ist nicht dazu bereit, seinen Erfahrungshorizont zu erweitern und zu wachsen. Wer über andere urteilt, lässt sich damit selbst im Stich.«

Elizabeth zog die Augenbrauen hoch. »Ich muss sagen, deine aufmüpfige Art missfällt mir. Mir ist durchaus aufgefallen, dass du immer mehr dazu neigst, das Protokoll zu missachten.«

»Du stehst vom Tisch auf, obwohl die Königin das Essen noch nicht offiziell beendet hat, oder bleibst dem Dinner sogar völlig fern«, stimmte die Königinmutter zu. Und da fiel er das erste Mal, der Satz: »Du solltest dir ein Beispiel an Fergie nehmen.«

Am schwarzgrauen Horizont entlud sich nun die Spannung in

der Luft in Form gleißend heller Blitze. Ein atemberaubender Anblick.

Sie sagte: »Ich befürchte, ich kann keine Rücksicht auf eure Vorbehalte nehmen. Mein Entschluss steht fest. Ich möchte mich im Kampf gegen Aids engagieren. Und nun entschuldigt mich, mein Sohn feiert heute Geburtstag.«

Als Diana die Marmortreppe zur Terrasse hinaufstieg, fühlte sie sich so stark wie schon lange nicht mehr. Auf einmal wurde ihr eine entscheidende Sache bewusst: Dieser heiße, elektrostatische Donner, den sie immer öfter unter ihrer Haut grollen spürte – das war sie selbst.

Es war, als wäre eine Lawine losgetreten worden. Von allen Seiten heiß es auf einmal: *Fergie ist ein richtiges Landkind. Fergie ist immer gut drauf. Nimm dir ein Beispiel an Fergie.*

»Warum kannst du nicht ein bisschen mehr wie Fergie sein?«, warf Charles ihr ein paar Tage später an den Kopf, als sie bei einem Essen über Schwindel klagte und darum bat, aufstehen zu dürfen.

»Warum hast du nicht einfach Fergie geheiratet? Du kanntest sie damals doch schon«, konterte Diana müde. »Ach ja, ihre Eltern haben ja kein Geld, und man sieht ihr schon von Weitem an, dass sie Temperament hat. Bei mir dachtet ihr, ich sei ein süßes, naives Blondchen. Tja, Pech gehabt.«

Die Chancen standen fünfzig zu fünfzig, dass Charles an die Decke ging oder mit absoluter Gleichgültigkeit reagierte. Aber er war zuvor bei Camilla gewesen, sein Ego war also frisch poliert, der Druck abgelassen. Deshalb war ein frostiges »Du bist mal wieder völlig hysterisch« alles, was er dazu sagte.

Nach und nach wurden Fergies Anrufe seltener. Immer öfter hatte sie keine Zeit oder sagte spontan ab. Da ging etwas vor sich, und Diana ahnte vage, was es war. Sie hatte unheimliche Angst, ihre Freundin zu verlieren. Fergie war ihr kleiner ungeschliffener Diamant. Bei ihr konnte sie ganz sie selbst sein, ohne befürchten zu müssen, verurteilt zu werden.

Sie fing an, Fergie zu beobachten. Nachzuforschen. Das war zum Glück nicht weiter schwer, denn es gab ja einen Wochenplan mit einem Überblick über die Termine der einzelnen Familienmitglieder. Da fand sie schwarz auf weiß bestätigt, was sie insgeheim bereits angenommen hatte: Fergie ging bei der Königinmutter zum Tee ein und aus. Und nicht nur dort, sondern auch Elizabeth lud Fergie dann und wann ein.

Das heißt nicht, dass die beiden Fergie lieber mögen, versuchte sie, sich zu beruhigen.

Aber eigentlich hieß es doch genau das.

Sie spürte, dass Unheil heraufzog.

37

Die Limousine hielt vor dem Middlesex-Krankenhaus in London.

Diana fuhr mit ihren Händen über ihr Kleid. Sie waren kalt und feucht. Sie hatte extra das dunkelblaue Modell mit den breiten Schulterpolstern ausgewählt, um selbstbewusst zu wirken. Vielleicht würde sie sich dann auch so fühlen. *Ich weiß, was ich tue,* sollte ihr Outfit ausdrücken.

Was, wenn ich etwas Dummes sage?

Wenn ich diese leidgeplagten Menschen, die so dringend Unterstützung brauchen, vor den Kopf stoße und ihr Leiden am Ende nur noch schlimmer mache?

Was, wenn sie mich nicht mögen? Wenn sie in mir das königliche Püppchen sehen, das Starlet, dem es nur um Aufmerksamkeit geht?

Patrick, ihr Privatsekretär, sprach ihr Mut zu. »Sie schaffen das, Eure Königliche Hoheit.«

Was, wenn die Königin recht behält und die Presse mich in der Luft zerreißt?

Sie zuckte vor Schreck zusammen, als eine Hand gegen die verdunkelte Scheibe der Limousine schlug. »Diana, sind Sie sich des Risikos bewusst, dem Sie sich aussetzen?«

»Prinzessin, als verantwortungsvolle Mutter von zwei Kindern – wie rechtfertigen Sie Ihren Besuch einer Aidsstation?«

Mehrere Polizisten drängten die Journalisten zurück hinter die Absperrung.

»Seien Sie einfach ganz Sie selbst«, versuchte Patrick, ihr Mut zu machen.

Ganz sie selbst sein. Das sagte sich so leicht.

Sie holte Luft. Öffnete die Wagentür. Wenigstens konnte sie jedes Mal darauf zählen, dass sie mit einem Lächeln auf das Licht der Kameras reagierte. Es war wie ein Reflex. *Zeig bloß niemandem, wie's wirklich in dir aussieht. Nur wenn du brav lächelst, mögen sie dich.* Eine Schar Fans hatte sich versammelt und jubelte ihr mit Plakaten und T-Shirts zu, auf die ihr Gesicht gedruckt war. Sie dankte ihnen mit Luftküssen. Noch mal kurz innehalten, Blick über die Schulter, einen Fuß leicht vorangestellt – diese Pose war auf Fotos besonders vorteilhaft.

Dann endlich durfte sie sich in den Schutz des Krankenhauses retten.

Ausatmen.

In einer zweiten Runde spuckte die Drehtür hinter ihr einen kleinen Schwarm Hofberichterstatter aus, die vom Krankenhaus die Erlaubnis erhalten hatten, bei dem Termin anwesend zu sein. Eine Reihe aus Krankenschwestern, Pflegern und Ärzten nahm sie in Empfang. Ihr innerer Alarm sprang von Gelb auf Rot. Ärzte. Sehr kluge Männer. Männer, die Leben retteten.

Schnurstracks ging sie auf die erste Krankenschwester zu, die einen Knicks machen wollte, aber zu spät, Diana hatte schon ihre Hand genommen und schüttelte sie, als würde sie nicht daran denken, sie jemals wieder loszulassen. Sie schwitzte.

»Ich bin etwas nervös«, gestand sie der Schwester. »Ich bewundere Sie alle so sehr für Ihre Arbeit.«

Die junge Frau machte große Augen. »Danke …«

Diana fragte sie nach ihrem Namen – Nicole – und wie lange

sie schon auf der Station arbeitete. Nicole fing an zu reden, Gott sei Dank! Erst langsam, aber dann immer mehr, und auf einmal sprudelte es aus ihr heraus. »Ich habe einen zweijährigen Sohn, er heißt Marc. Sein Vater und ich leben getrennt, mein Ex schert sich einen Dreck um sein Kind. Wenn ich arbeite, passt meine Mutter auf ihn auf. Nachts hält er mich oft auf Trab.«

Innerhalb kurzer Zeit hatte diese junge Frau gleich drei Themen angesprochen, mit denen Diana sich auskannte. Sie erzählte von ihren schlaflosen Nächten als frischgebackene Mutter und atmete erleichtert auf, als sie Nicole damit zum Lachen brachte. Das Gefühl, ein Fremdkörper zu sein, ließ langsam nach.

Die zweite Krankenschwester hieß Mary. Mary hatte eine sehr angenehme, ruhige Ausstrahlung. »Seit sage und schreibe dreißig Jahren arbeite ich schon in diesem Krankenhaus«, erzählte sie.

Etwas an der Art, wie sie das sagte, veranlasste Diana, genauer hinzuhören. Eigentlich war Mary schon im Rentenalter, wie sie erfuhr, konnte aber einfach nicht aufhören zu arbeiten. »Ich habe immer davon geträumt, in die Sonne zu ziehen. Aber mein Job ist hier, und mein Job ist mein Leben.«

»Dann haben wir etwas gemeinsam«, plapperte Diana drauflos. »Meine Großmutter mütterlicherseits, Lady Cynthia Spencer, ist früher immer mit ihrem klapprigen Morris Minor in Northamptonshire herumgefahren und hat Essenspakete an Bedürftige verteilt. Menschen wie wir ziehen Kraft daraus, wenn sie anderen helfen können. Das ist unsere persönliche Sonne.«

Ihr war sofort unfassbar peinlich, was sie da gerade gesagt hatte. *Unsere persönliche Sonne. Menschen wie wir.* Mary hatte bestimmt hundertmal mehr Stress als sie. Während Diana beim Friseur saß, legte Mary Infusionen, half Patienten beim Duschen oder beim Essen. Und sie sprach von »wir«!

Mary sah sie an, etwas in ihrem Blick änderte sich. Sie lächelte. Nicht auf herablassende Art, wie Diana befürchtet hatte, sondern dankbar.

Diana wechselte auch mit den anderen Schwestern und Pflegern ein paar Worte. Schließlich war der behandelnde Arzt an der Reihe. »Aktuell liegen zwölf Patienten auf unserer Station«, erklärte Professor Adler. »Sie können alle kennenlernen, aber nur einer würde sich zu Kameraaufnahmen bereit erklären, und das auch nur mit dem Rücken zur Kamera.«

»Das Letzte, was ich möchte, ist, jemanden zu etwas drängen.« Sie hatte schrecklichen Respekt vor dem großen Mann in dem strahlend weißen Kittel. Ihre ganze Haltung war verkrampft, sie kreuzte die Beine und verschränkte die Hände vor dem Bauch.

Professor Adler nickte. »Danke für Ihr Verständnis. Wissen Sie, die Krankheit ist noch immer stark stigmatisiert. Dort draußen existieren nach wie vor zahlreiche Vorurteile gegenüber HIV-Erkrankten. In den Köpfen ist Aids eine Erkrankung homosexueller Männer, die Ansteckung erfolgt beim Geschlechtsverkehr. Alles Themen, mit denen die Menschen nicht besonders gut umgehen können.«

»Wem sagen Sie das ...«, murmelte sie leise. Zum Glück hatte der Professor sie nicht gehört.

»So, nun führe ich Sie erst einmal auf der Station herum.«

Sie durchquerten den Empfangsbereich.

»Die Menschen meiden jeden Kontakt zu HIV-Patienten«, fuhr Professor Adler fort. »Das liegt an den falschen Informationen und Gerüchten über die Krankheit, die im Umlauf sind. Man sagt, man könnte sich allein an einer Umarmung oder einem Handschlag anstecken.«

»Wie schrecklich es für diese armen Menschen sein muss, aus der Gesellschaft ausgeschlossen zu werden. Und das nur, weil die Leute sich weigern, sich näher mit dem Thema zu befassen. Dabei bräuchten sie doch eigentlich Unterstützung, Mitgefühl und Wärme.«

»Wir hoffen, dass Ihr Besuch auf unserer Station etwas an der Situation ändern wird.«

Sie erreichten eines der Krankenzimmer. »Das Zimmer gehört Aaron«, sagte Professor Adler. »Er hat sich bereit erklärt, mit Ihnen vor laufenden Kameras zu sprechen.«

Aaron stand am Fenster, als sie eintrat. Sie erkannte die Nervosität in seinen Augen. Sah die Angst, den Schmerz, die Hoffnung, all die Höhen und Tiefen, die er Tag für Tag durchstand. Und ehe sie sich's versah, war sie bei ihm und streckte ihm die Hand entgegen. Verblüfft nahm er sie an.

Sie sagte: »Hallo, ich bin Diana.«

»Aaron«, erwiderte er.

»Meine Hand ist wahrscheinlich kalt, Entschuldigung.« Ihre Wangen wurden warm. »Ich habe oft kalte Hände.«

Da lächelte Aaron, und Diana nahm sich vor, alles daranzusetzen, ihm dieses Lächeln heute noch ein paarmal zu entlocken.

Sie setzten sich, Aaron mit dem Rücken zu den Kameraleuten. Ihr war das Shirt aufgefallen, das er trug: *Coronation Street*. »Das ist meine Lieblingssendung«, freute sie sich.

»Wirklich?«, staunte er. »Ich habe nicht eine Folge verpasst!«

»Die Friseur-Szene, in der Fred rausgeschmissen wurde, war zum Schießen! Ebenso Annes Gesicht!«

»Ich habe mich weggeschmissen!«

Aaron hatte noch ein paar andere Lieblingsszenen, die er in- und auswendig kannte. Diana kringelte sich vor Lachen. »Sie können die Charaktere hervorragend nachmachen!«

Es war ihnen gelungen, sich in dem Trubel ihre eigene kleine private Insel zu schaffen. Sie sprachen auch über Aids und darüber, wie es war, mit der Krankheit zu leben. Über das Gefühl, von der Gesellschaft ausgeschlossen zu werden. Über Einsamkeit, Angst, Vorurteile, aber auch über Hoffnung.

»So, jetzt werde ich mal die anderen Patienten begrüßen«, sagte Diana nach einer Weile.

Sie hatte sich schon von ihrem Stuhl erhoben, setzte sich aber noch mal, als sie den Glanz in Aarons Augen sah. »Danke«, sagte er. »Danke, dass Sie hier sind. Dass Sie uns wahrnehmen. Dass Sie uns das Gefühl geben, nicht ausgeschlossen zu werden.«

»Niemand sollte ausgeschlossen werden«, erwiderte sie. »Das ist ein grausames Gefühl.«

Am nächsten Tag sah sie gemeinsam mit Patrick den Bericht über ihren Besuch im Krankenhaus im Fernsehen an.

»Ich halte mich für einen einigermaßen liberalen, vorurteilsfreien Menschen«, sagte Professor Adler in die Kamera, »aber ich war ziemlich überrascht, wie ungehemmt die Prinzessin auf die Patienten zuging. Man konnte förmlich spüren, wie ein Tabu gebrochen wurde.«

Als Nächstes wurde Nicole eingeblendet: »Es ist die Kombination aus Schönheit, Anmut, Menschlichkeit und einer geradezu magischen Liebenswürdigkeit, die sie so einzigartig macht. Sie ist wirklich etwas ganz Besonderes.«

»Sie hat diese ganz besondere Ausstrahlung«, schwärmte Mary. »Mit ihr zu sprechen war, als wäre ich von einem besonderen Licht berührt worden. Man kann es kaum beschreiben.«

»Ein voller Erfolg«, lobte Patrick sie, aber sie hörte ihn kaum.

Warum hatte sie sich so vor dem Besuch im Middlesex-Krankenhaus gefürchtet? Sie hatte keine Angst davor gehabt, sich mit Aids anzustecken. Sie hatte sich gefürchtet, weil sie doch nur ein junges, naives Ding war, aufgewachsen in einem wunderschönen Glasschloss. Das von nichts eine Ahnung hatte. Das in weichen Himmelbetten schlief und sich kaum entscheiden konnte, welchen Goldschmuck es morgens anlegte. Das vielleicht sogar nicht ganz richtig im Kopf war, wenn man Charles und seinen Freunden Glauben schenkte. Wie sollte sie diesen Menschen gegenübertreten, deren Leben um so vieles tragischer war als das ihre?

Aber warum hatte sie dann so stark mit den Patienten im Middlesex-Krankenhaus mitgefühlt?

Weil sie wusste, was Schmerz war. Sie hatte jahrelang unter der Trennung ihrer Eltern gelitten. Sie war ausgeschlossen worden von den Menschen, die sie liebte. Sie hatte sich selbst aufgegeben und jahrelang im Spiegel mitangesehen, wie etwas langsam in ihr abstarb. Auch ihre Gefühle hatten ihre Berechtigung. Aber vor allem hatten sie eine Verbindung zu den Menschen im Krankenhaus hergestellt. Und diese Verbindung hatte ihren Schmerz umgewandelt in etwas Magisches.

In ein Wir.

38

Es war so leicht, in James verliebt zu sein.

Weil er sie abends anrief und hören wollte, wie ihr Tag war.

Weil er sich die Namen von Williams und Harrys Schulfreunden merkte und den beiden bei den Hausaufgaben half.

Weil sie bei ihm sie selbst sein konnte.

Deshalb hatte sie zugestimmt, seine Eltern kennenzulernen.

Er hatte sie ganz beiläufig gefragt, als wäre es keine große Sache: »Was würdest du davon halten, wenn wir gemeinsam ein Wochenende wegfahren? Wir könnten im Haus meiner Eltern unterkommen. Sie wohnen recht abgeschieden, am Rand eines kleinen Dorfes. Dort hätten wir unsere Ruhe. Aber ich würde es verstehen, wenn du keine Lust auf meine Eltern hast.«

Sie hatte gegrinst. »Es würde mich sogar freuen. Bestimmt hat deine Mutter ein paar lustige Geschichten aus deiner Kindheit parat!«

Mit Schrecken erinnerte sie sich daran, wie sie in Balmoral das erste Mal Charles' Familie gegenübergestanden hatte. Im Nachhinein konnte sie die durchdringenden Blicke, mit denen die Königin, die Königinmutter und der Prinzgemahl sie ununterbrochen gemustert hatten, besser deuten. *Ist sie gefügig? Wird sie sich der Krone unterwerfen? Lässt sie sich von uns in den Käfig des Protokolls sperren?* Wie hatte sie innerlich vor dem Balmoral-Test gebibbert, vor dem Sarah sie damals gewarnt hatte! Würden auch James' Eltern sie testen?

Beruhige dich, sprach sie sich Mut zu. *Das hier ist ein ganz normales Kennenlernen.*

Aber so ganz normal war es dann eben doch nicht. Denn abgesehen davon, dass ein schwarzer Wagen am Zaun parkte, aus dem heraus ihr Leibwächter alles ganz genau beobachtete, war sie verheiratet, und das wussten James' Eltern. Es sei denn, sie hatten keine Tageszeitung abonniert und in den letzten Jahren das Haus nicht verlassen.

Als sie das Gartentürchen öffnete, das in den bunten Vorgarten führte, ging sie im Kopf noch mal die Liste an bewährten Small-Talk-Themen durch, die sie gestern mit Hazel ausgearbeitet hatte. *Die Dekoration ist ganz bezaubernd. Haben Sie das Haus selbst eingerichtet? Wie köstlich es in der Küche duftet! Sie müssen mir unbedingt das Rezept geben.* Dabei sprach alles an dem heimeligen Cottage – das alte Strohdach, die Rüschenvorhänge hinter den Fensterscheiben, die Gummistiefel vor der Tür, das bunte Schild, auf dem stand »*Liebe macht aus jedem Haus ein Zuhause*«, einfach alles – dafür, dass ihre Bauchschmerzen unbegründet waren. Hier war ein jeder herzlich willkommen.

Diana stupste die Glocke an der Haustür an. Keine Sekunde später wurde ihr geöffnet. »Da bist du«, begrüßte James sie. Das Funkeln in seinen Augen sagte: »Ich freue mich so, dich zu sehen.«

Eine kleine, mollige Frau mit Strickjacke, Perlenkette und frisch aufgedrehten Locken trat in den Hintergrund und machte einen tiefen, ehrfürchtigen Knicks. »Eure Königliche Hoheit, es ist mir eine außerordentliche Freude.«

»Bitte nennen Sie mich einfach Diana.«

»Es wäre mir eine Ehre. Ich bin Shirley. Bitte, fühlen Sie sich ganz wie zu Hause.«

Diana hatte sie schon jetzt ins Herz geschlossen.

»Was hast du denn alles dabei?«, lachte James und nickte in Richtung der Tüten, die Diana bei sich trug.

»Mitbringsel«, antwortete sie. »Du weißt doch, wie sehr ich es liebe, Geschenke zu machen.«

Für James hatte sie eine mit Brillanten besetzte Krawattennadel sowie zwei Pullover, für seine Mutter einen hübschen Seidenschal und ein dezentes Armband aus Perlen und für seinen Vater zwei Flaschen australischen Wein.

»Ich habe der Prinzessin ... Ich habe Diana«, verbesserte Shirley sich, » ... das Gästezimmer hergerichtet, James. Sei doch so lieb, und trag ihr Gepäck hinauf.«

Als sie kurz darauf ihre Unterwäsche in die Schublade sortierte, die Shirley für sie freigeräumt hatte, sagte James: »Mein Zimmer befindet sich direkt neben deinem. Es könnte also passieren, dass ich mich nachts in der Tür irre und zu dir ins Bett lege.« Er lag auf ihrem Bett. Sie mochte es, wie entspannt er war. So entspannt hatte sie ihn in der Kaserne, in Highgrove oder im Kensington-Palast, wo sie sich bisher getroffen hatten, noch nie gesehen.

»Ich erwarte dich sehnsüchtigst.«

Nachmittags machten James und sie einen langen Spaziergang am Strand. Diana genoss den kalten Sand unter ihren nackten Füßen, wie der Wind ihren Schal flattern ließ und mit ihrem Haar spielte. Als sie nach Hause kamen, war der Kamin angeschürt, und auf dem Tisch warteten Tee und Gurkensandwiches. Abends schälten sie gemeinsam in der Küche Kartoffeln für den Shepherd's Pie, und James' Mutter erzählte Geschichten aus seiner Kindheit, die Diana aufsog wie ein Schwamm. Nach dem Essen bestand sie darauf, den Abwasch zu machen, damit Shirley endlich mal die Füße hochlegen konnte.

»Das hier ist ein wahr gewordener Traum«, wisperte sie nachts an James' Wange. »Du hast mir heute das Gefühl geschenkt, ein ganz normaler Mensch zu sein. Mit dir und deiner Mutter Kartoffeln zu schälen, gemeinsam mit deinen Eltern zu essen und danach den Abwasch zu machen – ich hätte mir nichts Schöneres vorstellen können.«

Mondlicht fiel zwischen den Rüschenvorhängen hindurch, ergoss sich auf ihren nackten Körper. James zeichnete mit den Fingerspitzen ihre Rundungen nach, ihren Busen, ihre Taille, ihre Hüften. Sie hatte sich noch nie so schön, so begehrenswert gefühlt.

Sein gefährliches Lächeln durchjagte sie mit einem wohligen Schauer. »Ein paar schönere Dinge würden mir da schon noch einfallen.«

»Ach ja?« Sie setzte ihren verführerischen Blick auf.

»Ich zeige sie dir gerne«, erwiderte James und küsste sie mit einer Leidenschaft, die ihr den Atem raubte.

Am nächsten Morgen wurde Diana vom Duft süßen Gebäcks geweckt, von Geschirrklappern, von Stimmen, die bemüht leise sprachen, und schließlich von knarzenden Treppenstufen.

Sie blinzelte, rekelte sich genüsslich wie eine Katze und genoss das warme Kitzeln der Morgensonne. Just in dem Moment, in dem James mit dem Fuß die Tür zu ihrem Zimmer aufschob, setzte sie sich auf. Er balancierte ein Tablett mit starkem Kaffee, frisch gebackenen Scones und Marmelade herein. »Guten Morgen, Eure Königliche Hoheit. Wie wäre es mit Frühstück im Bett?«

»Das klingt himmlisch«, seufzte sie. »Ich muss im Paradies

sein. Sogar die Zeitung hast du mir mitgebracht! Wie gut du mich schon kennst.«

Doch das Glücksgefühl verflog schnell, als sie darin ein Foto von sich mit mehreren Einkaufstüten entdeckte. »Wohin all das Geld verschwindet«, las sie die Überschrift vor. »Wie bekannt wurde, gab die Prinzessin allein bei ihren letzten Shoppingtrips in Italien 100 000 Pfund aus.«

James, der inzwischen das Tablett am Fußende des Bettes abgestellt und sich neben sie gekuschelt hatte, küsste sie auf ihr zerzaustes Haar. »Immerzu hacken sie auf dir herum.«

»Warum denken die Leute, dass Shoppen alles ist, wofür ich mich interessiere? Ich habe über zweihundert öffentliche Aufritte jedes Jahr. Aber es wird von mir nun mal erwartet, dass ich auf diesen Veranstaltungen aussehe wie Englands elegantestes Fashion-Mannequin. Trotzdem ist das nicht alles, was ich im Kopf habe.«

»Man erwartet es von dir, weil niemand sonst in dieser Familie auch nur halb so bezaubernd ist wie du«, schmeichelte James ihr.

Sie schmiegte ihren Kopf in seine Halsbeuge. »Trotzdem habe ich oft das Gefühl, als wäre ich nicht mehr als ein Produkt.«

»Dann zeig den Menschen dort draußen die wahre Diana! Zeig ihnen, dass mehr in dir steckt!«

»Die wahre Diana …«, wiederholte sie leise.

Wie war sie denn schon, die wahre Diana? Sie definierte sich dadurch, wen sie liebte und wem sie diente. Sie war Mutter, Ehefrau und Prinzessin. Doch das, was sie war, wurde ihr ständig genommen. Der Mann, den sie liebte, war bei einer anderen. Die königliche Familie interessierte sich nicht für sie. Und die Menschen dort draußen mochten sie mal mehr, mal weniger, je nachdem, wie die Presse über sie berichtete. Das hatte zur Folge, dass sie in ständiger Angst lebte.

Sie musste zu einem eigenständigen Leben finden. Was machte sie lebendig? Wer war der Mensch hinter ihren Rollen als Ehefrau, Mutter und Prinzessin? Sie hatte nie Gelegenheit gehabt, die Antworten auf diese Fragen herauszufinden. Sie war so früh in ihre Ehe und das Prinzessinnendasein hineingeraten. Ihre Mutter hatte mit ihrer Mahnung damals bei Harrods recht gehabt. Sie bereute ihr Leben bisher nicht, doch es war an der Zeit, dass sie herausfand, wer sie war.

Das Protokoll schrieb ihr vor, wie sie sich zu verhalten hatte, ihr Privatsekretär las ihr jeden Morgen vor, welche Termine sie wahrnehmen musste, die Modezeitschriften schrieben ihr vor, wie schlank sie zu sein hatte und wie sie sich kleiden sollte, und ihre Kultur hatte ihr eingetrichtert, woran sie glauben sollte. Sogar ihre Astrologin lenkte sie mit ihren Weissagungen! All diese Menschen sagten ihr, wie sie zu sein hatte, alle wollten etwas anderes von ihr, und Diana hatte sich daran gewöhnt, sich abzuhetzen, indem sie versuchte, alles zu erfüllen. Das Tragische daran war doch aber, dass man trotzdem immer einen Grund fand, um sie zu verurteilen. Es gab einfach zu viele Erwartungen an sie, zu viele Meinungen über sie, sodass es schlichtweg unmöglich war, es allen Menschen draußen oder auch nur den Menschen um sie herum recht zu machen. Es würde nie einen objektiven Blick auf sie geben.

Und nach und nach, durch all die Vorschriften, Verpflichtungen, Ratschläge und gesellschaftlichen Normen, die man ihr tagtäglich eintrichterte, hatte sie verlernt, ihrer Intuition zu vertrauen, und ließ sich stattdessen nur noch führen. Dabei war sie doch als Kind stets ihrer Intuition gefolgt! Sie war auf Mauern balanciert, hatte in den Fluren getanzt und gesagt, was ihr auf dem Herzen lag. Heute verbrachte sie ihr Leben damit, die Anleitungen anderer zu befolgen. Dabei wollte sie selbst Entscheidungen treffen, als freie Frau, aus ihrem Innersten heraus und nicht aufgrund einer Konditionierung.

Das Problem war nur, dass sie nicht wusste, wie.

»Du bist nicht nur schön, Diana, du strahlst so viel Wärme aus wie niemand sonst«, schwärmte James.

»Das sagst du doch nur so.« Spielerisch warf sie ihr Kissen auf James.

»Du bist ja frech!« Er schnappte sich seines ebenfalls, und ehe sie sich's versah, waren sie mitten in einer Kissenschlacht. Diana quietschte vor Vergnügen, bis eines der Kissen aufplatzte und unzählige Federn durch die Luft wirbelten.

»Oh nein!«, lachte sie und presste vor schlechtem Gewissen eine Hand auf den Mund.

Langsam sanken die Federn aufs Bett. Ein magischer Anblick.

Und auf einmal, sie konnte sich selbst nicht erklären, weshalb, tauchte eine Erinnerung vor ihrem inneren Auge auf. Sie war in Kalkutta, in einem Hospiz von Mutter Teresa. Die Schwestern sangen für sie. Eine tiefe spirituelle Erfahrung. Als das Lied zu Ende war, saßen sie alle ein paar Minuten lang schweigend da. Vollendete Stille.

Mutter Teresa war damals nicht entgangen, wie sehr dieser Augenblick Diana emotional berührt hatte. »Verbringe jeden Tag einige Zeit mit dir selbst. Dann wirst du wissen«, hatte sie den Dalai Lama zitiert.

Damals hatte Diana nicht verstanden, was diese gütige, weise Frau ihr sagen wollte.

Endlich begriff sie.

Sei einfach mal still, nimm dir für dich Zeit, und horche in dich hinein. Lass das Durcheinander in deinem Kopf zu Boden sinken. Dann wirst du wissen, was du zu tun hast.

Sie hatte in sich ein Chaos erzeugt, um es allen recht zu machen. Sie wollte nicht, dass sich das Durcheinander legte wie diese Federn aufs Bett, damit sie sich der Wahrheit nicht stellen musste.

Kaum war sie von ihrem wundervollen Wochenende mit James zurück in London, beschloss sie, ein Experiment zu wagen. Jeden Tag nahm sie sich etwas Zeit, setzte sich in ihrem Schlafzimmer im Schneidersitz auf den Boden, schloss die Augen und atmete tief und bewusst. Am Anfang fiel es ihr schwer. Alle paar Sekunden ließ sie sich von Geräuschen im Palast ablenken, überlegte, was sie zum Dinner mit dem französischen Staatspräsidenten anziehen würde, oder verspürte plötzlich den Drang, sich die Fußnägel frisch zu lackieren.

Doch nach ein paar Wochen gelang es ihr, etwas tiefer in ihrer Ruhe zu versinken. Sie hörte ihren eigenen Atem, hörte ihr Blut rauschen und irgendwann nicht einmal das. Irgendwann versank sie so tief, dass sie einen Ort weit unter ihrer aufgewühlten Oberfläche entdeckte. Dort war es ruhig und still. Dort gab es keine fremden Stimmen, nur ihre eigene. Und diese Stimme sagte: *Du willst Menschen helfen.*

Genau das teilte sie am nächsten Tag ihrem Privatsekretär mit. »Ich will nicht nur helfen, indem ich auf feinen Bällen Spenden sammle. Ich will keine Prinzessin sein, die man lediglich auf dem Fernsehbildschirm sieht. Ich möchte vor Ort sein. Ich möchte mit den Menschen reden. Ich möchte ihre Geschichten erfahren. Ich möchte ihre Hände schütteln, sie in den Arm nehmen und sie trösten.«

Sie sagte: »Ich möchte eine Prinzessin des Volkes sein.«

39

1991

Sie saß auf dem Stuhl vor ihrem Schminktisch und betrachtete im Spiegel ihr Gesicht. Keine Spur mehr von den Pausbacken, die sie als junge Frau gehabt hatte. Rechts lagen alle möglichen Farben von Lippenstift und Lidschatten, links von ihr wohlduftende Öle und Parfüms sowie Abschminktücher. Vor ihr ein Blatt mit neuen Fragen von Andrew Morton, das ein Bote ihr heute heimlich überbracht hatte. Fragen zu ihrer Zukunft und der Zukunft ihrer Kinder. Das kleine Licht auf dem Aufnahmegerät leuchtete rot. Ihre Worte wurden aufgezeichnet.

»Ich werde aus diesem System ausbrechen und dem Mann auf der Straße helfen«, sagte sie. »›Der Mann auf der Straße‹ … Dieser Ausdruck widerstrebt mir, er klingt so herablassend. Aber ich mag die glamourösen Auftritte nicht mehr. Ich fühle mich dabei nicht wohl. Ich möchte lieber etwas mit Menschen machen.«

Sie zog ein Feuchttuch aus der Packung und schminkte sich ab. Dabei fiel ihr Blick auf ein gerahmtes Foto von William in Schuluniform, und ihr Herz wurde warm. Sie könnte nicht stolzer sein auf ihren sensiblen, klugen Jungen.

»Ich würde mir wünschen, dass William es irgendwann als zukünftiger König leichter hat«, fuhr sie fort. »Er und Harry sollen sich nicht in diesem Glasschloss verstecken. Deshalb nehme ich die beiden mit in Obdachlosenheime. Sie sollen erfahren, dass nicht alle Menschen das Glück haben, ein so privilegiertes Leben wie sie zu führen. Sie sollen ein Verständnis für die Gefühle von Menschen bekommen, für ihre Unsicherheiten, ihre Ängste, Hoffnungen und Träume. Sie sollen sehen, dass es wirklich Menschen gibt, die auf dem Boden schlafen.«

Draußen war es bereits tiefe Nacht. Sie kam gerade von einem gemeinsamen Dinner mit Elizabeth, Philip, der Königinmutter und Charles sowie ein paar Hausgästen. Wie seltsam es gewesen war, mit ihnen an einem Tisch zu sitzen, wo sie doch zu Hause über diese Menschen reden und es auf Kassette aufzeichnen würde, um das Material schließlich einem Journalisten zuzuspielen. Sie hatte sich wie eine Verräterin gefühlt. Aber dann war Charles nach Highgrove gefahren, zu Camilla, und sie hatte wieder gewusst, warum sie diesen Schritt gehen musste.

»Wenn ich mein eigenes Drehbuch schreiben könnte, dann würde mein Mann darin mit Camilla weggehen und es mir und den Kindern überlassen, den Namen Wales bis zu der Zeit zu tragen, da William den Thron besteigt. Charles wäre ohnehin am liebsten ein Farmer in Italien, wie er mal gesagt hat. Und allein könnte ich diesen Job viel besser machen. Dann würde ich mich nicht ständig in die Enge gedrängt fühlen.«

Ein Geräusch. War da jemand? Schnell ließ sie das Aufnahmegerät in einer der Schubladen verschwinden. Sie wagte nicht mal mehr zu atmen.

Aber es war nur der Wind, der etwas gegen die Fensterscheibe geblasen hatte. Trotzdem schlug ihr Herz wie verrückt. Wenn sie hierbei erwischt wurde, dann würde man sie vermutlich für den Rest ihres Lebens in eines der uralten Verliese in London sperren.

Vielleicht sollte sie lieber Schluss machen für heute. Sie hatte schon einen Finger auf die Stopptaste gelegt, da fiel ihr noch etwas ein.

Sie betrachtete ihr Gesicht im Spiegel. Ungeschminkt. Natürlich. Einfach so, wie sie war. So mochte sie sich selbst am liebsten. Früher hatte sie immer geglaubt, nur mit Lippenstift, Puder, Kajal und Wimperntusche schön und verführerisch zu sein. Zumindest hatten die Werbung und all die Zeitschriften, die sie und Carolyn früher inhaliert hatten, sie das glauben lassen. Inzwischen schminkte sie sich nur noch, wenn ihr danach war. Wahre Schönheit kam von innen heraus, das hatte sie jetzt begriffen.

»Ich glaube, mein Weg wird sich von dem der anderen Familienmitglieder unterscheiden«, sagte sie. »Ich kann es kaum erwarten, ihn zu gehen, Schritt für Schritt für Schritt …«

40

1987

»Schieben Sie die Kommode dorthin zurück, wo sie zuvor stand«, wies Diana die zwei Diener an.

Erst hatten hier und da gerahmte Fotos von Diana gefehlt, dann waren Gemälde ausgetauscht worden, und jetzt hatte diese dreiste Frau es sich erlaubt, die Kommode im Salon zu verrücken! Denn es war keine Frage, wer sich hier offenbar in Dianas Abwesenheit als Hausherrin aufspielte: Camilla.

Das Wissen, dass Charles' Geliebte hier gewesen war, trieb sie fast in den Wahnsinn. Als würde jemand langsam nach und nach mit einer Feile ihre Nerven durchtrennen. Reiner Psychoterror. Als würde Camilla hier noch irgendwo mit einem grausamen Lächeln lauern und sie ganz genau beobachten. Als könnte sie noch Camillas Duft riechen. Ihre Fingerabdrücke an den Gegenständen sehen. Hatte Camilla von dieser Gabel gegessen? Hatte sie aus diesem Glas getrunken? Saß sie am Tisch auf Dianas Platz, Charles gegenüber, oder saßen sie dicht nebeneinander, um sich jederzeit befummeln zu können? Hatten sie es auf dem Sofa dort getrieben? Trug Camilla nachts seidene Negligés? Manchmal spielte ihre Fantasie ihr einen Streich, und sie sah nicht mehr sich selbst auf den Familienfotos, sondern Camilla, die ihre Hände auf Williams und Harrys Schultern gelegt hatte.

Da konnte man nur erbrechen.

Mittlerweile, wenn Charles mitbekam, dass sie nach dem Essen für längere Zeit im Bad verschwand, sagte er nur noch: »Schade um das schöne Essen. Was für eine Verschwendung.«

»Wer war das?!«, hörte sie ihren Mann auf einmal durch sein geliebtes, ihr verhasstes Megafon brüllen. Er war also irgendwo im Garten.

Jetzt war es so weit.

»Entschuldigen Sie mich«, sagte Diana so unbeschwert wie möglich zu den beiden Dienern. »Ich bin gleich wieder da.«

Wie immer, wenn Streit drohte, war Highgrove House auf einmal wie ausgestorben. Alle Angestellten waren in Deckung gegangen. Lediglich ein Zimmermädchen, das erst seit ein paar Wochen hier arbeitete, flüchtete noch schnell die Treppe hinauf. Draußen lächelte Diana Harry und William zu, die eben noch vergnügt im Pool geplanscht hatten und nun mit angespannten Gesichtern auf ihrer Luftmatratze hingen. Sie gab Olga, die in einem Stuhl auf der Terrasse saß und Kreuzworträtsel löste, ein unauffälliges Zeichen, dass sie ein Auge auf ihre Söhne haben sollte. Sie hatte Barbara Barnes, die sie während ihrer Australienreise begleitet hatte, vor zwei Jahren entlassen. Es hatte zunehmend Spannungen zwischen ihnen gegeben, da sie einfach zu besitzergreifend gegenüber ihren beiden Goldschätzen geworden war.

Sie fand Charles neben dem Teich. Er hielt etwas in den Händen. Als sie näher trat, bestätigte sich ihr, was sie bereits geahnt hatte, nämlich, dass es eine seiner geliebten Wasserpflanzen war.

»Wer hat meine Pflanzen aus dem Teich gerissen?«, fuhr er Diana an.

Diana hielt es für das Beste, bei der Wahrheit zu bleiben. »Es war ein Versehen. Hauptmann Hewitt war mit seinem Labrador zu Besuch. Der Spielball fiel ins Wasser, der Hund jagte hinterher und riss dabei in seinem Übermut ein paar der Pflanzen heraus.«

Er betrachtete die Pflanze, als hielte er ein totes Tier. »Dieser Hauptmann war also schon wieder hier.«

»Ja, du weißt doch, dass er mir und inzwischen auch den Kindern regelmäßig Reitunterricht gibt. William und Harry mögen ihn gern.«

Charles' Schweigen war nicht auszuhalten. Sie fing an, sich haltlos zu rechtfertigen. Alles, nur nicht diese anklagende Stille! »Es ist Mr Hewitt gelungen, mir die Angst vor Pferden zu nehmen. Ist das nicht wundervoll? Und er ist sicher nicht öfter hier als Hazel, Fergie oder andere Gäste. Abgesehen davon ...«

»Versuch nicht, mich für dumm zu verkaufen, Diana«, unterbrach Charles sie. »Ich weiß, dass du deinem Leibwächter letztes Wochenende freigegeben hast, um mit Hewitt ungestört zu sein!«

Sie stand an einem Abgrund, einen Fuß bereits über der Kante.

Wie oft hatte sie sich Sätze für so eine Situation zurechtgelegt. *Was antworte ich, wenn mein Mann mich damit konfrontiert, dass ich eine Affäre habe?*

Und jetzt war ihr Kopf wie leer gefegt.

Sollte sie es abstreiten?

Den aufkommenden Tränen freien Lauf lassen und um Entschuldigung flehen?

Nein. Das hätte sie vielleicht früher getan, aber diese Zeiten waren vorbei.

Sie legte den Kopf schief und spielte mit dem Feuer: »Willst du mir jetzt etwa einen moralischen Vortrag über Ehebruch halten? Mach dich nicht lächerlich, Charles.«

»Ich habe lange genug ein Auge zugedrückt!« Er ließ die

Pflanze auf den Boden fallen und erhob den Zeigefinger. »Aber dass sein Hund meinen Garten attackiert, geht zu weit!«

»Wenn du also schon länger davon wusstest, warum hat dann weder die Palasthierarchie noch Scotland Yard Anstalten gemacht, James von mir fernzuhalten? So wie ihr immer alles von mir fernhaltet, was mich glücklich machen könnte.«

»Jetzt wirst du wieder hysterisch.«

Sie straffte die Schultern und sagte mit fester, ruhiger Stimme. »Ich bin nicht hysterisch, nur weil ich ein ebenso freies und erfülltes Leben führen will wie du.«

»Du wirst diesen Hauptmann nicht wiedersehen«, befahl Charles ihr.

»Was wollt ihr dagegen tun? Wollt ihr James aus dem Weg schaffen, so wie ihr es mit Barry getan habt? Es ist schon ein Zufall, dass ausgerechnet der Leibwächter, den ich am meisten geschätzt habe, der mir ein Freund geworden war, von einem Tag auf den anderen, ohne einen Fehler begangen zu haben, versetzt wird. Und nur wenige Monate später ist er tot.«

Barry Mannakee war ihr im Laufe der Zeit immer mehr ans Herz gewachsen. Sie war tief getroffen gewesen, als man ihn versetzt hatte. Ein paar Monate später war er tot gewesen.

Charles sah sie schockiert an. »Jetzt hast du völlig den Verstand verloren! Es war ein tragischer Motorradunfall!«

Vielleicht hatte Charles recht, vielleicht verlor sie wirklich langsam den Verstand. Aber Barry war ein hervorragender Fahrer gewesen ...

»Ach ja?« Auch sie hatte ihre Stimme nun erhoben. »Ich kenne euch. Wenn euch jemand nicht passt, muss er weg. Und so langsam frage ich mich, wann es mich treffen wird!«

Da fiel Charles' Blick auf etwas hinter Diana. Sie wandte sich um und sah William. Er hielt einen Schwimmflügel von Harry in der Hand. Kämpfte mit den Tränen.

»Da siehst du, was du mit deinem Verhalten anrichtest.« Charles tätschelte Williams Schulter. »Nicht weinen, mein Junge.« Zu Diana sagte er: »Was Hauptmann Hewitt betrifft, habe ich mich hoffentlich klar ausgedrückt. Du wirst ihn nicht wiedersehen.« Damit ging er.

Diana kniete sich vor William auf den Boden und schloss ihn fest in ihre Arme. »Natürlich darfst du weinen«, sagte sie. »Tränen sind kein Zeichen von Schwäche. Sie sind nur Ausdruck von Gefühlen.« William sollte nicht in dem Glauben aufwachsen, seine Emotionen unterdrücken zu müssen. Das machte nur krank. Er sollte nicht ein weiterer kalter Ziegelstein in der Festung der Monarchie werden.

»Sehen wir James jetzt nie wieder?«, fragte William.

»Natürlich sehen wir ihn wieder! Daddy meint das nicht so.« Solange Charles sich mit Camilla traf, würde sie auch James weiterhin sehen.

»Es macht mir Angst, wenn ihr streitet«, brachte ihr Junge mit feuchten Augen und dünner Stimme hervor.

Sie strich ihm eine Strähne aus dem Gesicht. »Es ist alles gut, mein Schatz.«

Aber das war eine Lüge. Nichts war gut, und das wusste William.

Er hatte schon mitbekommen, dass sie sich manchmal im Bad einsperrte.

Hatte Charles und sie oft genug streiten hören.

Sie wollte ihn vor Schmerz bewahren, wollte ihm Sicherheit schenken, wollte ihren Kindern ein Vorbild sein. Aber alles, was sie ihnen mit auf den Weg gab, war, dass *So-tun-als-ob* besser war, als aufrichtig zu sein.

41

Wie hatte Diana Schloss Balmoral früher gehasst! Die hohen Tore, die sie ewige sechs Wochen lang einsperrten. Der ständige Regen. Dieses furchtbare Schottenmuster, das sogar auf den Servietten war. Die Dudelsackspieler, die sie jeden Abend in Reih und Glied zum Dinner führten. Dieser Geruch nach uralten Möbeln und kaltem Gemäuer. Charles, der frühmorgens zum Lachsfischen verschwand und sich abends zurückzog, um mit Camilla zu telefonieren. Und ständig waren Hausgäste anwesend!

Doch neuerdings hatte Diana sich in Schottland verliebt. Diese Landschaft – rau, wild, magisch. Sie *fühlte* die Natur hier. Der Anblick erweckte in ihr etwas Starkes, Stürmisches. Sie wollte etwas erleben, wollte auf den Putz hauen, lachen, Chaos anrichten – alles, bloß nicht wieder mit der Königinmutter Karten spielen oder Margos Schlagern lauschen! Sie fragte Fergie, ob sie die kleine Ortschaft unsicher machen wollten. Oder wie wäre es mit einer kleinen Spritztour mit dem Cabrio? Vielleicht fand sich ja auch irgendwo in der Nähe ein Musikkonzert? Doch immer öfter antwortete Fergie: »Gerade ist es schlecht, morgen vielleicht.«

Heute hatte Diana es gewagt, dem Frühstück fernzubleiben. Aber gleich am Morgen über die Jagd zu reden schlug ihr auf den Magen. Als sie gegen elf Uhr die Treppe hinunterkam, war das Schloss wie ausgestorben. Das war ihre Chance! Sie zog sich

Leggings und Body an und schlüpfte in ihre Ballettschuhe, um im Ballsaal zu tanzen. *I Wanna Dance With Somebody* von Whitney Houston ging gleich ins Blut.

Mittags noch immer kein Lebenszeichen. Wo steckten denn alle?

Erst gegen drei Uhr war endlich Trubel zu hören. Natürlich, Elizabeth und Konsorten verpassten doch nicht ihren heiligen Nachmittagstee! Diana trat ans Geländer im ersten Stock und blickte auf den Eingangsbereich hinab. Als Erstes rutschten die Corgis mit nassen Pfoten auf dem kalten Steinboden herein. Sie waren aber auch wirklich die Einzigen, die vor Elizabeth gehen durften.

»Ich liebe Hunde. Vor allem Corgis sind einfach zu drollig.«

War das wirklich Fergie, die da sprach? Diana wusste ja bereits, dass sie Hunde gernhatte, aber gerade klang es fürchterlich aufgesetzt.

»Da stimme ich dir voll und ganz zu«, antwortete Elizabeth. »Seit ich denken kann, wuselten immer ein paar um mich herum.«

»Ich hörte, du interessierst dich auch für Spring- und Reitturniere?« Die Königinmutter ließ sich mit von der frischen Luft geröteten Wangen von einem Butler aus ihrem Regenmantel helfen.

»Ja, sehr. Die Turniere in Hampshire sind meiner Meinung nach die beeindruckendsten.«

»Wie recht du nur hast«, erwiderte die Königinmutter. »Es freut mich zu hören, dass sich auch noch die jungen Leute für diesen Sport interessieren.«

»Fergie interessiert sich für allerlei besondere Dinge, nicht wahr?«, meldete sich nun auch noch Philip zu Wort. »Ich bestehe auf einer Kutschfahrt mit dir, Fergie. Wenn schon jemand hier behauptet, meinem Lieblingssport nachzugehen, dann muss ich das überprüfen.«

Offenbar hatten alle zusammen einen Ausflug gemacht. Aber keiner war auf die Idee gekommen, Diana zu fragen, ob sie mitwollte.

Auf einmal fror sie in ihren dünnen Leggings und dem kurzärmeligen Body.

Sie hatte so lange darum gekämpft, ein Mitglied dieser Familie zu werden. Ein Mitglied, das aufrichtig geliebt und geschätzt und nicht bloß geduldet wurde. Fergie war der erste Mensch in dieser Familie gewesen, dem sie sich wirklich nah gefühlt hatte. Der sie verstanden hatte. Aber diese junge Frau da im Eingangsbereich ... Das war nicht Fergie. Das war die perfekte Schwiegertochter, die sie sich alle stets gewünscht hatten, die Diana aber nie gewesen war.

Fergie ließ sich zurückfallen. »Geht schon mal vor, ich komme gleich nach.« Sie wartete, bis alle verschwunden waren, und sah dann auf einmal zu Diana hoch. »Schau nicht so«, sagte sie. »Sie dachten, dass du ohnehin keine Lust auf einen Spaziergang im Hochmoor hast.«

»Es wäre trotzdem nett gewesen zu fragen.« Sie bemühte sich, nicht allzu anklagend zu klingen. »Wer weiß, vielleicht wäre ich ja mitgekommen. Oder du hättest mir zumindest davon erzählen können, dann hätte ich nicht das Gefühl, dass du etwas vor mir verheimlichen willst.«

»Ich hatte Angst, dass du mich dafür verurteilst«, entgegnete Fergie.

»Wofür sollte ich dich verurteilen? Dafür, dass du dich bei ihnen einschmeichelst, obwohl du dich hinter ihrem Rücken über sie aufregst oder über sie lustig machst?«

»Na und? Das ist doch nur so dahingesagt. Weißt du, Elizabeth, Anne und ja, auch dein Ehemann, sind alle ungemein kluge und faszinierende Menschen. Und das weißt du auch eigentlich.

Aber du gefällst dir wohl in der Rolle der leidenden Prinzessin, und deshalb lässt du niemanden mehr an dich ran. Ständig hältst du dich abseits. Du wirkst auf sie unnahbar.«

»Haben sie das gesagt?«

»Nicht direkt.«

»Also ja. Und dann stimmst du ihnen zu, während du mit ihnen stundenlang durchs Heidekraut stapfst.«

»Siehst du, du machst das mal wieder schlecht, dabei mag ich es, durchs Hochmoor zu laufen! Ich mag Balmoral! Ich liebe es, wenn im Winter alles vor Frost knackt, wenn es nach Heidekraut und Torf duftet. Aber du gibst dem ja nicht mal eine Chance!«

»Weil noch jemand gerne durchs Heidekraut wandert.«

»Ach, Camilla. Weißt du was, ich finde auch sie nett! Die paar Male, die ich sie beim Polo oder auf Festen getroffen habe, war sie locker. Ich mag ihren derben Humor und ...« Sie verkniff sich, was sie hatte sagen wollen.

»Und was?«

»Und sie ist normal.«

»Normal«, wiederholte Diana.

»Neben dir bekommt man Minderwertigkeitskomplexe! Du wirst vergöttert. Ständig ziehst du all die Aufmerksamkeit auf dich! Nur wenn's dir mal nicht passt und du eine Verschnaufpause brauchst, dann schickst du mich vor.«

»Sprichst du wirklich von mir? Mein Ehemann verachtet mich. Seine Familie und seine Freunde halten mich für hysterisch und instabil.«

»Aber die Menschen dort draußen lieben dich! Diana, der royale Superstar.«

»Du weißt, dass ich darunter leide, nur auf meine Kleiderwahl reduziert zu werden. Unter den Stoffen steckt ein Mensch.«

»Ein verdammt schöner Mensch! Schau dich doch an mit deiner Modelfigur! Manchmal habe ich das Gefühl, du wärst drei Meter groß, so charismatisch und präsent, wie du bist. Wie ein Filmstar. Neben dir bin ich ein Elefant! Die Boulevardpresse vergleicht mich ständig mit dir. Nur leider interessiert es keinen, dass die kleine, pummelige Fergie nicht mit dem Thronfolger verheiratet ist und deshalb auch ein wesentlich kleineres Budget zur Verfügung hat. Jeden Cent muss ich umdrehen! Das Schlimme ist, du merkst es ja oft nicht mal, wenn du die Aufmerksamkeit auf dich ziehst. Wenn ich endlich mal das Gefühl habe, gut und hübsch auszusehen, dann kommst du und trägst rot-weiß gepunktete Socken in roten Pumps, und die ganze Welt dreht durch, weil Diana, die Trendsetterin, mal wieder auf einem Polospiel neue Maßstäbe gesetzt hat!«

Erst jetzt fiel ihr Blick auf Fergies robustes moosgrünes Tweedkostüm. »Also passt du dich ihnen neuerdings lieber einfach an.«

Diana dachte an die Zeit zurück, in der sie genau das verzweifelt versucht hatte. So lange war sie einem Ideal nachgejagt: dem Ideal der perfekten Prinzessin, der perfekten Ehefrau, der perfekten Schwiegertochter – allgemein der perfekten Frau. Eine Frau wie in den Hochglanzmagazinen. Sie war davon ausgegangen, dass es diese Wunderwerke der Weiblichkeit mit ihrem glänzenden Haar, der reinen Haut und den sinnlichen Lippen wirklich gab. Dass diese Frauen nicht nur wunderschön, sondern auch erfolgreich, beliebt, gelassen, selbstbewusst und mutig waren. Und natürlich hatten sie alle Glück in der Liebe und gründeten wundervolle Familien. Sie hatte alles darangesetzt, um wie eines dieser weiblichen Wunderwerke zu werden. Und das hätte sie fast zerstört.

»Ich passe mich an, na und?«, erwiderte Fergie. »Weißt du was? Ich mag Elizabeth eigentlich recht gerne! Sie ist klug, und ich habe das Gefühl, viel von ihr lernen zu können. Sie ist wie die Mutter für mich, die ich nie hatte.«

War das Absicht? Streute Fergie bewusst Salz in Dianas Wunde?

»Du hast mal gesagt, wir wären Rebellen«, sagte Diana leise. »Du und ich.«

Fergie sah auf die Spitzen ihrer gepunkteten Gummistiefel hinab. »Zu rebellieren ist auf Dauer aber ziemlich zermürbend. Vor allem, wenn man so allein ist wie wir. Im Endeffekt haben Rebellion und Anpassung doch dieselben Wurzeln. Beides geschieht in Reaktion auf die Vorgaben anderer. Nur ist es leichter, sich anzupassen.«

»Ist es nicht«, erwiderte Diana sanft. »Dich selbst zu unterdrücken wird dich am Ende mehr Kraft kosten. Glaub mir, ich weiß, wovon ich spreche.«

An diesem Abend fand Diana sich über der Toilettenschüssel wieder. Sie erbrach die Mince Pies und den Karamellpudding, die sie zuvor in sich hineingestopft hatte.

Sie erbrach all das, womit man sie gefüttert hatte, seit sie gelernt hatte, ganz reizend in die Kamera ihres Daddys zu lächeln. Sie erbrach ihre vornehme Erziehung, die ihr fortwährend das Gefühl gab, dumm und ahnungslos zu sein. Sie erbrach die Generationen bildhübscher Frauen, die von der Ahnengalerie in Althorp mit nichts sagendem Lächeln auf sie herabgeblickt und ihr beigebracht hatten, schön artig und naiv zu sein. Sie erbrach die verstaubten Traditionen und die heuchlerische Doppelmoral der Windsors, erbrach all die Frauen, denen sie nicht nacheifern wollte, angefangen bei ihrer Mutter, ihrer Großmutter, ihrer Stiefmutter bis hin zu Prinzessin Margaret oder sogar der Königin … Sie erbrach die trügerische Hochzeit des Jahrhunderts. Erbrach ihr früheres errötendes, leichtgläubiges und verzweifelt romantisches Ich, das so sehr auf ein Märchen gehofft hatte. Erbrach ihr rebellisches Ich, das nur fortwährend auf der Suche war, bis sie sich völlig leer fühlte.

In ihrem Zimmer wählte sie James' Nummer. Seine Stimme würde sie hoffentlich wieder mit etwas Leben erfüllen. Er würde sie aufbauen, würde ihr sagen, dass er immer für sie da war, aber als er sie fragte, wie es ihr ging, sagte sie: »Es ist alles in Ordnung.«

Du sagst, dass alles in Ordnung ist, aber das stimmt nicht. Deine Essstörung könnte dich irgendwann umbringen. Das weißt du. Aber was du dabei verdrängst, ist doch: Weil du deine Gefühle immerzu hinunterschluckst, bist du bereits jetzt halb tot.

Sie legte sich ins Bett und ließ sich vom Fernseher berieseln, während Fergie mit Elizabeth und dem Rest fröhlich beisammensaß und darüber plauderte, wie gut so ein Tag an der frischen Luft doch tat und wie saftig dieser traditionell schottische Dundee-Kuchen war. Es lief *Frühstück bei Tiffany* mit der wunderschönen Audrey Hepburn. Wie schön und leicht das Leben in diesen Hollywood-Komödien nur war. Und wie falsch. Die Zuschauer ließen sich von Holly Golightlys bildschönem Gesicht verzaubern, von ihrem Stil und ihrer Extravaganz. Es spielte kaum eine Rolle, dass sie im Alter von vierzehn Jahren verheiratet worden war und nun als Prostituierte arbeitete. Diana hatte vor nicht allzu langer Zeit den Roman von Truman Capote gelesen und daraus ein Zitat im Kopf behalten: *»Es ist besser, in den Himmel zu schauen, als dort zu leben. So ein leerer Ort. Nur ein Land, in dem Donner herrscht und Dinge verschwinden.«*

Wie lange wollte sie noch ein falsches Bild von sich präsentieren und doch immer einsamer werden? Sie sollte den Menschen die Chance geben, sich eine Meinung über die wahre Diana zu bilden.

Es war an der Zeit, endlich ehrlich zu sein.

Carolyn küsste Diana auf beide Wangen. »Endlich hat es mal wieder geklappt. Es ist schon viel zu lange her, dass wir uns gesehen haben.«

Sie hatten sich in ihrem alten Lieblingscafé getroffen, in dem es herrlich kuschelige Ecken mit großen Kissen gab und in dem die Bedienung einen »Schätzchen« nannte und einem einen Nachschlag Sahne schenkte. In ihrem weiten Pullover und der legeren Jeans würde Diana hoffentlich nicht erkannt werden, aber sie hatte unbedingt an einen Ort von früher gewollt, an dem alles gut gewesen war.

Carolyn musterte Diana aufmerksam. »Du siehst erschöpft aus, dabei habt ihr doch erst Urlaub auf Balmoral gemacht.«

»Die einen nennen es Urlaub, die anderen Tortur«, witzelte Diana halbherzig.

Carolyn nickte, als wüsste sie genau, wovon Diana sprach. »Urlaub mit der gesamten Verwandtschaft ist sicher kein Spaß. Und dann hast du ja noch zwei Kinder, um die du dich kümmern musst.«

Diana bemühte sich zu lächeln. Sie plauderten kurz über Carolyns Ehemann William und die Renovierungsarbeiten am Haus, wegen denen Carolyn nicht so lange bleiben könne. Kein Problem, sagte Diana, sie hätte ja auch viel um die Ohren, aber auf einmal waren Tränen in ihren Augen, als könnten sie nicht länger darauf warten, endlich rausgelassen zu werden.

Carolyn nahm ihre Hände. »Hey, Di, was ist denn?«

Es war verdammt schwer. Als würde sie ihr gesamtes bisheriges Leben anzünden und in Flammen aufgehen lassen. Ein paar

Atemzüge lang brachte Diana einfach keinen Ton hervor. Doch dann hörte sie sich sagen: »Mir geht's nicht gut. Ich bin völlig am Ende.«

»Liebes, erzähl mir davon.«

»Ich habe alles, was sich eine junge Frau wünschen kann. Und trotzdem bin ich tieftraurig. Ich komme einfach nicht klar. Mehr noch, ich mache mich sogar selbst kaputt.« Dann kam der schwerste Teil. »Wenn ich gleich von dem Kuchen gegessen habe, werde ich ins Bad verschwinden, mir den Finger in den Hals stecken und alles erbrechen.« Sie schämte sich so sehr. Wer tat sich denn schon so etwas selbst an?

»Warum hast du mir das nicht vorher gesagt?«, fragte Carolyn.

»Wer will denn schon eine Prinzessin, die nicht mehr alle Tassen im Schrank hat?«

Ihr entging nicht der flüchtige Blick, den Carolyn auf die Wanduhr über der Tafel mit den Kuchensorten warf.

»Du musst los, oder?«

Dann wäre alles umsonst gewesen. Dann hätte sie sich jemandem geöffnet, und wofür? Um doch wieder allein zu sein.

»Ach, William kommt schon alleine mit den Arbeitern klar. Und verhungern wird er auch nicht. Ich habe alle Zeit der Welt für dich. Lass uns noch eine Kanne Tee bestellen.«

Diana fiel ein riesiger Stein vom Herzen. »Klingt ziemlich gut.«

Carolyn gab der Bedienung ein Zeichen und wandte sich dann wieder Diana zu. »Warum hast du mir nicht vorher erzählt, dass dich etwas bedrückt?«

»Ich wollte unverwundbar sein«, sagte Diana. »Es ist leichter, die Starke zu spielen, obwohl einen das auf die Dauer kaputt macht.«

Diana erzählte, dass Charles sie nur als Last sah. Dass er ihr ihre Beliebtheit beim Volk missgönnte. Dass er eine Affäre mit Camilla hatte und sich einen Dreck darum scherte, dass Diana daran zerbrach. Und dass man sie im Buckingham-Palast nicht für voll nahm.

Diana sah Carolyn an. »Du bist meine älteste Freundin. Vielleicht sogar meine einzige wahre Freundin.«

Carolyn ging um den Tisch herum, setzte sich neben Diana und umarmte sie. Wie gut sich das anfühlte.

»Ich bin so froh, dass du mir das gesagt hast. Und es tut mir leid, dass ich nicht schon vorher für dich da war. Dabei hatte ich schon so etwas geahnt. Als wir das letzte Mal essen waren, warst du auffällig lange auf der Toilette verschwunden. Ich habe ein wenig recherchiert. Wenn du dein Essen erbrichst, erfüllt dich das kurzzeitig mit einem Hochgefühl, das abhängig macht. Deshalb haben Bulimiker dieselben Stimmungsschwankungen wie Drogenabhängige.« Sie legte eine Hand auf die Brust und sah auf einmal ganz aufgelöst aus. »Ich hätte dich schon viel früher darauf ansprechen sollen. Ich hätte dir eine Hilfe sein sollen. Aber ich dachte, du hättest genug Menschen, die dir zur Seite stehen.«

Diana schmeckte Salz auf ihren Lippen. »Ich hatte niemanden.«

»Ich bin für dich da. Gemeinsam schaffen wir das schon. Wir finden jemanden, der dir helfen kann.« Sanft drückte sie Dianas Hand. »Geht es dir jetzt besser, nachdem du dich mir anvertraut hast?«

»Als hätte jemand die Fesseln um meinen Hals gelockert und ich könnte wieder etwas freier atmen.« Sie lächelte sogar ein kleines bisschen. »Und du bist dir sicher, dass ich dich durch mein Geständnis nicht abgeschreckt habe? Willst du immer noch mit mir befreundet sein?«

»Di, ich bewundere dich für deinen Mut und bin froh, dass du mir alles erzählt hast. Du bist die witzigste, warmherzigste, liebenswerteste Freundin, die ich habe. So jemanden gebe ich nicht so leicht auf.«

»Ich danke dir«, sagte Diana.

»Nein, ich danke dir«, erwiderte Carolyn.

Wie oft hatte sie sich im Spiegel betrachtet und gedacht: Ab heute wirst du für dich selbst einstehen! Ab heute wird sich etwas in deinem Leben ändern! Als sie Camilla den Kampf angesagt hatte. Als sie sich gegen Elizabeth durchgesetzt und Aidspatienten im Krankenhaus besucht hatte. Nach so vielen Streitereien mit Charles ...

Aber leider war es nicht so einfach, stark zu sein, vor allem, wenn man es nie gelernt hatte. Immer wieder musste sie Rückschläge einstecken, immer wieder hatte etwas sie zu Boden gedrückt, und sie hatte sich erneut schwach und erbärmlich gefühlt. Ein ständiges Auf und Ab.

Indem sie sich Carolyn anvertraut hatte, war eine große Last von ihr gefallen. Sie fühlte, dass sich diesmal wirklich etwas in ihr bewegt hatte. Sie fing an, sich mehr Ruhe zu gönnen und regelmäßiger Sport zu treiben. Viel wichtiger war jedoch, dass sie endlich den Mut fand, sich einen Therapeuten zu suchen. Einen Therapeuten, dem sie vertraute, für den sie sich freiwillig entschieden und den nicht Charles ihr aufgezwungen hatte.

Die Tür ging auf, Dr. Maurice Lipsedge betrat das Behandlungszimmer, setzte sich in den breiten Ledersessel vor Diana und schlug die Beine übereinander. Kein Notizbuch, keine Füllfeder, die sie schwarz auf weiß auf Papier bannen würde. Nur er und sein klarer, kluger und direkter Blick. Er fragte: »Wie oft haben Sie versucht, sich umzubringen?«

Sie dachte noch, was für eine unerhörte Frage, aber dann hörte sie sich selbst sagen: »Vier- oder fünfmal.«

Dr. Lipsedge half ihr, ihr Selbstwertgefühl zurückzugewinnen. Er gab ihr Bücher, in denen Menschen zu Wort kamen, die ganz ähnlich fühlten wie sie. *Das bin ich, ich bin nicht allein*, dachte sie. Ein wunderbares Gefühl!

»Ich habe mich so gehasst, dass ich nicht geglaubt habe, gut genug zu sein«, erzählte sie ihm in einer Sitzung. »Ich dachte, ich wäre nicht gut genug für Charles, wäre keine gute Mutter. Die Zweifel hörten einfach nicht auf. Am Leben zu sein ist für andere Menschen viel leichter als für mich – zumindest fühlt es sich so an. Als gäbe es irgendein Lebensgeheimnis, das ich nicht kenne. Als würde ich alles falsch machen.«

Dr. Lipsedge sah sie an und sagte: »Was Sie fühlen, ist völlig in Ordnung. Gefühle sind dazu da, gefühlt zu werden. Auch die schweren. Sie machen Sie zu einem Menschen. Es schlichtweg nicht möglich, alles im Leben richtig zu machen. Wenn es also wirklich ein Geheimnis im Leben gibt, dann wohl, dass Sie alles richtig machen, auf Ihre Weise, nur tut es eben manchmal weh.«

Bis zu diesem Zeitpunkt hatte Diana nicht gewusst, dass man wirklich alle Gefühle erleben sollte. Sie hatte gedacht, dass es ihre Aufgabe war, glücklich zu sein. Dass man Schmerz, Trauer und Leid betäuben, ignorieren oder hinunterschlucken sollte. An diesem Tag lernte sie, dass alle Gefühle zum Menschsein gehörten und sie auch negative Gefühle überleben konnte. Wann immer sie geglaubt hatte, ihre Situation nicht mehr auszuhalten, hatte sie falschgelegen. Wahrscheinlich würde sie nie frei von diesem Seelenschmerz sein, der sie schon so viele Jahre begleitete, wohl aber frei von der Angst davor, und das war genug.

Sie lernte, dass sie ihren Seelenschmerz nutzen konnte, um zu wachsen. Sie musste der Versuchung widerstehen, ihre Gefühle zu unterdrücken und sich dadurch selbst auszulöschen. Nur so würde sie sich weiterentwickeln.

42

1988

Es war so eine Sache mit bösen Vorahnungen.

Hatte sie wirklich ein ungutes Gefühl im Bauch, oder war sie einfach nur unruhig, weil sie die letzten zwei Tage wegen einer Grippe ans Bett gefesselt gewesen war und endlich, endlich wieder raus an die frische Luft und ab auf die Piste wollte?

Sie versuchte, sich mit einem der Ratgeber zu beschäftigen, die ihr Dr. Lipsedge empfohlen hatte, wusste aber am Ende der Seite nicht, was sie gelesen hatte. Sie wollte eine Postkarte an ihre Mutter schreiben, ihr davon erzählen, dass Charles und sie gerade mit ein paar Freunden in Klosters in der Schweiz zum Skifahren waren und in einem traumhaft schönen Chalet mitten in den Bergen wohnten, aber ihr Blick fiel immer nach draußen.

Sie vermisste William und Harry, die in der Obhut ihres Kindermädchens im Kensington-Palast waren. Ansonsten war es ein strahlend schöner Tag. Sie hatte einen Termin mit achtzig Presseleuten gemeistert und dabei sogar mit Fergie herumgescherzt, als wäre nichts zwischen ihnen vorgefallen. Fergie ... Diana musste ihre Schwägerin nur ansehen, um zu wissen, dass etwas sie bedrückte. Sie hatte zu oft selbst gute Laune vortäuschen müssen, sie konnte ein echtes von einem falschen Lächeln unterscheiden.

Und manchmal, wenn Fergie sich unbeobachtet fühlte, ließ sie die Maske fallen. Darunter sah sie leer aus. Wie jemand, der verzweifelt versucht hatte, gut zu sein, sich anzupassen, und sich dabei selbst verloren hatte.

Fergie stand draußen auf der Terrasse, eingehüllt in einen dicken Wollmantel, die Hände auf ihren inzwischen sichtlich gerundeten Bauch gelegt, und blickte gedankenversunken auf die Schneelandschaft und die mächtigen Berge, die vor dem gemütlichen Chalet thronten.

Diana legte die Füllfeder beiseite, nahm ihren Mantel vom Haken und ging zu ihr nach draußen. »Ganz schön kalt.« Ihr Atem gefror zu einer weißgrauen Wolke.

Fergie nickte nur. Ihre Unterlippe war schon ganz wund, weil sie ständig daran nagte.

»Atemberaubend, nicht wahr?«, sagte Diana mit Blick auf die massiven Schneewände.

»Als würden diese Berge auf einen herablächeln und sagen: ›Wer bist du schon? Uns gibt es seit Tausenden von Jahren. Was willst du gegen uns ausrichten?‹«

Diana schob die Hände in die Taschen ihres Mantels. Womit könnte sie ihre Schwägerin aufmuntern? Was hätte sie gern gehört, als sie so traurig gewesen war?

»Ich sehe, dass dich etwas bedrückt«, sagte sie. »Ich habe jederzeit ein Ohr für dich. Aber ich verstehe es auch, wenn du nicht mit mir darüber reden willst.«

Es dauerte eine Weile, bis Fergie antwortete. Sie sprach langsam, als müsste sie sich erst mal selber darüber klar werden, was sie belastete. »Ich bin jetzt im fünften Monat schwanger, und Andrew hat von dieser Schwangerschaft bis jetzt so gut wie nichts mitbekommen. Er hat keine Ahnung davon, dass ich kaum schlafen kann, dass mir ständig übel ist, dass mir einfach alles zu viel ist. Wenn er mal nach Hause kommt, dann geht es nur um seinen Dienst bei der Marine. Dann lässt er sich von seiner Mutter für seine Heldentaten loben, und ehe ich mich versehe, ist er schon wieder fort. Und ich … Ich existiere einfach nur. Alle warten darauf, dass ich Andrews Kind zur Welt bringe, dass ich meine Rolle als Ehefrau und werdende Mutter erfülle, aber für den Menschen dahinter interessiert sich niemand.«

»Ich interessiere mich für den Menschen dahinter«, sagte Diana mit aller Wärme, die sie in dieser kalten Schneelandschaft aufbringen konnte.

»Du bist in diesem rauen Haufen die Einzige, die ihre Menschlichkeit behalten hat. Es tut mir leid, dass …«

»Ist schon in Ordnung«, unterbrach Diana sie. »Vergeben und vergessen.« Diana konnte ohnehin in Fergies Augen sehen, wie leid es ihr tat. Außerdem meldete sich wieder ihr Bauchgefühl … »Wo Charles und der Rest nur bleiben?«

»Die genießen diesen Traumtag auf der Piste. Mach dir keine Sorgen. Charles ist in bester Gesellschaft. Ein einheimischer Skifahrer ist bei ihm, ein Leibwächter und Mr Palmer-Tomkinson, der früher Olympia-Teilnehmer war.«

Außerdem mit von der Partie waren noch Palmer-Tomkinsons Frau Patti sowie Major Hugh Lindsay, ein ehemaliger Stallmeister der Queen und Freund von Charles und Diana.

»Was ist das für ein Geräusch?«, überlegte Fergie auf einmal laut. »Ist das ein Hubschrauber?«

Da war es wieder, dieses Gefühl, dass die Welt zerbrechlich war. Dass alles Schöne und Gute von einer Sekunde auf die andere vorbei sein konnte. Ihre Knie wurden weich.

Reiß dich zusammen!, sagte Diana sich. *Denk nicht immer gleich das Schlimmste.*

Ihre Sinne reagierten auf einmal hochsensibel. Sie hörte sogar die Stille, die im Chalet herrschte. Dabei hatten ihre Leibwächter doch gerade eben noch beim Kartenspielen gelacht! Irgendetwas war nicht in Ordnung.

In diesem Moment ging die Sirene im Ort los.

Sie rief nach ihrem Privatsekretär. »Patrick, was ist dort draußen los?«

Sie fand ihn in der Küche, den Telefonhörer in der einen Hand, sein Diensthandy in der anderen.

»Sagen Sie schon, was ist los?«, drängte sie ihn.

»Ich habe noch keine genauen Informationen und möchte Sie nicht unnötig …«

»Patrick, raus mit der Sprache!«

Pause. Dann sagte er: »Bis jetzt sieht alles danach aus, dass der Prinz von Wales von einer Lawine erfasst wurde.«

Die Welt stand still.

Patrick sprach weiter, sein Mund bewegte sich zumindest, aber es war, als stünde sie hinter einer Glaswand, durch die nichts hindurchdrang. Dann, auf einmal, als hätte sie selbst eine Lawine erfasst, traf sie die volle Wucht seiner Worte.

Es hätte zuvor eine Lawinenwarnung gegeben, aber die Gruppe hätte sich davon nicht abhalten lassen. Anscheinend waren zwei Menschen verschüttet. Die Behörden hätten bestätigt, dass der Prinz von Wales sich unter den Vermissten befände.

Kurz später überbrachte ein Adjutant die schreckliche Nachricht: »Einer von der Gesellschaft ist tot. Das Opfer ist ein Mann, so viel weiß man inzwischen.«

Nein. Neinneinneinneinnein!

Das konnte nicht sein. Charles war nicht tot. Das war schlichtweg undenkbar. William und Harry konnten nicht von einer Sekunde auf die andere ihren Vater verlieren …

Das würde sie nicht überleben.

Auch wenn er sie oft unglücklich gemacht hatte, so war er dennoch ihre große Liebe. Ihr Zuhause. Sie hatten so viel gemeinsam durchgemacht. Durch ihn war sie zu der Frau geworden, die sie war. Er wusste alles über sie. Und sie wusste alles über ihn. Und deshalb wusste sie auch, dass er sie liebte und brauchte. Wenn er ihr eine mit Diamanten besetzte Kette oder ein goldenes Armband schenkte, dann war das seine Art, ihr zu zeigen, wie viel sie ihm bedeutete. Sie hatten sich nur verloren, aber sie wusste, dass sie einander wiederfinden konnten! Und sie hatte sich nicht mal ordentlich von ihm verabschiedet. Sie hatte ihre Grippe vorgeschoben, um ihn nicht vor den anderen küssen zu müssen. Hatte ihn nicht mal umarmt ...

Fergie kochte ihr einen Tee, an dem Diana sich festhielt. Sie hörte die Uhr ticken. Eine Lawine. Da hatte man keine Chance. Da ging es um Sekunden. Das waren Urgewalten. Das überlebte niemand.

Dann, endlich, klingelte wieder das Telefon. Sie war sofort am Hörer. Es war Charles. »Gott sei Dank, du lebst!«, rief Diana aus. »Wie geht es den anderen?«

»Patti ist auf der Intensivstation.« Sie hörte Charles atmen. Dann sagte er: »Und Hugh ist tot.«

Sie presste eine zitternde Hand auf den Mund. »Seine Frau Sarah ist im sechsten Monat schwanger.«

Wieder Stille am anderen Ende der Leitung.

»Wo bist du jetzt?«, brachte Diana hervor. »Ich komme sofort zu dir.«

»Ich bin im Krankenhaus. Aber bitte bleib, wo du bist. Die Aufregung ist schon groß genug. Ich muss die Königin benachrichtigen. Wir sehen uns später.«

Er hängte ein.

Diana presste den Hörer an ihr Brustbein. War wie erstarrt.

Die Panik der letzten Stunden, die Erleichterung darüber, dass Charles lebte, die Trauer um ihren Freund … Das war alles viel zu viel. Das war nicht zu begreifen. Ihre Knie drohten nachzugeben.

Du schaffst das, sagte eine Stimme in ihr. *Du bist stark genug*.

Auf einmal machte etwas in ihr einen Ruck. Sie sah Patrick an und hörte sich sagen: »Bitte kümmern Sie sich um die Überführung der Leiche nach London. Ich denke, es ist im Interesse aller, wenn wir spätestens morgen nach Hause kommen. Ich packe Major Lindsays Koffer.«

Erst spätabends fand sie Zeit, James am Telefon zu beruhigen. Er hatte wohl mehrmals versucht, sie zu erreichen, wie Patrick ihr ausgerichtet hatte. »Charles hat erzählt, dass es plötzlich einen Knall gegeben hat, und dann hat sich etwa hundert Meter oberhalb ein Schneebrett gelöst, das sich blitzartig zu einer gewaltigen Lawine entwickelt hat«, sagte sie und konnte es noch immer nicht fassen. »Irgendwie ist es dem Skilehrer gelungen, Charles, seinen Leibwächter und Palmer-Tomkinson aus der Gefahrenzone zu bringen, aber Hugh und Mrs Palmer-Tomkinson standen etwas erhöht. Sie hatten keine Chance. Die Schneemassen haben sie erfasst und in die Tiefe gerissen. Charles meinte, es war, als würde der ganze Berg ins Tal stürzen.«

»Wie schrecklich«, sagte James.

»Ja. Der Tod ist etwas so Endgültiges. Kannst du dir vorstellen, wie es sein muss, wenn man auseinandergerissen wird und sich nicht mal verabschieden konnte? Ich hatte solche Angst um Charles. Was, wenn ich ihn heute verloren hätte?«

Sie steigerte sich so in diese Vorstellung rein, dass sie erst nach ein paar Atemzügen das Schweigen am anderen Ende der Leitung bemerkte. »Bist du noch da?«

»Ja, ich bin froh, dass es dem Prinzen von Wales gut geht. Aber vor allem erleichtert es mich zu hören, dass du unversehrt bist. Du kannst dir nicht vorstellen, welche Sorgen ich mir gemacht habe, als ich in den Nachrichten von der Lawine erfahren habe.«

»Es tut mir leid, James. Wie unsensibel von mir. Ich hätte früher anrufen sollen, aber ...«

In diesem Moment kam Charles in die Wohnstube des Chalets, in die Diana sich zurückgezogen hatte. »Charles!«, rief sie aus. »Ich muss auflegen«, sagte sie noch zu James, hatte den Hörer im nächsten Moment schon eingehängt und schlang die Arme um ihren Mann. Diese Angst um ihn steckte ihr noch immer in den Knochen, und sie würde sie nur loswerden, wenn sie ihn an sich spürte. »Wie geht es dir? Es ist alles so schrecklich ...«

Charles wand sich aus ihrer Umarmung. »Ich habe einen Freund verloren. Wie also soll es mir gehen?«

Sie durchschaute ihn. Er litt schrecklich, fraß seine Trauer in sich hinein. Und sie ahnte, dass er sich schuldig fühlte, denn er war es gewesen, der unbedingt fahren wollte, Lawinenwarnung hin oder her. Deshalb reagierte er so heftig. Sie würde ihn in diesem Zustand sicher nicht allein lassen, sondern ihn gemeinsam mit ihm durchstehen.

»Ich wäre jetzt gerne allein«, sagte er und konnte sie dabei nicht mal ansehen.

»Lass mich für dich da sein«, bettelte Diana. »Lass uns füreinander da sein!« Sie hatte Hugh nähergestanden als Charles und war ebenso in tiefer Trauer, aber das sagte sie ihm nicht, das tat jetzt nichts zur Sache. »Ich werde auch still sein, das verspreche ich. Bitte.«

»Diana, ich muss nachdenken. Ich kann mich jetzt nicht um deine Befindlichkeiten kümmern. Wenn du mir wirklich helfen willst, dann lass mir meine Ruhe.«

Auch im Jet, der sie am nächsten Tag nach Hause brachte, wollte Charles allein sein. Er sah schrecklich einsam aus, als hätte er sich irgendwo in seiner düsteren Gedankenwelt verloren. Sie wäre gern für ihn da gewesen, aber er schien sie nicht mal wahrzunehmen. Warum ließ er sich nicht von ihr trösten? Etwas so Schreckliches stand man nicht allein durch. Sie würde ihm all ihre Liebe und Wärme geben, wenn er sie nur ließe. Sie würden einander in den Armen halten, würden spüren, wie zerbrechlich das Leben war, und versprechen, nie wieder etwas zwischen sie kommen zu lassen. Jede Sekunde, die man zusammen verbringen durfte, war ein Geschenk. Warum hatten sie das nur immer wieder vergessen?

Sie landeten.

Es regnete. Oder wahrscheinlich weinte der Himmel, weil diese Ungerechtigkeit nicht zu begreifen war. Ein Schwarm Krähen schrak in dem dunklen Wald auf, der an die Air-Force-Basis in Northolt außerhalb von London grenzte. Es roch nach nassem Asphalt. Ein Leichenwagen stand schon bereit. Daneben wartete Sarah, Hughs Ehefrau. Sie wirkte wie ein Geist. Diana sah ihren sichtlich gerundeten Bauch und wurde von einer Welle des Schmerzes erfasst, die so heftig war, dass ihr Fluchtinstinkt Alarm schlug. Aber eine innere Stimme erinnerte sie: *Du bist stark genug. Du kannst das. Bleib.*

Es gab absolut nichts, was man in so einer Situation Aufmunterndes sagen konnte. Deshalb umarmte sie Sarah einfach nur und versuchte, all ihre Wärme und Liebe in diese Umarmung zu legen. Der Sarg wurde unter militärischen Ehren zum Leichenwagen transportiert. Das mitanzusehen musste Sarah nahezu übermenschliche Kräfte abverlangen, dachte Diana. Das konnte sie nicht allein schaffen.

»Ich bin für dich da«, sagte sie zu ihr und nahm ihre Hand. »Jederzeit. Wenn du willst, komm erst mal mit zu uns nach Hause. Ich kümmere mich um dich.«

Sarah nickte. »Ich danke dir.«

Als sie am Kensington-Palast aus der Limousine stiegen, sagte Diana zu Sarah, sie solle schon einmal hineingehen. Sie wandte sich um. Charles war im Wagen sitzen geblieben.

»Was hast du vor?«, fragte sie.

Er senkte den Blick. »Ich fahre nach Glostershire.«

»Natürlich. Ich bin sicher, sie weiß, wie sie dich aufmuntern kann.«

Charles gab dem Fahrer ein Zeichen. Der Diener schloss die Wagentür, die Limousine fuhr davon.

Erstaunlicherweise traf sie die Nachricht, dass Charles zu Camilla fuhr, nicht so heftig wie sonst. Sie hatte diese unfassbar schrecklichen zwei Tage überstanden. Und das ohne Charles' Unterstützung. Sie war durchs Feuer gegangen. Zwischenzeitlich hatte sie gedacht, an diesem Schmerz zu verbrennen. Aber sie war nicht zusammengebrochen. Sie war Sarah heute sogar noch eine Stütze gewesen.

Sie war feuerfest.

43

1991

»Nach der Entscheidung, mich mit meinem Engagement gegen Aids explizit gegen die Krone zu wenden, war die Tragödie in Klosters ein weiterer Wendepunkt«, vertraute Diana dem Aufnahmegerät vor sich an.

Noch immer, selbst drei Jahre später, saß ihr der Schreck in den Gliedern. Diana schenkte sich aus der Karaffe, die auf dem Tisch bereitstand, etwas Wasser ein und nahm einen Schluck. Es hatte sie aufgewühlt, über das Lawinenunglück zu sprechen, wieder einzutauchen in die qualvollen Stunden der Ungewissheit und die tiefe Trauer über den Tod ihres Freundes. Sie brauchte frische Luft. Sie öffnete das Fenster und atmete ein paarmal tief ein und aus.

Ihr Blick fiel auf die Standuhr. Der Bote würde jeden Moment kommen, die besprochene Kassette abholen und neue Fragen von Andrew Morton überbringen. Noch immer leuchtete auf dem Aufnahmegerät das kleine rote Licht, die Aufzeichnung lief noch.

»Mir war bewusst geworden, wie zerbrechlich das Leben ist«, sagte sie gedankenversunken. »Auf einmal kamen mir die ständigen Streitereien mit Charles bedeutungslos vor. Wir machten es uns doch nur unnötig schwer ... Mehr denn je war ich bereit, an unserer Ehe zu arbeiten. Charles hingegen stieß mich immer weiter von sich fort. Er suchte geradezu Streit. James war mir in dieser Zeit ein großer Halt. Er hat versucht, es sich nicht anmerken zu lassen, wie sehr es ihn verletzte, wenn ich bei Charles war. Gleichzeitig hat er mich auch nie gebeten, mich scheiden zu lassen. Er wusste, dass das unmöglich war. Auch bei Fergie und Andrew kriselte es immer mehr.«

Durch das Fenster sah sie, dass ein junger Mann auf einem Fahrrad auf das Gebäude zuhielt. Freundlich grüßte er einen Wachmann, der den Platz durchquerte, und der Wachmann winkte zurück. Inzwischen kannte man James hier schon recht gut. Er ging bei Diana zum Tee ein und aus. Die Rede war von James Colthurst. Noch ein James, nur diesen hier kannte sie schon deutlich länger als den Hauptmann ihres Herzens. Sie waren schon befreundet gewesen, da hatte Diana mit ihren Mädels noch im Coleherne Court gewohnt. Inzwischen war er ein angesehener Arzt. Mit quietschenden Bremsen hielt er vor dem Eingang, stieg ab und verschwand im Palast.

James Colthurst war ihr Bote. Er wirkte so unschuldig mit seinem alten Fahrrad, den Rehaugen und der Aktentasche im Korb am Lenker. Dabei transportierte er in ebenjener Aktentasche, gut versteckt in einem Geheimfach, explosives Material: ihre wahre Geschichte.

Sie stellte sich die Übergabe immer wie in einem Kriminalroman vor: James radelte zu dem Ort, einer Parkbank oder einem Postschließfach, um den Umschlag dort abzulegen. Morton lauerte bereits irgendwo gut versteckt, um sogleich den Umschlag an sich zu nehmen.

Prompt war da wieder dieser Druck. War das wirklich das Richtige? Sie fühlte sich jedes Mal schmutzig, wenn sie all diese intimen Details ausplauderte.

Diana drückte auf dem Aufnahmegerät auf »Pause« und ließ es zwischen den Sofakissen verschwinden. Im nächsten Moment kündigte der Butler James an.

»Wie schön, dass es geklappt hat!«, freute sie sich.

Küsschen links, Küsschen rechts.

»Einen Monat ist es schon wieder her, nicht wahr?«, sagte sie.

»Viel zu lange!« Er stellte seine Aktentasche vor dem hohen Wandschrank mit feinstem Porzellan darin auf dem Boden ab und streckte seine Arme über den Kopf, sodass seine Schulterblätter knackten. »Aber du bist ja auch ständig zum Wohl der Armen und Kranken unterwegs.«

»So wie du auch«, erwiderte sie. »Als angesehener Arzt machst du nichts anderes.« Wie meist roch er nach einem langen und anstrengenden Arbeitstag, und sein Hemd war leicht zerknittert. Prompt hatte sie ein schlechtes Gewissen, ihn trotz seines stressigen Alltags als Arzt noch für ihre Zwecke einzuspannen.

Tee und Gurkensandwiches standen schon bereit.

»Würden Sie uns bitte alleine lassen?«, bat sie ihren Butler Harold Brown. »Mein Freund und ich haben uns viel zu erzählen. Und wir können uns selbst Tee einschenken.«

Harold nickte und zog sich zurück.

»Dein Butler hat mich doch tatsächlich gefragt: ›Welchen Grund gibt es denn heute für Ihren Besuch?‹«, erzählte James.

Gleich wurde sie nervös. »Und was hast du gesagt?«

»Ich habe mit den Schultern gezuckt und geantwortet: ›Na, ich hab Hunger.‹«

Diana lachte, war aber noch immer leicht beunruhigt. »Glaubst du, sie schöpfen Verdacht?«

James wies mit einer Handbewegung auf sein sich bereits lichtendes Haar, seine warmherzigen Knopfaugen, sein weißes Hemd, seine Bügelfaltenhose und schließlich die frisch geputzten

Lackschuhe. »Sehe ich etwa aus, als würde ich etwas Verbotenes tun?« Er zwinkerte ihr zu. »Sie vermuten höchstens, dass wir eine Affäre haben.«

Dianas Wangen wurden warm, sie wich seinem Blick aus. Sie mochte ihn und fühlte sich ihm tief verbunden, aber nur auf freundschaftliche Weise.

Beherzt griff James bei den Gurkensandwiches zu. »Ich habe wirklich Kohldampf! Heute haben mich die Patienten ordentlich auf Trab gehalten. Gibt's denn bei dir was Neues?«

Diese Frage hieß eigentlich: »Gibt es eine frisch besprochene Kassette?«

»Gibt es.« Sicherheitshalber warf sie noch mal einen Blick über die Schulter, ob die Luft auch wirklich rein war, und wagte es dann, das Aufnahmegerät zwischen den Kissen hervorzuholen. James war oft dabei, wenn sie aus ihrer Vergangenheit erzählte. Das machte es ihr etwas leichter. Sollte jemand sie reden hören, wäre es nicht so auffällig. Sie hatte ja offiziell Besuch, und mit seinem Besuch plauderte man nun mal.

»Dann schieß mal los«, sagte James, nahm noch ein Sandwich und lehnte sich zurück.

Diana startete die Aufnahme. »Das Lawinenunglück in Klosters hatte noch etwas in mir bewirkt. Ich habe gespürt, dass ich Kraft genug habe, für Menschen in Notsituationen da zu sein. Ich beschloss, meine Position als Prinzessin von Wales zu nutzen und mich verstärkt wichtigeren Dingen zuzuwenden, wie beispielsweise meinem Herzensthema, dem Kampf gegen Aids. Ich beschloss, mein Image als Prinzessin von Wales auszubauen, und plante kurzum meine erste Überseereise im Alleingang. Ich wollte beweisen, dass ich nicht nur ein modebewusstes Glamourgirl war, sondern mich auch ernster Themen annehmen konnte. Und welche Stadt hätte sich dafür besser angeboten als New York ...«

44

1989

»Kommt nicht infrage«, beschloss Charles. »Deine Reise nach New York war nicht vorab mit mir besprochen.«

Sie waren im Versammlungsraum des St.-James's-Palasts. Hier hatten sie beide ihre Büros. Hinter Charles befand sich eine Wand aus klugen Büchern. Hinter ihr eine helle Front aus hohen Fenstern. Auf den Plätzen neben Diana saß ihr kleines Team aus vier Beratern. Neben Charles sein Team aus dreiundzwanzig Beratern. Eine undurchdringliche Mauer aus Männern in grauen Anzügen, die sie ansahen, als wäre sie nicht ganz zurechnungsfähig. Zwischen ihnen Gläser, kleine Wasserflaschen und Snacks, die niemand anrührte.

Es war zum Haareraufen. Diana wünschte sich, mehr Freiheiten zu haben, war aber von den Einkünften aus dem Herzogtum Cornwall abhängig. Und diese Einkünfte wurden von Charles und seinem Beraterteam kontrolliert. Auch ihr privates Büro wurde daraus finanziert. Das bedeutete, dass in finanziellen Dingen Charles immer das letzte Wort hatte. Alles, von ihrer Anwesenheitspflicht bei seinen Planungssitzungen bis zur Zusammensetzung gemeinsamer Überseereisen oder zur Bürostruktur, wurde mit ihm abgestimmt und war damit von seinen Launen abhängig.

Und immer öfter schleppte Charles ihre Zwistigkeiten mit zu ihren Besprechungen.

Aber sie würde sich nicht unterkriegen lassen. »Ich möchte sie doch jetzt mit dir besprechen«, sagte sie. »Und außerdem hat die Regierung um den Besuch gebeten.«

Charles legte die Fingerkuppen aneinander. »Aber das bedeutet noch lange nicht, dass du ohne deinen Ehemann nach New York reisen musst.«

»Ich würde diese Reise lieber in Begleitung meines Mannes antreten.«

Charles schwieg. Betrachtete ausgiebig seine Manschettenknöpfe. Hauptsache, er musste sie nicht ansehen.

Dafür meldete sich nun sein Privatsekretär zu Wort. »Der Prinz von Wales macht sich Sorgen, dass diese Reise Sie zu sehr anstrengen wird. In nur vier Tagen haben Sie zahlreiche Termine.«

»Ich schaffe das schon.«

»Ach ja?«, zischte Charles. »Du vergisst wohl, wie labil du bist. Abgesehen davon nimmst du in deiner Selbstverliebtheit und deinem Egoismus in Kauf, deine Kinder allein und traurig zurückzulassen. Du hast doch von absolut nichts eine Ahnung! Du wirst der Krone massiven Schaden zuzufügen! Du wirst scheitern!«

Diana schreckte hoch. Bald würden sie landen, sagte der Pilot durch. War sie eingenickt? Kein Wunder, sie war heute Morgen im Dunkeln aufgestanden. Hatte ihre Handtasche gepackt. Ein frisches Kleid. Deo. Lippenstift. Hohe Absätze. Ihr großer Koffer war bereits gestern verladen worden.

Sie schob die Sonnenblende der Fensterscheibe nach oben.

New York.

Ein Meer aus funkelnden Hochhäusern, von denen eines das andere zu überragen versuchte. Der Horizont leuchtete tiefrot, als würde die Sonne ausbluten. Diana versuchte, diese atemberaubende Schönheit in sich aufzunehmen, aber der Anblick drang nicht bis zu ihrem Herzen durch. Ihre erste größere offizielle Reise als Prinzessin von Wales stand bevor. Ihr erster Alleingang.

Letztendlich war auch Charles klar gewesen, wie wichtig diese Reise war. Deshalb musste er nachgeben. Man hatte lediglich ein paar Termine gestrichen und ihre Reise um einen Tag gekürzt.

In Endlosschleife hallten Charles' Worte in ihrem Kopf. »Du wirst scheitern.«

Diana spürte den Blick ihres Privatsekretärs auf sich, der ihr schräg gegenübersaß. Sie versuchte, die Erinnerung an diesen furchtbaren Streit abzuschütteln. »Was schreibt die Presse über meinen Besuch?«, wollte sie wissen.

Wie alle Mitarbeiter der königlichen Familie war auch Patrick stets um eine möglichst neutrale Miene bemüht, aber dann und wann ließ er so etwas wie Mitgefühl oder eine fast väterliche Zuneigung durchblicken, wie auch nun. »Die meisten Blätter rechnen damit, dass Ihre Shopping-Trips die größten Schlagzeilen machen werden. Man befürchtet zudem Demonstrationen der irisch-amerikanischen Community IRA gegen die Monarchie, und Sie sind nun mal eine Symbolfigur der Monarchie. Aber ...«, er hob den Zeigefinger, » ... die *New York Post* hat Sie als ›die Mutter der Wohlfahrt‹ betitelt.«

Sie vergrub das Gesicht in den Händen. Ihr ganzer Körper bebte auf einmal. »Alle erwarten, dass ich scheitere!«, weinte sie.

Was hatte sie sich da nur aufgehalst? Diese Reise würde ihr über den Kopf wachsen. Ihr war lediglich ein Team von fünf Leuten zugestanden worden, nicht mal ein Haarstylist war darunter.

Dann drehst du dir eben jeden Morgen selbst die Haare mit Lockenwicklern auf!

Sie würde auf sämtlichen Fotos schrecklich aussehen. Sie würde die Krone blamieren.

Wirst du nicht. Du schaffst das schon. Deine Reise wird erfolgreich sein, und du wirst endlich Charles' Anerkennung gewinnen.

Nur eine halbe Stunde, mehr Zeit war nicht, um sich nach der Landung frischzumachen. Eine Cocktailparty für die britische Kleidungsmarke *Dawson International* stand im Equitable Center bevor. Diana schüttelte unzählige Hände, führte den ganzen Abend mehr oder weniger dasselbe Gespräch, nur mit unterschiedlichen Personen: Wie außerordentlich elegant ihr Ensemble aus einem raffinierten violetten Oberteil und einem schlichten schwarzen Rock doch nur war. Und wie ging es den Kindern?

Am nächsten Tag wurden sie von mehreren Polizeiwagen durch die Lower East Side Manhattans eskortiert, also jenen Teil, wohin sich keiner der Reichen und Berühmten verirrte. Die Gegend war das Zuhause vieler Einwanderer: von Afrikanern, Italienern, Juden und Iren, die nach New York gekommen waren in der Hoffnung, den American Dream zu leben.

Die Menschen hier waren komplett aus dem Häuschen. Sie winkten von den schmalen Balkonen hinab, beugten sich gefährlich weit über die Brüstungen, kletterten die Feuerwehrleitern hinauf, um besser sehen zu können. Sie kamen aus den China-Shops und Tabakläden, jubelten und applaudierten. Die Fahrer stiegen aus den typisch gelben Taxis aus, um zu sehen, was los war. Eine Gruppe junger Typen unterbrach ihr Basketballspiel und lief zu dem hohen Gitter, das den Sportplatz abtrennte.

»Oh mein Gott, das ist Prinzessin Diana!«, rief eine dunkelhäutige Frau. Mit einer Hand schob sie einen Kinderwagen, mit der anderen trug sie eine schwere Einkaufstüte. Zwei weitere Kinder hüpften um sie herum.

»Hey, Prinzessin!«, rief ein Typ mit tief sitzender Hose, Cap und Skateboard unter dem Arm.

Eine Frau rannte sogar ein kleines Stück neben der Limousine her. »Wir lieben Sie, Diana!«

Diana konnte sich an dem bunten Treiben kaum sattsehen. Hier war lauter Hip-Hop zu hören, ein paar Straßen weiter ging eine Polizeisirene los, in einem Hinterhof, der von Wäscheleinen und Kabeln überspannt war, spielten Kinder. Dort lag ein rostiges Fahrrad, dessen Sattel geklaut worden war, ein Stück weiter war die Fensterscheibe eines Imbissladens eingeschlagen und notdürftig mit einer Plane geflickt. Die heruntergelassenen Rollläden waren mit den buntesten Bildern besprüht, teilweise waren richtige Kunstwerke darunter. Es roch würzig von der Hotdog-Bude her, ein Stück weiter nach Abfall, nach billigem Parfüm und Autoabgasen …

Am liebsten wäre sie ausgestiegen und durch die Straßen flaniert, um alles in sich aufzusaugen. Natürlich wusste sie, wie naiv und gefährlich das war und dass ihre Leibwächter das niemals zulassen würden. Das hier hatte nichts mit dem mondänen New York zu tun, das man ihr gestern auf dem Silbertablett kredenzt hatte, wo alle dieselben gelifteten Gesichter hatten, dieselben Marken trugen, dieselbe Meinung hatten.

Sie erreichten das Henry Street Settlement, eine soziale Einrichtung.

Patrick sagte: »Da auch Opfer häuslicher Gewalt dort untergebracht sein werden, deren Aufenthaltsort streng geheim bleiben muss, wird ausnahmsweise keine Presse vor Ort sein.«

Diana atmete auf. »Ein Segen!«

Ständig von Kameras umgeben zu sein, die jedes Wort und jeden ihrer Schritte einfingen, fühlte sich an, wie ein paar Zentimeter über dem Boden zu schweben. Aber nicht auf angenehme

Weise, sondern eher so, als könnte sie jeden Augenblick zu Boden stürzen. Nun aber, ohne die aufdringlichen Journalisten, fühlte sie sich sicher und geerdet. So konnte sie sich voll und ganz auf die Menschen konzentrieren, die ihr in der sozialen Einrichtung vorgestellt wurden.

Sie sah die Dankbarkeit in den Augen eines Obdachlosen, dessen größtes Glück es war, eine warme Suppe in den Händen zu halten. Sie sah den Schmerz und die Wut in den Augen einer Frau, die von ihrem Mann verprügelt worden war. Sie sah die Scham in den Augen eines Mannes, der nicht wusste, wie er seine drei Kinder ernähren sollte. Sie sah die Müdigkeit in den Augen der Leiterin, die fast jeden Tag ihres Lebens opferte, um den Menschen hier zu helfen. In den letzten Jahren hatte Diana oft das Gefühl gehabt, mit ihrem Schmerz auf dieser Welt allein zu sein, eingesperrt in einem goldenen Käfig. Mit den Menschen hier zu reden und ihre Geschichten zu hören gab ihr das Gefühl, Teil einer Gemeinschaft zu sein, auch wenn ihre Leben nicht unterschiedlicher hätten sein können.

Umso krasser war der Kontrast, als abends ihre Limousine vor dem prächtigen Gebäude der Brooklyn Academy of Music hielt, wo sie zu einer Gala geladen war. *Falstaff* wurde von der Welsh National Opera aufgeführt. Sie dachte an Charles, und ihr Herz wurde schwer. Früher war er an ihrer Seite gewesen.

»Alles in Ordnung, Eure Königliche Hoheit?«, fragte Patrick.

Sie schaffte es zu lächeln. »Ja. Natürlich.«

»Wenn ich das so sagen darf, aber Sie sehen atemberaubend aus. Heute Abend wird die am meisten fotografierte Frau der Welt einen neuen Rekord aufstellen.«

Ihr Kleid war von Catherine Walker, einer ihrer Lieblingsdesignerinnen. Es war aus silberweißer Seide und mit dezenten goldenen Verzierungen versehen, dazu trug sie einen passenden Bolero. »Ich danke Ihnen, Patrick.«

Es war albern, aber trotzdem hoffte sie, dass Charles in der Presse Fotos von ihr in diesem Kleid sehen würde. Zweifelsfrei würden sie um die Welt gehen, immerhin war dieser Abend der glamouröse Höhepunkt ihrer Reise. Ihr romantisches Herz stellte sich vor, wie er bei seiner morgendlichen Tasse Tee die Zeitung aufschlug, ein Bild von ihr sah und vor Sehnsucht nach ihr verging.

Schön wär's, meldete sich ihre Vernunft zu Wort. Wahrscheinlicher war, dass jede positive Schlagzeile seinen Neid schürte. Wie also sollte sie jemals seine Anerkennung gewinnen?

Nach der Aufführung kam ihr großer Auftritt: Sämtliche Gäste hatten sich im großen Saal versammelt und verfolgten, wie sie die Marmortreppe hinabschritt. Jetzt bloß nicht stolpern. Dankend nahm sie die Blumen an, die Mädchen in entzückenden weißen Kleidern ihr reichten. Sie hielt inne. Warf einen scheuen Blick in die Menge. Es war, als hielte der ganze Saal einen Moment lang den Atem an. Sie hatte das Gefühl, in all dem Licht, das auf sie fiel, zu wachsen. Unzählige Fotografen. Über hundert, wie Patrick gesagt hatte. Sie schenkte ihnen ihr bezauberndstes Lächeln, das Charles hoffentlich mitten ins Herz treffen würde. Auf einmal schien all das Licht wie ein Stern zu explodieren, nämlich, als die Kameras diesen magischen Moment einzufangen versuchten. Das leise Klacken der Auslöser klang, als hätten sich unzählige Schmetterlinge in die Lüfte erhoben und flatterten mit ihren zarten Flügeln.

So berauschend dieser Augenblick war, so schrecklich künstlich war der restliche Abend. Angefangen bei den gelifteten Stars und Sternchen, die sich verzweifelt zu inszenieren versuchten, über den schmeichlerischen Small Talk mit Politikern oder hohen

Wirtschaftsbossen bis hin zu ihrem freundlichen Lächeln, das schon bald schmerzte.

»Was für eine Zeitverschwendung«, schimpfte Diana nachts ins Telefon. Sie hatte James angerufen, bei ihm war es gerade sechs Uhr morgens.

»Versuch zu schlafen«, klang es müde vom anderen Ende der Leitung.

»Du hast recht. Ich muss morgen fit sein. Wir besuchen die Aidsstation des Harlem-Krankenhauses. Patrick sagt, das Interesse der Presse wird groß sein. Bisher haben sich nur wenige Politiker dorthin verirrt, und natürlich schon gar niemand aus der königlichen Familie Englands.«

»Du wirst bestimmt großartig sein. Ich kenne niemanden, der so warmherzig ist wie du. Und abends steigst du ins Flugzeug, und dann kann ich dich bald endlich wieder in meine Arme schließen.«

Sie war so ungemein dankbar dafür, James in ihrem Leben zu haben. Er war ein wundervoller Mann. Er sprach ihr Mut zu, schenkte ihr ein gutes Gefühl, bewunderte sie – all das, was sie sich von Charles wünschen würde. Aber er war nicht der Vater ihrer Kinder.

Dr. Margaret Heagarty, die Chefärztin der Pädiatrie, empfing sie am nächsten Tag höchstpersönlich. Sie war eine robuste Frau mit kurzen grauen Haaren und Augen, die schon einiges gesehen hatten. Diana entging der skeptische Ausdruck nicht, der kurz über das Gesicht der Ärztin huschte, als sie zur Begrüßung Dianas Hand schüttelte. Diana hatte sich für ein seriöses, aber auch modisches Outfit entschieden. Ihre Kleiderwahl garantierte eine gesteigerte Aufmerksamkeit in der Presse – ein Vorteil, den sie nutzen musste. Ihr Kostüm war leuchtend rot und hatte breite Schulterpolster, darunter trug sie eine schlichte weiße Bluse. Ihre

Augen hatte sie mit hellblauem Kajal umrandet. Aber sie würde der Ärztin schon beweisen, dass sie mehr war als ein hübscher Kleiderständer.

»Lassen Sie uns am besten keine Zeit verlieren.« Schon marschierte Dr. Heagarty los. »Kommen Sie, kommen Sie.«

Gemeinsam durchquerten sie den Eingangsbereich. Inzwischen war Diana der typische Geruch von Desinfektionsmitteln, Kantinenessen und Krankheit wohlvertraut. Lästig war nur die Horde an Reportern, die ihnen dicht an den Fersen klebte. Als ihr Leibwächter die Männer um etwas Abstand bat, drängten sie einfach von der anderen Seite nach. Wie ein Schwarm Mücken.

Vor dem Zimmer mit der Nummer neunundsiebzig blieben sie stehen. An der Tür hingen von Kindern gemalte Bilder. Eines zeigte eine lächelnde Sonne, und Diana musste sofort an Harry denken, der letztens zwei Sonnen auf ein Bild mit Wasserfarben gemalt hatte: »Wenn eine Sonne Pause macht, springt die andere für sie ein. So ist es immer schön!«, hatte er sich gefreut.

»Ihr Besuch wird hoffentlich dazu beitragen, die Vorurteile gegenüber Aidspatienten zu verringern«, sagte die Ärztin, eine Hand bereits auf der Klinke.

»Das würde ich mir sehr wünschen«, erwiderte Diana.

Bevor sie eintraten, wandte Diana sich noch mal zu den Reportern um. »Gentlemen, darf ich Sie daran erinnern, dass die Kameras für Kinder sehr einschüchternd sind? Bitte behalten Sie das im Kopf.«

In dem Zimmer lagen vier Kinder. Mit großen Augen sahen die zwei Jungs und zwei Mädchen sie an, schüchtern, unsicher, aber auch neugierig.

»Die meisten der Kinder hier sind Waisenkinder«, hörte sie die Ärztin neben sich sagen. »Und niemand möchte sie adoptieren.«

Wie schrecklich! »Weil sie Aids haben?«

»Ja, wegen des Stigmas«, antwortete die Ärztin.

Diana konnte gar nicht begreifen, was sie da gerade hörte. »Aber Kinder brauchen doch Liebe und Zuneigung!«

Dr. Heagarty nickte auf eine Weise, die ausdrückte: »Natürlich, aber was wollen wir machen?«

Am liebsten hätte Diana die vier selbst adoptiert. Wie konnte man dieses kleine Mädchen mit dem Puppengesicht, den Schokoladenaugen und dem schüchternen Lächeln denn nicht bedingungslos ins Herz schließen? Oder den dunkelhäutigen Jungen, der schon längst aus seinem Pyjama herausgewachsen war? Oder den Jungen im Bett daneben, dessen Augen gerötet und geschwollen waren, als hätte er geweint. Ihr Herz brach bei der Vorstellung, dass niemand diese Kinder hier in den Arm nahm. Dass niemand ihnen Spielsachen kaufte. Dass niemand ihnen sonntags Pudding kochte und abends Geschichten erzählte.

Sie setzte sich an den Bettrand des Jungen, dessen Augen so tieftraurig waren. »Ich habe zwei Söhne, der jüngere von beiden ist etwa so alt wie du«, erzählte sie. »Er heißt Harry, und wie heißt du?«

»Tom«, antwortete der Junge schüchtern.

»Manchmal mache ich mit Harry Kissenschlachten. Dann kitzle ich ihn, bis er aufgibt.«

Kurz lächelte Tom. Etwas in seinen Augen leuchtete auf: seine Vorstellungskraft. Das liebte sie so sehr an Kindern. Man konnte ihnen ansehen, wie sie sich Erzählungen in den buntesten Farben ausmalten. Der Anblick, wie sein Mund leicht offen stand und er ganz genau zuhörte, was sie sagte, um es sogleich in seiner Fantasie zu verarbeiten, war herzerwärmend, aber es stimmte sie auch traurig. Tom sollte sich nicht vorstellen müssen, wie es war, mit einer liebenden Mutter herumzualbern. Es sollte Realität für ihn sein.

»Das ist ungefähr so«, sagte Diana und kitzelte den Jungen am Bauch. Er wand sich glucksend und strampelte mit den Beinen. Vergessen waren die Tränen.

Kinder schwankten leicht zwischen Unglück und Glück hin und her, einfach nur, weil sie überleben wollten. Das hatte sie schon oft beobachtet und sich jedes Mal gefragt, ob sie es in ihrer Ehe ähnlich hielt. Wann immer Charles ihr ein Lächeln, einen liebevollen Blick schenkte, klammerte sie sich verzweifelt daran fest. Vergessen waren ihre Einsamkeit, ihr Frust, ihre Verzweiflung.

Auch die anderen Kinder kicherten. Dr. Heagarty schmunzelte, und sogar die Presseleute konnten sich dem Zauber eines Kinderlachens nicht entziehen. Genau so sollte es sein! Kinder sollten lachen. Sie sollten jemanden haben, der sie kitzelte und herzte. Und ehe sie sich's versah, umarmte sie den Jungen. Sie spürte den Moment, als er sich fallen ließ. Spürte, wie sehr er diese Nähe brauchte. Wie er sich richtig an ihr festklammerte, als müsste er all die Umarmungen, die er verpasst hatte, nachholen und auch auf Vorrat umarmen.

»Eine Umarmung kostet nichts, ist umweltfreundlich und erfordert minimale Schulung«, sagte sie in die Kameras, als sie sich wieder von Tom gelöst hatte.

Den Rest des Tages verbrachte Diana damit, all die Kinder auf der Station zu knuddeln, mit ihnen zu lachen, ihnen Geschichten und von William und Harry zu erzählen, mit ihnen zu essen und Spiele zu spielen. Dianas weiße Bluse hatte schon bald einen Fleck von der Tomatensoße, die es zum Mittagessen gegeben hatte, und ihr Haar war zerzaust, weil ein Mädchen ihr eine Spange hineingesteckt hatte. Egal, Hauptsache, die Krankenhauswände waren an diesem Tag nicht ganz so grau gewesen.

45

James hatte versucht, es ihr auszureden. »Willst du dir das wirklich antun? Ich meine, es ist der vierzigste Geburtstag von Camillas Schwester. Ich könnte mir nichts Langweiligeres vorstellen.«

Diana saß an ihrem Schminktisch und überlegte, welcher Lippenstift passend wäre. Es sollte eine dezente Farbe sein, ihr feuerrotes Kleid war auffallend genug. »Es ist Teil meiner Therapie. Dr. Lipsedge hat mir gesagt, ich sollte mich meinen Ängsten stellen, wenn ich die Bulimie gänzlich besiegen will.«

»Aber diese Party wird voll sein mit Charles' und Camillas grässlichen und arroganten Schleimer-Freunden, die …«

»Die mich für psychisch labil und hysterisch erklärt haben?«, vollendete sie seinen Satz. »Da hast du wohl recht. Und selbstverständlich wird auch die Anführerin dieser grässlichen Highgrove-Clique anwesend sein, Mrs Camilla Parker-Bowles.« Diana grinste schelmisch. »Aber man irritiert einen Rottweiler, wenn man ihm zeigt, dass man keine Angst vor ihm hat.«

Camilla war das Gespenst, das sie Tag und Nacht heimsuchte. Der Parasit, der sich ins Holz ihrer Wände bohrte und irgendwann alles zum Einsturz bringen würde. Sie war die Vorstellung einer perfekten Frau, mit der sie sich ständig verglich. Denn sie musste doch perfekt sein, warum sonst konnte Charles einfach nicht von ihr lassen?

Es war an der Zeit, dieses Gespenst endlich abzuschütteln.

Die Geburtstagsfeier fand in Ham Common in der Nähe des Richmond Parks statt. Als die Limousine vor der Ormeley Lodge hielt und ein Lakai die Wagentür öffnete, sammelte Diana sich noch einen kurzen Augenblick. Ihr Herz klopfte heftig in ihrer Brust. *Oh Gott, was machte sie hier? War sie jetzt wirklich verrückt geworden?*

Sie holte tief Luft. Schickte ein Stoßgebet zum Himmel. Raffte ihr bodenlanges Kleid. Stieg aus. Flotte Jazzmusik war zu hören. Sie schritt die hell erleuchtete Steintreppe hinauf, bis sie vor dem imposanten roten Backsteingebäude stand. Ein zweiter Lakai nahm sie in Empfang und führte sie hinein. Im Türrahmen zum Festsaal blieb sie stehen, um sich einen Überblick über die vierzig, höchstens fünfzig Gäste zu verschaffen, die alle ein ganzes Stück älter als sie waren.

»Diana«, hörte sie Annabel sagen. Sie war ihrer Schwester Camilla wie aus dem Gesicht geschnitten, nur ihre Nase war etwas größer, ihre Züge noch herber. Diana gratulierte ihr zum Geburtstag und wechselte ein paar höfliche Worte mit ihr. Die ganze Zeit über sah Annabel sie an, als ahnte sie, dass Ärger drohte.

Das Dinner war schon vorbei, man war beim zwanglosen Teil angelangt, saß bei Gesellschaftsspielen und einem guten Glas Scotch beisammen, riss derbe Witze und brüstete sich vor den anderen. Wie sehr Diana diese arrogante Clique satthatte! Man hatte sie aus Höflichkeit eingeladen, keine Frage, aber niemand hatte damit gerechnet, dass sie tatsächlich kommen würde, das sah sie in der Reaktion einiger Gäste. Sie wichen zur Seite und bildeten auf diese Weise unbewusst einen Weg zur Treppe, die ins Souterrain führte. Waren Charles und Camilla also dort?

Auf einmal stellte sich ihr Annabel in den Weg. »Ach, Diana, geh da nicht runter.«

»Ich will doch nur meinen Mann begrüßen«, erwiderte sie und schob sich an Camillas Schwester vorbei.

Unten ging es wesentlich intimer zu. Zigarettenrauch stand in der Luft, umhüllte die Paare, die zur ruhigen Klaviermusik tanzten. Darunter auch Charles und Camilla, die einander in den Armen wiegten. Beide hatten ihre Augen geschlossen, deshalb merkten sie erst nach einer Weile, als die Gespräche um sie herum verstummten, dass etwas nicht stimmte.

»Diana!«, entfuhr es Charles, als er sie entdeckte. »Was machst du hier?«

»Ich wurde eingeladen.« Dann zu Camilla: »Dürfte ich dich kurz sprechen? Unter vier Augen?«

Camilla nickte. Sie gingen raus an die frische Luft. Es war Februar, und sie konnte ihren Atem vor sich sehen, so kalt war es, aber in Diana brannte ein solches Feuer, dass sie nicht fror.

Sie sahen sich in die Augen.

Sieben Jahre. Sieben Jahre lang hatte man sie für dumm verkauft. Hatte sie Tag für Tag belogen, und irgendwann war sie nicht mal mehr die Lügen wert gewesen. Ihr war nach Weinen zumute. Doch da bemerkte sie das Flackern in Camillas Augen. War das etwa Angst? Ja, das Gespenst fürchtete sich!

Und auf einmal löste sich der ganze Spuk auf. Camilla war nicht besser oder liebenswerter. Sie war selbst in einer zerrütteten Ehe gefangen. Ihren Frust darüber kompensierte sie mit unzähligen Zigaretten, die ihre Haut altern ließen. Ihre Affäre mit Charles hauchte ihr etwas Leben ein, aber die Liebe ihres Lebens war er nicht. Sonst hätte sie damals doch nicht seinen Heiratsantrag abgelehnt, den er ihr gemacht hatte, bevor Diana in sein Leben getreten war. Oder war ihr schlichtweg klar gewesen, dass der Palast einer Ehe zwischen dem zukünftigen König und ihr – einer Frau mit Vergangenheit – niemals zugestimmt hätte?

Und Charles? Vielleicht liebte er Camilla, wahrscheinlicher war jedoch, dass er nur die Art liebte, wie sie ihn anhimmelte und sein Ego polierte. Eigentlich wusste er doch gar nicht, was Liebe war, er hatte es nie gelernt. Am Ende war die Affäre mit Camilla nur seine Methode, gegen den Käfig zu rebellieren, in dem er steckte. Die Bürde zu kompensieren, die auf seinen Schultern lastete. »Mein größtes Problem ist, dass ich nicht wirklich weiß, was meine Rolle im Leben ist. Im Moment habe ich keine. Aber irgendwie muss ich eine finden«, hatte er Diana eines Nachts in Australien anvertraut, als sie sich näher als je zuvor und danach gewesen waren. Solange Elizabeth auf dem Thron saß, war er der Prinz in der Warteschleife.

Diana reckte ihr Kinn. Sagte: »Wir sind ganz offensichtlich zu dritt in dieser Ehe, da ist es ein bisschen eng.«

Camilla presste die schmalen Lippen zusammen.

»Ich weiß genau, was zwischen dir und meinem Mann vorgeht. Ich bin nicht von gestern. Aber ich bin Charles' Ehefrau und die Mutter seiner Kinder. Ich bin ein Mensch mit Gefühlen, auf denen jahrelang herumgetrampelt wurde. Das muss ein Ende haben. Ich werde um meine Ehe kämpfen, denn meine Familie ist das Wertvollste, das ich habe. Das lasse ich mir nicht nehmen. Wenn du also auch nur einen Funken Anstand besitzt, dann halte dich endlich aus unserer Ehe raus.«

Damit war alles gesagt. Sie drehte sich auf dem Absatz um. Ließ Camilla sprachlos stehen.

In dieser Nacht weinte Diana, wie sie noch nie geweint hatte.

Am nächsten Morgen wachte sie als neuer Mensch auf. Als hätte sich eine der Fußfesseln gelöst, die ihr jeden Schritt erschwerten. Sie hatte etwas geschafft, wovor sie sich jahrelang gefürchtet hatte. Sie hatte endlich das Gespenst abgeschüttelt.

46

»Was hast du zu Camilla gesagt?«, wollte Charles am nächsten Tag von ihr wissen.

»Ich habe ihr gesagt, dass ich dich liebe«, antwortete Diana. Nur hatte sie es etwas anders formuliert.

Charles nickte gedankenversunken. »Liebe …«, sagte er. *Was auch immer das heißen mag.*

Tiefe Falten standen auf seiner Stirn. Er drehte den Siegelring an seinem Finger ruhelos hin und her. Was ging ihm durch den Kopf? Den Rest des Tages zog er sich in sein Arbeitszimmer zurück. Einmal wagte Diana es, an seine Tür zu klopfen und einen Blick hineinzuwerfen. Nachdenklich saß er in seinem alten Ledersessel. Er bemerkte sie nicht mal.

Sie wurde unruhig. Hatte das Gefühl, er entglitt ihr. Wie Sand, der durch die Finger rieselte. Doch was sollte sie tun? Ihn darauf ansprechen? Aber was, wenn sie die Antwort nicht hören wollte? *Also lieber nichts wissen. Augen, Ohren und Mund verschließen.*

Am nächsten Tag lud Elizabeth Charles und sie nach Schloss Windsor zum Tee ein. Diese Frau hatte wahrhaftig einen siebten Sinn dafür, wenn etwas im Argen lag! Charles schwieg die ganze Fahrt über. Noch nie war Diana die Allee so lang und trist vorgekommen. Es war Februar, die Kastanienbäume am Straßenrand waren kahl.

Sie setzten sich in den Vorraum des Salons und warteten darauf, hereingerufen zu werden. Es war ein stürmischer Tag, draußen heulte der Wind und peitschte den Regen gegen die hohen Fensterscheiben. Diana rieb ihre feuchten Handflächen aneinander. Kurz kam ihr der Rat ihres Vaters in den Sinn, den er ihr vor ein oder zwei Jahren gegeben hatte: »Du musst dich mehr anstrengen, ansonsten gewinnt Camilla.«

Hatte sie sich nicht genug angestrengt? War sie zu sehr mit sich selbst beschäftigt? Hätte sie öfter fragen sollen, was ihm durch den Kopf ging, wie er sich fühlte? So wie damals in Australien?

Gerade als sie etwas sagen wollte, schlug die Pendule drei Uhr. Keine Sekunde später ging die Tür auf. Ihre Majestät, die Königin, und der Prinzgemahl waren bereit, sie zu empfangen, sagte ein Diener. Philip war also auch mit von der Partie. War das ein gutes oder schlechtes Zeichen? Diana schätzte Philip. Er war nicht so steif wie der Rest der Familie. Meist hatte er einen lockeren, eher sarkastischen, teilweise auch unangebrachten Spruch auf den Lippen. Aber er konnte auch streng und unnachgiebig sein.

Diana knickste artig und küsste beide auf die Wangen. »Mutter«, sagte sie. »Vater.«

Sie nahmen Platz.

»Danke, dass ihr gekommen seid«, begann Elizabeth und verschränkte die Hände im Schoß. »Ich habe euch aus einem bestimmten Grund hierhergebeten. Vielleicht könnt ihr euch bereits denken, um was es geht. Die Presse berichtet zunehmend darüber, dass euer Verhältnis angespannt sei.«

Philip schlug die Beine übereinander. »Es ist völlig normal, dass es in einer Ehe hin und wieder Schwierigkeiten gibt. Sie werden vergehen und euch einander sogar nähergebracht haben.«

Wie immer, wenn sein Vater anwesend war, hielt Charles den

Blick fast durchgehend auf den Boden gerichtet. »Und was, wenn es bei uns nicht so läuft?«, sagte er und klang erschöpft. »Wenn die Probleme zu festgefahren sind? Wenn wir einfach zu unterschiedlich sind?«

Elizabeth reckte ihr Kinn. »Die Erfahrung lehrt mich, dass es für jedes Problem eine Lösung gibt.«

Und diese Lösung lautet meist: totschweigen, dachte Diana.

Charles reagierte mit Trotz. »Ich habe mein Bestes für diese Ehe getan. Mein Allerbestes. Und ich leide ...«

»Das bezweifle ich allerdings«, fiel Elizabeth ihrem Sohn ungewöhnlich scharf ins Wort. »Wir sind es nämlich, die leiden, weil wir euer ständiges Gejammer ertragen müssen. Du bist ein verwöhnter Mann, der ständig klagt, und du bist verheiratet mit einer verwöhnten Frau, die ständig klagt. Anstatt eure Probleme zu klären, vergnügt ihr beide euch außerehelich.«

Oh Gott, sogar die Königin wusste offenbar von ihrer Affäre! Diana spürte förmlich, wie sie in sich zusammensank.

»Ich schlage vor, ihr reißt euch zusammen und wisst endlich zu schätzen, welche Privilegien ihr genießt«, fuhr sie fort. »Ihr müsst lernen, Kompromisse zu schließen und weniger egoistisch zu sein. Der Monarchie, euren Kindern, dem Land und seinen Menschen zuliebe. Das Fiasko um Annes Ehe war bereits schlimm genug.«

Ein Angestellter hatte vier Briefe privaten Inhalts aus Annes Handtasche entwendet und an die Zeitung *Sun* weitergeleitet. Es stellte sich heraus, dass die romantischen Zeilen von einem gewissen Commander Tim Laurence stammten, einem der königlichen Stallmeister. Nachdem auf diese unschöne Weise ihre Affäre ans Licht gekommen war, lebte Anne von ihrem Mann getrennt, mit dem sie beachtliche neunzehn Jahre lang verheiratet gewesen war.

Elizabeth war noch nicht fertig mit ihnen. Sie sprach klar, ohne sich ein einziges Mal zu verhaspeln, so als würde sie von einem unsichtbaren Blatt ablesen. »Unser aller Ehen spiegeln die Integrität der Krone wider. Wenn sie Risse zeigen, die ihren Fortbestand bedrohen, so wird am Ende auch die Monarchie infrage gestellt. Deshalb darf etwas so Wichtiges wie die Ehe des zukünftigen Monarchen schlichtweg nicht scheitern.«

Sie ließ ihre Worte wirken.

Charles' Kiefermuskulatur trat deutlich hervor.

»Ich will euch nun etwas fragen und verlange von euch völlige Aufrichtigkeit.« Sie sah erst Charles, dann Diana an. »Legt einer von euch keinen Wert mehr auf diese Ehe?«

Diana konnte ihr Herz schlagen hören.

Auf einmal liefen die schönen Erinnerungen wie ein Film vor ihrem inneren Auge ab.

Sie sah, wie Charles sie im Kinderzimmer von Schloss Windsor mit hochroten Ohren fragte, ob sie seine Frau werden wolle.

Wie er vor dem Traualtar auf sie wartete, dieser einzigartige, kluge, leicht verschrobene Mann, der sie mit seinem trockenen Humor so oft zum Lachen gebracht hatte. Ihr Herz erblühte bei seinem Anblick.

Wie glücklich sie in Australien gewesen waren, fernab vom Protokoll und Camilla. Sie roch den Duft der Steppe, spürte die wilde Grenzenlosigkeit der Natur, hörte Williams munteres Kindergebrabbel, schmeckte Charles' Küsse ... Sie waren eine Familie gewesen.

Das war das Leben, das sie sich wünschte. Niemals würde sie es aufgeben.

Charles richtete sich in seinem Sessel auf und hob den Zeigefinger, wie häufig, wenn er etwas Wichtiges zu verkünden hatte.

»Nun, ich habe mir diesbezüglich lange meine Gedanken gemacht«, sagte er. »Ich bin zu der Ansicht gelangt, dass …«

Nein!, bäumte sich auf einmal etwas in ihr auf.

Alle sahen sie verblüfft an. Hatte sie das laut gesagt? »Ich glaube immer noch an diese Ehe. Von ganzem Herzen«, platzte es aus ihr heraus. Tränen liefen über ihre Wangen.

Mehrere qualvolle Atemzüge lang brachte Charles keinen Ton hervor. In diesem Moment wirkte er ungemein verletzlich. Dann endlich sagte er: »Aber wir quälen uns doch nur gegenseitig. Ich brauche Camilla in meinem Leben, und auch du triffst dich mit einem anderen Mann.«

»Ich war einsam, aber das ist keine Entschuldigung. Manchmal weiß man erst, was im Leben Bedeutung hat, nachdem man es fast verloren hätte.« Sie sah ihn an. »Wie damals in Klosters, als das mit der Lawine passierte und ich Angst hatte, dass du vielleicht …« Sie konnte es nicht mal aussprechen. »Du bist der Mann, den ich erwählt habe. Wir haben zwei wundervolle Kinder bekommen. Ich weiß, dass ich dir Leid und Schmerzen zugefügt habe, so wie du mir. Aber ich weiß auch, dass wir es gemeinsam schaffen können, unsere Probleme zu überwinden. Für die Monarchie. Aber vor allem für William und Harry.« Sie nahm seine Hand und drückte sie sanft. »Gib uns noch eine Chance, Charles. Unserer Ehe, unserer Familie und unserer Liebe.«

»Schön«, sagte Elizabeth munter, als hätten sie gerade über den Wetterbericht der nächsten Tage geplaudert. Sonne, angenehme Temperaturen, kein Regen in Sicht. »Dann wäre das geklärt.«

»Aber ich …«, setzte Charles an, doch Elizabeth hatte sich schon erhoben.

Ihr Blick drückte aus, dass sie nicht bereit war, auch nur eine

Regenwolke zu dulden. »Wenn du eines Tages König werden willst, solltest du endlich anfangen, dich wie einer zu verhalten.«

Philip nickte zustimmend, dann erhob auch er sich, um seiner Frau wie immer zu folgen.

Es dauerte ein paar Sekunden, bis Charles sich gefangen hatte. »Interessiert irgendwen, was ich dazu zu sagen habe?«

Es war Philip, der stehen blieb und Charles ansah, als würde er partout nicht verstehen, auf was sein Sohn hinauswollte. »Ich wüsste nicht, was es da noch hinzuzufügen gibt.«

47

Das Leben war schön.

Das wussten auch die Beatles, die in ihrem Lied davon sangen, dass nach einem langen, kalten Winter nun endlich wieder die Sonne herausgekommen war.

»Here comes the sun, do, do, do«, sangen William und Harry auf der Rückbank von Dianas Jaguar.

Die überglücklichen Gesichter der beiden im Rückspiegel brachten sie zum Lachen. Aus vollem Halse trällerte auch sie mit. »And I say it's all right.«

Wie lange war es her, dass sie die beiden so glücklich gesehen hatte? Als sie ihnen gesagt hatte, sie würden ein Wochenende mit ihrem Vater in Highgrove verbringen, waren sie in ihre Zimmer gestürmt, um ihre Spielsachen einzupacken. Sie hatte Charles' Privatsekretär darum gebeten, möglichst bald ein Wochenende im Terminkalender ihres Mannes freizuhalten, und Charles hatte nichts dagegen gehabt. Es war ganz leicht gewesen! Warum hatte sie das nicht schon viel früher getan? James hatte sie gesagt, dass sie sich nicht mehr treffen konnten. Ihr Telefon hatte daraufhin nicht stillgestanden, aber sie hatte ihren Butler angewiesen, sie zu verleugnen.

Charles war der Mann, für den sie sich einst entschieden hatte. Er war ihr Märchenprinz. Sie war bereit, ihm zu verzeihen und die Vergangenheit hinter sich zu lassen. Ihm ewig seine Affäre vorzuwerfen belastete sie doch nur. Und ab sofort würde er sich von Camilla fernhalten, das hatte er seiner Mutter versprechen müssen. Auch sie hatte in der Vergangenheit Fehler begangen. Viel wichtiger war jedoch, was die Zukunft bringen würde. Gemeinsam würden sie ihre Ehe retten.

Für Ende Februar war es ein erstaunlich warmer und schöner Tag. So schön, dass sie sogar vergessen konnte, dass ihr wie immer ihr Leibwächter in seinem eigenen Wagen folgte. Das Tor zum Anwesen öffnete sich, und sie fuhr über die kurvige Straße, an der Wiese vorbei, die schon bald bunt getupft mit allerlei Blumen sein würde, Mohn, Margeriten, Gänsefüßchen, Schlüsselblumen, Arnika und Wiesenknöterich ... Letztes Jahr hatte Charles eines Nachmittags mit den Jungs eine Streiftour durch den Garten gemacht und ihnen sämtliche Pflanzennamen beigebracht, und ein bisschen was war offenbar auch bei ihr hängen geblieben. Noch nie war ihr dieses Anwesen schöner erschienen. Der Tau glänzte im Sonnenlicht auf den Blättern. Die ersten Knospen kündigten den Frühling an. Überall summte und zwitscherte es.

Kaum hatte sie den Wagen in der Einfahrt geparkt, waren William und Harry schon herausgesprungen, um im Haus nach ihrem Vater zu suchen. Im Flur duftete es nach frischen Rosen, die in üppigen Sträußen auf den glänzend polierten Kommoden und Tischen standen. Genau so hatte sie es sich vorgestellt. Sie würde ihrem Butler Paul Burrell, der hier in Highgrove für ihr Wohlbefinden verantwortlich war, noch danken. Er hatte ihr fest versprochen, dass alles an diesem Wochenende reibungslos laufen würde. Ein Hauch von Vanille kam aus der Küche. Der Tisch im Speiseraum war bereits wunderschön gedeckt mit Rosenblättern und herzförmigen Kränzen aus roten Mistelbeeren. Das war zwar kitschig, aber gegen etwas Romantik konnte doch auch Charles nichts einzuwenden haben, oder? Nur zwei Teller, nur Charles und sie. Sie wollte beim Dinner mit ihm allein sein. Wollte, dass sie sich tief in die Augen sahen und wieder ineinander verliebten.

Diana musste nur den aufgeregten Kinderstimmen folgen. Sie fand Harry und William im Wintergarten, wo sie aufgeregt um Charles herumsprangen. Offenbar hatte er gelesen, denn er nahm seine Brille ab und hielt in einer Hand ein Buch, dessen Einband auf einen eher komplizierten Inhalt hindeutete.

»Ich war von allen in meiner Klasse der Schnellste«, erzählte William gerade ganz aufgeregt. »Und ich hatte gar keine Höhenangst!«

»Ganz mein Sohn«, lachte Charles stolz.

»Dein Daddy spielt nämlich nicht nur hervorragend Polo«, sagte Diana und trat zu ihrer Familie. »Er ist ein richtiger Held. Er kann auch Windsurfen, Skifahren und hat sogar mal Fallschirmspringen gemacht.«

Charles' Brust schwoll an. »Ja, in mir steckt ein echter Abenteurer.«

Abends wies sie Paul an, noch mehr Kerzen im Speiseraum anzuzünden, es sollte alles funkeln und glühen. Dazu Chopins romantische, melancholische Klaviermusik, zu der Charles so gerne entspannte. Der verführerische Rückenausschnitt ihres zarten rosafarbenen Kleides sowie etwas Parfüm würden hoffentlich den Rest tun.

Oh Gott! Sie war so nervös wie damals, als er sie das erste Mal gefragt hatte, ob sie ihn in die Oper begleiten wolle, und den ganzen Abend lang ihre Oma Ruth als ihre Anstandsdame nicht von ihrer Seite gewichen war!

Atmen!

Sie schritt die Treppe hinab, ging durch den Flur. Zupfte noch einmal ihr Kleid zurecht.

Die Flügeltür zum Speisesaal war weit geöffnet. Charles stand am Fenster, die Hände auf dem Rücken miteinander verschränkt. Er wandte sich um, und ihr erster Gedanke war: Das ist er. Das ist mein Mann.

Verlegenes, leicht scheues Lächeln. Hochrote Ohren. Der klügste, wärmste Blick, den sie je gesehen hatte. Unfassbar, wie sehr sie diesen Mann liebte. Sie würde noch daran sterben.

Er wusste nicht, wohin mit seinen Händen. Schob sie in die Taschen seines Jacketts, nur um sie sogleich wieder zu verschränken, diesmal vor dem Bauch. »Du bist nach wie vor die schönste Frau, die ich je gesehen habe«, sagte er.

Diana legte den Kopf schief und ließ der Anziehungskraft ihres Augenaufschlags freien Lauf. »Und du schaffst es noch immer, mich zum Erröten zu bringen.«

Es traf sie jedes Mal mitten ins Herz, wenn Charles lachte. Daran merkte sie, wie selten es inzwischen vorkam.

»Die Dekoration ist außerordentlich …« Er suchte nach einem höflichen Wort.

»Kitschig, sag es ruhig«, lachte sie. »Aber immerhin ist heute der 24. Februar.« Er wusste nicht, wovon sie sprach, das stand auf seiner Stirn geschrieben. Deshalb fügte sie hinzu. »Unser Verlobungstag.«

»Natürlich.«

Egal. Runterschlucken. Das Letzte, was sie wollte, war an diesem wundervollen Abend die Stimmung zu ruinieren.

»Du trägst ja die Krawatte, die ich dir gekauft habe«, wechselte sie das Thema. Sie trat auf ihn zu und richtete den Kragen des weißen Hemdes.

»Du hast einfach den besten Geschmack.«

Sie schmunzelte. »Wissen wir das nicht schon, seitdem ich dich das erste Mal gesehen habe?« Sie ließ ihre Hände über seine Schultern wandern. »Es ist schon viel zu lange her, dass wir miteinander getanzt haben. Dabei tanzen wir doch beide so gern.«

»Wie könnte ich dir bei diesem Blick etwas abschlagen?«

Sie schmiegte ihr Gesicht an seine Brust, lauschte seinem Herzschlag, spürte die Wärme, die von ihm ausging. Sie standen einfach nur so da und hielten einander fest. Chopins »Nocturne Nr. 2« rückte in den Hintergrund. Diana verlor jegliches Gefühl für Raum und Zeit. Alles würde gut werden. Charles würde sie nicht verlassen.

Doch von einer Sekunde auf die andere waren ihre Sinne hellwach. Etwas war anders. Nur kam sie nicht drauf, was es war.

Dieses Wochenende bewies, dass sie recht gehabt hatte. Dass Charles sie liebte, auch wenn er es nicht zeigen konnte und ihr sogar jahrelang Leid zugefügt hatte. Dieses Wochenende bewies auch, dass noch nicht alles verloren war. Ganz im Gegenteil. Sie war so glücklich und zuversichtlich wie schon lange nicht mehr.

Sonntagmorgen hieß es Abschied nehmen. Sie frühstückten gemeinsam, danach würde Diana mit den Kindern nach London fahren. Charles zog es vor, noch einen Tag in Highgrove zu bleiben. Während Diana ihr Müsli löffelte und Harry und William ermahnte, auch etwas Obst zu essen, referierte Charles über den Islam und dessen zunehmende Bedeutung. Sosehr Diana sich bemühte, sie war einfach nicht bei der Sache. Immer wieder suchten ihre Augen den Raum ab. Sämtliche Möbel standen an Ort und Stelle. Camilla war also nicht wieder hier gewesen, um sich als Hausherrin aufzuspielen. Was also war es, das sie aufwühlte?

Sie saßen alle schon im Auto, als Harry auffiel, dass sein heiß geliebter Steiffbär fehlte. Also alle wieder raus aus dem Auto, um gemeinsam zu suchen. Sie stellten den ganzen Palast auf den Kopf, aber keine Spur von dem Stofftier.

»Harrys Bär findet sich sicher schon irgendwann«, sagte Charles und warf einen Blick auf seine Armbanduhr. »Wolltet ihr nicht schon längst aufgebrochen sein? Ich muss wirklich dringend ein paar Telefonate führen und brauche dafür meine Ruhe.«

»Du hast ja recht«, sagte Diana. Sie küsste Charles und dann gleich noch mal. »Ich freue mich, dich bald wiederzusehen.«

Auf der Rückfahrt bettelten Harry und William, wieder Musik zu hören, und Diana legte eine Kassette mit Liedern von Duran Duran ein, ihrer Lieblingsband aus Birmingham. Los ging's mit »Girls on film«. Die ersten paar Zeilen sang sie noch mit, aber eigentlich war ihr nicht nach Singen zumute. Mit jedem Kilometer, der sie weiter von Highgrove fortbrachte, verstärkte sich das ungute Gefühl in ihrem Bauch. Als wüsste ihr Herz etwas, das ihrem Kopf noch verborgen war.

Und auf einmal fiel es ihr wie Schuppen von den Augen: Charles hatte ein neues Parfüm. Den Duft kannte sie nicht. Dabei suchte sie ihm doch sein Parfüm aus! Er vertraute ihrem Geschmack.

Beruhige dich, das hat nichts zu bedeuten.

Aber sie wusste, sie *wusste* einfach, dass Camilla dahintersteckte.

Charles musste keine dringenden Telefonate führen. Er wollte sie und die Kinder nur loswerden, damit er und Camilla ihr Schäferstündchen halten konnten!

Sie klammerte sich am Lenkrad fest. *Nein, bitte nicht! Bitte!*

Sie brachte den Jaguar an einem Waldweg zum Stehen. Der schwarze Wagen ihres Leibwächters hinter ihr hielt ebenso. Was sollte sie jetzt tun?

»Was machen wir hier, Mummy?«, fragte Harry.

Sie könnte einfach weiterfahren. Könnte so tun, als hätte sie es nie bemerkt. Dieses Wochenende mit Charles war alles gewesen, was sie sich in den letzten Monaten und Jahren ersehnt hatte. Das konnte sie nicht verlieren ...

Sie zitterte. Etwas in ihr meldete sich zu Wort und übernahm die Kontrolle. *Du wirst nicht vor Harry und William weinen. Du wirst umkehren. Du wirst Charles und Camilla zur Rede stellen. Du wirst für dich selbst einstehen. Nie wieder wirst du etwas runterschlucken, das dich verletzt.*

»Wir drehen und fahren noch mal zurück«, hörte sie sich sagen. »Mummy hat etwas vergessen.«

In der Einfahrt von Highgrove bestätigte sich ihr, was sie erwartet hatte: Camillas Wagen stand dort. Sie sah ihre Erzfeindin gerade noch in den Palast verschwinden. Klingeln musste sie offenbar nicht mal mehr, so heimisch fühlte sie sich hier.

»Meine Süßen, bleibt bitte im Auto sitzen«, sagte Diana. »Mummy ist gleich wieder bei euch.«

Mit angespannten Gesichtern nickten die beiden.

Wie Camilla betrat auch Diana den Landsitz über die Terrassentür. Fragte ihren Butler Paul, wo Charles steckte.

»Ihr Gatte möchte nicht gestört werden«, antwortete er.

»Wo ist er?«

Kurzes Zögern. Dann: »In seinem Schlafzimmer.«

Sie ging die Treppe hinauf. Blieb vor der Tür zu Charles' Schlafzimmer stehen. Hörte Camillas Kichern.

Es war, wie innerlich zu sterben.

»Ich bitte dich, schicke mir doch eine Kopie deiner letzten Rede«, schnurrte Camilla. »Die über die Rolle der Architektur. Sie war eine deiner größten Leistungen.«

»Deine größte Leistung ist es, mich zu lieben«, erwiderte Charles gönnerhaft.

Ihr wurde übel.

»Du bist jedenfalls fantastisch darin, dir deinen eigenen Weg zu ertasten«, schmeichelte ihm Camilla. »Und damit meine ich nicht nur in deiner Funktion als Thronfolger.«

Charles keuchte. »Oh, hör auf! Ich will mir meinen Weg auf dir ertasten, hoch und runter und hinein und hinaus. Hinein und hinaus ganz besonders.«

»Das ist genau das, was ich im Augenblick gebrauchen könnte.«

»Und ich brauche dich jede Woche mehrmals, ich brauche dich die ganze Zeit. Wenn ich nur in deiner Hose leben könnte. Um Gottes willen, oder als ein Tampon in dir!«

Geschah das gerade wirklich? Oder war das nur ein völlig absurder Traum? Ihre Augen waren ausgetrocknet, sie blinzelte.

Sie trat ein. Und erwischte Charles und Camilla in flagranti bei einem leidenschaftlichen Kuss.

Als sie »Geh, oder ich vergesse mich« zu Camilla sagte, wunderte sie sich, ihre eigene Stimme zu hören. Sie nahm alles verzerrt wahr, wie in Zeitlupe und gleichzeitig, als würde jemand auf Vorspulen drücken.

Camilla schnappte sich ihre Bluse und eilte hinaus.

»Warum?« Diana sah Charles an. Schmeckte Salz.

Sein Blick flehte sie an. *Erspare uns dieses Gespräch doch bitte.* Aber sie wartete. Schließlich sagte er: »Mit Camilla ist alles so leicht. So heiter.«

»Und mit mir ist es das nicht? Warum wohl? Weil ihr mir jede Lebensfreude geraubt habt! Ihr wart es doch, die mich kaputt gemacht habt! Du hast kein Recht, mich einfach so wegzuwerfen, du bist verantwortlich für mich!«

Er sagte: »Camilla ist die, die ich will und die meine absolute Loyalität genießt. Ich fühle mich für sie verantwortlich.«

»Und nicht für die Mutter deiner Kinder?«

»Zieh die Kinder da nicht mit rein!«

»Gut, dann anders: Sollte deine Loyalität nicht der Frau gehören, die du geheiratet hast?«

Da platzte es aus ihm heraus: »Ich weise jegliche Verantwortung für diese absurde Heirat zurück! Ich hatte von Anfang an meine Zweifel! Ich wollte diese Ehe nie!«

Es war, wie metertief in einen Abgrund zu stürzen.

»Wenn du also jemanden anklagen möchtest, dann wende dich an die Menschen, die mich zu dieser Ehe gedrängt haben.«

Damit schlug sie auf.

»Was redest du da?«, hörte sie sich sagen.

»Keiner hat mich damals ernst genommen. Mir wurde ständig gesagt, ich sei egozentrisch. Nicht mehr als ein Actionheld, der nicht geeignet ist, Thronfolger zu sein. Man sagte mir, die Ehe wäre das einzige Heilmittel für mich. Und ich habe es geglaubt! Ich dachte: Die Medien werden mich erst ernst nehmen, wenn ich heirate und damit offensichtlich Verantwortung übernehme. Deshalb habe ich zugestimmt, dich zur Frau zu nehmen.«

Diana schloss die Augen, und als sie sie wieder öffnete, war sie noch immer an Ort und Stelle und das alles kein böser Albtraum. »Und dafür strafst du mich mit Verachtung? Du hältst mir das vor, obwohl ich nichts dafür kann? Ich bin selbst Opfer dieser Machenschaften!«

»Opfer? Du hast mich geliebt, Diana. Ich habe immer eine andere Frau an meiner Seite gewollt!«

Fassungslos schüttelte sie den Kopf. »Ich hätte nie gedacht, dass ich das eines Tages sagen könnte. Aber ich verabscheue dich.«

Sie lag bereits am Boden, doch Charles trat noch nach: »Mir geht es nicht erst seit heute Abend so. Deine Scheinheiligkeit widert mich an. Es ist nur eine Frage der Zeit, bis du dich wieder deinem Hauptmann an den Hals wirfst.«

Das war zu viel. »Ich habe James schon seit Wochen nicht mehr gesehen! Und selbst wenn! Dir soll es gestattet sein, Wärme und Zuneigung außerhalb unserer Ehe zu genießen, während ich erfrieren muss? Jahrelang betrügst du mich nach Strich und Faden und willst mir einen Strick daraus drehen? Warum sollten für dich andere Regeln gelten? Das ist unfair!« Sie atmete aus. Versuchte, sich zu beruhigen. »Ich habe meine Worte ernst gemeint, als deine Mutter uns zum Gespräch bat. Es tut mir aufrichtig leid, dass ich dich mit meiner Affäre verletzt habe. Dir hingegen scheint es gleichgültig zu sein, dass du mir immer und immer wieder ein Messer ins Herz rammst!«

»So wie du mir immer wieder ein Messer ins Herz rammst! Wenn du auch nur ein wenig Verständnis für mich hättest, wenn du nicht so selbstverliebt wärst, dann würdest du dich nicht ständig in den Vordergrund drängen! Schau nicht so, du weißt genau, von was ich spreche. Mit deinem gekünstelten Engagement rückst du dich ins Rampenlicht, dabei sind wir anderen es, die sich unermüdlich für gute Zwecke aufarbeiten. Anne mit ihrem kompromisslosen Engagement für das Kinderhilfsprogramm ›Save the Children‹ und ich mit meinem ›Prince of Wales Trust‹. Aber interessiert sich die Presse dafür? Kein bisschen! Und dann kommst du daher, und alle jubeln!«

»Vielleicht liegt das daran, dass ihr den Menschen mit eurer herablassenden Art das Gefühl gebt, nur eine lästige Pflicht zu erfüllen.«

»Weil all diese unzähligen Veranstaltungen nun mal Pflicht sind!«

»Nicht für mich. Mir machen sie Freude. Aber anstatt zu begreifen, dass ich dir eine Stütze sein könnte, dass wir zusammenarbeiten könnten, siehst du mich als Konkurrenz! Anstatt stolz auf mich zu sein, findest du alles, was ich tue, schrecklich!«

»Immer öfter, ja! Wie könnte ich stolz sein? Wir sind alle erleichtert, dass du aus New York zurückgekehrt bist, ohne zu viel Schaden angerichtet zu haben!«

»Mein Besuch in New York war ein voller Erfolg, und das weißt du! Du bist nur zu eitel, das anzuerkennen! Er hat dazu geführt, dass neuerdings wesentlich mehr an Aids erkrankte Kinder adoptiert werden und ein Zuhause finden!«

»Nur leider haben dich deine eigenen Söhne schrecklich vermisst«, zürnte Charles. »Stattdessen umarmst du fremde Kinder.«

»Dass ich drei Tage nicht zu Hause war, wirfst ausgerechnet du mir vor?!«

»Und dann diese Theatralik!«, überging er sie einfach. »Die Elenden und Besitzlosen zu umarmen – glaubst du, wir könnten das nicht auch?«

»Das bezweifle ich!« Ihre Stimme hallte unter dem hohen Gewölbe. »Du schaffst es ja für gewöhnlich noch nicht mal, deine Kinder zu umarmen, ganz zu schweigen von deiner Frau!«

»Ich umarme, wen ich will!«, schrie er zurück.

»Und ich umarme, wen ich will. Denn ich habe dieselben Rechte wie du, Charles. Du kannst mir nicht verbieten, James zu treffen.«

»Ich warne dich, solltest du mich erneut hintergehen und vor allen lächerlich machen, so werde ich davon erfahren und dann …«

»Und dann was?!«

»Dann werde ich dafür sorgen, dass die Öffentlichkeit endlich dein wahres Gesicht kennenlernt«, drohte er ihr, »und das Bild der heiligen Diana endlich zerbricht.«

48

1991

»Der Tag, an dem ich begriffen habe, dass Charles Camilla nie aufgeben würde, war einer der schwärzesten in meinem Leben.«

Diana hatte sich setzen müssen. Charles hatte ihr ganz bewusst das Herz gebrochen. Ihren Traum von Familie und Liebe zerstört. Über diesen Teil ihres Lebens zu sprechen fühlte sich an, wie eine dunkle Höhle zu betreten, von der sie wusste, dass darin Ungeheuer lauerten.

Vor ihr standen duftender Schwarztee, warme Scones und selbst gemachte Orangenmarmelade. Und das kleine schwarze Aufnahmegerät, dem sie mehr anvertraut hatte als den meisten Menschen in ihrem Leben.

Kaum zu glauben, wie viel Überwindung es sie anfangs gekostet hatte, Mortons Fragen so offen und ehrlich wie möglich zu beantworten. Aber sie hatte eine solche Wut! Endlich konnte sie sich Luft machen! Oft musste sie sich sogar zügeln, um nicht auch noch ihre eigene Familie anzugreifen. Ihre Mutter, ihre Schwestern, ihren Bruder und ihren Schwager Robert Fellowes. Sie alle hatten nichts sehen und hören wollen, sie hatten gehofft, dass Diana sich schon irgendwann beruhigen würde, dass sie eines Tages aufwachte und endlich, wie alle anderen, funktionierte.

Sie holte tief Luft und fuhr fort. »Ich habe versucht, mit Elizabeth zu reden. Aber wie immer wollte sie nichts davon wissen. Ich kann es ihr nicht verdenken. Sie ist der Kapitän dieses riesigen Schiffs, sie muss dafür sorgen, dass es auf Kurs bleibt. Trotzdem war ich verletzt. Ich fühlte mich so schrecklich allein. Und ich fühlte mich wie eine Versagerin. Wie oft hatte ich geglaubt, endlich einen Weg gefunden zu haben, mit meiner Situation besser klarzukommen, nur um dann doch wieder in derselben Spirale zu landen. Aber Rückschläge gehören zum Leben dazu.«

Ihr Licht in der Dunkelheit war James gewesen. Sie fragte sich, wie ihr Leben wohl verlaufen wäre, wenn sie ihn nicht aufgegeben hätte, um ihre Ehe zu retten. Wenn sie ihrer Liebe keinen Riss zugefügt hätte. Aber das alles hatte nichts auf dem Aufnahmegerät verloren, deshalb drückte sie auf »Pause«.

Sie hatte wieder angefangen, diesen Traum zu träumen. Darin passierte nicht viel. Ein junges Mädchen saß auf den Steinstufen, die zu einem großen Anwesen führten, und klammerte sich am Eisengeländer fest. Eine Hand wurde dem Mädchen gereicht, um ihm aufzuhelfen. Würde es sie annehmen? Oder würde sich die Hand wieder zurückziehen, wie in ihrem letzten Traum?

Konnte es sein, dass es James' Hand war? Würde er ihr vom Boden aufhelfen? Würde er die Scherben ihres Herzens zusammensetzen?

Diana schüttelte lachend den Kopf, als sie daran zurückdachte, wie oft sie seine Nummer gewählt und schnell wieder aufgelegt hatte. Einmal hatte sie es so lange läuten lassen, bis er abgenommen hatte. Diese Stimme ... Sie beschwor all die wunderschönen Erinnerungen herauf, die sie mit ihm teilte.

Gott, was tat sie da? Bestimmt wollte er nichts mehr von ihr wissen!

Sie hatte aufgelegt.

Außerdem: Was, wenn Charles seine Warnung wahr machte?

Das Telefon hatte geläutet. Sie hatte abgenommen, und James sagte: »Kennst du das Gefühl, wenn du jemanden so sehr vermisst, dass du glaubst, daran umzukommen?«

Da hatte sie gewusst: Niemand würde sie von diesem Mann trennen. Charles könnte ihr noch so oft drohen ...

Stimmen waren im Flur zu hören und rissen Diana aus ihrer Erinnerung. »Vielen Dank, dass Sie so schnell eine Vase auftreiben konnten.«

Carolyn. War es denn schon zwölf Uhr? Sie hatte die Zeit völlig aus dem Blick verloren ...

Schnell ließ sie das Gerät zwischen den Sofakissen verschwinden. Dann ging sie den Flur entlang, vorbei an ihrem Arbeitszimmer, dessen hellblaue Wände hübsche Muster zierten, öffnete die Tür und stand einem üppigen Strauß Rosen gegenüber. Carolyn reckte das Kinn und grinste sie über die bunte Blütenpracht hinweg an. »Rosen für Englands Rose!«

Diana lachte und blinzelte ein paar Tränen fort. Sie war einfach zu sentimental für diese Welt! Dass Carolyn ihr Rosen schenkte, war ein uralter Witz zwischen ihnen. Noch bevor sie überhaupt mit Charles verlobt gewesen war, hatte irgendeine Zeitung sie mal als »Englands Rose« bezeichnet. Und seitdem schenkte Carolyn ihr, wann immer sie zu Besuch kam, einen Strauß.

»Dein Butler war so freundlich, mir eine Vase zu besorgen.«

Sie dankte Carolyn und auch Harold und sagte dann mit unschuldigem Lächeln: »Wir haben Mädchenkram zu besprechen.«

»Ich verstehe schon.« Ihr Butler verneigte sich und zog sich zurück.

»Eigentlich sollte doch ich dir Blumen schenken«, sagte Diana zu ihrer Freundin, als sie die Vase auf den gedeckten Tisch stellte. »Ich sollte dir die ganze Welt zu Füßen legen!«

Carolyn winkte ab. »Ach, papperlapapp. Nicht der Rede wert. Irgendwann werde ich mal so richtig tief im Mist stecken, und dann wirst du für mich da sein.«

»Du kannst immer auf mich zählen«, sagte Diana und umarmte ihre Freundin fest. »Du bist die beste Freundin, die ich mir wünschen kann.«

Neben James Colthurst war Carolyn die Einzige, die von Dianas Enthüllungsbuch wusste. Sie würde auch gemeinsam mit ihm ihren Kopf hinhalten und als Quelle genannt werden. Niemals würde Diana den beiden ausreichend danken können.

Diana steckte die Nase in den Strauß, atmete den herrlichen Duft der Rosen ein und arrangierte die Blumen. Sie liebte Rosen. Mit ihren faszinierend schönen Blüten und den schmerzhaften Dornen waren sie eine wunderbare Metapher für ihr Leben.

»Bist du für heute fertig?«, fragte Carolyn, angelte eine Erdbeere aus der Schale auf dem Tisch und tauchte sie in die frisch geschlagene Sahne.

»Du meinst, damit, Noahs Fragen zu beantworten?« Auch Carolyn kannte den Decknamen, den Diana Andrew Morton gegeben hatte. »Mir ist gerade noch etwas eingefallen.« Sie holte das Aufnahmegerät zwischen den Kissen hervor und setzte sich neben ihre Freundin. »Ist es in Ordnung, wenn ich noch kurz etwas festhalte?«

»Na klar!« Carolyn schnappte sich zufrieden schmatzend eine zweite Erdbeere und lehnte sich zurück. »Wenn ich hier bin, denkt wenigstens niemand, dass du Selbstgespräche führst.«

Diana startete die Aufnahme. »Früher habe ich mich selbst so gehasst. Ich habe geglaubt, nicht gut genug zu sein. Ich dachte, ich bin nicht gut genug für Charles, ich bin keine gute Mutter, keine gute Prinzessin ... Die Zweifel hörten einfach nicht auf. Und immer wieder dachte ich mir: Du musst doch glücklich sein. Du hast alles, was man sich nur wünschen kann, während auf der anderen Seite der Welt Menschen an Hunger sterben. Trotzdem schaffte ich es einfach nicht, glücklich zu sein.« Ihr Blick fiel auf den Strauß. »Es war, als lebte ich in einem Rosengarten, konnte aber nur die Dornen sehen.«

Carolyn legte ihre Hand auf Dianas.

»Die Menschen dachten, es ginge mir gut, weil ich ja immerzu auf den Fotos lächelte. Sie wünschten sich eine Märchenprinzessin, die sie berührt und alles in Gold verwandelt, und ihre Sorgen wären schlagartig vergessen. Sie merkten kaum, dass diese Frau, die sie zu sehen glaubten, sich innerlich kreuzigte, weil sie sicher war, bei allem zu versagen. Die Freunde meines Mannes meinten, ich sei seelisch instabil und krank. Ich solle in irgendein Heim gebracht werden, um mich zu erholen. Dass es mich überhaupt gab, war schon fast peinlich. Innerhalb des Systems wurde ich wie eine exzentrische Außenseiterin behandelt, wie eine Spinnerin, und irgendwann hatte ich selbst das Gefühl, nicht ganz richtig im Kopf zu sein. Jetzt glaube ich, Gott sei Dank, dass es ganz in Ordnung ist, anders als die anderen zu sein.«

Eine Sache noch, dann wäre für heute Schluss. Es war langsam an der Zeit, die dunkle Höhle wieder zu verlassen, mit Carolyn die Scones zu verputzen und gemeinsam über die alten Zeiten im Coleherne Court zu lachen.

»Es hat lange gedauert, bis ich eine entscheidende Sache begriffen habe«, sagte sie. »Wenn man sich unwohl fühlt, leidet, vor Sehnsucht vergeht, wütend oder durcheinander ist, dann ist man nicht schwach. Man ist lebendig. Ein Mensch zu sein ist nicht deshalb schwer, weil man es falsch macht, es ist schwer, weil man es richtig macht. Ich habe die Vorstellung aufgegeben, dass es jemals leicht gemeint war. Aber das heißt nicht, dass das Leben nicht wunderschön sein kann. Es ist brutal und schön. Das Leben ist brutal schön, wenn man so möchte.«

49

1989

Drei Minuten vor elf. Diana stellte ihren Jaguar auf dem Parkplatz ab. Es war einer von der Sorte, auf denen man nachts nicht alleine sein wollte. Aber er war nun mal praktisch gelegen, in der Nähe der Schule ihrer beiden Jungs. Die Mülleimer quollen über. Nicht weit davon stand ein zerschlissenes Sofa. Das ferne Rauschen der Autobahn war zu hören. Es roch, als würden die meisten Autofahrer hier nur halten, um sich zu erleichtern. Diana kurbelte das Fenster hoch, obwohl es draußen heiß war. Ein Reh tauchte am Waldrand auf. Ein paar Atemzüge lang sahen sie einander direkt an, ehe es eilig in die Sicherheit des Dickichts davonsprang. Ihr kam der unsinnige Gedanke, hinterherzulaufen und selbst abzutauchen. Frei zu sein.

Sie legte den Kopf aufs Steuer. Wie hatte es nur so weit kommen können? Seit ihrem fatalen Streit in Highgrove sahen Charles und sie sich nur noch, wenn es sich nicht vermeiden ließ. Wie würde es jetzt mit ihnen weitergehen? Sie würde sich nicht von ihm einschüchtern lassen, das machte sie nur zu seinem Spielball. Doch was, wenn er seine Drohung wahr machte und sie in der Öffentlichkeit als Ehebrecherin brandmarkte? Die Presse würde sie zerreißen. Und wie schrecklich wäre es für William und Harry, wenn sie auf diese Weise erfahren würden, wie zerrüttet die Ehe ihrer Eltern war! Das musste sie um jeden Preis verhindern.

Sie holte ihr Mobiltelefon aus der Tasche und rief James an. »Ich bin gerade auf einem Parkplatz und warte auf Charles«, erzählte sie ihm. »Heute feiert die Schule, die Harry und William besuchen, Sportfest. Charles und ich werden dort das glückliche Ehepaar spielen. Und damit niemand Verdacht schöpft, werden wir gemeinsam in einem Auto ankommen und nicht getrennt voneinander. Es ist die reine Qual ... Ich bin es so leid, mich ständig zu verstellen.«

»Das glaube ich dir, Liebling. Vielleicht tröstet es dich, dass ich den ganzen Tag an dich denken werde«, versuchte James, sie aufzumuntern. »Es macht mich fast verrückt, wenn ich die ganzen Fotos von dir in den Zeitungen und Zeitschriften sehe. Dann wünsche ich mir, ›oh Gott, wenn ich nur bei ihr sein könnte‹.«

»Wie viele Fotos waren es heute?«, fragte sie.

»Vier oder fünf.«

»Ich lächle immer auf allen, stimmt's?«

»Immer. Du siehst ...« Er machte eine kurze Pause. »Sag mal, hörst du auch dieses Knacken in der Leitung?«

»Ja, das ist der Geheimdienst«, erwiderte Diana und winkte mit der Hand ab, was James natürlich nicht sehen konnte. »Du weißt doch, ich bin eine POW: Alle anderen übersetzen diese Abkürzung mit ›Princess of Wales‹, ich hingegen bin überzeugt davon, dass sie eigentlich für ›Prisoner of war‹ steht, eine ›Kriegsgefangene‹.«

James lachte. »Ich mag deinen Sinn für Humor.«

Inzwischen war es vier Minuten nach elf. Eine schwarze Limousine kam auf den Parkplatz gefahren. »Charles ist jetzt hier«, sagte sie. »Ich werde an seiner Seite sein, aber mit meinen Gedanken bei dir.« Sie legte auf und verstaute ihr Handy in der Tasche.

Noch einmal tief durchatmen. Diana setzte ihre Sonnenbrille auf, griff nach ihrer Tasche auf dem Beifahrersitz und stieg aus ihrem Wagen, um auf der Rückbank der Limousine Platz zu nehmen.

Charles würdigte sie keines Blickes. Demonstrativ schaute er aus seinem verdunkelten Fenster nach draußen. Dass er sie wie Luft behandelte, war das Schlimmste. Als würde sie für ihn nicht mehr existieren.

»Wie schön, dass du dir in deinem Terminkalender ein paar Stunden für eine Schulveranstaltung deiner Söhne freihalten konntest«, sagte sie.

Charles schwieg.

»Reden wir nun nicht mal mehr miteinander?«

»Wozu?« Die Abscheu in seinem Blick traf sie wie eine Ohrfeige. »Es endet doch ohnehin nur wieder im Streit.«

Sie stemmte die Arme neben sich in den Ledersitz. *Tief durchatmen.* »Okay, tut mir leid. Lass uns nicht wie Anfänger streiten und in alte Muster verfallen. Ich verspreche, nicht gleich wieder emotional zu reagieren, wenn du mir versprichst, mich richtig anzuhören. Wir beide haben inzwischen genug miteinander erlebt, um wenigstens den Respekt zu wahren.« Sie machte eine Pause. Als Charles nichts darauf erwiderte, deutete sie das als Zustimmung. »Deine Söhne haben sich schon sehr lange auf diesen Tag gefreut. Ich weiß, dass du Schulfeste als Zeitverschwendung ansiehst, aber ...«

»Es hat keine Minute gedauert, und schon machst du mir wieder Vorwürfe. Ja, meine Begeisterung, umzingelt von einer Horde jubelnder Mütter Kindern beim Sackhüpfen zuzusehen, hält sich in Grenzen. Es gibt nun mal wichtigere Dinge auf dieser Welt, die meine Aufmerksamkeit verlangen. Aber das verstehst du nicht. Deshalb schlage ich vor, das Gespräch hier und jetzt zu beenden.«

Denk an etwas Schönes, sagte Diana sich. *Daran, wie Charles einmal für William und Harry den Glöckner von Notre-Dame gespielt hat und sie sich gemeinsam gekringelt haben vor Lachen.*

Das Sportfest fand im Richmond Athletics Club statt. Die Presse war natürlich schon vor Ort, aber auch davon würde sie sich die Laune nicht vermiesen lassen! Die Wetherby-Schule hatte sich wirklich redlich Mühe gegeben: Die Tribüne war mit selbst gebastelten Girlanden geschmückt, und es gab einen Stand mit Kuchen und Sandwiches sowie einen Getränkestand mit selbst gemachten Limonaden. Da entdeckte sie unter den Kindern Harry und William. Sie stürmte auf ihre beiden Jungs zu, drückte sie an sich, küsste sie und umarmte sie. Sie dufteten so gut! Und wie war es möglich, dass sie von Woche zu Woche zu wachsen schienen?

»Ich habe euch so vermisst!«, sagte sie.

Charles klopfte den beiden auf die Schulter. »Na, Sportsfreunde. Seid ihr schon aufgewärmt?«

Warum konnte er seine Söhne nicht einfach mal in den Arm nehmen oder ihnen wenigstens ein paar Mut machende Worte schenken? Also umarmte sie die beiden gleich noch mal. »Ihr beiden schafft das schon, da bin ich mir sicher!«

Der Direktor der Schule, ein groß gewachsener, eleganter Mann, begrüßte sie freundlich. Er verneigte sich und deutete bei Diana einen Handkuss an. »Es gibt dieses Jahr auch ein Mütter-Wettrennen. Ein kleiner Sprint von zweihundert Metern«, erzählte er stolz. »Das schaffen Sie doch mit links, so sportlich wie Sie sind. Meine Frau liest diese Zeitschriften, in denen Sie so oft zu sehen sind, und ist bestens über Ihr Sportprogramm informiert.« Er zwinkerte ihr zu. »Also, darf ich Sie in die Liste eintragen lassen?«

In letzter Zeit waren ein paarmal Fotos von ihr in Klatschblättern zu sehen gewesen, wie sie in kurzen Hosen, Sportschuhen und weiten Pollovern ein Sportstudio verließ. Bestimmt stieß ihre legere Kleidung ein paar Mitgliedern der königlichen Familie sauer auf, aber sei's drum.

»Das klingt großartig!«, freute sie sich.

Auch Charles lächelte, nur biss er dabei so fest die Zähne zusammen, dass sein Kiefer deutlich hervortrat. Sie musste ihn nicht fragen, was los war: Er wollte nicht, dass sie am Lauf teilnahm. Bestimmt verstieß das gegen fünfzig verschiedene Punkte des Protokolls, ganz besonders gegen den Punkt: »*Keinen Spaß haben.*« Aber Harry und William wären sicher begeistert, wenn ihre Mutter über den Rasen flitzte! Sie fühlte sich fitter denn je, immerhin trainierte sie fast täglich. Charles würde bestimmt dumm aus der Wäsche schauen, wenn sie als Erste durchs Ziel rannte!

Geht es dir also noch immer darum, endlich seine Anerkennung zu gewinnen? Auf jede noch so banale Weise?

Sie schob den Gedanken beiseite. Es ging ihr allein um den Spaß.

Harry und William verschwanden mit ihren Kumpels in die Umkleide. Charles unterhielt sich mit einem jener Väter, die Diana immer etwas einschüchterten, weil ihnen schon von Weitem auf der Stirn geschrieben stand, dass sie sich für besonders klug und erfolgreich hielten. Sie holte sich ein Glas der herrlich erfrischenden Limonade und wollte sich den anderen Müttern anschließen – doch sie war überfordert: Es schien nämlich zwei Fraktionen zu geben. Da waren einmal die Mütter, die abseitsstanden oder nach drinnen in die Garderobe verbannt worden waren. Sie waren alle etwas fester und hatten einen eher außergewöhnlichen Kleidungsgeschmack. Dann waren da noch die Mütter, die im Sonnenlicht zu funkeln schienen. Sie alle sahen nahezu gleich aus: perfekter Dutt, biederer Rock, weiße Bluse mit Strickjacke oder Blazer darüber, dazu Perlenkette. Sie waren gertenschlank, fast etwas knochig, obwohl sie bestimmt jeden Sonntag einen herrlich saftigen Kuchen für ihre Familie buken und dafür nicht mal ein Rezept brauchten. Sie hatten heute Klemmbretter unter den Armen mit wichtigen Listen darauf und waren für die verantwortungsvollen Aufgaben zuständig: das Einsammeln von Spenden oder die Aufsicht über die Schüler. Sie sahen aus wie Mütter, die ihren Töchtern wundervolle Zöpfe flechten konnten. Mütter, die ihren Zeitplan stets nach Kind und Ehemann ausrichteten. Mütter, die sich selbst immer hintanstellten. Als würden sie ihre Liebe beweisen, wenn sie sich selbst auslöschten. Und diejenige, die am gründlichsten verschwand, liebte ihre Familie am meisten. Was für eine Bürde luden sie ihren Töchtern nur auf, indem sie ihnen vorlebten, dass eine Frau zu einer solchen Mütter-Märtyrerin mutieren sollte?

Und wo sollte sich Diana hinzugesellen, die mit ihrem lockerleichten Sommerrock und dem legeren Pullover in Übergröße zu keiner der beiden Fraktionen passen wollte?

Während sie noch rätselte, verkündete eine der Klemmbrett-Mütter, dass es gleich losgehen würde. Bevor sie sich einen guten Platz unter den Zuschauern sicherte, wollte sie ein letztes Mal ihren beiden Jungs viel Glück wünschen. William war noch immer bei seinen Freunden. Sie winkte ihm und schmunzelte über den Anblick der Jungs, wie sie alle in ihren kurzen weißen Trainingshosen zusammenstanden und ganz aufgeregt waren. Doch wo steckte Harry?

»Ken, haben Sie Harry gesehen?«, fragte sie ihren Leibwächter, der ihr wie immer unauffällig folgte.

»Nein. Vielleicht ist er noch in der Umkleide?«

Es ist alles gut, versuchte sie, sich selbst zu beruhigen. Aber Harry war nun mal der Sohn des Thronfolgers. Ständig war Diana von Sorge um ihre Kinder geplagt: Was, wenn jemand William oder Harry entführte und ihnen etwas antat?

»Vorhin hat er noch mit dem Prinzen von Wales gesprochen«, sagte Ken.

Oh nein! Charles hatte das Einfühlungsvermögen eines Hammers, das kannte sie selbst nur zu gut. Wahrscheinlich hatte er ihren Kleinen noch mehr unter Druck gesetzt, und Harry hatte sich zurückgezogen ...

»Ich suche ihn«, sagte sie.

Zum Glück dauerte es nicht lange, bis sie ihn fand. Er war in der Umkleide. Saß in sich zusammengesunken auf einer der Holzbänke. Als er sie sah, wischte er sich mit beiden Händen die Tränen von den Wangen.

»Hey, kleiner Sportsmann.« Sie setzte sich dicht neben ihn und strich über sein weiches Haar. »Warum bist du denn nicht draußen bei den anderen?«

»Daddy ist wütend«, murmelte Harry geknickt.

»Aber warum ist Daddy denn wütend?«

»Weil du bei dem Mütter-Lauf mitmachen magst. Er sagt, dass du damit schon wieder gegen das Protokoll verstößt.«

»Keine Sorge, Daddy ist nicht wütend deswegen. Er ist selbst nur etwas aufgeregt, weil doch heute euer großer Tag ist. Kein Grund zu weinen.«

Er sah sie mit feuchten Augen an. »Bin ich denn jetzt auch hysterisch?«

Bitte was?! »Aber nein, mein Schatz! Wer sagt denn so etwas?«

»Daddy. Immer wenn du weinst, sagt er, dass du schon wieder hysterisch bist.«

Sie zog ihren Jungen an sich. »Es ist völlig in Ordnung, traurig zu sein. Dann ist man sicher nicht hysterisch.«

Sie schäumte innerlich vor Wut. Das hatte Charles ja wunderbar hinbekommen!

In diesem Moment wurde ihr etwas Entscheidendes klar. Sie konnte ihre Kinder nicht schützen. Sie bekamen genau mit, was zwischen ihren Eltern vorging. Aber eigentlich, wenn sie ehrlich zu sich selbst war, wusste sie das auch nicht erst seit heute. Etwas Ähnliches hatte sie sich doch schon damals gedacht, als Charles so wütend geworden war, weil James' Labrador ein paar seiner geliebten Wasserpflanzen rausgerissen hatte. William hatte Tränen in den Augen gehabt, so sehr hatte es ihm zu schaffen gemacht, dass seine Eltern stritten. Und trotzdem hatte sie es nicht aus ihrer Spirale geschafft: ihrer Spirale aus Hoffen, An-sich-abprallen-Lassen, Runterschlucken und wieder Hoffen.

Aber Kinder bekamen nicht nur mit, was zwischen ihren Eltern vorging, sie lernten auch von ihnen. Was für eine schreckliche Vorstellung, dass ihre beiden wundervollen Jungs irgendwann in zwanzig Jahren ihre Freundinnen hysterisch nannten! Ihre Mutter hatte immerzu gelächelt, obwohl sie tieftraurig gewesen war. Dasselbe Lächeln hatte Diana heute, obwohl sie tieftraurig war. Ha! Und sie hatte vorhin noch in Gedanken die anderen Mütter dafür kritisiert, was sie ihren Kindern durch ihren angepassten Kleidungsstil mit auf den Weg gaben! Sie sollte sich an die eigene Nase fassen!

Was sollte sie tun? Das erste Mal gestattete sie sich den Gedanken, sich von Charles scheiden zu lassen. Aber bei der Vorstellung rebellierte alles in ihr. *Warum? Hast du so große Angst vor Veränderung? Oder glaubst du am Ende, dass du es ohne ihn nicht schaffst und als geschiedene Frau aus der feinen Gesellschaft verstoßen wirst?*

»Wir beide gehen da jetzt raus und haben Spaß, einverstanden?«, sagte sie zu Harry.

»Aber Daddy sagt, dass Sackhüpfen kein Sport ist.«

Natürlich. Nur Polo und Surfen und derlei Actionreiches zählten für ihn als Sport. Manchmal fragte sie sich, was im Kopf dieses Mannes vor sich ging.

»Ich habe Angst, Daddy zu enttäuschen«, murmelte Harry in sein Shirt.

»Okay, hör mir zu. Wenn du vor die Wahl gestellt wirst, jemand anderen oder dich zu enttäuschen, ist es deine Pflicht, die andere Person zu enttäuschen. Andere zu enttäuschen gehört leider dazu. Dein ganzes Leben lang musst du so viele Menschen wie nötig enttäuschen, um dir selbst treu zu bleiben.«

Sie hatte selbst lange gebraucht, um das zu begreifen.

Sie konnte unmöglich die Luft ihrer Kinder von all den Vorschriften, Vorurteilen und Regeln des Protokolls säubern, die man den beiden auftischen würde. Aber sie konnte ihnen beibringen, sich selbst dabei nicht zu vergessen und den Mut zu haben, für ihre eigenen Wünsche und Träume einzustehen.

»Komm, hauen wir ordentlich auf die Pauke!« Sie hielt ihm die Hand hin. »Bist du dabei?«

Nach kurzem Zögern legte Harry seine kleine Hand in die ihre. Seine sommersprossenbetupften Wangen hoben sich zu einem Lächeln. »Bin dabei.«

Als es losging, feuerte Diana Harry so laut an, wie sie nur konnte. Charles machte den Eindruck, als würde er neben ihr am liebsten im Erdboden versinken, aber das war ihr egal. Harry lachte beim Sackhüpfen, und das war alles, was zählte. Sein rotes weiches Haar tanzte bei jedem Sprung, und sogar seine unzähligen Sommersprossen schienen zu hüpfen.

»Und nun bitte ich die Mütter an die Startlinie«, hallte die Stimme des Direktors durch das Megafon über den Rasen.

Schnell schlüpfte Diana aus ihren Ballerinas und gesellte sich zu den anderen Müttern an die Startlinie. Das Gras unter ihren nackten Füßen war angenehm kühl. Ihr Puls beschleunigte sich. Dann der Startschuss. Sie rannte, was das Zeug hielt. Kurz bevor sie das Band erreichte, das das Ende der Strecke markierte, schalteten ihre Beine noch mal einen Gang höher. Sie hängte die anderen Mütter ab und schaffte es vor ihnen ins Ziel. Lauter Jubel setzte ein. Auch die anderen Mütter kamen nun keuchend an. Sie alle lachten und umarmten einander. Ein wundervoller Moment. Harry und William waren hellauf begeistert. Sie küsste die beiden und schnappte sich dann eine der Wasserflaschen, die auf einem Tisch bereitstanden. Ihre Augen suchten nach Charles. Er unterhielt sich wieder mit dem anderen Vater. Von ihrem Triumph hatte er nichts mitbekommen.

Ihre Knie schmerzten. Sie war völlig außer Atem – und nichts war dabei herausgekommen. Gut, ihre Söhne waren stolz auf sie, und das war viel wert. Aber darum war es ihr nicht gegangen.

Auf einmal kamen ihr Fergies Worte in den Sinn. »Zu rebellieren ist auf die Dauer ziemlich zermürbend. Im Endeffekt haben Rebellion und Anpassung doch dieselben Wurzeln. Beides sind Reaktionen auf die Vorgaben anderer.«

Fergie hatte recht. Selbst wenn sie Charles und dem Protokoll weiterhin trotzte, bedeutete das nicht, dass sie eine freie Frau war. Sie musste sich eine von Grund auf eigene Existenz schaffen. Erst dann wäre sie frei.

50

Als sie neunzehn Jahre jung gewesen war, hatte die Bulimie angefangen. Verzweifelt hatte sie nach der Ordnung gelebt, die ihr die Medien, die Schönheitsindustrie und die Gesellschaft eingetrichtert hatten: Der Körper einer Frau war weniger wert als der eines Mannes. Frauen, die jung und hübsch waren, waren wiederum wertvoller als Frauen, die alt und dick waren. Eine simple Gleichung. Lange war ihr nicht mal bewusst gewesen, dass sie nach diesem Muster lebte. Das Sportfest hatte es ihr wieder vor Augen geführt. Wenn sie als Frau etwas gelten wollte, wenn sie wahrgenommen werden wollte, dann musste sie am besten ihr Leben lang auf Süßigkeiten, Weizenprodukte und Alkohol verzichten. Diese ungeschriebene Ordnung war die Luft, die sie tagtäglich atmete, die Luft, die sie seit ihrer Kindheit geatmet hatte. Angefangen bei ihrer Mutter, die bei jeder Gelegenheit betont hatte, wie lang und schlank ihre Beine waren, als wäre das alles, was Frances vorzuweisen hätte. Über ihren Vater, der stets nur hübsche, grazile Kindermädchen eingestellt hatte, sicher nicht deshalb, weil ihre Qualifikationen so exzellent waren. Bis hin zu Charles, der sie pummelig genannt hatte, ja eigentlich bis hin zu diesem ganzen Land, das ihr doch nur von Anfang an eine solche Aufmerksamkeit geschenkt hatte, weil sie hübsch und brav und liebenswert gewesen war!

Nach diesen Regeln zu leben war einfach gewesen. Den Selbsthass, den sie dadurch entwickelt hatte, wieder aufzugeben war viel schwieriger. Vor allem in einer Gesellschaft, die so oberflächlich und krank war. Es war ungefähr ein so schwerer und schmerzhafter Prozess, wie Gift auszuschwitzen. Aber zum Glück, und das war wirklich ein riesiges Glück, hatte sie inzwischen begriffen, dass ihr Körper kein Gegenstand war, den man beurteilen durfte. Ihr Körper war zum Tanzen da, zum Entspannen, zum Lernen, um für Gerechtigkeit zu sorgen und dieser Welt etwas Gutes zu tun. Er war zum Lieben da. Da gab es auch keine Ausnahmen. Jeder Körper dieser Welt, egal, ob weiblich oder männlich, ob dick oder dünn, groß oder klein, besaß den gleichen einzigartigen Wert.

Dass ihr das endlich klar geworden war, bedeutete nicht, dass sie nicht noch Gift in sich hatte. Mehrmals am Tag kreisten ihre Gedanken um ihren Körper. Sah ihr Hintern in der Jeans dick aus? Konnte sie es sich erlauben, mit ihren Jungs vor dem Fernseher Schokolade zu naschen, obwohl sie gestern keine Zeit für Sport gefunden hatte? Noch immer stellte sie sich jeden zweiten Tag auf die Waage. Noch immer durchblätterte sie Zeitschriften, um sich zu vergewissern, dass sie auf den Fotos gut aussah. Noch immer verglich sie sich mit anderen Frauen. Das Gift war nicht nur in ihrem Blut, es steckte in ihren Genen. Wahrscheinlich würde sie es niemals vollends loswerden. Aber vielleicht könnte sie bewirken, dass zukünftige Generationen an Frauen nicht demselben Druck ausgeliefert waren. Sie sollten nicht wie sie darum kämpfen müssen, ihren Körper zu lieben.

Die Momente, in denen sie mit sich haderte, wurden jedoch seltener. Nur nach einem schlimmen Streit mit Charles schlich sie sich noch in die Küche, stopfte sich mit Essen voll und erbrach anschließend. Immer öfter verzichtete sie auf Make-up, vor allem wenn sie zum Sport ging. Es war ein ungemein befreiendes Gefühl, darauf zu pfeifen, was andere von ihrer Kleiderwahl hielten. Als die Königinmutter sie einmal dezent darauf hinwies, dass Shorts, Pullover und Sportschuhe mit hochgezogenen Tennissocken nicht das richtige Outfit für die Prinzessin von Wales wären, um sich damit in der Öffentlichkeit zu zeigen, erwiderte sie: »Du ziehst an, was du willst, und ich ziehe an, was ich will.«

Damit war das Thema für sie erledigt.

Ihr Körper war ein guter Körper, der ihr einen wunderbaren Dienst leistete. Er schwitzte mit ihr in fernen Ländern bei tropischen Temperaturen. Er trug sie auf hohen Absätzen. Er ließ sich nicht von Männern in grauen Anzügen unterkriegen. Er hatte zwei wundervolle Kinder zur Welt gebracht. Hatte sie durch Höhen und Tiefen getragen. Sie sollte also auch gut zu ihrem Körper sein. Es war nämlich auch ein Körper, der geliebt wurde, so wie er war. Von ihren Freunden. Und von James.

Das alles ging ihr durch den Kopf, als sie sich munter und zufrieden am Pool in Highgrove auf dem Liegestuhl rekelte, und zwar in ihrem brandneu gekauften leuchtend roten Bikini. Sie tankte Sonnenenergie. Gleich würde James kommen, und dann würde sie ihm sagen, dass sie so weit war, sich von Charles zu lösen.

Endlich wurde er von Paul angekündigt. Kaum war ihr Butler fort, schlang sie die Arme um James' Hals, küsste seine Stirn, seine Nase, seine Wangen und schließlich seinen Mund.

»Es ist ein wundervoller Tag, nicht wahr?« Sie schenkte ihm von der Zitronenlimonade ein, die auf dem Tisch bereitstand.

»Da hast du recht.« Er setzte sich auf die Bank unter dem Sonnenschirm.

Sie hatte sein Gesicht oft genug ausgiebig bewundert, um darin jede kleinste Regung lesen zu können. Und deshalb sah sie ihm an, dass etwas ihn bedrückte. Sie ließ ihm Zeit. Setzte sich neben ihn. Es war so still zwischen ihnen, dass man sogar das leise Plätschern des Wassers hören konnte, wenn der Wind die winzigen Wellen gegen den Beckenrand blies.

»Willst du darüber reden, was dich beschäftigt?«, wagte sie nach einer Weile zu fragen. »Denn irgendwas geht in deinem Kopf vor, das spüre ich.«

Er zögerte. Sagte dann: »Ich frage mich nur, wie es mit uns weitergeht. Willst du weiterhin jeden Morgen die Decken im Gästezimmer zerwühlen, damit die Zimmermädchen denken, ich hätte dort geschlafen? Willst du weiterhin stets Alibigäste einladen wie deine Hofdame Hazel oder Carolyn, damit meine Besuche nicht allzu verdächtig sind? Sogar hier, in Highgrove, werden wir auf Schritt und Tritt beobachtet. Überall gibt es zahlreiche Sicherheitseinrichtungen, einen elektrischen Zaun um das ganze Anwesen, ein Polizeihaus, in dem Beamte hocken und die Kameras überwachen, die sogar im Garten verteilt sind. Wir werden nie wirklich allein und ungestört sein. Das ist doch keine richtige Beziehung.«

»All das wird aufhören«, sagte sie. »Ich bin endlich so weit. Ich werde mich nicht länger von Charles unterdrücken lassen. Ich bin bereit, mich von ihm zu lösen.«

Er erhob sich von der Bank. Sein Ausdruck war nahezu erschrocken. Er wandte sich ab, raufte sein Haar, sah sie dann wieder an. »Diana, das kann nicht dein Ernst sein.«

»Doch, das ist es«, erwiderte sie sicher. »Ich will endlich frei sein. Ich will mit dir zusammen sein.«

»Du bist die wohl berühmteste Ehefrau auf der ganzen Welt! Die Presse würde sich auf dich stürzen. Abgesehen davon wird die Königin niemals einer Scheidung zustimmen. Eine Scheidung des Thronfolgers würde an den Grundpfeilern der Monarchie rütteln!

Und das System würde auch niemals zulassen, dass du William und Harry bekommst.«

Er breitete die Arme aus und ließ sie wieder sinken. »Und wie willst du mit dem Gehalt eines Hauptmanns auskommen? Du gibst mehr Geld für Schuhe aus, als ich in einem ganzen Jahr verdiene.« Er hatte sich in Rage geredet.

»Darling, beruhige dich. Du weißt doch, eine Scheidung kommt für mich wegen Harry und William nicht infrage. Dieses Leid will ich ihnen nicht antun.«

»Entschuldige, ich wollte nur realistisch sein.«

»Wir finden einen anderen Weg. Sag mir, dass du mich liebst. Das ist alles, was zählt.«

»Natürlich liebe ich dich.«

»Die gute Nachricht ist …« Sie machte es spannend, legte die Arme um seinen Hals und lächelte, weil sie mehr als er wusste. » … dass ich meine Astrologin zu dieser unglücklichen Lage befragt habe. Sie meinte, dass ich eines Tages einen Weg finden werde, diesem System zu entkommen. Was auch immer das bedeutet.«

James holte tief Luft, atmete wieder aus. »Es ist nur …« Er warf einen Blick über die Schulter. Hatte er Angst, dass sie belauscht wurden? Oder wich er ihr aus?

Sie gab ihm noch einen Moment, dann sagte sie: »Aber da ist noch etwas, das du mir sagen musst.«

»Ja.«

Da war sie wieder, die eiskalte Faust, die sich um ihr Herz schloss. »Du willst mich verlassen.«

»Nein …«

»Was ist es dann?«

Sie sah ihn an, als hinge ihr Leben von seiner Antwort ab. »Ich werde nach Deutschland versetzt«, sagte er. Ihr wurde schwindlig.

Sie hatte vergessen, wie man atmete. »Was? Warum?«

»Ich bin in der Armee, Diana.«

»Für wie lange?«

»Zwei Jahre.«

»Zwei Jahre!« Sie schüttelte den Kopf. »Sag ihnen, dass das nicht geht!«

»Ich habe keine Wahl. Das ist eine riesige Chance für mich! Sie geben mir mein eigenes Kommando, mein eigenes Panzer-Geschwader. Ich muss gehen. Und ich will gehen. Auch wenn es mir das Herz brechen wird, weil ich nicht bei dir sein kann.«

»Nein ... Ich werde meine Beziehungen spielen lassen. Ich werde mit Generalmajor Sir Airy sprechen, dem Kommandeur deiner Gardedivision, und ihm sagen, dass ...«

Er packte sie an den Schultern. »Diana ... Das ist mein Beruf. Der Beruf, den ich liebe.«

Sie wurde wütend. Konnte sich kaum beherrschen. »Offenbar mehr als mich. Hast du mich überhaupt jemals geliebt? Oder war ich nur eine Eroberung für dich, mit der du vor deinen Kameraden prahlen konntest?«

»Hör auf.«

» ... ein netter Zeitvertreib ...« Sie schlug mit den Fäusten auf seine Brust ein, aber dieser Mistkerl war natürlich viel stärker als sie.

Er hielt ihre Arme fest. »Du weißt, wie viel du mir bedeutest.«

Jahrelanger Frust, Wut, Enttäuschung, Angst und Selbsthass kochten in ihr hoch. Keine Chance, sachlich zu bleiben. »Nein, das weiß ich nicht, James. Das ist nämlich nicht das erste Mal, dass ich diesen Satz höre. So viele Menschen, die mir etwas bedeuten, haben mir das Herz gebrochen. Meine Mutter ist abgehauen, mein Vater hat tatenlos dabei zugesehen, wie dieses Biest

Raine seine Kinder immer mehr von ihm entfernt hat, meine Schwiegereltern meiden mich, und mein Mann ...«

Sein Griff wurde fester. »Diana, ich vergöttere dich! Ich bete dich an! Aber ich muss gehen.«

Die Faust um ihr Herz drückte zu. »Ich habe dir vertraut«, brachte sie mit erstickter Stimme hervor.

»Das kannst du auch! Und wir können uns doch Briefe schreiben und telefonieren.«

»Aber das ist nicht dasselbe. Du hattest mir versprochen, mich nie alleinzulassen ...«

Da war er wieder, dieser unerträgliche, aber offenbar unvermeidliche Seelenschmerz, Schönes zu verlieren: Vertrauen, Träume, Gesundheit, Beziehungen, Menschen. Nie wieder würde sie einen Mann lieben. Es tat nur weh.

»Diana, es ist meine Pflicht! Das sollte doch niemand besser verstehen als du. Mein Traum war es von Kindesbeinen an, Karriere beim Militär zu machen.«

Einatmen. Ausatmen. Einatmen. Ausatmen. »Ich verstehe es auch, James«, sagte sie dann. »Und ich wünsche dir von Herzen nur das Beste. Aber für mich warst du mein sicherer Hafen. Und nun bin ich wieder allein.«

Sein Blick war wie eine Umarmung. Eine Abschiedsumarmung. »Du brauchst mich doch gar nicht«, sagte er. »Du bist eine der stärksten Frauen, die ich kenne. Wenn du dich nur selbst mit meinen Augen sehen könntest. Du bist strahlender denn je, deine Haut ist gebräunt, dein Körper durchtrainiert. Du strahlst Kraft und Energie aus. Du hast es weit geschafft, von der jungen Frau, die ich anfangs kennengelernt habe. Und ich werde in den Zeitungen über dich lesen und mich fragen, wie ich nur so dumm sein konnte, eine Frau wie dich gehen zu lassen.«

51

1990

Es war ein Weihnachtstag wie aus dem Bilderbuch.

Die königliche Familie hatte sich in Sandringham House zusammengefunden, um Heiligabend zu feiern. Diana mochte den freundlichen Landsitz mit den hell gestrichenen Wänden und den hohen Fenstern. Im ganzen Haus duftete es herrlich nach frisch gebackenen Plätzchen. Wie Weihnachtselfen wuselten Hausmädchen herum, um der Dekoration aus Tannenzweigen, Misteln und Strohsternen den letzten Schliff zu verleihen. Im großen Speisesaal, wo auch der prächtig geschmückte Tannenbaum stand, lief leise »Der Nussknacker« von Tschaikowski. Es war eigentlich alles perfekt – und trotzdem brodelte es in Diana. Nur unter großer Kraftanstrengung gelang es ihr, ein Lächeln aufzusetzen. Sie bastelte mit Harry und William Papiersterne und klebte sie mit Tesafilm an die Fensterscheiben in der Küche. Sogar Charles half mit. Als er es mal wieder nicht lassen konnte, seiner Liebe zur Schauspielerei freien Lauf zu lassen und mit tiefer Stimme und behäbigem Gang den Weihnachtsmann zu mimen, kringelten sie sich alle vor Lachen. Kurz verblasste ihre Wut.

Nachmittags saßen sie mit der ganzen Familie bei einer Tasse Weihnachtspunsch zusammen und plauderten über Pferderennen. Vor ihnen türmten sich Plätzchen. Alle waren glücklich, und sie? Sie wurde von dieser unbezwingbaren Wut geflutet.

Sie entschuldigte sich, sie würde sich gerne etwas zurückziehen.

»Was hat sie denn schon wieder?«, hörte sie die Königinmutter fragen.

Ja, was war nur los mit ihr? Und wie würde sie diesen Abend überleben, ohne zu platzen?

Es zog sie in die Küche, wie früher, als sie noch ein junges Mädchen gewesen war. Der Duft von Essen bedeutete für sie, dass sich jemand um sie kümmerte und es gut mit ihr meinte. Bis auf den Koch und einen Lehrling war die Küche leer, das meiste Personal war schon nach Hause gegangen, um Weihnachten mit seinen Familien zu feiern.

»Hätten Sie vielleicht einen Vanillepudding für mich?«, wagte Diana zu fragen. »Oder etwas Ähnliches?«

Der Koch verneigte sich ehrfürchtig. »Aber natürlich, Eure Königliche Hoheit. Ich könnte Ihnen etwas Grießbrei anbieten, der vom Frühstück übrig geblieben ist?«

»Das klingt himmlisch.«

Eigentlich hätte Diana sich gerne ein wenig mit den beiden unterhalten, aber der Koch scheuchte seinen Lehrling aus der Küche. »Lassen Sie sich ruhig Zeit«, sagte er und schloss die Tür hinter sich. Er dachte wohl, dass sie allein sein wollte. Oder er hielt sich penibel ans Protokoll, das engeren Kontakt zwischen Personal und einem Mitglied der königlichen Familie verbot.

Sie trat ans Fenster und probierte einen Löffel vom Grießbrei mit Zimt, aber das erhoffte wohlige Gefühl blieb aus. Sie stellte das Schälchen auf dem Tresen ab und verschränkte die Arme vor der Brust, als müsste sie sich selbst zusammenhalten. *Reiß dich zusammen*. War sie also wieder an diesem Punkt angelangt? Was würde als Nächstes kommen? Würde sie doch wieder rückfällig werden und haltlos Essen in sich hineinstopfen, um es anschließend zu erbrechen? Wann hätte sie endlich den Mut, endgültig aus diesem Teufelskreis auszubrechen?

In der letzten halben Stunde hatte der Schneefall stark zugenommen. Ein richtiges Durcheinander. Flocken kamen von unten, oben, von überall. Die Straße, die zum Schloss führte, war kaum noch auszumachen. Sie sollte in ihr Schlafzimmer gehen und sich umziehen. Sollte aus ihren Jeans und ihrem Kaschmirpullover schlüpfen und ein festliches Abendkleid überstreifen. Sollte sich zu Margo, Anne, Andrew, Edward, Charles, Philip und Elizabeth gesellen und für das alljährliche Familienfoto lächeln.

Aber es widerstrebte ihr so sehr ... Sie konnte nicht. Sie konnte einfach nicht.

Die Tür ging auf, und Philip kam herein. Interessiert sah er sich in der Küche um. Dieselbe Körperhaltung wie Charles. Verrückt, wie wenig die beiden sich leiden konnten, obwohl sie sich doch eigentlich in vielem ähnlich waren. »Kaum zu glauben, aber ich war noch in keinem einzigen unserer Paläste in einer Küche. Das ist sozusagen eine Premiere für mich.«

Wenigstens entlockte er ihr damit ein kleines Lächeln.

»Ich wollte dich noch nach eurer gemeinsamen Indonesienreise im November willkommen heißen«, sagte er dann. »Die Presse berichtete von deinem Besuch eines Krankenhauses in Sitanala.«

»Ja, ich habe Leprapatienten besucht«, erwiderte Diana. »Ich weiß, dass einige Zeitungen meinen Besuch verurteilt haben, weil es zu gefährlich sei, Kontakt mit an Lepra Erkrankten zu haben. Aber ich hatte mich vorab genau informiert. Und es ist wichtig, dass diesem Thema mehr Aufmerksamkeit zuteilwird. Allgemein würde ich mein wohltätiges Engagement gerne ausbauen.«

Philip zog die rechte Augenbraue hoch. »Ein Schritt in die Unabhängigkeit?«

»Ich sehe es eher als einen Schritt zu mir selbst.«

Philip maß sie aufmerksam. Ein Blick, als würde er versuchen, ihre Gedanken zu lesen. Dann schlenderte er auf sie zu, beugte sich ihr entgegen und sagte mit gesenkter Stimme, als würde er ihr ein Geheimnis anvertrauen wollen: »Auch wenn du es mir nicht glauben wirst, aber ich weiß, wie schwer es ist, Zugang zu dieser Familie zu finden und zu allem, was mit ihr verbunden ist. Anfangs haben diese arroganten Höflinge auf mich herabgeblickt und sich sogar über mich lustig gemacht. Was ist er denn nun? Deutscher? Grieche? Däne?«

Philips Wurzeln entsprangen den königlichen Familien Griechenlands und Dänemarks. Seine Mutter, Alice von Battenberg, war Deutsche gewesen, und auch sein Vater Andreas von Griechenland entstammte dem deutschen Adelshaus Schleswig-Holstein-Sonderburg-Glücksburg, einer Seitenlinie des Hochadelsgeschlechts Oldenburg, das mit griechischen, dänischen und norwegischen Herrscherdynastien sowie mit der russischen Zarenfamilie Romanow verwandt war. Das war alles, was Diana über ihn wusste.

»Meine Mutter war psychisch krank«, gestand er unerwartet. »Sie konnte nicht mehr zwischen Schein und Realität unterscheiden und musste klinisch betreut werden. Das war, nachdem wir wegen eines Militärputsches Griechenland verlassen mussten und nach Frankreich gezogen waren. Das heißt, mein Vater lebte mit einer Geliebten in Monte Carlo, meine Mutter mit mir und meinen vier älteren Schwestern in Paris. Die Trennung hatte ihr stark zugesetzt.«

»Und warum erzählst du mir das?«, fragte Diana.

»Weil ich deine Situation besser verstehe, als du denkst. Auch ich habe mich hinter den Palastmauern lange als Außenseiter gefühlt.« Er sah sie eindringlich an. Schließlich hoben sich seine Mundwinkel zu einem schiefen Lächeln. »Vielleicht hilft es zu wissen, dass wir Charles alle für verrückt halten, Camilla dir vorzuziehen. Früher oder später wird er zu Verstand kommen.«

»Früher hätten mir deine Worte geschmeichelt«, erwiderte sie, »aber inzwischen gebe ich nichts mehr auf derartige Komplimente.«

Philips Blick verfinsterte sich. Er war keine Zurückweisung gewohnt. »Du behauptest, unglücklich zu sein. Warum sehe ich dich dann auf all den Fotos strahlen? Überhaupt solltest du dankbar dafür sein, dass dein Mann zumindest anfangs seine Geliebte aufgegeben hatte. Du hast das damals nur nicht gewürdigt.«

»Ich soll ihm dafür dankbar sein?!«, entfuhr es ihr aufgebracht. Am liebsten hätte sie einfach nur laut geschrien. Aber sie sollte sich beruhigen. *Einatmen. Ausatmen.* Immerhin stand vor ihr der Prinzgemahl. »Du weißt, dass ich um Charles gekämpft habe! Er war es, der mich fortgestoßen hat, immer und immer wieder! Er selbst hat mir gesagt, dass er diese Ehe nie wollte! Ich war das Lamm, das zur Schlachtbank geführt wurde!«

»Und jetzt bist du die zukünftige Königin von England!«

Sie legte eine Hand auf die heiße Stirn. »Was, wenn ich nicht länger bereit bin, seine Affäre und Wutausbrüche stillschweigend hinzunehmen?«

»Aber du wirst dich wohl oder übel damit arrangieren müssen. Was willst du denn sonst tun?«

Sie holte Luft. Sagte: »Dann sehe ich keine andere Wahl, als aus dieser Ehe auszubrechen.«

Einen Moment lang herrschte Stille.

Dann sagte Philip: »Das würde ich nicht tun. Das könnte böse enden. Keine Frau verlässt das Haus Windsor mit dem Kopf auf ihren Schultern.« Er reckte sein Kinn und sah auf sie herab. »Und jetzt schlage ich vor, dass du hoch in dein Zimmer gehst, ein hübsches Kleid anziehst, ein Lächeln aufsetzt und dann zu uns runterkommst. Und ich vergesse, dass wir dieses Gespräch geführt haben.«

Vergessen. Verdrängen. Runterschlucken. Und so immer und immer fort.

Etwas bäumte sich in ihr auf. Er versuchte, ihr etwas klarzumachen, was ihr Verstand offenbar nicht akzeptieren wollte. Warum?

Weil du Angst vor der Wahrheit hast.

Sie schleppte sich die Treppe hoch in ihr Zimmer, ging ins Bad, stützte sich auf das Waschbecken, schloss die Augen und beruhigte sich erst mal. Dann horchte sie in sich hinein. Und auf einmal war sie da, die Wahrheit hinter ihrer lodernden Wut. Und sie lautete: Sie war wütend auf sich selbst.

Ja, Charles hatte seit Jahren eine Affäre. Niemand in dieser Familie interessierte sich für sie. Aber sie war diejenige, die sich Tag für Tag für Tag dafür entschied, es so weiterlaufen zu lassen. Die Frage lautete also nicht: Wie konnten Charles, Elizabeth und Philip ihr das antun? Sie lautete: Wie konnte sie sich das selbst antun?

Aber wie sollte es jetzt weitergehen?

Philip hatte es offiziell gemacht: Wenn sie die Scheidung verlangte, wäre das ihr Ende.

Aber was, wenn sie alle nicht anders könnten, als endlich zu begreifen? Wenn Diana sie mit der nackten Wahrheit konfrontierte, und zwar mit allem, was auf ihrer Seele lastete? Auf eine Weise, die sie nicht ignorieren könnten? Sie wollte nicht ihren Zorn wecken, sie wollte nur an ihr Verständnis und Gewissen appellieren.

Ein unüberhörbarer Hilferuf.

Sie nahm das Seidenkleid vom Haken, schlüpfte hinein und warf einen letzten Blick in den Spiegel. Sie lächelte.

Wenige Wochen später spitzte sich die Situation zu.

Diana war gerade dabei, einen Brief zu verfassen, als Patrick sich an sie wandte. Seine Haltung war angespannt, sein Gesichtsausdruck betroffen. »Eure Königliche Hoheit, ich fürchte, ich habe schlechte Neuigkeiten.«

Diana legte ihre Füllfeder auf dem Papier ab, schlug die Beine übereinander und verschränkte die Hände auf dem Schreibtisch. Sie bereitete sich innerlich vor. »Schießen Sie los, Patrick.«

»Ein Unbekannter geht mit einem gewissen Tonband hausieren. Ein Telefonat von Ihnen soll wohl darauf aufgezeichnet sein«, sagte er. »Ein Telefonat mit einem ...« Er räusperte sich, » ... einem guten Freund. James Hewitt.«

Atmen.

Es war unglaublich schwer, einen klaren Kopf zu bewahren, wenn man metertief stürzte. »Weiß man ... weiß man, wer das Telefonat aufgezeichnet hat?«

»Nun ...« Patrick wiegte den Kopf hin und her. »Es sind verschiedene Theorien im Umlauf. Es wird behauptet, dass zwei Funkamateure mit GSM-Scannern herumgespielt und dabei zufällig Ihr Mobilfunktelefonat aufgefangen hätten – ein Telefonat von über zweihundert Millionen.«

Also höchst unwahrscheinlich.

»Eine andere Theorie wäre, dass ...«

Patricks Stimme rückte immer mehr in den Hintergrund, und ihre eigene innere Stimme wurde laut. *Es ist doch klar, wer dahintersteckt. Charles.*

Er hat seine Drohung wahr gemacht und einen Weg gefunden, dich zu schlachten. Er wird das Tonband der Presse zuspielen, und du stehst in der Öf-

fentlichkeit als Ehebrecherin da. Im Falle einer Scheidung wird sich jeder auf seine Seite stellen, während du bei lebendigem Leib gehäutet wirst.

Oder steckte Philip dahinter? Auch er hatte ihr gedroht, nachdem sie Andeutungen gemacht hatte, eine Scheidung in Erwägung zu ziehen.

Ihr wurde übel.

»Eure Königliche Hoheit«, riss Patrick sie aus ihren Gedanken. »Gibt es etwas in diesem Gespräch, das für Sie und Ihren Ruf als Prinzessin von Wales bedenklich sein könnte?«

»Natürlich!« Sie sprang von ihrem Stuhl auf. Wie oft hatte sie bei James am Telefon Dampf abgelassen, wenn einer aus dieser Familie sie mal wieder zur Weißglut getrieben hatte! Sie hatte ihm ewige Liebe geschworen. Dass dieses Tonband existierte, glich einem Marsch über ein Minenfeld. Ein falscher Schritt, eine falsche Bewegung, und alles um sie herum würde in die Luft gehen!

Ihr war ganz heiß, als hätte sie hohes Fieber. »Weiß man auch, wann es der Presse in die Hände gespielt werden soll?«

»Nein. Vielleicht haben wir Glück, und man kehrt die Sache unter den Tisch. Immerhin wurde eine Straftat gegen Sie verübt, indem man Sie abgehört hat. Vielleicht wartet man aber auch einfach auf den richtigen Zeitpunkt für eine Veröffentlichung.«

Und dieser Zeitpunkt wäre, wenn sie ohnehin geschwächt war und man ihr mit der Veröffentlichung des Tonbands das Rückgrat brechen würde. Derart explosives Material verspielte man nicht einfach so, sonst verfehlte es am Ende noch seine Wirkung. Hatte das System eine Kampagne zu ihrem Untergang gestartet? Die Öffentlichkeit würde sie für das Scheitern ihrer Ehe verantwortlich machen, wenn sie weiterhin Stillschweigen bewahrte über das, was sie von Charles ertragen musste. Dann wäre sie diejenige, die ihren Mann im Stich ließ. Es würde genauso ablaufen wie bei ihrer Mutter.

Sie musste also schneller sein.

Bereits nach ihrem Gespräch mit Philip hatte sie einen Entschluss gefasst.

Jetzt war der Zeitpunkt gekommen, ihn in die Tat umzusetzen.

Endlich würde sie die Scheinheiligkeit ihrer Ehe entlarven, und zwar, bevor Charles es tun würde.

Sie war im Begriff, das größte Tabu des Königshauses zu brechen.

Sie wollte reden.

52

1992

Heute würde sie es zu Ende bringen.

Heute würde sie das letzte Wort ins Aufnahmegerät sprechen.

Das letzte Wort ... Das hatte doch eigentlich fast immer Charles gehabt. Aber dieses Enthüllungsbuch würde er lesen müssen. Er konnte nicht länger ausblenden, was er ihr angetan hatte.

Oder würde er sie für völlig verrückt erklären und veranlassen, sie einzuweisen?

Das letzte Wort ... Dabei hätte sie noch so viel zu sagen. Charles war ein komplexer Mensch. Sie selbst ebenfalls. Die ganze Situation war komplex. Aber die Zeit eilte.

James Colthurst hockte auf dem Sofa, vor ihm standen Sandwiches, Limonade und frisches Obst. Sie spürte, dass er sie beobachtete. Sie sah aus dem Fenster in den Privatpark von Kensington Court, in einer Hand hielt sie das Aufnahmegerät. James wippte mit den Füßen, was sie nervös machte. Deutlicher denn je spürte sie all die gerahmten Familienfotos, die auf dem runden Kirschholztisch und im Wandschrank standen. Fotos glücklicher Tage.

»Alles in Ordnung?«, wagte James vorsichtig zu fragen.

»Ja, es ist nur ... Es ist ein komisches Gefühl. Es gibt so viel zu sagen, so viel, das ich loswerden möchte, und gleichzeitig …« Sie atmete schwer aus. »Es ist immer noch meine Familie, über die ich da spreche, verstehst du?«

»Aber du hast mehrmals versucht, mit ihnen zu reden«, erinnerte er sie. »Und sie wollten dir nicht zuhören. Vergiss das nicht. Mit diesem Buch werden sie dir endlich zuhören müssen.«

Sie nickte gedankenversunken.

Sie selbst war der Schlüssel zu ihrer Freiheit, das hatte sie inzwischen begriffen. Niemand sonst konnte ihr aus ihrem Käfig helfen. Sie musste diesen Schritt allein wagen.

Doch war sie mutig genug, ihren Käfig zu entriegeln?

Würde sie den Schritt nach draußen wagen, um der Welt ihr wahres Ich zu zeigen?

Oder sollte sie einen Rückzieher machen?

Vergiss nicht, dass Charles höchstwahrscheinlich deine Telefonate hat abhören lassen und damit brisantes Material in den Fingern hat. Hoffentlich würde das Buch verhindern, dass man sie als Ehebrecherin brandmarkte. Würden die Menschen ihre Geschichte kennen, wüssten sie, wie sehr sie in den letzten Jahren gelitten hatte. Dann könnte man sie doch nicht dafür verurteilen, dass sie sich nach Wärme und Liebe gesehnt hatte, oder?

Diana legte vorsichtig die Fingerspitzen unter eine der Rosen, die Carolyn ihr vor ein paar Tagen mitgebracht hatte. Zwei Blätter lösten sich und fielen auf den Tisch.

»Soll ich dir Fragen stellen?«, bot James an. Das hatte ihr manchmal geholfen, sich zu überwinden, wenn sie wie jetzt gezögert hatte.

»Nein, danke.« Sie holte Luft und startete die Aufnahme. »Zwischen Fergie und Andrew kriselte es immer mehr«, begann sie zu erzählen. »Anfang des Jahres gaben sie schließlich offiziell ihre Trennung bekannt. Fergie wurde ›sämtlicher königlicher Verpflichtungen entbunden‹, so nannte man das. Es war nur ein anderer Ausdruck dafür, dass man sie nie wieder bei Hofe sehen wollte und ihr Name von nun an auf der roten Liste stand. Dass Andrew seinen Teil zum Scheitern der Ehe beigetragen hatte, interessierte niemanden. Durch die Trennung verlor Fergie den Schutz des Königshauses und war damit gefundenes Fressen für den Sensationsjournalismus. Die Boulevardpresse verschlang sie förmlich bei lebendigem Leib. Ich habe versucht, ihr so gut es ging zur Seite zu stehen, doch am 29. März verstarb mein Vater.«

Tränen stiegen in ihr auf, wenn sie an diesen Tag zurückdachte. Sie hatte sich gefühlt wie ein kleines Mädchen, dem auf einmal bewusst wurde, dass es ganz allein auf dieser Welt war. Zwei Tage später hatte Charles, ihr kleiner Bruder, Raine aus Althorp House rausgeworfen. Er hatte darauf geachtet, dass sie keinen einzigen Gegenstand mitnahm. »Womit habe ich das nur verdient!«, hatte Raine geweint.

Und Charles hatte geantwortet: »Du hast jahrelang versucht, einen Keil zwischen Vater und uns zu treiben.«

Dianas Stimmte zitterte leicht, als sie fortfuhr. Zu viele Emotionen schwangen darin mit. Trauer. Angst. Scham. Schlechtes Gewissen. Ihre Wut verblasste inzwischen langsam, als wären diese Aufnahmen ein Ventil. »Die Hölle, durch die Fergie gehen musste, war auch eine Warnung für mich. Ich begriff, dass ich mich niemals einfach so von Charles trennen könnte. Ab jetzt musste jeder Schritt wohldurchdacht sein, sonst würde ich ihm nur in die Karten spielen. Und so entschied ich mich dazu, meine Geschichte zu erzählen. Meine wahre Geschichte.«

»Gibt es denn etwas, das du dir für die Zukunft wünschst?«, fragte James.

»Wenn ich mir etwas für meine eigene Zukunft wünschen dürfte, dann wäre das Normalität. Ich liebe es, wenn alles so normal wie möglich ist. Den Gehsteig unbeobachtet entlangzugehen ist für mich ungeheuer aufregend. Und ansonsten? Nun ja, ich habe eine Menge zu tun, und die Zeit ist kostbar. Jedenfalls weiß ich, dass ich irgendwann das haben werde, wonach ich mich immer gesehnt habe. Ich weiß, dass ich mein Glück finden werde.«

Sie drückte auf »Stopp«. Die Aufnahme endete. Das letzte Wort war gesprochen.

Sie sahen einander an.

James sagte: »Es ist also geschafft.«

Diana nickte. »Ja. Damit kann Noah sein Buch über mich vollenden.«

Sie schwiegen einen Moment lang ehrfürchtig, dann lachte James auf und schüttelte den Kopf. »Kaum zu glauben, dass uns niemand erwischt hat. Seit Sommer letzten Jahres spielen wir dieses Versteckspiel!« Jäh wurde er wieder ernst. »Und du willst das wirklich durchziehen? Hast du keine Angst?«

»Doch, ich habe sogar eine Heidenangst! Aber gleichzeitig zähle ich die Tage, bis Noahs Buch über mich erscheint. Es ist erst Februar, und es dauert wohl noch. Wahrscheinlich wird es Sommer werden.«

»Sein Buch könnte dich alles kosten«, sagte James.

»Das war mir von Anfang an bewusst.«

»Du bist ziemlich mutig.«

Sie lächelte traurig. »Ich bin nicht mutig, ich habe keine andere Wahl. Aber du hattest eine Wahl. Und deshalb danke ich dir von Herzen. Ohne deine Hilfe wäre ich nie zu diesem Schritt in der Lage gewesen.«

Seine Brust schwoll an. »Und was wirst du jetzt tun?«

»Jetzt werde ich damit anfangen, mein Leben aufzubauen.« Sie spürte, wie sich ein Lächeln auf ihren Lippen ausbreitete.

Sie selbst war ihr Schlüssel zur Freiheit.

Sie würde ihren Käfig verlassen und der Welt sagen: *Das bin ich. Das ist eure Diana.*

Heute hatte sie vielleicht das letzte Wort ins Aufnahmegerät gesprochen. Aber damit hatte sie den Anfang einer neuen Geschichte gesetzt.

53

Vor etwa zwölf Jahren hatte Diana gemeinsam mit ihren Freundinnen in ihrer Wohnung im Coleherne Court auf dem Sofa gesessen und, was damals sehr ungewöhnlich für sie drei gewesen war, eine Nachrichtensendung angesehen. Es war nämlich um niemand Geringeren gegangen als ihren Märchenprinzen und seinen Indienbesuch. Sie hatten Erdnussflips und Saure Gummis genascht, mit Cider angestoßen und kichernd Charles bewundert, der von diesem wunderbaren Land schwärmte, insbesondere vom Tadsch Mahal. *Wahnsinn*, hatte Diana damals gedacht, *da steht dieser unglaubliche Mann vor diesem unglaublichen Denkmal und sagt diesen unglaublichen Satz:* »Eines Tages werde ich den Tadsch Mahal mit der Frau besuchen, die ich liebe.«

»Und das wirst du sein!«, hatte Carolyn damals gekreischt und Diana gezwungen, sich neben den Fernseher zu stellen, als wäre sie schon jetzt mit Charles vor Ort. Und Diana hatte daraufhin so getan, als würde sie der Presse winken und nebenbei ihren Mann anhimmeln.

Langsam verblasste die Erinnerung, und die Schönheit des Tadsch Mahal traf sie mit voller Wucht. Ein Juwel der Architektur. Monument einer großen Liebe. Eines der sieben neuen Weltwunder.

Nun, ganze zwölf Jahre später, stand sie tatsächlich genau an dem Ort, an dem Charles mit seiner großen Liebe stehen wollte, wie er damals verkündet hatte.

Doch der Platz an ihrer Seite war leer.

»Indien ist sehr groß, die Zeit nur begrenzt«, hatte Charles' Privatsekretär in der Besprechung über die bevorstehende Indienreise erklärt. »Der Prinz von Wales schlägt deshalb vor, dass Sie sich aufteilen und das Land getrennt voneinander bereisen, um möglichst effektiv vorzugehen.«

Charles hatte mit seinem Ehering gespielt. Hatte sie angesehen und sofort wieder weggesehen.

Hinter ihr klickten die Kameras. Aber sie war noch nicht bereit, sich zu den Journalisten umzuwenden. Sie liebte das Kostüm, das sie heute trug, weil es so herrlich intensive Farben hatte. Bestimmt würde es sich hervorragend auf den Fotos machen, vor dem hell strahlenden Denkmal. Die Jacke war in einem knalligen Rot, der Rock in einem kräftigen Lila.

Die Sonne war gerade erst aufgegangen. Die zwiebelartigen Türme des einzigartigen Denkmals aus weißem Marmor wurden durch die aufgehende Sonne orangerot angestrahlt. Sie schienen regelrecht aus dem Himmel zu kommen. Das Wasser der langen Becken in den umliegenden Gärten schimmerte kupferfarben. Der Bau war wunderschön. Und trotzdem stimmte sein Anblick sie traurig.

»Eine Träne aus Marmor auf der Wange der Zeit«, hatte ihr Führer ihr vorhin auf Englisch erklärt. »So beschrieb Rabindranath Tagore, einer der wichtigsten indischen Dichter und Philosophen, einst den Tadsch Mahal. Dieses Gebäude ist weit mehr als nur ein Beispiel für einen großen Prachtbau, es erzählt nämlich die Geschichte einer großen Liebe. Im Jahr 1632 wurde es auf Wunsch des Großmoguls Shah Jahan erbaut, um an seine Frau zu erinnern, die schöne Mumtaz Mahal. Tadsch ist eine Abkürzung des Namens Mumtaz. Sie war im Jahr zuvor jung gestorben, als sie das vierzehnte Kind des Herrschers auf die Welt brachte. Er versprach ihr, keine andere Frau zu heiraten und ein Mausoleum zu errichten, das in alle Ewigkeit an sie erinnern sollte. Deshalb ist der Tadsch Mahal nicht nur das schönste Grabmal der Welt, sondern auch das Sinnbild sehnsüchtiger Liebe.«

Trotz – oder wahrscheinlich gerade wegen – dieser traurigen Geschichte strömten jährlich unzählige Menschen hierher, um das Monument zu bewundern.

Die Grabstätte sagte: Wir sind nur so kurz auf dieser Welt. Nimm doch einfach eine Weile Platz, und lass alles sinken. Lass dein Leben auf dich wirken.

Sie ertappte sich dabei, wie sie Charles vermisste. Sie verstand sich selbst nicht. Er hatte ihr so viel angetan … Aber er hatte nun mal so tief Wurzeln in ihrem Herzen geschlagen, dass sie wohl sterben würde beim Versuch, ihn herauszureißen. Er war ihre erste große Liebe. Der Mann, den sie geheiratet hatte. Der Vater ihrer Kinder. Wenn sie ehrlich war, dann wusste sie, dass in ihr noch immer das romantisch verklärte sechzehnjährige Mädchen steckte, das auf ein märchenhaftes Happy End hoffte.

»Diana, wo ist Prinz Charles?«, fragte prompt ein Journalist über das schmale Wasserbecken hinweg, das sie voneinander trennte. »In drei Tagen ist doch Valentinstag.«

Sie war noch nicht bereit für die Fragen der Reporter. Charles zog es vor, sich in Delhi für den britischen Export starkzumachen, anstatt bei ihr zu sein.

Charles ging fest davon aus, dass sie ohne ihn an ihrer Seite früher oder später scheitern würde. Dass sie wie Fergie in die billige Werbebranche absinken würde, um sich über Wasser zu halten. Er täuschte sich. Schon bald würden die Menschen dort draußen ihre wahre Geschichte erfahren. Ehrlich. Schonungslos. Am

Ende würde sie noch einmal alles lesen und eventuell hier und da etwas ändern.

»Und, wie gefällt Ihnen das Denkmal der Liebe?«, rief ein zweiter Journalist.

»Es war eine heilende Erfahrung«, antwortete sie. »Sehr heilend.«

Sie warf einen letzten Blick zum Tadsch Mahal, nahm seine Schönheit und seinen Schmerz in sich auf. Es war eine Erinnerung daran, wie unfassbar schön und wie unfassbar brutal das Leben gleichermaßen sein konnte.

Sie würde nicht untergehen.

Sie war bereit, ihr Leben niederzubrennen und stärker denn je aus der Asche hervorzugehen.

Sie wandte sich zu den Journalisten um.

In ihrem Gesicht war all das Leid, aber auch die Schönheit ihres Lebens zu sehen. Die Welt würde ihren Blick nicht davon abwenden können.

54

Es war ein herrlicher Sommertag im Juni. Die Sonne fiel schräg durchs Fenster herein. Diana konnte den Staub, den das Zimmermädchen mit einem Staubwedel aufgewirbelt hatte, im Morgenlicht tanzen sehen. Ein zweites Zimmermädchen bezog ihr Bett und summte dabei vergnügt. Der herrliche Duft frisch gewaschener und geplätteter Bettwäsche breitete sich im Schlafzimmer aus. Dazu das Aroma von frischem Kaffee, der zum Frühstück lockte. Sie hörte die Vögel singen. Den fernen Stadtverkehr. Das Leben.

Ihr Leben würde gleich enden.

So fühlte sie sich zumindest.

Diana stand in ihrem Ankleidezimmer vor dem Spiegel und dachte: So also sieht man aus, wenn man kurz davor ist, sein komplettes Leben auszuhebeln. Sie war blass. »*Schuldig*« stand ihr auf der Stirn geschrieben.

Heute würde der erste Auszug aus Andrew Mortons Enthüllungsbuch »Diana: Ihre wahre Geschichte« in der *Sunday Times* erscheinen. *»Diana von ›gefühllosem‹ Charles zu fünf Selbstmordversuchen getrieben«*, lautete die Schlagzeile auf der Titelseite. Die Unterzeile: *»Ehedrama machte Prinzessin krank. Diana sagt, sie wird keine Königin.«* Das klang furchtbar hart. Hätte sie doch nur Einfluss auf die Schlagzeilen gehabt! Aber die *Sunday Times* hatte darauf bestanden, diesen Sensationsartikel auch entsprechend reißerisch zu formulieren.

Sie stellte sich vor, wie die Tagespresse in einem Kleintransporter zum Kensington-Palast geliefert wurde. Wie der Fahrer mit sensationslüsternem Blick den Pagen auf die Titelstory aufmerksam machte. »Das wird sie alle umhauen, so viel steht fest!«

Sie stellte sich vor, wie Patrick die Zeitung aufschlug, die Überschrift las und sich erst einmal setzen musste.

Sie stellte sich vor, wie die Zeitungen ihren Weg in die Presseabteilung des Buckingham-Palasts fanden. Wie die Angestellten dort die Schlagzeile überflogen, einander panisch ansahen – dann auf einmal Hektik. Alarmstufe Rot.

Sie stellte sich vor, wie Elizabeth am Frühstückstisch saß und darauf wartete, dass man ihr die *Sunday Times* zusammen mit einer Tasse Earl Grey auf einem Silbertablett servierte. Wie sie einen Schluck von ihrem Tee nehmen wollte, dabei die Schlagzeile las – und auf einmal fiel ihr die Tasse aus der Hand und zerschellte.

Sie stellte sich vor, wie Margo sich auf den Schreck erst mal einen Scotch genehmigte. Wie Philip vor Wut schäumte. Wie die Königinmutter Atemnot bekam. Wie Anne die Augenbrauen hochzog: *Habe ich es nicht vorhergesagt, dass Diana noch Ärger machen wird?*

Und sie stellte sich vor, wie Charles gerade noch unter der Dusche stand und sich großzügig mit seinem männlich-würzigen Duschgel einschäumte, nichts ahnend, was ihn gleich beim Frühstück erwarten würde.

Sie sah sich in die Augen: *Wenn du einknickst, wenn du die Wahrheit gestehst, dass du hinter diesem Enthüllungsbuch steckst, dass du Andrew Mortons Quelle gewesen bist, dann war's das für dich.*

Du hast so viele Jahre lang gelernt, wie man sich zusammenreißt, du schaffst das auch heute ein letztes Mal.

Sie ging die Treppe hinab. Jeder Schritt fühlte sich an, als würde sie ihrem Untergang entgegenschreiten.

Die Hausgäste, ein angenehmes Ehepaar namens Lyle, saßen bereits am reichlich gedeckten Tisch. Diana wünschte einen guten Morgen. Setzte sich. Wie sollte sie nur einen Bissen runterbekommen? Aber sie musste etwas essen, sonst würde noch jemand Verdacht schöpfen.

Da lag sie, die *Sunday Times*, am anderen Ende des Tisches. Neben Charles' Teller.

Das Ehepaar wusste es. Kein Zweifel, so zusammengesunken, wie die beiden dasaßen. Sie wirkten, als wären sie am liebsten weit, weit weg.

Mr Lyle machte den Eindruck, als würde er händeringend nach einem Thema suchen. »Haben Sie gut geschlafen?«, brachte er schließlich hervor.

»Hervorragend«, antwortete sie.

Dann war es so weit.

Charles betrat den Raum. Er prüfte seine Manschettenknöpfe. Wünschte allgemein einen guten Morgen. Diana zuckte zusammen, als er sie im Vorbeigehen an der Schulter berührte. Doch seine Zärtlichkeit war nur Schein.

Ab heute würde die Scheinheiligkeit ihrer Ehe endlich entlarvt sein.

Diana blickte auf ihren Joghurt mit frischem Obst. Trotzdem nahm sie genau wahr, wie Charles seinen Tee zum Mund führte, er einen Seitenblick auf die *Sunday Times* warf und dann, ohne einen Schluck genommen zu haben, seine Tasse wieder abstellte. Er nahm die Zeitung zur Hand. Seine Augen flogen über die Zeilen, hin und her, hin und her ...

Sie hörte die Uhr ticken.

Hörte ihr Herz schlagen.

Adrenalin rauschte durch ihr Blut.

Sie befand sich im freien Fall.

Charles las, dass seine Frau an Bulimie litt.

Er las, dass sie mehrere, wenn auch halbherzige Selbstmordversuche hinter sich hatte.

Und er las, dass er seit Jahren eine Affäre mit Camilla Parker-Bowles hatte.

Er legte die Zeitung neben seinen Teller. Lockerte die Hände, die er zu einer Faust geballt hatte. Eine Ader trat an seiner Stirn hervor.

Er wandte sich Mr und Mrs Lyle zu und schaffte es sogar, ein höfliches Lächeln vorzutäuschen. »Würden Sie uns kurz entschuldigen? Ich müsste meine Frau unter vier Augen sprechen.« Dann zu Diana: »Darling, kommst du bitte.«

Diana erhob sich von ihrem Stuhl. Sie schmeckte Blut. Offenbar hatte sie sich die ganze Zeit über fest auf die Zunge gebissen.

Kaum hatten sie den Raum verlassen, packte er sie am Oberarm. »Wie kannst du es wagen?!«

»Ich habe nichts damit zu tun!«, log sie ihm ins Gesicht. Sie klang verzweifelt. »Ich bin ebenso aus allen Wolken gefallen wie du! Es müssen meine engsten Freunde gewesen sein, die geplaudert haben, ich kann es mir nicht anders erklären. Carolyn, James Colthurst ...«

»Lüg mich nicht an!«, brüllte er, sodass die Vase auf der Kommode neben ihnen erzitterte. »Aus jeder dieser Zeilen sprichst du!«

Tränen strömten über ihr Gesicht. »Als ob du wüsstest, wie ich klinge! Als ob du mir jemals zugehört hättest!«

Rasend vor Wut, lief er im Flur auf und ab. »Als ob mir jemals jemand zugehört hätte! Wir sind in diesem System nun mal nicht weiter wichtig! Es geht immer nur einzig und allein um die Person, die die Krone trägt!«

Kurz glaubte sie schon, dass wieder etwas zu Bruch gehen würde, sei es die Vase oder eine der wertvollen Porzellanfiguren oder einer der Polsterstühle. Doch als er sich zu ihr umwandte, glänzte Feuchtigkeit in seinen Augen. »Gefühllos findest du mich also? Glaub mir, Diana, ich habe Gefühle. Nur bin ich offenbar nicht so geschickt darin, sie zu zeigen. Aber eines kann ich dir mit Gewissheit sagen: Heute wurden meine Gefühle tief verletzt. So tief, wie ich noch nie zuvor verletzt worden bin.«

Ursprünglich hatte Diana gehofft, dass sich dieser Tag wie ein Befreiungsschlag anfühlen würde. Stattdessen fühlte sie sich schäbig.

55

Eine Woche später musste sie sich Elizabeth und Philip stellen. Der Wind pfiff schauerlich um das alte Gemäuer von Schloss Windsor. Ansonsten herrschte eisige Stille. Schweigen konnte auch eine Foltermethode sein, dachte Diana. Jeder in diesem Raum war gegen sie. Elizabeth. Philip. Charles. Ein grausames Gefühl.

Philip saß ihr direkt gegenüber. Der Blick, mit dem er sie unentwegt fixierte, war messerscharf. Versuchte er, ihre Gedanken zu lesen? Sie einzuschüchtern? Glaubte er, sie würde in Tränen ausbrechen und ein Geständnis ablegen? Ihr war nach Weinen zumute, aber ihr war voll und ganz bewusst, dass sie jetzt stark bleiben musste. Wie oft hatte sie vor dem Spiegel geübt: *»Ich habe nichts mit diesem Buch zu tun. Ich habe nichts mit diesem Buch zu tun. Ich habe nichts mit diesem Buch zu tun.«*

Die Königin stand am Fenster. Niedergeschlagen und ernst. Gestern war in der *Sunday Times* der zweite Auszug aus Andrew Mortons Enthüllungsbuch erschienen. »›Ich habe mein Bestes gegeben‹«, zitierte Elizabeth nun die Schlagzeile und wandte sich dann zu ihnen.

Diana schob die Hände zwischen die Knie.

Das Schweigen war nun gebrochen, und Philip schäumte vor Wut. »Du hast den Teufel ins Haus geholt«, fuhr er Diana an. »Dieses Buch ist deshalb so verheerend für unsere Familie, weil es einem Sensationsjournalismus Vorschub leistet, wie er überhaupt erst mit dir begonnen hat! Er legitimiert die Praktiken der Boulevardpresse, zu lauern, zu schnüffeln, im Dreck zu wühlen und wenn nötig Halbwahrheiten zu veröffentlichen. Es ist ein Freibrief, uns hemmungsloser denn je auf den Leib zu rücken. Und eines sage ich dir: Dich wird es am härtesten treffen. Die Pressemeute wird sich auf dich stürzen, weil ihr Glamourgirl einem anderen Einblicke in ihr Privatleben gewährt hat.«

»Ich habe mit diesem Buch nichts zu tun.« Gut, das hatte überzeugend geklungen.

Aber Philip hörte ihr gar nicht zu. »Eheliche Untreue ist ein entschuldbares Vergehen. Gesprächigkeit gegenüber der Presse nicht.«

Charles schwieg.

Elizabeths Stirn war in tiefe Falten gelegt. »Wenn Diana sagt, dass sie mit dem Buch nichts zu tun hat, dann müssen wir ihr das glauben«, sagte sie resolut.

Ein Hoffnungsschimmer. »Das ist die Wahrheit. Ich würde doch keinen Bruch mit meiner Familie wollen. Das ändert aber nichts an der Tatsache, dass Andrew Morton mit seiner Behauptung recht hat, ich sei tieftraurig und unsere Ehe zerrüttet. Dennoch will ich auch keine Scheidung. Ich würde mir lediglich mehr Freiheiten wünschen.«

»Freiheiten?«, lachte Philip. »Die Presse wird sich ab jetzt nur noch mehr auf dich stürzen!«

»Genug jetzt.« Noch nie hatte Diana Elizabeth so aufgebracht erlebt.

Alle Blicke waren auf die Königin gerichtet. Sie sagte: »Ich bin einst in einem Glasschloss aufgewachsen, ohne viel von der Welt dort draußen mitzubekommen. Alles, worauf ich vorbereitet wurde, war, eines Tages Königin zu sein. Als ich selbst Mutter war, wollte ich meinen Kindern die Möglichkeit geben, das Leben dort draußen kennenzulernen. Sie sollten mehr Freiheiten haben als meine Schwester und ich in ihrem Alter. Natürlich waren sie niemals so frei wie normale Menschen, aber sie haben zumindest einen Einblick in das Leben dort draußen bekommen. Ich meinte es nur gut, habe damit jedoch einen entscheidenden Fehler begangen. Charles, Anne, Andrew und Edward – ihr alle habt Blut geleckt. Ihr wollt mehr als all das hier.« Sogar die Bewegung ihrer Hand war klar und deutlich: Sie umfasste nicht nur das Schloss, sondern auch die Vorzüge und Annehmlichkeiten eines royalen Lebens. »Ihr habt nicht gelernt zu verzichten, euch zurückzunehmen und euer Leben in den Dienst der Monarchie zu stellen.«

»Aber …«, meldete Charles sich zu Wort.

»Auch du nicht, Charles. Und dieses Drama, das wir nun auszubaden haben, ist die Folge.« Sie machte eine Pause. »Der *Daily Telegraph* hat in einem Leitartikel die Frage gestellt, ob die Monarchie eine Zukunft hat. Das Vertrauen der Menschen in uns bröckelt. Bisher wusste nur Philip von meinen Überlegungen, mich langsam zurückzuziehen.«

Charles' ganzer Körper war auf einmal angespannt. Das war das, worauf er seit Jahren wartete!

»Aber ich habe das Gefühl, es mit einem Haufen unreifer und egoistischer Kinder zu tun zu haben«, fuhr Elizabeth fort. »Deshalb werde ich die Krone so lange weitertragen, wie es mir möglich ist.«

Diana wurde eiskalt. Was hatte sie angerichtet? Sie hatte Charles' Traum zerstört!

Sie hörte Elizabeth sagen: »Ich schlage vorerst eine sechsmonatige Trennung auf Probe vor. Danach sehen wir weiter.«

Kaum hatten sie den Empfangsraum der Königin verlassen,

traf die Verachtung in Charles' Blick sie wie eine Ohrfeige: »Das wirst du bitter bereuen!«

In ihrer Wohnung im Kensington-Palast stürzte alles auf sie ein. Sie fühlte sich schmutzig.

Als Carolyn von ihrem Butler hereingelassen wurde, fand sie Diana verheult und verzweifelt. Sie lief im Wohnzimmer hin und her. Spürte unter ihren Füßen die Scherben ihrer ganzen Welt. »Ich bin so erbärmlich.«

»Komm, wir setzen uns«, sagte Carolyn. Sie legte Tasche und Jacke auf dem Sessel ab, nahm auf dem Sofa Platz und klopfte auf den freien Platz neben sich.

Dort ließ Diana alles raus: »Was, wenn Charles recht hat? Wenn sich alle von mir abwenden?«

»Das werden sie nicht. Offiziell hast du nichts mit dem Buch zu tun und bist selbst schockiert, weil offenbar Freunde von dir geplaudert haben.«

»Du hättest Charles' Blick sehen sollen. Er weiß es! Er ahnt, dass ich dahinterstecke. Was, wenn mich jetzt alle hassen? Ich werde ganz allein sein!«

»Du bist nicht allein«, erwiderte Carolyn. Ihre Stimme hatte denselben beruhigenden Effekt wie ein Schaumbad oder Kamillentee mit Honig. »Du wirst nie allein sein. Du hast mich, deine wundervollen Kinder und deine Geschwister.«

»Trotzdem. Wie konnte ich nur so egoistisch sein ...«

»Wie haben denn William und Harry auf das Buch reagiert?«

»Sie wissen nur, dass ein Buch über mich erschienen ist, aber nicht, was drinsteht. Zum Glück sind sie im Internat geschützt und bekommen nicht allzu viel von der Sensationspresse mit. Aber früher oder später werden sie sicher etwas aufschnappen.«

Diana vergrub ihr Gesicht in den Händen. »Ich bin eine furchtbare, egoistische Mutter!«

»Das bist du nicht. Du bist eine wundervolle Mutter«, sagte Carolyn. »Wie geht es denn jetzt mit euch weiter, mit Charles und dir?«

»Nun, wir leben getrennt. Aber erst mal nur auf Probe. Er wird seinen Plänen nachgehen und ich meinen.«

»Also wird eure Trennung noch nicht offiziell sein.«

»Nein. Ich will auch keine Scheidung. Das will ich Harry und William nicht antun. Ich selbst habe damals so sehr unter dem Scheidungskrieg meiner Eltern gelitten. Ich will einfach nur ... mehr Freiheiten.«

»Und dass du dich nicht scheiden lassen willst ...« Carolyn legte ihre Hand auf Dianas. » ... könnte das daran liegen, dass du Charles noch immer liebst?«

Liebte sie Charles noch? Ja. Natürlich. Er war der Vater ihrer Kinder. Er war der Held ihrer Mädchenträume. »Das klingt wahrscheinlich verrückt nach allem, was Charles und ich miteinander durchgemacht haben. Aber ich liebe ihn. Eben weil wir so viel gemeinsam durchgemacht haben. Weil wir dadurch fest miteinander verbunden sind. Und ich weiß, dass er in seinem tiefsten Inneren ebenso fühlt.«

Und von den Menschen, die einen am heftigsten zurückstießen, erhoffte man sich doch meistens am verzweifeltsten Anerkennung und Liebe, musste sie sich selbst eingestehen. Ein Paradox der Natur, wie Charles sagen würde. Ein sehr grausames und schmerzhaftes.

»Und bist du dir sicher, dass du nicht einfach nur in die Vorstellung verliebt bist, ihn zu lieben? Du bist eine hoffnungslose Romantikerin, Di.«

»Unsere Geschichte ist so komplex und deshalb schwer nachzuvollziehen. Sie ist etwas ganz Besonderes.«

»Wirklich?«, gab Carolyn zu bedenken. »Oder ist sie nicht doch im Grunde wie so viele andere Liebesgeschichten: Frau liebt Mann, aber Mann liebt eine andere?«

Carolyns Worte taten weh. So lange hatte Diana daran festgehalten, dass ihre Liebe zu Charles etwas ganz Besonderes war. Und auch wenn ihr Verstand ihr oft genug gesagt hatte, dass dieser Gedanke nicht gut für sie war und sie nur daran hinderte, endlich von Charles loszukommen, so hielt ihr Herz doch daran fest. Carolyn hatte recht. Sie war eine hoffnungslose Romantikerin.

Ihr fiel auf, dass ihre Freundin ausgewaschene Jeans und einen Pullover mit Tomatenflecken darauf trug. Offenbar hatte sie alles stehen und liegen lassen, um sofort zu ihr zu fahren, nachdem Diana ihre Freundin angerufen hatte. Sie war unendlich dankbar, eine Freundin wie Carolyn im Leben zu haben. Eine Freundin, die sie gefühlt ihr Leben lang kannte und die alles über sie wusste. Eine Freundin, die ihr zur Seite stand und ihr, wenn es sein musste, rigoros den Spiegel vorhielt.

»Ich weiß es nicht«, weinte sie. »Es ist alles so verworren ...«

Es klopfte an ihre Tür.

»Nicht jetzt!«

Trotzdem ging die Tür auf. »Ich sagte doch ...«

»Ich dachte mir, dass Sie das vielleicht interessieren dürfte«, unterbrach Patrick sie, so höflich man jemanden unterbrechen konnte. Er trat zur Seite, und drei Lakaien rollten Wagen ins Wohnzimmer. Sie waren voller Briefe und Blumensträuße.

»Was ist das?«, fragte Diana.

»Post für Sie. Und das ist nur ein Bruchteil dessen, was die Pressestelle erreicht hat.« Patrick lächelte. »Sie können also jederzeit Nachschub haben.«

Er verneigte sich und zog sich gemeinsam mit den Lakaien zurück.

Diana wischte sich mit dem Handrücken übers Gesicht. Was, wenn die Menschen dort draußen wie Charles dachten? Wenn sie ahnten, dass sie hinter der Veröffentlichung der Biografie steckte? Was, wenn in den Briefen stand, dass sie eine Verräterin war? Dass sie ihrer Familie ein Messer in den Rücken gerammt hatte? Oder was, wenn all die intimen Details, die in dem Buch zu lesen waren, wie ihre Bulimie und ihre Depression, wenn all das die Menschen abstieß? Wenn sie ihr geschrieben hatten, dass sie sich einfach mal zusammenreißen sollte, dass sie einer Prinzessin unwürdig war?

Carolyn erhob sich vom Sofa, nahm wahllos einen der Briefe, rupfte den Umschlag auf und überflog die Zeilen. *»Durch Sie habe ich endlich die Kraft gefunden, ebenfalls therapeutische Hilfe in Anspruch zu nehmen …«*, las sie vor. »Schau, was du Wunderbares bewegt hast!«

»Erfindest du das gerade?«, fragte Diana kleinlaut.

»Das steht hier schwarz auf weiß.« Carolyn nahm einen zweiten. *»Auch meine Tochter leidet an Bulimie. Lange habe ich ihre Sorgen nicht verstanden, aber endlich, dank Ihnen, kann ich nachvollziehen, was in ihr vorgeht. Welcher Druck auf ihr lastet.«*

Einen dritten. *»Bitte lassen Sie sich nie unterkriegen, nicht von Ihrem Mann, nicht vom Königshaus, nicht von der Presse. Ich bewundere Sie für Ihre Tapferkeit und Ihren Mut, anders zu sein und Ihrem Herzen zu folgen …«*

»Mut …«, wiederholte Diana leise. »Ich fühle mich nicht mutig. Ich fühle mich schuldig.«

Carolyn setzte sich wieder neben sie, sah sie an und sagte: »Offiziell trifft dich aber keine Schuld, das ist doch das Gute daran! Und du hast einen riesigen Schritt gewagt, indem du Andrew Morton die Wahrheit anvertraut und nicht länger die Bilderbuchprinzessin gespielt hast. Di, du hast zu dir selbst gestanden. Das ist extrem mutig.«

»Aber ich enttäusche damit so viele Menschen.«

»Das gehört manchmal eben zum Mutigsein dazu. Deshalb darf man trotzdem nie damit aufhören, seinem Bauchgefühl zu vertrauen, auch wenn man andere Menschen mit seiner Entscheidung enttäuschen könnte. Mutig sein bedeutet, sich für sich selbst zu entscheiden, wenn es darauf ankommt. Und du hast dich mit der Veröffentlichung deiner Geschichte für dich selbst entschieden.«

Das waren die ersten Worte, die tatsächlich zu ihr durchdrangen.

»Schau, wie vielen Frauen du durch ›Diana. Ihre wahre Geschichte‹ ein Vorbild geworden bist! Jede Frau kennt das doch, dass man versucht, die Meinung, die andere von einem haben, zu manipulieren. Dass man sich verzweifelt besser darzustellen versucht. Du hast diesen Teufelskreis durchbrochen.«

Carolyn fuhr fort: »Wir Frauen entscheiden viel zu selten danach, was für uns das Richtige ist. Aber wie sollen wir jemals auf den Weg kommen, der uns vorherbestimmt ist, wenn wir nicht darauf hören, was unsere Intuition, unsere innere Stimme, uns sagt? Stattdessen lassen wir uns lieber von anderen Menschen fremdleiten und hören auf die Meinung anderer. Du hast mit diesem Buch zu deinem Weg zurückgefunden. Du hast diesen Schritt gewagt, weil du dir ein besseres, wahrhaftigeres und schöneres Leben für dich vorstellen kannst. Ein Leben, das du verdienst. Du hast den Menschen die wahre Diana gezeigt.«

Auch das bereitete ihr Bauchschmerzen. »Aber was, wenn sie diese Diana nicht mögen?«, fragte sie.

»Die Menschen mögen dich, oder sie mögen dich nicht, na

und?« Carolyn zuckte mit den Schultern. »Viel wichtiger ist doch, welche Meinung *du* von deinem Leben hast.«

Es dauerte noch einen Moment, ehe Carolyns Worte wirklich zu ihr durchdrangen, doch dann nickte sie.

»Du hast so viel durchgemacht, Di«, sagte Carolyn. »Und bist im Kern noch immer dieselbe wunderbare Freundin, die ich von früher kenne. Nur vielleicht eine erfahrenere, bessere, stärkere und klügere Ausgabe deiner selbst. Das ist doch das Wunderbare am Leben: Man wächst daran. Obwohl Charles, die Königin, ach, die ganze Sippschaft hier versucht hat, dich zu verbiegen, hast du dich dennoch nicht verloren. Du wirst dich auch nie verlieren. Und deshalb wirst du niemals alleine sein. Weil du immer dich selbst hast.«

Sie legte die Hände auf Dianas Schultern. »Du hast dein bisheriges, falsches Leben in Flammen aufgehen lassen, um gestärkt aus der Asche emporzusteigen.«

56

Wie von fern drang ein Geräusch zu ihr durch ... Ein Piepen ... War das ihr Mobiltelefon? Diana schob ihre Schlafmaske auf die Stirn. Es war noch stockdunkel. Sie rollte sich auf die Seite und tastete nach ihrer Nachttischlampe, die aus irgendeinem Grund nicht an Ort und Stelle war.

Aber sie war ja auch gar nicht zu Hause, wie ihr auf einmal einfiel, sondern auf Schloss Balmoral. Der alljährliche Sommerurlaub. Da gab es kein Entkommen. Nicht mal, wenn man von seinem Mann getrennt lebte.

Ihr Telefon läutete noch immer. Oh Gott, war am Ende etwas mit William oder Harry? Schon war sie aus dem Bett. Wie blind tastete sie sich zum Tisch vor, stieß dabei prompt mit dem kleinen Zeh gegen den Stuhl, fluchte und fand endlich ihr Mobiltelefon. »Ja?«

Es war Patrick. »Eure Königliche Hoheit, verzeihen Sie vielmals, dass ich Sie so früh störe. Aber ich habe schlechte Nachrichten. Das Tonband, auf dem ein Telefonat von Ihnen mit Ihrem ... Bekannten ...« Er ließ das Wort kurz im Raum stehen. » ... mit James Hewitt aufgezeichnet wurde, es wurde nun der Presse zugespielt. Sämtliche Zeitungen schreiben darüber.«

Spätestens jetzt war sie hellwach. »Wie schlimm ist es?«

Es war sehr schlimm. Die Welt wusste nun von ihrer Affäre mit James. Sie war offiziell eine Ehebrecherin.

»Was tun wir jetzt?«, fragte sie.

»Wenn wir Ihren Ruf retten wollen, dann lautet ab jetzt Regel Nummer eins: ›Kein Wort mehr zur Presse‹, und Regel Nummer zwei: ›Keine weiteren Liebschaften. Kein Sex.‹«

Sie starrte in die Dunkelheit. »Ich werde wohl in den sauren Apfel beißen müssen.«

Sie legte auf. Vergrub ihr Gesicht in den Händen. Jetzt war es also raus. Wie würde Elizabeth reagieren? Oder Philip? Zwar wussten sie bereits davon, dass Diana mehr mit Hauptmann Hewitt verbunden hatte als nur Reitstunden. Doch es war noch mal etwas anderes, wenn sämtliche Medien darüber berichteten. Am liebsten würde sie sich den ganzen Tag verstecken. Aber früher oder später würde sie sich ihrer Familie wohl stellen müssen.

Mittags beim Barbecue war es so weit. Normalerweise herrschte immer eine fröhliche und lockere Stimmung, wenn Philip mit Schürze hinter dem Grill stand und Würstchen drehte und währenddessen Kartoffelsalat und ofenwarmes Baguette herumgereicht wurden. An diesem Mittag war es jedoch ziemlich still. So still, dass man es zischen hören konnte, wenn Fleischsaft in die Flammen tropfte. Der Rauch zog direkt an Diana vorbei und brannte in ihren Augen. Die Dudelsackspieler, die für gewöhnlich ein, zwei Ständchen spielten, hatte man weggeschickt.

»Ich gehe davon aus, dass ihr Bescheid wisst«, wagte Diana nach einer Weile zu sagen. »Die Öffentlichkeit weiß nun, dass auch ich eine Affäre hatte.«

Schweigen.

Dann Elizabeth: »Es ist mir ein Rätsel, wie die Dinge derart außer Kontrolle geraten konnten.« In den letzten Monaten war sie sichtlich gealtert. Und heute würden vermutlich noch ein paar mehr graue Haare hinzukommen.

»Sie ist es, die sich nicht unter Kontrolle hat!«, begehrte Charles sofort auf. Er saß am anderen Ende des Tisches. »Sie wollte diese Ehe retten und sicherte mir Treue zu, nur um mich im nächstbesten Moment erneut zu hintergehen!«

»Hätte ich auch nur etwas Liebe von dir bekommen, hätte ich sie nicht woanders suchen müssen«, verteidigte Diana sich.

Es war zum Schreien ungerecht! Charles hatte seit Jahren eine Affäre! Sogar Philip hatte seine Frau betrogen, wie man munkelte! Warum erwähnte das niemand?

Hilfe suchend sah Diana zu Anne. Sie war doch erst vor Kurzem durch dieselbe Hölle gegangen! Sie war tiefunglücklich in ihrer Ehe gewesen, aber alle hatten weggehört und weggesehen. Dabei war sie doch eine junge Frau, die ein Recht auf Liebe und Leidenschaft hatte!

Doch Anne schwieg.

Oder Margo? Ihr hatte man die Liebe ihres Lebens genommen, den Mann, der sie glücklich gemacht hatte, der gut für sie gewesen war. Stattdessen hatte man sie an ihre Verantwortung erinnert und daran, dass sie ihre eigenen Sehnsüchte hintanzustellen hatte. Mit der Trennung von Peter Townsend hatte sie sich selbst das Herz gebrochen.

Aber auch Margo schwieg.

Wie hatten diese beiden Frauen es zulassen können, dass man ihnen das nahm, was gut für sie war, wonach ihr Herz strebte? Und was hatte Diana schon Unrechtes getan? Ihr Mann liebte sie nicht, aber sie wollte Liebe erfahren. Wer konnte ihr das verübeln? Sollte sie etwa ihr Leben lang auf Leidenschaft und menschliche Nähe verzichten? Die Zeit mit James hatte sie wachsen lassen. Sie hatte sich stark gefühlt. Sie war voller Tatendrang gewesen und hatte ihre neu gewonnene Kraft dafür verwendet, um auf Aids aufmerksam zu machen. Es war nur Gutes daraus entstanden, und dennoch wurde sie angesehen, als sei sie ein schrecklicher Mensch.

Warum ergriffen nicht Margo oder Anne das Wort für sie, wo beide Frauen ähnliches Leid erlebt hatten? Sie waren den Befehlen anderer gefolgt und hatten ihr eigenes Glück aufgegeben. Und jetzt saßen diese beiden einst so lebenshungrigen Frauen verbittert am Tisch, Margo trank und rauchte zu viel, und Anne reagierte auf alles mit einem bissigen Kommentar. Das war ihre Art und Weise, ihre Wut hinunterzuschlucken. Diana konnte das Donnergrollen spüren, diese Urgewalt an verdrängten Träumen und Sehnsüchten. Aber sie schwiegen, weil man ihnen beigebracht hatte zu schweigen. Weil man ihnen beigebracht hatte, sich selbst zu verleugnen. Ihnen sogar eingeredet hatte, es hätte mit Verantwortung zu tun, auf das, was ihr Herz begehrte, zu verzichten. Und die Frauen, die ihre Bedürfnisse am gründlichsten auslöschten, von denen am wenigsten übrig war, bekamen das höchste Lob: *Sie ist ja so selbstlos*. Der Inbegriff der Weiblichkeit bestand offenbar darin, sich selbst vollkommen zu verleugnen.

Diana saß am Tisch und schüttelte fassungslos den Kopf. »Es war nie meine Absicht, dass die Öffentlichkeit von dieser Affäre erfährt, aber so ist es jetzt nun mal. Trotzdem bereue ich nichts. Im Gegenteil. Hätte ich weiter tatenlos zusehen sollen, wie mein Mann mich hintergeht? Ich wäre daran kaputtgegangen. James hat mir gutgetan. Dank der Lebensfreude, die er mir geschenkt hat, habe ich viel erreicht. Und vergesst eines nicht: Ich wollte diese Ehe mehr als alles andere. Es war Charles, der mich vom ersten Tag an belogen und betrogen hat. Warum sollten für ihn andere Regeln gelten als für mich? Weil er ein Mann ist? Oder der

Thronfolger? Ein wunderbarer Thronfolger, der nur an sein eigenes Wohl denkt.«

Sie hatte in den letzten Jahren einige Frauen aus den unterschiedlichsten Ländern und Gesellschaftsklassen kennengelernt. Sie hatte mit ihnen über ihre Sehnsüchte gesprochen, über ihre Wünsche und Träume. Und ihr war bewusst geworden, dass sie alle nichts Weltbewegendes vom Leben verlangten. Frauen wollten keine Macht. Sie führten keine Kriege. Frauen wollten ...

Wahrhaftig geliebt werden.

Gutes Essen ohne schlechtes Gewissen.

Leidenschaftlichen Sex.

In den Spiegel schauen und mit sich selbst zufrieden sein.

Unabhängig sein.

Sich lebendig fühlen.

Erfolg haben.

Nichts davon war schlecht oder böse. Eine jede Frau sollte ein Recht darauf haben. Diese Wünsche schadeten niemandem – im Gegenteil. Aber stattdessen verleugneten und unterdrückten Frauen ihr Innerstes. Wie praktisch. Der effektivste Weg, Frauen zu kontrollieren, war, sie dazu zu kriegen, sich selbst zu kontrollieren.

Sie selbst war in diese Falle getappt. Sie hatte sich mit Essen vollgestopft und anschließend erbrochen. Sie hatte jahrelang Diät gehalten, um ihren Körper zu kontrollieren. Als sie damit aufhörte, sich normal ernährte und normal Sport trieb, wurde ihr Körper so, wie er angelegt war. Es war ein guter und schöner Körper. Ihrer Seele ging es gut in dieser menschlichen Hülle.

Nach und nach hatte sie sich Charles' Kontrolle entzogen, und je freier und unabhängiger sie von ihm geworden war, desto mehr Energie hatte sie gehabt. Und diese Energie hatte sie dafür verwendet, Menschen in Notlagen zu helfen. Sie hatte sich der Kontrolle des Protokolls widersetzt und in sich die Freiheit und den Mut entdeckt, eigenständig durch ferne Länder zu reisen. Es ging ihr nicht um Macht, sie wollte ja nicht mal Königin werden! Alles, was sie wollte, war, der Welt etwas Gutes zu tun.

Frauen, die außer Kontrolle waren und ihrem Bauchgefühl vertrauten, waren nicht schlecht. Im Gegenteil. Die Welt brauchte mehr Frauen, die außer Kontrolle waren. Frauen, die ihre Käfige in Flammen aufgehen ließen.

Es brannte. Schloss Windsor brannte lichterloh.

»Prinz Andrew, der sich gerade gemeinsam mit seiner Mutter im Schloss aufhielt, koordiniert die Rettungsaktion«, berichtete die Moderatorin im Fernsehen.

Dieses Bild. Die schmale Gestalt der Königin, in Regenmantel und Gummistiefeln, vor dem gespenstisch rot glühenden Widerschein. Gnadenlos fraß sich das Feuer durch die Räume und vernichtete die historischen Zeugnisse von achthundert Jahren. Diana, die gebannt die Nachrichten verfolgte, presste eine Hand auf den Mund. Bis jetzt vermutete man, dass ein Vorhang in der Kapelle Feuer gefangen und den Großbrand ausgelöst hatte, aber Gewissheit hatte man noch nicht.

Wenige Tage später willigte Elizabeth ein, die Trennung von Charles und ihr offiziell zu verkünden. Am 9. Dezember gab der Premierminister John Major im Unterhaus die Neuigkeit bekannt. »Ihre Königlichen Hoheiten haben jedoch nicht die Absicht, sich scheiden zu lassen«, verkündete er. »Ihre verfassungsgemäßen Rechte bleiben unberührt.«

Konkret hieß das für Diana: Sie und Charles würden getrennt voneinander ihren öffentlichen Verpflichtungen nachkommen. Und hin und wieder würden sie sich gemeinsam bei familiären und staatlichen Anlässen blicken lassen.

»Ich muss sagen, dieses Jahr war das, was man ein ›annus horribilis‹ nennt«, sagte Elizabeth am Jahresende in ihrer Rede im Parlament.

Diana fühlte mit ihr. Es war das Jahr, in dem alles einzustürzen schien.

Aber so schlimm und schmerzhaft es war, so notwendig war es auch. Aus den Trümmern würden sie etwas Neues bauen. Wahrhaftige und schöne Beziehungen würden daraus nach und nach erwachsen. Jetzt war es vielleicht noch nicht spürbar, aber ihre Söhne würden es leichter haben als sie. Vielleicht hätten sie die Chance, ihren königlichen Pflichten nachzukommen und dennoch ein freies Leben mit echten Liebesbeziehungen zu führen.

57

1993

Charles wollte offenbar keine Zeit verschwenden und hatte schon damit begonnen, Diana aus seinem Leben zu streichen. Das hübsche mit Chintz bezogene Mobiliar, mit dem sie Highgrove einst eingerichtet hatte, flog radikal raus. Eigentlich hatte sie gedacht, dass Charles ihren Geschmack mochte, aber offenbar zog er doch wuchtiges Mobiliar aus Rosenholz und Mahagoni vor. Der Landsitz hatte bereits einen ganz anderen Geruch angenommen. *Du gehörst hier nicht mehr her*, sagte dieser Geruch.

Diana nahm im Wohnzimmer eine gerahmte Fotografie zweier Balletttänzer von der Wand. Das Bild hatte auf künstlerische Weise einen sehr intimen Moment des Paares festgehalten. Sie konnte nicht aufhören, es anzusehen. Diese leidenschaftlichen Blicke der beiden, diese Körpersprache, diese Spannung zwischen ihnen …

Sie packte die Fotografie gerade in eine Kiste, als zwei Lakaien hereinkamen, um das hübsche Sofa fortzubringen, das Diana so liebte. Es war mit Rosen, Chrysanthemen und feingliedrigen Blättern bedruckt und lud dazu ein, nach Hause zu kommen und die Füße hochzulegen. Sie hatten das Möbelstück bereits angehoben, als einer von beiden entschuldigend sagte: »Der Prinz von Wales hat …«

»Ich weiß, mein Mann hat Sie dazu angewiesen.« Diana schenkte ihnen ein verständnisvolles Lächeln. Sie taten ja nur ihre Pflicht.

War es ihr erlaubt, das Foto mitzunehmen, auf dem William und Harry vergnügt im Pool planschten? Oder das Foto, auf dem Harry frisch eingeschult worden war? Oder das Familienfoto? Charles, William, Harry und sie lächelten alle glücklich in die Kamera. Ihre Familie.

So viele Jahre. So viele Erinnerungen.

Ehe sie weinen würde, packte sie es einfach ein. Ein letztes Mal sah sie sich um. Nicht mal das hübsche, mit zarten Blumen verzierte Teeservice im Wandschrank durfte sie mitnehmen, obwohl sie es ausgesucht hatte. Streng genommen gehörten ja sogar all ihre Kleider der Krone. Und auch das Doppelapartment im Kensington-Palast, wo sie weiterhin wohnen durfte, war im Besitz der Königin. Eigentlich besaß sie so gut wie nichts. Nicht mal Familienschmuck hatte sie vorzuweisen, denn der gehörte ihrem Bruder, dem Erben von Althorp House. Solange Charles und sie nicht geschieden waren, hätte sie weiterhin die Einkünfte aus dem Herzogtum Cornwall als Geldquelle zur Verfügung. Nur leider wurden diese von Charles kontrolliert. Bestimmt gab es da noch Ärger!

Ihre Schwester Sarah wartete draußen auf sie. Sie lehnte an Dianas Jaguar, der ihr ebenfalls nicht gehörte. Sie fühlte sich leicht, geradezu schwerelos, aber nicht auf gute, sondern auf Angst einflößende Weise. Wie ein Baum ohne Wurzeln, den der nächste Wind einfach so umpusten würde.

Sogar die Anrede »Königliche Hoheit« könnten sie ihr nehmen. Erst vor Kurzem hatte Philip ihr damit gedroht, als er sich in seiner Wut mal wieder nicht ausgekannt hatte. »Wenn du dich nicht benimmst, mein Kind, dann nehmen wir dir deinen Titel!«

Das wäre eine Katastrophe. Immerhin garantierte ihr dieser Titel nicht nur einige Annehmlichkeiten, sondern auch öffentliche Aufmerksamkeit, Einfluss und Respekt. Ohne ihren Titel musste Fergie einiges an Spott über sich ergehen lassen. Und auch die Paparazzi hatten keinerlei Hemmungen mehr. Kürzlich waren Fotos von ihr veröffentlicht worden, auf denen sie barbusig zu sehen gewesen war. Man hatte ihr im Urlaub in Frankreich aufgelauert. Ihr texanischer Finanzberater nuckelte auf dem Foto an ihren Zehen. Es war grausam gewesen. Mit Werbung für das Diät-Unternehmen Weight Watchers, für Porzellan und Damenbinden versuchte Fergie, sich finanziell irgendwie über Wasser zu halten.

Es war bitterkalt. Dianas Atem gefror in der Luft.

»Dreh dich nicht um«, sagte Sarah.

Zu spät. Diana war stehen geblieben und blickte auf das zurück, was mal ihr zweites Zuhause gewesen war. Wie hatte sie Highgrove manchmal gehasst! Aber all die Momente, in denen sie sich ins Schlafzimmer eingesperrt und die Augen ausgeheult hatte, waren wie weggeblasen. Sie sah, wie sie mit William und Harry im Winter im Garten Schneemänner gebaut hatte. Hörte ihr glückliches Kinderlachen. Schmeckte Charles' Lippen, als er sie inmitten der bunt blühenden Sommerwiese, zwischen rotem Mohn, weißen Margeriten, blauen Kornblumen und gelbem Hahnenfuß, geküsst hatte.

Hatte er sie in diesem Moment geliebt? Oder hatte er an Camilla gedacht, während seine Lippen die ihren berührten?

Die Erinnerung verblasste, stattdessen sah sie die Bäume, die das Grundstück umgrenzten und um diese Jahreszeit kahl und knorrig waren.

Umdrehen. Weitergehen. Bring es hinter dich.

»Mummy!« William stand in der offenen Eingangstür. Harry guckte an ihm vorbei, hielt sich am Pullunder seines Bruders fest. Ihr Kleiner war schon den ganzen Vormittag auf der Hut, wie früher, wenn er Angst davor gehabt hatte, schlafen zu gehen, weil in der Dunkelheit Ungeheuer lauerten und er in seinem Bett doch ganz allein sein würde.

Die Kiste, die sie trug, wog auf einmal unendlich schwer, obwohl doch kaum etwas darin war. Der Abschied von den beiden war schrecklich gewesen. Dabei war es ja nicht mal ein richtiger Abschied! Sie konnte die beiden jederzeit sehen. Außer an den Feiertagen, denn da bestand die Königin darauf, dass die beiden Jungs diese gemeinsam mit der königlichen Familie verbrachten. Ansonsten würden William und Harry, wenn sie am Wochenende aus dem Internat kamen, es doch sicher bevorzugen, bei ihr im Kensington-Palast zu sein, oder?

Sie rannten ihr entgegen. William hatte eine Tafel Schokolade für sie. »Damit du nicht so traurig bist.«

Ihre Kehle wurde eng. Sie stellte die Kiste auf dem Boden ab und umarmte ihre beiden Söhne fest. Sprechen konnte sie nicht. Sie würden nur die Tränen in ihrer Stimme hören, die sie verzweifelt zu unterdrücken versuchte.

Die Königin könnte ihr all ihre Kleidung, all ihren Schmuck, ja sogar das Dach über ihrem Kopf nehmen. Nur ihre Kinder dürfte sie niemals von ihr trennen. Würde Elizabeth das versuchen, so würde sie kämpfen wie eine Löwin.

Sie küsste die beiden ein letztes Mal, dann packte sie ihre Kiste in den Kofferraum und setzte sich hinters Lenkrad.

»Und du bist dir sicher, dass es eine kluge Entscheidung war, auf Polizeischutz zu verzichten?«, fragte Sarah.

Inzwischen hatten sie wieder mehr Kontakt. Es schenkte Diana Kraft. Erinnerte sie an ihre Wurzeln.

Sie nickte entschlossen. Sie traute den Polizisten nicht über den Weg und war es leid, ständig das Gefühl zu haben, ausspioniert zu werden. Sie wollte den Gehsteig frei entlangspazieren können und nicht umgeben von einer Horde Beamter in Uniformen sein, die alle hoch konzentriert die Umgebung absuchten. Nur wenn William und Harry bei ihr waren, würde sie Polizeischutz in Anspruch nehmen. Ansonsten würde sie sich auf ihren Leibwächter verlassen.

Sie wollte einen Neuanfang. Radikal.

Ein paar Tage später las sie beim Frühstück einen Artikel über Nepal. Genauer gesagt, über die zahlreichen Leprakranken des Landes. Vor vier Jahren hatte sie bereits während ihrer Indonesienreise mit Charles im Alleingang ein Krankenhaus besucht, in dem sie das erste Mal mit der Infektionskrankheit konfrontiert worden war. Doch dieser Artikel erzählte davon, dass an Lepra Erkrankte von der Gesellschaft ausgestoßen wurden. Dass ihre Familien sie oftmals zwangen, ihr Zuhause zu verlassen, um abgeschieden in Wäldern zu hausen.

Die Einsamkeit, die Verzweiflung dieser Menschen war körperlich spürbar. Diana sah Fotos von Frauen und Männern und teilweise auch Kindern, die keine Finger, keine Hände oder keine Beine mehr hatten. Auf einmal war sie völlig erschöpft. Sämtliche Energie war aus ihr gewichen. Sie hatte das Gefühl, als gäbe es keinerlei Hoffnung auf dieser Welt. Sie legte sich schlafen, zu mehr war sie nicht imstande.

Am nächsten Tag wachte sie um fünf Uhr morgens auf. Sie stand in Flammen.

Sie rief Patrick an. Verschlafen ging ihr Privatsekretär ans Telefon.

»Patrick«, sagte sie. »Ich will endlich richtig etwas bewegen. Ich will den Menschen helfen. Ich will …

»Aber das tun Sie doch schon«, murmelte er.

»Wir müssen nach Nepal reisen.« Sie erzählte ihm von den ausgestoßenen Leprakranken.

»Okay«, seufzte er. »Aber lassen Sie mich erst noch einen Kaffee trinken.«

An Schlaf war nicht mehr zu denken. Sie duschte, schlüpfte in ein Kostüm und fuhr zum St.-James's-Palast.

Als sie an jenem Morgen den Arbeitsraum ihrer vier Mitarbeiter betrat, sprühte sie nur so vor Energie. Sie reichte Clara ihre Tasche, John ihren Blazer und schritt zielstrebig auf hohen Absätzen auf ihr Büro zu. Im Türrahmen drehte sie sich noch mal zu allen um: »Mädels, Jungs, macht euch für eine Kursänderung bereit!«

Im Vergleich zu Charles' Büro war ihres nicht mal halb so groß. Früher hatte sie sich insgeheim darüber geärgert, so wie sie sich über alles, was Charles betraf, geärgert hatte. Inzwischen nahm sie es mit einem Schulterzucken hin. Sie hatte die Wände hell streichen lassen und die kitschigen Landschaftsmalereien gegen gerahmte Fotografien von sich selbst getauscht. Fotografien, die Momente eingefangen hatten, in denen sie sich stark und selbstbewusst gefühlt hatte. Diese Bilder sollten sie daran erinnern, was in ihr steckte. Dass sie stolz auf sich sein und sich nicht ständig selbst kleinreden musste. Ihr Büro war zu einer Kommandozentrale geworden.

Sie öffnete gerade die Fenster, als Patrick an ihre Tür klopfte.

»Patrick, Verzeihung, dass ich Sie heute Morgen so früh angerufen habe«, entschuldigte sie sich, »aber ich konnte keine Sekunde länger warten. Es ist mir ernst. Ich will noch viel mehr erreichen als das, was ich bisher geschafft habe. Und ich möchte einen Imagewandel. Kein Glamour mehr, keine ausführlichen Beschreibungen meiner Garderobe. Nur noch meine wohltätige Arbeit als Prinzessin von Wales. Mein Ziel ist es, eine internationale Repräsentantin des Vereinigten Königsreichs zu werden.« Sie sah ihn an. »Kann ich dabei auf Sie zählen?«

Ein stolzes Lächeln umspielte Patricks Lippen. »Natürlich, Eure Königliche Hoheit.«

Zufrieden atmete sie aus. Keine Spur mehr von der zermürbenden Rastlosigkeit, die sie so lange mit sich herumgeschleppt hatte. Oder von dem gefährlichen Brodeln in ihr. Ein frischer Wind wehte von draußen herein. Der Duft der Freiheit.

58

Unauffällig wischte sich Diana mit dem Handrücken den Schweiß von der Stirn. Diese Hitze ... Sehnsüchtig stellte sie sich vor, wie es gerade in England regnete, die Tropfen auf den Straßen zerplatzten und die Luft kühl und frisch war. Aber hier, in dem kleinen nepalesischen Bergdorf, in dem sie gerade nach einer ruckeligen und langen Fahrt gemeinsam mit Patrick aus dem Jeep gestiegen war, war die Luft so schwül, dass ihre lange Hose und ihre Bluse an ihrem Körper klebten. Fliegen schwirrten um sie herum. Hühner und Ziegen liefen vor ihren Füßen. Es roch nach Schlamm, Tieren, Schweiß und scharfen Gewürzen.

Die Fahrt durch die malerische Landschaft mit ihren wie weich gezeichneten Hebungen und Senkungen der Senf- und Reisfelder war atemberaubend gewesen. Aber dann der Schock: Vor den simplen Lehmhütten saßen Menschen, denen Finger fehlten oder der ganze Unterarm. Andere hatten weiße Flecken auf ihren Gliedmaßen, oder ihre Gesichter waren entstellt.

»Die meisten der Menschen, die hier leben, haben Lepra und wurden deshalb von der Gesellschaft ausgestoßen«, erklärte Jannik. Er arbeitete für die Lepramission, die sich des Dorfes angenommen hatte. Vor zwei Jahren war der junge Schweizer während einer Reise durchs Land auf das Dorf gestoßen und hatte sich dazu entschlossen zu bleiben, um zu helfen. »In Nepal gilt die Erkrankung als Karma, das schlechte Taten aus dem vorherigen Leben bestraft. Das Dorf hier ist ein Getto, wenn man so will.«

»Wie schrecklich«, sagte Diana.

Jannik nickte. »Früher, als es unsere Mission noch nicht gab, wurden die Erkrankten nur behandelt, wenn sie es in ein spezielles Krankenhaus schafften. Wer dafür nicht die Mittel oder die Kraft hatte, starb oft wegen der offenen Wunden an einer Blutvergiftung. Der Lepra-Erreger greift die Haut, das Nervensystem und selten auch andere Organe an. Vor allem in Händen und Füßen treten Lähmungserscheinungen auf. Weil die Gliedmaßen taub sind, verletzen sich die Erkrankten, ohne es zu merken. Dadurch entstehen chronische Entzündungen und die für Lepra so typischen Behinderungen. Füße und Hände sterben ab oder müssen amputiert werden.«

»Machen wir uns ans Werk«, sagte Diana und krempelte die Ärmel ihrer Bluse hoch.

In einer der Lehmhütten lag eine Frau auf bunten Laken. Ihre rechte Hand war verstümmelt. Die Hitze staute sich unter der niedrigen Decke. Sie lächelte Diana an. Hatte kaum noch Zähne. Diana ging vor ihr in die Hocke. An der Wand klebte ein Papierbild, das Vishnu zeigte, eine Gottheit des Hinduismus. Er war der Erhalter des Lebens und des Universums und wurde lächelnd mit einer Lotusblüte dargestellt.

Echte Nähe aufzubauen geschah durch Berührung, hatte sie die Erfahrung gelehrt. Sie legte eine Hand auf den Arm der Frau. Spürte ihre raue Haut. Auch ihr rechtes Bein war angegriffen, wie Diana feststellte.

Das alles zu sehen, zu hören, zu riechen und zu fühlen war viel für sie, aber Diana blieb, wo sie war. Jannik und Patrick standen vor der Hütte, gaben ihr mit der Frau Zeit und Raum.

Erst als einer der Reporter in die Kamera sprach, erinnerte sie sich daran, dass mit ihnen ja ein zweiter Jeep zu dem Bergdorf gefahren war, mit einer Handvoll Reportern, die ihre Nepalreise begleiteten. »Es hat schwüle fünfunddreißig Grad«, berichtete der Mann im typischen Journalisten-Tonfall. »Und trotzdem ist die Prinzessin unermüdlich im Einsatz. Sie zögert nicht, die knotigen, verkrümmten Hände der Patienten zu ergreifen und den Arm einer kranken Frau zu streicheln.«

»Prinzessin Diana, Sie scheinen immer mehr in Ihrer Rolle als Wohltäterin aufzugehen«, zerstörte ein anderer Reporter den Augenblick der Nähe, den Diana gerade erst mit der Frau aufgebaut hatte. »Warum nehmen Sie sich so schrecklicher Themen wie Lepra oder Aids an? Versuchen Sie, damit Ihren Ehemann zu übertrumpfen, von dem Sie getrennt leben?«

Es war kaum zu glauben. Sie sah den Mann über die Schulter hinweg an, ohne die Hand von der Frau zu nehmen. »Ich will den Menschen helfen«, sagte sie mit Nachdruck. »Mit meinem Besuch hier hoffe ich, Aufmerksamkeit auf dieses Thema zu lenken. Viele Betroffene werden gesellschaftlich ausgestoßen. Dabei ist das Infektionsrisiko gering, wenn man mit einem Erkrankten nur kurzen Kontakt hat.«

Sie erwiderte das Lächeln der Frau, die so dankbar für die Berührung war.

Ich will den Menschen helfen. Ja, das wollte sie. Unbedingt. Aber es steckte noch mehr hinter ihrem Engagement, und der Reporter hatte das geahnt.

Die Frau legte ihre Hand auf Dianas und sah sie eindringlich an. Und Diana ließ innerlich los und gab sich all ihren Gefühlen hin. Sie war vollkommen in diesem Moment versunken. Ein Moment aus Trauer, Wehmut, Sehnsucht, Zärtlichkeit, aber auch Liebe. Sie hatte sich mitten hineinbegeben, in diesen Ort des Leidens und des Sterbens, und plötzlich stellte sich dieser Ort als das

Leben selbst heraus. Sie war hier, bei dieser Frau, aber sie war irgendwie auch bei all den anderen, die auf dieser Welt krank waren und litten, sie war bei allen, die jemals gelitten, geliebt und verloren hatten.

Diana wollte nie wieder nur okay sein. Sie wollte erschöpft und verängstigt und überfordert sein. Sie wollte überwältigt und depressiv und gelangweilt oder nervös sein. Sie wollte voller Staunen und Ehrfurcht und begeistert und überglücklich sein. Und sie wollte diesen Schmerz in ihrer Brust. Ja, selbst er war herrlich. Denn er sagte ihr, dass sie lebte.

59

1994

Es war zum Haareraufen. Sie wollte doch nicht viel! Sie wollte einfach nur ihre Arbeit tun und Menschen helfen. Gerne auch in Zusammenarbeit mit dem Königshaus. Charles hingegen schien alles daranzusetzen, ihr diese Arbeit möglichst zu erschweren.

»Wie du dich aufspielst!«, rief er und vollführte mit seiner Hand eine Bewegung, die die gerahmten Fotografien von ihr in ihrem Büro umfasste. »Deine Selbstverliebtheit steigert sich offenbar von Tag zu Tag.«

»Ach, bei mir nennst du es selbstverliebt, aber wenn du in deinem Büro Fotos von dir beim Polo aufstellst, dann ist es selbstbewusst?«, konterte sie. »Ich bin stolz auf meine Leistung, und das ist mein gutes Recht.«

»Welche Leistung? In einem Flüchtlingslager in Simbabwe Essen aus einem Eisenkessel schöpfen und an hungrige Kinder verteilen? Das kann ich auch.«

»Nein, denn du verschwendest deine Energie lieber damit, mir zu schaden. Erst vereitelst du mir mein Anrecht auf die Nutzung des königlichen Flugdienstes – schön, dann handle ich eben einen Deal mit dem Gründer der Virgin-Gruppe aus. Dann scheitert meine Afrikareise, die an meinen Erfolg in Simbabwe anknüpfen sollte. Ebenso wenig kam meine geplante Rotkreuzmission in Bangladesch zustande. Ich weiß, dass du dahintersteckst, Charles! Du willst um jeden Preis verhindern, dass ich dich übertrumpfe!«

Sie ahnte schon, was Charles als Nächstes sagen würde. »Du machst dich mit deinen Vorwürfen lächerlich.«

»Ach ja?« Sie baute sich vor ihm auf, was ihn ärgerte. Sie war nämlich größer als er, auch wenn er das immer leugnete. »Als ich im März nach dem Bombenanschlag in Warrington den Angehörigen persönlich mein Mitgefühl aussprechen wollte, hat sich der Buckingham-Palast quergestellt. Entsprechend überrascht war ich, als dann auf einmal *du* nach Warrington geschickt wurdest. Offenbar willst du nicht nur mein privates Glück zerstören, sondern auch noch mein berufliches!«

Sie atmete tief durch. Ihre Streitereien waren doch nur Zeit- und Energieverschwendung. Zeit und Energie, die sie beide für wesentlich Wertvolleres verwenden könnten. Was hatte ihre Akupunkteurin ihr geraten? In solchen Situationen einfach ein paarmal ein- und ausatmen und sich mit dem Boden verankern. Dann sagte sie: »Charles, ich bitte dich, mir meine Reise nach Angola zu gestatten. Das Rote Kreuz hat mich darauf aufmerksam gemacht, wie sehr das Land noch immer unter den Folgen des Bürgerkriegs leidet. Über fünfzehn Millionen Landminen liegen herum, dabei hat das Land nur zwölf Millionen Einwohner, und man hat gerade erst damit begonnen ...«

»Du bist von den Einkünften aus dem Herzogtum Cornwall abhängig«, unterbrach er sie. »Und wer kontrolliert diese Einkünfte? Richtig. Ich. Das bedeutet, dass ich in finanziellen Angelegenheiten immer das letzte Wort habe. Und dieses Wort lautet: nein. Du wirst nicht nach Angola reisen. Wenn du mich jetzt entschuldigst, ich habe eine Verabredung.«

»Ach, erwartet sie dich schon sehnsüchtig?«, rutschte ihr heraus.

Daraufhin Charles: »Nicht, dass dich das etwas anginge, aber ja, Camilla und ich sehen uns regelmäßig. Sie versteht mich wie keine andere. Und das Beste ist, die jahrelange Heimlichtuerei hat endlich ein Ende. Dank Mortons Enthüllungsbuch weiß jeder von unserer Liebe, und das hat bewirkt, dass Andrew und Camilla sich endlich scheiden lassen.«

Damit rammte er ihr ein Messer direkt ins Herz. »Sie lassen sich scheiden?«

Er lächelte. Sie verblutete vor seinen Augen, und er genoss den Anblick. Er hatte gewonnen. »Ja, und dafür muss ich wohl dir danken, auch wenn du es nach wie vor abstreitest, mit Mortons Buch etwas zu tun zu haben. Jetzt steht unserer Liebe nichts mehr im Weg.« Er packte sie an den Schultern, schob sie zur Seite und ließ sie allein.

Es tat weh. Es tat so schrecklich weh, dass nun der Weg für Charles und Camillas Beziehung frei war. Und sie selbst hatte es ermöglicht!

In ihrer Wohnung im Kensington-Palast schleuderte sie ihre Tasche auf das Sofa. Sie stolperte über ein Stofftier, das am Boden lag – es war Harrys geliebte Robbe. Ihr Butler fragte, ob sie noch etwas zu Abend essen wollte.

»Nein, danke. Machen Sie Feierabend.« Nur kein weiteres Essen allein. Manchmal schlich sie sich, wenn das Personal nach Hause gegangen und der Palast zum einsamsten Ort der ganzen Welt geworden war, hinab in die Küche, erwärmte auf dem Herd eine Dose Baked Beans, dazu zwei Scheiben Toast mit Butter, und setzte sich damit vor den Fernseher.

Sie rieb die Stelle zwischen den Augenbrauen. Schlüpfte aus ihren hohen Schuhen, ließ sich auf das Sofa fallen und massierte sich die Füße. Ihr Blick fiel auf den runden Tisch mit unzähligen gerahmten Fotos, die meisten davon zeigten ihre beiden Engel. Es war erst halb sechs, die beiden hatten also noch ein bisschen Zeit bis zum Abendessen. Sie ging zum Schreibtisch, der vor dem hohen Regal voll feinstem Porzellan und noch mehr gerahmten Fotos stand. Sie nahm den Hörer vom Telefon, hängte ihn wieder ein und wählte dann doch die Nummer des Telefons, das in Williams und Harrys Zimmer stand. Kaum zu glauben, dass auch ihr Kleiner schon auf das Internat Ludgrove in Berkshire ging. Wo verschwand nur all die Zeit hin? Viel zu schnell wurden die beiden erwachsen! Das Kabel reichte bis zum Erkerfenster, wo sie es sich zwischen den mit Blumen bedruckten Kissen gemütlich machte.

Als sie Williams Stimme hörte, ging es ihr gleich viel besser. »Mein Schatz, wie war euer Tag?«

»Hey Mum«, sagte William. »Der Tag heute war gut. So wie der Tag gestern. Und vorgestern. Und vorvorgestern.«

Sie konnte ja verstehen, dass es ihm vor seinen Freunden peinlich war, wenn seine Mutter so oft anrief. Er war dreizehn Jahre alt, da war einem alles irgendwie peinlich. Noch dazu teilten sich William und Harry ihr Zimmer mit vier anderen Jungs. Sie würde das Telefonat einfach ganz kurz halten.

»Und Harry?«, fragte sie. »Wie geht's deinem kleinen Bruder?«

»Auch gut, Mum. Wirklich.«

»Okay. Ich vermisse euch nur so.«

»Wir vermissen dich auch.« Ihr sanfter Engel. »Bist du denn an Weihnachten bei uns?«

»Das ... Das geht leider nicht.« Sie versuchte, so munter wie möglich zu klingen. Damals, als Fergie im ersten Jahr ihrer Trennung von Andrew keine Einladung zum Weihnachtsfest nach Sandringham erhalten hatte, hatte Diana ihre Freundin getröstet. Fergie hatte haltlos geweint, und Diana hatte gedacht, wie schmerzhaft es nur sein musste, an Weihnachten nicht die glänzenden Augen der eigenen Kinder sehen zu dürfen. Aber es war noch viel, viel schmerzhafter als gedacht. »Aber am Tag danach machen wir etwas zusammen, versprochen.«

»Ist es, weil wir in Sandringham mit Oma und Opa feiern?«

Und mit Charles. Und vielleicht auch neuerdings Camilla.

»Ihr wisst doch, dass Mummy viel zu tun hat«, wich sie aus.

»Und was machst du dann an Weihnachten?«

»Mach dir keine Sorgen. Ich werde einen wundervollen Abend haben«, log sie. »Okay, mein Schatz. Ich rufe morgen wieder an. Habt einen schönen Abend, und grüß deine Freunde von mir.«

Sie legte auf, ehe ihr sensibler William mitbekam, dass sie weinte.

60

»Ich war noch nicht bereit zu heiraten«, sagte Charles. »Aber mir wurde nahegelegt, als Thronfolger endlich Verantwortung zu übernehmen und den Bund der Ehe einzugehen.«

»Sind Sie Ihrer Frau denn immer treu gewesen?«, fragte der BBC-Moderator Jonathan Dimbleby.

»Ja, natürlich«, erwiderte Charles. »Bis unsere Ehe trotz beiderseitiger Bemühungen unheilbar zerrüttet war.«

Das traf sie bis ins Mark. Es war eine Sache, ihren Märchentraum endgültig zu zerstören, auf dem sie ihr Leben aufgebaut hatte. Aber dass Charles nun die ganze Welt – und ihre gemeinsamen Kinder – mit diesem Fernsehinterview wissen ließ, dass schon die zartesten Anfänge nichts als Schwindel gewesen waren, war noch mal etwas völlig anderes.

Diana hatte die Arme um den Bauch geschlungen. Hielt sich an sich selbst fest. »Stellen Sie den Fernseher aus, Patrick«, sagte sie.

Patrick nahm die Fernbedienung, und dort, wo eben noch Charles auf dem Bildschirm zu sehen gewesen war, war es nun schwarz. »Nun, es war zu erwarten, dass Ihr Gatte auf irgendeine Weise auf Mortons Enthüllungsbuch reagieren würde, auch wenn ich diesen Schritt, den er gewählt hat, nicht für sonderlich klug halte«, versuchte er, sie zu trösten. »Für ein Fernsehinterview fehlen ihm der Esprit, die Ausstrahlung, die Wärme. Er erreicht die Menschen nicht.«

Auch sie hatte insgeheim schon darauf gewartet, dass Charles sich früher oder später für *Diana. Ihre wahre Geschichte* rächen würde. Sie kannte ihn. Kannte seinen Stolz und sein Bedürfnis, seinen Standpunkt dar- und seine Ehre wiederherzustellen.

»Vermutlich hofft er, wenn die Menschen seine Geschichte kennen, dann werden sie ihn ebenso lieben wie die Prinzessin von Wales«, sagte Patrick. »Aber ich kann Ihnen versichern, dass er sich mit diesem Interview ins eigene Fleisch geschnitten hat. Er ist gewiss nicht das erste Mitglied der königlichen Familie, das untreu war. Aber er ist der Erste, der vor fünfundzwanzig Millionen Untertanen ein Geständnis ablegt.«

Sie ärgerte sich, weil Charles' Zuneigung für Camilla sie nach all den Jahren noch immer verletzte. Immer und immer wieder sagte sie sich, dass sie endlich abschließen sollte. Charles war nicht mehr als der Vater ihrer Kinder. Aber ihr Herz wollte einfach nicht auf ihren Verstand hören.

Da klingelte ihr Mobiltelefon. Ihr Herz setzte einen Schlag aus. Ihre Hände zitterten leicht, als sie abnahm. Seit ihrer Trennung in Highgrove hatte Diana nichts mehr von ihm gehört.

»James ...« Sie räusperte sich. Ihre Stimme war heiser.

»Diana«, sagte er. »Hättest du Zeit für mich?«

Ja, natürlich! Sie hatte nicht gewusst, dass er in London war! Oh Gott, er war in derselben Stadt wie sie!

Beruhige dich.

Ihr Verstand sagte: Du kannst ihn nicht treffen. Eure Affäre ist erst vor Kurzem ans Licht gekommen. Wenn die Presse dich mit ihm erwischt, kocht nur wieder alles hoch.

Aber ihr Herz gewann. »Ja. Das lässt sich sicher einrichten.«

James schlug einen einsamen Spazierweg außerhalb von London vor, und sie verabredeten sich für den nächsten Tag. Dann legten sie auf, und Diana begann, die Stunden zu zählen. Auch nachts noch.

Acht Stunden bis zu ihrem Treffen. Sie stand auf, um zu duschen. Ihr Spiegelbild erschreckte sie. Ihre Augen waren ganz verquollen, ihr Gesicht zerknittert.

Sechs Stunden noch. Sie versuchte, sich auf die Tagesnachrichten in der Zeitung zu konzentrieren, aber nichts blieb hängen.

Vier Stunden noch. Sie war mit der Entwicklungshilfeministerin Baronin Lynda Chalker zum Essen verabredet, aber sie bekam kaum einen Bissen runter.

Zwei Stunden noch. Sie hatte absolut nichts zum Anziehen.

Dann waren es nur noch Minuten. Endlich saß sie im Wagen. Wie sollte sie James begrüßen? Sollte sie ihn auf die Wange küssen? Umarmen? Weshalb wollte er sie sprechen?

Ihr Chauffeur bog ab, und sie fuhren in einen schmalen Feldweg hinein, wo er den nigelnagelneuen und schicken Audi parkte. »Hier?«, fragte er.

»Ja. Hier muss es sein.«

Es hatte den ganzen Vormittag über geregnet, und die Luft war herrlich frisch. Obwohl der Himmel noch immer grau bewölkt war, trug sie eine Sonnenbrille. Sollte ihnen doch ein Paparazzo gefolgt sein, so würden ihr die schwarzen Gläser wenigstens etwas Schutz gewähren. Außerdem sollte James nicht sogleich in ihren Augen lesen können, wie sehr sie sich darüber freute, ihn zu sehen. Sie blieb ihm Wagen sitzen.

Ein Wagen kam vorgefahren und hielt neben ihrem Audi. Ein weißer Porsche. James stieg aus. Ihr Herz beschleunigte.

Schritte. Die Steine auf dem Feldweg knirschten. Er trat an ihren Audi heran. Die Tür zur Rückbank öffnete sich. Und da war er.

Es war wie damals, als sie sich das erste Mal im Buckingham-

Palast begegnet waren. Ihr Kopf war völlig leer gefegt. Sie verlor die Kontrolle über sich, strahlte ihn an und hauchte: »James ... Endlich.«

Er setzte sich neben sie und lächelte sanft. »Es ist so schön, dich zu sehen.«

Sie wollte wissen, wie es ihm in den letzten Jahren ergangen war. Es war ja fast fünf Jahre her, dass sie sich das letzte Mal gesehen hatten! Eine Ewigkeit!

»Na ja.« Er lachte halbherzig. »Du hast wahrscheinlich davon gehört, dass ich nicht mehr im Dienst bin.«

Prompt hatte sie ein schlechtes Gewissen. »Weil unsere Liebesbeziehung ans Licht kam?«

»Nein, die Armee hat über tausend Männer entlassen. Ich hatte nur das Pech, einer davon zu sein.« Auf einmal wurde er ernst. »Diana, ich muss dir etwas sagen, was dir vermutlich nicht gefallen wird. Aber du musst dir keine Sorgen machen.«

Er machte eine Pause, die sie fast umbrachte. Hatte er geheiratet? Hatte er mit einer anderen Frau Kinder in die Welt gesetzt? Oder war er krank?

»Es ist ja inzwischen kein Geheimnis mehr, dass wir eine Affäre hatten«, fuhr er fort. »Ich finde, es ist an der Zeit, dass die Welt endlich unsere wahre Geschichte erfährt.«

Das war es also. Er wollte über ihre Beziehung sprechen. In der Öffentlichkeit. Wahrscheinlich hatte er sich kaufen lassen. Und sie hatte ihm vertraut ...

Sie schwieg.

Er sagte: »Ich hoffe, du hast Verständnis dafür.«

Sie schwieg noch immer. Konnte nichts sagen. Alles, was sie dachte, war: *Nein. Neinneinnein! Nicht du. Fall nicht ausgerechnet du mir in den Rücken.*

Er sagte: »Du hast mit diesem Enthüllungsbuch deine Geschichte erzählt, ich musste meine Geschichte verkaufen.«

Sie schwieg. War wie erstarrt.

Er sagte: »In meinem Buch sage ich nichts Schlechtes über dich, das verspreche ich dir.«

Und dann sagte er noch »Es tut mir leid«, ehe er ausstieg, einen letzten Blick durchs Fenster zu ihr hereinwarf und schließlich mit seinem schicken weißen Porsche davonfuhr.

61

Es war ein permanenter Spießrutenlauf. Die Paparazzi warteten in Kensington Court mit Funksprechgeräten und Richtantennen, um Dianas Handygespräche abzufangen. Und wenn sie mit ihrem Audi das Anwesen verließ, jagten sie ihr in Autos oder auf Motorrädern nach. Überall, wo sie hinkam, lauerten sie. Es wurde so schlimm, dass William und Harry schon ganz eingeschüchtert waren. Letzte Woche wollte ihr Kleiner sogar nicht mit ihr ins Kino gehen, um »Jurassic Park« anzuschauen, weil die Horde aufdringlicher Männer ihm Angst machte.

Aber an diesem Nachmittag hatte sie dringend rausgemusst. Sie stand völlig neben sich. James hatte sie verraten. Wem konnte sie noch vertrauen? Sie hatte sich heute Morgen sogar bei dem Gedanken ertappt, ob ihr Leibwächter Ken Wharfe sie heimlich ausspionierte! Langsam wurde sie paranoid.

Sie wollte einfach nur ein wenig durch London bummeln und sich ablenken. Eine Jeans kaufen, vielleicht eine lockere Bluse. Oder wie wäre es mit einem neuen Cocktailkleid?

In der Boutique von Christina Stambolian, einer wundervollen griechischen Designerin, fand sie das perfekte Kleid: Es war schlicht und schwarz, reichte bis knapp über die Knie und schenkte eine atemberaubende Taille. Aber erst dieser Ausschnitt!

Er war herzförmig gerundet und zauberte ein aufsehenerregendes Dekolleté.

Überaus zufrieden bezahlte sie, wandte sich um – und schlug hart auf den Boden der Tatsachen auf. Durch das Schaufenster sah sie die Paparazzi auf der anderen Straßenseite lauern. In Momenten wie diesen bereute sie, auf den Polizeischutz verzichtet zu haben. Sie holte tief Luft, setzte ihre Sonnenbrille auf und trat nach draußen. Trotz ihrer hohen Absätze ging sie zügig. Es war nicht mehr weit bis zu ihrem Wagen. Ihr Leibwächter versuchte, die aufdringlichen Männer von ihr fernzuhalten, aber keine Chance. Es waren zu viele.

»Diana, wie steht es denn nun um deine Ehe?«

»Was sagst du zu Charles' BBC-Interview und seinem Geständnis, dich jahrelang betrogen zu haben?«

Ein paar der Reporter fingen an, neben ihr herzurennen, sprangen vor sie, rissen die Kameras hoch. Diana war es gewohnt, fotografiert zu werden, und normalerweise bemühte sie sich stets, höflich zu sein. Aber das hier war zu viel. Sie hielt ihre Handtasche vors Gesicht.

»Hey, Di, gibt's wieder einen neuen Liebhaber in deinem Leben?«

»Es gibt aktuell niemanden in meinem Leben«, antwortete sie. »Und jetzt lassen Sie mich bitte in Ruhe.«

»Ach, komm schon! Lass die Zickenattacken! Jetzt lächle doch mal für uns!«

Was passierte hier gerade? Sie hatte das Gefühl, keine Luft mehr zu bekommen. Adrenalin durchjagte ihren Körper. Trieb sie an, noch schneller zu laufen.

»Hey! Schlampe! Nicht so eilig!«

Was? Hatte man sie gerade als »Schlampe« bezeichnet? Tränen flossen über ihre Wangen. Sie bekam Panik. »Sie machen mir das Leben zur Hölle!«, schrie sie und rannte nun, so schnell sie konnte.

Endlich! Ihr Wagen. Wo waren ihre verdammten Schlüssel? Da! Ihre Hände zitterten so sehr, dass sie es erst nach zwei Anläufen schaffte aufzusperren. Sie riss die Tür auf. Sprang ins Auto. Tür zu. Sie klammerte sich am Lenkrad fest.

Sie erschrak fast zu Tode, als die Beifahrertür aufging. Aber es war nur ihr Leibwächter. »Machen Sie die Zentralverriegelung rein«, wies er sie an. »Sie dürfen bei so etwas nicht weinen. Das wollen die doch nur. Die tun alles für Fotos, die sie teuer verkaufen können. Die sind skrupellos.«

Diana nickte. Sie tauschten die Plätze, weil sie nicht in der Lage war, Auto zu fahren.

Als sie an diesem Abend nach Hause kam, sank sie neben der Haustür zu Boden und weinte haltlos. Was war nur los in ihrem Leben? Alles war furchtbar. Sie war einsam und vermisste ihre Kinder so schrecklich. Kein Mann wollte sie. Alles wurde ihr erschwert, und sie steckte in dieser Ehe fest, obwohl Charles sie hasste ...

Nach etwa einer Stunde wischte sie sich mit den Händen über ihr Gesicht und verschmierte ihre verlaufene Wimperntusche nur noch mehr. Sie schaffte es, vom Boden aufzustehen und sich ins Bad zu schleppen, wo sie sich vor den Spiegel stellte. Sie sah sich direkt in die Augen und suchte nach sich selbst. Sie wollte sichergehen, dass die Augen im Spiegel die Augen einer Frau waren, die sich noch respektierte.

Die Stunde der Wahrheit war gekommen. Warum war sie noch immer mit Charles verheiratet? War das wirklich die beste Entscheidung für sie alle? Auch für sie? Oder steckte nicht vielleicht noch etwas anderes dahinter? Nämlich die Angst davor, allein zu sein?

Ich will, dass es William und Harry gut geht. Ich will ihnen nicht das Leid antun, das ich bei der Scheidung meiner Eltern durchgemacht habe.

Aber lud sie ihren zwei Söhnen damit nicht eine Bürde auf? Sollten sie irgendwann denken, dass sie der Grund waren, weshalb ihre Mutter unglücklich war? Sie sollte endlich aufhören, William und Harry als Entschuldigung vorzuschieben, weiterhin feige bleiben zu dürfen. Sie hatte eine Chance bekommen, ihr Leben so zu gestalten, wie sie es haben wollte. Sie allein wusste, wie dieses Leben aussehen sollte. Das wussten weder Elizabeth noch Patrick noch ihre Mutter oder ihre Schwestern. Und sie wollte nie wieder in einer Beziehung oder Ehe einsam sein und so tun, als wäre es Liebe.

Sie verabschiedete sich von der Vorstellung, dass eine Ehe nur erfolgreich war, wenn sie erst vom Tod geschieden wurde, selbst wenn einer von den Partnern an dieser Ehe stumm zugrunde ging. Sie entschied sich dazu, anstatt sich per Gelübde ewig einem anderen Menschen zu versprechen, sich selbst ein Gelübde zu geben: nämlich, sich nie wieder im Stich zu lassen.

Sie brauchte keinen anderen Menschen, um vollständig oder ganz zu sein. Sie war als Ganzes geboren worden.

62

1995

Ihr Entschluss stand fest.

Ihre Lage war so festgefahren und kompliziert, dass ihr nächster Schritt entscheidend sein musste. Im wahrsten Sinne des Wortes. Sie war bereit, sich scheiden zu lassen, aber sie würde es Charles überlassen, diese Entscheidung zu treffen. Würde das Wort »Scheidung« aus ihrem Munde kommen, würde man das nur gegen sie verwenden. Sie hatte es ja bei ihrer Mutter erlebt. Philip hatte ihr damit gedroht, den Titel »Königliche Hoheit« abzuerkennen. Damit hatte er deutlich gemacht, dass im Falle einer Scheidung mit harten Bandagen gekämpft werden würde. Die Maschinerie des Palasts schickte sich an, sie wenn nötig aus dem Drehbuch hinauszuschreiben.

Abgesehen davon schien Charles' Hofstaat im St.-James's-Palast allein die Aufgabe zu verfolgen, es ihr unmöglich zu machen, eine unabhängige Rolle in der Öffentlichkeit anzustreben. Sie sabotierten alles, was für sie ein Schritt in eine erfolgreiche Zukunft wäre.

Dazu kam James Hewitts Buch, das im Oktober letzten Jahres erschienen war und ihrem Bild in der Öffentlichkeit geschadet hatte. Nach wie vor durchblätterte sie jeden Tag sämtliche Zeitungen und Zeitschriften, und ihr war aufgefallen, dass einige Berichterstattungen sich auf *Diana, die Ehebrecherin* konzentrierten. Dass ihr jahrelang Unrecht zugefügt worden war, schien vergessen zu sein. Es war schrecklich unfair. Und zu guter Letzt war da noch die furchtbare Highgrove-Clique um Camilla, die weiterhin fleißig das Gerücht verbreitete, Diana wäre nicht ganz bei Verstand. Oder »meschugge«, wie Camilla es gerne formulierte.

Es ging also darum, öffentlich ihr Selbstbild wiederherzustellen: Sie war nicht verrückt. Sie war eine Frau, die gelitten hatte. Die im Angesicht massiver Provokationen das Gesicht gewahrt und eigentlich nie eine Scheidung gewollt hatte.

Und was bot sich da besser an als ein Interview bei der BBC, das einschlagen würde wie eine Bombe? Sie hatte hin und her überlegt, ob dieser Schritt richtig wäre. Am Ende hatte sie in sich hineingehorcht und ihr Bauchgefühl befragt. Und das sagte: *Ja. Tu es. Zieh endlich einen Schlussstrich.*

Patrick hatte schon immer einen guten Riecher für ihre Stimmungen gehabt. Am selben Abend, als sie die Entscheidung getroffen hatte, klopfte er an ihr Büro im St.-James's-Palast. »Ihre Majestät, die Königin, sowie Prinzgemahl Philip laden Sie zum Gespräch ein. Ich werte das als einen Annäherungsversuch. Vielleicht ist ihnen bewusst geworden, dass Sie sich – im Vergleich zum Prinzen von Wales – bestens mit der Presse auskennen und der Königsfamilie von Nutzen sein könnten. Sie wären ein Zugewinn für die Way Ahead Group.«

Die Way Ahead Group war eine Diskussionsrunde, die Philip gegründet hatte, um das Überleben der Monarchie zu sichern und ein neues Konzept für das 21. Jahrhundert auszuarbeiten. Und Diana kannte die Herausgeber und Chefredakteure aller wichtigen Presseorgane. So wie sie als junge, unverheiratete Frau die auf sie angesetzte Meute von Hofberichterstattern gekannt hatte.

»Sagen Sie ab«, wies Diana ihn an.

»Eure Königliche Hoheit«, setzte Patrick an, und da wusste Diana schon, dass er ein ernstes Wörtchen mit ihr reden wollte. Sie setzte sich in ihren Stuhl, verschränkte die Hände auf ihrem Schreibtisch und war bereit, ihn anzuhören.

»Sie wissen, dass ich alles Mögliche unternehme, damit im besten Fall eine Versöhnung zwischen Ihnen und der königlichen Familie zustande kommt. Das wäre für alle Beteiligten das Beste. Ihre Ehe mit dem Prinzen von Wales sollte nicht in einen Krieg ausarten.«

Ihre Ehe war doch schon längst in einen Krieg ausgeartet. Sie wollte diesen Zustand endlich beenden.

Patrick räusperte sich und fuhr dann fort: »Ich hörte davon, dass Ihrem Bruder Kontoauszüge zugespielt wurden, die beweisen, dass Palastangestellte dafür bezahlt worden sind, Sie auszuspionieren.«

»Ja, mein Bruder hat mir davon erzählt.«

»Mir wurde auch zugetragen, dass Sie sich mit einem Journalisten namens Martin Bashir getroffen haben«, sagte Patrick. »Eure Königliche Hoheit, haben Sie irgendetwas geplant, von dem ich wissen sollte?«

»Es wird alles gut, Patrick«, versuchte Diana, ihn zu beruhigen. »Vertrauen Sie mir.«

»Prinzessin, erinnern Sie sich doch an den Skandal um Mortons Enthüllungsbuch. Ich kenne Martin Bashir. Er arbeitet mit unlauteren Mitteln. Sollten Sie sich dazu bereit erklärt haben, ihm ein Interview zu geben, werden Sie damit sämtliche Türen zuschlagen, die ich versuche, Ihnen zum Königshaus zu öffnen.«

»Als ob mir diese Türen jemals offen gestanden hätten«, antwortete sie traurig.

Patrick klang fast verzweifelt. »Verstehen Sie doch, dann gibt es kein Zurück mehr. Dann kann ich nichts mehr für Sie tun. Im Falle einer Scheidung werden Sie sämtliche königlichen Privilegien verlieren. Ihren Titel als Königliche Hoheit. Vielleicht auch Ihren Einfluss.«

»Aber ich würde das Wertvollste gewinnen, das eine Frau haben kann«, erwiderte sie. »Freiheit.«

Die Kameras waren in ihrem Wohnzimmer im Kensington-Palast bereits aufgebaut. Diana saß in ihrem Ankleidezimmer am Schminktisch und hörte, wie die Mitarbeiter der BBC darüber diskutierten, wo man die Scheinwerfer am besten positionierte und wie viel Licht man überhaupt brauchen würde, immerhin war es draußen bereits stockdunkel. Umso besser, das würde für die nötige Dramatik sorgen.

Das Personal war bereits gegangen. Den Sicherheitsleuten hatte sie mitgeteilt, dass eine neue Stereoanlage geliefert würde. Deshalb die zwei mit Kisten beladenen Transporter. Nur war in den Kisten keine Stereoanlage, sondern Kameras, Scheinwerfer und Mikrofone. Und der freundliche Mann mit pakistanischen Wurzeln, der auf dem Beifahrersitz gesessen hatte, war auch kein Techniker gewesen, sondern Martin Bashir, Journalist der BBC.

Gestern hatte sie sowohl Harry als auch William aufgesucht, um mit ihnen über die bevorstehende Ausstrahlung des Interviews zu sprechen. In etwa zwei Wochen wäre es so weit. William hatte besonders sensibel reagiert. Er hatte sogar Tränen in den Augen gehabt. Inzwischen ging er auf das Eton College und war seitdem noch mehr der Sensationspresse ausgeliefert. Er musste ja nur an einen Kiosk gehen, um sich einen Schokoriegel zu kaufen, um mit Schlagzeilen über den Ehekrieg seiner Eltern bombardiert zu werden.

Aber damit war hoffentlich bald Schluss.

Es war der 5. November. Der Guy Fawkes Day, an dem Freudenfeuer und Feuerwerke an die Pulververschwörung des Jahres 1605 erinnerten, ein vereitelter Versuch, das Parlament und den König von England in die Luft zu jagen. Genauso fühlte Diana sich. Als würde sie mit diesem Interview ihr gesamtes Leben sprengen.

Auf Puder und Rouge verzichtete sie. Es ging ihr nicht darum, besonders hübsch für die Kameras zu sein. Es ging ihr darum, dass die Menschen in ihren Augen lesen konnten, was sie durchgemacht hatte. Sie sollten die Wahrheit sehen. Deshalb benutzte sie lediglich schwarzen Kajal, was sie eigentlich sonst so gut wie nie tat. Sie trug einen schwarzen Rock, eine schwarze Strumpfhose, einen schwarzen Blazer. Nur ihre Bluse war weiß.

Das Interview sollte zur besten Sendezeit ausgestrahlt werden. Das bedeutete: Etwa dreiundzwanzig Millionen Menschen würden vor ihren Bildschirmen sitzen und ihre Worte hören. Alles, was sie gleich von sich gab, musste also perfekt sein. Sie wusste, welche Fragen sie erwarteten. Seit Wochen feilte sie an ihren Antworten. Sie betrachtete ihr Spiegelbild und sagte ein letztes Mal die Sätze auf, die sie vorbereitet hatte:

»Das Establishment, in das ich hineingeheiratet habe, hat beschlossen, dass ich eine Versagerin bin.«

»Der Feind, das war das Umfeld meines Mannes.«

»Ja, ich habe James Hewitt angehimmelt. Ja, ich war verliebt in ihn. Aber ich bin schwer enttäuscht worden.«

»In unserer Ehe waren wir zu dritt.«

»Ich möchte gerne die Königin der Herzen sein.«

Ein letztes Mal tief einatmen. Dann erhob sie sich von ihrem Stuhl. Straffte sich.

Martin Bashir war gerade dabei, die Fragen noch einmal

durchzugehen, als sie das Wohnzimmer betrat. Er sprang sogleich auf und verneigte sich.

Es war alles vorbereitet. Die zwei Sessel vor dem Kamin. Daneben der Tisch aus Kirschholz mit gerahmten Fotos darauf.

»Bereit?«, fragte Bashir.

Sie nickte. »Ja, ich bin bereit.«

63

Gleich wäre es so weit.

Die Nacht hatte sich über London herabgesenkt.

Sie kamen gerade von einer Wohltätigkeitsveranstaltung für Krebskranke. Sie – das waren ihr Chauffeur, ihre Hofdame Anne und ein ziemlich angespannter Patrick. Diana konnte es ihm nicht verübeln. Alles, was er wusste, war, dass heute – während er dazu gezwungen gewesen war, Champagner zu schlürfen und Small Talk zu führen – ein Interview mit seiner Vorgesetzten bei der BBC ausgestrahlt worden war. Über den Inhalt jenes Interviews hatte sie Stillschweigen bewahrt. Er konnte es kaum erwarten, dass sie endlich den Kensington-Palast erreichten, um sich die Aufzeichnung anzusehen.

Sie selbst befand sich im absoluten Gefühlschaos. Alle Muskeln waren angespannt. Aber sie empfand auch Zuversicht, Stolz, Erleichterung und Hoffnung. Während die Limousine durch die Dunkelheit glitt, lenkte sie sich damit ab, Blicke in fremde Wohnungen zu erhaschen. Das liebte sie am Winter. Wenn es draußen kalt und ungemütlich wurde, machten es sich die Menschen drinnen gemütlich. Sie malte sich aus, welches Leben sie führten. Diese Familie da beispielsweise, die gerade beim Abendessen zusammensaß, war sie glücklich? Oder das Pärchen in der Wohnung daneben, das gerade den Abwasch gemeinsam erledigte, wie lange waren sie schon zusammen? Wie wäre ihr Leben wohl verlaufen, wenn sie gerade neben diesem jungen Mann stehen würde, um die Teller abzutrocknen? Hätte sie einen anderen Charakter, oder wäre sie doch dieselbe Diana? Oder war es ihr Schicksal gewesen, Charles zu heiraten? Hätten am Ende alle Wege zu ihm geführt?

Fragen über Fragen.

Abermillionen Lichter.

Abermillionen Menschen.

Die Limousine hielt an einer roten Ampel. Aus den meisten Wohnungen drang das wechselnde Farbspiel eines Fernsehers. Ganz England hatte heute Abend ihr Interview gesehen. Vermutlich war auf so ziemlich jedem Bildschirm ihr demütiges und trauriges Gesicht zu sehen gewesen. In den Wohnungen. In den Pubs. Im Königshaus. Das Interview war von der BBC groß angekündigt worden.

Eine unheimliche Vorstellung.

Sie erreichten nun den Kensington Court und passierten die Sicherheitsvorkehrungen. Kaum hielt der Wagen, stieg Patrick aus und verschwand zielstrebig nach drinnen. Das aufgezeichnete Interview lief bereits, als auch Anne und Diana in die Wohnung kamen. Patrick saß auf dem Sofa in der Dunkelheit, lediglich sein Gesicht wurde vom Fernseher erleuchtet. Anne setzte sich neben ihn, während Diana sich im Hintergrund hielt. Es fiel ihr schwer, sich selbst im Fernsehen zu sehen und ihre Stimme zu hören. Sie war einfach zu kritisch mit sich selbst.

»Ich glaube ganz sicher, dass es ein paar Dinge gibt, die man ändern könnte«, sagte die Diana auf dem Bildschirm. »Dadurch könnten die Zweifel in der Öffentlichkeit an der Monarchie beseitigt und die manchmal etwas komplizierte Beziehung entkrampft werden. Ich glaube, beide Seiten können Hand in Hand gehen, statt sich distanziert gegenüberzustehen.«

Patrick vergrub sein Gesicht in den Händen. Mit diesem Satz hatte Diana die ohnehin wackelige Brücke, die sie noch mit dem Königshaus verband, einstürzen lassen.

»Ich möchte keine Scheidung«, fuhr sie fort. »Aber offensichtlich brauchen wir Klarheit im Hinblick auf eine Situation, über die besonders in den letzten drei Jahren viel diskutiert worden ist. Alles, was ich dazu sagen möchte, ist, dass ich die Entscheidung meines Gatten erwarte, wie wir alle weitermachen sollen.«

Wie würde es weitergehen nach diesem Interview? Würden Elizabeth und Charles sich endlich auf eine Scheidung einlassen? Und wenn ja, würde sie weiterhin im Kensington-Palast wohnen dürfen? Würde sie den Titel »Königliche Hoheit« behalten? Immerhin garantierte ihr dieser Titel die Einladung zu allen offiziellen Anlässen, und man würde sie ordnungsgemäß als Mutter des zukünftigen Königs anerkennen.

Patrick schaltete den Fernseher aus. Er erhob sich vom Sofa. Wandte sich zu ihr um. Sein Blick sagte: *»Was haben Sie getan?«*

In ihren Augen loderte Feuer. Ihr Blick sagte: *»Ich habe mein Leben niedergebrannt, um endlich zu der Frau zu werden, zu der ich bestimmt war.«*

64

1996

Diana saß im Privatpark des Kensington-Palasts auf den Steinstufen, die zum Eingang führten. Sie hielt ihr Gesicht in die Sonne, die dann und wann durch die Wattewolken drang. Obwohl Kensington Court mitten in London lag, herrschten hinter den roten Tuffsteinmauern, die den Park umgaben, Ruhe und Geborgenheit.

Ganze sieben Monate war es her, dass das BBC-Interview ausgestrahlt worden war. Bereits am nächsten Tag hatte Elizabeth ihr einen Brief zukommen lassen, in dem stand: *»Liebste Diana, im besten Interesse des Landes stimme ich deinem Ansinnen zu, dich schnellstmöglich von Charles scheiden zu lassen. Liebe Grüße, Mama.«* Raffiniert, hatte Diana gedacht. Man wollte ihr den Schwarzen Peter zuspielen, indem man behauptete, sie wäre es gewesen, die eine Scheidung verlangt hatte. In demselben überaus freundlichen Ton hatte sie geantwortet: *»Liebste Mama, dein Ansinnen hat mich völlig überrascht. Ich stimme einer sofortigen Scheidung nicht zu.«*

Es war von großer Bedeutung gewesen, dass eine Sache klar war: Die Entscheidung, sich scheiden zu lassen, war nicht von ihr ausgegangen. Nur so wäre sie in der bestmöglichen Verhandlungsposition.

Daraufhin war es monatelang hin- und hergegangen. Offenbar hatte das Königshaus geglaubt, sie in die Knie zwingen zu können. Fehlanzeige. Sie hatte bewiesen, wie stur und kämpferisch sie sein konnte. Schließlich, endlich war heute Morgen die Scheidungsvereinbarung von allen Beteiligten unterschrieben worden. Zu ihren Bedingungen. Ein schöner, klarer Sieg. Zwar hatte sie ihren Titel »Königliche Hoheit« verloren, aber sie dürfte sich weiterhin »Prinzessin von Wales« nennen. Zudem erhielt sie eine pauschale Summe von siebzehn Millionen Pfund, vierhunderttausend Pfund jährlich für ihr Büro, und sie wohnte weiterhin im Kensington-Palast. Das war ihr Zuhause und das Zuhause ihrer Kinder.

In zwei Tagen, am 15. Juli, würde die Ehe des Jahrhunderts offiziell in einem Gerichtssaal im Somerset House aufgelöst werden.

Sie war frei.

Die Welt stand ihr offen!

Sie konnte den pakistanischen Herzchirurgen anrufen, den sie vor ein paar Tagen kennengelernt hatte: Dr. Hasnat Khan. Sie waren einander im Royal-Brompton-Krankenhaus begegnet, in dem er arbeitete. Der Mann ihrer Freundin und Akupunkteurin Oonagh Shanley-Toffolo hatte sich dort einer Bypassoperation unterziehen müssen und schwere innere Blutungen erlitten. Diana hatte ihrer Freundin zur Seite gestanden. Sie war nur kurz Kaffee holen gegangen, und als sie zurückkam, stand ein Arzt im Raum. Er war gerade dabei gewesen, etwas zu erklären, hielt aber kurz inne, als sie eintrat, sah sie an und lächelte. Und jede Faser ihres Körpers sagte: *Dieser Mann könnte dir guttun.*

Er war nicht auffallend attraktiv, hatte sogar einen leichten Bauchansatz, aber er hatte die wärmsten und klügsten dunklen Augen, die sie je gesehen hatte. Die Farbe seiner Haut stand in einem wunderbaren Kontrast zu seinem weißen Kittel. Aber vor allem hatte es ihr seine Ausstrahlung angetan. So ruhig, so geerdet. Später hatte er ihr von einem Kinder-Hilfsprojekt in Pakistan erzählt, das er unterstützte. Ein willkommener Aufhänger, um ihn nach seiner Telefonnummer zu fragen. Dann würde sie sich eben ab sofort auch in Pakistan engagieren. Er hatte seine Nummer auf Dianas leeren Kaffeebecher notiert. »Ich muss los, meine Patienten warten«, hatte er dann gesagt und war gegangen, um weitere kranke Herzen zu heilen.

Oder sie könnte ein paar Tage Urlaub machen. Vielleicht sogar mit Carolyn, wenn ihre Familie sie entbehren konnte? Wie wunderbar wäre es, sich in Italien in ein kleines Restaurant zu setzen und die Speisekarte rauf und runter zu essen. Und das Beste daran war, dass sie niemanden um Erlaubnis fragen musste! Das war das Berauschendste und Revolutionärste, was eine Frau tun konnte: zu tun, was ihr Bauchgefühl ihr riet, ohne vorher irgendwen um Erlaubnis dafür zu bitten. Nun gut, ein paar Menschen müsste sie schon fragen. Ihre Kinder natürlich oder ihren Leibwächter und ihr wunderbares Team, das treu hinter ihr stand. Ihr Kalender war nämlich voll gespickt mit wichtigen Terminen, Berufsreisen und wohltätigen Veranstaltungen. Sie hatte ja so viel vor!

Aber gerade wollte sie einfach nur hier sitzen und die Ruhe genießen. Die Ruhe in ihrem Herzen.

Manchmal konnte sie selbst kaum glauben, wie viel sie bereits erlebt hatte, so viele Höhen und Tiefen, obwohl sie doch erst sechsunddreißig Jahre alt war. Nichts davon wollte sie missen.

Sie ließ den Blick über den Park schweifen: Er war symmetrisch angelegt, und in der Mitte befand sich ein Wasserbecken, aus dem Fontänen sprudelten.

Sogar die Blumen in den Beeten waren nach Farben geordnet: Hier orangefarbene Ringelblumen, daneben blaue Hortensien, ein Stück weiter gelbe Stiefmütterchen und rosa Tulpen. Und am Ende davon eine üppig blühende Arkade mit weißen Rosen.

Und in dieser Arkade stand auf einmal Charles. »Dein Butler Paul meinte, du seist im Garten«, sagte er.

»Bist du gekommen, um noch Möbel abzuholen?«, fragte sie.

»Nein.« Er schlenderte auf sie zu, wie meist die Arme auf dem Rücken verschränkt.

»Und warum bist du dann hier?«

Er holte Luft, zuckte mit den Schultern und sagte dann: »Um ehrlich zu sein, weiß ich es nicht genau.«

Sie schwiegen, und Diana betrachtete ihn, als wäre es das letzte Mal. Wenn man Charles sah, fing man an, an Wiedergeburt zu glauben. In ihm steckte eine uralte Seele, davon war sie überzeugt. Obwohl er ein legeres hellblaues Hemd trug, das sie ihm einst gekauft hatte, wirkte er dennoch wie ein Rückblick auf eine andere Epoche.

Seine Stimme war brüchig, als er sagte: »Ich glaube, ich weiß nicht recht, was ich ohne dich machen soll.«

»Ach, Chulls«, sagte sie sanft und klopfte auf den freien Platz neben sich. Er setzte sich. »Ich habe dich geliebt«, sagte sie. »Aufrichtig. Mit all meinem Herzen. Aber meine Liebe war dir nie genug. Du hast mir nie eine Chance gegeben.«

Er sah sie an, und etwas an ihm war weich und verletzlich geworden.

»Weißt du, was am meisten wehtut?«, fuhr sie fort. »Die Frage, was aus uns geworden wäre, hätten all die Verpflichtungen, das Protokoll und Camilla nicht zwischen uns gestanden.« Sie zog den Ring vom Finger, den er ihr einst geschenkt hatte: den Siegelring des Prinzen von Wales. »Wenn es uns vergönnt gewesen wäre, ein normales Ehepaar zu sein. Hätte unsere Liebe dann eine Chance gehabt?«

»Das weiß wohl nur das Universum«, sagte er gedankenversunken.

»Bei unserem ersten gemeinsamen Interview, an dem Tag, als unsere Verlobung bekannt gegeben wurde, da hast du gesagt: ›Liebe – was auch immer das bedeuten mag.‹ Ich weiß für mich, was Liebe bedeutet. Aber weißt du es denn inzwischen auch für dich?«

»Ich denke schon.« Er sah sie an, und sein Blick war warm. Sie nahm seinen ganz speziellen Duft wahr, ein Duft nach Zuhause, und sie wusste, dass ein Teil von ihr diesen Mann immer lieben würde, egal, wie sehr sie seinetwegen gelitten hatte.

Sie küsste ihn auf die Wange und wollte ihm dann seinen Siegelring zurückgeben.

»Er gehört dir«, sagte Charles und erhob sich von der Treppenstufe. »Er war ein Geschenk von mir an dich.«

Er hielt ihr die Hand hin, um ihr aufzuhelfen, doch sie stand alleine auf. Sie umarmte ihn zum Abschied, und dann sah sie ihm nach, wie er davonging, und wünschte ihm von Herzen, dass auch er irgendwann frei und unbeschwert sein würde.

Sie spazierte durch den Garten, an den verschiedenfarbigen Beeten vorbei und dachte sich, wie viele verschiedene Phasen, verschiedene Persönlichkeiten sie durchlebt hatte. Erst war sie das artige und naive Mädchen gewesen, dann war sie zur Märchenprinzessin aufgestiegen, zur Fashion-Ikone und zum royalen Starlet, war zur Halbtoten mutiert, verantwortungsvolle und bedingungslos liebende Mutter geworden und schließlich zur Rebellin. Heute war sie eine erfolgreiche, international tätige Wohltäterin. Am Leben zu sein bedeutete wohl, sich immer wieder zu verändern, sich neu zu entdecken, mit der Zeit zu gehen. Das Leben war kein Märchen, wie sie lange gehofft hatte. Es war eine Revolution. Wenn man mutig lebte, bestand das Leben aus unzähligen Toden und Wiedergeburten. Es ging nicht darum, für immer zu bleiben, wie man war, sondern so zu leben, dass jeder Tag, jedes Jahr, jeder Moment, jede Beziehung, jedes Gespräch und jede Krise genutzt werden konnte, um sich selbst näherzukommen, um wahrhaftiger zu werden, um zu seinem eigenen Kern vorzudringen. Denn das Schöne war, dass man in diesem Kern immer gleich blieb. Ihr Kern war, eine bedingungslos Liebende zu sein, und sie war stolz darauf.

Ein Zitat von Goethe kam ihr in den Sinn, das Charles ihr vor langer, langer Zeit einmal vorgelesen hatte: »Bisher war alles in meinem Leben nur ein Vorspiel, nur Hinhalten, nur Zeitvertreib, bis ich sie kennenlernte, bis ich sie liebte und ganz und eigentlich liebte.«

Viel besser wäre es, wenn es heißen würde: »Bisher war alles in meinem Leben nur ein Vorspiel, nur Hinhalten, nur Zeitvertreib, bis ich *mich selbst* kennenlernte, *mich* liebte und ganz und eigentlich liebte.«

Sie würde dem Fluss des Lebens vertrauen, gespannt darauf, wo er sie hintrieb, aber sie würde sich nie wieder verzweifelt an einem Ufer festklammern. Sie würde alles annehmen, was diese Welt ihr zu bieten hatte, selbst wenn es manchmal schmerzhaft sein würde. Aber das war der Preis der Liebe. Und sie war bereit, diesen Preis zu bezahlen.

Nachwort

31. August 1997. Eine Nachricht erschüttert die ganze Welt: Diana, Prinzessin von Wales, ist um Mitternacht bei einem tragischen Autounfall in einem Tunnel in Paris ums Leben gekommen. Eine Art Massentrauer beginnt. Unzählige Menschen pilgern zum Kensington-Palast, um Blumen davor abzulegen. Auch heute noch erfüllt der Verlust dieser strahlenden und warmherzigen Frau die Menschen mit tiefem Bedauern. Am 1. Juli 2021 wäre die Prinzessin des Volkes sechzig Jahre alt geworden.

Diana war unkonventionell, gefühlsbetont und wurde verehrt wie eine Popikone. Zu ihrer Zeit galt sie als die wohl berühmteste Frau der Welt. Doch sie war weit mehr als nur eine wunderschöne Prinzessin. Nach ihrer Scheidung von Prinz Charles setzte sie alles daran, ihre Karriere als humanitäre Botschafterin voranzutreiben. Unvergessen ist ihr Einsatz gegen Landminen: Im Jahr 1997 umarmte Diana in Angola vor laufenden Kameras verstümmelte Kinder und durchquerte aktive Minenfelder. Vier Wochen vor ihrem Tod besuchte sie in Bosnien Minenopfer.

Im Jahr 2017 wurde ihr für ihren Einsatz für die Rechte der HIV-Positiven und Aidskranken posthum der Legacy Award des *Attitude*-Magazins verliehen, der von ihrem Sohn Prinz Harry entgegengenommen wurde. In seiner Rede sagte er über seine Mutter: »Sie hat die Notwendigkeit verspürt, ihr Licht auf Menschen und Probleme zu werfen, die oft ignoriert werden. Sie wusste, dass Aids etwas war, das viele Menschen ignorieren wollten und das als hoffnungslose Aufgabe erschien.«

Auch wenn dieser Roman auf wahren Begebenheiten basiert und die Rahmenbedingungen stimmen, so muss dennoch betont werden, dass es sich um eine fiktionale Erzählung von Dianas Geschichte handelt. Nicht alle Szenen, die ich beschreibe, sind auch so passiert. Manche Ereignisse sind in der Realität wohl anders verlaufen oder wurden von mir dem Roman zuliebe angepasst. Ebenso sind die Dialoge weitgehend von mir frei erfunden.

Zahllose Bücher sind über die Royals geschrieben worden. Neben Zeitungsartikeln, Dokumentationen sowie alten Interviews habe ich mich vor allem durch folgende Werke mit Dianas Leben und der königlichen Familie vertraut gemacht: *Diana. Die Biographie* von Tina Brown, *Prinz Charles. Ein außergewöhnliches Leben: Die Geschichte des ewigen Thronfolgers* von Sally Bedell Smith sowie *Diana. Ihre wahre Geschichte in ihren eigenen Worten* von Andrew Morton.

Mortons Enthüllungsbuch gilt als die erfolgreichste Biografie aller Zeiten – und als der größte Skandal, den das britische Königshaus je erlebt hat. Wie im vorliegenden Roman dargestellt, war es Diana selbst, die intimste Details über ihre gescheiterte Ehe verriet und dem jungen Journalisten auf besprochenen Kassetten über Mittelsmänner überbringen ließ.

Bis heute ranken sich unzählige Legenden und Gerüchte um Dianas Leben und ihren Tod. Eines jedoch ist sicher: Mit ihrer persönlichen Geschichte hat die Prinzessin von Wales nicht nur die Windsor-Monarchie und deren Selbstverständnis wesentlich verändert, sondern auch das Lebensgefühl unzähliger Menschen, die voller Bewunderung zu dieser mutigen und starken Frau aufsahen.

Auch mich haben ihr Mut, ihre Leidenschaft und ihre Stärke

inspiriert. Deshalb danke ich von Herzen dem Ullstein Verlag sowie meiner wunderbaren Lektorin Wiebke Bolliger, die mir die Chance gegeben haben, über diese einzigartige Ikone zu schreiben. Ich hoffe, dass mein Roman Ihnen, liebe Leser*innen, informative, emotionale und mitreißende Leseerlebnisse verschafft und Ihnen die Königin der Herzen nähergebracht hat.

Im November 2021
Julie Heiland